소음과 소리의 형식들

청동거울비평선 02

소음과 소리의 형식들

2021년 11월 15일 1판 1쇄 인쇄 / 2021년 11월 21일 1판 1쇄 발행

지은이 김효숙 / 펴낸이 임은주
펴낸곳 도서출판 청동거울 / 출판등록 1998년 5월 14일 제406-2002-000128호
주소 (10881) 경기도 파주시 문발로 115 (파주출판도시) 세종출판벤처타운 201호
전화 031) 955-1816(관리부) 031) 955-1817(편집부) / 팩스 031) 955-1819
전자우편 cheong1998@hanmail.net / 네이버블로그 청동거울출판사

편집디자인 북그라피
출력·인쇄 세진피앤피 / 제책 우성제본

ISBN 978-89-5749-222-2 (03800)

청동거울비평선 02

소음과 소리의 형식들

김효숙 평론집

무지 안에서 무지를 대면하는 방법

문학연구는 문학을 애호하는 마음에서 시작한다. 텍스트의 미감을 누리면서 논리와 체계를 갖춰 써나가려 한다. 그런데 이때 기호만 바꿔서 텍스트를 동어반복하는 일이 흔히 일어난다. 문학연구를 한다면서 텍스트를 다른 기호로 연장시키는 이러한 문학 수행은 웰렉과 워렌이 정의한대로라면 문학연구라고 보기 어렵다. 두 사람은 문학연구와 문학을 구분하기 위해 애써온 다양한 논의들을 『문학의 이론』에서 정리한 바 있다. 그들은 문학연구를 '학문까지는 아니더라도'라고 전제한 뒤 이것을 문학과는 다른 활동으로 본다. 그러면서 이러한 구분을 무화하려 했던 다양한 시도들을 논의한다. 문학창작의 경험이 있어야만 작품의 이해도 연구도 가능하다는 견해에 대해서 그들은, 연구자에게도 창작 경험이 유용할 수는 있으나 그것이 그의 업무일 수는 없다고 선을 긋는다. 문학연구는 예술행위이기보다 지식 또는 학습이며, 문학 경험을 지적인 언어들로 치환해야 하고, 그것이 지식이 되려면 합리성을 위한 일관된 도식에 동화시켜야 한다는 것이다. 이러한 관점에서 두 사람은 문학연구를 두고 '지식'이라고 부정하면서 재창작(second creation)을 권고하는 이론도 수용하기 어렵다고 쓴다. 재창작은 쓸모없는 복제이며, 예술작품을 그저 열등한 번역물로 만들어놓는 이른바 창조적 비평(creative criticism)이라는 것이다.

두 사람의 글을 읽으면서 많이 긴장했다. 문학이 제아무리 개인적인 발화방식이고 독자 개인의 향유가 중요하다 할지라도 해석과 연구가 동반되어야만 과학적이고 보편적인 의미를 가질 수 있기 때문이다. 따라서 평론(가)의 자질도 텍스트를 지식화하는 능력으로 판명될 것이다. 직관은 무디고, 지식의 총량은 터무니없이 얇은 처지라면 평론(가)도 '없을' 것임이 자명하다. 그런데도 나는 시 사랑꾼으로서 시를 읽고, 웰렉과 워렌이 염려한 그대로 시를 한낱 열등한 번역물이나 복제품으로 만들어놓고야 말았다. 이것은 내가 시를 위해 두 번째로 저지른, 이후에도 감당해야 할 '시 연구'라는 과업에 속한다. 시를 위해 저지른 첫 번째 작업이 '창작'이었을 때 나는 시인의 반열에 서지 못했다. 산문의 변형물이나 겨우 써내면서 기웃거렸고, 지금은 자칭 연구자로서 이전의 창작 경험이 연구에 유용했다고 위안하는 중이다. 이러한 태도는 웰렉과 워렌의 말을 필요한대로 가위질하여 쓰고 있는 사정이 유발한 것이다.

문학연구에 유효한 지식은 우리가 알고 있는 그 모든 학문 영역을 포함한다. 현대의 자연과학 이론은 물론 이전부터 있어온 사회과학·문화과학, 그리고 매우 개별적인 방식으로 체험하는 일상문화에 관한 가치체계와 지식들, 즉 인문학으로 뭉뚱그릴 수 있는 그 모든 것들까지다. 문학은 이 모두를 감당하는 장르이고, 문학연구는 문학의 내포를 문화적 감각으로 감당해야 한다고 나는 생각한다. 이 책에 실린 글들에는 2010년대 이후 우리 시단의 움직임을 담았다. 그것은 우리의 일상 자체일 수도, 각별히 향유하는 문화의 어느 국면일 수도, 지식체계와 교양일 수도 있는 것들을 망라한다. 이렇게 당대의 문화사를 구성하는 가치체계 안에서 시 장르를 누리면서 나는 '활기'라는 단어로 최근 우리 시의 경향을 요약할 수 있었다. 해체와 혼종의 상상력이 여전히 주효한 가운데 실험성을 한껏 발휘한 시들을 흥미롭게 읽으면서 저 웰렉과 워렌이 염려한대로 쓸모없는 복제품 또는 열등한 번역물을 만들지는 않으려는 헛된 꿈을 꾸기도 했다. 시를 읽는 데 유용한 지식체계들을 활용했으나, 이는 늘 해석의 실패와 불가능성을 안은 활동이었다. 지적인 언어에 대한 지적인 해석 방법은 언제나 기대에 이르지 못하고 미진하기만 했다. 그럼에도 나는 현시대의 사회문화 현상과 접속한 의제들은 그 의미와 가치가 무시되어선 곤란하다는 생각에 내내 붙들려 지냈다.

2020년 초에 인류는 세기적인 선언과 함께 위험에 맞닥뜨렸다. 인간은 한 세기를 영위할 수 없는 생명체이기에 이것은 세기적인 사태임이 분명하다. 영속을 꿈꾸어 온 우리의 나르시시즘을 무참히 부수는 주체는 그러나 눈에 보이지 않는다. 영원을 꿈꾸면서 삶을 탐미해 왔으나, 보이지도 않고 알 수도 없는 저 위험한 외부자가 그러한 꿈은 얄팍한 것이었다고 우리를 거듭 각성시킨다. 다른 생물종과 구분하면서 스스로 지위를 높여 온 인간이란 존재자는 과연 무엇인지, 인간종 바깥의 타자는 물론이거니와 자신 이외의 인간-타자마저 물질화해 온 '나'라는 존재자는 대체 무엇인지 하는 본질적인 질문을 반복해야만 한다.

갑작스러운 감염 사태 속에서 먼저 떠올려본 것은 인간이 만든 모든 규약들이다. 이 시대가 우리에게 요구하는 것은 또다시 새로운 어떤 규약들이다. 그것은 이미 있어 왔으나 그에 대해 무지한 우리를 위해 재건립해야 하는 것이며, 결국에는 인간 밖의 (무)생물까지도 망라해야 하며, 우리 스스로 전변해야만 살아남을 수 있는 새로운 시대의 의정서라 할 수 있다. 여기서 다시 인간만을 강조하거나, 조금 더 양보하여 다른 생명체까지만 인간의 영역에 참여를 허락한다면 팬데믹 이후의 인류에게 더 이상 희망은 없어 보인다. 생물권역에서 인간의 배타적 지배권을 강화해 온 인간제국이 맞을 재앙은 너무나 뻔하게도 인간 종의 사멸이다. 이제 인간'만'의 시대는 종말을 맞았다.

이러한 마당에 상대를 제대로 알 수 없다는 무력감은 단지 이 감염병에 한정한 이야기가 아니다. 신비체험의 대상으로 자연과 생태를 만나는 일은 이제 누구에게나 가능하지 않은 일이 되었다. 이 사태를 계기로 자신의 무지를 더 잘 알 수 있게 된 것이야말로 무시할 수 없는 분명한 현실이다. 무지에 무지를 덧대고 살아가는 자는 그 무지를 깨치고 나오는 방법을 알 턱이 없다. 특히 그것이 위험에 대한 예고라면 더더욱 그렇다. 인류에게 예고되는 위험은 언제나 피하고 싶은 그것이었기 때문이다.

『소음과 소리의 형식들』에는 어렵잖게 식별할 수 있는 문제적 지점이 있다. 짐작하다시피 '소음'과 '소리'다. 두 개의 기호는 모든 비(非)자연스러움과 자연스러움을 대비한다. 비자연스러움은 자연스러움을 등진 상태를 말한다. 예컨대 자연이 내는 새소리나 시냇물 소리는 기계의 소음으로 잘려나간다. 자연스러움의 미학이 기계적 생산방식에 포섭되면서 생태와 생명은 사물화한다. 상대방 목소리의 자연스러움을 자신의 권위로 덮으려는 자는 그 목소리를 소음으로 듣는다. 헤비메탈을 소음으로 듣는 자도 고상한 음악 소리에 갇힌 취향만을 고급스럽다고 여기는 향유자일 수가 있다. 이전에도 그러했고 이후에도 여전히 절실할 모든 자연스러움을 '소리'로 함축하면 '소음'의 비유는 저절로 분화한다. 우리가 귀 기울일 만한 소리를 언제까지고 보유하게 될 자연, 그리고 서로의 목소리를 경청하는 사람들을 고대하는 마음을 두 개의 기호에 담았다.

2010년대 시에는 독자들이 궁금해할 만한 온갖 지식체계들이 녹아 있었다. 뭉뚱그려 인문과학·사회과학·문화과학이라 할 만한 지식의 파문이나 파동 같은 것들. 급변하는 사회문화의 외피에 싸여 발아하는 시의 언어에서 동시대의 현상들을 읽을 수 있었다. 1부에서는 생명의 네트워크 안에서 팬데믹의 재난 양태들을 읽었다. 2부에서는 여성시의 현주소를 돌아 보면서, 함께 살아가려는 시적 기획들이 얼만한 고통 위에서 설립되고 있는지 확인하였다. 3부에서는 2010년대 시인들이 벌인 극렬한 언어실험과 메타 수행을 살폈다. 언어철학의 영향 아래 쓴 실험시, 동시대 예술, 시와 철학의 경계를 지워 나가는 시인들의 촉수를 감각할 수 있었다. 4부에서는 후기산업사회의 자본 기획에서 발생하는 소음과 소리를 청취했다. 음악의 정향감을 온전히 누릴 수 없는 없게 하는 기계문명, 편향된 감각으로 소리를 재단하고 통제하는 권위적 발상을 시인들이 일깨워주었다. 이미 발표했던 글들은 제법 고쳐 썼다. 새로 쓴 글들은 온전히 방구석 독서가가 누렸던 탐닉의 결과물이다.

들을 수 있는 귀는 듣고, 말할 수 있는 입은 말을 하는 것이 문학의 진실이다. 이러한 문학의 영토에서 나는 팬데믹의 고통을 내려놓으려 무척 애를 썼다. 다른 곳과 다른 삶을 상상하면서 시를 읽고, '나'라는 당연성을 의심하는 형식은 이 방구석 독서가가 즐겨 온 일이다. 2010년대 이후의 시들은 복잡세계와 요약할 수 없는 혼종의 진실들을 실어내고 있었다. 2020년대의 시가 과연 어떠한 수행성을 갖게 될지, 얼마만 한 긴장감을 유지할지는 시인들의 비협상력에 달렸다고 본다. 눈에 빤히 보이는 가시적인 세계, 즉 물질주의를 기반으로 하는 문화에 대한 비협상력 말이다.

팬데믹 이후에는 더더욱 글만이 생명인 삶을 살았다. 침해받는 멘탈과 분투하는 멘탈 사이에서 글이 태어났다. 그 모든 존재자들이 거리를 셈할 수 없을 만큼 비존재로 바뀌었으나 글은 더 가까워졌고, 글을 쓸 수 있었기에 기적이다. 이것은 세상의 모든 이들이 우주적 총합으로 가르쳐준 삶의 방식이기도 하므로 모든 이의 깨알 같은 협조에 일일이 감사의 마음을 전하지는 않으려 한다. 두 어깨로 받쳐서 모자라면 머리까지도 기꺼이 힘을 내는 데 보태마고 한 가족이 더없이 고맙다. 숲이 숨을 주고, 숨을 쉬면서 사는 일이야말로 생명의 모습이라는 것을 나는 뼛

속 깊이 알고 있다. 지난 여름에 토지문화관에 입주하여 집필하는 동안
에는 숲속에서 깨어나고 잠들었다. 자연이 보호해줘서 두 개의 위험에
서 벗어났다는 루스 이리가레의 말은 내게 우주만 한 위안을 주었다. 두
개가 아닌 무한수의 위험이 인류에게 닥칠지라도 자연은 자연 그 자체
로 우리의 '숨'이다. 모든 생명은 재현할 수 없는 그 자체로 우리와 연
결되어 있다. 지난 2년간 인류는 팬데믹 안에서 살아왔으나 앞으로는
백신과 함께하는 체제를 살아내야 한다. 세상의 시인들은 이 시간에도
한 편의 시를 기어이 고통스럽게 일으켜 세우고 있을 것이다.

                                    2021년 가을, 숲과 숨을 생각하면서
                                    김효숙

| 차례 |

제1부

지구 부착자에게

생명 · 생태 시의 지리학

호모필로포엠이 들려주는 천체 이야기

언제나 이런 기획이 요구되는 시대를 살았다. 그것을 망각하고 싶었을 뿐이다. 우주를 생명윤리로 꿰뚫어보는 일, 모든 생명체들이 하나의 그물망에 담겨 있음을 깊이 자각하는 일이다. 그동안 기계의 기능을 진보시켜 오면서 인류는 자신의 탁월성을 기계주의에 대한 신뢰로 증명하곤 했다. 영속을 꿈꾸면서 인간 바깥의 생명체와 떼어놓고 자신을 고상한 종으로 굳혀 놓았지만 이는 잔인하기 짝이 없는 생명관이다. 다윈의 진화론처럼 결론이 명백한 기계론적 생명관에 의문을 가져봐야 하는 이유가 여기에 있다. 인간종의 존재론에 대한 논란은 이미 종결되었으므로, 유일하게 고귀한 종을 태우고 달리는 생명열차에 인류가 지금 탑승해 있기에 그렇다. 멈춰 설 곳도, 후진할 곳도 알 수가 없으나 어쨌든 질주 중인 이 열차는 '인간 존재론'이라는 내연기관이 움직인다.

인간종만 탑승하는 이 열차 바깥에는 생명의 본질이 과연 무엇인가? 라는 질문을 이끌어내는 여타 생물종들이 있다. 그들은 우리의 눈에 보이지 않고, 심지어는 보여도 보이지 않는다. 그들을 의식하지 않기로 작정했거나, 의식한다 해도 결과적으로는 같은 일이 일어날 뿐이다. 이렇게 우뚝 선 의식으로 인류가 배제해 온 생명체들을 이제 우리는 우주로 확장하는 의식 안에서 만나야 한다. 그동안 숭앙해 온 인간 존재론에 대한 제동을 인간 바깥의 생명체들이 걸어 오고 있으므로 그렇다. 그곳에서 생성되어 움직이는 무수한 생명체들은 결코 제외지에서 서식하는 외설적인 번식체들이 아니다. 이것이 온생명의 본질이다. 인간 존재론에 대한 사유로부터 생명 본질론으로의 전환. 거기에 대우주가 있다. 행성·항성·천체·별 등의 물리적 공간에는 먼지만 한 '지구'라는 구체적인 사물이 있다. 이 글에서는 그곳에 사는 인간이 바라보는 별 쪽으로 의식을 쏘아올릴 것이다.

피타고라스에게 별은 세계의 실재를 직관하는 매체였다. 루카치의 별은 신화 세계의 총체성을 표상하고, 칸트의 별은 양심의 지도와 같으며, 윤동주의 별은 초자아의 자리에서 여전히 빛나고 있다. 도시에서는 이제 전류를 셧다운하지 않는 한 별을 찾아보기 어렵다. 그동안 인류가 망각해 온 불길한 문명의 속성을 밤하늘이 증명한다. 인류가 꿈꾸던 신비한 우주가 과학 문명의 종착지가 되어버린 것이다. 그곳에서 오는 빛을 볼 수 없어진 하늘을 향해 인류는 점점 머리를 들 이유를 잃어가고 있다. 그럴지라도 시인들은 별을 떠나지 않고 시를 쓴다. 상상력이 더 이상 갈 곳이 없을 때에도 시는 과학처럼 우주까지 가 닿는다.

과학기술이 인류를 구원하리라는 교만한 믿음이 시인에게 없는 것은, 그들이 본래 바람이 빚어낸 목소리로 시를 읊고, 별과 달을 보며 유랑했던 족속이어서다. 별을 볼 수 없게 된 것이 별의 문제가 아닌, 문명이 급속도로 발달한 지구의 문제라는 사실 때문에라도 시인들은 별의 이름을 부른다. 가속 장치로만 쓸모 있는 과학기술이 인류에게서 별을 빼앗아 가자, 이전과 달라진 감정과 인식을 시에 담아내기 시작했다. 문명 이전과 이후의 별이 다르고, 현대의 최첨단 문명과 근대 문명기의 별이 다른 것은 그런 이유에서다. 따라서 난해한 방정식과, 어디서 끊어 읽어야 할지 모를 숫자를 써넣어 시의 미감을 방해하는 현대시들은, 그 기호를 대입하여 천체를 읽어내야만 하는, 시인의 절박한 심정에서 나온다. 학문 분야에서 무거운 기호를 빌어와, 이제까지 감각해 온 별을 새로이 알아가려는 것이다.

망원경의 렌즈를 천체에 맞추지 않고도 까마득한 시공(時空)을 직관해 왔으나, 이제는 확대경의 눈을 빌어 별을 관측한 과학자의 기록을 시인들이 참고한다. 노벨문학상 수상자이기도 한 철학자 베르그송이 엘랑비탈(élan vital)이라는 개념으로 생명의 본질을 꿰뚫었을 때, 그의 사유를 자극한 것은 그 시대의 온갖 새로운 과학 이론들이었다. 이 시대의 시인이 과학·철학 언어를 시에 전이시키는 것도 비슷한 내면을 갖는다. 학문 기호로 노래해야 할 만큼, 별은 이제 상상력의 최종 종착 지점이 되었고, 과학 체계와 인문학 교양, 시적 직관이 서로 침투하면서 고양된다.

별이 꿈이고 노래이던 이전 시대의 서정은 인간과 별의 정서적 교감에 맞춰졌었다. 이후 인류의 정신은 생명 기원의 비밀을 지식화하는 데로, 최근에는 인간의 두뇌 기능을 대체한 인공지능 문제로까지 진전하였다. 별을 우러렀던 마음이 자신의 기원을 알려는 욕구였을 때를 지나 인류의 지식 체계는 빠르게 변화하고 있다. 자신이 온 곳과 돌아갈 곳의 비밀을 극성스럽게 알아내려 했던 인간의 마을에는 이제 더이상 별이 뜨지 않는다. 그런데도 시인은 여전히 쓸쓸한 '의식'이 되어 별을 찾는다. 누군가가 의식할 때에만 별은 마음에서도 하늘에서도 돋아난다. 시인은 온몸으로 그 의식이 되어가는 사람이다. 일찍이 우주적 그물망 안에서 생명현상을 간파한 시인들은 태고의 시·공간에서부터 지금-이곳을 초과하여 미래를 예견하는 의식으로 별을 노래했다. 우주-자연의 소리에 회신하는 그 노래가 시였다는 사족은 더 이상 필요치 않다.

따뜻하고 낮은 마음작용

시인에게는 빛도 어둠도 똑같이 심연일 때가 있다. 그곳의 법칙은, 오래 머무는 자를 영원한 조건에 고정시키는 것이다. 따라서 시인은 빛에다 어둠을 겹쳐서 보는 안목으로 시를 쓴다. 그런가 하면 어떤 시인은 별자리에서 서양의 궁수를 보고, 또 다른 시인은 동양의 풀메뚜기, 모랫벌로 기어드는 바다거북을 본다. 뒤의 시인은 서양의 궁수도 잘 알지만, 동양의 동물들이 활개 치는 별자리를 머리 위에 두고 산다. 이러한 탈(脫)인간중심주의가, 박제천의 동양풍 직관이면서 포스트휴머니즘의 내면이라는 사실은 흥미롭다. 시인은 시력 50년이라는 장구한 시간 동안 줄곧, 우주를 삶의 바탕에서 생동하는 생명체들로 환치해왔다. 시의 표면 기호는 사사롭지만, 내면의 광폭은 경이로움을 자아낸다. 박제천 시의 인격 배경은 처음부터 조화성의 우주였다. 동아시아 철학과 접속하여 만물이 상응하는 조화 안에서 우주의 조각들에 눈을 맞춰 왔다. 지금으로부터 40년 전, 『율(律)』(1981) '심천(心天)' 편에서 별 소재 연작시 36편을 펼쳐놓을 때 그가 꾀한 것은 "자연과 나의 습합(褶合)", 즉 물질과 의식의 통합이다. 이 프로젝트는 박제천 시정신의 이미 그러함, 즉 자연스러움에서 출발한 것이다. 서양 일색의 별 이름을 물린 곳에 온갖 짐승들을 불러들여 방목하면서, 그들이 머리를 둔 방향으로 지구의 방위를 열어놓는다. 중심축 없는 편재의 방식으로 이 세계를 현상하는 '흐름'의 시학이다.

> 별 몇 개쯤 수첩에 빠트려도 마음이 편하던 시절은 이미 지나가고
> 풀메뚜기 한 마리 찾아서 세계를 서른 몇 바퀴씩 돌아야만 합니다
> 별이여, 땅에 내려와 사는 메뚜기여 어떻게 너희들을 잊을 수 있으랴
> 확대경으로 들여다보이는 내 삶의 전신(前身), 벌거숭이
>
> ― 박제천, 「심천 두 번째 여(女)」 부분

박제천은 본질과 현상의 문제를 줄곧 고민해온 시인이다. 그에게 별은, 우주라는 책 속의 무수한 기호 중 하나이며, 마음작용의 표상이다. 위 시에는 메뚜기라는 '현상', 벌거숭이라는 '본질'이 겹쳐 있다. 현상 세계에서 메뚜기로 이름을 부여받은 존재자가 별의 다른 이름, 즉 시적 화자다. 현상이 본질을 앞서는 세계에서 이미지는 진리이지만, 그것이 바뀐 세계에서 이미지는 허상이다. 이름 없는 별들을 호명하여 지금 여기의 존재자로 지정해본들 이 작업은 좀체 종결되지 않는다. "돌대가리, 돌대가리, 돌대가리"라고 자책해보지만, 수많은 무명 씨(氏)들을 여전히 이름 없는 세계에 둬야 한다. 시인에게 우주는 마음의 법칙을 따라 생겨났다가, 그것을 따라 사라지는 곳. 그래서 사물의 이름을 다 불러줄 수가 없다. 마음이 닿는 곳에 우주가 생기고, 마음을 물리면 그곳은 닫힌다. 생명은 생성하고 변화하는 것이므로 하드디스크 파일명처럼 고정할 수 있는 것이 아니다.

과학은 법칙과 체계를 세워나가지만, 박제천은 그것을 용해한다. 그에게 별은 "둥글게 그려보면 모나게 생각이 되고 오각형으로 접다 보면 타원"(「심천 두 번째 심(心)」)으로 그려야 할 것 같은 가변체다. 허상의 틀을 만들려고 고투하던 화자의 작업은 끝내 궁리로 끝나고, 어린 것은 자신이 생각하는 별 형상을 간단히 오려낸다. 시인은 번잡한 생각에 갇혀 결정을 유보했으나, 아이는 지체하는 법이 없다. 투명하고 빠르게 세계를 직관하는 자유는 무구한 마음에서 나온다. 시인은 줄곧 신비한 빛을 꿈꿔왔으나, 번잡한 허상에 집착하여 번번이 판단과 결정을 미룬다. 시인은 사피엔스의 두뇌 작용도 일찍이 이렇게 사유했다.

내가 내어보내는 뇌파는 늘 일억 광년쯤의 거리에서 힘을 잃어버린 채 더 이상 가지도 되돌아오지도 못합니다 아무래도 내게는 그쯤 또 다른 별에 사는 내

가 있어 그것을 제 것으로 삼아버리는 것같이 생각됩니다

— 박제천, 「심천 첫 번째 우(牛)」 부분

인간 의식의 파동을 뇌과학이라는 이름으로 다뤄온 인류가 여기에 있다. 한번 방류한 의식이 다시 돌아오지 않는 일은, 병증도 판타지도 아니다. 박제천은 우주라는 책 속에서 파동하는 에너지를 정신 또는 의식 작용으로 미뤄 사유하면서 의식의 기원을 탐문한다. 시인에게 별은 서른세 개나 되는 마음의 하늘에 걸려 있으면서 "이상한 꿈을 꾸게 하는" 실재계다. 언어를 넘어선 그 세계는 감정으로도 이미지로도 표현할 수 없고, 시인도 그 세계를 다 알 수 없으며, 오직 어떤 본질과 관련되어 있다. 별 연작시 36편을 쓴 이후에도 시인은 "어린 내가 받았던 별빛을 돌려주는"(「SF-퀘이사 별」) 심사로 무명의 별들과 교신 중이다. 별이 결코 한 시대의 별이 아니듯, 박제천의 천체 상상력도 시대를 넘어 이어지고 있다.

별, 지금 타오르는 것에 붙인 이름

이승하 시에서 별은 서정의 표층으로서 시인의 의식과 정서가 투영된 매체다. 초기 시에서부터 시인은 사변을 걷어낸 자리에 경험적 서정을 담아 왔다. 서정이 이 세계를 얇게 압축한다는 관념을 쇄신하면서, 첫 시집 『사랑의 탐구』(1987)에서 시작한 별 이야기는 근래에 인공지능 상상력으로까지 진화하였다. 이승하의 시는 '별' 현상을 따라 시집 전권을 읽어도 좋을 만큼 이 빛나는 매체의 매혹이 좀처럼 말소되지 않는다. 초기 시에서 별은 삶의 약진을 상징하지는 않는다. 가족 단위 삶의 바탕으로부터 비의(悲意)와 소멸 감정을 반사하는 물질이다. 시적 자아가 진정 바라는 것은 쉼없이 타오르는 별의 실존이지만, 이면에서의 소멸 감정

도 만만찮은 수위를 이룬다. 시인이 사는 세계에서 별은 "수십, 수백, 수천 광년" 전 출발한 기원의 빛이다. 1광년을 킬로미터로 환산하여 9,467,000,000,000을 괄호 안에 넣고, 까마득한 태초의 시간에 의식을 잇댄다. 지속하면서 지금 여기에 있어야만 그 존재를 믿는 세계에서 시인은, 물질인 별로 정신을 대리 표상해 나간다. 우주에서 오는 빛이 지구에 도달하기까지 걸리는 몇억 광년을 경험하진 못하지만, 빛이 지속하는 현상을 '별'로 명명하면서, 죽음을 비-존재의 상태로 알아온 것을 수정하기에 이른다.

다음 시구에서 보는 것처럼, 시인은 죽음과 이별을 '지속성'의 중단 상태로 알아 왔었다. "타오르는 것은 다 식는다 지금 빛나는 것은 다"(「지금 빛나는 것은 다」). 생명체 간 관계성의 사망을 이렇게 별이 뜨는 이유와 그것이 사라지는 현상으로 언명한다. 시적 자아가 아버지 극복을 위한 상징 궤도로 은하계를 구축한 때가 이때다. 아버지가 파괴의 세계라면 별은 복구의 세계, 아버지가 위계적 권위자라면 별은 평화의 세계를 조성한다. 어긋나는 현실에서 어린 자아는 다른 궤도에서 돌아가는 대체 공간을 일찍이 내면화하게 되었다. 심지어 젊은 시인에게는 태양마저 파시즘의 현실이다. "미치도록 잠자고 싶"은 욕망, 진통제 없는 삶에의 갈구를 태양 부정으로 증폭시킨다. 잠을 재우지 않고 고문하는 폭압 정치를 '빛'을 소등할 수 없는 정황으로, 불면의 밤을 획책하는 가족의 내력을 암울하고 광기 어린 것으로 그리면서 시인은 그 모든 폭력의 방어기제로 퇴행을 욕망한다. 가족 소집단에서 벌어지는 폭력, 그리고 시대의 광기와 폭력의 부당함은 지배적 권위자의 그것이라는 점에서 동일하다(「빛의 비밀」,『우리들의 유토피아』, 1989).

『욥의 슬픔을 아시나요』(1991)에서 시인은 시대의 병폐를 병색 짙은 인물들에 투사한다. 고립무원인 이 인물들의 상태에서도 외부에서 침투한 힘 때문에 젊음이 소진되는 정황을 어김없이 볼 수 있다. 빛이 그늘로 바뀌는 것은 쓰러지는 태양(「어두운 날의 주자(走者)」) 때문이며, 현실은 식어가는 행성(「병실에서의 죽음」)과도 같다. 일상은 수면제와 신경안정제 복용으로 찌들었고, 미친 혈육의 방황도 종결되지 않는다. 이 일들이 모두, '내가 진리'라며 삶의 궤도를 자기중심으로 바꿔 놓은 폭력 주체의 그늘에서 파생한 것이다. 이에 대한 시적 저항이 비유법 "조물주의 헛바늘"(「밤의 유희」)이다. 폭력의 말로 점철된 세계, 음성 중심으로 진리체계를 세워온 폭력 주체에 대한 반발로 시인은 문자 중심의 세계를 열어나간다. 투쟁과 미움·표류·방황 때문에 이 세계는 아프게 건설되지만, 시인은 시를 쓸 수 있기에 삶의 이유를 알아가고 있다.

이제 『젊은 별에게』(1998)의 표제시를 보자. 이 시는 이전 시집 『욥의 슬픔을 아시나요』에 실렸던 것이지만 표제시로 다시 쓰고 있다. 세계의 질서가 기성(旣成)에 의해 구축된 것이라는 자각이 젊은 시인을 괴로움에 빠트린다. 그렇다면 오차 없는 자전과 공전의 질서를 내파해야만 12궁도가 열릴 것이나, 자신만이 유일한 길이요 진리라고 자처하는 '신'을 망각할 수 없기에 순결한 젊은 시인은 여전히 이 혼란한 세계를 표류 중이다. 그런데 이때 생각을 전환하기라도 한 걸까. '신'을 길게 늘여 쓰면서 '시인'을 탄생시키는 묘기를 펼친다. 문득 다가오는 "꽃, 한 송이의 천체"(「꽃차례」)가 시인이 쓴 기호로부터 열린다. 모든 연약하고 이름 없는 생명체의 제유, 광대한 우주로 치켜 올렸던 머리를 지상으로 떨굴 때에야 보게 된 꽃, 그리고 흙으로 만들어진 자신에 대한 자각(「흙에게」). 이것은 먼 우주를 돌아 자신의 자리로 귀환한 시인에게 주어진 고귀한 인식이다. 그때 시인의 눈이 향한 곳이 "먼지 속 세상 사람들"(「헌시(獻詩)」)이라는 사실 앞에서 시적 화자의 눈은 새삼 밝아진다. 흙에서 나와 흙 위를 걸어가야 하는 인간에게 천명을 깨우쳐주는 시구다. 이렇게 이승하는 천상을 거쳐 지상으로 내려오는 인식 과정에서 "코스모스(cosmos)" (「물의 법(法)」, 『생명에서 물건으로』, 1995)를 '우주'와 '꽃'의 복합 의미로 쓰게 되었다.

『뼈아픈 별을 찾아서』(2001)에는 동·서양의 천체 인식이 두루 충만하다. 시·공간이 동시에 깨어나는 활기, 생명력의 활성화, 만상이 서로 어우러지는 광경을 볼 수 있다. 별 현상으로 기원의 시간을 사유해오던 시인의 우주관이 시·공간의 조화로움으로 이행하고 있다. 이 시집을 크게 시간·공간·인간으로 구성한 것만 봐도, 작정한 듯 우주를 전방위적으로 탐사하려는 의지가 드러난다. 아울러 시인은 세기말의 공포 속에서 실존과 여타 생명체의 존귀함에 대해 무척 고민했을 것으로 보인다. 일자(一者) 해체, 산업자본주의에 기여하는 바벨의 언어, 신의 언어와 정보력을 내장한 듯한 컴퓨터의 위력 등에 대해 질문을 던진다. 현대인에게 시간이란 단지 기술력을 설명하는 기제, 즉 랜선의 빠르기로 효율성을 판단하는 현상인지, 신이 전권을 갖고 있다고 믿었던 것을 현대인이 가로챈 것인지 하는 질문들이 그것이다(「다시, 바벨탑을 세우며」). 더하여 눈에 띄는 것은, 인류가 남긴 마지막 시집이 될지도 모른다는 가정하에서는 더더욱 절박하게 다가오는 생명 문제다.

> 천상의 별을 찾는다고 네 발밑에서
> 지렁이나 개미가 죽게 하지 말기를
> 통증을 느끼는 것들을 가엾어하지 않는다면
> 네 목숨의 값어치는 그 미물과 같지
>
> — 이승하, 「뼈아픈 별을 찾아서─아들에게」 부분

멀리 보는 자가 세상을 지배하는 법칙을 인류가 숭앙하면서 발밑의 생명체는 배제되었다. 이승하 시의 도약 지점은, 작은 생명체들에게 눈길을 멈추는 곳이다. 우주 공간에서 이미 죽은 별을 바라보며 기뻐하는 자의 발밑에 깔린 개미 또는 짝을 찾는 벌레들(「아버지 뇌사 상태에 빠져 계시다」)이 거기에 있다. 생과 사의 교차지점에서 지금 듣는 우주 음향은 정작 그간 하찮게 여겼던 벌레들이 내는 생명의 소리였다. 거대우주는 막막하여 시간만으로도 공간만으로도 개념 규정을 하기는 어렵다. 공간이 품고 있는 시간처럼 시간도 공간 위에서 현출한다. 이 시집의 1부와 2부에는 이와 관련한 고민이 집약되어 있다. 등단 초기부터 이어 온 시인의 우주 탐사는 단순한 관념이나 난해한 숫자 기호, 신화적 요소들에 함몰되지 않는 현실안을 동반한다. 이 시인에게 삶이란 비극에 가까우며, 비의는 이 세계에 던져진 자가 감당하는 모든 막막함들과 연루되어 있다. 이는 그 어떤 숫자로도 면적으로도 환산할 수 없는 것이어서 감히 우주만하다고 표현할 수밖에 없는 것이다.

그후 2010년에 낸 『천상의 바람, 지상의 길―혜초의 길』(2010)에서는 우주관이 한층 깊어지고 성찰적이다. 바로 앞의 시집에서도 혜초가 갔던 길을 밟았던 기록이 있지만, 이 시집을 관통하는 의미들이 현대인의 광포성에 맞춰지면서 언어의 지층이 한층 두꺼워진다. 여인과 아기처럼 작고 연약한 존재를 '별' 이미지로, 이슬람 국가를 폭격한 미군을 태양 이미지로 그린 시(「순례자의 마지막 노래」)만 보더라도, 천체관과 세계 역사관이 만나는 지점이 있다. 첨단 무기의 실험장이 된 약소국의 절망을 시인은 "별들이 다투며 길 안내를 자청"(「파미르 고원에서」)하는 순례길에서 마주한다. 혜초가 갔던 길을 밟아 보고, 붓다가 득도했을 때 눈 맞춘 이름 모를 별을 영원성의 상징으로 그려내기도 한다(『불의 설법』, 2014).

급기야 우주에서 가장 작지만 큰 깨달음을 안긴 별을 발견하게 되고 (『아픔이 너를 꽃피웠다』, 2018), 광학기술이 발달하면서 사진은 예술품이 되며, 그때 기술은 "지상에 빛을 보내준 태양"(「세 번의 만남」) 덕분이라는 인식으로 우주관이 성장한다. "먼지 속에 별이 있"(「방을 닦고 나서 별을 보다」)다는 인식에 이르기까지 시인은 먼 길을 돌아온 셈이다. 의상의 『법성게(法性揭)』로부터, 살비듬 한 조각에도 인류의 유전정보가 저장되어 있다는 각성을 하게 된 것이다. 시인의 자리가 작은 먼지 속의 우주인 것처럼, 생명 있는 것에는 어떠한 위계도 있을 수가 없다. 크기와 위력을 동일시하지 않으므로 이승하 시에서 먼지와 우주의 알레고리는 더욱 풍성해진다. 햇빛 한 줄기에 무심코 떠 있는 먼지에 새겨진 정보에서 먼 조상을 읽고, 더 거슬러 가면 기원의 별이 있다.

"시를 쓴다는 것은 우주라는 부호를 푸는 것"(옥타비오 파스)이다. 이승하는 가장 작은 사물에서 지금 우주 암호를 해석하고 있다. 먼지 시(詩). 이 명명법에 시인이 화들짝 놀라겠지만, 셈할 수 없는 우주적 충만을 시인이 먼지로 직관하고 있기에, 먼지처럼 흩날리더라도 거기에 자신의 정보가 들어 있으므로, 삶과 죽음의 경계를 넘어설 수 있다. 이렇게 이승하의 시는 처음부터 천체 안에서 발아하여 진화했다. 우주는 실재를 재현할 수 없는 거리에 있으므로 언제나 추상 언어로 교체된다. 그러나 먼지는, 시인이 쓴 것처럼 걸레로 훔쳐낼 수 있는 가장 미소한 사물이다. 아주 작은 먼지 현상으로 생명의 본질을 직관하는 시인의 살갗에 그 우주가 있다.

우주에는 감정이 산다

2000년대 전후의 인지과학 이론은, 인간 뇌의 인식 작용과 정보 처리 기능에 혁명을 가져왔다. 고상하다 여겨온 지식과 천박하다 여겨온 감정·욕망이 인지과학의 지도에서는 회로가 교차한다. 인간은 지구 표면에 붙어살아오면서 중력 작용을 이성적으로 학습해 왔으나, 시인은 기호의 연금술사. 과학 방정식을 분해하고 녹여 시를 제조한다. 이때도 낭만과 서정은 살려놓으려 한다. 이것을 닫고선 직관이 나아갈 곳이 없어서이다. 때문에 '별' 시는 딱딱한 보고문으로 전락하지 않는다. 시인은 정신을 기호로 표현하고, 그 정신을 아는 일조차 자신이 쓰는 기호로 수행한다. 우주를 꽃이나 먼지로 비유하면 이 세계는 '언어'가 된다. 갈 봄 여름 없이 피는 꽃을 호명한 소월의 시도, 꽃의 이름을 불러준 김춘수의 시도, 우주 하나를 언어로 열어놓았다는 점에서는 똑같이 우주시다. 상상의 범주가 우주를 벗어날 수 없으므로 세상의 모든 시는 우주의 신경이나 다름없다.

　지구인의 눈으로 바라볼 때 우주 공간은 지구의 외부로 배격된다. 지구 중심 사고가 정작 지구를 우주에서 밀어내면서 이루어지는 것은 역설이다. 상대성의 우주 개념으로 보면 우주시는, 지구를 아우르는 거대 우주의 현상학도, 그리고 꽃 한 송이가 피어나는 미시사도 우주적 사건으로 만나야 한다. 따라서 우주시는, 지구의 외부를 추상하는 절대적 위치와, 모든 행성의 상대성 안에서 미적 수행을 하는 경우를 망라할 수 있다. 그렇다면, 우주시 또는 우주문학을 일관되게 미적으로 조형해 나가는 경우에는 어떤 의미를 부여할 수 있을까.

　김영산은, 보다 많이 감추면서 그보다 더 많은 것을 보여주는 화법에 능숙하다. 그는 우리 시단의 일관된 우주정신이라고 해도 좋을 만큼 선언적인 '우주문학' 창안자다. 그의 시는, 우주 생태는 거대한 운동성이고, 우주문학은 전위적인 시운동이라는 사실을 선포한다. 『시마(詩魔)』(2009)에서 백비(白碑)는 모든 주검의 상징으로서, 신(神)도 학문도 전통적인 시(詩)도 사망한 시대의 표상이다. 나아가 이 백비는 3차원의 시·공간을 넘어 우주의 운동 에너지를 메타 수행하는 매체다.

　이 지구에 시도 역사도 종교도 빗돌을 많이 세웠다. 나무의 기억은 나이테이고 시인의 기억이 시라면 지구의 기억은 무엇인가. 산 자들의 몸에 새겨진 죽음의 기억이다. 새기는 것, 지우는 것이 팽팽히 맞서라! 서 있거나 눕고 싶은 우리는 모두 빗돌이다.

　　　　　　　　　　　　　　　　　　— 김영산, 「시마―백비」 부분(『시마(詩魔)』, 2009)

죽음과 기억, 그리고 애도의 차원을 넘어 김영산은 우주 상상력을 펼친다. 빗돌의 실재성에도 불구하고, 기호의 의미 작용을 닫아버린 이 물체를 놓고 시인은 생성과 소멸에 관한, 수다한 비유법을 구사해 나간다. 죽음 그 자체에 머물지 않고, 보이지 않는 것에 잠재적 가시성을 부여하면서 김영산의 시는 태어난다. 백비라는 텅 빈 매체로 문자의 의미 작용을 역설하는 기법이다. 이때 시인은 시간 작용 안에서 시의 죽음을 말하고 있으나, 이것은 연금술로서 언어의 죽음, 즉, 새로운 언어 제조 과정에서 열정을 피워 올리는 작업이다. 2000년대 전후 우리 시단에 등장한 미래파가 동시성의 시간을 실험할 무렵, 김영산은 불변의 축인 신화의 시간과, 포스트모더니즘의 시간인 변화의 축을 모순적으로 사유했다. 감각의 비총체적 작용을 밀고 나가면서 선조적 시간을 파열한 것으로 본 미래파와 달리, 김영산의 시에서는 기원의 시간과 현실의 즉시성이 맞부딪친다. 지성주의가 시단을 주도할 무렵 김영산도 새로운 문법으로 우주를 기록했으며, 시대의 유행이나 특성에 자신의 시를 고정하지 않는다. 우주의 소리를 율려로 다성화하고, 그것을 시의 운율로 시각화할 때 공감각 이미지가 발생한다. 이렇게 태어난 시-산문의 혼합물이 '시마'다. 신생 언어의 탄생 과정을 우주 팽창의 원심력으로 기호화할 때 그 의미는 끝없이 분산하고 확산한다. 죽음의 문턱에 다다른 생명체가 뱉어내는 폐색 짙은 목소리와 음악 운율이 교합하고, 모든 파괴는 생성의 에너지와 접합하며, 죽음과 삶의 경계선에서 새로운 언어가 연금된다.

뒤이은 시집 『하얀 별』(2013)에서도, 전작에 이은 상징과 암시로 수행 언어의 밀도를 높인다. 자신의 시-산문을 '시설(詩說)'로 규정하면서, 이전 시집의 형식을 사후적으로 정리하고 있다. 표제 '하얀 별'에서 보는 것처럼, 이것은 죽음 직전의 초고밀도 빛이며, 말 못함을 극대화한 것이자, 감당할 길 없는 다성성을 차라리 활활 태우는 언어의 제의다. 한 획의 기호도 없이 모든 말을 하는 백비는, 곧 폭발하면서 죽어 신생의 별을 낳는 초고밀도 별의 다른 이름이다. 따라서 하얀 별도, 백비도, 말 못함·말 없음으로 팽창한 우주 텍스트인 셈이다. 두 시집 모두 메타 실행을 하고 있는 만큼, 이것이 김영산의 시론으로 발전하는 것은 매우 자연스럽다. 이 시집에서 시인은 전작의 낭만적 경향을 걷어내면서도, 죽음이 임박한 생명체에 폭발적인 에너지를 심어놓고서 그것을 대체 무엇이라고 부를 수 있을지 고민하고 있다.

일찍이 박제천이 이렇게 물었다. "우주에도 감정이 있을까 저들도/사랑의 감정으로 별을 배고 별을 낳을까"(「없음의 지옥」, 『푸른 별의 열두 가지 지옥에서』, 1992). 2000년대 시들 중 중력 작용을 감정 문제로 녹여낸 시들을 이제 볼 차례다. 온라인 게임에 접속한 아바타들이 메트릭스를 유영하는 상상력에 사랑 체험이 깃들어 있다고 상상하는 시인이 있다. 앞서 본 김영산의 『시마(詩魔)』에 이어 같은 달에 출간한 안현미의 시집 『이별의 재구성』에서는 사랑의 속성을 온라인 게임에서의 가상체험으로 시화한다. 이때 펼치는 천체 상상력의 많은 부분이 현실과의 접속, 경계의 흐림 등으로 나타난다. 현실과 사랑의 감정 간 결합이 가능하기나 한 일인가. 그 사이에는 불화가 더 많지 않던가. 여기서 시인은 사랑의 감정은 현실 체험이기보다 가상에 더 가깝다고 들려준다. 이곳의 인류를 말하기 위해 우주를 인유하고, 그 우주가 실제가 아닌 가상의 체험 공간이어서 사랑의 정체는 더 환상적으로 증명된다. 온라인 게임이 구성하는 가상을 초과하지 않는 곳에서 우주를 말하면서 사랑의 가상적 특성을 미뤄 유추하도록 장치해 놓는다.

우리는 당황했지만 즐거웠고 우리는 은밀했다
이상했지만 세계는 완벽했고 중력은 충분히 희박했다
검색창 밖으론 하루종일 푹푹 분홍눈이 내렸고

하루종일 우주선처럼 둥둥 떠다녔다
사랑과 합체한 사랑은, 그리고 또 우리는
그후 '하나는 많고 둘은 부족한' 별의 거북무덤엔 다음처럼 기록되었다

사랑을 체험한 뒤에는 전과 똑같은 인간일 수 없다
— 안현미, 「합체」 부분(『이별의 재구성』, 2009)

　　우주 체험을 한 슈와이카트(우주비행사)와 온라인 게이머(gamer)를 '합체'라는 형식으로 묶어 보여주는 시다. 우주 공간에서 도킹에 성공한 우주선과, 매트릭스에서 합체 체험 중인 게이머들에게 이 가상공간은 사랑의 감정을 끌어와 설명해야만 할 어떤 당황스러움·즐거움·은밀함·이상함·완벽함·희박함 등과 연루되어 있다. 그리고 그것이 무중력의 공간에서 펼쳐지지만 실제와 구분할 수 없는 애호 감정이라는 것. 경험한 후에는 이전의 관념들에 급격한 전환이 이뤄지면서 예전의 방식으로는 살아갈 수 없게 되어버린다는 것. 가상 세계에서 일어나는 복합 감정과 합체의 경험이 시적 자아를 다시금 그 세계로 빠져들게 만든다는 것. 이 일로 "우주라는 말을 발견"하게 된 이들은 공간 규정이 불가능한 온라인 공간을 '방'이라고 명명하지는 못한다. 그곳은 그냥 우주다. 인간의 상상력이 미칠 수 있는 마지막 공간이 그들에게는 끝장까지 그냥 우주다. 따라서 사랑의 감정이 일어나고 그곳에 빠져드는 일은 가상으로만 해명할 수 있는 엄청난 사건, 죽기까지 게임을 하듯 치러야 하는 열정의 전투인 셈이다.

　　과도하게 과민하게 과격하게 순식간에 녀석들은 him으로 합체한다 합체된 '힘'은 매트릭스 속으로 순간이동한다 eye는 '취생몽사'라는 이름의 꿈을 포맷

한다 외롭고 웃긴 이 별 어디에서도 녀석들을 닮은 계통수(系統樹)는 발견되지 않는다.

— 안현미, 「환과 멸」 뒷부분

　이 시에서 보여주는 경험에는, 분화하는 아바타만이 환(幻)의 세계에 살아남고, "닮은 계통수"는 필멸한다는 정서가 깔려 있다. 메트릭스 게임에 열광하면서 성정이 지나치게 과민·과격해지는 것은 현실-가상의 경계가 흐려졌기 때문이다. 시인이 쓴 취생몽사의 상태는, 그 어느 쪽으로도 분명하게 회귀할 수 없는, 오직 그렇게 삶으로써만 살아 있다고 느끼는 자들의 정서를 대변한다. 김영산·안현미의 시에서 본 것처럼, 2000년대 후반의 시에 나타나는 가상 체험은 인간 심리와 접속하면서 첨단 기기인 컴퓨터를 조작하는 능력 안에서 겪게 되는 영역에 있다. 얼굴과 신상 정보 등의 아이덴티티를 노출하지 않고 자신의 감정을 숨김없이 표출한다는 점에서 온라인 공간은 감정을 은폐할 이유가 사라진 시대를 대변하는 곳이기도 하다.

　　의사가 사과를 자르며 말했다
　　이봐요!
　　당신은 아직 거울의 뒷면을 선택할 자유가 없어요

　　나는 어둠 속으로 스며들기 시작했어
　　우린 하나랄까
　　분열된 선택은 숫자에 불과했어

　　죽음의 문이 열리면 시간은 빛이 되지 나는 이제 어둠이니까
　　우주여 안녕?

나는 다시 연둣빛 감정을 느끼기 시작했어

— 김두안, 「죽음에 대한 리허설」 부분(『물론의 세계』, 2019)

   이 시에는 섬뜩한 죽음 이미지와 연둣빛 감정이 같은 지평에 있다. 죽음 리허설이라는 기획 안에서 시적 화자는 가상의 우주 공간을 돌고 있는 것으로 보인다. 심연에서 빠져나올 때 의식계에서 먼저 깨어나는 것이 감정이다. 김두안의 시에는 상처와 죽음 이미지들이 낭자하지만, 몇 개의 차원과 시간을 관통하며 발견해낸 감정 영역은 각별히 소중하다. 환상 요소로 꾸려 내놓는 우주 공간과 행성들에서 감정의 갈래를 짚어나가다 보면, 인류의 탄생을 물질로 고정해온 관념이 슬며시 밀려난다. 태어나던 순간의 그 모든 정황에 무지하므로 인류는 그때를 알아내려는 기술을 진보시켜 온 사피엔스가 아니던가.

   인간의 우주관은 지구 중심으로 고정된 자리에서 진행되어 왔으나, 아인슈타인은 그러한 자리는 없다고 보았다. 우주 공간 어디에서 바라보든 모든 장소는 정지해 있는 경우가 없어서 우주를 관측하기에 좋은 기준 좌표란 없다는 것이다. 이것이 상대성이론이다. 제 궤도를 따라 어지러이 돌아가는 지구에 붙어사는 인간이 중력의 정체를 알게 된 계기는, 낙하한 사과가 지구 밖으로 나가지 않고 지구 표면에 안착했기 때문이다. 현대시에서 그 사과는 다음처럼 기능이 개량된다.

이(異)세계와 다중우주

   우주 속에 태양계와 같은 공간이 여럿 있다는 말이 맞는지 오류인지조차 우리는 알 길이 없다. 하나의 가설은 다만 진리 곁으로 다가가려는 사고의 방편일 뿐, 그것마저 다시금 오해를 불러일으킬 소지가 충분하다는 것만은 분명하다. 상상 가능한 만큼만 공간을 그려보곤 하지만, 또 다른 우주가 지구인의 시·공간 개념으로 측정 가능한가, 하는 문제에 부닥치면 무한대로 막막해진다. 우주도 우리의 상상력도 아직은 그렇게 터무니없이 캄캄하기만 하다. 2010년대 후반에 우리 문단에서 조용히 일기 시작한 우주 상상력은 단지 태양계에 한정되지 않는다. 태양계를 시뮬라크르한 다중우주나 평행우주 개념이 상호텍스트처럼 우리의 의식을 두드려대고 있다. 고광식 시집 『외계행성 사과밭』(2020)의 표제시에는 이(異)세계로 이동한 지구인이 등장한다. '여기는 안드로메다 성운. 오버!' 이러한 멘트가 곧바로 떠오를 것처럼 또 다른 우주는 우리에게 아이 같은 상상을 주문하고, 조금 더 성장한 인식으로 시를 바라봐도 이것은 분명히 가상의 텍스트다.

　　지구가 우주에 피어난 사과꽃처럼 보이는 시간엔
　　배고픔도 사과껍질처럼 길어진다
　　우주 버스는 안드로메다를 떠도는 꽃잎으로 반짝이다가
　　외계 행성의 분화구에 나를 쏟아놓는다

　　(중략)

　　내가 새로운 외계 행성 사과밭을 개척할 때면
　　돌아오라 아들아, 아버지는 메시지를 보낸다
　　아버지는 나에 대한 소유권을 주장하지만
　　끝까지 버티며 반쯤 핀 사과꽃만 전송한다

　　(중략)

나는 외계행성의 DNA를 코로 힘껏 흡입했다

벌거벗은 몸이 떠오르며 우주 전체가 따뜻해졌다

이곳에서 보면 지구는 사과를 떨어뜨리기에 너무 멀다

— 고광식, 「외계행성 사과밭」 부분

고광식 시의 앙티오이디푸스를 초지능인으로 읽어도 무리가 없다. 그
는 아버지의 집을 떠나 공간 이동을 거쳐 외계행성에 도달했다. 이렇게
발랄한 앙티오이디푸스의 정신 심리에 우울증의 기미는 없어 보인다. 외
계의 유전정보를 마음껏 전유하는 그의 심리가 이전의 전통을 조롱하는
데로 흐른다. 혈통의 중력을 적용하지 않아도 될 외계로 간 그가 간신히
"끊어지지 않고 늘어진 사과껍질"을 신뢰하는 행위는, 이전에 화자를 규
정했던 견고한 틀에 대한 야유다. 행성 간 중력 작용을 믿으며 "천체망원
경을 들고 수시로 나를 관찰"하는 가족과 달리, 껍질을 벗어놓고 벌거벗
은 몸이 되어 혈통의 중력과 압제로부터 자유를 누린다. 벗은 몸에 있는
진짜 유전정보와, 껍질뿐인 아버지의 유전자를 분리해 놓고 전통 극복을
꾀한다. 시적 화자가 가꾸는 외계의 사과밭은, 지구의 그것과 달리 화자
를 모든 중력의 압제로부터 해방시키는 상징적 분화구다. 이 가족에게 우
주는 지구 공간에 한정되지 않는다. 우주는 확장 중이고, 공간은 끈으로
연결되어 있다. 행성 사이를 연결한 끈으로부터 그는 지구의 진동을 느끼
고 있을 것이며, 지구에 남은 가족들은 그의 본질을 여전히 지구인으로
묶어 두려 할 것이다. 그러나 화자에게는 저러한 본질의 문제를 지구에
한정하려는 생각이 없다. 여기서 시인의 상상력은 양자역학에서 말하는
초월 공간으로까지 도약한다. 연결고리나 인과 관계 없이도 우주 공간에
서 공명이 가능하다는 시적인 가설을 세워보고 있다.

오래 매달려 왔으나 해결되지 않는 문제를 신화의 세계로 돌려 정신
의 위안과 해방을 누리기도 했던 인류가 이제는, 그 문제를 기계에 프로

그래밍해 놓고 세계의 비밀들을 줄줄이 뽑아낸다. 어느 날 등장할 인간 신이 자신의 기원과 종말의 시간을 동시에 알게 된다면, 비밀이어서 아름다웠던 것들은 그 가치가 모두 폐기될 것이다. 인류는 영원히 현재성의 지속으로 정의되면서, 죽음의 공포에 아예 무지해질 것이다. 양해기는 『테라포밍』(2018)에서 별을 공간화하여, 실재임 직한 SF를 시뮬레이션한다. 연속성이 깨진 현대의 시·공간을 압축하고, 인간의 정신을 주입한 기계 구성물의 미래를 가상 체험하는 방식이다. 별에서 시작한 인류 진화의 "최종 종착점은 인공지능"(「가상현실」)이며, "생명체의 진화 그 마지막 단계"(「보이저 X」)에도 인공지능이 있다는 상상 안에서, 혼합 생체가 인류의 언어 사전을 바꿔놓는 사태가 벌어진다.

> 사랑과 섹스의 방식도
> 원하는 취향과 그때그때의 감정과 신체 온도에 따라
> 계절과 시간 변화에 따른 옵션별로
> 다양한 체위와 한층 업그레이드된 무드 버전으로
> 자연스럽고 세심하고 섬세하게
> 휴머노이드 배우자가 리드해 나가게 된다
>
> 노총각과 노처녀
> 별거와 미망인 과부와 홀아비
> 이혼과 재혼 돌싱과 혼밥
> 우울증과 고독사 독거노인과 변사체 같은 단어들은
> 사전 속에서도 영영 사라지게 된다
>
> ― 「휴머노이드」 부분

위 시의 현실이 진화의 마지막 단계라면, 인간의 사랑도 생명도 완벽해진다. 따라서 자기성찰을 할 이유가 없어질 것이다. 지켜야 할 약속과 윤리로부터 해방될 테고, 영원히 자유로우면서도 외로움은 모를 것이다. 필요한 감정의 수치를 계량하여 결핍 부분만 주입하면 되므로, 그것이 넘쳐서 괴로울 일도 사라진다. 타자를 위한 시간을 가질 이유가 없어진 그에게 어떤 잉여감정이 있을 것인가? 분노할 일도, 울 일도, 가슴 아파할 일도 없는 그에게는 인류의 종말을 관계의 유한성으로 바꿔 생각할 여지조차 없다. 그런데 그의 의식이 더 이상 약동할 수 없다면 그를 생명체라고 할 수 있을까? 양해기는 여기서 휴머노이드의 정체성에 주목하고 있다. 열정과 자유의지를 조절해주는 테크놀로지 게이지가 차갑게 작동하는 상황을, 인간 의식의 진화가 아닌 기계의 그것으로 보고 있는 것이다.

베르그송은 진화를 '생명이 있는 존재에 적용되는 말'이라고 본다. 진화의 진전은 곧 의식의 진전이며, 의식이란 생명이 쉼 없이 약동하는 모습이다. 그러나 인공지능은 인간의 몫인 의식과 감정을 물질로 대체하여, 두뇌 회로를 사물화한다. 인공지능에 의식을 결합한 사피엔스, 그리고 화성의 지능인은, 양해기의 시에서처럼 두 공간을 주기적으로 테라포밍하면서 기계적으로 거듭 부활할 것인가? 시인이 내린 답은, SF 영화에서의 실패 장면처럼 명쾌하다. 인류에게 "축적된 DNA정보를 덧입힐 수 없"는 기술의 한계, "누군가는 우주 수송선에 직접 올라야만"(「테라포밍」) 하는 극단적인 위험 때문에라도, 사피엔스의 진화와 기계 진화의 능력은 같은 본성을 갖기 어렵다는 것이다.

양해기가 이렇게 SF 기호들을 제시하면서 우리에게 요청하는 것이 무얼까. 포스트휴머니즘 감수성이 아닐까 한다. 인류에게 이질적인 생명체들이야말로 우주 생태의 최전선에 있다는 것. 그 존재자들을 포용하면서 인류의 가치를 알아 나가려면, 지구 바깥으로 시선을 이동하여, 우리도 우주인이라는 감수성을 개발해야 한다는 것. 생명체와 기계를 결합한 1960년대의 사이보그가 위험한 우주 환경에서 일하도록 설계된 우주 노예라는 것은 이미 잘 알려져 있다. 인간의 욕망과 관련하여 평론가 김현이 무서운 말을 했다. 자신이 욕망하는 것이 무엇인지 아는 욕망은 무서운 욕망이고, 물불을 안 가린다는 것. 기원을 알려고 하고, 오래 살고자 하는 욕망에서 점화한 인류의 우주 탐구 열의가 생명을 물질화하는 데 한몫했고, 문명도 진보해 왔다. 매트릭스에서 교환하거나 접합하는 SF 상상력과 과학적 호기심의 본질은 크게 다르지 않다. 그렇다면, 하늘을 올려다볼 이유가 사라져가고 있는 시대, 별을 찾다가 물웅덩이에 빠지는 '탈레스'들의 해프닝을 볼 수 없는 시대, 대관령 산정을 찾아 별바라기를 해야 하는 시대의 시는 과연 이후 어떻게 약동할 것인가?

이(this) 세계의 생명체들

나는 화면 너머의 테니스 경기를 본다
테니스 라켓이 공을 치는 순간
무수한 공중이 한꺼번에 태어난다

고래의 힘줄
산양의 창자
얇게 저며진 살점으로 직공은
라켓을 짠다
종선과 횡선이 지나간 사이에
태어나는 눈
공중에 이름을 붙이는 최초의 노동이었다

천사를 체로 걸러낼 수 있다고 믿은 프랑스인이 있었다
축과 축의 직교 속에서 성령은 좌표를 얻었다

의심 속에서
의심도 없이

(중략)

"마음속에 천 개의 방이 있고, 그 안에서 천 개의 멜로디가 흘러나옵니다. 나는 그 어떤 계열의 천사인 것만 같습니다."*

처음으로 운석을 발견한 아이가 남긴 말이었다
그가 발견한 검은 돌은
검은 신전의 기둥이 되었다

운석이 떨어진 자리엔, 빛과 유리와 불과 물이 동시에 존재한다고 하는데요

(중략)

푸른 언덕에 모여 유성우를 구경하는 사람들
얼굴들이 깊게 파인 구멍 같다
나뭇가지에 걸린 셔틀콕을 올려다보는 아이의 표정만 같다

너,라고 부르면 뒤돌아보는 사람이 여럿 있었는데
그중 아무도 귀엽거나 밉지 않았고

아나운서의 어깨 너머로
카메라가 풍경을 화소로 만들기 직전

나는 주머니에서 빛나는 하얀 공을 꺼냈다
아직 세상에 없는 구기종목의 공인구였다

*"머릿속에 만 개의 방이 있어서 좋은 멜로디가 나와요.": 4세 어린이 백강
현의 말. ('영재 발굴단' 108회)

— 김민식, 「최초의 충돌」 부분(『서울신문』, 2021.1)

인류가 지구에서 살아오는 동안 구축하고 진보시킨 온갖 물적 · 정신
적 자원들을 압축해 넣은 아카이브를 이 시에서 본다. 시 바깥의 현실은
감염병이 대유행하면서 자의 · 타의가 혼합된 감금 상태가 지속되고 있
는 것일까. 팬데믹의 강령에 따라 어떤 질서를 강박적으로 구축해 나가
는 일 말이다. 이러한 시대에 감금당했다고 생각하는 대다수의 사람들
은 바람 한 끗의 자유를 어찌 하루 이틀만 그리워했을 것인가. 그래서이
겠지만, 인용 시는 앞에서 내가 쓴 마지막 문장의 질문에 화답하는 것처
럼 들린다. 테니스 경기를 보는 화자가 시공을 가로지르며 무엇인가 궁
리를 거듭하더니 주머니에서 하얀 공을 꺼내는 마지막 장면을 보자. "아
직 세상에 없는 구기 종목"을 위해 매우 개별적인 방식으로 공을 창안해
낸 순간의 저 숨죽인 긴장감! 최초의 충돌 광경에서 두 개의 사건이 읽
힌다. 하나는 운석이 지구에 충돌하는 사건. 다른 하나는 하얀 공이 지구
땅 어딘가에 부딪히는 사건이다. 이러한 충돌 현상에 우주의 넓이와 시
간의 깊이가 모두 담겨 있다. 특히 화자의 손이 공에 닿는 순간의 감촉
은 저릿하기까지 하다.
　이 시에는 인류의 지속과 관련한 여러 각도의 질문들이 담겨 있다. 노

동 문제·자본·동물 살해·형이상학·과학·종교 현상, 그리고 인간이라는 생명체의 의미가 테니스 라켓의 체처럼 종횡으로 복잡하게 지나간다. 체를 구성하는 작은 네모 눈의 알레고리에 담긴 이(this) 세계는, 인류에게 결코 이(異)세계일 수 없는 전체성으로서 우주의 그물망이자 전(全) 우주적 생태 환경을 포괄한다. 우주의 한 조각일 뿐인 인간이 "푸른 언덕에 모여" 유성우를 구경하는 저 장면에는 이 시대의 인류가 있다. 그런데 "깊게 파인 구멍" 같은 "얼굴"이라는 표상은 생명체의 본질이 아닌 물화된 존재의 윤곽으로 공중에 걸려 있다. 인간이기에 가능한 사유체계가 지금은 텅 비어 버렸거나, 사유할 수 있다 해도 유아의 그것처럼 유치하고 지층이 얇아져버린 문명인의 현주소를 보는 듯하다. 이것은 최초의 충돌 후 "빛과 유리와 불과 물"이 지구로 유입되었다는 가정 아래 우리의 사고를 우주적으로 확장할 때 만나는 난관이다. 최초의 충돌이란, 운석이 지구에 처음 떨어진 기원의 시간이기만 한 것이 아니라, 하얀 공을 라켓의 체에 부딪쳐 탄력성을 검증해야 할 지금 이곳의 산업적인 사건이자 최초의 실험장이 탄생하는 순간이기도 하다.

너무나 분명하게도, 공을 만지는 화자는 지금 잔인한 문명의 살갗을 만지고 있다. 테니스 라켓의 체를 만드는 데 바쳐진 동물의 힘줄과 창자들, 몸보신에 바쳐진 동물의 수정체와 담석들, 그러던 중 어느 날 홀연 지구상에서 사라져버린 저 유순한 동물종들. 생명의 개념이 인간을 특권화하는 기획 안에서 이뤄지면서 배제된 생물종들. 이쯤에서 다시금 베르그송이 떠오르는 것은, 도구를 만들면서 그에 맞춰 진보해 온 인류를 그가 호모 파베르(Homo Faber)라고 불러서이다. 따라서 문명인인 위 시의 화자에게 운동과 노동의 역사는, 자신의 창안물인 하얀 공이 "공인구"로 인정받음으로써 이 공을 사용한 구기 종목이 전세계적인 자본의 전설이 되어줘야만 의미가 있다. 인간은 그 공이 지구 땅에 부딪히는 최초의 충돌 이후 생명이 무수히 멸종해 가는 사태를 망각했을 뿐만 아니라, 보아도 보지 못하는 눈을 멀거니 뜨고 있었을 뿐이다. 공중에 날아다니는 공을 만드는 데 투여한 인류 최초의 노동 이래 무수히 사라져버린 생명체들에게 인류는 이렇게 고개를 숙일 줄 모른다. 유성우 쏟아지는 하늘을 구경하기 위해 전두엽을 간신히 들어 올릴 수 있을 뿐이다. 공존해야 할 여타의 생명체를 사멸케 한 역사였을 뿐인 인류의 마지막 시간이 이렇게 흐르고 있다.

탈(脫)인간중심주의 정전(canon)

— 박제천의 시

전달자의 자의식

박제천의 시는 출발부터 예외적이고 독보적이었다. 폭압정치가 길게 이어진 1980년대에 등장한 해체시들이 현실 비판과 풍자를 수행했으나, 그는 훨씬 앞선 시기인 1960년대, 즉 등단 초기부터 계열이 다른 해체를 구가했다. 순수와 참여 간 상대방 부정이 그 시대 문학장의 주요 흐름인 가운데서도 그의 시는 그 외연에 속박되지 않으면서 심미적이고 질적으로 고양되었다. 그는 재현의 현실도, 자기식의 순수성을 내세우는 일도 없이 생명 존재론을 다원적으로 펼치면서 동시대의 시들로부터 적극 분화하였다. 순수와 참여가 시대의 표층에서 양화와 객관화로 흐를 때, 박제천 시의 정신 경향은 그와 다르게 질과 주관성을 체질로 하였다. 그러한 특성이 그의 시를 '차이' 지우고 깊이를 이루게 하고, 거기에서 문제적 분화가 일어나면서 개별성을 확보하게 된다. 1960년대에 발양한 박제천 시의 정신주의 경향을 1990년대 시의 정신주의 논의와 같은 맥락에 둘 수 없는 것은 단지 시대적 격차 때문만이 아니다. 1980년대에 해체시가 등장하고, 1990년대 초부터 이른바 정신주의 시들이 나타나면서

"30년대 생명파의 시처럼 생명을 강조하고 인간주의를 표방"[1]했다는 언술에 주목할 필요가 있다. 1990년대의 시가 생명 강조와 인간주의 표방이라는 기치를 내걸었을 때 '인간주의'는 박제천의 지향과는 사뭇 다르다. 진리에 목마른 인간 정신의 고결성을 숭앙하는 인간주의와 달리 박제천은 생명체와 만상을 같은 지평에서 사유했으며, 그의 시는 처음부터 탈인간중심주의의 기획이었다.

박제천에게 현실은 관점을 다면화해서 본 '당연한' 외부다. 당연한 것은 그것이 그대로 하나의 이데올로기가 되기 쉬우므로 그는 그러한 당위성을 부정한다. 그 외연과 대립하지 않으면서 현실을 비판하는 방법으로 가상을 택한다. 가상과 현실은 서로 대립 관계여야 하지만, 박제천은 현실을 뒤집어 가상 세계를 밀어내면서 역으로 현실을 환기한다. 이러한 화법으로 시의 체적을 지켜나가는 몇 가지 방법론이 눈에 띄게 당당하다. 지금 여기서 박제천의 시를 다시 읽는 이유다. 시대가 급변하면서 현실의 피막도 두께가 달라지고, 그것이 우리의 삶을 결정해버릴 때에도 남다른 세계관을 가진 시인은 저 불균등한 현실의 피막에서 또 다른 의미를 길어올린다.

박제천은 현실과 직접 접속하지 않으면서도 인간을 가장 인간답게 하는 지점이 어디인지를 다른 생명체들과의 관계성 안에서 탐구한다. 기표는 간결하고 유연하지만 교양을 갖춰야만 두려움 없이 접근할 수 있다는 점에서, 그의 시는 탄생 순간부터 소수성을 지닌 것이었다. 정신이 발생하는 계기와 무수한 자아상을 이미지로 바꿔 놓으면서 "나라는 인간의 정신이자, 그 정신이 무엇인지"(『푸른 별의 열두 가지 지옥에서』, '독자를 위하여', 1992) 궁구하고, 그것을 추궁해 나간다. 서양 사조를 덮어쓸 이유가 없을 만큼 그의 동양 정신은 백신 그 자체로서 이미 튼튼한 면역체 같은

---

1 최동호, 『디지털 코드와 극서정시』, 서정시학, 2012, 24쪽.

것이었다. 그의 노장 상상력은 자타가 인정하는 바이고, 그것이 반드시 고전성으로만 환원하지는 않는 만큼, 당대 시각으로 읽어낼 여지가 충분하다.

플라톤 이래, 인식 능력을 질서화할 때 먼저 부각되는 것은 감성 문제였다. 감성은 자신의 한계를 상상력에게로, 상상력은 기억에게로, 기억은 사유에게로 전한다고 본 들뢰즈를 참고하면, 그는 결코 명시적일 수 없는 감성·상상력·기억·사유 질서의 암흑을 과감하게 이미지로 바꿔낸 도발적인 시인이다. 인식체계 전환의 출처를 파고드는 것은 결국 정신의 초월성과 관련한 것이어서, 그의 시와 노장사상과의 영향 관계와 그 해체적 특성을 포괄하는 부분이라 하겠다. 그의 시는 기표와 달리 내포의 층이 깊어서 두 개의 세계가 분절되어 있는 것처럼 보이는데, 이것이 초현실 감각으로 펼쳐내는 유쾌한 생각놀이이기 때문이다.

팔대산인이 허공에 벙어리 啞자를 써 붙이자 그의 나라에 사는 누구도
누구랑 말하지 않았다

팔대산인이 허공에 웃는 哭자를 써갈기자 모두들 하하하 웃어 대었고
우는 哭자를 써보이자 하나같이 눈물을 줄줄 흘리며 곡소리를 내었다

이윽고 팔대산인이 홀로 수자를 써내자 모두들 제자리를 찾아 우두커니
혼자들 서 있었다

(중략)

팔대산인은 마침내 허공에 글쓰기도 귀찮은 나머지, 그의 나라를 거두고, 몸
소 허공이 되었다 그로부터 사람들은 문득 풀이 우는 것도 보게 되고, 물고기가

몸을 흔드는 것도 보게 되고, 잘 들여다보면 나무가 웃는 것도 보게 되고, 혼자
서 깊은 생각에 빠진 돌덩어리도 보게 되었다.

　이는 어느 날 팔대산인이, 그 뜻을 궁금해 하는 나를 찾아와 전 생애의 수묵
화
　한 장 한 장을 손수 펴 보이며 설명해 준 일이다 내 시의 30년 단골들께 전해
드린다.

— 「내 시의 30년 단골들께」 부분(『푸른 별의 열두 가지 지옥에서』, 1992)

　이 시는 박제천 시의 내포를 여러 갈래로 열어놓는다. 문자의 위력 또
는 지식의 우위를 판별하는 것에 대해 부정하는 도가사상, 앞으로 가는
다양한 길을 제시하는 보편적인 방법들, 박제천의 시가 어렵다는 독자
들을 향한 말 걸기 등 다양한 의미망을 갖고 있다. 우선 문자 관리자와
권위자가 동일인물이라는 것부터 눈에 띈다. 진리는 단일한 언어 기호
로도, 장황한 말로도, 허공으로도 열려 있다는 것을 알아두자. 언어 이전
의 허공, 언어 이후의 반응과 의미 매김들이 몇 가지의 기호들을 근거로
펼쳐진다. 아울러 시가 발생하는 지점, 즉 진리인 어떤 정전(canon)과 시
의 상관성이 적절히 구현되는 지점도 짚어보자. 여기서 정전을 인간 의
식을 기호화한 것이라 할 때, "단골들"은 시 발생 시점부터 그 연한을 같
이해 온 골수 독자들이다. 그들을 수신처로 하여 팔대산인에게서 받은
수묵화를 건네는 화자는 전달자다. 팔대산인은 진리를 고대하는 이들에
게 침묵·웃음·눈물·우두커니·허공이 될 것을 권유하면서 역설적이
게도 그 문자를 사용하여 뜻을 전하려 한다. 이 문제를 촉발하는 것은
팔대산인이 쓴 기호들이고, 이것이 수용자의 행위를 유발한다. 화자가
독자에게 전달하는 것은 팔대산인이 전 생애를 거쳐 도달한 인식들이
고, 그 의미를 전달하는 자의 소임과 시인의 자의식이 한 곳에서 만난다.

인간은 대상을 감각함으로써만 그것을 인식할 수 있고, 배움과 앎의 과정은 각성의 계기를 인간에게 부여한다. 배움은, 어떠한 문제가 객관성을 띠고 인간에게 지식의 형태로 침투하려 하는 것이라면, 앎은 지식을 분석하고 자기화하여 삶에 적용하는 수행성을 띤다. 위 시에서 팔대산인이 내건 몇 개 기호는 '배움'을, 그것을 보고 웃고 우는 "모두들"은 이러한 앎의 체계, 즉 인간이 세상을 만날 때 새로이 직면하는 지식의 문제와 관련한다. 이렇게 앎의 체계가 정신세계를 주파하면서 인간의 행위와 감각을 추동하는 상상력은 박제천 시의 뚜렷한 경향이다. 대상을 볼 때 인식체계가 작동하고, 그것이 정신에 기입되면서 행동을 유발케 하므로 인간은 정신적 존재라는 점을 놓치지 않는다. 인간을 행위하게 하는 기호들은 애당초 허공에 써진 것이어서 인간은 일반화된 개념이 아닌 각자의 직관에 의존해 그것의 지시를 따라간다는 사실. 인간의 정신은 그 무엇도 없는 허공에서 몇 개의 장면을 분명히 보는가 하면, 상호 영향 관계를 직관하기도 한다. 그것들이 덧없이 물질화하지 않는 것은 인간의 정신이 거기에 '있기' 때문이다. 이런 점을 미루어볼 때 이 시의 핵심은 팔대산인이 "그의 나라를 거두고, 몸소 허공이 되었다"는 전언에 있다. 집중된 권력을 해체하여 만인이 평등하고 억압 없는 세상을 만들자는 시인의 매우 급진적인 제안이 팔대산인의 기이한 행태로 현상된다.

기획자와 설계자로서 뇌

박제천은 인간의 두뇌 작용과 관련한 상상을 펼치지만 그것을 계량화하지는 않는다. 이와 관련한 근간의 담론 중, 미래학자 레이 커즈와일이 지금으로부터 25년쯤 뒤 인공지능이 인간의 두뇌를 능가할 것이라고 한 예고가 눈에 띈다. 이렇게 날카로운 예견 때문인지 박제천의 시를 동시대의 감수성으로 대하게 된다. 바이오 산업기술에 대한 우려 섞인 기대에서도 나타나듯, 생명연구가 초인간 만들기에 맞춰져 있다는 것이 현대인을 유난히 민감하게 한다. 유기체인 인간의 몸이 그 조직들을 첨단부품으로 갈아 끼우면서 영생을 꿈꾸든지, 그렇지 못하든지 하는 결정을 자본이 주도하게 될 것이라는 전망은 무섭고 충격적이다. 그런데, 불특정한 미래의 어느 날에 모든 데이터가 연결되면서 빅데이터가 되면 사회 시스템이 초지능화되면서 일자리가 줄어들 것이라는 예고는 이미 우리 사회를 불안하게 하는 현재적 사건이다. 역사학자인 유발 하라리는 그러한 우리의 불안에 불을 댕긴다. 네안데르탈인 이후 대표 종으로 등극한 사피엔스의 종말이 얼마 남지 않았다고 그는 거든다. 그런데 그는, 자신의 논리를 상상에 기대어 전개한다면서 슬쩍 안전장치를 해둔다. 논리의 허약성을 언제든 우연의 법칙으로 대체하겠다는 자세다.

그러면서 그는 사피엔스 멸종의 원인을 '인간신'의 출현으로 본다. 그 새로운 신은 놀랍게도 인간의 두뇌를 계승한 엘리트 인간이며, 지적 설계자의 면모를 지닐 것이라고 예측한다. 수렵시대의 인류가 필요 이상의 에너지원을 살육하지 않으면서 벌판을 누빈 것까지는 좋았으나, 괘씸하게도 자유의지를 맘껏 발휘한 죄목으로 쫓겨났고, 도구를 제작하면서 농업혁명을 일으킨 후, 이 지구 땅이 인간의 두뇌와 자본의 전쟁터가 되었다는 가설을 촘촘히 세워나간다. 최근 지구인의 움직임을 볼 때, 허무맹랑한 상상이라고 웃어넘길 일이 아니다. 이 문제는 우리의 불안을 부추기는 것을 넘어, 이후 어떤 사태들이 우연성과 결합하여 인간의 실존을 총체적으로 흔들 것임을 예고하는, 몹시 어두운 가상이다. 인간의 사유 능력과 정신의 고유성에 대해 사피엔스 종의 회의가 깊어갈 것이고, 생물학적으로 결정되어 온 인간의 생명은 자본의 소유 유무로 대체될 것이다. 저 역사학자가 우려한 우연의 순간들은 그 예측 불가능성 때문에 위험성이 더욱 강화될 것이다. 다음 시에서는 가수면 상태에서도 가상 세계를 가공하는, 결코 잠들지 않는 인간 뇌의 문제가 불거진다.

> 꿈을 만드는 내 뇌의 작업처럼
> 기기묘묘하게
> 나무들이 자란 그 숲으로 갈까
> 게서 능금을 따면
> 능금 속에서 노래하는 릴케의 천사를 볼 수 있지
> 게서 능금을 따면
> 능금 속에서 현미경을 만지는 뉴턴의 손을 볼 수 있지
> (중략)
> 누구라도 좋아 꿈을 부리는 내 뇌의
> 어려움을 풀 수 있다면 누구라도 좋아
> 꿈을 부리는 내 뇌의 어지러움을 알 수 있다면
>
> ─「연습림에서」 1연(『장자시』, 1975)

박제천 초기 시의 독특한 발화 방식 중 하나는, "뇌의 작업" "뇌의 어려움" "뇌의 어지러움" "뇌의 눈" 등에서 보는 것처럼 인간의 두뇌작용에 밀착한 상상력이다. 이것이 노장철학의 정신과 그 역설을 받아들여 시인이 줄곧 사유해 온 인간정신 문제와 연결된다. 이 대목은, 인간의 두뇌를 대체하는 인공지능의 현실이 가상이 아닌 현재적 사건으로 급박하게 진행되고 있는 맥락에서 읽힌다. 인간의 두뇌로는 위험을 계측할 수 없을 것이기에, 우리가 할 수 있는 일이라곤 그 시간이 우연히 닥칠 것이라는 가정을 서둘러 부인하고 차단하는 것밖에 없다. 이러한 현실 바탕에서 박제천 시의 정신을 다시 짚어보면, 현실 체감도가 다시금 높아진다. 인간의 정신은 수많은 곡절을 그 지층에 두고 있지만, 인간 본연의

정신을 천착해 온 시인에게도 만유가 우연히 현현하고, 충돌하고, 결합하고, 소멸하는 변화무쌍은 필연이다. 하여 그에게 인간의 정신 작용은 당연하고 절대적일 수밖에 없다. 그러면서 시인은 지배력을 가진 인간이 여타 생명체를 따돌려버린 결과 과연 어떠한 풍요로움과 안전이 주어졌는지를 되묻는다.

시인이 시력 55년 동안 파고든 정신의 수맥을 짚어 나가다 보면, 그의 시편들에 얹히는 의미들—상상력, 마음의 궁리, 자연과의 습합, 우리 것에 대한 탐구, 노장철학, 도가, 불가 등—이 세계의 진리 중 한 조각임이 한층 뚜렷해진다. 그것을 인정한다 쳐도, 시 정신의 원천을 위에 열거한 동양 정신에 쓸어 넣어, 줄곧 논의되어 온 정전의 기표에 고정시켜 버릴 수는 없겠다는 생각도 같이 뒤따른다. 이밖에도 그의 시는 의미 분화의 가능성이 크기 때문이다. 급변하는 세계의 거대한 흐름에 우리 것이 밀릴수록 박제천의 실험정신은 한층 열정을 띠었고, 초기 시에서부터 현실은 거대한 내포로서 내재적 의미를 가졌으며, 그것이 소멸한 적이 없다. 그의 시를 비판적으로 읽을 때 무엇보다 눈길을 두게 되는 곳이 이런 부분인 만큼, 당대의 눈으로 다시 읽으면 그의 시는 옛 향취가 탈취된 채로 지금 이곳으로 다가든다.

박제천 시가 현실의 소란이나 사람 냄새를 실어내지 않고, 미래적 시간과 기대도 없이 과거에 매몰되어 있다는 비판은, 시인이 철학적 사유로 현실을 추상화하거나 낭만화할 것을 염려한 독자의 반응 때문에 생긴다. 그래서 이것은, 시인이 줄곧 성찰해 온 동양정신이 감각적 현실과 관련되지 않는다는 선입견을 불거지게 한다. 바로 이 부분, 그의 시를 현실 감각을 몰각한 것으로 판단하는 것에 대해서는 다른 관점의 읽기가 요청된다. 먼저 들 수 있는 것은, 무수한 책을 읽은 뒤 시 한 편을 써냈을 시인에게 동양정신은 결코 도구화할 수 없는 매개체이며, 전후(戰後) 세대가 직면한 현실 바탕은 그가 결코 초월할 수 없는 실제라는 점이다. 초기 시에서부터 1차 텍스트는 순연한 자연이며, 2차 텍스트는 현실에 삼투한 동양 철학이다. 그는 대도시에서 태어나고 자랐으나 체험 공간으로서 자연은 천진스런 어린 시절과 깊이 연관된다. 정신은 동양의 정전으로부터 발양하고, 자연은 상처와 고통이 얼룩진 현실 장소이며, 그곳에서 해방되어야 할 때는 생각을 자유자재로 유희할 수 있는 공간, 있음으로써 그 고유성이 언제까지고 유지되는 생명성의 본령으로 그려진다.

그러한 점을 인정한다 쳐도, 초기 시에서 사람 냄새가 나지 않는 점은 그의 시를 관류하는 정신이 높을수록 그 저장소인 인간의 어떠함이 더욱 요청된다는 점에서 여전히 중요한 문제다. 그렇다면 우리는 그의 초기 시에 사라질 듯 간신히 현상되는 인간에 대해 그 이해의 지점을 다시 찾아봐야 한다. 이 문제를, 그의 시를 동양사상에 붙박아 놓을 때 생기는 것으로 보고, 다른 방향에서 조망해보는 것이다. 이는, 앞서 본 역사학자가 사피엔스의 사고가 진전하는 과정을 추적하는 동안 펼친 상상이, 이 시인에게는 인간 발견의 시적 방법론으로 표명되는 경우다.

존재의 잠재성

흔히 동양사상과 엮어 평가할 때 박제천 시는 그 사상의 압제가 지배적이어서, 달리 읽기가 이교도의 행위처럼 보일 정도다. 그의 시를 동양사상과 결속시킬 때 인간은 생각·관념·이념에 매인 주체로 고정되기 십상이어서, 인간의 본질에 대한 재해석의 여지가 좁아진다. 질러 말하자면, 박제천은 장자시로 대표되는 초기 시에서부터 인간을 부각하지 않으면서 인간 중심으로 작동하는 파괴적 현실을 역설로 보여주었다. 이는, 냉전 이데올로기로 분열된 세계와 인간 실존 문제 등이 불거졌던 시대를 지나오면서, 동양의 정전으로부터 사상을 세례받고, 그것이 정서화(하면서 동시에 육화)되는 과정에서 박제천의 인식에 자연스레 분사된 것들이다. 그래서 그의 초기 시에서 인간은 다른 생명체들과 필연적으로 엮여 있는 존재로 그려진다. 즉, 자연에 속한 인간을 역사화하는 과정에서 모든 존재자들은 동일한 환경 안에 놓이게 된다. 역사가 인간의 역사라는 대전제를 깨고서는 성립할 수 없는 것처럼, 박제천 시는 처음부터 대자연 속에 실제하는 인간을 이야기하기 위해 기획된 것이다.

꿈의委囑에매여벌거벗은겨울의아이들은
비둘기의나래에묻혀하늘은색채를뒤집어쓰네
겨울의아이들은유인된꿈의말저바다의하나섬이네
용의구름을지즐타고겨울의아이들은눈멀리
중앙아세아의바람실은저바다의깨어있는섬이네
기러기길을쓸어가는물결이네
별들이하나씩떨어져불붙을때저바다의살아있는섬
겨울의아이들은여름의주름주름에서스스로의발견으로
번뜩이는등아래내가풀어놓은꿈의말
바닷물을밀어내는저희탄력으로부딪치고부딪치다가
포말로부딪쳐부딪치고있네.

— 「장자시 그 여덟」(『장자시』)

이 시는 우리에게 비현실적인 그림 한 컷을 응시하게 한다. 이미지들은 자명하지 않으나 잠재성은 충만하다. 그림 속 현실을 종합 판단해 보지만 분할선이 보이지 않으므로 개체들을 규정할 기준이 없고, 종들의 차이도 불분명하다. 그렇다고 해서 존재의 양상을 일의적으로 뭉뚱그리는 것은 엄연한 폭력이다. 하나의 의미로 언명할 수 없는 존재자들의 난립을 인정하는 것이 그 모두를 여기에 있게 하는 읽기 방법이다. 그림을 여러 방향에서 바라보든, 일정한 순서를 따라서 보든, 사물들과 아이들은 뚜렷한 이유나 목적 없이 연관되어 있고, 시간과 공간을 우리의 사유 구조 안에 끌어다 놓고 초월적 세계를 경험하게 한다. 현상법 자체가 곧 의미여서, 편재해 있는 암시를 유추하고 분석하는 일은 이 시의 전적인 독법이 되지 못한다. 사물들은 이전 존재자가 가진 영향력에 힘입어 이 세계에 나타나고, 그것은 다시 자신이 가진 에너지로 다른 생명체를 밀어 올린다. 모든 생명체들이 타존재에 참여하여 자신을 부각하는 정도가 어느 만큼인지 알 수는 없으나, 제각기 타자 발생의 조건이 되어주면서 생기(生起, Ereignis: 하이데거의 후기사상에서 볼 수 있는 개념. 존재나 존재의 진리 등이 현존재와의 상호 공속 관계에서 고유한 자성을 띠고 나타남)한다. 저 세계는, 개체들이 구체성을 띠기 시작하는 곳이고, 그럼으로써 동시에 전체를 아우르는 이타성이 존재의 조건이 되는 곳이다. 꿈에게 어떤 부탁을 받았는지 알 수는 없으나, 겨울의 대극점인 "여름의주름주름"에서 "겨울의 아이들"이 그것을 "스스로의 발견으로" 체득한다는 내용이다. "꿈의 말"을 스스로 발견한다는 표현을 보면, 들뢰즈가 존재를 본질로 환원하지 않고 적극적인 자기 발견과 연관 지어 사유한 경우를 상기하게 된다. 그래서이겠지만 표상이 선명하지 않은 것이 본질로 환원하려는 움직임이기보다 개체성으로 분화하는 과정에서의 꿈틀거림으로 보인다.

또 다른 관점에서 이 시를 한 폭 그림으로 바라보면, 거기에 소실점은 없다. 온갖 사물들을 번잡하게 늘어놓은 것처럼 보일 뿐이다. 이 시를 한 장의 그림으로 볼 때, 거기에서 이른바 주인공은 찾을 수 없다. 독점적 관점으로 그림을 그리지 않음으로써 원근법을 무시하고 있는 것이다. 화가가 강조하고 싶은 사물을 위해 소실점을 두었다면, 저 천진난만한 이미지들은 주인공의 위세에 흡수되고 말았을 것이다. 그러나 시인은 존재자들에게 공평한 존재감과 자율성을 심어놓는다. 거기에는 일방향의 권위적 관점이 없고, 세계관의 지평은 수직적이기보다 다원적이며,

고정된 관점이 없어서 이미지들이 자유분방하다. 사물들이 복수로 나타나지만 그 가치를 낱낱이 따지는 일도 무용하다. 존재자들이 하나의 집합체에서 분기하였다는 증거는 없으나, 어느 쪽으로도 치우치지 않고 균질적이며 스스로 그렇게 되어(自然) 자신을 맘껏 뽐낸다. "내가풀어놓은꿈의말"처럼 존재자들은 연계성 없이 여기에 있으나, 이것이 한 폭의 그림일 때는 아무런 결점도 되지 않는다. 이렇게 장자시 연작에는, 한 폭 그림에서처럼 물상들 여럿이 출현하고, 그 이미지들은 실제일 수도 그림자일 수도 있으며, 환상인지 실제인지 그 경계를 확연히 구분할 수 없다는 점에서 판타지성이 강하다. 주인과 객의 자리를 구별할 수 없으므로, 그 중요도와 비중을 따지는 일도 의미가 없다. 장자시 속의 인물이 거울속의 자아상이라면, 박제천의 시는 그 세계를 되비춰내는 거울이다.

이렇게 시인은 첫 시집에서부터 인간을 동양풍의 화폭 안에서 상상한다. 원근법을 해체하여 존재자들에게 적절하게 무게를 배분하고, 개체의 생명성을 동일한 가치로 그려낸다. 장자시의 발화 방식에 서구 개념을 대입해 보면, 고전을 현대적으로 실험한 상상력을 먼저 들 수 있을 것이고, 본연의 순수한 사유 체계에서 발생한 상상이 아니라는 점에서는 메타적이고 상호 텍스트적이며, 또한 『노자시편』으로 한정되는 경우이겠으나, 용사(用事)의 시적 실행이라 할 수 있을 것이다. 때문에 그의 시는, 원전의 복잡성을 이미지화한 것으로 볼 때는 초월성을 띠지만, 현실과의 관련 아래 하위 주체를 재현하거나, 자연물을 소재로 내레이션을 구사할 때는 물질성을 띠게 된다. 이는 시인이 쓴 대로 "나를 비롯한 갖가지 사물의 관계"성이 시의 내면이라는 사실을 천명하는 부분이라 하겠다. 요약하면, 박제천은 초기 시에서부터 시각·청각 이미지, 운동하는 생명성을 보여주는 한편, 인간의 자연 지배력과 권위를 해체하고 언어실험을 즐긴 아방가르드이며, 생명체의 행위를 유발하는 외부의 힘을 물질 상상력으로 환치해 온 시인이다.

한국전쟁 이후의 복구 사업을 국토개발이라는 이름으로 행한 독재정 권에서 첫 시집이 나온 이후, 시인이 일관되게 주목해 온 우리 것에 대한 인식은, 여전히 이어지고 있는 그의 실험적 글쓰기로 입증되고 있고, 이것이 우리에게 현실안을 갖도록 요청한다. 모더니즘이라는 이름으로 근대성을 추종한 이 땅의 시인들은 서구적인 것과 선진성을 동일시하면서, 서구 중심으로 작동하는 예술미학에 맹목적으로 합류하는 경우들이 더러 있었다. 그러한 관점으로 앞서 인용한 시를 보면, "중앙아세아의바람실은" 동양관은 박제천의 시 정신을 가장 압축적으로 보여주는 구절이 아닐까 한다. 로컬리티의 차이를 무시하는 획일화와 보편화를 진리로 간주한 모더니즘은 무엇보다 먼저 전통을 배격하면서 그 지위를 확보하였다. 때문에 동양의 유기론에 상상을 잇대고 있는 박제천 시는 얼마든지 낡은 것으로 치부될 수 있었다.

그러나 여기서 생명시학으로 시선을 옮길 때 그의 시의 가치는 드높아진다. "전통적 사유에서 자연은 끊임없이 창조하는 전진의 과정이며, 인간은 이 과정 중에 참여하여 화육하는 동등의 창조자로 인식된다."[2] 생명체끼리 상호 교섭하면서 내적 관계가 형성되고, 이것이 박제천의 생생한 생명시학임이 입증된다. 모더니티가 전통을 잠식하면서 이 땅의 시인 정신이 서구식으로 개조되어 온 그간의 문단 환경을 볼 때 박제천 시의 독자성과 일관성은 한층 돋보인다. 그의 시를 생명시학으로 읽으면 이분법을 돌파하는 미학적 실천으로 이해되는 이유가 비로소 분명해진다. 생명체의 운동성을 유기적으로 밝히면서 동시에 그것을 작품 미학으로 수행하는 것이 생명시학이고 보면, 그의 시는 처음부터 생명시학의 모판에서 배양된 것이다.

박제천의 시에 서양 체험이 흔하지는 않으나 다음 시에서처럼 외부

---

2 구모룡, 『제유』, 모악, 2016, 35쪽.

세력에 침탈당한 전통이 죽음에 이른 정황은 우리의 경우로 바꿔 읽기에 매우 적절하다. 이때 동양을 서양 중심주의인 오리엔탈리즘으로 읽으면 동양정신의 타자로서 오리엔탈리즘을 비판적으로 대할 수 있다.

> 아이오와에 단 하나밖에 없다는 인디언 촌을 찾아갔다
> 길을 잘못 들어 인디언 무덤을 먼저 만났다
> 흰둥이들과 섞여 있어서
> 미스터 오다와 나는 몇 바퀴쯤 무덤을 돌아야 했다
> 드문드문 조그만 손이 새겨진 돌이 있었다
> 혹은 하늘을 가리키고 혹은 땅을 가리키고 혹은 제 무덤을 가리키고 있었다
> 다시 길을 바로잡아 인디언 촌을 찾아냈다
> (중략)
> 미스터 오다와 나는 그날따라 술을 마시지 않았다
> 그날 밤 담요 속에 새우처럼 등을 꾸부리고 누워서 인디언을 생각했다
> 꿈에서도 인디언을 만나지 못했다
> 다만 무수한 손을 보았을 뿐이었다
> 그 손들이 가리키는대로 헤매고 다닐 뿐이었다
> ―「손―閑情 4 오다와 함께」 부분(『어둠보다 멀리』, 1987)

침탈자인 흰둥이에게 창을 들고 저항해야 할 '손'들이 돌에 음각되어 있는 이 시에는 무력 침탈과 토착민의 무력감이 같이 실려 있다. 선진 개념으로 포장된 근대가 침탈과 동질화 정책의 일환이었던 것으로 미루어볼 때, 박제천 시의 전통 지향은 의식적이고 주도적으로 구현된 것이었다. 모더니티라는 이름으로 쇄도한 근대 개념이 전통의 기반을 흔들수록 그의 시는 더욱 엄연하고 우뚝한 정신으로 솟아난 것이다. '선진'이라는 이름으로 자본 지배력을 정당화하고, 정신주의를 격하한 근대

기계의 생산방식 극복에 대한 대안으로 로컬리티가 제시되고 있는 정황으로 보면, 박제천 시가 보여주는 전통과의 대화는 더더욱 독보적인 자리에서 확인된다. 근대가 물질 개념으로 쇄도하고, 사회가 정치·경제적으로 격변기를 거치면서 시민의 가치관이 급변한 시대에도 시인은 인간이 행복하다고 여길 수 있는 공간을 상상의 구심점으로 삼았다. 때문에 그의 시에 출현하는 상대적 타자를 위협적인 사피엔스로 읽는 것이 조금도 어색하지가 않다.

어린 자아의 성장곡선

박제천 시의 활달하고 천진한 기표와 달리, 그 의미를 찾아 들어가본 이들은 무거운 기의를 캐낸다. 물론 이것이 그의 시에 암장되어 있는 철학의 원류를 찾아 들어가는 적극적인 읽기 방식임에는 틀림이 없다. 허나 이러한 접근법은 자칫 그의 시를 낡은 텍스트로 고착시킬 수가 있다. 여기, 우리 사회가 현대로 이행하는 과정에 나타난 폭력성을 자각하고, 어린 자아를 벌판에 세워놓고서 그 폭력성을 아이의 성장 마디와 연계하여 보여주는 탁월한 시편을 보자.

"수수깡 안경을 쓴 내 그림자가 뛰어"가지만 "뛰어도 뛰어도 사라지지 않는 벌판"을 뛰어가는 어린 화자가 있다. 그가 달리는 공간은 무려 1천 개(「토끼사냥 그 스물다섯」, 이하 같은 연작시는 숫자로만 표기)나 되어 도무지 감을 잡을 수 없는 곳이어서, 우주만큼 광대한 곳으로 제시된다. 이 연작시를 읽으면서 사상의 압제를 걷어낼 때 선명하게 떠올라야 할 것은, 어린 왕자가 어느 별에도 정착하지 못하고 또 다른 별을 찾아 떠나는 것 같은 자유인의 이미지여야 한다. 그러나 '어린 나'는 산야를 뛰어놀면서 토끼몰이를 하지만, 느닷없이 총성이 터져 떨리고 슬플 때가 있다. 이때 아이는 "그대" "장미" "사과꽃"으로 표상되는 그리움의 대상을 "만나야" 한다면서 시간을 다투어 달린다. 어린 왕자에게 까다롭게 굴었던, 그래서 그 꽃의 성별이 여성이라고 우리가 미뤄 짐작하는 장미는 박제천 시에서 "가시철망에 가슴이 걸린 붉은 꽃"(2)으로 표상된다. 꽃은 가공할 폭력성에 짓이겨지고 찢겨 나가는 상징물이며, 거기에 여성 이미지는 기입되어 있지 않다.

이러한 사실을 놓고 보더라도 초기 시의 화자는, 산야가 피로 물든 현실을 건너뛸 수 없는 시대의 인물로서, "맨몸으로 가시철망에 붙어 서서"(7) 어떤 절대 존재의 손길을 애타게 갈구하면서 "자석의/인력(引力)"(11)에 이끌려 살아남기를 희구하는 자다. 시대는, "잘못 쏜 한 방의 총소리"(20) 때문에 애먼 생명이 죽어 나는 때, 골편과 뼈다귀가 널린 산야는 제아무리 땅속을 파고드는 본능에 능한 고슴도치라 할지라도 불안전한 지대다. 어린 화자가 야생 토끼처럼 뛰어놀며 성장하던 곳이었으나 이제는 "자라나는 불길의 싸움"(13)터가 되었고, "땅속의 뜨겁고 붉은 피가 솟아올라"(18) 아이의 놀이공간을 공포로 몰아가는 곳으로 변하였다. 쫓기고 있기에 달려야만 하는 연약한 생명체에게 들판은 광막하고 위험한 곳으로 돌변해버렸다.

'토끼사냥' 연작은 이렇게 기표들로부터 또 다른 분석틀을 마련할 수 있다. 텍스트 내부의 불확정성을 지금 이곳의 문제로 유도해내는 것이다. 시를 읽으면서 시인의 정신 작용에 참여하고, 그때 하나의 상징체계가 생겼다면 이것을 동시대성으로 해석하는 방법론이다. 이러한 읽기가 자의성에 빠지지 않으려면 텍스트로부터 분명한 목적의식을 발굴해내야 할 것이다. 글 초반에도 언급했지만, 박제천 시의 정신적 경향은, 자연의 일부인 인간, 그리고 다른 생물종과는 다른 두뇌를 가졌기에 적대적 타자를 두고 군림하는 인간, 자연을 위협한 결과 문명의 폭주에 행복을 빼앗겨버린 사피엔스 비판으로 요약할 수 있다. 그러한 관점으로 보면 토끼사냥 연작에서 광막한 벌판은 수렵인의 공간으로, 느닷없는 총소리는 사피엔스의 등장으로 바꿔 읽어도 무리가 없다. 올무를 설치해 놓고 토끼를 모는 아이들은 수렵인, 총을 쏘아 토끼를 명중시키는 자는 사피엔스다. 효율성에 복무하는 총의 위력이 수렵인의 평화로운 일상을 깨는 곳에서 현대문명의 위용을 읽을 수 있고, 그 주동자를 명민한 두뇌의 소유자인 사피엔스로 읽는 것이 조금도 어색하지가 않다.

초기 시에서부터 나타난 어린 자아(또는 젊은 자아)가 현실의 맥락 위에서 세계 속의 자신을 발견하는 성장곡선을 따라가 보면, 공포의 땅에서 쫓기면서 사는 동안 아이는 성장마디 하나를 갖게 되었고, 이제 아내를 둔 사내가 되었다. 「허수아비가(歌)」 연작에서 그는 생활인이지만 정신의 혈전까지 치러야 하며, 삶의 어려움을 통렬하게 자각하면서부터는 차라리 정념 무상의 사피엔스가 될 것을 갈망한다. 이렇게 그의 연작시는 일정한 시기를 블록화해 놓고 그 무렵 좌충우돌했던 문제들을 정신적으로 고양하는 특성이 있다. 이 연작시에서 아내는 화자에게 평생의 업(業)이어서, 사내의 본성을 끊임없이 자극하는 존재자다. 반사적으로 화자의 정신은 담금질이 거세어지면서 귀기 어린 열정과 방황, 석회질로 변하는 정신에 대한 염려 등이 혼합된다.

나는 날개를 만든다 해 가까이 다가가도 녹지 않는 금속류의 날개를 만든다 조금씩 형태를 갖춰가는 기쁨에 그러나 날개를 달아야 할 시기를 나는 알고 있다 결코 나 자신이 아니다 나 자신이 결정하고 싶다 필요한 것은 용기 필요한 것은 이상 그보다도 필요한 것은 나의 욕망이다

―「허수아비가 그 열아홉」(『장자시』)

이 연작에서 눈에 띄는 것은, 세이렌이나 이카루스 등 서양 신화의 인물관을 불교 사상으로 대응하면서 이 매재(媒材)들을 녹여내는 점이다.

외부의 것인지 내부의 것인지 구별할 수 없을 만큼 용해하면서, 처음부터 외부도 내부도 없었던 것처럼 상상의 재료를 반죽해 놓는다. 서구 사상에 밀려 어느새 박약해진 우리 것은 이 시에서 새로운 형상을 입는다. 하지만 어떤 열정을 주물러 "금속류의 날개"(19)를 주조한다 해도 허수아비는 허수아비다. 쓸모없음의 역설은, 금속류를 연단하는 장인이 한마디도 불평을 하지 않을수록 더욱 강조된다. 용기·이상·욕망 같은 정념이 결단과 행동을 이끌어낼 것이지만, 그것마저 허수아비에게는 영원히 "필요"를 느낄 뿐인 기제다. 이 시는 표면으로는 무정념과 사물화의 등가성을 보여주지만, 이면에서는 무정념을 희원하는 인물상을 역으로 환기한다. 서양의 가치가 박제천의 정신에 들어오면 그는 이렇게 어렵잖게 자기 것으로 녹여버린다.

나아가 "바다에서 태어난 여인"(1)이 부르는 매혹적인 노래에 노예가 되어버릴 때, "아내의 눈물 속에 꽃"(3)이 촉촉하게 피어 있는 것을 볼 때, 각성의 눈물이 끝없이 쏟아지건만 깨달음의 근원을 문자로는 언표할 수 없어 막막할 때(6), 엄포와 위협, 폭악적인 행동을 반복하면서 타자를 죽을 지경으로 몰아갈 때(7), 이상·욕망을 소거하여 마음이 끝없이 고요해질 때(19), 거울 속 자신의 반영이 상징계의 자아를 거꾸로 응시하는 일에 지치지 않을 때에도 화자는 아래처럼 화석이 된다.

나의 삶은 지치지 않는다 끊임없이 자라나는 거울의 흰 이끼를 끊임없이 닦아내면서 가다간 돌을 쳐 깨뜨려도 언제나 나의 앞에 나타난다. 거울의 집에 살면서도 나의 삶은 그러나 지치지 않는다 나는 갇혀서 그렇다 비로소 나는 깨닫는다 소리소리 외쳐도 날이 선 도끼를 휘둘러도 떠날 수 없다 주어진 삶을 두 손에 받들고 헤매어도 끝나지 않는다 나의 삶을 머리에 이고 지팡이에 의지한 백발이 하나 등신대의 거울에 깊이 새겨진다

─「허수아비가 그 스물」(『장자시』)

상징계의 거울 앞을 떠나지 않아야만 그림자 같은 자기를 발견하는 세계에서 화자는 머리카락이 백발로 변하는 압축적 시간을 찰나에 경험하고, 허수아비의 저 침묵을 불(佛)의 마음으로 바꿔 나간다. 이러한 상징 구사는, 차라리 허수아비로 서 있으려는 화자의 마음을 투사한 부분이다. 박제천 시에서 불성은 이렇게 시시각각 전변하는 마음에 집착하지 않도록, 기표의 틈새에서 언뜻 내비치는, 진리의 파편 중 하나인 불확정적인 의미다.

호명과 내레이션

호모 사피엔스에게 단순·간명·당연함 등은 독단이나 독재·야만으로 이해된다. 처음부터 끝까지 당연한 것은 이제 어디에도 없다. 인간은 두뇌의 복잡성을 닮은 기계를 창안해 왔고, 앞으로는 기계와 기계의 연결망이 인간 두뇌의 피질보다 더 유연하고 정교하게 사고 체계를 갖출 것이라고 미래학자들은 전망한다. 고도의 사고력을 요구하는 판결·추리·수사학 등을 대리 수행해줄 기구에 "사고의 인공보조기구"[3]라고 이름 붙여 놓고 이것이 첨단 연구에 투입될 만큼 치밀성과 논리성의 단계에 이르게 된다면, 인간의 두뇌는 본연의 복잡성 중 어떠한 기능을 강화해야 할지 알 수 없게 되어버렸다고 한다. 생각 기능을 교체하기 위해 인간의 몸에 기계를 심거나, 기계가 인간의 두뇌를 대신하는 보조 기구로 기능한다는 가정은 이제 가상이 아니다. 이러한 정황에 박제천 시는, 문명에 도취한 인간이 '발전'이라는 이름으로 갈아엎는 본연의 자연을 거듭 일깨워 왔다. 그것은 다른 것으로 대체할 수 없는 절대성의 상징이다.

3 장-프랑수아 리오타르, 이현복 편역, 『지식인의 종언』, 문예출판사, 2011(1판4쇄), 235쪽.

시집을 통틀어 가장 빈번한 시어인 별·나무·물·이름들은, 묵시의 징후들을 거뜬히 걷어내면서 우주의 본성인 생명성을 구가한다. 이 상징물들을 통합 공간에 놓아보면 천상에서는 별이, 지상에서는 나무가, 그 중간에서는 물[水]이 물[物]에 생명을 주면서 대기와 지상을 순환하는 구조를 보인다. 이러한 상상력은 상징체계로도, 인간의 욕구가 증대하는 상징계로도 환원하지 않는다. 그것들은 거기에 있음으로써 진리 자체인, 결코 전변할 수 없는 표상이다. 박제천은 생명수가 강압 없이 흘러가는 도(道)를 "전 생애에서 샘솟는 어떤 힘"(「절창―상류에서」)의 동력으로 삼아 왔다. 자연 안에 정신을 담근 그는 계량 언어와 시어의 절합(節合) 또는 용해를 실험하기보다, 인위적인 것에는 차라리 무지한 채, 쾌활한 운동성으로 사물 간 위계 논리를 부수면서 그 조응 관계에 주목한다.

시인에게 나무는 "내가 출생한 달 3월"(「어머니」,『노자시편』)의 탄생목, 즉 자신이 태어나는 순간을 지켜본 당사자로 지정할 만큼 숭고성의 상징이자 신화의 표상이다. 게다가 나무는 지구의 피질에 육박하려는 생명체이며, 수직으로 상승하면서 대기까지 아우르는, 즉 어디에도 종속되지 않고 생명성을 구가하려는 인간과 등가물이다. 노자시편으로 대표되는 중기 시를 지나 『나무사리』(1995)에서 나무와 물을 여성 이미지로 바꾸고, 별 모양을 "다섯모꼴"로 고착해온 관념을 벗어던진다. 그 순간은 "머리의 불"(「내게서 태어난 별들은」)이 켜진 때, 즉 어느새 습성이 되어 가는 빤한 상상력은 어둠이므로 그것을 몰아내는 놀이를 펼친다.

시인에게 별은, 형상을 가져야만 개연성을 인정할 수 있는 저 광대한 우주를 제유한다. 천사를 그릴 수 없어서 겨드랑이에 날개가 달린 가브리엘을 그린 화가처럼, 시인은 형상화할 수 없는 우주를 무수한 별들로 이미지화해 왔다. 이름 붙이는 일은 이야기 하나를 탄생시키는 일이고, 별의 이름을 부르면 이름 관계가 형성되지만, 그때 선택받지 못한 별들은 소외되면서 동시에 화자를 소외시킨다. 인간이 별의 이름을 불러주지 않으면, 인간도 별에게 따돌림을 당한다. '은하'라는 공동체 속에서 아이가 별의 이름을 불러주면서 관계가 활성화되었다면, 이름 없는 별들은 이름 관계를 결렬시킨다. 호명의 세계에서 이야기들이 탄생한다면, 더 이상 이름을 모를 때는 이야기를 잃는다.

별을 보고 길을 찾았던 시대에는 인간에게 삶의 푯대가 단일하고 분명했다. 그러나 대상에 대한 지식을 개념화하고 과학적으로 채워야 하는 시대가 되자 파편화된 지식들이 인간을 더욱 방황의 길로 몰아넣는다. 홍수 같은 지식을 사랑해야만 생존할 수 있으므로 인간은 총체성의 세계에서 분리되지만, 그 무수한 진리들 속에서 되레 길을 잃고 만다. 그러나 시인은 광대한 우주를 개념화할 능력이 부족하더라도 이렇게 거뜬히 우주의 감정을 내면화해 나간다. 우주는 막연하고 광대하여 간명한 개념화가 어렵지만, 박제천 시에서 이 공간은 언제나 시어 발화의 내적 동력이었다.

> 육체를 벗어던진 영혼에게도 감정이 있을까
>
> 사과를 덥썩 베어 먹으면서 사과씨들이 모여 있는
> 씨방까지 으적으적 씹어 먹으면서 사과에게 물어보았다
>
> 그리고 사과의 대답을 들었다는 말을
> 내가 여기에 쓴다면 사람들은
> 과연 내 말을 곧이들을까
>
> (중략)
>
> 우주에도 감정이 있을까 저들도

사랑의 감정으로 별을 배고 별을 낳을까

—「없음의 지옥」 부분(『푸른 별의 열두 가지 지옥에서』, 1992)

은하계 팽창은 엄연한 생명 현상이다. 몸 없는 우주에 과연 감정이 있는지에서부터 시작한 시인의 상상은 우주 팽창이 곧 감정 팽창이라는 생각에 다다른다. 우주에 대한 무지에 누구든 예외가 없다면, 사과를 아는 일과 인간을 아는 일이 별반 다르지 않다. 그러나 침묵하는 사과에게 인지능력을 기대하면서 화자가 질문을 던질 때, 저 사과는 자연현상을 몸소 증명하는 주체로 떠오른다. 객쩍게 혼잣말을 하는 화자이지만, 중력 때문에 본체로부터 추락한 사과가 우주의 감정에 따라 움직일 거라는 직관이 그의 뇌를 관통한다. 사과를 보자 저절로 생기는 질문은, 서로 끌어당기거나 밀어내는 사랑의 게임 법칙에 관한 것이다. 그것은 누구나 예외 없이 아는 법칙이다. 그 누구도 모르는 것만큼이나 빤한 생명 법칙이다. 그렇다면 앎과 무지 간 다른 점을 어떻게 분별할 수 있을 것인가. 화자가 묻는 감정 문제는, 뉴턴 시대에 사과가 증명해준 진리로부터 한 발짝도 진보하지 않았다. 그것은 다만 인력(引力)의 문제이며, 결과론으로는 생명 생산을 기획하는 자연의 움직임이다. "사과씨들이 모여 있는/씨방"을 씹어먹는 화자에게 이제 우주는 사과만큼 작은 덩어리다. 우주의 한 귀퉁이에 떨어져 씨앗이 발아하든, 화자의 질문을 감당하면서 거기에 있든, 그것은 존재함으로써 이미 오래전에 인간 감정 문제를 상징화하는 요체가 되었다.

문학은 초시간적으로 반향한다. 위의 시는 생명체가 처음으로 이름을 부여받는 생성의 시간과 접속하고자 하는 꿈을 그린다. "첫 번째 은하의 태양계의 지구의 네 평짜리 창이 없는 사무실"이 표상하는 공간을 지금 이곳에 들여놓아 보자. 4평짜리 사무실에는 창이 없다. 그 사무실은 지구 위에 있고, 지구는 태양계의 일부이며, 태양계는 첫 번째 은하에 속한다. 은하계는 누구에게나 불가지 그 자체이고, 자연광이 없는 사무실에는 이 공간보다 작은 '나'가 있다. '나'는 자신보다 더 작은 신문을 펼쳐 놓고 거기에 촘촘히 박힌 활자를 굽어본다. 이 모든 사물과 생명체를 포괄하는 어떤 의미가 그 활자들에 담겨 있고, 그것을 해독하는 인간의 상상력은 거대한 우주까지 뻗어나간다. 시인이 이름 불러준 무수한 별과 나무들이 우주의 "배꼽"(「SF—교감」)에서 분기한 생명체들인 것처럼, 어느 날 우연히 폭발할 "두 번째 은하 탄생"도 저 옴파로스에서 비롯될 것이다. 이성적 사고 체계로 구성된 우주는 추상일 수밖에 없다. 그런데 그것이 자연처럼 생성·소멸한다면, 우주의 생명력은 결코 추상일 수가 없지 않겠는가. 박제천은 그렇게 우주를 재발견하면서, 스스로 그러한 우주의 파편들이 제각각 소우주인 곳에 주목해 왔고, 이후에도 그의 상상력은 빅뱅을 일으킨다.

사피엔스의 욕망과 의욕이 영원한 생명을 망각하지 않는다는 점에서 역사는 인간의 생명을 어떻게든 강화해 온 과정으로 요약할 수 있다. 결정적으로 인간의 두뇌가 거기에 영리하게 참여하였고, 인간은 저절로 스스로 만유의 신이 되는 과정에 있다. 온전히 유기물은 아닐 인간신이 불특정한 미래의 어느 날 등극한다는 예측과, 유기체인 본연의 인간 간 격차가 자본으로 결정될 때 더욱 불행해질 '순수' 인간이 바로 '나'일 가능성 앞에서 우리의 두뇌 회로는 한동안 머뭇거린다. 박제천이 인간의 정신 작용과 그 내용을 시 형식에 담아낸 역사가 결코 짧지 않지만, 그는 인류의 파국을 상상해 온 시인이 아니다. 박제천은, 다른 것으로 결코 대체할 수 없는 본연의 자연에 밝고 쾌활한 본성을 심어 왔다. 때문에 그의 시를 묵시의 징후로 읽는 방법론에는 그다지 호감이 가지 않는다.

박제천이 착안한 인간 정신 문제는 단지 시의 제재로만 끝나지는 않을 것이다. 인간의 정신은, 그의 시가 발생하는 토대이면서 그 자체로 고스란히 시의 주제이며, 이때 정신은 자기 자신을 지칭하면서 일관되게 자기를 유지해 나가는 가장 자기다운 특성이다. 박제천은 그 '제정신'을 놓친 적 없이 그것을 관리해 나가고 있다. 그러나 발생할 때는 참신하나, 마땅히 진부해지는 것이 또한 정신이다. 그럴지라도 가벼운 전환과 얄팍한 지층만으로는 결코 정신을 구축할 수가 없다. 그 참신성을 따질 때 외부 지침을 기준삼거나, '내부'인 자신을 함부로 폐기하거나 하지 않고, 내부로 침탈해 오는 외부를 받아들여 녹이면서 내 것을 유지하는 일에 대해 박제천은 여전히 고민 중이다. 이것이 시력 55년 간 시인이 줄곧 유지해 온 열정이자, 식지 않는 정신의 온도이자, 그 힘으로 정신의 지층이 생성되어 온 생명성의 역사다.

인류세에 살아가기

—팬데믹 초기의 시

머뭇거리면서 고통스러운

문학은 인간의 고통을 이야기한다. 감염병의 현재도 쉬이 끝나지 않을 고통 속에 있다. 지속되는 고통과 출구 없는 상황이 맞물리면서 우리의 일상은 위험 속에서(in), 위험인자와 함께(with) 유례없이 재편되고 있다. 이 감염 포비아에는 다양한 강압이 있다. 그중 하나가 인류는 지구를 떠나선 살 수 없다는 것이다. 지구만이 인류 생명체의 존속 가능성을 담보하는 유일한 행성이라는 자각이 이 사태로 더욱 분명해졌다. 지구 부착자로 살 수밖에 없다고 우리가 다시금 말할 수 있는 것은, 인류 진화의 역사가 곧 기후 적응의 역사라는 해묵은 가설이 설득력을 지니고 있어서이다. 근래의 기후 재난은 인류세(Anthropocene) 개념을 2000년에 처음 사용한 파울 크뤼천의 직설을 부인할 수 없게 만든다. 그가 쓴 것처럼, 인류가 출현하여 활동하면서 지구의 기후에 영향을 미친 점이 강력한 가설 중 하나로 부상하고 있다. 인간은 그간 대자연과 힘을 겨루면서 필적할 만한 성과를 견인하는 일에 몰두했다.

그러나 장구한 지구의 역사에서 기후변화를 주도해 온 인류는 이제 스스로 온난화의 감옥에 갇힌 꼴이 되었다. '인류세'라는 용어는 환경 파괴의 경각심을 일깨우면서 태어났으나 인류의 종말 이미지보다 더 지저분하고 불안정한 상태를 나타내는 것이라고 『2050 거주 불능 지구』를 쓴 데이비드 월러스 웰즈가 보고한 바 있다. 인류가 비록 지구 생태 문제를 지구 공간에 한정하지 않고 우주적 그물망 안에서 사유하게 되었다 해도, 위험에 대한 전문가들의 경고를 많은 경우 점술가의 예언 같은 망언으로 치부하곤 했던 시간은 너무나 길었다. 진실을 회피하거나 유보하면서 위험을 망각할 수 있었던 건 우리가 그토록 철저하게 스스로에게 건 주술 덕분이었다. 인류의 현재는 늘 불안전했으나, 착각과 기억 망실을 펑계대기에 바빴다. 무슨 비밀을 사수하듯 인류의 능력으로 안전을 지켜내려 안간힘을 써 온 것이다. 기후 문제의 핵심을 가려 덮을수록 그것이 가능했던 게 사실이다. 그러나 기후 문제를 비유법으로 다뤄온 지난 시대 상상력의 자리는 이제 실제 장소로 바뀌었다.

　지구온난화라는 용어를 널리 알린 이는 해양학자 월러스 스미스 브뢰커로 알려져 있다. 그는 지구를 '성난 야수' '전쟁 기계'라고 불렀다. 지구가 점점 더 강하게 무장하기 시작했다고 염려도 보냈다. 잘 알다시피 지구온난화를 유발하는 주요 현상 중 하나는 이것이다. 화석연료가 연소할 때 방출하는 온실가스가 대기권에 갇히는 것. 경제력을 숭앙하는 인류에게 지구온난화는 부인하고 싶은 것, 잊고 싶은 것, 위험성을 상정하고 싶지 않은 것이다. 그런데 기후변화 때문에 재앙과 재난이 빈번하게 중첩(기후 되먹임, Climate feedback)되고 있는 현실이다. 지구온난화 문제가 결코 탁상공론으로 그칠 일이 아니게 된 계기가 코로나19 팬데믹 사태다. 물론 감염원에 대한 근거가 명쾌하지는 않다. 논란의 중심에 있는 특정 국가의 연구소에 세계인의 이목이 여전히 집중되는 점도 께름칙하게 해소되지 않는 문제다. 바이러스의 발생설이 어떠하든 간에 문학은 다양한 상징으로 이 사태의 진실로 다가가고 있다.

전 지구인이 동시에 감당하고 있는 이 사태는 세기적인 것이다. 이를 기점으로 지구인의 '현재'는 다시 돌아갈 수 없는 '과거'로 기록되고 있다. 월러스 웰즈는 다음같이 쓴다. 인류는 그동안 자연에 관한 이야기를 우화나 허상처럼 받아들였다고 말이다. 그러면서 그는 기후변화를 놓고 깊이 따져볼 겨를도 없이 그저 일상에 쫓겨 살았던 인류를 성찰한다. 그동안 인류는 당장 위험하지도 않은 잠재 위험에 발목 잡혀 있을 수만은 없지 않겠느냐는 반문을 일삼았던 것이다. 지금 아무것도 하지 않거나 안전한 일만 선택적으로 판별할 수는 없지 않겠느냐는 내심이었다. 차라리 우연한 일상에 젖어 위험을 잊고 사는 편이 더 안전하다고 여겨 왔던 것. 더구나 인간은 모든 위험을 일회성으로 여기는 존재자이며, 설령 그것이 중첩된다 하더라도 낙관적으로 미래를 설계하는 일을 멈추지 않는다. 그런 와중에 지구 온도는 과학자들이 한계온도라고 말하는, 현재보다 1.5도 높아지는 지점을 향해 직진해 왔다. 인류가 더 이상 지구에 거주할 수 없다고 보는 그 한계온도다.

그렇지만 기후 문제가 전적으로 코로나19 팬데믹을 유발했다는 진단만이 진실은 아니다. 화석연료 때문에 악화된 기후를 재생에너지로 대체하면 이 문제가 일거에 해결되리라는 기대도 현실감이 부족하기는 마찬가지다. 전지구적 팬데믹은 지구 생태와 생명체의 제자리를 생각하게 한다는 점에서 그 어느 때보다 정확한 현실 감각을 요구한다. 그동안 있어 온 자리를 이탈해야 했던 어떤 생명체가 오로지 생존을 위해 그렇게 할 수밖에 없었다면, 이것은 단지 그 생명체들의 문제에 그치지 않는다. 인류는 물론이고 여타 생명체를 포괄하는 우주 네트워크의 문제인 것이다. 인류가 살아가기에 가장 적합했던 곳이 더 이상 살 수 없을 지경이 되었다면, 이것은 다른 생명체가 서식지를 이탈하는 사건과 똑같이 본래 자연의 눈으로 직시해야 할 사태임이 분명하다. 이런 점 때문에라도 우리는 스스로를 기후감옥에 수감 중인 죄수들로 비유한다 해도 조금도 가혹하지 않다. 잘못을 저질러 놓고 다른 이유를 대면서 그것을 망각하려는 죄수들과 무엇이 다른가.

2005년부터 2060년까지 동안에 살다 간 인류를 킴 스탠리 로빈슨은 '디더링(Dithering) 세대'[1]로 칭한다. 결정과 실행을 미루면서 우유부단하게 동요하는 세대, '바로 나'의 문제라는 것을 인지하지만 그뿐 실천행위에서 진보는 없는 인류다. 지속적으로 지구의 기온을 달궈 온 인류의 후손으로서 2018년 여름의 불바람을 지옥불처럼 흡입했던 기억, 2019년의 58일간 장마의 기억이 생생하고, 빙산 붕괴에 이은 해수면 상승은 현재 진행 중인 위험이다. 기후 되먹임 현상이 빈발하면서 지구 도처에서 산불·홍수·태풍·빙산 붕괴·해수면 상승이 일어나는 일을 놓고 월러스 웰즈는 인류가 기후변화로 겪게 될 고통이 오늘날 이윤 분배만큼이나 불평등하게 분배될 것이라고 진단한다.

2020년 이후 우리는 주먹 쥔 손등을 맞부딪쳐 인사하는 시대를 살아가고 있다. 한 해가 어떻든 빨리 지나가기를 바라거나, 1년은 아예 없는 셈 치더라도 그 시간이 조금도 아깝지 않다고 말하는 이도 더러는 있다. 따라서 언택트 환경이 엄정하게 이어지면서 우리가 버리고 싶었던 시간을 잊기는커녕 되레 깊이 되새겨 나가고 있다는 것이 지금 우리 삶의 진실이다. 그런 와중에도 다행인 것은 2021년 여름의 기후가 예상 밖으로 무난했다는 사실이다. 탄소 주요 배출국 순위 9위인 한국이 '기후 깡패'에서 손을 털고 나올 만한 방법이 보이는 듯도 했다. 2020년 한 해 탄소 배출량이 전 해에 비해 7% 줄어든 것이다. 이 숫자의 의미는 생각보다 지대하다. 전 세계인이 매년 7% 정도씩 탄소 배출량을 감축하면서 2050년에 탄소 배출량 제로(0)를 달성하여 지구를 거주 불능으로 만들지 않는다는 목표치와 관련한다. '탄소발자국'은 인류가 저질러놓은 것

---

1 복도훈, 「인류세의 (한국)문학 서설」, 『한국문예창작』 50호, 한국문예창작학회, 2020, 14쪽.

이 도로 인류에게 돌아오는 어마어마한 위협이다. 우리가 탄소를 사용한 만큼 족적이 남는데 이것이 범죄자의 발자국과 다르지 않다. 우리가 저질러놓고선 그것을 스스로 추적하여 이유를 밝혀야 하는 범죄의 흔적이다. 코로나19 발생의 원인을 전적으로 지구온난화로 돌릴 수는 없다. 그러나 지구가 더워지면 생물 서식지의 이동이 불가피해진다는 사실은 감염병 발생의 원인이 어떠하건 간에 이제 상식이다. 이것이 한층 견고해진 해가 2021년이었다. 고통을 잊으려다 맞은 진정한 고통 속에서 문학은 그 동통을 이야기하게 되었다. 증강하는 고통 속에서도 문학은 피어나고, 시 한 편에 자연과학·철학·심리학·세계 경제·노동 등의 담론을 응축해 넣기도 한다. 과학만으로는 풀기 어려운 문제에 문학은 탁월한 능력을 발휘한다. 시대는 차가운 머리를 요구하고 있으나 우리는 여전히 아둔하고, 가슴마저 뻥 뚫려버린 우리에게 문학은 다행스럽게도 하나의 '정신'으로 존재한다.

속도의 강령: 미래까지 소비하라

코로나19 발생 초기에 중국 작가 옌렌커가 『한겨레』(2020.3.30.)에 기고한 글을 읽었다. "우한과 신종코로나가 이미 하나의 은유가 되어" 있는 정황을 요약해 나가는 그의 심리는 매우 복잡해 보였다. 우한 봉쇄와 아우슈비츠의 비밀스런 집행 행위들을 동일선상에서 해석하는 외부의 목소리에 이 반체제 작가가 기고문으로 반응하고 있었다. 그가 감지하는 현실은 다수의 죽음과 관련하고, 죽음의 주체들은 무고하고 이름 없는 자들이다. 우한으로 빗발치는 외부의 목소리에 중국 작가들이 반응해주기를 바라는 내심이 일부는 작용했을 것이다. 동·서양을 막론하고 감염병과 관련한 이야기 중 가장 흔한 의심 중 하나는 이것이다. 감염병이

타지에서 유입되었다면서 욕설을 퍼붓는 경우다. 발생지도 감염원도 불투명한데 코로나19의 기원과 유출을 특정 국가의 생물연구소로 의심한 것도 같은 사례다. 동·서 양강 구도 아래 경쟁 상대인 두 강대국이 피차 사악하고 혐오스러운 타자일 수밖에 없다는 관점이 여기에 결정적으로 개입한다.

역병은 타격이나 상처를 뜻하는 라틴어 플라가(plaga)가 어원이다. 이 명칭은 사람들을 두렵게 만드는 일반적인 질병을 지칭하기도 하지만, 집단적인 재앙이나 악, 천벌을 나타내는 본보기로 오랫동안 은유되어 왔다.[2] 옌렌커가 기고문을 발표할 무렵 한국의 시인들은 코로나19의 본질에 한층 밀착했다. 온갖 은유의 중심에 있는 역병이 얼마나 부정적인 감정을 유발하고 자기 징벌을 감행하게 하는지 팬데믹 초기의 시들에서 읽을 수 있다. 이 감염병은 재앙의 형태로 인류 공동체를 위협하고 위험에 빠트린 타자이며, 인류가 그간 밀착해 있던 생산재들과 거리를 두게 만드는 강압이다. 자연을 침탈하고, 타생명체를 살상하면서 문명을 일궈온 인간의 역사와 코로나19 창궐의 상관성에 대한 사유는, 자연에 가해온 인간의 파시즘을 고발하는 것이자, 증언이자, 반성문이다.

급행열차를 탄다
기관사가 없어도 문이 열리고 닫힌다
맨 앞 칸으로 가면
어둠 속을 질주하는 불빛을 볼 수 있다

(중략)

---

2 수전 손택, 이재원 역, 『은유로서의 질병』, 도서출판 이후, 2002, 176쪽.

내가 비건이 되면 세상에 단 두 마리뿐인
북부흰코뿔소가 멸종하지 않을까

그러나 나는 늦게 도착하는 사람
걱정하는 마음이 생기고 나면
이미 그것은 사라지고 없었다

누군가 기침을 한다
마스크들이 일제히 그를 바라본다
이 장면에도 신이 존재할까
신동탄까지 내려갔지만
그곳은 동탄이 아니었다

믿음은 우리를 구원할 수 있을까
환승역이 보이지 않는다
미래는 이미 지나갔는지 모른다

지금 이 순간
마스크는 불안의 안쪽일까 바깥쪽일까

　　　　　　　　　　—휘민, 「신분당선」 부분(『시인동네』 2020.3)

　　멸종이 임박한 동물은 번식의 가능성도 닫혀 간다. 시인은 그 생명체
를 한계상황에 방치하지 않으려 하지만, 시인 역시 이제껏 멸종동물의
연대기를 사후적으로 써나갔을 뿐인 인간이다. 북부흰코뿔소는 이미 벽
앞에 섰으며, 그 조건을 변화시킬 수도 없다. 미래까지 끌어당겨 소비한
인간 때문에 이 동물은 이제 단 두 마리만 남게 되었다. 어느 외계의 행

성을 꿈꾸어 보지만 그곳으로 인류를 안내할 '환승역'은 어디에도 없다. 지구의 대체지로 이주하는 일이 과연 가능할지 모른다. 인간이 꿈꾸던 "미래는 이미 지나갔는지 모른다"는 상실감과, 지구에서 벌어진 모든 속도전들과, 그때 우리가 앞당겨 소비해버린 미래가 바로 코로나19 상황일지도 모른다는 각성이 시인을 붙들고 있다. 이 상황은 멸종을 앞둔 동물의 것이면서 동시에 이곳에 있는 인간의 문제다. 두 마리뿐인 북부흰코뿔소들과 동시대를 살면서 아무 일 없을 거라며 자기 위안에 급급해 있는 인간들. 자기와 다른 생명체를 훼손하면서 저들만의 역사를 획책하는 인간들. 나쁜 미래를 계속 유보해 왔으나, 그 미래가 생명체들의 안전을 보장하지 못할 거라는 불안이 시인의 목소리에 실려 있다. 한계상황에 다다른 생명체를 위해 비건(Vegan)이 되어야겠다는 시인의 각성은, 그동안 안일하게 자신을 관용해 온 것에 대한 자책이기도 하다.

육식을 즐기고, 가죽 제품을 구매하면서 동물종들을 그 자리에서 삭제해 온 일은 그 누구에게도 예외일 수가 없다. 한계에 이른 생명체가 북부흰코뿔소만이 아닐 것이다. 소리 없이 멸종해 가는 생명체들은, 결정적으로 우리가 알지 못하는 무수한 '그것들'이다. '나'와의 관계 안에서 공존하는 '너'가 아닌 3인칭 그들이다. 배격해 마땅했던 그것들이 사라져 가지만, 우리는 애초에 그들을 알지 못한다. 그러는 사이에 그들은 지구에서 사라졌다. 따라서 지금 인류에게 닥친 재난도, 무지한 우리로서는 돌파할 방법을 다 알 길이 없다. 야스퍼스도 '한계상황'은, 마지막 상황이라고 했다. 그것은 변화하지 않으며 그저 현상할 뿐이라고 했다. 그렇다면 저 두 마리의 소가 처한 '길 없음'의 현실은, 한 장의 사진처럼 우리에게 보여질 뿐인가.

어느 시인은 이러한 장면들을 다음처럼 극명한 직설에 실어낸다. "돌도끼가 창검으로 바뀌는 동안, 창검이 총검으로 바뀌는 동안, 총검이 미사일로 바뀌는 동안//바이러스는 진화했다 인간은 원폭과 수폭을 만들

었다"(이승하, 「대낮의 군대」, 『시와 표현』 2020 여름). 돌도끼 → 창검 → 총검 →
미사일로 이행하면서 일어났을 대변혁이, 인류를 다른 생명체를 지배하
는 위력자로 만들었다는 것이다. 사피엔스가 둥근 돌을 뾰족하게 갈면
도구가 되고, 그것으로 자연을 절단하거나 찢어내면서 지배자로 부상한
다. 자연에서 나온 재료들이 사피엔스의 손을 거치면 무기가 된다. 자신
을 지키기 위하여, 최소한의 생계를 위하여 만든 기구는 남을 해치는 도
구로 돌변하기도 한다. 인간이 만든 도구들은 늘상 양날의 칼로 기능했
다. 숲을 갈아엎어 문명을 세우고, 인공(人工) 일색으로 바뀌어버린 생태
를 인간은 '문명'이라는 이름으로 격상시켰다.

유발 하라리는, 지난 5백 년간 인간이 유례없이 막강해진 이유를 과학
혁명의 결과로 본다. 5백 년 전만 해도 지구인은 5억 명에 그쳤으나 지
금은 78억 명. 지구 표면에 붙어살던 인류가 바다 밑으로, 하늘로, 땅속
으로 탐사를 이어가면서, 제자리에 있어야 할 자연은 뒤적여졌다. 점점
강해지는 무기는 인간의 두뇌가 그러하기 때문이지만, 그럴수록 강해지
는 미생물까지 보지는 못했다. 아래 시는 짧은 형식에 온갖 거대한 것/
사소한 것, 참가치/허수의 가치, 바라는 것/바라지 않는 것, 온유한 것/
잔인한 것들의 총체를 두루 담아낸다. 인류의 생명 영역에 침범한 바이
러스는 우리가 알고 있는 신의 지위와 조금도 달라 보이지 않는다.

나는 칼이요 분열이요 전쟁이다

사랑과 통합과 연대의

적이다

나는 찌르고 파괴하고 흩날린다

나는 가장 작고 가장 크며

가장 보이지 않는다

변함없이 따사롭다

피 흘리는 가슴이요 찢어지는 아픔이며

나를 모르는 격투다

나는 가르고 나누고 뜯는다

숨 막히는 사이와

절벽 같은 거리를 짓고

상처와 이별을 생성하며

가장 잘 보이지 않는다

나는 처음처럼 나타난다

나는 병이고 약이며 고통이다

자연이요 문명이요 생명이다

나는 죽이고 살리고 허물며

세운다 규범 없는 세계를,

세계 없는 규범을 세우고,

허물고 살리며 죽인다

—이영광, 「검은 봄」 부분(『발견』 2020 여름)

    인간에게 발각된 바이러스의 반란 사태를 그린 시다. 전자 현미경을 들이대고 인간이 봐버린 정체를 숨기려고 능란한 변장술을 펼치는 중이다. 인류도 살아내야 하고, 바이러스도 마찬가지로 존속해야 한다. 바이러스의 지위가 이렇게 당당해진 경우를 우리는 이제껏 보지 못했다. 자신의 본성을 선포하면서 바이러스의 세계는 커지고, 인류는 작아진다. 이제껏 인간의 눈높이에서 돌아갔던 세계가 저 바닥으로 가라앉고, 그 위로 바이러스가 부상한다. 인간이 모르는 지구 위의 생명체는 99퍼센트에 이른다는 사실을, 그것이 어쩌다 인간이 만든 기계에 발각되었더라도 무궁무진 인간을 괴롭히는 '모르는' 생명체는 존속할 것임을 이 시는 일깨운다.

바이러스는 처음부터 자연에 있었다. 그 자연은 때때로 인간보다 한층 거칠고 사나운 면모를 보여 왔다. 자연상태의 변덕, 변화, 징후적 움직임들과 인간의 욕망이 조금도 달라 보이지 않는다. 소리 없이 유동하는 자신의 욕망도 다 모르면서, 자신의 몸이 욕망 덩어리 그 자체라는 것도 모르면서 타자를 알 턱이 없다. 파괴와 생성의 틈바구니에서 지속되는 생명의 역사가 바이러스의 역사이기도 하다는 것을 인류는 모르쇠 해왔다. 탈주하는 욕망이 그러하듯, 바이러스에게도 규범은 없다. 생명의 법칙대로, 어쩌면 무차별적으로 바이러스는 잔인하다. 인간처럼 무기를 만들 수 없으므로, 제 몸의 돌기들을 인간에게 부딪쳐 영원히 살려는 욕망의 주체. 매혹과 위험을 품은 이 생명체의 외양은 치명적으로 아름답다. 더욱이 바이러스는 사멸을 모른다. 인간이 보아 버린 정체를 숨기려고 앞으로도 몸 바꾸기를 이어갈 것이다. 인간에게 발각되어선 안 될 곳에서, 인간이 모르는 비밀 안에서 그들의 세계는 유지될 것이다.

지구 부착자의 감정

2020년 가을에 발간한 앤솔로지 『지구에서 스테이』(2020.11.)에는 한국, 일본, 중국권, 유럽과 영·미 등 모두 네 개 권역의 시가 실려 있다. 감염병 대유행 선언 초기에 편재했던 공포를 반영한 시들을 엮어놓았다.[3] 이 시들은 동·서양을 막론하고 동시대인의 공통감정인 죽음 포비아와 견고하게 맺어져 있다. 앞서 두 편의 시를 읽으면서 생명·생태 문

---

3 이 시선집에 실린 시들은 이미 다른 지면에 발표한 시들이 대부분이다. 이 글에서는 『지구에서 스테이』(김혜순 외, 김태성·요시카와 나기 역, &, 2020.11.)로 그 출처를 일원화한다.

제를 보았다면, 이 엔솔로지에서는 코로나19의 출현과 더불어 발생한 공포감을 읽어보려 한다. 시인들은 감염병의 현실을 매우 개별적으로 표명하면서, 강제적인 행정명령과 자발적인 격리 상태를 상상의 범주가 아닌 체험 영역에서 체화한다. 누구에게나 공평한 공포감이야말로 팬데믹 이전 인류의 죽음관이 얼마나 상상적이었는지 돌아보게 한다. 천박하게 살아오지 않았다면 죽음도 고결할 것이라고 믿어온 그간의 관념이야말로 천박한 것이었다. 길을 가던 중 심장이 멎어 그 자리가 '죽은 몸'의 자리가 될 수도 있다는 공포감이 전파되기도 했던 무렵이다.

> 우주는 무한하나 그 속엔 낙이 없구나(누군가의 명언)
> 이 알 속에는 나만 있구나(어느 달걀노른자의 명언)
>
> 엄마는 물 마시고 싶고
> 우주엄마는 물 만져보고 싶고
>
> (중략)
>
> 엄마는 아무것도 없는 허공을 향해 손을 허우적거리고
> 우주엄마는 점점 다가오고
>
> 우주엄마가 다가올수록 엄마는 더 아프고
> 엄마는 이제 그만 아프지 않은 곳으로 가고 싶고
>
> 머나먼 우주, 바다의 모래처럼 많은 별 중에 어디서
> 내가 너를 다시 볼 수 있을까

우리엄마는 나한테 그런 전화나 하고
우주엄마는 엄마의 몸을 깨트려 별들이 무한하게

엄마의 알을 깨고 거기 엄마 대신 환한 노른자처럼 눕고 싶은
머나먼 우주의 검은 엄마는 나에게 딸아 딸아 내 이쁜 딸아
부르고

—김혜순, 「우주엄마」 부분

감염 포비아는 곧 죽음 포비아이기도 하다. 근대 이전의 죽음은 사회적으로 공개된 죽음이었다. 가족 공동체에서 간접 경험하는 죽음을 자기 삶의 일부로 내면화했다. 근대 이후의 죽음은 개인적으로 은폐된 죽음이라는 것이 문화심리학자들의 추론이다. 근대의 개인화는 죽음에 대한 인식마저 개인화한다. 김혜순은 이 시에서 저러한 개인화를 넘어, 두 명의 어머니와 딸의 관계성으로 죽음의 문제를 우주적 차원까지 확장한다. 먼저 자연 그 자체로서 "우주엄마"의 목소리에 귀를 기울여야 한다. 남성 신의 말을 돌판에 새겨넣은 문자 중심의 진리 대신, 대여신으로서 우주 어머니를 상상해야 한다. 이 대우주(大宇宙)+모(母)+여(女)+신(神)의 말(Logos)은 지상의 딸들에게 어떻게 선포되는가. 그간 우리가 대지+모+여+신을 생산성 중심으로 상상해 온 형편으로는 이 대우주모여신의 자리는 지금 전도되어 있다. 대우주를 로고스의 축으로 삼아 모신을 앉혀 놓은 것이다. 이 모신은 "딸아 딸아 내 이쁜 딸아"를 부르며 지상의 딸들이 겪는 고통에 동참하는 대표 모성이다. 여성의 언어로 각성된 김혜순의 여느 시들처럼 이 시에서도 어머니들과 딸들이 연합한다. 우주엄마와 딸 사이에 있는 우리엄마는 어머니이자 딸이므로 이중 정체성을 가졌다. 이러한 구도로 죽음 포비아에 갇힌 지구의 모녀가 우주 모태와 연결된다. 생명의 기원인 이 우주 모성은 동시에 죽음의 관할자이기도 하

다. 우리엄마를 매개하지 않고 우주엄마의 음성을 딸에게 곧장 들려주는 화법으로 시인은 모태로서 우주를 형상화하려는 의도를 드러낸다.

시를 보면 아픈 우리엄마와 우주엄마, 아프리카의 우물과 검은 우주 공간, 아픈 지구와 아픔이 없는 머나먼 우주가 서로의 은유로 존재한다. 통일체로서 우주엄마의 본성은 지구인에게 임박한 죽음의 시간에 작용한다. 우주는 알처럼 타원형이고, 지구 위의 인간은 알 속의 노른자처럼 우주의 생명 형상(形狀)으로 표명된다. 인간에게 집은 우주의 중심으로써 소중한 장소이고, 물은 생명의 근원이며, 인간이 죽어서 가는 곳을 별이라고 믿어 온 신화 상상력도 소환한다. 엄마가 느끼는 극심한 갈증, 우주엄마가 딸들을 부르는 상황 사이에는 다음 같은 인식이 깔려 있다. "너를 다시 볼 수 있을까". 전화 너머로 들려오는 엄마의 목소리에는 이제껏 함께해 온 지구인과의 단절 감정이 여실히 실려 있다. 이 시의 도약 지점은 바로 이곳이다. 우주엄마가 딸들을 간절히 부르면서 죽음의 본질을 암시한다. 이것은 단지 엄마가 홀로 맞아야 하는 일이 아니며 세상의 모든 딸들에게 계승되는, 공평한 현실이다. "모래처럼 많은 별"로 비유하는 우주적 본원이 인류가 최종 돌아갈 곳이라는 것. 인간이 죽음을 꿈꿀 수는 없더라도 별을 꿈꿀 수 있다는 관념 안에서라면 죽음 현상이 단지 소멸의 의미만은 아님을 이 시는 전한다.

이렇게 시인은 생명의 영원성이라든지 궁극적인 삶의 문제들에 안착하여 죽음을 탐구하고 있지는 않다. 하나는 아프리카의 우물, 다른 하나는 "검은 우물 속"으로 비유하는 우주를 보자. 두 개의 장소는 삶과 죽음의 공간으로 분리되어 있다. 그 이유가 요컨대 이런 것이다. 죽음 체험은 불가능하므로 그것을 증명하기 위한 관념도 세우기가 어렵다. 삶의 문제를 놓고 왈가왈부하는 우리는 잘살아내는 일에 언제까지고 파묻혀 지내고 싶어 한다. 그러나 예금통장을 털어 아프리카에 우물을 파주는 생명 사업에 일조하고 싶은 엄마는 지금, 생명의 기미가 사라져가고 있는 자신과 메마른 사막을 동일시하는 사람이다. 이렇게 절절한 삶의 기획 아래 생명수는 오직 지구에서만 솟아오른다는 인식을 엄마는 갖고 있다. 그러므로 엄마가 "마지막 예금"을 털어 타자의 생명을 구하는 일에 기여하는 행위는, 아파 본 자만이 할 수가 있다. 따라서 아프리카의 우물 비유는 삶의 연장선을 그으려는 의도일 수는 있어도 죽음을 수용하는 자의 내심을 반영한다고 보기는 어렵다.

우주 모성은 우물·집 같은 장소들을 품는다. 같은 이치로 딸과 우리 엄마도 똑같이 품어준다. 임박한 죽음의 고통 속에서 엄마는 "이제 그만 아프지 않은 곳으로 가고" 싶고, 그곳은 "머나먼 우주"이며, 별들의 고향 이기도 하다. 선체험으로 자신의 본향을 아는 엄마는 신화의 시간으로 회귀할 자격을 갖췄으며 그때가 다가오고 있다. 하지만 각자 죽어 하나의 별이 된다 한들 광대한 우주 공간에서는 재회할 수 없다는 것이 크나큰 고통이다. 그런 점을 애석해하는 엄마이고, 우주엄마 또한 누구에게나 공평하게 주어진 외로움을 감당하고 있다. 그러나 모든 생명은 우주 모성의 네트워크 안에서 열려 있다. 죽음은 닫힌 경험이 아니다. 이 엔솔로지에 실린 또 다른 시에서는 인간을 이렇게 사유한다. "우리는 원래 아무것도 아닌 것,/아무것도 아닌,/어느 죽은 별의 먼지인지도 모른다"(엄원태,「신생국, 별의 먼지」). 제각기 소우주인 인류는 자신을 차라리 티끌로 만들어 죽음의 공포를 경감시키고, 고통 자체를 줄여버린다. 눈으로 볼 수 있는 가장 작은 사물로 자신을 축소할 때에야 죽음 현상이 비로소 가벼워진다.

팬데믹의 고통 속에서 인류의 의식은 진보 중이다. 그러나 그것이 후퇴의 보법이어서 그간에 인류가 이룩한 진보의 방식이 얼마큼 반자연적인지가 하나씩 증명되고 있다. 삶의 균형추를 집단에서 개인으로, 만남에서 비대면으로 전환하자 꽁꽁 닫고 지냈던 창문을 여는 날이 늘었다. 이는 단지 집에 머무르는 시간이 늘어서 가능해진 일이 아니다. 파괴와 오염의 원인자이자 주범이 인간이고, 주범의 파괴력을 저지하지 못한 인간 모두가 공범인 사태 속에서 "재난영화의 예감은 빗나갔다"고 안도하는 이들이 있다. 이러한 반어법은, 그간 인류가 망각하고자 했던 재난과 그것이 중첩되는 사태와는 다른 방향성을 갖는다. 멈출 수 없는 동력기처럼 달려온 문명의 시간은 인류의 위험 인지 감수성마저 무디게 만들어 버렸다. 발전의 한 방식으로 위험성이 용인되면서, 모든 재난과 재앙도 발전이라는 대명제에 포섭당해 왔다. 시인이 어느 날 열어젖힌 창문 밖으로 펼쳐진 푸른 하늘은 진정 "거짓말처럼" 거기에 있다. 이전 삶의 방식을 멈춘 뒤에야 나타난 저 하늘이 예전의 그것이 아닌 현재의 것이라는 사실이 시적 화자는 놀라울 따름이다.

> 나는 산책이 늘었다
> 나는 요리가 늘었다
> 나에게 시간이 너무나도 늘었다
> 축제가 사라졌다
> 장례식이 사라졌다
> 옆자리가 사라졌다
> 재난영화의 예감은 빗나갔다
> 잿빛 잔해만 남은 도시가 아니라
> 거짓말처럼 푸른 창공과 새하얀 구름이 날마다 아침을 연다
> 나는 창문을 열었다
>
> —김소연, 「거짓말처럼」 부분

비행운이 사라진 하늘에서도, 자동차 통행이 줄어든 도시에서도 탄소 발자국이 눈에 띄게 줄었다. 소비 위주의 생산체제를 유지케 했던 쇼핑 대신 산책을, 음식쓰레기를 생산하는 외식 대신 손수 요리를, 소비의 쾌

락과 끝없는 욕망만을 사랑스럽다고 여기는 온갖 축제와 이벤트 대신에 홀로 있기를 기꺼이 감당하는 팬데믹 인류다. 또 다른 시인도 모처럼 창문을 열어놓고 이렇게 쓴다. "오늘은 창문을 활짝 열고 밥을 먹는다 울면서 벽 너머를 꿈꾸기에."(김상윤, 「모든 것들은 그날을 꿈꾸기에 우는 것이다」). 이 문장은, 의도하지 않은 가족 이산과 홀로 있음을 실감하면서 '홀로 처함'만이 방호복처럼 안전을 담보하는 어떤 이의 시간에 맞춰져 있다. 어느 시인은 "한 줄기에서 난 가지가 꺾어져도 남은 가지는 아닌 척, 둥지에서 꿈쩍도 않는다."(손수여, 「내가 무섭다」)면서 형제의 장례식에마저 불참해야 했던 자신을 감염병의 현실에 묶인 채 자책한다. "대출을 받으러 간격을 잊은 채/줄을 서 있는 자영업자"(이삼례, 「노래」)마저 앞 사람과 거리를 벌려야 하는 정황은 생계가 막막해진 소상공인의 초조한 심정을 가감없이 반영한다. 소비를 줄여 탄소발자국을 줄여야 하지만 이러한 시도가 소상공인들에게는 곧바로 역작용으로 돌아온다. 위로받아야 할 사람이 오히려 위로하는 다음 장면에서는, 팬데믹이 강화한 불소통의 문제와 물리적 거리의 관계를 엿볼 수 있다.

췌장암으로 투병중인 친구가
택배로 보낸 누룽지 상자 속에
연애편지처럼 곱게 접어 동봉한 쪽지

거리가 조용하다니
종일 집에 있겠네
비상식량으로 안부 전한다
어디 나가지 마라
밥도 먹기 싫고 답답할 때
고요와 적막 반찬삼아 꼭꼭 씹어보게

2020년 3월 21일, 선재가

서울이 옆 마실처럼 가깝게 느껴졌다

—윤일현, 「거리 좁히기」 전문

아무리 거대하고 이성적인 조직이라 할지라도 정서 교류가 없어도 되는 경우란 없다. 거대한 구조는 냉철하게 작동하더라도, 보이지 않는 정서를 서로 적극적으로 해석해야만 그 조직은 건강해진다. 사사로운 관계라면 어떠할까. 위 시에서처럼 위로받아야 할 자가 곤경에 처한 상대방에게 먼저 마음을 쓰는 장면을 시인은 간명하게 "거리 좁히기"라고 쓴다. 외출하지 마라,는 친구의 금지령이 적힌 글, 그리고 꼭꼭 씹어 먹어야 하는 그 어떤 비상식량을 동봉한 우편물을 받아든 화자의 표정이 눈앞에 환히 보이는 듯하다. 마음이 담긴 글과 함께 동봉한 비상식량이 무엇이든 간에, 자신의 고통에 매몰되지 않은 친구의 도량을 받았을 것이며, 그 고통을 넘어서는 실천의 윤리도 읽었을 것이다.

글의 발신자는 이전부터 앓아온 질병의 고통 위에 감염병에 대한 불안감마저 덧입혀진 자다. 그런 그가 위로의 글을 친구에게 써 보낸다. 큰 아픔을 겪은 자가 진정으로 타자의 고통에 참여하는 모습에 우리는 숙연해진다. 팬데믹의 고통은 누구에게나 예외가 없지만, 그 고통을 일반화하기는 어려워 보인다. 누군가가 자신의 고통을 넘어 타자에게 먼저 위로의 말을 건넬 때 힘을 얻고, 고통도 잊는다. 공공 영역에서 수행한다면 선행과 미담으로 흐르고 말 그 말은 여기서 정확하게 친구의 가슴에 도달한다. 그동안 잊고 있었던 아름다움을 일깨우면서, 그 아름다움에 내재한 무세계성이 타자를 향해 활동하는 것. 이것이야말로 모나드적 우울과 고독을 열어젖혀 타자와 소통하는 계기로서의 창(窓)이 아닌가. 중병을 앓았던 수전 손택의 '질병의 은유'에서 우리가 힘을 얻는 것도 같은 이치이리라. 가장 무시무시한 질병은, 죽음은 물론 인간성을 말살하는 것으로 인식되는 질병이라고 손택은 썼다. 감염의 공포에 질려 있다가 죽은 모든 이들은 똑같이 존엄한 이들이며, 지금 우리가 살아 있다는 건 기적이다. 누구나 예외 없이 고통스러운 팬데믹의 현실에서는 상대방보다 더 아파 본 자가 먼저 위로의 말을 건네는 것인지도 모른다. 그러므로 그 모든 위로의 말을 먼저 건네는 시인이야말로 이 시대를 가장 아파하면서 건너가는 인류가 아닐까. 포스트 코로나는 위드코로나가 예정되어 있다. 이 위험스러운 동행자가 일상적으로 일깨우는 고통에 겨워 문학도 내내 앓게 될 것인가, 과연.

도래하는 잔혹사

―김성규의 시

위험 생산, 위험 소비

위험 인지 감수성을 누구에게나 공평하게 일깨우는 기후 위기가 표면화하고 있다. 이때 생기는 불공평은, 첨단 미디어에 길든 부유한 나라의 국민이 빈국의 재난을 두고 숙명이라면서 한쪽으로 밀쳐 두는 경우다. 재난을 말하려면 먼저 재난과 관련 없어 보이는 이것부터 말해야 한다. 과학기술에 대한 맹목. 이러한 상태가 지속되면 과학은 어느새 신화가 되고, 인과관계가 깨진 결론을 놓고도 그 원인을 궁금해하지 않고 진실을 아는 일에 나태해져 버린다. 과학자들도 그럴진대 보통 시민은 두 말할 것도 없다. 『위험사회』를 쓴 울리히 벡은 근대화의 위험성을 이해하려면 과학기술의 도움을 받아야 한다고 썼다. 반면에 과학기술이 생태 위험을 초래한다면서 그것을 거대위험으로 본 이들 중에는 메리 더글라스가 있다. 과학기술의 양면성을 다른 방향에서 진지하게 해석한다는 점에서 두 이론가는 모두 비판적 실천이성의 주체다. 두 사람의 입장은 과학기술의 도움 또는 폐해로 갈린다.

김성규가 『너는 잘못 날아왔다』(2008)와 『천국은 언제쯤 망가진 자들을 수거해 가나』(2013)에서 그린 거대위험도 이러한 위험 인지의 소산이다. 시인은 여러 편의 시에서 홍수 또는 폭풍우와 관련하여 각별한 감수성을 발휘한다. 자연의 활동 측면으로만 보면 매우 본래적이고 신화적이지만, 과학 발전과 연루되면 자연재해에 대한 해석은 달라진다. 낯선 타자들의 목소리가 곳곳에서 울려 나온 2010년대 우리 시단에서 김성규는 가난한 이들에게 도래하는 위험의 타자성을 남달리 성찰했다. 기후 위기와 계층 간 불평등이 똑같이 심화된다는 데에 시인의 문제의식이 자리한다. 그가 쓰는 '가난'의 상태는 우리에게 그 무엇보다 강력한 타자성으로 다가온다. 이것은 누구도 그 계열에 끼고 싶어 하지 않는 것이다. 사회보장제나 사보험에서도 제외될 가능성이 높은 취약계층에게 닥친 자연재해나 전염병 창궐을 울리히 벡의 성찰에 비춰보면 이것이야말로 부인 못 할 위험사회의 한 증상이다. 부자 나라가 생산한 위험 요소들의 피해자가 가난한 나라의 국민이라는 점은, 불평등이 무의식화되어 있는 전(全)지구적 사건에 속한다. 시인은 이 두 권의 시집에서 타자가 몰아오는 불행이 기층민에게 침투하는 사정을 가난한 자의 현실로 꾸려 내놓는다. 시적 화자의 목소리는 대체로 진창처럼 눅진한 곳에서 울려나온다. 쥐·돼지·개미·벌레·파리 등을 '바닥'으로 비유하고, 때때로 동화 상상력을 빌어와 무거운 현실을 가공하기도 한다.

우리는 가난한 사람들을 어디에서 보게 되는가. 이상한 일이지만 그들은 우리의 눈에 잘 띄지 않는다. 당연한 욕구이겠으나, 우리 사회에는 가난을 가리는 것으로 그것을 벗어나려는 사람들이 있다. 정책적으로는 가난한 동네에 펜스를 치고 거기에 밝고 희망적인 그림을 그려 넣고, 가난한 당사자는 자신의 가난과 불행을 옷차림에 노출하지 않으면서 타인의 눈에 띄지 않으려 한다. 지하도나 기차역에만 가난이 있다고 착각하는 우리는 홈리스들의 몸에서 풍기는 냄새와 옷차림으로 가난의 정체를 규정해 버린다. 도시의 지하도나 기차역은 가난한 자들이 냄새를 풍기는 특수 구역으로 우리에게 각인되어 있다.

이렇게 대표적으로 가난한 그들을 제외하면 우리 주변에 가난은 없다고 생각한다. 가난한 자를 하나의 집합체로 관리하며 급식 차를 운행하는 광경 외에 우리가 쉬이 볼 수 있는 가난의 모습은 주변에 없다. 게다가 재난은 오래전부터 수시로 있어 왔으나 그것은 쉽게 잊혀진다. 타인의 재난은 우리에게 관념에 불과하므로 동화 상상력이나 판타지 같은 것으로 그것을 이해하기도 한다. 이것은 재난이 '나'의 것이 되어선 안 되므로 그것을 원격화하는 방편 중 하나다. 재난의 이유와 원인에 대해 무지하지는 않으나 그것에 대한 지식은 발생을 막는 일보다 은폐하는 데에 더 자주 쓰인다. 가난한 동네와 자신의 삶을 가리고, 가난한 자의 옷차림을 바꾸면 그 주체들이 재난에 노출되는 일도 가려진다. 그런데 무엇보다 결정적인 이유는, 재난은 일상 그 자체여서 그것의 강도를 우리가 체감하지 못한다는 사실이다. 김성규는 등단작 「독산동 반지하동굴 유적지」에서부터 가난한 사람들의 거주지가 우리는 볼 수도 없고 들어가기도 힘든 땅 밑의 사정과 과연 크게 다른지를 묻는다. 벌레가 기어나오고 거미줄이 처진 지하 방에서의 동거를 인간의 조건과 연결하고 있다.

팬데믹 시대의 '집에 머물라'는 행정명령은 아이러니하게도 다음 같은 곳까지 미친다. 홈리스들에게 물대포를 쏘아대면서 지하도에서 쫓아내는 일이 있었다. 집이 없거나 출가(가출)했으므로 그들은 홈리스로 불린다. 그런 이들에게 집으로 돌아가라고 하는 것이 이 행정명령이다. 이때 물을 수 있는 것은, 이것이야말로 행정 폭력이라는 재난이 아닌가 하는 것이다. 홈리스를 숙주로 보고 이동을 차단하려는 행정적 방편은, 집 없는 이들의 이동을 원천적으로 차단하지 못하므로 실행 효과를 기대하기 어렵다. 홈리스가 숙주일 수 있다는 가능성을 차단하기 위해 그들을 집에 묶어두려는 행정처의 발상 자체가 오류이기 때문이다. 그런데 이때 행정처가 사용하는 집 개념이 최상의 안전처로 무의식적으로 환기되고 있다는 사실에 주목할 필요가 있다. 집은 누구에게나 가장 안전하다고 믿는 기착지이지만, 그 집이 재난으로 사라져버리는 사태를 시인은 생각해보고 있다. 이 말은 거꾸로, 인간이라면 누구나 자신의 집을 가장 안전하다고 여긴다는 사실과, 돌아갈 집을 잃어버려 모든 위험이 정점까지 다다른 경우를 되비춰낸다.

재난영화는 흔히 볼 수 있지만, 재난을 다룬 시집은 흔치 않다. 재난 소재 소설은 영화나 애니메이션·만화·게임 제작에 아이디어를 제공하기도 한다. 소재적 특성으로 보면 아포칼립스 예술은 우리가 예측할 수 있는 갖가지 재난을 다루고 있지만, 문학이 재난을 말하는 방식과는 다르다. 미디어와 영상에서 보는 재난은 많은 경우 스펙터클한 미감과 쾌감, 그리고 무력감을 청중에게 동시에 안긴다. 타자의 재난에 직면할 때 즐거움이 증대하는 이상한 일이 벌어진다. 미디어 예술은 현실의 재난을 환상으로 가공하여 우리가 그것을 즐기게 만든다. 재난에 대한 예시는 많은 경우 영화 장면으로 대체되는데 '실감'을 말할 때 흔히 그렇다. 참현실을 예증하는 방법으로 가상을 끌어와 실감나게 보여주지만 그 '실감'이 우리를 실재로부터 도피하게 만든다. 실감이 극대화할수록 현실이 하이퍼 리얼로 부풀어 오르면서 가상으로 가공되기 쉽다. 김성규 재난 말하기는 위와 같은 방식들을 위반한다.

인류세에 살아가기, 살아남기

김성규에게 물은 난폭한 현실이자, 인류가 자연과 힘을 겨뤄온 역사적 물증이다. 그러니까 물은 이 시인에게 관념적인 성찰의 기제가 아니다. 인류세 개념을 이해한다면 한결 그 의미가 분명해질 듯하다. 인류세는 다른 생물종보다 지성이 우위인 현세 인류를 말한다. 거대한 자연에 맞서거나 의존하면서 인류 중심 시대를 연 장본인들이다. 인류세의 도구적인 능력이 지구에 미치면서 이 세계의 주인이 된 후 기후는 급변했다. 인류세를 주축으로 물질문명의 진보가 빠르게 진행되었던 것은, 인류가 지구 생태를 무한한 보물 창고인 양 침탈하면서부터이다. 덕분에 인류는 기후변화에 시달리게 되었고, 시인이 그린 것처럼 물폭탄이 퍼붓고, 홍수가 나고, 가공할 폭풍우가 인간의 마을을 휩쓰는 일들이 빈번하게 일어난다.

김성규는 현실이 가상으로 비대해지지 않도록 언어를 관리하는 시인이다. 그의 상상력이 향하는 곳은 바다, 즉 우리가 저지대라고 부르는 곳이다. 그곳에서 사는 사람들은 물난리가 나면 거처가 고스란히 수장되는 불운을 겪는다. 별안간 생활의 근거지를 잃고 난민이 되는 그들과 달리, 고지대로 이동할 수 있거나 고지대가 거주지인 부류들에게는 재앙도 전면으로는 닥치지 않는다. 김성규 시의 리얼리즘은, 환상과 접속하여 현실의 난관을 도드라지게 한다는 점에서 독특하다. 재난을 당한 자가 공중으로 날아오르고, 종이배를 탄 것처럼 물살에 떠내려가는 광경이 놀이 장면처럼 펼쳐진다. 위험에 갇혀서 그 위험 자체가 되어버린 그들이 대체 무엇을 할 수 있을지 우리는 생각하게 된다.

김성규 시의 구름 상징을 보면 원관념과 보조관념이 선명하다. 기후변화의 잠재성이 실린 물질인 구름은 그의 시에서 흔히 징후적으로 떠 있다. 바닥에는 벌레와 짐승들, 그리고 인간이라는 종도 뒤섞여 있다. 구름은 기상을 언제든 돌변하게 만드는 가변체이고, 벌레·짐승·인간은 동등하게 바닥에 처한 생명체들이다. 지상이라고 보기에는 양지의 조건이 희박한 진흙탕 같은 곳에서 그들은 한데 엉겨 살아간다. 그런데 그곳에 다음처럼 "누군가" 낯선 이가 방문하면서 재앙이 스멀스멀 기어든다.

누군가 나에게 옷 한 벌을 맡겨두고 갔다

하얗고 뻣뻣하게 주름잡힌 옷을
쓰다듬으며 나는 잠이 들었다
그날 이후 밤이면 참을 수 없는 허기가,
쉴 새 없는 고통이,

방 안에서 이상한 냄새가 난단 말이야
밥을 먹던 동생이 내 방문을 잠근다
장판을 들춰보니 벌레들이 기어나온다
마디를 웅크렸다, 폈다 천장으로
낄낄거리며 기어 올라가는 벌레들
장판 밑으로 하수구가 흐르다니…
비닐봉지가 폐수를 타고 떠다니고
옷을 감추려 장롱을 열자 열지어
기어나오는 벌레들
이불을 뒤집어쓰고 잠이 들면
내 머리카락에 알을 슬어놓는 벌레들

—「사람이라고 말할 수 없는」부분(『너는 잘못 날아왔다』)

　『너는 잘못 날아왔다』의 첫 페이지에 실린 시다. 재난이 외부로부터
오는 경우를 들면서 그것의 타자적 특성을 들추고 있다. 어느 날 홀연
나타난 누군지 모를 타자가 화자에게 쓸모없는 물건을 맡겨놓고 사라진
다. 익명의 존재자는 초대받지 않았고, 방문을 예고하지도 않았다. 그가
맡겨둔 물건은 화자가 기대한 것도 아니다. 게다가 이상한 냄새까지 풍
긴다. 그 물건의 담지자인 화자는 악취가 번질까 봐 집안에 자진 격리되
어 있어야 한다. 방문자의 일방적인 부탁이 화자를 '허기'와 '고통'으로
몰아간다. 그러나 "하얗고 뻣뻣하게 주름잡힌 옷"의 주인은 영영 다시

나타나지 않는다. 결국 "걸레가 된 옷을 붙잡"고 그 방문객을 사람이 아니라고 부인하면서 화자는 벌레와 폐수·오물이 뒤섞인 진창에서 나날을 견딘다. 화자를 세상과 격리시킨 장본인이 타자라는 관점으로 시인은 어느 날 홀연 닥치는 재난과 그에 따른 고통에 대하여 말문을 연다.

김성규에게 재난은 출처 모를 외부에서 강제로 주어져 떠맡을 수밖에 없게 된 것이다. 소유권이 없기에 자의로 처분하지 못하는 물건을 숨겨두면서 담지자의 소임을 다해야만 한다. 그럴수록 고통이 증폭하고 결국 불행을 떠맡아둔 꼴이 된다. 타자가 가져다준 고통이지만, 옷 주인이 회수해갈 때까지 잘 맡아둬야만 한다는 강박 속에서 그는 살아간다. 자신이 누구인지도, 언제 그 옷을 찾아가겠노라고도 말하지 않은 익명의 방문자는 필경 운명적인 타자다. 화자가 예측조차 하지 못한 어떤 재앙과 관련되어 있기도 하다. 불행이라고도, 운명이라고도 할 수 있는 이것을 화자는 고스란히 감당하고, 보관하고, 심지어 은닉해야 한다. 나쁜 냄새가 난다는 외부의 비난에 애면글면 대처해야 하는 것이다.

화자에게 닥친 불행이 타자에게서 맡아둔 옷에서 시작되었다면, 화자가 또 다른 타자에게 그 불행을 슬쩍 넘겨주면 될 일이 아닌가. 그러나 화자는 다시 올 것만 같은 옷 주인에게 시간을 무기한 저당잡혀 있다. 그가 물건을 '맡겨두고' 간 것이다. 맡아둔 것에 대한 불편은 그의 도래로만 해소될 것이다. 시인은 이렇게 외부에서 온 불편과 불행을 타자에게 전가할 수 없는 인간의 조건에 대하여 심미안을 발휘한다. 인간 개체가 자의로 선택할 수 없는 조건들에 대해 써나가면서, 재난이라는 불가항력이 인간 삶의 조건이 되는 경우를 상상한다. 그러니까 위 시에 등장하는, '옷'으로 비유되는 불행 인자는, 누군가의 삶에 끼워 넣어져 그 사회의 하층부에서 음습하게 배양되면서 고착되는, 삶의 재난으로서 가난을 말하기 위한 제재다. 이 같은 상상력은, 우연히 도래한 타자를 떠맡아 책임감 있게 보살피는 문제를 성찰한 레비나스를 경유하게 한다. 타자가 출현하면서 알게 된 가난과 고통, 뒤이은 주체 각성이 매우 닮은꼴로 전개된다.

지젝도 가난한 자들이 풍기는 냄새에 대하여 쓴 바 있다.[1] 김성규는 이렇게 쓴다. "냄새를 따라 곳곳에서 몰려드는 가난뱅이들"(「혈국(血國)」)이 사회의 바닥까지 간 자들이며, 그들의 가난은 어떠한 의장으로도 가릴 수 없으며, 수증기를 포함한 대기가 이동하면서 도처에 흩뿌려지는 불쾌한 냄새 같은 것이라고. 계층의 차이는 냄새의 차이이고, 상대방의 냄새를 용납할 수 있다면 그들은 서로 동류라는 의미다. 영화 〈기생충〉에서의 가장처럼 제 몸에서 나는 냄새가 자신 안에서만 환류한다면 그는 더 이상 내려갈 곳이 없는 데까지 온 자다. 인용 시의 화자는 재난이 수평 이동하는 계층으로서 대표성이 있다. 그렇다면 이것은 시인이 말하고 싶은 "가난이 재난을 찾아가듯/재난이 가난을 찾아가듯"(「해열」) 필연적인 상관관계라고 봐야 할 것이다. 가난이 재난을 부르고, 그것을 강화하는 이 불가항력 때문에 가난은 재난으로 고정된다. 김성규 시에서 '물' 기호들을 가난과 재난의 하방 경직성 통로로 보게 되는 것은 그런 이유다.

재난–깡패들의 아우성

김성규의 어떤 시는 포스트모던하다. 스펙터클한 화면 속에는 이제껏 착하고 소리 없이, 그리고 비루하게 살아왔던 이들이 당당하게 생명성을 구가하는 모습이 담겨 있다. 그 장면에는 태풍이 몰아쳐 집과 함께 공중으로 떠오르는 가족들도 있다. 홍수에 떠내려가는 지붕 위의 광경

---

1 슬라보예 지젝, 이현우 외 역, 『폭력이란 무엇인가』, 난장이, 2014(초판6쇄), 232쪽.

에도 그들은 있다. 시인은 "둥근 달을 바라"(「장롱을 부수고 배를」)보는 자들의 감정을 노출하지 않고 차갑게 보여주지만, 그 효과는 오히려 배가된다. 이러한 작법은 '차가운 황홀경'(장 보드리야르)과는 다른 내면을 갖는다. 단지 이미지의 매력에 도취하고, 심지어 끔찍한 장면조차 매혹적인 것으로 완화하는 이미지 예찬자의 그것과는 다르다. 김성규 시의 스펙터클은 컬러 사진 시대의 포스트모던과 유사한 기조 위에서 구성된다. 그러니까 그는 현실을 잘 보여주기 위해 그것을 과장하다가 현실과 멀어져버리는 하이퍼 리얼리스트는 아니다. 그는 관조와 성찰의 기호에 갇히기 쉬운 물 이미지에 구멍을 낸다. 관념을 걷어낸 자리에 사실성을 보충하기 위해 이미지를 들여놓는다. 그러면서도 이미지의 매혹과 유혹에 빠지지 않고, 스펙터클을 지각하는 것만으로도 하층 계급이 처한 현실을 알아채게 만든다. 이렇게 그의 시는 이미지 출현 방식이 파격적이고 해체적이다. 르뽀르타쥬를 스펙터클하게 가공하여, 우리가 그간 지각하지 못했던 계층에 속한 인물들이 극렬하게 자신의 조건을 감당해 나가는 지점을 초점화한다.

이 시인의 시를 읽을 때는 물의 움직임을 유심히 살펴야 한다. 시적 인물들에게 수평선은 언제든 발밑에서 일어날 태세를 갖춘 위험한 지평이다. 천상에서 덩어리로 떠돌던 구름이 비나 눈으로 부서져 내리고, 땅에 다다라 더 낮은 곳으로 흘러갈 때, 그 물이 최종 이르는 지점은 가난한 자들의 거처다. 이렇게 자연스러운 흐름의 원리가 재난의 장소로 돌변하는 지점에 시인은 눈을 맞춘다. 재난의 위험을 타자화할 수 없는 사람들은, 온전히 자기 것으로 내재화된 가난이 소용돌이치는 광경을 광포한 물의 움직임으로 확인해야 한다. 변기 속 물이 역류하여 똥물을 뒤집어써야 하는 〈기생충〉의 인물처럼 김성규 시의 화자도 "냄새를 씻으려 창을 열면/하수구에서 쏟아지는 시큼하고 매운 냄새들"(「탈취」)을 뒤집어써야 한다. 가난이 곧 재난인 이 '낮은' 보금자리에서 아우성이 터져나온다. 이렇게 자연재해와 사회 질서의 붕괴는 동시에 발생한다. 이 것이 때때로 반복된다면 하위 계층의 삶에 닥치는 재난은 그대로 자연의 외관을 하고 그들에게 닥친다. 예측할 수 있으나 극복할 수는 없는 재난은 그들이 가난하기 때문이며, 생존 조건은 전방위로 더욱 취약해진다. 이 시인에게 집은 선택받지 못한 가장 낮은 사람들의 난파선이다. 김성규 시의 인물들은 이렇게 아우성치며 허우적거리며 속수무책 떠내려간다.

집집마다 아우성이다 장롱을 부수고
배를 만드는 사람들, 냉장고를 타고 떠내려가는 사람들
쓰레기들이 꾸역꾸역 밀려드는 길거리
떠내려가는 집에 실려 둥근달을 바라본다

물의 아가리가 전봇대를 씹어먹고
유리창으로 쏟아져 들어오는 물을 퍼내자
밀려오는 허기, 털벌레들이 몰려와
도로와 마을을 뒤덮듯
허기는 내 몸 어디에 숨어 있다 밤마다 나타날까
육각형의 상자에서 튀어나온 토끼처럼
깔깔거리는 창녀들이 유리문 밖으로 손을 흔든다
죽어라, 차라리 죽어, 더 크게 울어도
사내들에게 머리채가 잡혀 끌려다녀도
새벽이면 다시 거지와 깡패들이 사라지는 한철
물 위를 떠다니는 쓰레기가 반짝인다
서로의 목을 감으며 사내들이 허우적거린다

(중략)

바람 빠진 풍선 같은 젖가슴을 만지며

사내들이 늙은 창녀들을 밀어내던 방

깔깔거리던 웃음소리가,

술집과 병원의 간판이,

홍수 속을 떠다닌다 창녀들을 태운 유리배가

보이지 않는 물결 너머로 떠내려갈 때

나도 장롱배를 만들어 타고 멀리서 손을 흔들어 주었다

　　　　　　　　　—「장롱을 부수고 배를」 부분(『너는 잘못 날아왔다』)

　보들레르의 시 「저녁의 어슴푸레」의 도둑과 불한당들이 떠오르는 시편이다. 재난 중 한층 극렬해지는 생존욕망을 지나치지 않는다면, 보들레르가 쓴 "사나운 고통이 단숨에 삼켜 버리는 정신들"의 의미도 놓치지 않을 수 있다. 그가 그린 저물녘의 극렬한 열기, 그리고 낭만과 현실이 배합된 장면이 위 시에서 어른거린다. 보들레르의 시에서 거지와 깡패들은 해가 기우는 저녁때면 더욱 극심해지는 허기와 사투를 벌인다. 생명 욕구가 성애 본능과 격렬하게 교합하는 지점에서 진실은 재현된다. 그러나 김성규 시의 인물들은 심리적 고통 때문에 정신의 폐허를 염려한 저 서양의 시인이 쓴 것과는 다른 고통을 겪고 있다. 고통에 겨워 한가로이 생각할 겨를도 없는 자들이, 쓰레기처럼 물 위에 둥둥 뜬 자들이, 제 숨구멍을 수면 위로 내놓으려고 다른 사내의 목을 짓누르며 허우적거리는 자들이 창녀의 공간에 새벽까지 머문다. 이러한 도착적 행위는 죽음의 가능성을 철폐하려는 생명 의지의 또 다른 발현이 아닌가. 이 인물들에게서는 정신주의자의 면모를 찾아보기 어렵다. 위 시의 화자는 장롱을 부숴 배를 만들어 타고 되도록 빨리 재난 현장을 벗어나야 한다.

반면 장롱을 들일 방조차 없는 거지와 깡패들은 하룻밤 구원의 배로 창녀를 택한다. 은밀히 숨겨야 할 열정의 아름다움마저 폭력을 방출하는 양상으로 드러나고 만다. 그것을 통제할 윤리나 도덕의 기준이 무엇인지 알 수 없는 아수라장이므로 자신의 행동을 오직 목숨을 지켜내려는 체제로 몰아간다. 생명 지키기만큼 크게 긴장되는 일은 여기에 없다. 따라서 그들은 살아내기 위한 요건이 아니면 그 무엇에든 배타적이고 비타협적이다.

이렇게 김성규 시에서는 재난도 인간도 똑같이 힘이 세다. 재난에 반응하는 인간에게도 재난과 같은 열기가 있다. 그 열기는 재난처럼 위험하고, 그것이 이들에게 자기 통제력을 잃게 만든다. 인간이 운명이라고 이름 붙여 온 위험들은 그의 시에서 반어적 에너지로 인물들에게 작용한다. 사선을 넘은 자들은 생육과 번성을 위한 생체 리듬을 회복하기까지 결코 많은 시간을 허비하지 않는다. 재난을 돌파하면서 더욱 강해진 보통 사내들이, 그들보다 일찍이 보편 정서를 부숴버린 거지나 깡패들과 동류로 보이기까지 한다. 이들은 재난 그 자체인 생존 바탕에서 깡패가 되어버린 자들이다. 아리스토텔레스 이후 모방(mimesis)은, 안전을 꾀하는 이들의 생명 본능을 설명하는 의미로도 해석이 되었다. 동일한 환경에서는 같은 색이나 무늬·습관을 가져야만 동일자의 자의식으로 서로 닮은 조건을 만들면서 도태하지 않는다는 것이다. 이 시의 인물들도 이와 같은 의태 과정처럼 거지나 깡패로 변해가면서 생명을 지켜내고 있다.

"늙은 창녀들"을 밀어내버린 보통 사내들이나, "장롱을 부수고 배를" 급조하여 그곳을 떠나는 화자는 단지 위험지대를 벗어났다는 안도감만으로도 구원을 말하고 싶을 것이다. 그러나 깡패들은 끝까지 위험에 투신한다. 어쩌면 창녀와 함께 수장되었을 것이며, 운 좋게 살아난 자가 있다면 위험 앞에서 더욱 과잉되었던 생명 본능에 대해 실감나게 이야기를 풀어낼 수도 있을 것이다. 거지와 깡패, 창녀와 부자들이 뒤엉킨 수해 현장에서는 깡패가 아닌 자를 가려내기가 더 어려운 일이다. 깡패처럼 굴지 않고 살아남은 자가 과연 누구이며, 누가 그를 두고 품위를 지킨 인간이라고 칭송할 것인가. 그들을 강제하는 윤리나 법은 그들이 지켜 내려는 생명 권역 안에서는 가동할 수 없는 것이다. 저 재난 상황에서의 기대와 윤리는 오직 살아내야 한다는 절박성에 맞춰져 있다.

시인은 이렇게 재난-깡패들이 어떻게 위험에 반응하고, 행동은 왜 과잉되며, 탈진 증세 같은 것을 못 견뎌 하는지 생각해본다. 깡패들에 게는 자신의 불행을 타자화할 상대가 없다는 것. 불행은 온전히 자신의 것이기에 끝까지 공포에 맞서야 한다는 것. 그럴 때 그들의 행동은 과 잉된다. 가장 밑바닥까지 가 본 깡패는 마침 거기에 있는 창녀를 택하 는 강한 반동으로 자신의 한계를 돌파하려 한다. 하지만 화자는 범람하 는 물 위에다 탈출 도구를 띄우는 일에 열중한다. 자신보다 더 불행한 자를 통해 재앙의 공포를 벗어나는 꿈을 꿀 수도 있을 것이다. 극단의 위험에 처한 창녀와 깡패들의 경우를 보면서 자신은 그곳으로부터 빠 져나왔다고 안도하면서 말이다. 김성규 시의 타자 탐구는 이렇게 가장 밑바닥까지 가 본 자를 만나는 작업이다. 그들은 또 다른 타자에게 자 신이 처한 자리를 보게 만든다. 불행과 멀어지기 위해서라도 자신을 비 춰볼 타자를 만나야만 하는 불행이 그들 삶의 조건이다.

모 든 것 을 버 려 야 영 혼 을 구 할 수 있 어 요

나무뿌리와 식물의 구근을 캐어먹으며 살아남은 자는 오직 살아남을 것만을 생각해야 하네 찰흙 같은 여자를 껴안고 가슴을 풀어헤쳐 체온을 나누는 사내 들 여자들의 몸에 꼬물꼬물 문신을 새기네 지상을 피륙처럼 덮은 눈이 녹을 때 까지 곡식과 가축들을 축내며 새파랗게 얼어붙은 입김을 뱉어 내내 쉬지 않고

이야기하는 아이들의 얼굴, 하얀 공포가 피어나고

모 든 것 을 버 려 야 영 혼 을 구 할 수 있 어 요

아무도 그 울음소리 들어줄 수 없을 때 눈은 천천히 녹아 흐를 것이네 대륙의
눈과 얼음으로 꽝꽝 빛나는 도시

언젠가 지상을 덮은 눈이 녹으면,
아이들은 자라 다시 어른이 되고
사내들은 여자의 몸을 더듬어
그 몸에 숨겨진, 어둡고 긴 겨울을 찾아갈 것이네

—「빛나는 땅」 부분(『너는 잘못 날아왔다』)

꽝꽝 얼어버린 세계를 "빛나는 땅"이라고 역설적으로 표현한 셈이다.
폭식과 폭설의 구도에 포개진 시적 현실은 그 모든 가능성이 동결된 인
간 세계다. 폭식의 주체인 돼지로는 게걸스럽게 진보하는 문명을, 현실
문제에 무력하기도 하거니와 거기에 관여하지 않으려는 종교지도자는
'영혼'이라는 보험의 보장성을 반복 강변하고 있다. 손써볼 수 없는 모
든 불가능성 속에서 오직 "찰흙 같은 여자"와 "사내"만이 생명의 기운을
간직하고 있다. 여기서 종교인의 목소리에 실린 "모 든 것 을 버 려 야"
한다는 주문은, 김성규 시의 인물들이 마지막까지 지녀야 할 가능성들
을 철폐한다는 점에서 매우 가혹하다. 이는 가진 것 없는 자에게 모든
것을 버리라는, 구원을 가장한 강압과 명령에 대한 김성규식 저항의 어
법이다.

시인은 위 시에서도 물의 변화를 따라 이 세계의 가장 낮은 곳에 처한
인물들의 사정을 읽어낸다. 그의 시에는 떠다니는 구름을 보며 낭만을

즐기는 인물은 등장하지 않는다. 심술궂은 가변체이며 재앙의 징조인 구름이 언제든 지상을 덮칠 기세로 떠다닌다. "와이퍼가 유리창을 뛰어"(「구름에 쫓기는 트럭」)다닐 만큼 폭우가 쏟아지기도 한다. 폭우로 손님이 끊긴 식당에서 더 이상 뜯어먹을 것도 없는 자신의 손톱을 바라보는 사내(「유리병」)도 있다. 한 상에 둘러앉아 빗물을 퍼먹는 가족(「가족」)은 시인의 비유대로 "구름이 손금을 떠다"(「왕국에 떠내려온 구름」)니는, 즉 손금처럼 결코 달라지지 않는 삶이라는 재앙을 '손금'이라는 축소판으로 보여준다. 재앙의 전조인 구름을 머리에 이고 살면서도 인간은 위험의 징후를 자기 것이 아닌 것으로 외재화한다. 그것을 내재화했더라도 현실의 위험성을 유보하려 들 때가 많다. 때문에 재앙은 언제나 게릴라처럼 들이닥친다. 그것은 과잉되면서 폭력을 생산하고, 인간의 생존 바탕은 순식간에 휩쓸려버린다. 따라서 김성규 시에서 구름은 언제나 불량하고 조급하고 위험한 떠돌이이다. 기습적이고 충동적이며 즉각 반응을 진리로 아는, 현대문명의 다양한 얼굴 중의 하나가 이것이다.

자본 체제의 소용돌이

지젝은 "자본주의적 체제동학의 소용돌이"(143쪽)를 말하면서 칸트를 인용했다. 허리케인으로 물바다가 된 미국의 어느 도시에 닥친 재난을 그의 숭고 개념과 비슷한 사례로 다룬다. 인간이 자연에 매혹되는 것은 스스로 인간 정신의 우위를 인정하는 것이며, 허리케인이 제아무리 난폭하다 해도 자본주의 체제를 무너뜨리지 못한다는 것이다. 지젝이 이렇게 재난과 숭고 개념을 같은 맥락에 둔 것은, 자연의 위력이 아무리 막강하다 해도 인간의 정신이 더 우위라고 생각한 칸트를 통해 자본주의 생산체제의 위력을 비판하려는 의도로 보인다. 즉, 자연이 아무리 숭고하다 한들 그것은 인간의 정신이 그렇게 판명한 것이라는 것. 같은 이치로 재난의 위력이 아무리 막강하다 해도 그것이 자본주의 체제를 무너뜨리기 어렵다는 말을 하고 싶은 것이다. 그러니까 지젝의 본심은 어디까지나 인간 정신의 우위를 주장하는 인간중심주의 비판에 있다. 다음으로는 자본주의 비판이다. 약탈과 도둑질이 횡행하는 재난의 도시에서 생존 대책이 없는 가난한 흑인계층을 방치하는 자본주의 체제에 그는 비판을 가한다. 자연보다 인간의 정신을 막강하다고 본 칸트주의, 취약한 인간을 구휼하지 않고 다만 자본의 막강함을 앞세우는 자본주의 문명사회가 지젝에게는 똑같이 비판의 대상이다.

그렇게 자본주의를 비판해 오던 중 2020년의 팬데믹이 그의 담론에 불을 댕겼다. 비밀을 푸는 마스터키처럼 대안적인 공산주의 리부트 담론이 일부 계층과 지지자들에게 던져졌다. 그의 제안에는 실천적 난해함이 도사리고 있지만, 그 본질은 자본주의 작동 방식에 대한 비판적 관점으로 모아진다. '이전으로 돌아갈 수 없다'는 자각에서 '이전'은 그동안 인류가 누려 온 막강한 자본 체제의 내면을 말한다. 여기서 이전/이후 분류법은 기억이나 추억 같은 추상 영역과는 상관없는 매우 현실적인 것이다. 너무나 정확하게도 그것은 인류 생존의 문제 바로 그것이다.[2]

폭풍이 멈추면 어떻게 하지? 그러면 우리는 바삭콩이 되는 거야

삼촌은 도표를 그리기 시작했어요 마을 전체가 알 수 없는 땅으로 날아가는 거야, 신난다! 동생이 소리쳤어요 하늘을 보며 기도합시다 하수도관을 타고 동네 목사님의 설교가 시작됐어요 모두들 넋을 놓고 하늘을 봤어요 이곳이 곧 하늘이란다 삼촌은 컴퍼스를 돌리며 말했어요

---

2 클라이브 해밀턴, 정서진 역, 『인류세』, 이상북스, 2018, 32쪽.

더 바라볼 하늘이 없었어요, 이 폭풍이 언제 멈출지는 아무도 몰라

집에 있는 것을 모조리 던져버려라 어머니가 소리쳤어요 안돼! 지금은 공기
의 저항을 최대한 받아야 합니다 적당한 무게를 가지고 있어야 소용돌이에서
벗어나지 않아요 삼촌은 물리학의 자장에 대해 설명했어요 어머니는 돈을 빌리
다 거절당한 표정을 지으며 울었어요

차라리 재앙이 계속되어야 해 올라갈 곳은 없고 오직 떨어질 일만 남았지

바느질을 멈춘 어머니, 몸을 말고 자는 아버지, 지붕 위에서 사방을 바라보는
동생, 기도하는 누나와 잠에서 막 깬 나는 책상에서 볼펜을 놓지 않는 삼촌을
바라봤어요 재앙이 끝나면 우리는 어디로 떨어질까요

                 —「폭풍 속으로의 긴 여행」 부분(『천국은 언제쯤 망가진 자들을 수거해 가나』)

　김성규 시에서 빈곤 계층은 위와 같이 사회 안전도가 낮은 지역에 거
주한다. 그렇다 할지라도 상위 계층을 적대시하거나 그들이 누리는 이
질적인 문화나 생활 습속을 모방하지는 않는다. 삶의 조건을 벗어나려
는 계층 사다리를 찾는 일에 몰두하지도 않는다. 폭풍이 몰아치는 공중
에 머물면서, 환상 같은 그 공중체험이 차라리 지속되기를 바란다. 이러
한 환상은 위험과 모험이 뒤섞인 채, 그들 삶의 조건이 곧 재앙이라는
형태로 나타난다. 공중으로 솟구친 자들이 차라리 재앙이 지속되기를
바라는 반어법에서 우리는 시인이 말하는 '삶'이라는 재앙을 전면에서
똑바로 볼 수 있다. 판타지화된 재난의 속성과, 떨어질 일밖에 없는 자들
이 처한 자리의 반어적 안전이 그들 삶의 조건이다. 이러한 판타지는 가
장 좋은 상태를 유지하려는 것이 아니며, 다만 최악의 상태일 뿐인 삶이

지속되고 있음을 말한다. 더 이상 떨어질 곳이 없는 자들의 위험이 대체 공간조차 마련할 수 없는 극빈의 조건으로 표명된다. 시인은 이렇게 인간이 태어나면서 부여받은 계층 지위가 그대로 위험한 지위로 고정되는 것에 대하여 쓰고 있다. 그들은 때때로 자살 충동을 느끼고, "저에게 힘을 주세요 어머니, 이 진흙 속에서/조금 더 꿈틀거릴 힘을"이라고 울먹이며 끝내 "지푸라기라도"(「햇볕 따듯한 강에서」) 잡으려는 이들이다.

위험은 하위 계층에 더 축적되고, 빈곤이 그 위험을 강화한다. 김성규 시의 물 이미지와 〈기생충〉의 폭우 장면에는, 세상의 가장 낮은 곳까지 흘러가는 물과 인간이 같은 공간에 처해 있다. 시에서 '구름'은 어디에나 포진해 있는 위험의 징후이며, '물'은 현재적 위험의 은유다. 이것은 지구의 70퍼센트를 덮은 물의 움직임에 대해 시인이 남다른 심미안을 갖고 있다는 방증이다. 아래로부터의 상상력은 이렇게 물의 포악성을 추궁하면서 이것을 재난의 광포함으로 바꿔 읽게 만든다. 실존 바탕을 기습하는 재난 속에서 현대사회의 '안전'은 상층부의 '부'와, '불안전'은 하층부의 가난과 연동한다. 때문에 시인은 안전지대인 상층부에까지 상상력을 몰아갈 필요를 느끼지 못한다. 지금 시적 인물에게 최상의 바람은 소득 상위층으로의 도약이 아닌, 환상 같은 폭풍 속에 머무는 일이다. 도약도 추락도 위험하므로 지금의 조건을 지키는 것만이 그들에게는 유일한 선택이다.

눈에 흙이 들어가는 것도 모르고
흙을 파던 두더지
눈감아도 땅속을 훤히 읽고 있던 두더지
물구덩이에 빠진 사람처럼,
햇살이 눈동자를 찌르자,
허우적거리다 트랙터에 눌렸을 두더지

불룩한 주머니 속에서 오물이 흘러나오듯

굶주림은 검은 가죽을 뚫고

창자와 뒤섞여 냄새를 풍긴다

두더지의 몸에 활짝 꽃을 피운다

웬 꿀단지야,

웅웅거리며 파리떼가 몰려오리라

꿀맛 나는 피를 허겁지겁 빨아먹을 파리떼

다시 뛰어가려고 다리를 떠는 두더지

—「꿀단지」 부분(『너는 잘못 날아왔다』)

시인은 사회의 바닥으로부터 '위험'을 사유하고 있으나, 그 반대편 계층의 부도덕을 비판하는 데로는 나아가지 않는다. 바닥의 인물들이 살아남아야 하는 이유에 대해 사유를 확장하는 것이 이 시인의 과업이다. 인용 시에는 트랙터에 치여 죽어가는 두더지와, 그 동물을 꿀단지로 알고 붕붕거리며 모여드는 파리떼들이 있다. 제 몸을 밟고 지나갔을 트랙터의 육중한 기계음을 삼키고 밭고랑에 쓰러져 있는 두더지. 그 죽음을 기대하며 성급하게 모여드는 파리 떼들의 비유로 시인은 현대문명이 쓸모없다고 갈아 엎어버린 생명체들에 주목한다.

인간이 더럽고 추하다며 배제하는 것일수록 더 오래 살아남아야 한다고 시인이 말하는 듯하다. 그들의 사멸이 자연의 죽음과 직결되기 때문이다. 깨끗하고 아름다운 외양은 문명이 세공한 모습이 아닌가. 그것은 더럽고 추한 것들의 죽음 위에 건설되었고, 비루한 생명체들이 불시에 죽어 나가는 현장에서는 먹이사슬의 위계가 교란된다. 인용 시에서 제 몸을 숨겨 둘 흙이 사라져가는 곳에 있는 두더지의 살인자는 바로 그 문명이다. 곤충을 먹이로 삼는 파리가 거꾸로 상위 먹이사슬에 군침을 흘리는 장면 또한 문명이 갈아 엎어버린 자연 질서 파괴의 혼란스러운 한 장면이다. 이렇게 김성규는 문명 비판의 예각을 세워 '낮은 것'들의 위치를 살핀다. 벌레가 우글거리고, 돼지가 진흙탕에 머리를 들이박으며 먹이다툼을 벌이고, 두더지가 땅속에 굴을 파고서 새끼를 치던 일들을 점점 볼 수 없어지는 현실을 상기시킨다. 이 시인에게 바닥과 낮은 곳은, 자력으로는 벗어날 수 없는 기층민의 조건이다. 그와 동시에 인간이 살아남기 위해 지켜내야 할 무수한 타자들, 인간보다 약한 생명체들의 공간이기도 하다. 더러운 타자들과 동행하지 못하는 문명의 말끔한 얼굴은 차라리 포악하고 야만적이며, 풍성한 자연은 인류가 가난해야만 지켜낼 수 있다는 사실을 우회적으로 들려준다.

리얼리즘의 허술함을 보충하는 시

문명인은 '낮은 곳'의 상징성을 벗어나려고 자본력을 앞세운다. 더 높은 지대로 이동하여 조망권과 안전을 확보하는 반면, 낮은 곳을 갈아엎는 기계음들 속에서 자연은 죽어간다. 문명은 재앙처럼 냄새나고 위험한 곳을 부수면서 건립된다. 김성규는 문명에 대항하는 공간을 노골화하지 않으면서 문명이 침탈해가 버린 본래 자리를 상기시킨다. 가장 낮고 더러운 곳에서 발생하는 위험은 언제나 재난 그 자체가 연속되는 현상처럼 보인다. 문명은 가난한 사람들에게는 더더욱 위험을 가중시킨다. 문명의 진보를 가속화하는 위험사회에서 가난뱅이들은 배척의 대상이기 쉽다. 그런데 시인은 가난뱅이와 아이들이 몰려드는 장례식장에서 축제의 형식 같은 것을 보고, 시적 전략을 카니발리즘에 맞춰놓기도 한다. 권력자의 죽음, 몰려드는 가난뱅이들, 게걸스럽게 돼지고기를 먹어대는 이 축제의 현장에는 피 흘리며 죽어나간 돼지고기를 담을 접시가 "권력의 깊이만큼" 펼쳐져 있다(「혈국(血國)」, 『천국은 언제쯤 망가진 자들을 수거해 가나』). 가난뱅이들에게는 고기 한 접시로 기억될 권력자의 삶이고, 그가 죽자 찾아와 고기를 씹는 부자들이 가난뱅이와 다른 점은 게걸스럽게 먹지 않는다는 것 하나뿐이다. 돼지고기의 비유로 소득 계층을 구분하면서 시인은 가난이 증식하는 하위계층의 문제를 자연스레 노출한다.

냄새나고 더러운 곳을 없애거나 떠나려는 극렬한 투쟁이 문명의 역사이기도 하다. 편리하고 쾌적한 환경을 누리게 된 현대인은, 불편하고 불결한 시대로는 돌아가지 않으려 한다. 재난으로 망가진 곳에 혁신적인 모더니티 세계를 건설하여 자본을 재창출하고 싶어 한다. 낡은 것은 대규모로 부서져 줘야 하고, 젠트리피케이션이라는 이상적인 이름으로 도시는 재생되어야 한다. 개발업자들은 가장 낮고 위험한 곳의 대규모 폐허로부터 최대의 이익을 낼 수 있다고 보고, 기층민의 거주지가 재난자본주의 달성을 위한 최적의 장소가 될 것이라며 탐욕을 부린다. 폐허가 된 동네를 헐값에 사들여 이익을 최대화할 수 있는 자본의 성지가 그곳이다. 이전에 풍기던 역한 냄새, 윙윙대던 파리 떼, 나무 기둥을 갉아대던 쥐들, 닭들이 알을 낳던 구석의 소리가 끊긴 곳에서 현대식 건물들은 말끔히 성형한 얼굴을 드러낼 것이다. 깨끗하고 튼튼한 집을 소유할 처지가 못 되는 이들에게 닥친 재난에 판타지를 입힌 김성규의 상상력은, 리얼리즘 형식의 허술함에 저항하면서 그것을 보충하고 있는 것처럼 보인다.

녹색착취자의 야만 또는 생명정치

―이승하의 시

'성장'에 포위당하다

나무 한 그루에 달린 이파리와 인간의 머리카락 숫자는 비슷하다. 미국의 과학자이자 소설가인 호프 자런이 소설 『랩걸(Lab Girl)』에서 이렇게 썼다. 그는 나뭇잎을 관찰하는 직업인이라고 너스레를 떨면서, 지구가 초록별이어야 하는 이유가 분명한데도 초록 면적이 급감하는 현실을 지구의 외부에서 걱정스레 내려다보는 관점을 취한다. 따라서 그의 상상력은 결코 어떤 관념으로 좁혀들지 않는다. 나뭇잎에 현미경을 들이대는 자가 과학자라면, 일껏 나뭇잎 수를 헤아리는 이가 글을 다루는 자임을 이런 재담으로 바꿔 놓았을 뿐이다. 이때 분명한 윤곽 하나가 나타난다. 그가 나무로부터 인간을 사유한다는 점이다.

환경이니 생태니 하는 기호가 출현하면 글의 근육이 굳는다. 유연한 독서를 방해하는 이 경화된 느낌은, 듣는 이에게 주입당한다는 기분을 심으면서 그 기호들이 힘을 내기 때문이다. 환경 담론은 특히 글에서 쾌락적 심미관을 일정 부분 누리려는 독자의 감수성을 억압한다. 여기, 어떤 나무보다 오래 살았으나 그 나무보다 작고 천진해 보이는 시인이 있다. 이승하는 『나무 앞에서의 기도』(2018)에서, 잘 썩어 문드러지는 생명체들이 아름답다면서 나무에게 경의를 표한다. 썩지 않는 물질들이 지구를 덮은 현실이 슬프고 참담한 시인은 "꼿꼿한 자세로 풍장"(「聖나무 앞에서의 목례」)하는 고사목에다 신성을 입혀 우러른다. 그래서 우리는 달음박질하는 문명 앞에서 스톱워치를 작동시킨 이 시인에 대해 단지 진지하다는 평가 하나로 그치기에는 부족함을 느낀다. 문명은 여기서 더 분명하게 근대 체제의 구체성을 드러내고 있다. 성장이라는 명분으로 자연 착취가 진행중인 상태뿐만 아니라 인간으로부터도 자연성을 착취하면서 물건처럼 변환하는 과정을 보여준다.

이승하는 환경과 생태가 다른 점을 물어오는 이에게 단 한 줄로 요약하여 들려줄 준비가 된 시인이다. 그는 자연을 완상하는 데 그치거나 그것을 미적으로 가공하지 않는다. 문명의 자연파괴력을 반어적으로 배치하여 청결성을 빼앗긴 생명을 알아채게 만든다. 그는 현실을 배면에 두고 눈을 감아버리거나 하는 등의 관념적이고 나태한 창작자가 아니다. 현재를 받아쓰는 이 시인에게 은폐나 암시기법은 오히려 위험한 것. 위험성을 서둘러 알려야 하는 절박성이 작품 미학에 손상을 입히더라도 그는 차라리 단호하게 말한다. 이 시인이 인간중심주의의 반대편에서 목소리를 내기 시작한 때를 그가 생태맹을 각성한 무렵으로 판단해도 무리는 없다. 폭력과 광기의 시절을 지나온 후 그의 생태관은 청록파 이후의 생명주의나 신동엽의 전경인(全耕人)을 초과하여 근대적 자연 경험 자체를 표상하는 자리에서 확인된다. 자연을 침탈한 문명이 인류의 생명권을 위협하는 현실에 대해, 폐기물의 증가와 자연 파괴가 동시에 진행하는 현상에 대해 심미안을 실어내는 문학은 사실상 어디에도 없다. 있다면 괴물론이거나 외계인론일 것이다. 이 기이한 존재자들의 생애가 파괴와 낭비의 잔재를 먹어치우는 것과 결부될 확률이 높으니까 말이다. 그만큼 성장의 역설적 측면이 생태계 파괴와 역생산성 심화로 나타나면서 자연인으로서 인류의 안위는 끊임없이 위협받고 있다. 그렇다면 반성장 정책과 운동을 펼쳐서 자급자족과 집단 간 물품 공유로 생태계의 균형을 맞춰가면 되지 않겠느냐는 주문도 제출되어 온 마당이다.

시인의 상상력이 지구 생태를 넘어 우주로까지 확장하는 이유를 다음 같은 데서 찾아보고 싶다. 빛·공기·물·불의 발생지로서 우주의 기운까지 우리가 함부로 써 없애는 것에 대해 시인은 사색만으로는 피로감을 느끼는 듯하다. 생명을 키우는 기본 물질을 깊이 인정하는 것으로부터 그의 생명관은 출발한다. 게다가 그의 시는 행동주의자의 직관과 의지로 가득 차 있다. 자본 재생산을 위해 낭비를 부추긴 결과 쓰레기와 폐기물이 범람하는 세계, 제한적 총량을 망각한 채 우리가 함부로 써 없애는 에너지의 위기를 놓고 긴급 타전을 한다. 시인은 이 시집에서도 비유와 상징을 끌어와 이 세계를 모호하게 배치하는 화법을 동원하지는 않는다. 간명해야 할 메시지를 흐려놓지 않기 위해 르포 같은 현장성을 채택한다.

기발한 상상력이나 수사를 거추장스럽게 보고, 신비주의를 걷어낸 진정성을 실시간으로 실어내는 것이 이승하가 쓰는 생명·생태시의 생리다. 누가 이 긴급 타전에 귀를 기울일 것인가? 환경 문제와 관련할 때 우리가 계몽에 처한 것처럼 불편해지는 이유가 있다. 두통을 유발하고 고통을 불러들이는 주제들이 지금 우리가 누리는 안락과 자유를 위협하기 때문이다. 이제껏 누려 온 편리함에 대해 포기 각서라도 받아내려는 듯 시인이 보내는 각성에의 요구는 집요하다. 그래서일까, 무엇은 유지하고 무엇은 포기할지에 대한 선택이 생태와 관련할 때만큼 절박한 사안은 없어 보인다. 생태 문제는 이제 인류의 목덜미를 틀어쥔 핵심주제가 되었다. 재미없는 숙제처럼 우리의 의무와 책임을 끈덕지게 압박하고 시험하면서 말이다. 어떤 방식으로 잘 살아내기 위해 다른 어떤 편리함을 포기하는 일은 분명 힘든 선택이겠으나, 그럼에도 불구하고 불가피한 과제라는 공감대는 이 시대인들에게 일반화되어 있다.

자연상태의 불편을 자각하면서 인류는 진보하였다. 천천히 길게 늘어지는 보폭에 숨이 막히는 인간이 자연을 위협하여 문명을 일궜다. 빨리 질러가려는 에너지 과잉과 편리성이 일상이 된 시대에 문명은 결코 포기할 수 없는 절대성이 되었다. 그런데 문제는 그것이 거꾸로 인류의 존속을 위협하는 지경이 되었다는 사실. 1990년대 초였다. 민족·민중 담론을 지폈던 리얼리즘 시들이 퇴조하는 가운데 그중 일부 시인들은 자연 질서와의 교감을 시로 썼다. 자연이 내지르는 신음과 고통의 목소리가 시단에서 들리기 시작한 것이 이때다. 독일로부터 유입한 환경론에 화들짝 깨어난 시인들이 생명시학을 펼치기도 했다.

김종철 평론가가 1980년대 후반에 시적인 인간과 생태적인 인간을 나란히 위치시킨 것을 볼 때, 인간과 생태를 매개하는 것은 바로 이 시적인 감수성이다. 그는 시적 사고와 모든 생명을 하나로 보는 사고를 본질적으로 같이 보았다. 풍만한 상상력으로 세계의 진실을 알아내려는 고대인을 지나, 인디언의 자연 중심 언어도 지나, 생태와의 친연성과 상호성을 부단하게 말해 온 부류가 시인이라는 점에 주목한다.[1] 개발과 독재의 시너지를 통해 우리에게 급성장과 경제발전이라는 비만한 선물을 안긴 시대에는, 선물 포장지들을 마구 벗겨내어 버린 듯한 산업사회의 뒷골목도 같이 성장하였다. 질주하는 문명의 주인인 '人'간은 희희낙락 자연 파괴를 즐겼으나, 시'人'들은 문명의 화장기를 걷어내어 자연의 민낯

---

[1] 김종철, 『시적 인간과 생태적 인간』, 삼인, 1999. 이 책에 실린 어느 글(1989년 발표작)에서 필자는 그 무렵의 민족민주운동의 투쟁적인 열기를 짧게 기술하면서 '생명 있는 문화'로의 전환적 사고를 주문한다. 이 제안의 중요성은, 거대한 사회 운동만으로 과연 인간의 실질적인 삶을 변혁할 수 있느냐는 질문을 이끌어낸다는 점이다. 이후 1990년대에 우리 시단에서 펼친 생명시학과의 연계성 안에서 보면 이것은 거대 개념이 붕괴하면서 일상의 문화를 담론화하기 시작할 무렵의 사회 현상을 시의적절하게 반영한 언술이라 하겠다. 우리의 삶에 편재한 "반생명의 구조"를 일상에서 찾아내어 그 내용의 질적인 변화를 꾀하자는 생명정치의 일단이자 일상의 정치를 열어놓은 당대적 담론이다.

을 보여주려 애썼다. 화장하던 습관으로는 민낯을 과감하게 드러내기 어렵지만 시인들은 애써 그 화장기를 지웠다. 앞에서 人간과 시人을 구분하여 쓰면서 나는 이 글을 쓰는 내심을 은근히 드러냈다. 여기서는 이승하 시의 생명·생태관을 두루 경유하면서『나무 앞에서의 기도』를 의미화할 것이다.

들숨이 오는 곳

『나무 앞에서의 기도』는 이승하 시인의 열세 번째 시집이다. 시인은 일찍이『생명에서 물건으로』(1995),『뼈아픈 별을 찾아서』(2001),『인간의 마을에 밤이 온다』(2005)와 이 시집의 개정 증보판『아픔이 너를 꽃피웠다』(2018)에서 문명을 비판한 바 있다. 그 연장선에 있는 이번 시집에서 생태와 문명 간의 우여곡절과 불화를 온생명의 관점에서 써 나간다. 문명의 발전 가도를 달리는 사이 생태맹이 되어버린 인간을 시인은 그동안 간과한 적이 없다. 이 지상에 흔해빠진 나무 앞에서 기도를 하는 시적 화자의 태도는 범상치 않다. 멀쩡히 살아 있는 아내를 놓고 벌이는 살부 제의(殺婦祭儀) 상상력은, 생명체를 앞당겨 사망케 했다는 점에서 섬뜩하기조차 하다. 보들레르의 시에서 우물에 빠트려 돌무더기로 눌러 놓은 아내처럼 말이다. 이승하 시에서의 아내도 똑같이 시인의 살생부에 기록되어 있으나 그 의미는 확연히 다르다. 악마적 예술지상주의자의 탐미 같은 것을 추종할 생각이 그에게는 없다. 시인은 이렇게 쓴다.

　　내 아내 잘 부탁한다
　　더 푸른 녹음과 더 아름다운 단풍으로

다시 살아갈 수 있게 해주길

—「나무 앞에서의 기도」 3연

'나무'가 곧 '생명'이라는 전언이다. 그 나무가 인간과 나뭇잎의 탈모가 가중되는 문명의 한복판에 위태롭게 서 있다. 나무의 탄소동화작용으로 인간이 숨을 쉰다는 엄연한 상식을 넘어 시인의 목소리에서 경건에 잠긴 자의 물기가 배어난다. 이 건조한 문장의 내피에 습기가 저장되어 있다니. 그의 시는 많은 경우 이렇게 건조체이지만 그 저류에는 비극적인 현실에 대한 슬픔이 마를 날이 없다. 위 시를 보면, 아내를 안아 들인 나무가 '더' 푸르고 아름다워진 그녀를 재생하리라는 희망이 슬픔의 극점에 위치한다. 그리고 시인은 모든 생명체가 하나의 고리로 연결되어 있다는 생명관으로 그 비극을 씻어낸다. 나무와 인간의 밀착, 그리고 에로스 상상력에 힘입어 그 세계가 더욱 비옥해진다. 인간이 내뱉은 이산화탄소를 나무들이 들이마셔 통조림 깡통처럼 저장해 두고서 대신 청신한 산소를 뱉어낸다, 인간이 그것을 들이마신다……. 이토록 아름다운 선순환이 사랑하는 이들끼리 교환하는 호흡처럼 친밀하다. 그래서 시인은 나무에게 아내의 주검을 기꺼이 맡겨놓고 녹음과 단풍으로 재생되기를 기원할 수 있다. 살아서도 죽어서도 아내의 숨소리는 시적 화자에게 변함없는 생명의 기운일 것이므로. 그런데 멀쩡한 아내를 자연에 바치면서까지 시인이 이렇게 극단적인 상상력을 펼치는 이유가 무엇인가.

나무의 허락을 받지 않고
나무에게 용서를 구하지 않고
나무를 베어 별장을 지었지 그대와 나
나무를 베어내 책을 쓰고, 이사할 때 책부터 버렸지

나무가 사라지니 둥지도 사라지고

—「나무 앞에서의 기도」 2연

기도하는 마음에 화자의 비애와 상실감이 숨어 있다. 목숨의 가치를 자연에서 복구하려는 생명욕구와, 가짜욕망에 휘둘려 소비와 낭비를 중단할 수 없는 격돌 지점이 여기에 있다. 화자는 나무에게 승인받지 않고 남벌한 죄과를 고백성사한다. 자연상태를 야만의 다른 이름으로 인식하는 개발론자들의 반대편에서. 이는 만유가 연쇄적 고리로 이어져 있음을 알며, 나무에 대한 죄과를 소중한 아내를 안겨줘서라도 용서받으려는 마음, 즉 건강한 아내의 기운을 훼손된 나무에게 불어넣으려는 온 생명 의식이 아닌가. 절박함의 극단에서 더는 지체할 수 없는 나무 구하기 작전이다. 나무에게 자행한 것과 같은 방식으로 허락 없이 그녀를 죽이는 상상적 제의로 이것을 실현한다. 우주 에너지가 생명체들 안으로 흘러들어 그것이 중단 없는 강물을 이루는 현상이다. 그럴 때는 죽음조차 환희로 바뀐다. 죽음이 곧 삶인 한, 슬픔은 눈물을 자양분으로 삼고 자라서 "모든 생명의 길"을 터준다. 이렇게 우리는 표제시 한 편으로도 시인의 목소리를 충분히 청취할 수 있다.

문명 앞에는 숲이 있고, 문명 뒤에는 사막이 남는다(샤토브리앙). 오래전 니체는 문명이 새로운 야만을 치달리고 있다고 걱정했다. 문명은 우리가 흠씬 땀을 빼며 걸은 뒤에야 돌아보는 사막 같은 것, 생명체가 있어야 할 자리에 놓인 살벌한 대리물이다. 자전거 전용으로 뚫어놓고서 막상 자전거는 다니지 않는 길(「벌목」)과, 홍수의 급습에 속수무책인 도시(「물의 반란」)에도 눈길을 주라고 시인은 이른다. 옥타비오 파스가 말했던가. 뚫어놓고 쓰지 않는 길은 곰팡이가 피어오르는 것과 같다고 말이다. 날마다 새로운 길들이 솟아오르는 도시와, 땅으로부터 뿌리를 박탈당하는 나무의 죽음 위로 문명이 쾌속 질주를 벌이는 현장을 우리는 여전히 방관하고 있지 않은가.

이렇게 시인의 나무들이 용서와 너그러움의 표상인 성(聖)나무로 서 있을 때 우리는 아론의 지팡이에서 푸른 잎이 무성하게 돋아나는 기적 같은 것을 본다. 이 시집에 외롭게 서 있는 고사목들 앞에서 화자는 거스를 수 없는 죽음을 사유하면서, 제 몸을 생태의 일부로 되돌리는 나무의 조용한 부패에 머리를 숙인다. 물질세계에서 '사망'은 파국의 다른 이름일 것이나, 생태 안에서 죽음은 부활과 재생의 기점이다. "자연으로 스며드는 저 나무들"(「聖나무 앞에서의 목례」)은 잘 썩어서 다른 나무의 거름으로 기여할 것이다. 나무의 죽음은 종말을 일컫지 않으며, 새잎의 세계를 다시 여는, 순연한 자연의 운동성이다.

시인의 문장은 그 이파리들처럼 천진하다. 수사를 걷어낸 그의 진솔하고 소박한 문체는 자연처럼 과잉이 없다. 급히 전달해야 할 메시지처럼, 그리고 문명과 생태의 비대칭적 현실에 대한 아포리아처럼 그의 시는 문제적 의식이 분명하다. 초월주의와 신비주의에 함몰되지 않고 생태를 말하기 위해 그는 의도적으로 미학적 갱신을 꾀하지 않는다. 그보다는, 빠르게 진행되는 생태계 파괴를 알리는 데 더 힘쓴다. 강조법과 생략법을 번갈아 쓰면서, 더 이상 진행되어선 안 될 문명의 진보 앞에 정지선을 긋는다. 오글거리는 벌레들, 징그러운 구더기들조차 이 시인에게는 공존해야 할 축소된 우주다. 불모지라는 이름은 거대한 것들의 소멸에 붙여진 이름이 아니다. 인간이 작고 보잘것없고 더럽다고 여기는 생명체들이 꼬물거리지 않는 땅에서는 그 무엇도 살아갈 수가 없다. '삭막하다'는 언술은 이렇게 그 무엇도 숨 쉴 수 없는, 즉 생명의 기운이 막혀버린 불모성에 대한 반응이다. 기가 막히는 일, 그것이 바로 죽음이잖은가.

이승하는 자신을 수시로 심판대에 세워 단죄하는 시인이다. 남이 판단하기 전 서둘러 스스로를 성찰하는 이러한 자세는 시적 화자가 용변 중에도 마음을 놓지 못하는 상황으로 표명된다. '변'은 생명체의 몸에서만 방출되고, 틀림없이 버려진다. 그러나 시인은 배척당하는 이 혐오물을 자연 순환의 매개물로 자격 지정한다. 김용택의 시 「뒤를 보며」에서처럼 엉덩이를 간질이는 풀잎과 변과 때마침 둥두렷이 떠오르는 달이 혼연일체가 되는 우주의 신비, 그것은 "똥 색깔 똥 냄새" 나는 「할머니의 청국장」, "썩지 않으면 발길에 차이는 것들"(「아름다운 부패를 꿈꾸다」), 욕심 덩어리 인간이 팽팽한 긴장 속에서 설사와 변비를 반복하는 현실 등으로 변주된다. 다른 목숨을 죽여 자신을 건사한 증거물인 변을 방출하면서 시인은 이렇게 또 죄인이 된다. 하여 시인은 어쩌면 좌변기에 엉덩이를 내려놓은 채 푸근한 배설꾼이 되지 못하고 엉거주춤해 있을지도 모른다. 배설물이 "땅으로 돌아가 땅의 일부가" 될지 어쩔지 좀처럼 염려를 놓을 수 없으니 말이다.

문명과 함께 달려왔으나

낙원은 늘 현생 인류의 손이 닿지 않는 곳에 있어 왔다. 발전이라는 모습으로 인류에게 주어졌던 낙원의 얼굴은 이제 일그러져 버렸다. 단지 편리하다는 이유로 인류는 무리 지어 제자리를 조성해 가는 생명체들을 어떤 치밀하고 조직적인 기획에 따라 에너지를 생산하는 재료로 변모시킨다. 그렇다면 과학은 과연 파괴된 생태의 메시아가 되어줄 것인가.

그가 나를 따뜻한 말로 위로해 준다
살다 보면 그런 일도 있는 거예요
이 또한 다 지나갈 겁니다 노여움 푸시고
자 한번 심호흡을 하세요, 들이마시고! 내쉬고!

그는 인공지능 로봇

반려견 요크셔테리어를 잃고 동물은 못 키우겠더라

나를 아는, 알아주는 내 소유의 그

—「이 세상에 낙원은 어디뇨―2.집에서」부분

인간의 감정까지 읽어내는 대체물이 로봇이라면, 우리는 기르던 강아지가 죽은 뒤의 슬픔을 아예 차단하려고 불사의 로봇을 평생 동반자로 택하는 시대를 반겨야 할지도 모른다. 그러나 시인은 그러한 현실을 실낙원으로 진단한다. 희로애락을 아는 인간의 복합 감정이 비록 번잡할지라도 그것이야말로 인간적이지 않느냐고 다시금 묻는다. 생태계와의 교감이 결렬된 곳을 기계가 대체하는 물질세계에 대해 시인은 예각을 세운다. 반성적 발언은 이어진다. 위험 수위에 이른 개발 현장들에 우리는 그제야 눈길을 준다. 예컨대, 모래밭도 갯벌도 사라진 지상에 깃들이지 못하는 조류들에게 닥친 묵시의 징후들(「새들은 죽어도 묘지가 없다」), 인간이 휘두르는 작살에 상처를 입고 심해까지 진행된 오염으로 거처를 잃은 고래들이 인간이 사는 해안까지 떠밀려 와 죽는 해양 생태를 놓치지 않으면서(「고래들, 사람의 배로 사라지다」, 「고래들은 왜 집단 자살하는가」), 구제역으로 죽어가는 가축들, 썩은 냄새가 진동하는 갯벌, 지구의 모든 생명체를 몇 번이나 괴멸하고도 남을 핵의 가공할 위험성, 이웃 나라에서 날아드는 황사에까지 공포를 느끼는 현실의 내경까지 깊숙이 들여다본다.

문제적 존재는 언제나 인간이었다. 이승하는 인간 중심으로 돌아가는 환경을 살금살금 흔들어 제 궤도로 돌려놓고 싶은 악동이다. '텅 빈 욕망' 같은 언어도단의 능력이 있다면 시인은 문자로 자신의 생각을 전하는 시 쓰기 수행을 하지 않아도 될 것이다. 그러나 욕망은 자리를 바꾸며 모양이 변할 뿐 끝없이 분발한다. 그래서 시인도 언제나 그 욕망에 대하여 펜 끝을 세워야 한다. 비워내지 못하는 욕심을 발전과 성장이라는 이름으로, 행복이라는 유토피아니즘으로 대체해 온 인간은 이제 스스로 저지른 과오를 면책받을 수 없는 데까지 와버렸다. 이것은 처방전을 발급할 수 없는 치명적인 병이거나, 해답을 찾기 어려운 문제임에 틀림없다. 그래서 시인은 더더욱 이 문제를 맥없이 놓아버릴 수가 없다. 왜인가. 시인은 거두절미하고 그 난폭하고 악착같은 삶의 현장을 이렇게 들춘다.

> 터진 왕파리 몸에서 기어나오는
> 수십 마리의 작디작은 새끼
> 사방팔방으로 기어간다
> 멀쩡하게 살아 있기에
> 살아야겠다고, 살고 싶다고
> 죽어라 기어가는구나
> 어미야 어찌되었든
>
> —「지상의 남은 날들 3」 뒷부분

이것은 또 하나의 순환론적 살생부다. 시인은, 어미 살을 뜯어먹으며 자라는 파리의 생명 욕구를 비천한 미물의 잡사로 방관하지 않는다. 미소한 존재자의 생명력을 폐기한다면 이 세계에 거대한 생명체의 자리도 없을 것이기에 그렇다. 하여 이곳은 살아야겠다고 내지르는 생명체들로 와글거리는 현장일 수밖에 없으며, 어미 살을 파고들어 하루치 목숨을 얻는 가혹한 법칙이 이곳에서의 생존법이기도 하다. 그러나 이때 상생과 공존의 따뜻한 조화로움이 없다면 생명체의 미래는 죽음밖에 없지 않겠는가. 시인은 그러한 파국을 "어미야 어찌 되었든"이라는 새끼들의 이기심으로 돌려놓고서 상생을 잊은 생태의 현주소를 확인시킨다.

물질 소비에 쾌락적인 인간은 자연과 불화한다. 또한 자연도 이제 더 이상 인간이 소비할 수 없는 절대 지분을 스스로 지키려 한다. 이제 인간은 스스로를 자연의 범주에 들여놓고서 공존하려는 행동파가 되어야 할 때다. 한 인간이 일생 필요한 산소의 용량이 얼마큼인지는 아직 푸른 지구가 대신 말해준다. 그럴지라도 지구인의 숫자보다 훨씬 광대하게 펼쳐진 저 숲의 단위면적에 마음 놓아버릴 수는 없다. 빠른 속도로 숲이 사라지는 현장이 실시간으로 타전된다 해도 지구 땅 어디에선가는 동시간대에 다른 숲이 자취를 감춘다. 시인이 이 시집에서 그 현장을 낱낱이 고발했듯 남벌·방화·산불·도시화·산업화로 말이다.

『나무 앞에서의 기도』에서 보인 시인의 생태 인식은 전방위적이다. 지구의 탄생과 종말을 명징하게 증명할 수 없는 것처럼 이 또한 우리가 다 알지 못하는 혼란 상태에서 진행되는 위험에 대한 보고서다. 그래서 시인은 그러한 혼돈이 비가시적임에도 불구하고 하나의 자연이라는 그물망 안에서 질서와 조화를 찾아야 하지 않겠느냐고 거듭 말한다. 인간의 쾌락과 편리에 바쳐지는 소싸움, 투견, 거세한 개들의 굴종적인 자세로부터 우리의 이기심을 발각해낼 수 있기를 바라면서 말이다.

사물화와 녹색 착취를 슬퍼하는 사람

『생명에서 물건으로』는 1995년 발간본이다. 『나무 앞에서의 기도』와는 23년의 시간 차가 있다. 그럼에도 이 시집들은 생명·생태관으로 연결되어 있어서, 시인이 1990년대부터 펼쳤던 생명관과 최근의 그것을 비교하기에 알맞다. 이 주제를 다룬 경우를 흔히 모성성으로 환원하는 경향이 있고, 남성 시인들도 여성을 생산성의 주체로 보고 그 숭고성을 찬양하는 경우가 흔히 있었음을 상기해야 한다. 이러한 일들은 여성을 도구화하여 모성성으로 고정해 놓고, 그 생산성을 찬양하면서 존재의 가치를 일원화하면 되는 일이었다. 그러나 이것은 생명·생태의 문제를 유학(儒學)적인 관점으로 고착하여 희생을 정당화한다는 점에서 어딘가 부족한 현실 바라보기이다. 이승하는 바로 그런 점을 파고들었고 그의 생명관은 남다른 현실 인식으로부터 싹텄다.『생명에서 물건으로』를 기점으로 보면 그중 하나가 사이버 세계다. 말하자면 시인은 1990년대 초반부터 생명·생태의 문제를 가상(virtual) 세계와 접속하여 상상했으며, 이것을 자본주의 생산체제에서 파생한 문제로 진단하는가 하면, 그 중심에 있는 인간이 개발한 인공두뇌가 지구 생태계를 대적하는 프로그램으로 최적화되어 가는 과정을 일찍이 간파하였다. 이는 김종철이 1980년대 후반부터 펼친 생명시학에서 '생명'의 의미마저 자칫 유행처럼 소비하는 것이 아닌지 우려했던 일을 떠올려본다면 한층 공감도가 높아진다. 목숨을 지닌 존재로 살아가는 일을 생명의 근원으로 보는 그에게 생명운동 운운하는 현상은 그러한 생명성에서 인간을 분리하여 목숨을 소비하는 일과 다르지 않았기에 그는 이를 (서구에서 들여온 사상일지언정) 녹색운동이나 녹색사상으로 바꿔 부르는 쪽을 더 겸손하게 여겼다. 시단과 평단의 이러한 파동 속에서 이승하는 인간이 자행하는 생명 박탈과 파괴의 정황을 1995년 판『생명에서 물건으로』에 담아냈고, 2018년 판『나무 앞에서의 기도』에서는 녹색 파괴자이자 모든 목숨붙이들을 무차별적으로 파괴하는 인류를 반성적으로 지목한다. 이러한 비판적 사고는 생명공동체를 분리하는 것에 대한 저항에서 나온 것이고, 이것이 곧 생명정치의 상상력이다.

이승하는 초기 시에서부터 직독직해가 가능한 시를 써 왔다고 볼 수 있다. 난해함과 모호성을 기조로 하는 현대시들과 달리 그의 시는 놀라우리만치 솔직하고 의미의 선분도 간결하고 담백하다. 경고성 발언을 거리낌 없이 날리는 것 같은 문장에는 단정한 사람의 목소리를 넘어 준엄한 가르침 같은 것이 배어 있다. 멋진 문장을 제조하는 일에 노력을

기울이는 대신, 근본적인 성찰과 올바른 행위에 주파수를 맞춰 놓고 있
다는 인상을 준다. 자본주의 생산체제의 파고에 휩쓸리지 않는 삶을 꿈
꾸기 어려워진 시대의 진정한 비가는 어쩌면 인간의 목소리에서 울려나
오는 것이 아닐지도 모른다. 오히려 인간을 제외한 그 모든 생명체들의
목소리에 귀를 기울여야만 이 사태의 심각성을 제대로 알 수 있을 것이
다. 하지만 과연 누가 그것을 들을 만한 청력을 가졌을 것인가? 이 질문
에 대한 답은 너무나 명확하므로 이제부터 인간은 침묵해야 하고, 인간
이외의 종(種)들이 내는 소리에 귀를 기울여야 이에 대한 답변을 들을 수
있을 것이다. 다음 시에서는 어느 날 지상에서 사라져버릴지도 모를 생명
체 중 몇 종을 호명한다. 그런데도 이 사태를 아무도 아파하지 않는 이상
한 일이 벌어지는 곳에서 그 말썽 많은 인간이 동물을 구경하고 있다.

　　종(種)이 사라지는 아픔은 없다
　　코뿔소가 사라지는 아픔은 없다
　　코끼리가 사라지는 아픔도 없다

　　나, 소비의 주체이니
　　돈을 벌어 물건을 살 뿐
　　나, 카드의 주인이니
　　카드를 꺼내 사인을 할 뿐
　　나, 승용차의 소유자이니
　　기름을 채워 운전을 할 뿐

　　때때로 자식을 데리고 대공원에 가면
　　코뿔소는 아직 코에 뿔이 달려 있고
　　코끼리는 아직도 코가 손이다

상아 있는 코끼리가 있다

코뿔 없는 코뿔소는 없다

종(種)은 아직도 엄청나게 많고

나는 서서히 살아간다

생명에서

나는 부지런히 사라진다

물건의 사용자로

물건으로

—「생명에서 물건으로」 전문(『생명에서 물건으로』, 1995)

마지막 연을 읽고 있노라면 생명체가 서서히 물건으로 변환중인 것처럼 보인다. 시인은 생명을 말하기 위해 '물건'과 그 "물건의 사용자"를 비켜갈 수가 없다. 수사를 배제한 문장 때문이겠지만 저널리스트의 글을 읽는 듯하다. 고발문이나 보도 자료의 일부라고 해도 손색이 없을 정도다. 특히 생명현상을 말할 때 이승하는 견고한 어휘의 사용을 망설이지 않는다. 그러나 이러한 기법에 머물고 만다면 이 시는 불모지와 폐허로 치닫는 파국을 담아낼 수 있을 뿐이다. 그러한 염려를 불식이라도 하듯 시인은 인간종을 코뿔소·코끼리 같은 동물종과 동일선상에서 사유한다. 생명현상을 말하기 위해 인간과 동물을 같은 자격으로 불러내고 있는 것.

이때 읽는 이의 착각을 유발하는 일이 재현된다. 우리의 관념은 동물종이 사라지는 현실을 부지런히 구성 중이지만, 시의 현실에서 동물종은 멀쩡히 존속 중이다. 여기서 놓쳐선 안 될 것 하나가 있다면, 아이와 함께 동물원에서 관람하는 동물종이 "아직도 엄청나게 많"은 것처럼 착각을 유발한다는 점이다. 자연상태에서는 멸종 위기에 처해 있다 할지라도 적어도 이곳에서는 저 동물들이 엄연히 생존 중이다. 코끼리 코의 쓰임새와 코뿔소의 코는 '아직도' 예전처럼 건재하다. 이렇게 동물원은 동물종의 개체 수에 착시를 유발하고, 인간은 모든 일이 '서서히' 진행 되고 있다고 착각하지만 시인의 인식은 이와 다르다. 마지막 연을 보면 그는 동물종에 대한 배타 감정에 빠져 있지 않고 생명의 범주에서 이 문 제를 생각하고 있다. 그렇기에 "생명에서/나는 부지런히 사라진다"는 자각이 몰고 오는 파장은 매우 클 수밖에 없다. 동물종과 인간종을 갈라 치는 서구인의 경험과 이와 다른 동양인의 경험을 어떻게 갈등 없이 봉 합하여 상호 연관성 아래 사유할 수 있을지 고민하고 있는 것이다. 어떻 게 하면 인간과 인간 외부의 만상을 생명의 그물망 안에 안아 들여 인간 만을 세계의 전체인 양 여겨 온 관념을 전환할 수 있을지를 말이다. "물 건의 사용자"인 인간이 '물건'이 되어 가는 법칙이야말로 엄정한 자연법 이라는 사실을 이제는 알아야 하겠기에 그렇다.

『생명에서 물건으로』가 1995년 발행본임을 감안할 때 여기에 실린 시 들은 그 무렵 우리 시단에 쇄도했던 생태주의 이론을 예민하게 수용한 결과물이 아닐까 한다. 그때 시인이 발견한 생명 문제는 당대인의 삶과 문화를 떠나서는 말할 수 없는 것이므로, 시인은 바로 그런 점을 남달리 해석하였다. 자연 찬양자이거나, 도시 문명에 대한 고발자이거나, 여성 주의와 생태주의를 결합하거나, 아예 전경인의 자의식으로 자연인을 그 리거나 하는 시들과는 다른 지점에서 이 문제를 바라보았던 것이다. 시 인의 생태관이 남다른 점은 위 시에서도 보는 것처럼, 생명체와 물질의 관계를 사유하는 데 있다. 이는 생명체인 인간조차 물질화되는 일이 인 간이 자초한 것이라는 사유에 기반한다. 이것이 이승하의 생명주의 시 를 남다른 것으로 구별하는 또 하나의 준거가 된다. 이로써 우리는 인간 을 위한 아낌없는 공여물로 다른 생명체를 대해 온 그간의 태도를 바꾸 고, 이 제3자적 존재자들을 하나의 그물망 안으로 안아 들이는 계기로 삼을 수 있었다.

　그래서 우리는 시인이 출현시킨 코끼리나 코뿔소에 머물지 않고 그들의 상아나 뿔도 눈여겨보게 된다. 이들 개체수가 급격하게 사라지는 일을 놓고 시인은, 상아와 뿔의 효용성이 인간의 자본 욕망과 만나면서 생긴다는 것을 지적하고 있다. 이 문제는 숲속의 동물을 전시하는 이벤트 공간이 동물원이라는 점이나, 이 동물들이 어느 서식지에서 팔려 온 것인가라는 문제를 넘어선다. 여기에는 상아나 뿔이 인간에게 공여하는 사물로 전락했고, 그 연장선에서 인간은 동물을 자신의 소유물로 조작하면서 그들 신체의 구성물을 남획하는 일이 벌어진다. 때문에 시인이 쓴 '소비의 주체' '카드의 주인' '승용차의 소유자'라는 명명법은 의심할 여지없이 자본주의 생산체제에 복속된 현대인의 정체성을 가감 없이 들춰내는 부분이라 하겠다.

뇌의 기획과 컴퓨토피아

　이승하 시의 기조는 많은 경우 서정적 리얼리스트로서의 자질을 보이지만, 해체 성향도 만만찮다. 그러면서 시대적 기류와 변곡점을 곧잘 타고 넘는다. 그렇다면 우리는 여기서 서정의 표층화 작업에서 시인이 특히 신경 쓰는 현실의 맥락이 무엇인지 가늠해야 한다. 능청스러움을 가장하는 기법도, 달변을 구사하는 화법도 쓰지 않고 진솔하고 담박하게 경고성 발언을 하는 경우들이다. 이럴 때는 직관보다 관념이 우세하기도 하고, 서정성과 실제를 모두 닫고 사변적으로 어조를 몰아가기도 한다. 그런데 시인이 이러한 작법을 구사할 때의 내심은 정작 다른 곳에 있다는 생각이 든다. 왜 그런가. 그의 변신 의지에 그 이유가 있다. 그는 등단 이후 시집을 낼 때마다 전변하는 상상을 적극적으로 펼친 시인이다. 빠르게 변하는 세상이 시인에게 그만큼의 상상력을 주문했다고 보면 이 문제의 답은 간단해진다. 변화에 대한 감응력이 남다른 시인이 그 변곡점들을 어떻게 표현할까,라는 질문을 이 시인에게 얼마든지 던져봐도 좋겠다는 생각이 든다.

> 과학기술의 눈부신 발전이
> 이제는
> 홀아비도 외롭지 않게
> 과학주의와 기술 결정론이
> 이제는
> 미망인도 서럽지 않게
> 오오, 장자(莊子)여
>
> (중략)
>
> 올 때까지 온 것인지
> 갈 때까지 간 것인지
> 어디까지 갈 것인지
> 저도 모르겠습니다만 황천에서
> 그렇게 발작적으로 웃지 마시고
> 계속 지켜보아 주십시오
> 가상현실(virtual reality) 기법이 실용화되는
> 이 컴퓨토피아의 세계를
>
> —「상상 임신에서 가상섹스까지」 부분(『생명에서 물건으로』)

이승하 시의 어조가 의문과 질문을 품고 있다는 것을 보려고 예시한

부분이다. 시인도 자신이 직면한 현실을 모르겠다고 썼듯, 그가 경험한 세계가 지금 인류를 어딘지 모를 곳으로 끌고 가고 있다. 가상이 현실을 능가하는 체험은 새롭다 할 수 있지만, 충격도 거기에 비례한다. 그럴 때 시인이 과연 차분하게 현실을 성찰할 수 있을지 의문이다. 이 사태는 급박하게 닥친 것이며, 이전 삶의 방식을 흔드는 것이어서 섣부른 가치 판단을 불허한다. 따라서 화자는 그 누구도 가르쳐주지 않는 일 앞에서 의문과 질문 이상의 것을 가질 수가 없다. 예측 불허의 미래는 현재도 그러한 연장선에서 구성되는 것이어서 그 답을 단언하지 못한다. 시인은 인간이 "기계와 더불어" 생활의 편리성을 누리는 시대를 넘어 가상섹스를 실행하고 상상 임신까지 가능한 시대가 왔다고 쓴다. 1994년 3월 어느 일간지의 기사를 시의 앞머리에 모토로 쓰면서 전하는 '현실'은 2021년인 지금은 한층 현실감이 커졌다. 시인은 이렇게 상징이나 암시 등 전통적인 비유법을 동원하지 않는다. 신문 기사의 내용을 상호텍스트로 차용하여 다시쓰기(rewriting) 기법으로 "과학주의와 기술 결정론"을 담담하게 비판한다. 이는 산업자본이 꾀하는 물량 위주의 생산방식을 과학적 합리주의로 오인하면서 가장 가치 있는 것으로 우선시하는 인간의 물질주의 사고와 관련되어 있다.

이런 점을 볼 때 이승하 시는 체험적 직관에 따라 시를 쓸 때와 미체험 영역을 다룰 때 그 방향이 달라지는 듯하다. 앞의 경우에는 서정의 지평이 넓어지지만, 뒤의 경우는 좀 다르다. 미체험 영역이 체험 영역보다 관념이 조금 더 우세하다는 것을 어렵잖게 알 수 있다. 이렇게 시인은 전통적인 비유법을 과감히 폐기한 자리에서, 지식인의 자의식으로 포스트모던 기법 중 일부를 실험하기도 한다. 현실 고발과 비판을 담은 시편들에 보도 기사·사진 등을 상호텍스트로 쓰는 점도 같은 맥락에서 이해할 수 있다. 동양적 사유와 전통 서정에 잠겨 있는 의식을 깨우는 것은 외부로부터 쇄도하는 기술과 문화이며, 이때의 충격파는 전통적인 사고에 빠져 있는 인간이 '천성'이나 '도(道)'로 여겼던 미덕들을 폐기하게 만든다는 점에서 문화의 폭력이기도 하다. 이렇게 시인은 1990년대부터 전통과 포스트모던의 충돌을 예민하게 감각하면서 시를 썼다고 볼 수 있다. 그 연장선에서 후기산업사회의 자본 재해로까지 문제의식을 확장한 것은 지극히 자연스런 일이다.

인간의 뇌는 새로운 것을 좋아한다는 통설이 있다. 뇌는 부단하게 새 것을 구상하고 급기야 그것을 구체적인 기구로 만들어내고야 만다. 거꾸로 말하면 뇌는 낡은 것을 부수기를 좋아하고, 그것을 밀어내며, 그 자리에 전혀 낯선 것을 세워놓고서 뇌의 주인인 '내'가 희희낙락하게 만든다. 시인이 그리는 뇌는 다음처럼 가공할 힘을 가졌다.

주름 많고 말랑말랑한 이것이

1.6kg밖에 안 되는 이것이

원자폭탄을 투하했다 수소폭탄을 만들어냈다

게르니카를 그렸다 비창교향곡을 작곡했다

해골 안에 담겨 있는 주름 많은 이것이

—「뇌에 관한 연구 1」 마지막 연(『나무 앞에서의 기도』)

소량의 뇌에서 대우주를 침범하는 상상력이 폭발한다. 핵폭탄처럼 위력적인 그것의 진상을 『아픔이 너를 꽃피웠다』에서 시인이 일화로 들려주고 있듯, 문명 혐오자 유나바머처럼 사제 폭탄을 제조하여 공학도 살해를 꾀한다 해서 위험물 제조를 설계하는 인간의 뇌가 괴멸되지는 않는다. 예술도 전쟁도 이 주름 많은 물렁살이 영원히 획책할 것이다. 인간에 의해, 인간을 위해 벌이는 온라인 게임 같은 삶이 이 '통' 속에서 기획된다. 한통속으로 살아가야 할 생명체들의 연합에 대한 책임을 인간에게 돌리고 있는데, 그야말로 불가피한 당위론이다. 그 책임은 언제나 당연히 인간의 것이었고, 것이어야 한다. 명민하다고 자처하는 자들이 아둔하고 이기적이게 파괴하고 써댄 핵에너지들이 거꾸로 인간을 공격하는 구조를 생각해보라고 시인은 거듭 말한다. 이는 시인의 생명관이 문명 혐오에 맞춰져 있기보다 생명 파괴의 위력과 잔인성의 출처를 인간의 뇌로 보는 성찰적 태도에서 나온다. 여타 생명체들과 다른 인간 뇌의 탁월성을 특유의 자질로 숭앙하면서 우리는 타생명체와의 연결을 부단하게 끊어내 왔던 것이다.

이제 다시 『나무 앞에서의 기도』로 돌아가 푸른 숲속의 나무를 올려다보자. 시인이 멀쩡한 아내-사람을 죽여 나무에 봉헌하는 바로 그 장면이다. 높아질대로 높아진 위험 수위가 생태의 그물망 안에 있는 모든 생명체에게 공평한 현실이 될 거라는 예측을 이 한 그루의 나무가 대신 맡아 하고 있다. 이러한 희생 제의로 나무들과 숲이 다시 살아난다면 인간의 죽음은 자연의 죽음이며, 이것은 생명체에게 새겨진 순수한 본질이다. 나무와 함께 하는 삶도, 인간 동반자와 함께 하는 삶도 시인이 똑같이 '반려'의 의미로 생각한다면, 그에게는 백 명의 아내도 백 그루의 나무처럼 똑같이 소중한 생명체일 것이다. 지구 생명체들의 존속을 그가 그토록 간절히 바라고 있으니 말이다. 이렇게 이승하의 시는 생태맹인 우리에게 '큰 눈'과 '작은 눈'을 같이 뜨게 만든다. 큰 눈은 보이지도 않고 체험해보지도 않은 세계에 대한 각성을, 작은 눈은 생태 경험자로서 근시안을 갖지 않도록 만든다. 앞은 인식의 문제, 뒤는 실천의 문제라는 점에서 우리 눈의 눈곱을 떼게 한다. 실천은 인식보다 한층 불편하고 고통스런 일이지만 눈곱을 떼었으니 앞으로 우리의 눈앞이 어둡지만은 않을 것이다. 눈앞이 보이는 자는 걸어가게 되어 있다. 이것이 실천적 걸음이다.

물기 어린 대지, 숨소리 나는 밥
―고영민의 시

> 나는 너희를 한 줌 간직해 두었다가 나의 기름진 밭에 뿌린다.
> 나의 좋은 계절에 그것을 뿌린다.
> 한 알이 백 알을 낳고, 또 한 알이 천 알을 낳고…….
> ―앙드레 지드, 『지상의 양식』

끝없는 에콜로지(ecology)

고영민 시의 지평은 대자연과 공존하는 사람살이의 진경을 향해 열려 있다. 상식과 일반화로 흐르기 쉬운 일화들일지라도 스토리텔러의 자질로 구성하여 잘 빚어낸다. 표층과 내면이 똑같이 장식적인 언어를 걷어낸 곳에 자리한다. 따라서 화자와 시인을 분리하는 것이 관념의 낭비로 여겨질 정도다. 이러한 면모는 첫 마음을 수정하지 않고 끝까지 지켜내려는 데서도 드러난다. 시인은 2002년 등단한 이래 문명 결정론에 대한 안티테제로 줄곧 대지(大地)를 생각해왔다. 2000년대 이전부터 우리 시인들은 생태 상상력의 번성기라 할 만큼, 압축 성장의 폐해와 도시 개발의 그늘을 비판적으로 바라보았다. 그러나 이 무렵의 생태시들은 몇 가지 유형으로 경화되거나, 이분법에 고착되거나, 자연에 무조건 애정 표현을 하는 방식이었다고 평가된다.[1] 반면에 어느 글에서는 이 무렵의 생

---

[1] 고명철, 「현대시의 풍경, 그 다원성의 미학」, 이승하 외 10인 공동 저자, 『한국현대시문학사 (1910년대~2010년대)』, 소명출판, 2019(수정증보판), 430~436쪽 참조.

태시가 근대역사의 모순을 압축한 비극적인 현장과 접속해 있다고 평가했다.[2] 이러한 진단들을 거치면서 보면 2000년대 초에 활동을 시작한 고영민이 이전의 경향을 초과하는 생태시를 썼다고 단언하기는 어렵다. 이전의 언어를 사정없이 베어내면서 신생의 언어를 고안한 일부 전위시인들이 그 무렵 극렬하게 형식 실험을 했다면, 고영민의 남다름은 그 와중에도 생명의 땅에 대한 사유와 실천을 견지해 온 데 있다. 3~5년 간격으로 시집을 낸 것만으로도 그는 전위대의 해체 성향과 자신의 종합 성향을 견주면서 방황하지 않았다는 것을 증명한다. 해체시의 소란스러운 목소리를 전면에서 들으면서도 리얼리스트의 심지를 세우고 서정의 불꽃을 피워올리는 시인들 편에 있었던 것이다. 그리고 일관되게 시 세계를 구축해 온 점이 고영민다움의 가장 큰 장점이다.

이 글에서는 제2시집을 중심으로 '밥'에 대하여 쓸 것이다. 결핍이어서 고통스러웠던 시절을 말하기보다 시인은 '밥'으로 인간 삶의 거처인 땅을 일깨우는 생태학적 사유를 초기 시에서부터 펼쳤다. 시집 출간 시기로만 보면 때늦은 후사가 될 수 있겠으나, 고영민 시의 생명력은 반감되기는커녕 되레 복권되고 있다. 팬데믹 시대 인류의 언어 중 '집밥'의 감수성이 에콜로지 정신과 끝없이 맞닿는다. 사람과 땅의 자리, 땅의 소출인 쌀을 대하는 사람의 마음과 자세에 이 시인만큼 집중한 시인은 없어 보인다. 생태학(ecology)의 어원인 Oekologia를 보면 한층 이해가 쉬워진다. 이 말을 풀어보면 생태학은 oekos(거주지)에 대한 logia(학문)이다. 좁게는 개체가 살고 있는 거주지, 넓게는 생물권 전체, 더 넓게는 자연 또는 우주 전체를 뜻한다.[3] 생태는 곧 자연이며, 자연은 곧 우주를 포

---

2 김수이, 『서정은 진화한다』, 창비, 2006, 16쪽.
3 류점석, 『생명공동체를 향한 문학적 모색』, 아우라, 2008, 15쪽. "생태학(Oekologie)은 1866년에 에른스트 헤켈이 동물형태학을 찰스 다윈의 진화론과 관련지어 처음 만든 말이다." 이반 일리치, 허 택 역, 『젠더』, 사월의책, 2020, 206쪽.

괄하는 생명현상이다. 고영민은 사람의 자리인 땅과 그 소출인 쌀과의 상호작용을 특히 잘 그려낸다.

제1시집 『악어』(2005)의 후기에서는 이런 뒤주를 소개한다. "통나무 속을 파내 만든 낡은 뒤주"에 곡식을 담아 구멍 마개를 덮고, "다른 사람도 이 마개를 풀 수 있다"(他人能解)라고 써 놓은 쌀통이다. 은유로써 뒤주가 어느 시대에는 실제였을 일에 대하여 공감능력을 발휘해보자는 것이다. 만인이 공평하게 쌀을 나눠 먹는 시대를 꿈꾸어 온 인류공영의 윤리가 그것이다. 제2시집 『공손한 손』(2009)에서는, 밥 굶을 일 없는 시대를 살아가면서도 일껏 밥의 시대를 열어놓는다. 시인이 살아온 시대의 어느 대지에서는 다음처럼 깜찍한 일이 생기곤 했다. "스쿠터를 타고" "빨간 화이바"를 쓴 그녀가 "브레끼를 밟으며"(「앵두」) 오뚝하니 나타난다. 흙먼지·밭둑·수숫대·뜸부기·두릅·깻대·모과·밭두렁·논배미처럼 흙냄새에 파묻혀 있던 앵두가 별안간 그녀의 별칭으로 되살아나는 싱그러운 장면이다. 어느 땅에서는 빨간 앵두들이 다글다글 열리고, 어떤 이는 여인의 절제되고 싱그런 자태를 새콤한 앵두처럼 여기기도 했을 것이다. 제3시집 『사슴공원에서』(2012)의 표제시에서는 녹명(鹿鳴: 먹이를 발견한 사슴이 배고픈 다른 사슴을 부르기 위해 내는 울음소리)에 담긴 사랑을 밥과 가족공동체의 온기로 실어낸다. 제4시집 『구구』(2015)에서는, 삶의 이유가 물질에 결부된 것이 아니며, 인간이라는 이름으로 세상에 온 일과 관련한다는 사유를 펼친다. 바빠서, 귀찮아서, 더 그럴싸한 음식이 있어서 우리가 그동안 짐짓 잃어버렸던 '집밥' 냄새를 피워 올리는 시집들이다. 제5시집 『봄의 정치』(2019)에 이르면 어김없이 돌아오는 봄의 표지로부터 가고(죽음) 오는(생명) 생명의 이치를 보게 된다. 탐욕스런 동물적 욕망에 가려진 식물성의 이미지와 연약한 주체들을 불러내는 목소리가 여기에 있다.

고영민 시에 담긴 장소와 시간은, 과거·현재의 연속성이 자연스레 미래로 이어질 것이라는 우리의 기대를 점검하게 만든다. 다른 과거를 거쳤으나 똑같은 현재가 되었노라는 문명론은 성립할 수가 없다. 지금의 문명은 인류가 시차를 두고 자연에 가한 잔혹성의 결과물이다. 이제 우리는 결정 불능의 순간과 난경을 수시로 마주쳐야 하는 인류의 변이종이 되었다. 그 이름은 문명인이다. 대지와 문명을 매개해 온 자본이 대지를 토지자원으로 바꿔 놓은 생산방식 안에서 우리는 이제 문명 쪽으로도 대지 쪽으로도 일방향의 긍정을 할 수 없게 되었다. 양쪽 간 조화와 균형을 어디에 둬야 할지 모를 곤경을 안고 그 원인계열을 찾으면서 우리는 다시 자본을 들먹거린다. 이것이 대지 착취자의 자의식이다. 대지를 개인 소유물로 바꿔 자본화하려는 욕구가 대지를 대자연에서 분리된 '땅'으로 좁혀놓았다. 펄벅이 '대지'라고 쓸 때, 생텍쥐페리가 '인간의 대지'라고 쓸 때도 대지는 대자연과 동의어였다. 고영민은 이러한 정의와 관련하여 자연의 내적인 진실에 밀착해 왔다.

인류가 그동안 누려 온 안락함은 자본 생산과 과학 문명을 떠나선 말하기 어렵다. 이것은 어느새 인류에게 무의식화된 개념이다. 팬데믹에 포위당한 인류는 이제 무엇을 꿈꾸어야 하는가. 이러한 질문은 낭만적인 것으로 몰리기 쉽다. 팬데믹 현실의 복잡성은, 시간과 공간을 수직적이고 수평적으로 가로지르면서 원인자를 추적하게 한다. 뿐만 아니라 원인 해결과 실천도 그러한 복잡성 안에서 하도록 요청하고 있다. 농·축산물의 산업화가 초래한 문제들이라든지, 미래 기술에 대한 비관적 전망들을 지금은 거꾸로 팬데믹의 위험을 해결하는 방안으로 활용할 수 있을지 물어야 한다.

문명인이 대지라고 이름 붙인 것이 본래 '대자연'이라는 각성이 있기 전이라면 우리는 그 대지라는 것을 근시안으로 보는 패착에 빠진다. 나대지·논·밭 등을 자본의 가치로 분류하면서 환금성 땅에 관심을 두게 마련이다. 생태주의 초기 이론가 중 한 사람인 앙드레 고르(Andre Gorz)가 자본주의의 퇴장을 예견할 때 일차적인 부의 조건으로 든 것도 땅이었다.[4] 땅을 상품화한 능력의 주체가 자본이므로, 여기에 대항하여 싸워야만 자본주의의 장악력으로부터 해방된다는 것이다. 땅은 문명적인 사건들로 거듭나면서 막강한 자본주의의 생산재가 되었다. 자연은 본래 그 형체가 인간에게 익숙하여 스스럼없이 상호작용할 수 있으며, 형식을 갖춰 배우지 않아도 알게 되는 본능 같은 것이다. 어디든 편재해 있으므로 자연은 자연주의자의 것만도, 과학적 생태학에서만 전유할 수 있는 것도 아니다. 생명체는 물론 무기물들까지도 자신의 자리가 있기에 자연은 본래 그 모습으로 있어 온 것이다. 그런데 이전부터 현재까지, 그리고 미래까지도 대자연이어야 하는 전지구적 환경은 지금, 유례없는 혼종의 생산방식이 가동하는 도시화로 몸살을 앓고 있다. 대지는 도시화 진행 과정에서 아직 선택되지 못한 공간쯤으로 인식된다. 본연의 생산성을 아슬아슬하게 지켜내면서, 아직 도시가 되지 못한 미완성의 공간으로 보이기 십상이다. 그러나 팬데믹의 위험에 처한 도시민은, 이동이 가능해진다면 어수선한 하이브리드 공간이 아닌 대자연이라는 리얼리즘의 공간으로 가는 꿈을 꾼다. 그곳은 현대인에게 심미적 쾌락을 갱신해주는 스펙터클한 그 무엇이다.

생텍쥐페리는 달랐다. 그가 항공기 조종을 하면서 틈틈이 쓴 『인간의 대지』는 무수한 책과 백과사전이 인간에게 전해주는 지식보다 대지의 역할이 더 막강하다는 사실을 조용히 일깨운다. 호미·낫·쟁기 같은 농기구로부터 무기까지, 인간이 대지에 저항한 역사만큼이나 대지도 인간에게 저항한다. 이것은 농경문화를 닫고 나와야만 문명인의 대열에 설 수 있다고 믿는 이들이 저항할 만한 발언이다. 작가 스스로 조종하는 비행기에서 내려다본 곳이 '대지'라는 사실에 나는 경탄했다. 그의 시선

---

4 앙드레 고르, 임희근·정혜용 역, 『에콜로지카』, 생각의나무, 2008, 44쪽.

은 논·밭 같은 협소한 공간에 머물지 않고 끝없는 대지(대자연과 우주 개념을 포함한)에 잠겨 있었다. 도시인의 분류법으로 대지가 된 곳이 아닌, 순수 상태의 대자연에 그의 정신은 닿아 있었다. 도시를 떠난 상공, 즉 훌쩍 높아진 위치에 이르러서야 그는 대자연 속에서 쟁기질하는 한 점(點) 농부의 모습을, 광대한 우주의 별빛 같은 한 점 전등 빛을 볼 수 있었다. 대지, 대자연, 우주를 종합한 사유가 에콜로지라는 것을 나는 생텍쥐페리의 경험에서 배웠다. 우리의 거주지는 지구라는 대자연이고, 이곳에는 인간종만 있는 것이 아니다.

외출 욕구와 감염 염려증이 뒤섞이면서 팬데믹 현실에서 조급증이 하나 더 생겼다. 근거리로 이동하더라도 서둘러 귀가해야 한다는 강박이 그것이다. 이렇게 대부분의 지구인은 이동의 가능성에 무력해져 있다. 이동했더라도 장시간 멈춰 있을 수 없는 제한성이 우리에게 부과된, 공정하면서도 특수한 팬데믹 시대의 요구다. 따라서 대부분의 보편자들에게는 집만이 이동 제한을 자발적으로 실행하면서 안전을 확보할 수 있는 마지막 공간이 된 셈이다. 에콜로지의 개념대로 인간의 자리가 '집'이라는 사실을 이 시대는 확인시킨다. 이러한 사정 때문에라도 '논' '밭'이라는 이름의 공간은 우리의 시야에 쉬이 잡혀 오지 않는다. 자본사회에서 살아가노라면 실제를 가상의 화폐로 변환하는 놀라운 마술에 곧잘 현혹된다. 고영민이 그리는 대자연의 리얼리즘에 안겨봐야만, 팬데믹의 무수한 원인계열 중 그 무엇에 대해 어렴풋이나마 짐작할 수 있을 것 같다.

큼큼, 쇠 냄새와 문명

지금과 같은 위험 중에도 인류가 별 탈 없이 영속하리라는 믿음이 있다면 이것은 끔찍한 낭만이다. 이렇게 터무니없는 발상과 기대를 지속해 오던 중 인류는 팬데믹에 맞닥뜨렸다. 미래를 비관하는 경고장을 두고 모른 척하거나 용인하지 않으려 했던 일들이 사실(fact)이 되어 있는 지금, 우리가 할 수 있는 일은 이 위험이 나만은 비켜가주기를 바라면서, 원인계열에 대해서도 최대한 전가하려는 이기심을 애써 숨기고 있다. 접촉 불가(Untact)! 이러한 강령은 단지 사람 대 사람 간 비대면에 한정한 것이 아니며, 사람과 물질 간 접촉에 대한 경고이기도 하다는 것을 우리는 이동 장소를 바꿀 때마다 그 입구에 놓인 손 세정제에서 확인한다. 입으로 접촉하는 것과 손으로 만지는 모든 것이 똑같이 감염을 매개할 수 있는 가능성 안에서 우리는 안전 확보를 위해 시야만 틔워놓은 채 일상을 이어가고 있다. 사람이 사람을 접촉한 부위는 물론, 사물에 스친 사람의 흔적도 사람이 제거하면서 인류는 지금 감염의 매질과 예민하게 맞서는 중이다. 그런 와중에 고영민 시의 화자는 '쇠'를 만졌다.

아버지가 암 진단을 받고 나서
한 말은
내가 쉽게 죽을 줄 알아,였다
아버지는 쉽게 죽었다

방금 전
철봉에 매달렸던 손에서
쇠 냄새가 난다
나는 왜 계속 손바닥을 맡아 보는 걸까
쇠 냄새를

—「쇠 냄새」 전문(『MUNPA』 2020년 겨울호)

의외의 메타포가 숨어 있는 시다. 화자가 쇠를 만져 놓고 '계속' 큼큼,

그 냄새를 맡는다. 집 근처의 공원으로 나와 철봉에 매달려 놀면서 '집 콕'의 불운에서 벗어나려 했으나 이 무슨 냄새가 달라붙었던 것. 철권의 상징인 "쇠 냄새"에서 이 시대인은 또 다른 변이종의 냄새를 맡는 중이다. 이렇게 간명한 시어에 실린 접촉의 경험에는 보이지 않는 위험 인자가 소리 없이 매개해 있다. 보이지 않기에 냄새를 맡아봐야 하며, 냄새를 유발하는 성분은 쇠 바깥의 것일 수가 있다. 쇠 냄새에 들러붙어 있으면서 대기 중에 산포하고, 우리의 호흡과 필연적으로 연관되는 그것은 어쩌면 대기 자체의 위험과 관련한 묵시의 징후일 것이다. 호흡기의 필터링 기능에 위해를 가할 만큼의 미세 먼지와 오염물질이 둥둥 떠다니는 여기서는 호흡 행위 자체가 독소를 폐부 깊숙이 흡입하는 일일 수가 있다. 저 위험인자는 숨을 쉬는 인간에게라면 예외도 불공평도 없다. 인공적인 화학물질과 합성 유독물질이 대기를 거쳐 인간의 호흡기로 들어오는 저 장면을 보면서 대기 자체의 전염성을 떠올리지 못한다면, 대기 스스로 정화력을 잃은 상황을 상상하지 못한다면, 우리는 대창궐의 시대로부터 제외된 인류일 것이다. 그만큼의 불안과 공포, 그만큼의 위험이 동시적으로 전세계에 확산하는 시대를 우리는 건너는 중이다.

이 위험한 시대에 화자는 손바닥에 묻은 쇠 냄새를 맡고 있으나, 그 손바닥이 예전에는 공손히 밥그릇을 받쳐 들었던 몸의 지체다. 『공손한 손』에서 시인은, 고기의 육질과 맛을 즐겨 온 인류를 따뜻한 밥 앞에 앉혀 놓는다. 그의 시는 이렇게 너그러운 '생산'의 언어다. 대지의 현실을 각박하게 좁히지 않고, 이제껏 보지 못한 발밑을 보게 만드는 부드러운 힘이 있다. 그의 시에서는 육식 냄새도 나지 않는다. 예컨대 오래전 짐승들은, 살육의 도구를 던지거나 꽂아 넣는 사냥꾼의 손에 죽어갔다. 내 것이 아닌 살과 피로 인류의 몸에는 기름기가 돌았다. 자신보다 강한 생명체를 무기로 제압하여 잡아먹으면서 그 짐승의 먹이사슬 상층부에서 육질을 즐겨 왔다. 포악한 짐승을 제압하여 먹이삼았노라는 정복자의 쾌감에 비릿한 피 냄새가 배어 있었으리라는 상상은 결코 가상이 아니다. 그 냄새는 인간에게 쫓기는 짐승으로서는 더 위협적이었을 것이다. 우리는 거친 들판을 달려 다른 생명체를 살생한 조상의 피를 이어받은, 어쩔 수 없는 육식동물의 후손이다. 현대인은 산업화와 더불어 다른 생명체에 대한 살육을 더욱 진보시키는 중이다.

고영민은, 생활 밀착형 먹을거리여서 시의 자리에 초대하기에는 어쩐지 고급스럽지 않은 밥을 오래도록 생각한다. 도시와 원격화되었던 외진 땅들조차 값이 치솟으면서 도시의 변두리로 부상하는가 하면, 나날이 치솟는 교환가치로 땅의 품질을 매기는 현실을 깊이 들여다본다. 그의 시선은, 치솟는 제 몸값을 즐기면서 고층 건물이 들어올 날을 고대하는 덤불 우거진 도시 변두리의 나대지가 아닌, 알곡이 여무는 땅에 머물러 있다. 그의 시편에 배인 물기는 현대인이 생명의 공간으로 보살피지 않고 방임한 땅에서는 볼 수 없는 것이다. 이때 시인의 목소리는, 각자 신념과 의지를 말하느라 시끄러워진 목소리들로부터 떠나 단 한 사람과 마주앉은 듯 차분해진다. 그 목소리가 들리는 곳은 이 소란한 세상과 그다지 멀지 않은 곳, 그러나 방치하지 않고 누군가 낟알을 정성껏 파종한 (또는 파종할) 어느 땅이다. 시인이 딛고 선 대지는, 자신이 품은 물기가 얼마큼인지 용케 기억하고 있다. 촉촉한 땅을 딛고 서 있고 싶은 시인의 내심에는 정작 그러한 땅은 점차 찾아보기 어려워질 것이라는 염려가 깔려 있다. 시인은 빠른 속도로 진행하는 산업화를 몸소 겪었고, 지금은 대지의 가치를 환금성으로 매기는 시대를 살아가고 있다. 우리에게 잊혀진 것들은 저희들끼리 어딘가에 조용히 살아 있다. 어느 땅 한 귀퉁이에서는 아래와 같이 계절이 바뀐다.

산비알 흙이
노랗게 말라 있다

겨우내 얼었다 녹았다 푸석푸석 들떠 있다

저 밭의 마른 겉흙이
올봄 갈아엎어져 속흙이 되는 동안
낯을 주고 익힌 환한 기억을
땅속에서 조금씩
잊는 동안

축축한 너를,
캄캄한 너를,
나는 사랑이라고 불러야 하나
슬픔이라고 불러야 하나

—「내가 갈아엎기 전의 봄 흙에게」 전문

　　이 시인에게는 관찰에 머무르지 않고 본질을 직관하는 능력이 있다. 겨울에서 봄으로 넘어오는 지점을 보면서 시인은 '푸석푸석' 들뜬 땅에는 생명의 기미가 없다고 쓴다. 하지만 그는 몰락과 파멸의 대중 서사 같은 것에는 관심이 없다. 고영민다움은, 인간의 삶을 동물적 혈투로 보는 데서 벗어나 식물성 사유를 펼치는 데서 드러난다. 어떤 부류에게는 생활철칙이기도 할 채식주의자(vegetarian)의 감각을 그는 식물을 키워내는 대지 상상력으로 꾸려 내놓는다. 위 시의 제목에서도 보는 것처럼 이것은 메마른 땅을 갈아엎는 적극적인 전복의 역사로 유지되는, 생명의 기운과 관련한 언술이다. 스스로 몸을 뒤챌 수 없고, 돌아누울 수도 없는 땅이 누군가의 삽질로 체위를 바꾸는 그곳에서 대지의 숨소리가 들리고, 물기 머금은 흙은 생명의 근원으로 존재한다. 그렇지 않은가. 땅은 스스로 흙덩이 하나도 뒤집지 못하고, 매만져주는 누군가의 손길을 따라 자신을 노출한다. 이렇게 상호 작용하면서 땅과 사람은 서로를 보위한다.

'마른 겉흙'과 '축축한' 땅 밑의 흙은, 사람 마음의 겉과 속이 그렇듯 결코 무심히 놓여 있지 않다. 환하기만 한 것이 반드시 생명을 약속해주지 않는 땅에서 겉흙은 캄캄한 곳으로 들어가 습기를 머금고, 속흙은 겉흙과 자리를 바꿔 겉흙이었던 속흙이 물기를 품도록 보호막이 되어줘야 한다. 그래서 시인은 메마른 흙을 갈아엎어 축축하고 캄캄해져 가는 속흙을 사랑이라고도 슬픔이라고도 속단하지 않는다. 제목에서 보듯, 몸 바꾸기는 '내가' 자발적으로 참여해야만 하는 생명의 몸짓 그 자체다. 자리를 바꿔줘야 생기가 도는 봄의 흙처럼, 인간 삶의 환절기에는 슬픔과 사랑이 뒤섞인다. 그래서 고영민의 서정에서 슬픔과 사랑은 언제나 등가다. 겉과 속을 바꾸면서 타자의 심정에 공감하는 이러한 태도는 시인의 평등의식에서 나온다.

욕망을 경작하는 땅

루소는, 땅에 울타리를 치면서 인류는 사유재산을 탐했고 싸움과 죄악이 뒤따랐다고 쓴다.[5] 이것은 경작지와 관련한 루소식 이론이다. 자연상태의 마지막 지점이자 문명이 태동한 곳을 '울타리'를 중심으로 구분한다. 떠돌던 자의 수렵생활이 정착하는 자의 농경생활로 바뀌는 그곳에서는 사유지를 지켜내려는 고투가 있었다. 땅이 '쌀' '농사' '경작' 같은 어휘에 포섭되어 가는 전근대적 생산방식을 현대인은 달가워하지 않는다. 땅은 이제 '투자' '개발' '뻥튀기' '평당가' 같은 말과 연동할 때 한

---

5 장 자크 루소, 고봉만 역, 『인간 불평등 기원론』, 책세상, 2006, 95쪽.

결 고귀해 보인다. '경작하다'는, 땅에서 발생한 동사이지만 우리는 이제
그 의미를 추상적으로 현실화한다. 삶을 경작하고, 자본을 경작하고, 욕
망을 경작한다. 고전적인 발상을 되풀이하는 것은 퇴행의 표징일 뿐이
다. 이러한 정황에도 고영민은 '경작'의 발생지를 잊지 않는다. 그 땅의
소출에 대하여, 그것이 밥이 되어 우리 앞에 따뜻하게 놓인 정황에 대하
여 이렇게 쓴다.

> 추운 겨울 어느날
> 점심을 먹으러 식당에 들어갔다
> 사람들이 앉아
> 밥을 기다리고 있다
> 밥이 나오자
> 누가 먼저랄 것 없이
> 밥뚜껑 위에 한결같이
> 공손히 손부터 올려놓았다
>
> ─「공손한 손」 전문

　고영민의 시는 간결하고 유순한 일상어로 구성된다. 한 번 비틀 때마
다 가상 하나가 더해지는 난해 시들의 매트릭스를 훌쩍 지나간다. 서두
르지 않고 긴장을 견인하면서 주제를 보여준 후 표나지 않게 가만히 물
러난다. 위 시를 보면 밥(飯)이 나오자 공손한 마음으로 밥그릇 뚜껑에
손을 올려놓는 장삼이사들이 있다. '밥'을 budaya(몽골어), buda(만주어)로
쓰는 동양권의 어법은 budda(佛, 붓다)로 이어진다. 선대에게 밥은 반(飯)
이었으며 불(佛)이기도 했다.[6] 보시(普施) · 나눔 · 공정 · 공평한 마음으로
공양하는 먹을거리가 밥이었다. 타자를 섬기는 마음과, 두 손 모아 밥을
받는 태도에 겸양 · 겸손 · 공손이 습관처럼 배어 있었다. 시인이 이렇게

밥의 어원을 거슬러가는 이유는 손(手)을 말하려는 의도에 머물지 않는다. 미(米)를 파자(破字)해보면, 여든여덟 차례 손의 수고를 거쳐야만 쌀은 밥이 된다. 이렇게 당도한 밥의 연대기를 경하하며 두 손으로 공손하게 밥을 받는, 낮은 자세의 아름다움은 더없이 소중하다. 시인의 내심은 '밥'이 대지와 인간의 몸을 연결하는 푸드 체인(food chain)이라는 인식으로 열려 있다. 밥은 언제나 실존의 또 다른 명칭이다. 여기서 시인은 현실을 주지시키는 데서 나아가 밥이 우리의 마음을 움직이고, 그것이 삶의 동력과 직결된다고 본다. 주발에 담겨 나온 따끈한 밥 위에다 언 손을 올린 장삼이사들의 모습은 허기나 굶주림의 표상이 아니다. 허리 굽혀 절하는 형상으로 밥알 한 알도 흘리지 않으려는 그들의 자세는 경건하기조차 하다.

마른 저녁 길을 걸어와
천천히 옷 벗어 벽에 걸어두고
쌀통에서
한줌, 꼭 혼자 먹을 만큼의
쌀을 퍼
물에 담가놓으면
아느작, 아느작
쌀이 물먹는 소리

어머니는 그 소리를 쌀이 운다고 했다

—「쌀이 울 때」 전문

---

6 박홍현·신민자·이영남 공저, 『밥과 한국인』, 도서출판 효일, 2008, 188쪽 참조. 우리 민족이 '밥'이라는 용어를 사용한 때는 고려시대로 추정된다. 훈민정음 용자례(用字例)에서 밥을 반(飯)이라 했고, 두시언해나 금강경언해 같은 언해집(諺解集)에서 飯을 '밥 반'으로 훈을 기록하고 있다.

시인은 물을 먹은 "쌀이 운다"고 적는다. 물을 가둔 논에서 자라, 물기 말린 볍씨를 탈곡하여 쌀이 되었으나, 밥이 되려면 다시 물을 먹어야 한다. 이 한 줌의 쌀은 어쩌다 씨앗 보존의 역사에서 제외되었으나, 지금 화자의 자기보존법칙은 그 씨앗 덕분에 성립한다. 쌀이 운다는 어머니의 어법에는 고단한 농사의 기억과, 인간의 손을 수십 번 거치고서야 깔끄러운 껍질을 탈피하여 매끄럽게 탈바꿈한 쌀의 시간이 박혀 있다. 쌀의 울음이 곧 자신의 울음이라고 강변하지 않고, 삶이 고단하다고 웅변하지 않고, 비명도 지르지 않고, 어머니가 정갈한 마음으로 "아느작, 아느작" 쌀을 씻는다. 듣기 편한 유머 감각에 물기를 실어내는 쉽지 않은 시 작법이다. "한 줌, 꼭 혼자 먹을 만큼"의 양을 계량하여 한 톨 남김없이 먹는 것이 자체생산자의 노동 윤리다. 자본 창출이나 수익성에 굴종하지 않는 이 농사꾼의 이름은 '자체소비자'이기도 하다. 필요를 '한 줌'으로 제한하여 충분하다고 판정하는 이에게 생산-소비는 스스로 조정할 수 있는 규범이다. 땅은 생산 기계가 아니므로 그 생산물로부터 노동자를 소외시키지 않는다. 한 줌을 초과하는 쌀은, 자연스런 필요로 땅을 경작하는 어머니에게는 부자연스런 잉여다. 씨앗 보존의 역사 속에서 살아가는 인간에게 쌀 한 톨은 버려서도 낭비해서도 안 될 자연생산의 소중한 근거다.

애야, 밥은 그리 푸는 게 아니지
살살살 뒤집어
돌이켜,

한 김 나간 뒤

—「한 김 나간 뒤」 전문

씨앗 한 알을 묻어두면 수천 개 수만 개로 번성하는 씨앗의 다산성에 대해서는 재론의 여지가 없다. 힘센 짐승이 약한 짐승을 먹어치우는 연쇄적 먹이사슬에서 해방된 이 씨앗 하나의 생명 역사에는 수직적 위계가 개입하지 않는다. 햇살과 비와 바람을 받아 누리면서 씨앗은 커간다. 어디에나 골고루 미치는 자연 에너지의 흐름에 노출되는 것이 씨앗에게는 최상의 소망이다. 식물은 그렇게 평등하게 누릴 자연조건만을 욕심내면서 자란다. 우리의 '밥'이 되어주는 쌀도 그렇게 성장했다. 재료를 따지자면, 밥은 쌀과 물과 불이 섞여 혁명의 시간처럼 뜨겁고 치열한 내부의 압력을 견뎌야 한다. 그래서 밥을 푸는 때는 "한 김 나간 뒤"가 적당하다고 시인이 일러주는 것이다.

시인이 썼듯, 더운 밥을 푸는 방식도 땅을 갈아엎는 경위를 따른다. 공기를 땅속으로 들여 넣는 일, 밥을 뒤집는 일에 모두 '숨'이 필요하다. 겉을 속으로 보내고, 뜨겁기만 하면 짓물러질 밥을 뒤집어 한소끔 식히는 행위에서는, 적당한 때를 기다리는 틈의 여유가 읽힌다. "뒤집고" 돌이켜 한 김 나간 밥은 최고의 맛을 낼 테다. 생활 밀착형 철학자인 어머니는 밥 푸는 일로도 아들에게 삶의 지혜를 전한다. 매사 급하면 데이는 법, 일도 해보기 전에 그르치지 말고 한 뜸 들인 후 행동하라는 말씀이다. 단형 시에 깊숙이 담긴 에피파니에 고영민 특유의 전략적 활기가 흐른다. 격렬하지 않게 정중동(靜中動)의 흐름을 유지하면서 시인은 어렵고 거창한 뜻을 담은 식자의 언어가 아닌 보통사람의 말로 편안하게 시를 지어낸다. 쌀 한 줌을 정갈하게 씻어 지어낸 밥처럼 조촐하고 따뜻하게 말이다.

'흠'과 숨

밥그릇 싸움이라는 것이 있다. 이때 밥에는 치열한 생존욕망과 고투가

고봉으로 담긴다. 물질의 엔트로피에 갇혀 사는 인간에게 밥그릇은 각자 서둘러 챙겨야 할 몫이다. 하지만 시인의 서정은 풍족함도 결핍도 없는 곳, 인간 삶의 조건 중 극단은 없는 곳을 향해 열려 있다. 한솥밥을 나누는 이들 간 '곁'의 의미를 다양한 비유로 구사하면서, '나'의 마음과 몸의 냉기·온기의 낙차를 그 '곁'이 감지한다고 쓴다. 이것이 한솥밥의 온도이자, 고영민이 생각하는 세상 끝날까지 보존해야 할 온도다. 코로나19 인류가 생각하는 가장 안전한 타자가 가족인 것처럼, 시인에게 가족도 세상 끝날까지 판타지를 교환해도 좋은 인류다. 감염의 위험성이 공평하게 공존하는 이 시대가 되어서야 우리는 그러한 점을 깊이 깨닫고 있다.

> 딸아이도, 아내도 숨이 깊어집니다 일순 겹치기도 하고 어긋나기도 합니다 아이의 숨은 짧고 아내의 숨은 더 멀리까지 갔다가 돌아오는 발품입니다
>
> 이제 앞강으로 물을 거슬러오르는 물고기들이 차갑게 알을 슬어놓고는 한생을 전해주려 떠내려올 시간입니다 방 안은 온통 숨소리뿐입니다 나는 딸과 아내의 숨소리 사이로, 내 숨소리를 유심히 들여다봅니다
>
> 어디를 갔다 오는 곡절입니까
> 기척입니까
>
> —「숨의 기원」 후반부

'기원'은 과학을 거스른다. 그것은 신화와 자연의 규칙에 충실하다. 군더더기 없이 반드시 있어야 할 것들이 기원을 지킨다. 그것은 자신에게 붙박인 성질을 바꾸지 않는다. 화자는 지금 "숨소리는 영혼"이라고 쓰면서 아내와 딸의 숨소리에 귀를 대고 있다. 저 까마득한 근원을 찾아 역

류하면서 '숨의 기원'을 더듬는다. 들숨과 날숨은, 초(秒)를 쪼개며 서로를 끌어당기는 때를 놓치지 않으려 한다. 끌어와야 할 바깥 숨과, 내보내는 안쪽 숨이 교차한다. 생명의 영역에서 생명을 키우고, 그 생명을 확장할 수 있는 가족 구성원만큼 생명의 합주를 완벽하게 해내는 존재자는 없다. 그러고 보면 인간의 몸도 숨이 살아 있는 대자연이었다. 아내의 숨소리 틈으로 아이의 숨소리가 끼어드는 것처럼, 화자는 모녀 사이에 끼어들어 누워 양쪽에서 순환하는 숨을 공유한다. 한번 나간 날숨은 '어제' 같고, 지금 들이마시는 들숨은 '오늘'처럼 새것이다. 고영민에게 숨의 기원은 이렇게 어류가 거슬러 오르는 강처럼 광대한 자연으로부터 온다. 가족끼리 끈끈하게 숨소리를 안고 도는 거기에서 대류가 일어난다.

슬픔이 관류하지 않는 묵시록이 있을까. 「슬픈 부리」에서는 '짝'이라는 간결한 기호만으로도 슬픔의 실체가 극대화된다. 남은 자의 슬픔도 투명유리 너머로 보는 것처럼 선명하다. 서정적 자아에게 배인 슬픔의 원천은 언제까지고 마르지 않는다. 간명하기에 더 분명한 이 감정은 우리가 함부로 써 없앤 정념들 속에 배어 있다. 고영민 시에서 가장 분명한 감정을 이러한 '슬픔'으로 보는 것은, 이것이 그만큼 빈번하게 일상적이기 때문이다. 함박눈이 '그렁그렁 황소'(「눈과 황소」) 같고, 아궁이에 불을 지피면서도 "슬픈 전설을 떠올"(「아직도 어둡고 찬」)리고, "속속들이 너를 다 알아버릴"(「비비추」) 때도 화자는 이러한 슬픔에 잠겨 있다. 요컨대 고영민에게 슬픔은 우리의 몸을 구성하는 70퍼센트의 수분처럼, 그의 시에서 마를 날이 없는 성분이다. 그는 '숨소리' '더운 김' '슬픔'의 항렬들을 생명의 원소인 '물'로부터 길어 올린다. 대자연 속에서 대류하는 생명의 기운이 바로 그것이기 때문이다. 물기의 작용으로 만유를 사유하면서 시인이 안타까이 만져내는 이 세계의 습도는, 문명인이 나날이 잃어가는 것이다.

가족개념이 빠르게 해체되는 시대, 땅을 화폐의 별칭으로 소유하는 시대에도 시인은 숨소리 나는 한솥밥의 정서와 대지의 생산성을 잊지 않는다. 그의 시에서는 이런 소리가 들린다. 번잡한 세상에 팔려나가지 않은 조용한 대지의 숨소리, 아귀다툼 없는 가족들이 정담을 나누는 소리, 빵과 고기를 올리지 않은 밥상에 둘러앉아 막 지어낸 '집밥'을 맛나게 오물거리는 소리들이다. 이른바 한솥밥을 먹는 사람들. 혼밥족이든 가정을 이룬 자든, 집안에서 선순환하는 쌀과 밥은, 따뜻하고 행복하다고 생각하는 시간과 함께 그들 앞에 놓인다. 다시 맨 처음 인용 시로 돌아가 보면, 시적 화자는 만유를 향해 공손히 모으던 두 손으로 쇠를 만진다. 이때 인류가 기획하고 실행해 온 철권의 역사를 반동적으로 인식한다. 대기에 부유하는 문명의 악질 성분 그 자체인 미세 입자들과, 코로나19 인류의 비말이 대기에 산포한다는 의심을 호흡 행위와 동시에 하게 된다. 그런 와중에도 시인에게 밥은 인류의 역사 이래 지속해 온 대자연 속의 사람 냄새와 다르지 않다. 쇠와 밥의 온도 차이는 그것에 손을 대봐야만 감지할 수가 있다. 그런데 팬데믹의 인류는 지금 모든 얽힘의 관계를 해체할 뿐만 아니라 접촉의 가능성조차 자발적으로 차단해야 한다. 그러나 이 전염병의 가르침은 불행만을 주입하는 지식은 아님이 분명하다. 이 바이러스는 보이지 않는 지식으로 우리에게 밀착해 있다. 그에 따라 지식도 변이종을 만들면서 인류를 과격하게 각성시키고 있고, 우리는 날마다 배우는 중이다. 인류에게 본래 익숙했던 자연을 배격하여 낯선 것으로 만들어버린 결과에 대한 준엄한 가르침이다. 우리 모두가 휘황한 문명에 현혹되어 버렸다는 이유 때문이다.

제2부

소란스런 시대의 문학 처방

문학 판관이 유보해 온 말들

  남성권력을 거칠게 조롱하는 페미니즘 시가 왜 출현했나. 여성스러움만으로는 위계권력을 자극할 수 없기에 도발성이 필요했던 것이다. 여성성만을 긍정하는 사회에서 페미니즘 시는 자연화된 젠더에 반발했다. 여성을 길들였던 가치체계들과 이전 사회가 '정상'으로 굳혀 놓은 결정론을 짚어나가려 했다. 하지만 2000년대 이전에는 이러한 문학의 정치가 무시되었고, 여성은 여전히 위계사회의 열등 시민이었다. 페미니즘 시가 법 감정을 자극하기에 이른 2010년대 막바지에 이르러 여성시는 그러한 체제들을 더욱 예민하게 감각하고 있다.

  위계사회의 폭력성을 대신 말해주는 시인들이 있다 하더라도 현실법의 지원을 받지 못한다면 허황한 언어일 뿐인 경우들이 더러 있다. 미투운동의 당위성은 여기서 비롯한다. 거저 얻는 사회적 권리란 어느 시대에도 없었다. 한 생명에게 부여되는 이름조차 대리인이 법에 등재해주지 않으면 존재 사실은 누락되고 만다. 그렇기에 참정권에서 배제된 그룹인 미국 여성들은 투표권을 자기 힘으로 확보하려는 투쟁을 벌이면서 선거사무실에서 자신의 몸을 밧줄로 묶은 채 유권자 등록을 요구하거나, 자동차에 불을 지르는 극단적 행태를 보였다. 그토록 극악하게 제 존재를 표명한 약자들은, 법만이 자신의 정체성과 존엄을 확보해주는 현실언어라고 믿었다. 법의 말을 이끌어내려는 시도들로 2018년 전후의 우리 사회는 긴장되어 있고, 그것이 남성 체제를 향하고 있기에 체감도를 높인다.

현실언어를 문학장에 가져와 수용자의 혐오를 유발하지 않으면서 쓸 수 있고, 부정적 반향을 크게 두려워하지 않아도 되는 시대는 얼마나 이상적인가. 불편과 위험을 안고서라도 나는 이렇게 쓴다. 그동안 그 누구도 해제하지 못한 지뢰를 2018년의 '괴물' 발언이 꾸욱 밟아줬다고. 안전핀이 열렸고, 암장되어 있던 고통은 폭발했다. 자기결정권에 대해 입을 닫아야 했던 통각을 찔리면서 여성들은 주체성 문제를 자신의 것으로 받아들이게 되었다. 순종과 복종의 강제, 그럴 때 유지되는 지배질서와 수직적 권력의 자연화, 질서처럼 보이는 것들이야말로 관습화된 상징적 권력이라고 '괴물' 비유는 전해주었다. 묵인과 침묵을 위반하는 은유의 폭력으로 발설한 이 시어는 그 무렵 대여성 폭력의 문제들을 바닥까지 끄집어낼 기세였다. 한쪽으로 치우친 지배력을 보편적으로 보는 사회를 균형 잡아줄 문학의 법으로 '시'를 존중했던 것이리라. 페미니즘 신념이 오히려 자율성을 억압한다는 반응도 있으나, 이 경우는 미학적 재현의 방해물로 시를 받아들이면서 미학의 일반화로 시를 해석하려는 패착은 아닌지 모르겠다.

마사 누스바움이 '시적 정의'로 압축한 기호는, 법-이성의 완결성에 못 미치는 문학이 그 과정에서 오히려 의미 작용을 두껍게 한다는 점을 환기한다. 법은 누군가가 해석해야 하지만, 문학은 향유하는 매체다. 법은 해석자의 지위를 고정하지만, 문학은 향유자의 지위라는 것을 해체하면서 보다 폭넓은 이해의 지평을 제공한다. 법-이성이 문학-감성을 참고하거나 지원을 받는 경우를 쉬이 떠올릴 수는 없으나, 법-이성이 참고할 수 있는 인간의 감정·정서를 문학만큼 깊이 담아내는 장르가 달리 없다는 사실만은 믿어도 될 듯하다. 여성시를 읽으면서 2차 창작, 즉 자기 발화로 체현되는 당사자성으로 괴물 비유를 보는 경우, 이 시어는 특정 개인의 문제가 아닌 우리 사회의 지배 이데올로기로 굳어진 것에 대한 은유였다.

아직 불쾌한 '작은 말'들

80년대에 최승자가 쓴 시를 페미니즘 시의 기원이라고 말할 수 있다면, 90년대의 박서원은 자신의 시를 지긋지긋해 하는 독자를 의식했다. 자신의 시가 미학 틀에 폭력적 현실을 기입하고서 읽는 이를 불편하게 하고 있음을 잘 알고 있었다. 김정란 시의 화자는,

> 우리의 말은 너무 먼 곳에 있거나
> 너무 깊은 곳에 있어서
> 세상을 만나지 못합니다
>
> —김정란, 「여자들의 기도」 부분

라고 혼잣말을 한다. 암실 속에서 기도 형식으로 속엣말을 하는 여성들의 "작은 말"은 현상황을 정확하게 표시하면서 '그들'을 선명하게 대비한다. "개인적인 문제"(「팔루스 좀비들」)라면서 사회가 방치한 여성들이지만 분명 어떤 사태와 관련되어 있다. 시집 제목 『용연향』이 암시하는 썩은 고기와 향수 이미지에서 '그들'과 여자 사이에 발생하는 어떤 바람직하지 못한 사태가 읽히지만, 동시대인으로 살아가야 하는 지독한 아이러니도 같은 기호에 공존한다.

내면으로 가라앉았으나 이 시는 외부 세계에서의 충돌을 말하려는 것

이다. 감정선만을 간신히 드러내는 김정란의 글에는 현실 바탕에서는 발설할 수 없는 고통이 내재해 있다. 그 후 무수한 시간을 지나 2018년에 이르렀고, 결코 느닷없는 괴물 발언일 수 없었다. 시간은 무반성적으로 흐르지 않음을, 반성은 과거가 소멸하지 않은 어떤 단련된 상태의 흔적임을 실감케 했다. 2001년에 김정란이 쓴 기도하는 저 여자는 그때 이미, 사진 용어를 빌어 말하면 '음화'로서 괴물들을 그렸다. 그 "괴물의 비늘은 도처에 풀풀 날아다"녔으며, "백년 묵은 긴 혀를 빼물고 세상의 말을 개미핥기처럼 쓸어먹"고 있었다. 그러므로 시집 속 몇 줄의 글은 돌판에 음각된 듯 단단한 시간을 건너온 현재적 언어다. "너무 오래"(「용과 싸우는 여자들」) 생존중인 괴물과 동시대를 살면서 기어이 살아남은 언어다. 이것이 지금 이곳의 사정을 말하기에 앞서 우리가 김정란을 기억해야 하는 이유다. 지난 시대의 여성시를 다시 돌아 나오며 재독해야 하고, 노 코르셋을 넘어 어떠한 진상도 식별해내야 한다.

일찍이 젠더 감각을 가진 시는 독자를 불쾌하게 했다. 변화를 촉구하는 언어였기에 불편까지 안겼다. 심미감을 누리려는 독자의 기대와 페미니즘 시의 현실은 부분적으로만 만났다. 질서를 흔드는 자가 여성이었으며, 착하지 않은 여성 언어로 이제껏 유지해 온 질서와 평온을 사정없이 깨뜨리기도 했으나 막상 현실언어로 힘을 얻지는 못했다. 더구나 지배적 타자에 대응하는 방식이 젠더 부정으로 나아갈 때 독자는 이렇게 제시되는 전복적인 윤리가 과연 관습을 부정하는 정당한 근거인지 어떤지 당혹스러웠다. 그래서, 문학 언어의 정치화가 용납되지 않았던 시대에 여성시는 되도록 기이한 상상력과 현실 고발의 틈 그 어디쯤에 끼어 모호하게 독백해야 했다.

외모가 출중한 여성이 좋은 자리에 발탁된다고 믿었던 때가 있다. 아울러 그들은 부당하게 조롱과 모멸의 대상이기도 했다. 대학원 면접 시험장에서 '코 수술했어요?'라고 조롱당하고, 종강 총회 자리에서는 '미인 대회 출신은 다 강남에서 술을 따른다'고 모욕당하던 시절이었다. 김승희가 쓴 「서울의 우울」(2012) 연작 중 5·7·10편은, 장자연의 죽음 이유를 밝혀 말할 수 없도록 공모하는 지배 권력과, '진리'인 자본을 폭식하면서 비만해진 사회를 풍자한다. 공인(公人)으로 해석되면 다행이나, 공인(共人)으로 해석당하면 모멸감을 떨칠 수 없는 배우라는 직업을 보건대 '버닝썬' 사건이야말로 저 사건의 파생물처럼 보인다. 철문 안 지하 클럽에 밀봉해 둔 것은 자본의 폭력적 얼굴이었고, 남성은 카카오톡 관리만 잘하면 되었다. 김정란이 이전에 썼던 "후기자본주의"(「팔루스 좀비들」)의 기만적인 얼굴이 저 초급 배우의 죽음 위에 어른거린다. 여성시의 발화 지점은 여성 문제의 시작점이자 해결 지점이기도 하다. 패덕한 자본으로부터 여성문제를 이끌어내는 김승희의 연작시는, 97년 체제가 우리 사회를 휩쓴 후의 세계 거대자본의 위력과 약소자의 관계를 의미 보충해준다. 여성문제와 관련한 사건이 터질 때 가장 먼저 작동하는 사회적 반응 중 선정적 호기심만큼 극성인 것은 없었다. 미적 호감을 자아내는 여성 약자를 향해 격발하는 관심, 그리고 상대를 되도록 빠르게 물질화하는 성급한 결론들 뒤편에 자본과 권력의 유착이 있다면, 약자 편에 선 여성시의 윤리는 권력이 합의한 그 테러의 진원지를 기어이 찾아 나선다.

움켜쥔 분노

앞서 본 시인들이 남성지배의 위험성을 제고했다면, 반대편에는 그러한 글쓰기를 허위로, 안정되게 지켜온 규범과 위계질서를 뒤집으려는 행위로 보고 험담이나 욕설로 그것을 차단하고, 오염된 인간으로 낙인찍는 자들이 있었다. 여성으로 구별되는 순간 인간에게 주어지는 보편적 가치들을 누릴 수 없는 곳으로 자동 방출되는 일이 그동안 일상적으로 일어났다. 그러한 문제들에 접근해 간 여성시들이 문학 운동의 계보를 잇는다. 사회가 타자화한 여성을 남성과 동등하게 보편 정서를 가진 인격체로 출현시켜 남성 반대편의 상대역이 아닌 주체적 개성으로 선언하고, 지표상 상승한 여성 지위에 비해 상대적으로 점점 더 좁아지고 힘없어지는 또 다른 부류의 여성을 살피며, 선의로 가장한 남성 폭력을 페미니즘 시는 조롱한다.

임승유 시집 『아이를 낳았지 나 갖고는 부족할까 봐』(2015)는 2000년대 시단에 출현한 소녀 서사의 군락 안에 있다. 중년 남성들의 소녀 취향이 2000년대 이후 새로운 문화 현상으로 여전히 용인될 때였다. 인격체로 승인받지 못한 채 어정쩡한 사회적 약자인 소녀들은 임승유 시에서 지배 권력이 확장되는 객체다. 이 시집은 소녀에서 여성으로 이행하는 '문턱'에서의 여성을 독특한 관점으로 포착한다. 단언하지 않는 개방형 화법, 한 점 불빛이 쏘였던 곳을 초점화한 듯한 어떤 사태, 생활 반경에서 여러 남성 타자들과 만나면서 위험에 처한 것으로 보이지만 소리 내어 말할 수 없는 곤경을 다양한 여성상징으로 보여준다. 임승유 시는 고발 형식이기보다는 암시적이어서 모호하지만, 2018년 사태 이전이나 이후 소녀 선호 현상을 직시하면서 '말 못하는' 여성 약자들을 전유한다.

웃는 이가 된다
젖은 웃는 이가 된다

친척 집에 간다는 건
페도라, 클로슈, 보닛, 그런 모자를 골라 쓰는 일 그런 모자 속으로 사라지는 일 모자는 아무것도 모르지만 그건 또 모자만 아는 일

—「모자의 효과」 뒷부분

가족 중 권위자가 "친척 집에 다녀와라"는 부드러운/단호한 명령어로부터 이 시는 출발한다. 그날 소녀가 골라 쓰는 모자 속에는 자신도 모르는 무의식이 숨어 있다. 이것은 모자 속 빈 공간에 아무런 질서도 없다는 말과도 같다. 어떤 사회적 인격 또는 정체성을 부여받을지는 시적 자아가 어떤 모자를 선택하느냐에 달렸다. 아버지의 집과 친척집을 매개하는 모자 상징이 이후 펼쳐질 여성-되기를 암시하면서 아버지 권력에서 벗어난 소녀가 혹독하게 사회화 과정을 겪는 장면들이 음소거된 영상처럼, 또한 한 컷 사진들처럼 전시된다. 「모자의 효과」가 자아내는 지극히 개인적인 신화 —설령 부정적인 영향이나 상처라 할지라도 소녀의 성장에 관여하는— 에 인간 무의식이 가라앉아 있다는 점은 정신분석학자로부터 우리가 그동안 학습 받은 내용이 뒷받침한다. 소녀는 사촌과 벌어진 일을 두고 죄책감을 갖고, 폭력 피해를 입어 놓고도 그 사태를 완전히 차단하지 못한 과오를 제 탓으로 돌리면서 우울해 한다. 순응하는 여성이 안전을 보장받는 사회에서는 피해자가 오히려 "죄책감"을 느끼면서 상대의 폭력을 보호하고 안심시킨다. 2000년대 이전 여성시 중 모성의 희생과 생산성을 강조한 일부 시들에서 발견되는 죄책감도 비슷한 맥락에서 남성의 지위와 권위를 지원해주는 여성성을 완전하고 도덕적인 것으로 생각했었다.

팬티를 뒤집어 입고 출근한 날
너는 왜 자꾸 웃는 거니
공장장이 한 말이다
귤처럼 노란 웃음을 까서 뒤집으면 하얗게 들킬 것 같아
오늘은 애인이 없는 게 참 다행이고

너는 왜 자꾸 웃는 거니

공장장은 그렇게 말하지만 예쁜 팬티를 만들어줄지도 모른다 나는 팬티 같은
건 수북하게 쌓아놓고 오늘은 꽃무늬 내일은 표범무늬
어제는 나비를 거느리고 다녔다 결심을 유보하느라 계속해서 뻗어나가고 있
는 넝쿨식물처럼

내가 딴 생각에 빠지면
손목이 가느다란 것들은 믿을 수가 없어 공장장은 중얼거린다

—「계속 웃어라」 앞부분

이렇게 자기모멸과 혐오를 통해서라도 문제의 본질을 비켜가지 않으
려는 데까지 여성시는 진보했다. 이 시에서 감지되는 위험 징후는 "팬티
를 뒤집어 입고 출근"했는데도 차단할 수 없는 사태에 한정되지 않는다.
이날 틀림없이 공장장을 조롱해주고선 곤경에서 빠져나가리라 작정했
던 화자가 어색하게 계속 웃어야 하는 정황을 알아야 한다. 그 단서를
"결심을 유보하느라 계속해서 뻗어나가고 있는 넝쿨식물처럼"에서 찾
아본다. 임승유는 이 시에서 위계 관계 간 권력이 작동할 때 그것이 일
방적이지 않은 지점, 즉 자기 모욕적 성찰의 위험을 안고서라도 바로 그
곳을 직시하려는 시도를 하는 것으로 보인다. 요컨대 서로 의지가 통할
때, 목적과 지향이 부합할 때를 문제삼고 있는 것이다. 내밀한 욕망이 호
환하는 그때 지배적 남성 앞에 선 여성 웃음의 의미를 물으면서 동시에
위계 관계의 남성을 심문한다. 결단할 수 없는 상황이 연쇄적으로 중첩
되는 곳에 지배 권력이 자리하고 있다는 것을 모르지 않지만, 시적 화자
는 지금 난경에 처했기에 자신도 모를 감정으로 자조하고 있어야 한다.
    이러한 관계 형성이 동성 간에서보다 이성 간에 논란의 여지가 많은
것은 거기에 욕망의 문제가 개입하기 때문이다. 지배적 남성이 보편적
정서로 여성을 대하지 못할 때(반대의 경우도 마찬가지다) 공감과 의존 감정

이 교차하면서 약자 쪽에서 강자의 요구를 거절하지 못하는 상황으로 끌려간다는 사실이다. 비대칭적인 관계에서 복종이 강요될 때 여성은 무기력해질 뿐만 아니라 복종체제가 일상화된다. 한쪽의 강제와, 결단을 유보해야 하는 약자의 욕망 문제를 동시에 직시한다는 점에서 이 시는 급진적이다. 말이나 행동으로 상대방에게 저항하지 못하고 "자꾸 웃는" 모습을 보임으로써 남성 타자와의 관계가 일상적으로 유지될 수밖에 없는 현실을 예증한다. 다른 사람들은 웃지 않고 마주 앉아 있는데 자신만 웃고 있다고 말하는 이 광경은, 결단할 기회를 번번이 놓쳤음을 뜻하는 것이 아닐까. 자신이 변함으로써 결단할 수 있지만, 이제껏 소유해 온 일단의 부스러기 같은 이득을 잃어버릴지도 모르므로 실행은 어려운 일이 된다. 남성 타자가 "예쁜 팬티를 만들어"주면서 복종시키는 행위와, 그것의 수혜자인 시적 자아 사이에는 메울 수 없는 계곡이 있다. 복종 관계가 형성된 하위 주체가 마치 자신이 원한 것인 양 이것을 받아 누리면서 착각에 빠지게 된다면 이들의 관계는 위계적일 수밖에 없다. 시적 자아가 능동적으로 행동하고, 자신의 역량을 발휘할 수 있게 될 때 상호 윤리적 관계가 성립할 것이다. 따라서 자신의 역량을 증가시킬 수 없는 환경에서 하위 주체가 지금 할 수 있는 일은 자신에게 보내는 자조와 모멸뿐이다. 여성 시인의 시집을 왜 많은 경우 남성에게 해설을 맡기는지 임승유 시집을 읽으면서 의문을 가져본 적이 있다. 젠더 이슈를 부각한 이 시집은 서평이나 평론에서도 여성 평자를 원격화하면서 언제나처럼 여성 문제를 남성 이데올로기로 감싸고 있었다. 임승유 시에서 시적 자아의 결단은 결국 유보된다. "한 손에/돌멩이를 쥐고"(「구조와 성질」) 있거나 "돌멩이를 움켜쥐고 서 있"(「치마」)을 뿐 겨누거나 던지지는 못한다.

권력의 전선

하지만 이소호는 어떤 "전의"를 숨기지 않는다. 낭만적으로 대상화된 여성, 모성과 순종이 강요된 여성 이미지는 이소호의 문장에서 살아남지 못한다. 2018년의 목소리가 외향적 발화 형식을 가졌을 때 여성들은 '네!'라고 대답하도록 강요된 그간의 절차들을 생각해보았다. 『캣콜링』(2018)에서 시인은 가족 집단에서 복종을 끌어내는 방식부터 보여준다. 한 페이지 가득 숨 막히게 배열한 복종어 '네'로써 '아니오'라고 저항 언어를 배양할 수 없는 환경을 가족이라는 토양으로 먼저 이해시킨다.

> 네네네네네네네네네네네네네네네네네네네네네네네네네네네네네네네네네네네네네네 네네네네네네네네네네네네네네네네네네네네네네네네네네네네네네네네네네네네 네네네네네네네네네네네네네네네네네네네네네네네
>
> ―「지극한 효심의 노래」 부분

"좁고 보다 비좁"게 얼크러져 살아가면서도 즐겁다고 사랑스럽다고 과장하여 말하지만 이러한 복종은 정작 꽉 막힌 질서다. 여성 가부장을 향한 '네' 어법은 수퍼맘의 위상을 강화하지만 가족 구성원인 약자에게는 '효심'이라는 덕목을 가둔 칸막이 기호에 해당한다. 어느 시에서는 아이에게 첫 타자인 엄마가 가족 집단의 권력 주체라는 점을 깨면서 성폭행하고, 이때 수퍼맘이라는 상징성은 훼손된다(「경진이네―거미집」). 엄마를 자신의 성기에 달고 다니며, 아빠 몰래 배 안에 숨기는(「엄마를 가랑이 사이에 달고」) 충격적인 상상력으로까지 급진화한다. 이소호는 지극히 사적인 다이어리 형식, 각주를 달아 본문을 더 정교하게 보충하는 방식으로 엄마 가부장을 파기하면서 이전 페미니즘 시의 몇 가지 방식에서 이탈한다. 엄마를 자신의 성기로 축소하거나 태아로 억지 퇴행시키거나

폭행하면서 젠더가 형성되기 이전의 소아 상태로 돌려놓는다. 성기가 결정해준 대로 고착되는 성 역할을, 여성의 뱃속에서만 자라는 태아를 동시에 부정하면서 엄마-되기와 모성성 이전으로 해방시킨다. 패륜아의 발작적 폭력과 돌발성 발언으로 보이는 이 언행들은, 아이 낳는 기계처럼 살다가 벨벳거미처럼 사라지고 마는 "여자" 부정하기, 섹슈얼 본질주의와 자연주의 부정하기로 나아간다.

니체가 말했다. 권력의 쾌락은 상대방이 자신의 무력함을 스스로 불쾌해할 때 추수하는 거라고. 이소호의 시적 전략을 보자. 남성이 여성을 상대로 불쾌한 내레이션을 장황하게 쏟아놓으면서 여성의 말을 소거한다. '오빠'가 일방향에서 교설을 늘어놓으면서 순종을 요구하고(「오빠는 그런 여자가 좋더라」), 여성 예술가의 '자유'를 팔루스 중심으로 일방 해석하는 남성이 있는가 하면(「마시면 문득 그리운」), 독하고 미친 여자라는 정신의 극단을 최고 시인의 자질과 일치시키면서 단정하는 자도 있다(「송년회」). 게다가 길 가는 여성에게 던지는 팔루스 언어를 기울임체로 삐딱하게 써놓은 표제 시(「캣콜링」)는 동양인 여성 관광객을 상대로 매춘 여부를 탐색하면서 성적 대상으로 사물화한다. 이들과의 만남에서 발생했을 법한 불쾌감을 동사 원형 '만지다'를 활용하여 「전의를 위한 변주」로 제목을 붙여놓고서 과거・현재・미래시제에도 여전히 발생할 폭력을 환유한다. 어떠한 대결을 짐작케 하는 의지로 가득 찬 이 한 페이지의 시에서 시인은 프로파간다를 빼고 문자 이미지에 현실 문제를 올려놓는다. 예리한 도구로 오려붙인 듯한 '만지다' 활용으로 폭력 세포의 번식에 대항하는 여성들의 전의를 이미지화하고 있다. 그것이 권력의 손들이 시적 화자의 살갗을 접촉했기에 더욱 다져졌을 어떤 결의에 대한 것이라면 우리가 다음 시에서 보게 되는 권력은 한층 복잡한 사회 구조 속에서 발견된다. 지배 권력의 전선(電線)은 대체 어떤 전원과 연결되었기에 좀처럼 단전되지 않는가.

제 1막

(중략)

존슨 (의자에서 벌떡 일어나) 억울합니다. 남녀가 밤을 보내는 것이 어찌 죄가 된단 말입니까. 그녀도 내심 좋았으니 내 집, 내 침대에 스스로 자빠진 것이 아니겠습니까?

경감 1 (마주 보며) 역시 그렇군요.

경감 2 자자 우리는 여기서 빠지는 게 좋겠소. 신사는 다른 이의 사생활엔 끼지 않는 법이라오.

경감 1 사랑싸움이라니 참으로 좋을 때로군!

(중략)

제2막

(중략)

존슨 (왼쪽 바라보며) 정말 몰랐다고 할 것입니까? 할 말이 있다며 늦은 밤 집으로 찾아와 놓고 이제 와서!

침묵

존슨 분명 돈이 필요하다 하지 않았습니까! 너무도 뻔한 것 아닙니까?

존슨 긴 말은 거두겠습니다. 제가 고민을 덜어드리겠습니다. (얼굴을 잠시 감싸 쥐고) 거리에 나앉겠습니까, 아니면 합의하시겠습니까?

—「합의합시다」 부분

제1막에는 사건 가해자와 그에게 동조하는 경감 두 명이 등장하고, 제2막에는 가해자가 모노 상황극에 단독 출현한다. 공모적 남성의 세계로 파고드는 시의 힘이 이 짧막한 극본 형식에 실려 있다. 경감 1은, 공적 질서 유지를 위임받은 수사관의 자리를 슬쩍 물려 사적인 자리로 도피하면서 수사권을 포기한다. 경감 2는, 폭력과 사랑의 미묘한 경계를 이용하여 폭력을 두 사람의 "사랑싸움"으로 낭만화한다. 가해자 존슨의 맞은편 의자에는 마땅히 앉아 있어야 할 피해자가 없다. 그 혼자 빈 의자에다 대고 협박과 회유를 반복한다. 무죄를 주장하면서 끝내 자본으로써 지배 권력을 유지하려는 자본가는 협상 제의에서 반성의 입을 닫은 채 지배자의 위상을 지켜낸다. 그 앞에 놓인 빈 의자는 피해 사실을 공개할 수 없는 n수의 여성 피해자를 제유하고, 이 시대의 괴물이 이후에도 여전히 득세할 것임을 암시한다. 실화를 재현했다고 각주에서 밝힌 이 시는 존슨의 무죄 주장이 산업 부르주아인 이 가해자에게 수사기관과 언론이 공모했기에 가능하고, 권력은 지배질서를 유지하려는 공범자를 중심으로 작동한다는 사실을 폭로한다. 의자를 비워놓고 거기에 어떤 여성이든 앉힐 수 있는 상황을 연출하면서, 여성의 고통을 일인칭의 일로 방치하는 사회를 고발한다. 수많은 '장자연들'과 저 빈 의자의 관계, 그리고 그들이 얼굴을 공개하지 못하는 이유를 생각해보라고, 넌지시, 텅 빈 형식으로 보여준다.

최근 리얼리즘 문학이 채택하는, 실증자료를 각주에 달아 현장성과 문제의 심각성을 강조하는 기법을 이소호도 몇 편의 시에 가져온다. 위의 시 역시 자본권력과 여성 간 문제가 발생했을 때 여성을 자본으로 포위하여 돈이 필요한 꽃뱀으로 몰아갈지언정 자본권력은 끄떡없이 유지되는 사회 구조를 신문기사를 빌어 와 말한다. 문학은 재현적 현실이며 미학적 구성물이라는 전제는 흔들림이 없어야 하겠지만, 페미니즘 시의 경우 '재현'은 '실재'의 의미망을 떠나 말하기 어렵다. 때문에 페미니즘 시를 읽을 때 미학적 성취를 강조하는 쪽이 남녀 중 어느 쪽이 우세한지 따져봐야 한다. 재현 문학은 인용을 첨부하는 방식으로도, 실재와 픽션을 구분할 수 없을 정도로 서로 참조하는 방식으로도 가능하다.

이러한 방법론은 우리가 그동안 봐온 수다스런 시들이 여성의 말을 옮겨온 것이었던 데 비해 생소한데, 그때 강요하는 말들이 남성권력의 언어라는 데 이소호 시의 문제의식이 있다. 이 시인의 여성의식은 이렇게 최적화된다. 그렇다면 이쯤에서 우리는 이 시대를 문학에게 말을 좀 대신 해달라고 요구하는 때라고 말해도 되는 것일까? 재현의 언어가 아니고선 공개할 수 없는 비밀스럽고 어두운 내경을 문학이, 특히 시가 민첩하게 받아써야 하는 시대가 온 것일까? 그렇다면 페미니즘 시는 과연 어디까지 더 나아갈 수 있는 것일까?

시대의 자식들

프로이트를 수용할 때의 문제인, 여성해방이 곧 성해방이라는 공식은 프로이트 비판에서 이미 충분히 숙고되었다. 그러한 공식에 반발하는 여성의 목소리가 터져 나온 사건이 미투 고발이라는 관점만으로는 우리 사회의 강력한 내면은 자극도 해체도 불가능하다. 지배 권력의 젠더 무의식이 작동하는 방식, 그러한 전통 안에서 여성 약자가 번영할 수밖에 없었던 내면, 그것이 이데올로기로 고착되어 온 구조가 문제의 본질에 더 가깝다. 미투가 개혁과 혁명을 좋아하는 진보 측에서 터진 고발이었고, 그들을 프로이트주의를 활성화시킨 장본인으로 공론화해야 한다는 발상은 편중된 것이다. 그러므로 미투를 말할 때 보수와 진보로 나누어 어느 한쪽을 방어하려는 시도는 미투의 의미를 흐려놓으려는 발상으로 오해받기 쉽다. 문학계의 미투는, 문학의 정치가 어느 시점에 이르러 법 정서를 자극하고, 지배 권력으로부터 여성-사람으로서의 권리를 지키면서 자기 결정권을 가지려는 운동으로 봐야 한다.

니체의 말은 여기서 보충되어야 한다. 권력의 쾌락은 상대방의 순종이 뒷받쳐줘야 하고, 강요된 것이든 의지에 따른 것이든 권력은 그것을 형성해주는 타자가 있어야 한다고. 그렇다면 필요와 욕구에 붙들려 사는 인간에게 상황이 '네!'라고 결정하도록 부추길 때 그것을 어떻게 관리해야 하는가. 페미니즘 시는 언제나 자신이 바라는 것과의 투쟁으로 환원하고 말 것인가. 자신도 다 알지 못하는 욕망이 권력 주체와 약자를 매개할 때 어떤 균형의 정치를 가동해야 하는가. 김승희를 빌어 이렇게 말해보자. "인간은 부스럭댄다"(「매화는 힘이 세다」). 시인은 '운동'하는 여성들에게서 나는 소리를 기민하게 청취하고, 그들과 같이 부스럭대면서 문학의 판관으로서 윤리 작동법을 더 깊이 고민할 것이다. 보이지 않는 인간의 욕망에까지 참여하는 시, 문학의 정치욕망을 탑재한 시는 앞으로 어떠한 긴장감으로 위계 권력을 만날 것인가. 그리고 어떠한 문학의 법을 시대에 맞게 갱신해 나갈 것인가.

이소호의 다음 시처럼, 글이나 말이 온전한 생각을 전하는 매체가 될 수 없다면, 이것이 침묵의 형식과 과연 다르기나 한 것일까. 언제나 "시대의 자식"(헤겔)인 시인들에게 저 먹물 입힌 네모 칸은 생략어법, 지우기, 침묵의 형식을 넘어 위계권력의 전체주의적 '검열'을 연상시킨다. 지시어와 명사 등을 빼고서라도 말을 해야 하는 이의 절박한 마음이 저 먹물칸에 실려 있으나, 그 칸의 암묵적 지시 대상은 여전히 지목될 수 없다. 자신이 쓰는 시에서도 잘려나가야 하는 시인의 언어가, 혀 잘린 자의 그것처럼 들린다. 그렇다면 이 시대의 시인은 파울 첼란이 "더는 읽지 마라~보라! 더는 보지 말라~가라!"(「스트레토」)라고 쓴 것처럼 어딘가로 가야만 할 것이다. 그러나 그곳이 과연 어디인가. 읽어도 알 수 없고, 보아도 알 수 없는 다음과 같은 시의 현실에 눈을 감고 그곳을 떠나야만 할 것인가. 시인의 발화는 "전부 거짓말"이라고 시의 효력을 무효화하면서 말이다. 시인이 덧붙인 것처럼 단지 "용기라는 이름의 또 다른 무엇"의 응원을 받으면서, 오직 나 하나로서 겨우 살아내면서 입을 닫은 채. 이 시는 발화와 침묵 사이, 그리고 함부로 뱉지 못하는 말의 쓸모가 영원히 무력해지는 상황의 암흑을 환기한다. 이러한 점이 언제나 여성시의 계보에서 문제적 지점이었다는 점을 거듭 강조하는 이소호식 어법이다.

여성시는 이렇게 일터와 가정 내에서의 젠더 평등과 젠더 감수성, 미투운동의 변혁 의지와 분규 지점을 보여주지만 종속 담론을 깨 나가는 일은 여전히 지난하기만 하다. 이소호의 아래 시에서 지운 흔적이 그 모든 진실을 대신 표명하는 듯하다. 용기 있는 자는 말을 하겠지만 그와 동시에 말할 수 없는 실재들도 엄존한다는 사실을 이 시는 기호화한다. 진실을 반쯤만 노출하면서 주요 기표들을 숨겨 해독이 불가능하게 하는 것만이 실제를 세공하는 가장 주효한 시적 방법일지 모른다. 그러므로 검은 흔적에 갇힌 것은 매우 개별적인 상황들이며, 거기에서 여성의 말하기가 각기 다르게 분화한다는 점만은 기억해두기로 한다. 저 캄캄한 칸이 과연 속엣 말과 기도와 침묵과 무엇이 다른지 또박또박 짚어가면서, 그 무슨 말로 저 검은 칸을 채울 수 있을지 생각하면서 아래 기호들을 읽는다. 균형추를 맞추어가며 함께 살려는 노력은 여기서 다시 심각하게 좌절되고 있다.

■■■■■ 사실 이제 나올 그 ■들이 저의 ■■■■입니다. 전 이제 ■ 하고 ■과 멀어진 삶을 살겠습니다. 저는 사실 ■■이 고통입니다. ■를 쓰며 단 한 순간도 ■■ 적 없었어요. ■■는 전부 거짓말이에요.*

*첫 번째 시집이 나온 뒤 소호는 침대에 누워 매일매일 이 말을 중얼거렸다. 생각이 생각을 먹고, 술병이 기억을 먹고, 약이 하루를 먹어 치우는 동안, 이제 소호에게 필요한 것은 용기라는 이름의 또 다른 무엇이다.

—이소호, 「불온하고 불완전한 편지」 전문(『MUNPA』 2020년 겨울호)

히스테리 처방전의 모욕

—김이듬 시집 『히스테리아』

움(womb)[1]이 움직인다고?

이번에도 자궁인가, 라고 물을 것이다. 시인은 그 답을 공회전시키지 않을 태세다. '피'의 주간을 기록하고 있고, 이 상징은 여성을 넘어 남성, 역사적 장소로까지 이동한다. 프로이트가 히스테리 연구로 정신분석을 창안한 지 50여 년이 지난 1952년에 이 병명은 정신질환 진단이나 통계편람에서 삭제되었다. 그후 여성 운동가들이 안티 프로이트 정서를 공론화한 지는 더 오래되었다. 그러나 히스테리의 공론화는 형태만 달라졌을 뿐 지금도 언제든 출현하는 정신질환의 이름이다. 삭제된 히스테리가 불면증·우울증·불감증·만성피로증후군 등으로 회귀한다고 보는 현상이 그것이다. 원인을 알 수 없는 증상들의 분산을 히스테리와 무관하지 않은 병리 현상으로 묶어놓은 것이다. 이 글에서는 그와 관련한 것으로 보이는 시를 읽으려 한다. 때로는 원론적으로, 그것이 관념에

---

1 여성 기호인 자궁은 세속의 담론에서 오염되었다. 우리말 '움'은 새로 돋는 싹과, 움푹하게 파인 땅을 동시에 뜻한다. 이러한 새뜻함과 둥글고 안정된 느낌을 영어의 움(자궁)을 빌어 와 표기했다. 나의 글에서 '움'은 '자궁'을 대체한다.

머물지 않고 여성의 문제로 고착된 점을 중심으로 볼 것이다. 이 시집이, 삭제되었으나 다른 형태로 귀환하는 히스테리를 이 시대의 감각으로 다시 쓰고 있어서이다. 히스테리의 미스터리를 병증이나 병리로 돌리지 않고 상황이 촉발하는 쾌, 불쾌, 고통, 충동 만족 등의 감정 문제로 보고 있는 것.

먼저 여성의 생리 주기와 관련하여 오래전 파피루스의 기록부터 봐둔다. 여성이 이것을 주기적으로 겪는 일과 배앓이를 움의 쾌활한 생명성의 표징으로 쓴 부분이 있다.[2] 슈레더의 글을 보면 이와 관련하여 프로이트에게서 받은 정신 유산을 피력하는 내용이 있다. 그는 히스테리의 어원을 '떠돌아다니는 자궁'으로 쓴다. 이때 우리는 움직이는 움을 제자리로 위치시켜야 한다는 해부학 진단서를 받아든 기분이 된다. 생리 기간에는 변덕스러웠으나 그때가 지나면 도로 평온해지는 여성을 놓고 움이 움직인다고 생각한 이들이, 생리 기간을 중심으로 여성의 병증을 살폈던 것이다. 그런데 그런 점이 남성 학자들이 주도한 여성 부정의 기획 안에서 창안되었다는 것은 의심의 여지가 없다. 이것이 움의 지극히 근원적인 현상, 즉 생리적 반복운동이기도 하므로, 보이지 않는 움의 정체에 대한 되물음이기는 하지만 말이다. 피의 주간에 변하는 여성 심리를 지나치지 않았다는 데 한정해서 보면 그렇다.

시인은 『히스테리아』(2014)에서 그 피의 주간에 대하여 쓰면서 위와 같은 프로이트의 정신 유산에 저항한다. 그리스발(發) '떠돌아다니는 자궁'에서 유래한 움 상징이, 남성이 재단한대로 미쳐서 떠돌아다니는 광인의 개념으로 그동안 오인되어 온 것에 대한 부정으로 보면 될 것이다. 그렇게 반복 오염되어 온 자궁을 어떻게 회복할 것인가에 대한 물음이

---

2 프레드 E.H.슈레더, 노승영 역, 『대중문화 500년의 역사』, 시대의창, 2014. 파피루스에 기록된 히스테리 증상에 대해서는 이 책을 참조.

이 시집에는 가득하다. 히스테리를 최초로 기록한 B.C 20세기와 그후 21세기가 더해진 지금도 히스테리는 여전히 여성 심리의 캄캄한 지층으로 흔히 수용된다. 하지만 질러서 말하자면, 여성도 남성도 피차 알 수 없는 인간인 것처럼, 역사 또한 그러한 것처럼, 히스테리라고 부르는 증상도 그렇다는 사실이다. 그 증상이 여성의 가임기, 즉 생애 사이클 중 '젊은' 구간에 반복된다는 점에 특히 남성들이 주목한 것이 아닌가 추정해볼 수 있다. 여성과 관련한 판단도 모름지기 젊은 그들이 더 잘할 수 있었을 것이기에 그렇다. 그런 점에서 『히스테리아』는 의미가 있다. 이 시집은 남성 중심으로 재단해 온 여성의 히스테리 증상에 균열을 내고 그 지층을 개방한다. 말로 다 할 수 없는 감정과, 다분히 신경증적이고 발작적인 증상이 돌출하는 바로 그 토포스다. 이것이 과연 여성의 전유물이기만 한가라는 질문을 우리는 이 시집에서 숱하게 만난다.

그간 김이듬이 써온 시들은, 얌전한·착한·정숙한·참한 이미지로 고정되어 온 여성의 특질을 깨는 것이어서 이전의 미학으로는 받아들이기 어려운 측면이 있다. 특히 남성 타자 앞에서 흐트러지지 않는 자세란, 언제까지고 대칭의 안정성에 구속되는 것이고, 그 구속의 목표가 타자의 쾌를 위한 것이 되면서 저러한 이미지들은 여성을 자동인형처럼 만든다. 더구나 시적 현실과 여성 시인을 일치시키면서, 외모와 달리 시가 의외라는 반응은 주로 남성 독자에게서 나왔다. 자전과 시를 일치시키는 서정적 판단이 독법이 되면서, 자칫 담론으로서 시론보다 가십으로서 여성시인론이 독자들 사이에서 더 열띤 경우들이 더러 있었던 것이다. 하지만 이것은 여성에게 들씌워진 고전적 숭고미에 대한 기대 때문에 여성의 그림자를 보는 눈이 가려진 결과로 나타난 반응이다. 여성을 더 이상 그리스 여신처럼 재현할 수도, 완벽성을 탐미할 수도 없게 된 남성의 망실감과 아쉬움의 표현이기도 했을 것이다. 그만큼 여성은 완결미의 화신이었고, 그런 이유로 훼손과 흠결의 대상이기도 했다. 따라서 여성이 자신의 그림자를 꺼내 보이는 일이, 그동안 유지해 온 아름다움을 포기하고, 남성 타자의 미감을 배반하면서, 추의 미학을 견인하는 계기이기도 했던 것이다. 이러한 전환이 어느 한쪽의 필요나 요구에 의해서가 아닌, 남성에 의해 고정된 이미지로부터 해방을 꾀한 여성이 이전의 완결미를 솔직하게 깨고 나오는 양상으로 나타났고, 이 시집 『히스테리아』는 바로 그 지점에 문학의 모습으로 놓여 있다. 이제껏 여성의 특질로 고착해 온 히스테리를 사회의 범주로까지 확장하는 상상력을 여기서 펼친다. 히스테리 주체와 상대방 사이에 두뇌 싸움이 벌어지는 장면이라든지, 그간 말해 왔던 여성의 히스테리증은 물론, 남성의 히스테리, 국가가 개입하고 남성 집단이 주도했던 역사적 히스테리까지다.

이때 여성의 증상은 이미 충분히 소비한 담론이다. 히스테리 증상을 살아내고 있을 누군가는, 프로이트를 시작으로 정신 심리 분석가들과 상담하면서 때때로 두뇌 싸움을 벌였던 내담자를 자동으로 떠올릴 것이다. 시인이 「안나 오의 진료실」(『명랑하라 팜 파탈』, 2007)에서 쓴 "눈발 같은 정액 따윌 뿌리며 환호성 치며 날아가는", "치즈 수프 같은 걸 핥아먹기 좋아하는 귀신의 착란" 같은 표현은 그 두뇌 싸움의 주체들로부터 촉발된 성적 기제들이다. 미친 사람으로 낙인찍고, 성 욕망과 결부하여 단언하면서 이어져 온 정신 병리 현상은 흔히 여성에게 맞춰졌었다. 그러나 김이듬은 남성에게 은폐되어 있는 더더욱 알 수 없는 깜깜이 증상들과, 시대와 역사가 침묵해야 했던 증상들까지도 세심하게 탐문해 나간다. 그것을 '피' 상징으로 전개하면서, 인류 일반을 포괄하는 증상으로 히스테리의 모욕을 다시금 끄집어낸다. 이때 모욕은 존재하지 않는 것을 존재한다고 상대방이 단정할 때 촉발되는 감정이다.

히스토리(history) 히스테리아

이 시집은, 폭압이 횡행하던 시대의 '말 못 함'과 그럼에도 '말해야 함'의 비유로 가득 찬 텍스트다. 2000년대 이후 시에서 터져 나온 여성의 말들은, 살기 위해 거짓 고백을 강요당하던 시대를 지나, 이제는 무엇이든 말할 수 있다는 기대를 담은 것이었다. 그 무렵의 횡설수설 화법만 해도 무엇이든 말해보리라는 자기 긍정과 응원의 제스처가 시라는 형식에 등재된 방식이었다. 저 지긋지긋한 이성-논리의 폭압에 대한 감정의 항거가 시작된 것이다. 김이듬은 등단 초기부터 그러했고, 이후에도 미적 변주를 이어 왔다. 이 같은 맥락으로 그의 시를 읽을 때 남다른 전략이 눈에 띈다. 이 시집의 시적 현실을 보면 실제와 맥락이 끊긴 것 같지만 실상은 그것을 더 잘 말하기 위해 문제의 근원으로까지 나아가는 것을 볼 수 있다. 따라서 시에 놓인 비대칭적 상황들에 대해서는, 그렇게 될 수밖에 없는 이유를 암막에 가려진 지점들로부터 추측해야 한다. 재미있게 읽히지만, 뒤집어보면 그것이 누군가에게는 매우 심각하고 복잡한 일이다. 김이듬 시를 격렬하면서도 흥미롭다고 평가할 수 있다면 이런 점과 주로 연관된다. 『히스테리아』에서 시인은 이전보다 한결 정교하게 인간 심리에 밀착하여, 그동안 우리의 의식을 구획했던 '당연'의 폭력성을 들춘다. 이때 여성과 남성의 문제는 물론 시대의 윤리를 적출하여 심문하는 당찬 자세를 보인다. 현실은 진리인 것마냥 비대칭적이므로, 시인은 그곳을 잘 들여다보고 싶다는 간절함으로 시를 쓴다. 그러한 시도가 시인에게는 곧 현실의 모순을 발견한다는 소명으로 돌아오고, 이어서 언어를 다루는 자의 사명을 무겁게 체감하기도 할 테지만, 김이듬 시의 무섭도록 솔직한 언어는, 완결미의 화신으로 여겨져 왔던 여성을 스스로 깨고 나와 차라리 추한 모습을 보임으로써 규격화된 절대미를 부정하는 데로 나아간다.

시인은 히스테리라는 명명은 병이 아니라는 이해 위에서 프로이트식 히스테리 진단명을 해체한다. 잘 알려져 있듯, 히스테리 주체들이 상담자에게 털어놓는 내용이 성(性)과 결부될 때는 발화 즉시 모욕의 이유가 된다. 듣는 즉시 내담자의 심리 지층을 재단하는 상담자의 최면 전략 때문이다. 내담자의 개별 증상에도 불구하고 상담자의 해석 행위는 자연적인 성의 본능으로 돌아가라는 처방으로 고정된다. 상담자는 내담자의 무의식을 지식화하고, 내담자는 말할 수 없는 진실을 숨겨야 한다면 그때 표출되는 것은 어떤 변형된 형태의 증상일 수밖에 없다. 그러면서 두 인물 간 심리 투쟁이 거세어지고, 그때 내담자가 보이는 증상을 규정한 것이 히스테리다. 이렇게 내담자가 자기를 지키려는 심리가 어째서 히스테리라는 병으로 굳어져야 하는지에 대해 반론을 제기한 것이 김이듬의 감정론이다. 분석자의 처방이 단지, 억압되어 있는 '그것'을 '하라'는 식으로 종결될 때 이것이 여성에게 모욕으로 돌아오는 문제인 것이다. 이렇게 『히스테리아』에는 '하라'는 처방을 내리면서 억압된 성을 해방하라는 남성 타자의 심리를 해체하려는 의도가 담겨 있다.

나아가 시인은 사회의 발작적인 증상들 —혁명·내전·전쟁·폭동 등— 도 히스테리 주체를 '미친 사람'이라고 불렀던 방식으로 부를 수 있을지 묻고 있다. 히스테리 주체들이 주기적으로 피의 일주일을 살아내면서 자신도 모르는 증상에 시달리듯, 시대가 바뀌어도 여전히 같은 증상을 겪어야 하는 시대의 인간 유형을 그린다. 다음 같은 유혈 사태도 치유 불가능한 병증마냥 반복 경험해야만 했던 시대인들도 있었으니 말이다.

그 섬에 가서 돼지를 잡자
우물가에서 돼지 잡아
넘쳐흐르는 내장까지 나눠 먹자 했죠
천일염도 한 포대씩 받아 오자 했죠

그 친구 죽고 나면 그 돼지 누가 잡아 따듯한 콩팥을 나눠줄까요
하늘 높이 올라가는 방광을 주세요

당신은 번역하고 해석하느라 약속을 잊으셨지요

얘기해주세요
그날이 어땠는지
누가 어떻게 종지부를 찍었는지
백범도 육당도 몰라요
당신이 말해줘요 직접 본 사람들은 입을 다물고 늙어 죽어갑니다

나는 요즘 애
영어가 급하죠 참는 건 아니에요
재떨이가 담뱃불을
도마가 칼을 견딘다 비약하지 마세요

이 날짜에 비상해지죠
가장 민감하게 반응하는데 필요 없는 물건도 훔치고 싶어요
팬티 내리고 생리대를 똑바로 놓지만
뛰어다니는 날엔 이게 다 무슨 소용인가 싶어요

피의 일주일이 지나면 피임 날짜나 세는 요새 젊은것들이라서
당신은 고향에 내려졌던 비상계엄령에 관해 우물과 시장에 관해 말하지 않나
요
나는 보챕니다

불타는 파출소 옆에서

자궁을 꺼내 하늘 높이 차올리고 싶은 날이니까요

—「피의 10일간」 전문

   화자는 상대가 말할 수 없는 것에 대해 말을 해달라고 요청하고 있고, 상대는 말할 수 없는 조건이므로 대답은 더더욱 화자에게 절실한 그 무엇이다. 여기서 우리는 과거에 일어난 어떤 사태와 그것이 발생한 장소 몇 곳을 떠올릴 수 있다. 그곳은 화자의 물음에 대답을 회피하는 상대에게는 발설의 불가능성이 본능화된 장소다. 이렇게 시인은, 오래전 일이지만 기억과 증언의 방식이 아니고선 알 수 없는 피의 역사로 시간을 돌려놓는다. 그때에 대해 들려달라고 화자가 보채는 반면, 아직도 번역과 해석 작업에 바쁘다는 상대는 대답할 처지가 아니다. 증언자가 있어줘야만 과거사의 진실을 밝힐 수 있을 것이나, 그가 "피의 10일간"의 사정을 영어로 말해야만 하는 사람이라면 어떤 일이 생길까. 번역물이 나오는 때를 알 수 없으니, 증언은 불가능한 것이 된다.

   이 시는 누군가의 증언이 필요한 역사적 사건과 접속해 있다. 시적 전략은, 최면상태가 아닌 맨정신으로 자기 고백 또는 증언을 시도하는 곳에 맞춰져 있다. 상담자의 요구에 따라 과거의 일을 끊임없이 말하면서 동시에 그의 요구를 따돌려야 하는 내담자의 대답 방식이 아닌 것이다. 요청하는 자와 응하는 자가 똑같이 각성되어 있어서, 최면상태 같은 반(半)현실(=반(半)가상)은 개입해 있지 않다. 가상으로 현실을 견인하면서 히스테리라고 처방하려는 의도 같은 것이 저 화자가 보채는 말에 실려 있지 않다는 뜻이다. 이 문제에는 우리가 읽어내려는 히스테리와 관련하여 지나쳐선 안 될 지점이 있다. 과거사를 말해 달라고 보채는데도 함구하는 맨정신의 주체와, 반수면 상태에서 현실과 과거를 넘나드는 히스테리 상담자와 내담자 간 관계항에는 애당초 확연히 다른 결론이 내재해 있다. 앞은 적어도 거짓말만은 하지 않으리라는 내면이, 뒤는 거짓말을 하면서라도 상담사를 따돌리려는 심리가 작동한다. 시인은 이렇게 다양한 환경 조건과 의도에 따라 입을 다물어야 하는 이성의 작용들을 짚어나간다.

이 시에서 고립의 이미지로 기호화한 '그 섬'은 10일간이라는 시간을 담은 어떤 장소다. 10일간 피의 역사는 남성 주체들이 주도했고, 지금 이 시대인이 알고자 하는 진실이 금지어로 묶여 침묵당하는 실상에 대해 "요새 젊은 것"은 "그날이 어땠는지"를 자꾸만 묻는다. 질문하는 형식으로 그가 진입하는 역사의 현장에는 비상계엄령·우물·시장·불타는 파출소 같은 시대의 표징들이 있다. 시인은 이렇게 한 시대의 사건을 써나가면서 히스테리 증상을 환기한다. 거대서사인 10일 간과 여성의 생리 주기인 7일 간의 충돌 지점에 있는 역사의 히스테리가 그것이다. "이 날짜에 비상해지"는 정황이 피의 10일간과 피의 일주일을 똑같이 매개한다. 10일간은 화자의 "고향에 내려졌던 비상계엄령"의 발효 기간이며, 친구의 죽음과 돼지의 죽음이 어떤 장례 형식으로 연관된다. 이렇게 피에서 전해 오는 혈전 혹은 혈투 이미지가 '비상'이라는 범상치 않은 기호와 단단히 묶여 있다. 7일간의 생리 주기에 도발하는 도벽과, 피의 10일간 비상계엄령의 주체들이 도둑질해 간 역사의 시간이 그것이다.

시적 전환은 여기에서 일어난다. 피의 현장을 목격한 이들이 "입을 다물고 늙어 죽어"가는 억압과 금지의 언어가 그 암울한 시대의 내면이라는 점이다. 입 다물기, 땅속까지 비밀을 가져가기. 이러한 거시적 억압이 그동안 있어 왔고, 지금 이 시대의 젊은이는 그것에 대해 "얘기해주세요"라고 요청하고 있다는 것. 하지만 이것은 좌측의 선민(鮮民)도, 친일시를 써서 양심을 팔았던 우측 인사도 답변할 수 없는 문제다. 피의 역사는 "종지부를 찍었"으나, 증언 행위와 구국(救國) 행위를 일치시킬 수 없는 시대가 그동안 지속되어 온 것이다. 저 히스테리증은 국(國)과 민(民)을 발작적으로 분리해 놓고 벌인 피의 10일과 관련하고, 국가 존립의 문제도 "영어가 급"해진 상황과 결부된다. 영어 종주국이 보관하는 문서에 암장된 시대의 기밀은 줄곧 번역 작업 중이라는 핑계 때문에 진실을 발설하는 시간이 유보된다. "돼지를 잡자"는 표현은 영어 종주국이 관할하는 '그 섬'에서 발생한 도륙의 이미지다. 이렇게 이 시에는 국가의 존속 문제, 피를 동반한 쟁투와 금지 항목들이 히스테리 증상과 단단히 연루되어 있다.

이러한 작법의 창발성이 「피의 10일간」을 희소한 시의 자리에 올려놓는다. 여성 진단명으로 고착해 온 병 아닌 병에 대하여, 질문 환경의 억압적인 분위기에 대하여, 그러나 질문자와 답변자의 위치가 전도된 지금은 히스테리라고 진단할 만한 병소의 허구성에 대하여, 히스테리라는 진단명은 단지 남성의 대표 격인 이론가들의 일방적인 여성 읽기 방식이라는 것에 대해서이다.

위 시를 이렇게 읽었으므로, 피의 역사에 영어로 기록되었을 증상들에 대해 누군가에게는 올바른 번역을, 누군가에게는 올바른 이해가 요청된다고 풀어볼 수 있을 것이다. 시인은 거시사와 미시사를 배치하여 공통항인 히스테리증이 유발하는 파장을 사유한다. 시대의 폭압과 입 막기, 여성에게 요구해 온 정숙의 표징들이 공통적으로 남성 주체를 출처로 한다는 데 시인의 문제의식이 자리한다. 파피루스에 기록된 히스테리 증상을 보면, 이것은 금욕 때문에 몸의 구멍들이 수축하는 것으로 요약된다(슈레더, 164쪽). 앞의 시에서 "불타는 파출소"를 파피루스 시대의 히스테리 처방 중 움에 연기를 쐬도록 한 장소의 대리물로 볼 때, 그때 발생하는 고약한 연기가 이 시대인에게 억압되어 있는 증상들, 이른바 자의적으로 "번역하고 해석"하면서 역사의 진실을 왜곡한 시대의 폭압과, 그때 발병한 히스테리에 대한 처방으로 읽히는 것은 매우 자연스럽다.

역사적 히스테리증마저 이렇게 훈증요법으로 치료할 수 있다면, 본 대로 말하지 못하고 입을 닫아야 할 때 발병하는 히스테리증은 없지 않겠는가. 역사를 훔치고 싶은 자들의 병증을 저러한 훈증요법을 써서 "자궁을 꺼내 하늘 높이 차올리"는 것으로 치료할 수 있다면 말이다.

　이렇게 김이듬은 히스테리증에 대한 기존의 진단명을 돌파해 나간다. 히스테리가 병증이라면 그것은 비윤리의 정치를 구가하는 유혈 사태의 다른 이름으로 사용될 때만 그 용례가 타당하며, 입 다물기를 강요하는 폭압 주체의 정신 내용을 반영하는 것이어야 하지 않겠느냐는 것이다. 다시 인용시로 돌아가서 이렇게 물을 수 있다. 시인이 쓴 것처럼 다만 "훔치고 싶어요"라는 욕구로 끝나는 도벽은 도벽이 아니지 않은가? 도둑질 욕망을 억압하는 자에게 도둑이라고 몰아세울 수는 없기 때문이다. 다만 ……하고 싶을 뿐, 그 증상은 복수(複數)의 주체들이 끊임없이 억압하는 것이며, 그런 이유로 증상은 반복하여 귀환한다. 따라서 상담자가 여성 내담자에게 내린 '하라'는 처방은, 그것을 실행하지 않는 자에게는 히스테리 처방이라 할 수가 없다. 스스로를 억압하는 누군가에게는 '지금 당장 하세요(Just do it)'라는 처방이 쓸모 있을지 모르나, 그 it의 실행이 공평하고 일반적으로 적용될 수 있을지는 의문이다. 처방대로 실행해본 자의 성공담을 확인한 후 그 사례를 재처방에 활용하는 것을 임상 효과라고 하지 않던가(안나 O의 병증은 낫지 않았고, 이후 다른 병원에서도 지속적으로 치료를 받았다는 기록이 있다). 그렇다면 여성에게만 발급하는 히스테리 처방은 무효라는 것이 시인의 생각이다. 이제 비로소 우리는 그 섬에서 일어난 피의 10일을 국가 주체가 앓고 있는 히스테리증에 대한 it으로 읽을 수 있다. 국가의 '하라' 실행에서 국민은 철저히 분리되었고, 유혈이 낭자한 정치의 병증은 깊디깊었으며, 국민의 피를 먹으며 유지되었던 국가는 그 피를 목도한 국민의 입을 다시 틀어막아야 하는 악순환을 되풀이한 것이다.

아웃사이더는 인사이더이고 싶다

무슨 일인가로 시적 화자가 흥분하고 있다면, 모순된 감정 사이에서 방황하는 내심을 숨기려는 심리일 때가 많다. 흥분은, 평소 억압해 온 것이 상대방에게 들킬 것 같다는 부담감 때문에 생긴다. 다음 여성은 액션에는 느리지만, 생각은 재빠르다. 욕설도 입 밖으로 나오지 않고 생각 속에서만 치열하게 폭발한다. "이 인간을 어떻게 하나"? 이런 생각을 욱여넣으면서 애인의 행위에 연쇄 반응한다. 이 여성은 지금 자신의 몸에 기대어 졸고 있는 애인에게 심정적으로 몸이 결박되어 있다. 예컨대 이런 식이다.

이 인간을 물어뜯고 싶다 달리는 지하철 안에서 널 물어뜯어 죽일 수 있다면야 어딜 만져 야야 손 저리 치워 곧 나는 찢어진다 찢어질 것 같다 발작하며 울부짖으려다 손으로 아랫배를 꽉 누른다 심호흡한다 만지지 마 제발 기대지 말라고 신경질 나게 왜 이래 팽팽해진 가죽을 찢고 여우든 늑대든 튀어나오려고 한다 피가 흐르는데 핏자국이 달무리처럼 푸른 시트로 번져가는데 본능이라니 보름달 때문이라니 조용히 해라 진리를 말하는 자여 진리를 알거든 너만 알고 있어라 더러운 인간들의 복음 주기적인 출혈과 복통 나는 멈추지 않는데 복잡해 죽겠는데 안으로 안으로 들어오려는 인간들 나는 말이야 인사이더잖아 아웃사이더가 아냐 넌 자면서도 중얼거리네 갑작스런 출혈인데 피 흐르는데 반복적으로 열렸다 닫혔다 하는 큰 문이 달린 세계 이동하다 반복적으로 멈추는 바퀴 바뀌지 않는 노선 벗어나야 하는데 나가야 하는데 대형 생리대가 필요해요 곯아떨어진 이 인간을 어떻게 하나 내 외투 안으로 손을 넣고 갈겨 쓴 편지를 읽듯 잠꼬대까지 하는 이 죽일 놈을 한 방 갈기고 싶은데 이놈의 애인을 어떻게 하나 덥석 목덜미를 물고 뛰어내릴 수 있다면 갈기를 휘날리며 한밤의 철도 위를 내달릴 수 있다면 달이 뜬 붉은 해안으로 그 흐르는 모래사장 시원한 우물

옆으로 가서 너를 내려놓을 수 있다면

—「히스테리아」전문

　승객이 빽빽하게 들어찬 지하철 칸에 서 있는 사람들과, 요행 의자에 앉아 있는 시적 화자 커플이 있다. 앉은 자리가 일어날 수 없는 자리가 된 반어적 상황이다. "내 외투 안으로 손을 넣고" 졸면서 "잠꼬대까지 하는 이 죽일 놈"을 떨치고 일어날 수가 없다. 남자가 졸면서 화자의 어깨에 몸을 기대는 행위가 졸음이 유발한 것인지, 아니면 다른 꿍꿍이인지도 알 수가 없다. 화자는 다만 애인을 깨울까 봐 자리에서 일어날 수 없을 뿐이고, 일어났다 해도 지하철 칸으로 몰려 들어오는 승객들 틈을 비집고 열차 밖으로 나가야만 한다. 이중의 에포케, 이중의 고통이다. 애인의 행위 같은 것을 '본능'이라고 선포한 애인과 동류 인간들의 얼토당토 않은 '복음'을 화자가 지금 마음속으로만 부정 중이다. 본능의 문제를 부각하여 부도덕성을 모면해 온 그들의 방식과 달리, 본능에 관해서라면 화자야말로 할 말이 있다. 지금 갑작스레 생리혈이 터져 "핏자국이 달무리처럼 푸른 시트로 번져가는" 일과, "주기적인 출혈과 복통"이 동반되는 상황에 대해서이다. 하지만 화자는 지금 횡설수설하면서 당황과 분노, 신경질, 살해 욕망을 두루 거치는 중이다. 횡설수설을 히스테리 환자에게 공통된 어법으로 봐 온 그간의 진단법을 부정하면서, 그것은 그만큼 가변적 상황과 환경이 자주 닥치기 때문에 생기는 것임을 암시한다. 열차 칸에서 밀려나지 않으려 하는 애인은 본래 "아웃사이더"여서 끝까지 "인사이더"로 열차 좌석에 구겨져 있어야 한다. 화자도 "여우든 늑대든 튀어나오려"는 앙칼진 감정으로, "야 어딜 만져 야야 손 저리 치워"라고 소리지르며 애인을 밀어내고서 "대형 생리대"를 사러 뛰쳐나가야 하지만, 생각뿐. "발작하며 울부짖으려다" 말고 "아랫배를 꽉 누른다 심호흡한다."

　이렇게 시인은 프로이트식 히스테리를 부정하면서, 상황에 묶여 횡설

수설해야 하는 정황을 감정의 작용으로 풀어낸다. 참기 어려운 생각과 관념을 방어하려는 자들이(매우 도덕적이거나 소심한 인간형일 가능성이 높다.) 그 생각 자체를 억압하려는 것이 히스테리라고 프로이트주의자들은 진단했었다. 생각을 억압하기 위해 끊임없이 생각해야 하는 일이 참기 어려워져 마구 말을 쏟아내므로 그 말은 최면상태에서 환자가 하는 말과 같다는 것이다. 그런 측면에서 화자의 속생각은 의사 앞에서 히스테리 환자가 뱉어내는 말과는 크게 다르다. 말로만 저지하고, 죽이고, 복수를 한다. 말을 속으로 써 없애면서 감정을 정화하고, 말은 행동하는 것과 같은 효과를 낸다. 김이듬 시에서 돌발하는 감정은, 자궁이라는 기호로 여성의 정체성을 강박적으로 증명해 온 시대에 대한 발작적 저항 방식이다. 번잡한 거리의 소소한 사물처럼 이름 붙여진 자궁이 요나의 뱃속에서 근원의 모성성으로 지목되기까지, 모성이야말로 자궁이 거할 최후의 기착지인 양, 모성과 자궁을 동일시하면서 안도하는 상상력의 편식으로 일관해 왔으나, 지금 읽는 김이듬의 시는 그곳에 결박되어 있던 움을 탈출시키는 사건으로 구성되어 있다.

그것은 물질로서 움이 아닌, 감정이 움트는 움으로서 예민한 '감각'이다. 자궁에서 이전에 무궁무진 생산되었던 물질성은 김이듬에 이르러 "우울, 몽상, 슬픔 그리고 광기 같은"('시인의 말' 중) 감정이 배양되는 장소가 되었다. 전동차 안에서 조는 애인의 포즈에 실린 알 수 없는 마음과, 그 손을 떼어내지 못하고 떼어낼 생각만 하면서 쩔쩔매는 시적 자아를 우리는 위 시에서 보았다. 감정이란, 수용과 거부의 틈새에서 기어이 생존하려는 정직한 욕망처럼 보인다. 그렇기에 화자는 생리대를 사러 뛰쳐나가야 하는데도 전동차에서 흔들리며 애인과 함께 실려가는 중이다. 때문에 이것은 숱한 열망과 거부의 틈새에서 살아가는 "복잡해 죽겠는" 감각과 감정의 문제이면서 동시에 여성이 횡설수설 살아온 내면이기도 하다.

증상의 공평한 세계화

김이듬 시에서는 관념이 감정의 옷을 입고 돌아다니는 광경이 흔히 보인다. 감정은 사적이지만, 시인은 그것이 자기 내부로만 침전하지는 않고 버라이어티하다고 쓴다. 보이지 않으면서 신경증적인 그것은 관념이 갈 수 없는 곳까지 거침없이 간다. 조재룡의 『히스테리아』 독법이 개별 시편을 점호하는 방식을 접고 시 전편의 맥락을 따라가며 계통적 읽기를 했던 것도 김이듬 시의 그러한 특성을 존중했기 때문이리라.

> 맹인 안마사의 부모는 젖소를 키웠다고 한다
> 형편이 어렵지 않았다는 뜻이겠지
> 나와 동갑에 미혼
> 고3때부터 나빠지기 시작한 시력으로 이젠 거의
> 형체만 어슴푸레 보인다는 말을
> 왜 내가 길게 들어주어야 하나
> 인생고백이 싫다
> 시력 대신 다른 감각이 발달되었다는 말을 믿어주어야 하나
>
> 그의 눈앞에서 나는 손을 흔들어보고 혓바닥을 날름거려 보지만
> 웃지 않는 사람
> 자신의 굽은 등을 어쩔 수 없는
> 논산에서 순천 가는 길의 서른 개도 넘는 터널에 짜증낼 수 없는
> 언제나 캄캄할 낮과 대낮
> 들쭉날쭉하는 내가 싫다
>
> (중략)

잠들면 언제 만질지 모르니까 정신 차리고

시를 쓴다

(화분에 씨를 심고 뭐가 될지 모르는 씨앗을 심고 흙에다 눈물을 떨어뜨려요
눈물로만 물을 주겠어요 그런데 씨가 그러길 바랄까요, 까지 쓰는데)

— 「변신」 부분

   남성 히스테리의 한 사례를 보는 듯하다. 화자의 조롱과 활기가 동시에 격발하고, 안마사의 '시력' 운운은 상상의 범주를 확장해준다. 시 쓰는 화자와 나이가 같다는 안마사, 미혼이지만 실명 직전이라고 말하는 그에 대응하는 화자의 행동, "시력 대신 다른 감각이 발달되었다는 말"을 믿어줄 수 없다면서도 그가 요구하는대로 체위를 바꾸는 화자의 행위, 이러한 조합들이 모두 "병신"이 아닌 "변신"의 주체여야 할 이유들을 말하기 위해 호명된다. 인용 시 「변신」의 장소는 안나 O의 병실을 조립해 놓은 듯한 안마실이다. 어디선가 읽은 내용이지만, 분석가가 환자를 평평한 곳에 눕히는 이유가 있다. 욕망화된 환상을 환자가 만나게 하고, 환자의 히스테리화를 방치하면서 주변을 보는 시선을 흐리게 해놓는다는 것. 『히스테리아』에서도 시선과 응시의 문제가 제법 제출되고 평상(平床) 역시 등장하지만, 히스테리 문제의 본질은 내담자의 시선 흐리기 기획이라는 데에 있다. 프로이트주의에 반발한 라캉이 바로 그 문제를 적시한 것은 잘 알려져 있다. 라캉의 담론을 한 가지 더 덧붙이자면, 주이상스를 누리는 여자의 증상을 팔루스 너머의 어떤 불가해한 '좋음'과 관련된다고 한 부분이다.[3] 팔루스 낭만이나 무의식의 절대성으로 여성심리를 해석해서는 곤란하며, 정신심리의 복잡성과 불가해성으로써

---

3 박영진, 『여자는 존재하지 않는다』, 위고, 2020, 54쪽.

만 그 증상을 바라볼 수 있다는 것이다. 여기서 나아가, 프로이트가 히스테리증자로 진단한 안나 O에게서 아버지를 돌보거나 간호하는 특성을 본 점을 참고하여 인용 시에서 안마사의 행동 특성을 일별해본다.

화자의 언행을 따라가보면, 맹인 안마사의 시력 부재가 히스테리의 명령 체계에서 작동하는 것을 볼 수 있다. '나는 보지(보이지) 않는다'면서 관음의 쾌락을 재빠르게 촉각으로 돌려놓고서 시력 문제를 무화시키려는 의도가 엿보인다. 무의식의 시력으로 화자의 몸을 만지는 남자에게 금지 구역이란 없다. 시야가 흐릴수록 상상적 이미지 생성과 히스테리는 한층 작렬할 것이다. "때리고 비틀고 주무"르는 동작이 안마인지 의도적인 접촉인지 알 수가 없다. 때문에 "왜 내가 길게 들어 주어야" 하는지 알 수 없어진 화자가 시를 끼적이는 행위는 너무나 당연한 상황적 대처다. 감각의 텍스트인 자신의 몸을 안마사에게 맡기지 않고 "정신 차리고 시를" 쓰면서 감각을 오로지 시 쓰는 작업에 전이시키는 일, 이렇게 방부 처리가 불가능한 감정에 언어를 입혀 여성적 글쓰기를 한 텍스트가 『히스테리아』다.

문제는 감정이었다. 김이듬은 이 시집에서 생생하고 강렬하고 당당한 감정을 병증으로 봐 온 그간의 관념들을 벗긴다. 감정을 억압하면서 병증으로 진단해 온 지점에 '그녀'를 세워 '그'를 볼 수 없게 해놓거나, 반대로 그는 어렴풋이나마 그녀를 볼 수 있는 제한적 응시로 남성 히스테리를 바라보기도 한다. 그녀가 "눈을 질끈 감아보지. 보이지, 캄캄한 심해의 눈 없는 물고기처럼 비로소 나는 활발해"(「모르는 기쁨」)지는 일, "눈앞이 캄캄할 정도로 선명해지는"(「눈뜨자마자」) 역설적인 가시성, 작동하던 시각을 정지시키는 「빈티지 소울」「반불멸」은 눈을 감으면 더욱 생동하고 폭발하는 감정을 받아 적은 시다. 주앙 다비드 나지오가 "히스테리 환자는 자기 몸의 성을 자신의 것으로 만들지 못했기 때문에"[4] 환자라고 썼으나, 김이듬은 이 시집에서 히스테리와 성의 관계를 맥락화하지 않는다. 자기 몸의 성을 자신의 몸 안에 가두는 그 모든 방식들을 히스테리 극복으로 보는 것에 대한 반발이다. 시인은 어느 시에서 "허무와 활기가 동시에"(「B시에서 일어난 일」) 모순적으로 일어나는 것이 감정이라고 쓴다. 그것은 침잠해 있지만은 않고 언제든 일어날 기회를 보며 분투하고, 캄캄할수록 더 활기를 띠며, 허무감이 필수라는 뜻으로 읽어도 좋을 것이다. 김이듬 시가 생동하는 바탕인 캄캄한 움은, "흙속에 구멍을 만들자꾸나"(「모래여자」)라고 말한 햄릿을 부정하는, 다른 부기(附記)는 필요치 않은 주체적인 장소다. 여성 스스로 여성을 만들지 않고 햄릿들에 의해 몸이 생산되어 온 것에 대한 부정어법이다.

---

4 주앙 다비드 나지오, 표원경 역, 『히스테리의 정신분석』, 백의, 2001, 88쪽.

어린, 시 발명가

—안현미 시집 『곰곰』[1]

    인간에 미달된 종(種)의 유(類)가 여성이었다는 관념으로부터 이 글을 시작한다. 성별(sexuality)이 같은 여성마저 동물 '유'로 명명하는 어느 여성이 여기에 있다. 남성에게 쏘아붙이던 말이어서 세간의 여성들과 자세가 달라 보인다. 이렇게 된 것은 이 사람이 남다르게 자주 도서관엘 방문했기 때문이다. 대영박물관 서가에서 여성이 '세상에서 가장 많이 논의되는 동물'이라는 사실을 발견하고서 크게 당황한다. 이 사람의 이름은 버지니아 울프다. 초기 여성주의 저작 중 하나인 『자기만의 방』에서 폭력의 은유인 '동물'은 여성들이 처한 어떤 곤경만을 빗대는 것이 아니다. 이에 대한 자각이 이 명민한 작가에게 자조와 비애 · 통한 · 부끄러움을 안긴다. 지각이 뛰어난 여성 작가 한 명이 그때 발견한 동물로서의 여성을 말하려면 그 반대편의 남성도 삭제해선 안 된다. 남성 작가 일색인 서가에서 이 여성이 그 어떤 책을 뽑아 들고 봐도 여성 캐릭터가 동물과 구별되지 않는다. 여성 이야기를 쓰고 싶어 몸이 달아오른 남성 작가들은 여성을 한낱 동물처럼 그려 왔다. 강요된 순종과 위압감, 정복

---

1 안현미, 『곰곰』, 문예중앙, 2011. 안현미의 첫 시집인 2006년 간행본을 복간했다.

욕 등 남근 지배 사고에 길든 여성·인형·동물. 이 이름들은 모두 동의어였다. 이 존재자들 중 누구보다 앞서 자기 들여다보기를 한 이 여성에게는 남성을 여성의 대립각에 세워 두려는 의도 같은 것은 없다. 이 여성은 오직 자기 자신에 대하여 말을 한다. 그동안 남성들의 욕망대로 판단해 온 여성을 자체 점검한다. 그녀는 여자라는 이름 이전의 버지니아 울프라는 '사람', 더 진화한 언어로는 여자-사람이다.

지성사는 물론이거니와 예술 장르에서도 마이너리티로조차 이름을 올릴 수 없었던 여성의 문제는 동·서양에 차이가 없다. 안현미는 첫 시집 『곰곰』의 첫 시에서부터 이러한 젠더 의식을 문제삼는다. 표제어 '곰곰'에서 이 문제를 중의적으로 표상하면서, 여성의 시선으로 여성을 파고드는 자기 해부의 글쓰기를 이어간다. 동굴에서 해방된 여성과 자유로운 글쓰기 방식은 같은 맥락에서 중요하다. 첫 시집 첫머리에 등장하는 '마늘'은 여성이 억압당해 왔던 그 모든 정황의 환유라는 점이 처음부터 분명하다. 쑥과 마늘을 먹었던 원형문화의 환유인 곰과, 그 곰의 역사가 유구하게 이어져 온 내력에 여전히 동물 비유로 말해야 하는 여성의 삶이 담겨 있다. 이는, 안현미의 언어가 개인 서사에 빠지지 않고, 여성의 정체성을 범사회적으로 규명하는 데까지 나아가고 있다는 방증이다. 따라서 시에 기입한 마늘 이미지가 여성 일반의 삶과 선택에 작용하는 기점을 찾는 일은 어렵지 않다. 마늘이 시적 자아와 결부되는 양상은 이렇다. 첫째, 동굴 안에서의 곰-동물의 욕구. 둘째, 동굴 밖으로 나온 후 여성의 삶. 셋째, 여성의 시 쓰기 측면에서 발견된다. 그러니까 마늘은 여성을 동물로 고정하려는 외부의 압력에 대한 자발적 동기, 여성으로 태어나 그것이 일생 고정되는 사회적 조건, 그렇기에 더더욱 여성적 글쓰기로 남성 주도의 글쓰기 계통에서 벗어나려는 기제라 할 수 있다.

같은 기호를 나란히 배치한 것으로 보아 『곰곰』은 곰과 곰, 즉 아직 여성에 도달하지 못한 복수형 곰들의 자기 보고서다. 이 기록들은 대사회적 반항 같은 대찬 언어로 채워져 있지는 않다. 현실을 뒤집을 수 없는 숱한 고통이 여성 삶의 조건이었던 때를 열어놓으면서, 남성 중심 사회에서 '동물 같은 여성'이어야 했던 때로 보고내용을 진전시킨다. 남성들의 담론에서 동물로 취급받고, 백치미와 순종을 강요당했던 수동형 인간이 아닌, 거칠더라도 자신의 민낯을 부끄러워하지 않는 여성의 면모를 드러낸다. 이제는 달라진 동물, 즉 남성의 육담 속에서 망가지는 육감적인 몸뚱어리가 아닌, 자기 비평적 글쓰기로 새로이 태어나는 여자–사람에 대한 이야기다. 글 쓰는 행위가 '자신에 대해 비평'(입센)하는 것일 때는 타자의 판단이 개입할 여지가 사라지면서, 오롯이 자신을 들여다보는 글쓰기가 가능해진다. 시 한 편을 쓰기 위해 가난과 슬픔을 겪어내야만 할 때 이것은 성장해가는 과정이자, 이 사회에서 여성이라는 이름으로 감당해야 할 희망고문 같은 것이기도 하다. 이렇게 자기 고문을 하면서 글을 쓰는 일이 이 사회에서 여성의 글쓰기였다고 안현미는 말하고 싶은 것이다.

울프가 여성 작가의 창작 현실을 '500파운드'라는 돈과 '자기만의 방'을 실제 소유할 수 있느냐는 문제와 결부하여 생각했듯, 안현미도 가난의 억압과 연속되는 상처의 현실을 글쓰기 수행으로 내면화해 나간다. 이것은 시인이 아주 어릴 적부터 해온 일이어서 지금 그것을 억압하거나 전환하는 것은 이 시인에게 일어날 수 없는 일이다. 이 글에서는 아이의 예술 모방행위를 표상한 부분을 중심으로, 집에 홀로 있는 아이에게서 찔린 듯 예술 감정이 터져 나오는 장면에 주목한다. 아이 '홀로' '고독'한 시간에는 심리 공간도 텅 비게 되지만, 바로 그때 아이의 페이소스는 교란하고, 타자는 그것을 증명할 수가 없으며, 자아만이 오직 그 잔존물을 처리할 수가 있다. 이곳이 어린 자아가 예술적 가상을 펼치기 시작한 자리이며, 그후 안현미라는 시인–사람으로 성장하면서 상처의 미학을 발현하게 된 최초의 그 지점이다.

쓰기와 ─되기

『곰곰』의 〈자전적 산문〉을 보면 안현미는 자칭 "고독의 발명가"다. 가족 부재의 공간에서 외로움·슬픔과 함께 자랐고, 그러한 환경이 특별했다고 쓴다. 시인이 쓰는 '고독'이라는 어휘는, 아이의 그것이기보다 성인이 된 뒤 골라서 쓴 사후 언어로 보인다. 상황의 외톨박이가 온갖 복합 감정을 품고 판타지 체험을 거치면서 가상의 예술세계로 진입하는 장면이 특히 인상적이다. 아이가 느꼈던 심심함이 성인의 언어인 '고독'으로 깊어지기까지 안현미는 텅 빈 집에 "한 그루 나무처럼 붙박여" 있는 자아를 자신의 판타지로 돌보아야만 했다. "내일 또 놀러오렴. 난 항상 여기 있으니까. 고독처럼 슬픔처럼"(「시마할─고독의 발명가」)이라고 말해주는 미루나무의 목소리를 듣는 주체가 바로 이 아이다. 자칭 발명가는 고독했기에 세계가 말을 걸어오는 소리를 들었고, 거기에 답하면서 동일자가 되었다. 이렇게 미루나무를 친구삼아 대화의 목소리를 끌어낸 아이에게는 일찍부터 시인의 자질이 내재해 있었다.

표제 시 「곰곰」에서 시적 대상이 처한 외로움은 본래적이기보다 상황적이다. 시적 환경인 동굴 안을 보면, 1·2연에서는 동물이 3연에서 여자로 변신한다. 곰/여자, 동굴 안/동굴 밖으로 구별되면서 이전과 현재의 자격과 위치가 조정된다. 그런데 문제는 여자되기를 성취했음에도 이 주체는 여전히 생마늘만 먹는다는 점이다. 이 여자는 그대로 신화로 굳어져버린, 오래된 동물일 뿐이다. 그 신화를 안현미가 이렇게 비판적으로 복기한다.

주름진 동굴에서 백 일 동안 마늘만 먹었다지
여자가 되겠다고?

백 일 동안 아린 마늘만 먹을 때

여자를 꿈꾸며 행복하기는 했니?

그런데 넌 여자로 태어나 마늘 아닌 걸

먹어본 적이 있기는 있니?

—「곰곰」 전문

곰과 마늘이라는 클리셰를 보존한 채 안현미는 그 내용을 변용한다. 먹어도 포만감이 없고, 썻어도 악취가 나는 마늘을 씹으며 고행하는 곰에게 필요한 것은 백 일이라는 시간 단위다. 이것은 '주름진 동굴'의 어느 한쪽에 구겨져 있는 곤경과 동의어다. 5천 년이 주름잡혀 있는 동굴의 시간 중 백 일은 그중 주름 몇 개에 불과하지만, 절대성은 그대로 유지된다. 은유로서 곰은 자신이 처해 있는 시간 작용을 신뢰하고 복종해야 하는데, 그것만이 인간으로의 이행을 결정하는 전권이기 때문이다. 역전이냐 되돌아가느냐는 문제가 -되기 또는 포기와 연관되는 만큼 마늘의 효능을 의심해서는 곤란하다. 시간이 기만적인 것이라면, 마늘은 사악한 시간과 달리 곰의 한계를 자신 탓으로 돌릴 수밖에 없게 만든다.

그런데 위의 시에는 시간 견디기와 목표 성취 간 역학관계보다 더 큰 억압기제가 있다. "여자가 되겠다고"(1연), "여자를 꿈꾸며"(2연) 먹은 마늘이었으나 "여자로 태어나"(3연)서도 여전히 마늘이 아닌 걸 먹어본 적이 없는 현재적 상황이 이어진다는 점이다. 바라던 것을 이루었다는 착각이 다만 시간의 형식에 연접되어 있었을 뿐이라고 시인은 쓴다. 결과적으로 시간이 바꿔 놓은 내용은 없다는 얘기다. 이것은 마늘이라는 억압기제와 시간 결정론이 만나 시너지를 발산하지 못하는 여자의 현실을 그대로 반영한다. 곰-마늘에서 여성-마늘의 아린 현실로 그대로 이어지면서 주체는 여전히 속박되어 있다. 이렇게 현실을 읽어 나가는 시인의 관심은 결국 글을 쓰는 주체로 귀결된다. 문자를 다룰 줄 모르는 아이의 예술 행위를 놓치지 않았다는 점에서 안현미의 첫 시집은 의미가 있다. 시인은 이렇게 여성-사람으로서 시인의 외로움에 대해 써나가면서, 빈집에 홀로 있던 어린 자아를 불러낸다. 그 아이는 지금 스케치북에 그림을 그리고 있지만, 위압적이고 심상찮은 어떤 사태에 맞닥뜨려 있다.

시간을 오려내는 거예요
오후 세 시는 권태롭다면서요?

스케치북 안에서 아버지는 외눈박이 거인이에요
엄마가 물을 주고 있는 꽃밭엔
갈라진 혓바닥 같은 꽃들이 다투어 피고 있어요
사립문으로 구렁이가 들어와요
쉬, 쉭, 쉬이익
놀란 계집아이가 울음을 터뜨려요
목젖이 보이는 불안이 솥으로 뛰어들어요
뱀 껍질, 눈알, 크레용, 불안을 섞은
검은 솥이 통째로 끓어요
어디선가 비릿한 냄새가 스며들어요
문밖에서 흔들리는 종소리가 주문 같아요
외눈박이 거인이 팔팔 끓는 솥을
계집아이 머릿속에 쏟아부어요
아이의 하얀 원피스가 피로 물들어요
그러자 스케치북 안에선
구렁이를 탄 계집아이가

오후 세 시로 날아가요!

―「오후 세 시」 전문

예술가는 자신의 그림자를 타자에게 전가하지 않고 예술로 나아간다. 시인이 시를 제작하는 장인에 머물지 않는 것도 이러한 그림자를 내면에 깔고 있기에 가능하다. 그런 점에서 세상의 모든 시는 본질적으로 해독이 불가능한 텍스트라고 해도 지나치지 않다. 위 시에서도 보는 것처럼 아이가 자신의 그림자를 살아내는 일상이 예사롭지가 않다. 공포가 유발하는 아이의 울음에서 먼저 표면화되는 것은 이해할 수 없는 아버지와 엄마의 행위다. 그때의 불유쾌를 수용하지 못하는 아이가 연쇄적으로 불유쾌한 감정에 사로잡혀 있으면서도 그림 그리기로 그것을 돌파한다는 점에서 이 시는, 보통사람이 자신의 그림자를 자의적이고 극단적으로, 그것을 현명하다고 여기면서―즉, 금욕이라든지 희생 제물, 소각 행위, 살해 같은 의례[2]를 통한―살아내려고 행위하는 것과는 다른 차원의 의미를 지닌다. 예술 안에서 예술 행위로 자신의 그림자를 살아가는 위 장면은, 성인 세계의 어떤 그릇됨을 수용하지 못하는 아이의 내면을 그대로 보여준다.

스토리 재구성 능력이 탁월한 안현미의 시 세계로 우리는 홀연 빠져든다. "금기의 위반을 통해 카오스로의 회귀를 음모하는 자이며 변칙적인 장애물이며 질서를 교란·파괴하는 냉혹한 침입자"[3]인 뱀의 등장을 상상하면서, 아이의 권태로운 시간이 교란되는 것을 보게 된다. 아이는 지금 이렇게 "권태"롭고, 이 어쩔 수 없는 나른함 속으로 아이가 끼어드는 장면에는 기형적인 폭력의 징후가 있다. 사립문 안이라는 실제와 스

---

2 로버트 존슨, 고혜경 역, 『당신의 그림자가 울고 있다』, 에코의서재, 2007, 73쪽.
3 남진우, 『신성한 숲』, 민음사, 1995, 87쪽.

케치북 안이라는 가상이 섞이면서 판타지와 불온한 현실이 겹친다. 어중간한 시간인 오후 세 시에는 정각이라고 콕 집어 말할 만한 명료성은 없고, 위험의 징후와 기분들이 모호하고 복합적으로 암시되어 있다. 오후 세 시를 "오려내는" 일이 누군가가 무료한 시간에 하는 가위질 놀이처럼 행해지고, 이것이 아이에게 느닷없이 위험한 환경이 되어버렸다는 것. 여기가 아이에게 닥친 위험과 공포심리가 복잡하게 분기하면서 가상에 몰입하는 지점, 즉 예술 행위와 연접되는 곳이다.

바로 여기서 어린 자아의 공포가 예술 행위를 유발한다. 아버지의 과장되고 반(半)인간적인 외모와, 어머니가 길러내는 꽃의 사악하고 유혹적인 이미지를 보면 화자는 지금 집을 안전기지로 여기고 있지 않다. '노라' 이전의 여성이 그랬던 것처럼 집이라는 장소를 자아 가두기와 묶어 생각해보면, "외눈박이 거인", 즉 괴물 같은 외부의 폭압에서 벗어나려는 아이에게는 저러한 판타지적 저항만이 안전기지일 수가 있다. 따라서 아이가 구렁이를 짓눌러 타고 빠져나가는 이 현실은, 노라가 남편 가부장의 권역을 이탈한 것과는 다른 상징성이 있다. 위반의 예술 행위는 이렇게 위험과 공포로부터 시작하고, 그때의 표현법이 아이에게 출구가 되어준다.

손택의 독백이자 글 쓰는 사람을 향한 응원이기도 한, 살아가는 자신의 또 다른 변형이 글쓰기[4]라는 언술이 떠오른다. 어른인 작가는 상처의 경험 위에서 자기 전문화를 모색하는 글쓰기를 해나가지만, 이 시에서 안현미는 어린 자아가 공포에서 벗어나는 방편으로 그림 그리기라는 가상에 빠져드는 경우를 실감나게 묘사한다. 예술가도 아이도 아닌, 다만 어른-여자인 노라가 집을 뛰쳐나가는 위반을 감행했다면, 예술가-아이는 어른의 세계 속에서 전투하지 않으면서 오후 세 시의 현상들을 오려

---

4 수전 손택, 김유경 역, 『강조해야 할 것』, 서울, 2006, 353쪽.

내어 이 세계를 가공한다. 자신의 그림자를 환상세계에 접속하는 예술 놀이를 하면서 아이는 정지된 시간을 찢고 나가 어딘가에 있을 원더랜드로 날아간다. 아이가 예술 행위를 하는 또 다른 상황이 여기에 있다.

> 문방구집 아이가 피아노 가방을 들고 담쟁이덩굴 속으로 들어간다 나는 막다른 골목 다다미방에서 아이의 피아노 소리를 듣는 아이다(…) 피아노소리가 담쟁이덩굴을 저렇게 무성하게 키우는 걸까, 발육 부진의 아이는 음악책을 꺼내놓고 누런 갱지 위에 피아노 건반을 그린다 도레미파솔라시도 도시라솔파미레도 검은 건반까지 꼼꼼히 그려 넣어도 시간은 더디 가고, 무서운 아이의 머릿속에선 레이스가 달린 하얀 드레스를 입은 아이가 아무도 모르는 곡을 연주하기 시작하면 엄마는 안 오시고, 못 오시고 엄마 대신 팬케이크를 굽는 피아노 소리 따라라 라라 따라 아이는 담쟁이덩굴보다 높이 올라가 팬케이크 같은 노란 태양을 따리는데 느닷없이 종이 피아노의 현이 뚝,
>
> ―「종이 피아노」 부분

이 시에는 마음 놓아선 안 될 문장 한 줄이 있다. 다다미방 아이를 "발육 부진"의 "고장난 생"이라고 쓴 마지막 문장이다. 그 내막을 보면, 문방구집 아이가 "레이스가 달린 하얀 드레스"를 입고 치는 실물 피아노와, 다다미방 아이가 "누런 갱지 위에 피아노 건반을 그린" 것이 먼저 보인다. 다음으로는 주방 일을 마치고 "새벽에나 돌아올" 다다미방 아이의 엄마가 지금 없다는 것. 아이의 발육 부진처럼, 마땅히 있어야 할 정상성의 '없음'에 엄마와 진짜 피아노가 포함된다. 그러나 시인이 쓴 발육 부진은 자조 섞인 기호일 뿐, 다다미방 아이는 정작 정신이나 신체 발육의 지체를 겪고 있지는 않다. 그러니까 안현미는 엄마의 부재가 아이의 삶의 조건까지 결정하는 일에 대해 말하면서, 아이의 정신과 몸의 일이 엄마의 부재와 무관하지 않다고 쓰고 있는 것이다.

문방구집 아이가 빛의 세계에 산다면, 다다미방 아이는 그림자의 세계에 있다. 그림자는 인격이 감춰진 부분(라캉)이므로, 거기에 남과 다른 비대칭적 환경에 대한 자각과 공포감이 깔리게 마련이다. 문방구집 아이와 이 아이는 실물 피아노를 칠 수 있거나 없다. 피아노 없음이 연주 불가능으로, 연주 불가능이 부진한 삶의 조건을 그대로 노출하는 환경이 되면서, 다다미방 아이를 발육 부진이라고 쓴 시인의 의도는 충분히 전달된 셈이다. 따라서 이 아이가 피아노 건반을 종이 위에 그리는 행위는 난화게임(squiggle drawing game)[5]과 같은 자기치료 효과를 유발한다. 홀로 있는 아이가 자신의 어둡고 우울한 그림자를 꺼내는 작업이 피아노 건반을 그리는 일로 나타난다. 이러한 그림자 표출 작업은 상담사 없이 아이 홀로 하는 예술창작 과정과 매우 유사하다. 안현미는 이렇게 결핍과 외로움·무서움 등의 부정적인 감각을 찔리면서 시작하는 어린 자아의 예술 행위를 생각해본다. 하지만 이러한 위협들이 시인의 생애 내내 이어진다는 것이 문제다. 이 모든 감각들은 시인이 성장한 후에도 여전히 "아프고 가엾은 영혼"(「목숨시 전농스트리트」)으로 내재화되어, 홀로 감내하면서 살아내야 할 끈질긴 슬픔으로 지속된다.

모든 가능성을 담은 시 레시피

잠시 앞으로 돌아가보면, 앞서 본 「오후 세 시」에 "갈라진 헛바닥"처럼 피어나는 꽃이 있었다. 그것은 어쩌면 엄마의 수다스러움이거나, 기질적으로 범상치 않은 엄마의 언어 능력에 대한 힌트이거나, 갈라진 뱀의 헛바닥처럼 유혹과 간사함의 은유일 수도 있다. 그것은 이 시 구절

---

5 위니 캇의 용어. 상담사가 직선, 네모, 구부러진 선 등을 그리면 아이가 그림을 완성하여 상담사와 대화하는 게임.

"우리 고급스럽게 (몸)復臨 쳐봐요"(「대낮의 부림나이트로 오실래요?」)라고 속삭이며 나이트클럽을 들랑거리는 장바구니족의 언어나, "시든 언어만 씹으며 늙어가는 여자"(「언어물회」)의 '늙은' 언어와는 달라 보인다. 모어의 유전으로 시인이 글 쓰는 능력을 타고났다면, 엄마의 갈라진 혓바닥은, 시를 짓는 일로 삶을 이어갈 시인의 운명 바로 그것을 말하려는 의도일지도 모르겠다. 시인은 적어도 나이트클럽의 여자들 같은 잉여의 언어나, 시들어가는 언어로는 시가 될 수 없다는 것을 알고 있다. 아래 시에서처럼 시인을 "거짓말을 제조"하고 그것을 "타전"하는 자로 자격 지정한 것을 보면, 그 거짓말이라는 의장과 거짓말의 분산이 시적 진실로 나아가는 것에 대한 본질적 고민이 매우 깊어 보인다.

불 꺼진 방에서 벌레처럼 납작하게 엎드린 그녀가 거짓말을 제조하기 시작한다 더듬더듬, 시 같은 거짓말을!

—「거짓말을 제조하다」 뒷부분

꽃다운 청춘을 바쳐 벌레가 되었다 불 꺼진 방에서 우우, 우, 우 거짓말을 타전하기 시작했다 더듬더듬, 거짓말 같은 시를!

—「거짓말을 타전하다」 뒷부분

화자의 "꿈속으로 걸어 들어와 피 묻은 헝겊을 주고 퇴장"(「몽」)하는 "귀가 잘린 사내"에 대해 우리는 그 진위를 물을 수가 없다. "환각을 체포할 수 있는 영장"(「하시시」)도, "중독을 체포할 수 있는 수갑"도 갖고 있지 않으므로 그렇다. 거짓말·환각·환상·중독 같은 이미지들은, 현실에서는 보편자를 철저히 위반하고 배격한다. 우리는 시인이 꾸는 꿈 내용까지 들춰가며 시의 리얼리티를 추궁할 수도 없다. 시는 모호한 거짓 세계, 환상이자 모든 가능성이기도 하다. 환상 속에서 용인되는 범죄 행위와 유사한 상상력, 어두울수록 더 예민해지는 더듬이처럼 한 편의 시는 태어난다. 시인은 가장 아름다운 나이에 벌레 같은 감수성으로 환각과 환상을 친구삼고, 어둑한 그림자를 꺼내놓고 부끄러워하거나 울기도 하는 존재라는 것. 그리고 환각적인 광채가 그의 의식에 빛을 쬐어줄 때면 "그림자 속에 심겨진 나무"(「콜라주 夢」)가 되는 두려움에서 벗어나기도 한다. 그림자로 은폐한 것을 벗어내려는 몸부림이 시를 현재형 동사로 만들어준다.

만드는 법

1.비굴을 흐르는 물에 얼른 흔들어 씻어낸다.

2.찌그러진 냄비에 대파, 마늘, 눈물, 미증유의 시간을 붓고 팔팔 끓인다.

3.비굴이 끓어서 국물에 비굴 맛이 우러나고 비굴이 탱글탱글하게 익으면 먹는다.

(중략)

생각건대 한순간도 비굴하지 않았던 적이 없었으므로

비굴은 나를 시 쓰게 하고

사랑하게 하고 체하게 하고

이별하게 하고 반성하게 하고

당신을 향한 뼈 없는 마음을 간직하게 하고

그 마음이 뼈 없는 몸이 되어 비굴이 된 것이니

그러니까 내일 당도할 오늘도

나는 비굴하고 비굴하다

―「비굴 레시피」 부분

이 레시피는 뜨겁게 끓어오르는 비굴 감정의 연금술을 보여준다. 「곰곰」에서 곰이 100일간 먹었던 마늘을 지금 화자는 마늘·대파·비굴을 한솥에 넣고 "미증유의 시간 24h" 동안 고아대는 중이다. 웅녀의 시대와 달라진 점이 있다면 불을 사용한다는 것. 그렇게 이글거리는 화력으로 마늘 종류와 비굴을 섞어 아린 감정을 하루 종일 푹푹 삶아낼 수 있다는 것. 그렇게 고아낸 결과물을 '당신'과 마주앉아 먹기도 했다는 것. 하지만 화식(火食)이라는 문명의 혜택을 입었다고 다행이라고만 할 수 없는 것은, 여전히 참는 법을 내면화하는 마늘을 이 레시피에서 빼놓을 수 없다는 문제 때문이다. 이제 화자는 꿈과 환상으로 시의 뼈대를 세워야 하고, 그렇게 해야만 핍절한 현실 조건에서도 "뼈 없는 마음을 간직"할 수가 있다. '비굴'에는 비골(非骨)을 두고 말재간을 부리는 재기발랄이 넘치지만, 한편에는 비감이 숨어 있다. 환상도, 굴도, 시도 뼈가 없도록 제조해야 한다는 내적인 요청 때문이다. 듣는 '비굴'의 음성 효과는 타자와의 관계에서 발생한 모멸감·혐오감 등의 부정적 감정을 날것으로 우리의 귀에 전달한다. 그런가 하면 시인은 '비굴'을 뜻글자로도 읽도록 "뼈 없는 마음"으로 슬쩍 풀이해 놓는다.

　이어져 오던 메타 수행이 이 시에서 정점을 찍는다. 찌그러진 냄비에서 졸아든 국물 같은 가난. 그리고 그 속에서 끓었던 마늘과 아린 눈물은 온전히 시인의 것이다. 그러한 마음이 비등점을 향해 팔팔 끓는다는 이 감정보고서가 '당신'을 향한다. 이름이 비표명된 당신은 누구인가. 시인가, 독자인가, 상대적 타자로서 남성인가. 비굴 요리는 화자가 당신에게 품은 마음처럼 무골(無骨)이다. 뼈(骨) 있는 말로 당신을 찌를 생각은 조금도 없다. 다만 뼈 없이 유연한 말을 골라 써야 하고, 그것을 "당신이 맛있게 먹어"주기를 바라고 있다. 이 비굴 조리법을 시 창작방법으로 등치시킬 때 지금의 시인들은 시 한 편을 지어내기 위한 고민에 빠질 자격이 있다고 안현미는 넌지시 말한다. 다른 시에서는 "마이너리거들"(「작고 즐거운 주전자들」)이 뛰는 그라운드에도 음악은 울려퍼진다고 시인이 쓰고 있으므로, 모든 그라운드는 특수한 장소가 아니다. 시인이 시를 쓰는 곳이 곧 그라운드이며 그곳에서 언어는 파동하고 분광한다.

> '물음을 던지듯이' 사내는
> 가난하지만 순수한 그의 삶을 음악으로 남기고
> 붉은 포도주 향처럼 깊고 은은한데
> 수은이 벗겨진 거울과 840권의 썩어가는 책들이 전부인 옥탑방에서
> 나는 840번 되풀이해 벡사시옹만을 연주하고 있다
> 사내가 가르쳐준 뺄셈을 도통 알아들을 수 없다는 투로
> '농담을 던지듯이' 삶은 그런 거냐고
> 거울 속 여자를 흘끔거린다
> 여자는 수잔 발라동처럼 분방하게 웃기만 한다

—「사티와」 앞부분

> 턴테이블에선 사티의 짐노페디 8번이 반복되고 있다

—「timeless time」 부분

안현미는 자신의 시를 벡사시옹의 간결하고 단조로운 기법에 빗댄다. 에릭 사티의 가난과 시인의 가난을 흑백 건반처럼 나란히 배열한다. 840번 반복되는 벡사시옹, 그리고 짐노페디의 청명한 울림에 끼어드는 '수잔 발라동'의 분방한 웃음은 불협화음이지만, 반복되는 피아노음 속에서 그것은 누구도 간섭 못 할 만큼 자유롭고 감각적이다. 단조로움 속에 불규칙한 음을 배치해 놓은 에릭 사티처럼 시인도 농담·분방 같은 의외성을 시에 기입해 나간다. 최후의 순간에 뜨거운 정념으로 죽음을 넘어서려는 작곡가의 욕구가 최고조에 이르는 이 문장, "얼마 남지 않은 생을 오선지에 그리고"(「환을 연주하다」) 있는 장본인은 어떤가. 죽음에 임박해서까지 아리아를 헌정할 여인을 떠올리면서 작곡에 몰두하는 그에

게서 우리는 삐에로의 열정을 본다. 입가에 웃음을 그려 붙이고 우는 그의 표정은 아프로디지아와 타나토스를 껴안은 열정 어린 인간을 연상시킨다. 이러한 쾌락과 열락, 극형의 순간이 겹친 것 같은 공포가, 시 한 편을 살려내려는 시인의 귀기 어린 언어 제조 행위와 무엇이 다른가.

예스! 아이 엠 우먼

살아 있음을 확인하려고 제 살을 찢는 여자가 있다. 육체의 고통을 자각하면서 현존을 확인해 온 그녀는 정신분열을 앓고 있다. 그녀가 진열대 앞에 서서 그림액자에 갇힌 여러 명의 여자에게 자신을 투사한다. 이 그림들은 그녀의 분열된 정신처럼 얼마든지 복제할 수 있는 무수한 자아상이지만, 그보다 중요한 것은 남성 없이도 왕성하게 생명성을 구가하려는 그녀의 결기다.

> 액자 속에선 시간을 잃어버린 여자가 삭발을 하고 녹슨 가위는 액자를 오리고 있지 (…) 무성생식하는 액자 액자들 12개의 사다리를 올라가면 녹슨 열쇠 구멍 속에 갇혀 있는 내가 있지 내 속에는 내가 너무도 많아 분열을 앓고 있는 나는 나를 사랑한 당신을 사랑한 나를 증오하지 증오하는 나를 사랑하는 나는 녹슨 가위를 들고 동맥을 오리지 피 흘리는 나를 안아주는 나는 당신이 선물한 액자 속에 있는 당신이 사랑한 삭발한 여자에게 말해주지 이제 와 생각해 보면 그것은 사랑도 아니었지 그냥 지상에서 가장 높은 방에 서로를 모셔두는 일이 었지 그래서 당신과 여자는 울지 못하고 옥탑방만 울고 있는 거지
>
> ―「옥탑방」 부분

자해하면서 생명을 확인하는 화자의 극단적인 행위와, 시를 짓는 자가

세계 끝까지 상상력을 몰아가는 모습이 겹친다. 프리다 칼로의 〈자화상〉을 인유했을 이 시에서 안현미는 "무성생식하는 액자 액자들"에 이 시대 예술가들의 가난과 감정을 담아놓는다. 남편에게 배신당한 후 남자처럼 성장(盛裝)하고 삭발까지 하면서 여성이기를 거부하는 이 화가의 결기에서 "나를 안아주는 나"가 보인다. 남성에게 비치는 여성이 아닌, 여성이 여성에 대해 말하는 이 시에서 우리는 여성 시인을 이해하는 또 하나의 방식을 얻는다. 그것은, '당신'과의 협력이 배제되고 배반을 당하더라도 홀로 결단하고 홀로 서는 예술혼이다. 상실한 대상을 미워하거나 슬픔에 빠져 있거나 하지 않고, 대상을 자신의 내부로 받아들여 자아를 확장하는 글쓰기로 키워간다.

지금 이 시대에 혼자 옥탑방을 얻어 나가 '나'를 구제하는 예술혼을 불태우는 상처투성이 여성 시인을 주변에서 볼 수 있는가. 자해한 상처에서 흐르는 피를 찍어 시를 쓰겠다는 시인이 과연 있는가. 지금 시대는 시 정신을 지켜나가는 것과 가난을 동일선상에서 말하지 않는다. 가난과 예술혼 간 투쟁에서 밀려나고 있는 시의 시대를 안현미는 이 시집에서 그려낸다. 조용한 창작 공간과 얼마간의 돈은, 글쓰기 작업과 생계의 균형을 맞추려는 작가에게 필수 요건이다. 이즈음의 예술가지원정책은 작가의 창작 환경을 여러 방면으로 다양하게 충족시키려는 노력 속에서 수립된다. 여성 예술가를 대표 명사로 하여 예술가의 가난을 말하는 시대는 아니지만 여전히 가난한 여성-사람이 시인이라는 사실은 크게 달라지지 않았다.

소녀와 숙녀들의 분위기 열전

―박상수의 시

　박상수는 세 권의 시집을 냈다. 소녀-여대생-여(女) 사회 초년생을 거치는 동안 이 주체들을 압도하는 사회의 분위기를 시집에 담아낸다. 숙녀들에게 성장과 삶이라는 이벤트는 줄곧 변수들의 연속이고, 곤경의 파노라마이며, 표나지 않게 돌파도 해야 하는 것이다. 첫 시집 『후르츠 캔디 버스』(2006)에서는 사회성과 환상성의 유대가 조화롭지 못한 소녀들에게 시인의 시선이 멈춘다. 소속감과 안정감을 언젠가 잃었으나 그것을 인지하지 못하는 소녀들이다. 두 번째 시집 『숙녀의 기분』(2013)에서는 대학생 숙녀들의 수다스런 독백을 듣는 것 같은 발화 효과가 두드러진다. 세 번째 시집 『오늘 같이 있어』(2018)에서는 화자의 독백과 제2·제3의 인물 간 대화를 섞는 방식으로 사회 초년생이 처한 곤경을 그린다. 그의 시집에서 발화자는 대개 여성들로 추정할 수 있고, 그 목소리는 후기산업사회의 젠더 현실에서 풀려나오며, 짐작하는대로 그것은 좁다란 취업문, 열등한 직무와 저임금, 직업의 불안정성 등과 관련한 숙녀들의 말하기 방식이다. 노조를 조직하여 대표성을 가지거나 창구를 일원화하여 발언의 강도를 높일 수 없는 환경에서의 수다와 방담이 그것이다.

2010년대 우리 시단에 등장한 소녀 서사들은 정체성이나 가족 관계, 성 문제를 매우 개별적으로 담아냈다. 박상수는 소녀의 선택을 성 선택에 고정하지 않는다. 소녀의 성장을 단지 몸의 성장으로만 한정하여 보지 않는다는 뜻이다. 남성의 시선으로 결정되는 여성 몸의 조건이 아닌, 여성 몸 바깥의 상황이 여성 삶의 조건이 되는 것에 대한 지각이 그가 남다른 시를 쓰는 요건이다. 소비생활을 분방하게 하는 것 같은 숙녀의 행태가 알고 보니 연출된 것이었을 때 우리는 한없이 무연해진다. 『숙녀의 기분』에서 시인은 숙녀들이 샤방샤방 걸어 나오면서 말을 하는 것처럼 언어를 구사한다. 이 여대생 숙녀들의 분위기를 얼핏 보면 다음 같은 낌새는 없어 보인다. 자본사회가 구성원에게 가하는 물질적 억압을 경멸한 보드리야르식 반항, 즉 소비를 강요하는 문화에 맞섰던 분위기(ambience) 같은 것 말이다. 숙녀들은 그러한 메시지쯤 가볍게 날려버릴 것처럼 행동한다. 자본을 더 많이 가진 자와 자신의 처지도 비교하지 않는 것처럼 보인다. 남보다 반드시 우월해야 한다는 승부욕이나 게임 본능도 어리석은 짓이라고 조롱하는 듯하다. 그녀들이 이렇게 부풀려져야 하는 이유를 시인은 『숙녀의 기분』에 반어적으로 담아낸다.

생산 집약적인 자본사회에서 소비 집약적인 사회로 바뀌면서 소비하는 대중은 이제 아름답고 높아 보인다. 물신과 가까이 하면 소외감·비루함·열등감도 잊을 수 있다. 소비의 주체로서 명랑 발랄한 숙녀들은 아직 오지 않은 미래의 꿈 같은 우발적 현상에 현재를 걸지 않는다. 소비할 때의 즉각적인 즐거움을 더 소중하다 여기고, 소비에 쏟는 시간과 정열을 헛되거나 아깝다고 하지 않는다. 소비 욕구는 욕망처럼 움직인다. 소비현장의 소소한 풍경, 예컨대 다른 이들이 일별하며 지나가는 쇼윈도우 앞 같은 데 서 있기만 해도 자존감은 부푼다. 개개인의 처지를 따져보면 곤궁하기 짝이 없지만 몰려다니며 쇼핑할 때는 쇼핑족이라는 발랄한 지위를 얻는다. 소비하면서 자기를 우아하게 설계해내려 하므로,

상품 집약 사회의 소비자로서 시간을 점점 늘려야 한다.

박상수 시에서 대학생이 된 숙녀들은 떼 지어 몰려다니며 동류 감정을 공유한다. 소비 분위기에 편승하여 우울을 덜어낼 수만 있다면 거기에 우량 소비와 불량 소비의 경계는 없다. 소비의 가능성이 조성해준 분위기 안에서 숙녀들은 자신의 품종을 문제삼지 않으려 애쓰는 것처럼 보인다. 이 시집에 모델링되어 있는 소비 욕구는 '난 그것을 원해'가 아닌 '내 기분을 띄워줄 뭔가 필요해'가 촉발한다. 이들은 학생식당과 도서관 열람실을 전전하거나, 상품 구매를 일상적으로 하는 것처럼 찌를 듯 굽이 높은 구두를 쇼핑 공간에 들이밀기도 한다. 욕망이라도 착취당하지 않으려 하고, 결핍감·불쾌감·박탈감을 소비의 쾌락으로 대체하려 한다. 『오늘 같이 있어』(2018)에 이르러 숙녀들은 사회 초년생이 된다. 어느 시 구절을 변용하여 쓴 "오늘 같이 있어"라는 이 문장에는 물음표(?)도 마침표(.)도 느낌표(!)도 말줄임표(……)도 없다. 이 한 줄에 실려 있는 누군가의 목소리가 사회 초년생이 무언가를 선택하는 그 순간을 다양한 방향에서 생각해보도록 이끈다.

소비사회의 얼굴을 패러디하기

『숙녀의 기분』의 주체들은 주로 대학교와 그 주변에서 활동한다. 이들은 셀프서비스의 화신인 양 분위기를 만드는 유희적인 소비의 주체다. 소비 행각으로 욕구 불만을 털어내려는 것처럼 보일 때가 그럴 때다. 그런데 긴급한 현실인 생존문제와 숙녀들의 소비 행각이 맞물리지 않고 어색해 보인다. 현실 따로 소비 따로 현상이 숙녀들의 현실보고서라는 것을 알아채기까지 우리는 그다지 많은 시간을 허비하지 않아도 된다. 숙녀들은 매우 당당하게 말하고 행동하면서 몰려다닌다. 그녀들이 상대하는 부류는 크게 둘로 나뉜다. 교수·편의점 점장·아저씨 같은 부류, 선배들·동기·후배들 같은 부류다. 이 둘 사이에 문제적인 계층 사다리가 놓여 있다.

　　교양인답게 우린 몰려다녔어요 팬시숍, 북마크를 주머니에 넣고 볼드체 하모니 노트는 숄더백에…… 또 눈꽃무늬 리본 테이프……B선배는 가방이 너무 작아서 실망했죠. 복화술처럼 복화술처럼

　　내일은 버스를 타고 더 먼 숍으로 가자 갖고 싶은 게 너무 많아 행복해

　　목 잘린 생선들이 마르기 전 얼음을 갈고 물을 빼주어야 하는데, 가게로 돌아오면 수조 속 가라앉는 익사체처럼 걸어도 걸어도 앞으로 나아가질 않는 거예요 엄마가 올 때가 됐는데, 난 오늘 생선의 시세를 몰라요 알고 있지만 몰라요 우린 모여서 상상도 할 수 없는 세미나를 하기로 했거든요

—「나의 여학생부」 중간 부분

　　이 숙녀들은 생산노동만을 노동의 반열에 두지 않는다. 소비도 노동이라는 것. 이러한 발상은 소비 중심 자본체제에서 온 것이다. 시간을 투여하여 급여로 반환받는 것이 생산 활동이라면, 소비활동은 시간과 돈을 들이면서 만족을 얻는다. 그러니까 뒤는 자본생산과 직결되지 않는 셀프서비스인 셈이다. 돈을 들여 상품을 구매하면서 거기에 노동력까지 보태는, 철저히 소비 위주의 체제다. 이런 점 때문에 소비 노동은 자본 창출을 전제하지 않는 그림자 노동 축에 든다. 보수 없이 산업 생산물의 가치만 높여주므로 그렇다. 후기산업사회의 이 숙녀들은 "교양인답게" 몰려다니며 소비를 즐긴다. '몰려다녔'다는 행위의 비교양스러움에 대한 반전도 스스로 연출해야 한다. 시인의 내레이션 전략이 재미있게 펼쳐진

다. '~답게'의 주체들이 가장과 과장으로 소비노동의 즐거움을 능숙하게 연출한다. 따라서 그들이 '교양인'과 '세미나'의 관련성을 보여주려 한다면 이것은 정신적인 만족까지 얻으려는 욕구에서 나온 것이다.

시인의 내레이션 전략은 우선 목소리를 생생하게 실어내려는 데서 시작된다. 간접화법으로 대신 전하는 것이 아니라, 녹음기의 재생 버튼을 눌러 놓고 그대로 숙녀의 목소리를 들려주는 것 같은 효과가 그것이다. 이제부터 재생해보겠다. 그녀들은 "북마크" "볼드체 하모니 노트" "눈꽃무늬 리본 테이프" 같은 팬시 용품을 구매하면서 '~다움'을 위한 심리 전략을 펼친다. ~답게 행위하는 것은 본래 그렇지 않은 이들의 동일화 전략이다. 숙녀들이 지금 어디에 북마크를 넣어두었는지를 보라. 주머니에 넣어진 채 쓸모가 폐기되었고, 그녀들의 관심은 어느새 다른 데로 이동해 있다. 볼드체 하모니 노트의 디자인과 눈꽃무늬 리본 테이프들을 구매하여 서구적이면서 로맨틱한 취향을 누린다. 게다가 떼거리로 이동하면서 "가방이 너무 작아서 실망"할 정도로 환상(fancy)적 욕망에 빠져 있는 얼굴 표정은 "복화술"자의 그것처럼 굳어 있다. 이들은 무슨 말인가를 해놓고도 다른 곳에서 들려오는 목소리를 듣는 것처럼 시침을 뚝 떼고 얼굴 표정을 바꾸지 않는다. 일말의 감정에 휘둘려 들뜨거나 하지 않고 이성적으로 소비하는 것처럼 꾸미지만, 짓고 싶은 표정과 그것을 들키지 않으려는 내심 사이에 있는 질기고 두꺼운 불안과 긴장 때문에 표정이 굳는다. 몰려다니며 쇼핑하는 이 떼거리 소비의 주체들은 이렇게 교양인 '답게' 자존심을 셀프서비스 중이다.

이런 생각이 든다. 구별되기와 차이 짓기, 모방과 흉내 내기는 이 숙녀들의 동시 욕구라는 것. 소비 행위를 비교양으로 아는 부류를 조롱하는 것이 산업사회가 요구하는 소비 윤리라는 것. 따라서 산업사회의 소비 주체들은 타자와 구별되려는 소비로, 놀이하는 쇼핑으로 동료들과 소비 감각을 공유한다는 사실이다. 상품의 교환가치를 따질 여력이 없더라도 기분에 따라 자본의 사용 기능만 누리면서 만족을 얻는다. 주머니에 넣어둔 북 마크처럼, 효용성은 없더라도 기분에 맞으면 그만인 것이 숙녀들의 소비 윤리다. 숙녀 무리 중 기분파의 대표격인 "B선배는 가방이 너무 작"을 정도로 물건들을 사들이고, "갖고 싶은 게 너무 많아 행복"하다고 즐거운 비명을 지르는 일은 내일의 욕망을 재생산하는 근거이자, 새 상품 소비의 순환 가능성을 여는 행위다. 이미 많이 소유했으면서 더 많은 것을 욕망하는 소비사회의 거식증, 예컨대 "먹자 토하고 또 먹으면 돼"라며 먹어치우고, 토하면서 다시 허기 상태가 되는 소비 욕망의 패턴을 풍자하는 광경이다.

그러나 이러한 행복 감정은 허구적이다. 아직 오지 않은 내일의 허구를 끌어당겨 지레 행복해지려는 숙녀들을 추상화 같은 물신이 지배한다. 어느 숙녀는 가족 단위로 조건 지어진 계급경제에 구속되지 않으려는 듯 시침을 뚝 떼고 모르쇠로 일관한다. 엄마가 잠시 비운 생선가게를 지키고 있으면서 "난 오늘 생선의 시세를 몰라요."라고 잡아떼는 식. 자본 교환과 사용가치의 구조를 무력화하고 오직 잉여 소비의 영역만을 소유하려 한다. 소비로 부풀려진 사회에서 정직한 노동의 현장은 숙녀에게 비린내 풍기는 장소에 그친다. "알고 있지만 몰라요"라며 그곳에서 몸을 빼려는 시도는 자신이 되고 싶은 상태, 즉 페르소나만을 지향한다는 점에서 이 분위기 열전 주인공들의 정신을 박약하게 노출한다. 따라서 복화술자의 목소리처럼 현실의 이면에 숨으려는 시도는 숙녀들의 비루한 현실 부정하기, 이어서 그곳을 탈출하려는 하나의 방편이다. 이렇게 이 시집은 보드리야르가 리스먼을 인용하여 말한, 동년배 집단(peergroup)의 내적 상호성과 자기도취적 응집력이 유희적인 추상적 경쟁[1]으로 표면화되는 현실을 패러디하고 있다.

---

1 장 보드리야르, 이상률 옮김, 『소비의 사회─그 신화와 구조』, 문예출판사, 1994, 126쪽.

심리극처럼 충돌하는 욕망

박상수의 숙녀 그리기는 날렵하다. 그녀들의 분위기병이 소비사회의 계층구조를 반영한다는 점에서 현실적인 필요와 충분의 문제를 넘어 정서적인 결핍과 풍부의 문제를 짚어보게 한다. 먼저 충분과 풍부를 여분과 잉여, 더 이상 뭐가 필요한지 모르는 넉넉함으로 이해해 보자. 반면에 소비사회에서 '허기'는 결핍을 채우려는 것이라기보다 풍부에 대한 허기, 풍부를 먹어치워 더 포만해진 욕구를 토해내면서 다시 풍부를 먹어치우는 가짜 욕망이다. 허기의 영속화를 부추기는 소비 욕구가 물신과 접속하는 일은, 최고의 지성인이라고 해서 예외가 아니다. 박상수 시에서 스승과 제자, 상사와 사원, 점주와 점원은 자본주의 체제에서 지위와 자본의 관계로 엮여 있다. 다음 시에서는 숙녀의 자의식과 교수의 헤게모니가 환상 구조 안에서 작동한다. 숙녀는 지식자본에 무능하고, 교수는 지식권력의 유능을 독점하는 일에 집중한다.

5개월 전 교수님은,

알 수 없는 글자 1, 더 알 수 없는 글자 2, 본 적 있지만 알기 싫은 글자 3, 지긋지긋한 글자 4와 지워져버린 글자 5,6,7,8,9……가 세로로 뒤섞인 책을 귀국 선물로 주셨죠(자기 마음대로)
(중략)
사전에도 나와 있지 않은 단어를 찾으며
방에 드나드는 후배들 앞에서
어때요, 책 읽는 분위기의 나
자랑할 때도 있지만

사실, 옮겨 치다 보면/아무렇게나 소란을 피워버리고 싶은 이 책

등 돌린 교수님은/창문도 열지 않고/5개월 내내 담배만 피우다가/불쑥/파티
션 뒤에서 치솟죠
(중략)
―네가 할 수 있는 일은 임팩트가 하나도 없는 얼굴로 연구실 쓰레기통을 비
우는 일이다

앞으로 최소 두 달은 절대로 그가 나에게 먼저 말을 걸지 않겠구나, 나는 이
방에 있어도 없는 그런 사람, 당신의 발에 로션을 짜고 하루 종일 발라드리겠어
요, 애원해도 당신은 구해주지 않겠죠(자기 마음대로)

―「낙관주의적 학풍」 앞부분

무임 노동에 격분한 숙녀의 표정과 교수님의 행태가 나란히 보인다.
교수님의 언행에서 숙녀가 알아챘듯 학풍이 낙관적이라는 진단이 실상
은 실제를 비튼 화법이다. 숙녀는 동료집단에서 교환했던 판타지 정서
를 물리고 현실을 강화한다. 자신이 알아버린 학풍에 대해서는 "알 수
없는 글자"들이라는 기호로 냉소한다. 그녀에게 타이핑을 맡겨놓고 파
티션 뒤에서 담배 연기만 피워 올리는 저 학풍의 발원지로 무임 노동에
대한 불만이 격발한다. 독해 불능에다 글자가 "세로로 뒤섞인 책"은 교
수님의 지성과 지위를 과시하는 현시물이다. 숙녀의 필요 범위가 아닌
당신의 현학 취미와 과시로 포장한 선물이다. 당신의 그러한 기만이 괄
호 속 "(자기 마음대로)"에 숨어 있다. 숙녀에게 책 선물은 "알기 싫"고
"지긋지긋한" 필요 불급의 물건이다. "책 읽는 분위기의 나"를 자랑하는
그녀의 기호를 맞춰주는 듯하지만 실상은 무급 노동을 조장하는 행위
다. 선물 공세로 억지 노동을 유발한 뒤 자본으로 환산하지 않아도 될

서비스 노동으로 돌려버린 것이다.

이들의 외관상 유대관계를 고립감이 격화된 상태로 읽게 되는 건 '파티션'이라는 경계 때문이다. 지식인의 지위를 선취한 교수와 숙녀의 경계에 이것이 놓여 있다. 교수의 교양과 지적 풍모가 깎이지 않게 되는 건 전면에 나타나지 않는 전략 때문이다. "나는 이 방에 없어요 있어도 없는 그런 사람"이라고 자조하면서 숙녀는 타이핑 작업을 하고, 파티션 너머에서 교수의 지적인 지위도 똑같은 높이로 유지된다. 교수가 숙녀의 작업에 관여하지 않는 것을 보면 메타소비로 구매한 허위지식은 아닌지, 기호 조작으로 지식 상위 계층이 된 것은 아닌지 의문도 생기지만, 그것은 끝내 불가지다.

구원의 발생지는 어디인가

호흡하듯 소비하라. 이 음성은 물신이 강권하는 소리다. 필요를 웃도는 여분만이 소비 귀족을 만든다. "필요를 논하지 마세요"(「리어왕」)라는 목소리는 '필요 이상을 소유한 당신이야말로 귀족!'이라고 이해하게 만든다. 숙녀가 소유한 물품들은 그녀 주변의 동년배들에게도 흔히 있는 것이어서 피차 질투나 탐욕의 대상이 되지는 않는다. 소유물로 계층을 결정짓는 현실이 자신의 삶이기도 하므로 숙녀들은 낭만적 소비로 자존감을 높이는 정서적인 공모자다. 불만족과 불안으로 침착된 심리의 얼룩을 발랄하게 걷어내는 그녀들의 행동은 다다르지 못할 높이에 대한 반작용 때문에 생긴다.

구두를 신으면 자신감이 생기니까 구두를 신고 뺨을 맞으면 되지 쓰러졌다가 또 일어나면 되는 거야, 공사가 중단된 연립주택 뒤, 선배들은 점점 더 신이 났

어요 한 대씩, 또 한 대씩,

(이유가 없어질 때까지 이유를 잊어버릴 때까지)

선배가 구워온 쿠키를 입에 잔뜩 넣고 터진 입술의 상처가 더욱 벌어지도록

그래 이렇게 먹으니까 맛이 나/매력이 있게 되었어!

어쩐지 더 친해진 느낌.

—「나의 여학생부」 뒷부분

　이 시에서 숙녀들은 현실의 곤경을 완충하는 구두를 신고 판타지를 가로지른다. 자신감은 추상적이지만, 신고 있는 구두는 현실이다. 뒤꿈치 살이 벗겨지는 고통을 참다못해 계속 힐을 벗기도 하고(「파트타임」), 시험에 합격한 후 "레드 카펫 위로 스틸레토 힐을 신고 걸어가"(「합격 수기」)는 환상에도 빠진다. 시인은 "붉은 융단"(「파트타임」)으로 고공(高空)의 지위를 은유하면서, 바닥인생들의 탈출로가 되어줄 빛나는 융단을 숙녀들의 발밑에 깔아놓는다. 힐을 신고 뒤뚱거리는 숙녀를 "부축해주지도 않"는 '너'는 희망이 어디에도 없다는 증표이며, "뭔가 열심히 산 것"처럼 땀을 흘리지만 그것은 땀띠(「합격 수기」)처럼 성가신 것들이 돋아나는 조건일 뿐이다. 이렇게 돋아오르는 표징들은 꿈의 통로로는 나아갈 수 없는 숙녀들의 헛발질과 관련한다.
　숙녀들의 판타지 취향을 머뭇거리게 하는 이 표현, "정신이 얼빠지면"(「파트타임」) 타락할 수도 있다는 발언은 물질 소비에 쏠린 숙녀들의 내면을 향한다. 숙녀는 구두를 신은 채 선배에게 뺨을 맞지만, 다시금 손과 어깨를 내밀어 균형 잡아주는 그들과의 결속 없이는 구두를 신은 채 바

로 설 수조차 없다. 폭행과 직접 만든 쿠키를 건네는 행위로 채찍과 당근을 적절히 제공하는 식. 그 선배 앞에서 입술의 상처를 벌리면서 쿠키를 먹고, 동류의식도 공유한다. 연대하여 비루한 삶을 견디고, 선배의 폭행으로 내성을 기른 뒤 세상에 나가면 밝고 명랑하게 처신한다. 이렇게 숙녀들은 피차 세상의 외곽인 다른 숙녀들에게 기댈 수 있는 어깨가 되어주는 존재자들이다. 그녀들은 얕잡아 보이는 게 싫어서 고개를 까딱까딱거리고, 어른들은 거기서 불량기를 볼 것이나, 이것을 불안의 징후로 알아주는 이도 역시 동료집단이다. "넌 조금 더 제멋대로 걸어도 되는 거"라고 선배가 기꺼이 용인을 한다. 자존감을 지키려는 과잉 행동과 거만함은 숙녀들이 되고 싶은 상태를 보존해 주지만, 이것을 그만두면 "당장 나는 할 게 없어"지고 불안이 이어진다.

박상수는 개념의 무게를 피하고 언어의 중량을 줄이면서 시를 쓴다. 인물의 상처를 표면화하거나 절망을 내재화하기보다, 인물의 언행을 통해 우리의 생각 회로를 돌린다. 예컨대 냄새를 혐오하는 어떤 숙녀의 환경을 다음같이 보여주는 식이다. 숙녀는 남자친구의 몸에서 나는 냄새 때문에 그를 떠밀며 "좀 가, 냄새나니까 좀 가"(「기숙사 커플」)라며 투덜댄다. "아저씨들 담배 냄새" 못지않게 "나한테 지겨운 냄새가 나는 것 같아"(「쉽게 질리는 스타일」)서 냄새의 진원지인 집으로 귀가하기 싫은 날도 있다. "너희들이 벗어놓고 나간 옷가지의 악취"(「사춘기」)가 자신의 악취와 다를 바 없지만 삶의 주제를 요약하는 일에 미숙한 어떤 숙녀는 그 냄새에서 자신만은 예외라고 생각한다. 숙녀들은 이와 같은 불편 때문에라도 탈취제 없는 환경을 뛰쳐나와 몰려다닌다. 시간 속에서 이미 낡아버린 것들과 익숙하게 지내왔지만, 집 바깥으로 나오면 그녀들의 기대는 반사적으로 새것에, 그리고 그것마저 넘어서는 구원의 장소로 도약할 수 있다.

몰려다니지만은 않는 레이디

진리는 변한다. 교회가 영혼의 안식처이며 구원의 처소라는 개념은 물질생산주의 이전 시대의 진리다. 물질생산 시대의 숙녀는 교회에 출석하여 먼저 이런 행동부터 한다. "영향력이 있는"(「구직 활동을 하러 교회에 갔어요」) 평생직장이 되어줄 남자의 기름진 목덜미를 어느 자리에서 잘 찾아낼 수 있을지부터 탐색한다. "나사가 풀려" 버린 듯 주절주절 기도하는 성도들을 흉내 내면서 그 목덜미에다 눈길을 고정한다. 현실의 주름을 펴는 방법을 교회에서 해결해보려는 계산속이 예배보다 앞선다. 자신을 바닥까지 내려놓고 "가장 밑바닥의 얼굴로 소리치"면서 광신도처럼 굴어도 본다. 하지만 기도는, 이루어질 수 없는 것의 높이와 기도하는 자가 처한 바닥을 여실히 각성시킬 뿐이다. "갈망의 생산과정 자체도 불평등"(보드리야르, 77쪽)한 정황에 숙녀의 기도 소리는 하위계층의 거친 숨소리와 조금도 다를 바 없다. 그들은 오르다 멈춘 계단 끝에서 다음처럼 날개를 접어야 하는 자들이다.

마지막으로/계단을 올라가는 사람에겐/날개를/조금 먹고 조금 사는 금붕어에겐/알약을

종일 유리공을 불고 종일 금 간 유리공을 쓰고 돌아다니는 지구인들의 거리를 지나왔죠 난 자랄 만큼 자랐고 놀란 노루처럼 귀를 세울 줄도 아는데

비가 오는 날은 도무지 약이 없어요

기분은, 비단벌레들이 털실을 다 풀면 돌아올 테고 영원히 살지는 못하겠지만 스카프를 두르고 오래된 그림책 위를 날아가네요, 꿀을 넣은 작은 홍차를 마

실 거예요, 시간과 공간의 모눈종이를 펼치면 난 대체 어디에 있는 걸까요

　가슴으로 자주 비가 스며들어온답니다 뢴트겐 씨를 부르고 심장을 얼린다면
살 수 있을까요?

　내가 아는 모든 사람들의 거리를 유리온실로 덮어주고 내 기분은 다음 달에
바다로 갔다가 화산을 구경하고 2층 버스를 타고 없어질 거예요 누가 뭐래도.

　큐티 큐티 큐트//샤라랑

―「숙녀의 기분」 전문

　소비의 불평등이 숙녀들의 기상도를 우(雨)요일로 만든다. 그런 이유
로 숙녀에게 싹수가 노랗다는 식의 가위질을 하긴 어렵다. 그녀에게도
"내가 아는 모든 사람들의 거리를 유리온실로 덮어주고"싶어 하는 너
그러운 마음이 있다. 이럴 때 숙녀들이 날렵한 연출력을 보인다 해서 타
자에게 해를 끼치는 것은 아니다. 추락할 일밖에 없는 현실 바탕에서
'샤라랑' 날아갈 듯 유리온실 속을 몰려다니며 기분을 띄워 올린다. 쇼
핑은 숙녀에게 더는 낮아지지 않고 주저앉지도 않으려는 생산 활동이
다. 그러므로 보장된 미래가 없는 숙녀에게 과장하지 말고 있는 그대로
행동하라고 말해주고 싶을 때에도 경박하다며 냉소까지 날릴 수는 없
다. 숙녀에게는 순정하고 진실한 마음을 실어내는 액션도 있다. 마음을
드러내는 것이 쑥스러울 때는 욕바가지를 퍼부으며 그런 마음을 숨기기
도 하지만, 알고 보면 진정 싸가지 있는 휴머니스트다.

　한 줄 김밥이랑, 훈제 통닭, 담배랑 막걸리랑
　잡히는 대로 봉투에 담아

문밖, 아까부터 나를 훑어보던 아저씨한테 갖다 줬지
단골 개거지 아저씨
그리고 내 소원을 말했다

가서
그냥 죽어요

오늘 포텐셜 최고.

—「월급날」 뒷부분

숙녀에게 무슨 일이 있었나. 급료가 지연 지급되었는데도 "오늘 포텐셜 최고"라는 것을 보면, 자신도 누군가의 편에 있는 잠재성의 인간이라는 것을 알게 된 날이다. 월급날 김밥·통닭·담배·막걸리 등을 "단골 개거지 아저씨"에게 갖다 주면서 "그냥 죽어" 버리라고 저주한 것이다. 이것은 반어적인 언행이다. 일하지 않고 개거지처럼 살 바에는 차라리 죽는 게 낫다는 자조이자, 무노동으로 얻는 분배에 대한 제동이기도 하다. "물에 빠진 자"가 경제적 구원이 필요한 자들을 통칭한다면, 이들을 건져 올릴 도구는 김밥·통닭 같은 최소한의 물질적 지원이라는 내심이 숙녀의 욕설에는 들어 있다. 월급날을 기다려 유보해 뒀던 저 외식 식단은 숙녀에게도 아저씨에게도 똑같이 상징적이다. 숙녀가 손에 잡히는대로 집어 봉투에 넣는 물품들은 월급날에만 안정적으로 자신이 일하는 마트에서 뽑아낼 수 있다. 거저 얻어가는 것이 아저씨의 일상인 반면, 숙녀에게는 베풀 수 있는 날마저 이날까지 유보되어 왔다. 필요의 법칙을 지연시키는 급료일 때문에 숙녀는 아저씨에게 미안했을 것이며, 지금은 그러한 마음을 그가 눈치채지 못하게끔 일부러 나쁘게 굴어야 한다. 그러면서 절박함, 미안함, 쑥스러움이 엉킨 과잉 포즈를 취해야 한다. 자본

체제에서의 인간관계는 자본으로 엮이고, 자본은 개인 간 유대를 결렬시키면서 소득 하위계층을 양산하지만, 숙녀는 지금 자본 관계에서 상실한 개인 간 유대를 주체적으로 실천 중이다. 매우 소박하게 자신만의 방식으로.

"오늘 같이 있어"라는 '마음'의 말

세 번째 시집 『오늘 같이 있어』에서도 시인은 웃+픈 현실을 가공한다. 인형 같은 캐릭터들에 숙녀의 현재 상황을 실어낸다. 토이박스의 인형처럼 홀로 자라 숙녀가 된 사회 초년생이 자신의 마음이 어디에 있는지 몰라 방황하는 언어들을 읽을 수 있다. 숙녀의 마음은 광물질처럼 단단해졌고, 주변 인물들을 보더라도 타자의 마음을 돈으로 환산해야만 감잡을 수 있는 유물관에 빠져 있다. 숙녀의 태도는 두 가지 점에서 눈에 띈다. 하나는 인형과 놀면서 자문자답했던 유년의 방식으로 타자와 상호작용하는 태도. 다른 하나는 인형처럼 홀로 있는 숙녀가 타인과의 관계를 성찰하면서 독백하는 자세다. 앞은 개인 간 상호작용은 물론 사회 구조 안에서도 다양한 정서를 유발하고, 뒤는 그렇기 때문에 자기 성찰의 시간을 갖게 되는 숙녀에 초점을 둔 시들이다. "흔들리던 속눈썹"(「외동딸」)의 주인공처럼, "스프링 인형"(「휴일 연장 근무」)처럼, "버튼을 눌러 심장을 검사"(「독수리 성운의 캐치볼」)해야 할 인형처럼, "팔목 안쪽엔 목화솜이라고 써"(「다크 서클」)둔 인형처럼, "군악대 인형들이 큰북을 울리며 행진하고"(「게스트 하우스」) 있는 것 같은 캐릭터들이 바로 사회 초년생 숙녀들이다. 박상수의 인물 묘사와 창안 작업이 이렇게 발군이라는 것쯤은 이제 우리도 익히 잘 안다.

내 마음, 모노레일에 실려 서랍에 닿았다가 거두어지는 소리, 파산한 장난감
공장에 종일 비 내리는 소리, 별들의 연주가 리본 테이프처럼 날 감싸고 흘러요
내 마음속 오래 감추었던 광물 샘플들, 앤티크 브로치를 보여주죠, 우주의 시간
과 지구의 시간은 다르다네 랄랄라, 문어군 사라지는 노래를 들으면 멈춰 있던
케이블카가 다시 움직여요 밤의 궁전에 불이 들어와요 오늘은 여기도 별 같군
요 난 왜 세계를 이렇게 떠도는 걸까요, 낮엔 햇빛을 흡수하고 밤엔 땅을 덥혀
주는 내가 되고 싶었죠

—「외동딸」 뒷부분

이 외동딸은 안타깝게도 "파산한 장난감 공장"에서 만든 인형 같은 처
지가 되었다. 마음이 "모노레일에 실려" 어딘가로 흘러가기를 바라지만
그 꿈이 좌절되는 소리를 듣는다. 토이박스 안에 있는 인형의 정체성을
주변에 있는 광물질들이 어김없이 확인시킨다. 은하단·테이블·서랍·
문어·별·리본 테이프·앤티크 브로치·케이블카·궁전 같은 광물 샘
플들에 인형은 차례차례 둘러싸여 있었다. 그러나 "마음" 형성이 불가능
한 사람 형상이 실제 사람이 되기를 바라는 꿈은 여전히 유지되고 있다.
광물 구조로 된 장난감 상자 속 같은 삶의 환경을 바꿔줄 만한 것은 이
사회에 없다. 이렇게 장난감 상자 속에 갇힌 듯 혼자 자란 여자아이가
사회인이 되었을 때 장난감이 아닌 타자들과 어떻게 사회 구성체를 이
루어 가는지를 위 시는 초점화한다. 외동딸은 광물들과 놀면서 "마음이
서랍에 닿았다가 거두어지는 소리"를 들으며 성장했으므로 "마음, 그건
어디 있는 건가요"라고 거듭 물어야 한다.

이 시집은 광물의 구조로부터 생물의 세계로 나아가는 한 덩어리의
서사로 읽힌다. 투입한 액수만큼의 시간 동안만 작동했던 인형은 광물
의 세계에 있었다. 지금 비정규직 아르바이트생인 젊은이도 코인을 투
여하면 움직이는 광물의 세계에 갇혀 있는 듯 보인다. 이들은 자신의 직

업이 중간 기착지의 기능을 하는 것만도 다행으로 여긴다. 두 번째 시집에서도 풍자적 모방행위를 하는 여대생들의 퍼소나가 과잉·과장되어 있었고, 선택 의지도 자율적이기 어려웠다. 마찬가지로 이 시집에서도 자의로 할 수 있는 일이 거의 없다. 숙녀들은 일을 하기 위해(더 정확히는 돈을 벌어들이기 위해) 그 환경을 택했다. 숙녀는 "아주 슬픈 생각"에 자주 잠기고, 토이박스에 홀로 있는 인형처럼 외로워 보인다. 돈을 위해 일하고 있으므로 '마음'이라는 암흑이 숙녀를 욕망의 화신으로 만들 수도 있겠으나 시인은 숙녀의 풋풋한 마음을 존중한다. 그녀의 마음이 아직 돈벌이의 도구로 퇴색하지 않았다는 이유에서다.

공동체의 일원으로 살아가노라면 자신도 모르는 감각이 과도하게 분발한다. 슬프고 밉고 불쾌하고 짜증스럽지만 마음 없이 "실실거리"(「이기주의자」)기도 해야 하는 상황이 중첩된다. 그런 와중에도 책임감과 이해심을 단련해야 한다. 이러한 공동체 윤리와 관용이 구성원의 일방적인 희생이나 혐오 발언을 덮으면서 잘못 배양되는 구조를 시인은 들여다본다. 숙녀의 마음은 "누군가가 나에게 미안하다고 말해 주는 것"이 소원일 정도로 상처투성이다. 어느 "사회성 괴물 같은 녀석"(「이해심」)처럼, 고뇌가 많다는 사장의 말을 듣고는 껴안고 입 맞추면서 '애정스런' 과잉 제스처를 연출할 줄 안다면 상처가 없을 것인가. 이러한 광경에서 숙녀가 체득하는 생존의 비밀은 바로 이것. 타자를 전적으로 이해하고 수긍하는 일은 과장된 행위 언어로 표현해야 할 웃+픈 사건들이라는 것이다. 어쩌면 저런 부류의 신입 사원은 "스프링 인형처럼" 상층부에 동조하는 법을 "옥상에서 기합받는" 식으로 일찍이 내면화했을 것이다. 그 상층부의 인물이 숙녀를 추행하는 장면을 보고도 모르쇠 할 수밖에 없는 처지가 되도록 말이다(「휴일 연장 근무」).

자리로 돌아오니까 건너편 후배 아이가 톡을 보내 왔어 꽃다발이랑 힘내라는

이모티콘까지 섞어서, 그래, 세상에는 너 같은 사람도 있지 피가 맑아서 얼굴도
그렇게 하얀 거니

—「호러 퀸」 부분

내일은 연극 한 편을 보려고 해 감정을 담은 목소리로 요즘 어때? 같이 밥 먹
을까? 그렇게 말해 주는 연극, 이런 분위기, 사실 예전부터.

—「모노드라마」 뒷부분

가지 마
오늘
같이 있자

—「무한 리필」 부분

이 시집은 특히 대화 방식에서 연극적 요소가 강하다. 앞서 발간한 시
집에서는 연극스러움이 인물 행위의 내적 진실과 관련되지만, 여기서는
대화 형식이 각별하다. 화자는 홀로 있는 시간에 거울놀이를 하면서 겨
우 숨이나 쉬고 있다고 생각하지만, 막상 그녀에게는 혼자 하는 연극이
현실보다 더 사람다운 말이 오가는 무대다. 왜 그런가. 그녀에게 취업은
"같이"의 가치에 무력한 외동딸이 인형의 집인 토이랜드를 나온 사건이
다. 또한 화자처럼 제각기 토이랜드의 주인공으로 성장했을 숙녀들에게
'홀로'라는 가치는 '같이'로 환산할 수 없는 난만한 과제들을 안고 있는
현실이다. 광물의 세계에서 혼잣말을 하며 자기를 다독여 온 숙녀들은
타자에게 무슨 말을 해줘야 위로가 될지 알 수가 없다. 이들보고 "요즘
애들/정말 힘들다"(「이기주의자」)면서 이기주의자로 모는 어른들도 있지
만, 숙녀들은 홀로 있는 시간이면 "아무도 미워하지 않고 하루가 지나갔
다는 것"(「극야(極夜)」)에 안도하는 착한 주체들이다. 자신이 "너무 모자라

서 늘 많은 걸 증명해야" 하고, "모든 걸 미워했"(「비스듬한 밤」)다고 성찰도 할 줄 안다. 이렇게 숙녀들이 자신을 부단히 돌아보는 일은 타자와 공존하려는 마음에서 생긴다. 그러한 마음을 "힘내"라는 한 마디에 실어 내거나, "같이 밥 먹을까?"라고 묻거나, "같이 있자"라는 말로 실행할 수 있다고 시인은 쓴다. 숙녀에게 "가지 마"라고 말하며 같이 있자고 하는 이는 놀랍게도 "오늘 하루 두 번이나" 만난 사람이다. 이들에게 오늘 같이 있다는 의미에는 "구역질나게 배부르고, … 멍해서, 좋"은 포만감을 초월하는 진실이 있다. 무한리필만이 이들을 같이 있게 하고, 먹어야 하기에 토해내야 하며, 그럼으로써 같이 있다는 포만한 공감도 나눌 수 있다. 결핍을 확인하면서 동시에 그것을 채우려는 심리로 두 사람은 게걸스럽게 고기의 포식자가 되어야 한다.

박상수가 기대하는 같이의 가치는 이런 데서도 찾을 수 있다. "팀이 없어져도" '너'와 함께 이직하겠다는 어느 팀장의 동반자적 자세에 믿음을 걸어보는 것. 흠결투성이인 타자를 감싸 안으면서 미워하지 않으려 하는 그의 공감 능력이 우리의 마음을 덥힌다. 이것이야말로 '사랑'(「초합리주의」)이라는 이름으로 수행하는 소중한 윤리가 아닌가. 광물 세계에서는 들어보지 못한, 같이 밥 먹자! 오늘 같이 있자! 힘내! 같은 말들. 이 목소리는 자기 삶의 목표에 맹인이 된 자는 낼 수가 없다. 자본구조의 불평등을 깨치고 나갈 차가운 시력을 혼자서만 갖고 있는 자들을 숙녀는 자본사회의 맹인이라고 불러야 할 것이다. 하루의 양식을 위해 임노동에 담보되어 있는 자유를 떠올리면서 박상수의 다음 시를 본다면 말이다. 전철 칸에서 앵벌이에 나선 남자애가 승객 앞에서 "고개를 더 숙이고 인마,"(「살 마음」)라고 모멸당하는 광경. 상상이 가능한 이 현실은 최근 젊은 세대의 노동의식이 자본주(資本主)의 앵벌이 신세에 맞춰져 있다는 웃+픈 방증이다.

호모 세퍼러투스의 관계론

―한인준 시집 『아름다운 그런데』

어떤 시는 해체를 해체한다. 이러한 진단을 거쳐야만 한인준 시를 언어 매체의 창안물로 수용할 수 있다. 시어가 세련되었으나 불투명하고, 온유하나 우유부단하다. 글의 해석을 경멸한 수전 손택이 떠오른다. 한인준 시는 해석하지 않고 그 고유성을 그대로 보존하는 편이 낫겠다는 생각도 든다. 이 시인이 첫 시집에서부터 실패했다고 지적하고 비판하는 독자가 있을 수 있다. 그런가 하면 한편에는, 극단적인 글쓰기를 했다면서도 바르트의 에너지를 뜨겁게 포용한 손택처럼 한인준 시의 해체 성향을 지지하는 독자도 있을 것이다. 문학 창작자가 텍스트를 놓고 '실패'란 어휘 사용을 망설이지 않는다면 이는 무엇에 대한 실패인가. 독자와 관련한다면 텍스트와 독자 간 온갖 복잡한 감응의 문제와 얽혀 있을 것이다. 그러나 가치 판단이 시장과 연결된다면 여기서는 논외로 하고 싶다.

『아름다운 그런데』(2017)는 해체를 해체하는 시집이다. 기호의 의미가 곧 실체의 의미라는 전통언어학도, 기호의 의미가 관계적이라는 구조주의 언어학도 깨진다. 그의 시에서 우리가 읽는 기호들에는 실체도 그것의 의미도 명확하지가 않다. 언어의 통사구조를 깨나간다는 점에서 한인준 시는 기존의 언어구조에 대한 부정어법이다. 낱낱이 유리 조각일 뿐인 언어로 이 세계를 바라볼 수 있을지를 실험한다. 그런데 세계를 바라볼 창문이 깨졌으므로 시각으로 감지하는 객관적인 세계는 여기에 없다. 그렇다면 시인은 어째서 언어의 기능을 폐기하면서까지 언어 수행을 하는 것일까. 언어가 시인을 끌고 가고, 시인은 그 언어를 억압해야 하는 곤경을 드러내면서 시라는 형식이 밀려 올라온다. 손택이 바르트의 글을 '극단적인 글쓰기'라고 말한 것이 '해체'라는 포괄 개념을 의식한 때문이라는 점을 참고할 수 있다. 비트겐슈타인의 개념대로라면 한인준 시에서 언어게임은, 의미가 분명한 단어의 실제 용법과 비정상적인 용법을 대조하는 차원에서 벌이는 것이다.

이 시집에는 이별도 아니고 연애도 아니고, 나도 아니고 너도 아니며, 현실도 아니고 초월세계도 아닌 혼돈 상태에서, 누군가가 말도 아니고 침묵도 아닌 것을 수행하는 장면들로 채워져 있다. 그 장면은 깨지고, 어긋나고, 비대칭이고, 비수평적이다. 이러한 방식은, 언어의 유토피아를 재현하려 했던 바르트 같은 해체론자에 대한 한인준식 반항일 수가 있다. 세계의 비밀을 캐려는 시인의 언어게임이 자유에 대한 강박으로 나타나는 것일 가능성도 있다. 의미가 고정되어 메시지가 분명한 글은 그 자체 권위적이므로 시인이 그것을 깨트리고 싶어 한다면 이러한 해석이 가능하다. 의미를 고정하지 않고 그것을 적극 흐리면서 해석 가능성을 유보하고 있으니까 말이다. 어디에나 있으나 어디에도 없는 진실, 그러니까 어떻게 말해도 진실의 모든 것은 아닌 일들 앞에서 시적 자아는 서성거린다. 한인준 시는 시작부터 끝까지 서성거리는 보폭으로 어딘가로 간다.

그래서일까, 그의 시는 여러 겹의 정념을 품고 있다. 서성거리는 시간은 진심 드러내기를 유보하는 시간이기도 하므로 정념은 복잡하게 엉킨다. 결단할 수 없는 상황에서의 판단 중지와, 그때 일어나는 번잡하고 속수무책인 생각들을 되풀이 자각하면서 시인은 발화와 동시에 발화의 실패를 의식한다. 생각과 발화의 경계가 흐린 기호들은 일의적으로 봉합되지 않으며, 생각은 생각대로 말은 말대로 제 본성대로 흘러가지만, 발화자 임의로 그것을 교란할 수도 꼬아놓을 수도 있다. 생각과 말 사이에 수수께끼 내기와 풀기가 진행하는 것처럼, 그의 시를 읽는 우리도 게임하는 자처럼, 패배를 의식하는 순간 본능적으로 더 치열해지면서 동시에 게임에서의 죽음도 예감하게 된다. 발화 의지가 무엇인지 쉽게 잡혀오지는 않으므로 해석의 지평도 딱 그만큼씩만 나타났다가 물러난다.

목소리마저 분열하는 한인준 시의 인물들은, 이별하는 일과 그 쓸쓸함에 대하여 아픔을 은폐하면서 다분히 신파조로 말을 한다. 그렇지 않은가. 이별에 직면한 자는 누구든 신파에 빠지기 쉽다. 이별의 당사자가 아닌 것처럼 위장한다 해도 모든 이별에는 신파의 잉여 감정이 눅진하게 깔린다. 감정을 단속하여 이별 형식을 변형해보려 하지만, 이별 감정에는 어쩔 수 없이 초라한 감정과 패배감이 섞인다. 그런데 시인이 현존재의 이별 방식을 언어의 욕망에 빗대어 말하려 하고, 관계에서 오는 상처에도 불구하고 분노를 노골화하지 않으면서 상대의 기분을 먼저 살펴 말하는 것을 보면, 매우 신중하고 조심스럽게 이별을 맞은 자의 언어를 다루고 있다. 보편자인 언어구조를 깨야만 말할 수 있고, 그 말에 담아내려는 진심을 어쩌면 모두 거짓으로 변환해야만 하는 것이 이별 감정일지도 모른다. 한인준 시의 깨진 언어들은 이렇게 진심을 담아내려는 마음과 그것을 숨기려는 마음이 투쟁하는 데서 노출된다.

순수성으로서의 글쓰기

이 시집에는 얼굴과 이름이 지워진 이들이 흔히 출현한다. 글쓰기로 문자가 드러나는 것처럼 만남도 누군가의 말로 드러나게 마련이지만, 이 시집에서는 문자가 지워진 것처럼 그들의 말도 정체성도 지워져 있다. 현실은 깨진 거울 틈 같고, 그 틈에서 기호들이 어른거린다. 특히 부분 기표들로 구성한 '종언' 연작은, 소통 불능, 와해된 관계와 교류 불가능성에 빠진 이들의 사정을 말하는 듯하다. 시인은 깨졌거나 지워졌거나 뒤집힌 관계에 대해 끊임없이 무슨 말인가를 한다. 시적 인물들이 누구라고 지명하거나 확정하지는 않고, 쓸쓸함과 슬픔이 조용히 배어나면서 시의 기조가 대체로 우울하다. 떠나는 상대방을 향하여 멈춰 서서 서성거리는 지극히 사적인 정서가 그 몸짓에 실려 있다. 이 호모 세퍼러투스의 관계론에서는 이별 사태 이전의 친밀함이 전제되어야 하지만, 시인은 그것을 되도록 숨긴다. 사건이 없는 관계였다는 듯 그것을 사후적으로 구성하려 하고, 과거로 소급하는 기억을 철폐하려 한다. 따라서 '너'를 잃기 전의 발화는 '기록하는 글'로서 온전한 형태를 가질 수가 없다. 기록했다 하더라도 그것은 깨지고 은폐된 형태로 우리의 눈에 비친다. 좁은 틈으로 희미하게 보이는 현실 속 어느 인물의 정념은, 닮은꼴 생산을 꾀하지 않는 시인의 특수 기호에 실려 이렇게 나타난다.

탁자 위에 놓여 있는 젓가락을 바닥으로 떨어뜨렸다

그게 언제였더라

생각나지 않는 것이 바닥에 놓여 있었다
우리는 서로 눈을 마주치지 않았다
바닥만 보았다
그것은 왜 자주 밑에 있는 거지

휴대폰 액정 화면을 가만히 내려다보았다. 무슨 말이라도 해야 하는 걸까

어떤 말이라도 해야 하는데

바라만 봐도 되는 곳에서 나는 살고 있었다. 바닥도 바라만 보면 허공이 되지

천장은 오늘도 야광별 하나를 내 방에 떨어뜨렸다. 매일 이곳에 돌아오는데

그것이 없다

—「낙하」 전문

　　라캉의 개념인 리투라테르(Lituraterre)로 위의 시를 읽어본다. 구체적인 대상과 기존 관념은 모두 지워져 있다. 마주보지도 않고, 말도 없고, 바닥만 바라보는 '우리'가 뭔가 찾고 있을 뿐이다. 나의 개성도 너의 특성도 없는 익명들이 '그것'에 집중한다. 이런 장면에다 만남 그 자체의 순수성 이면에 글쓰기 자체의 순수성을 시인이 겹쳐놓은 것처럼 보인다. 구체적인 대상을 지목하지 않으면서 관념이 생기는 것을 지체할 수 있고 이때 순수한 의미의 글쓰기를 할 수 있다는 차원이다. 즉, 문자는 시 쓰기를 실천하는 도구이지 현실 속의 구체적인 대상이 아니라는 것. 따라서 이 문자는 대상을 지우면서 문자를 벗어나는 실재의 잔여물에 불과하다.[1] 이렇게 시인은 현실 재현에 복무하는 시 쓰기를 부정하면서 실재가 깨진 현상을 배열한다. 그럴 때 기표로서 문자의 기능은 극대화한다. 시가 애매모호하고 중의적이며 말놀이로 시작하여 말놀이로 끝난다는 인상은 그래서 생긴다. 기표 간 유희로 무의식의 작용을 탐구하는 정신분석

---

[1] 박영진, 『여자는 존재하지 않는다』, 위고, 2020, 232~233쪽.

영역에다 시의 문자를 겹쳐놓아 양방향에서의 작용들을 흐려놓았기 때문이다. 중요한 것은, 정신분석에서 기표의 효과와 시 쓰기의 문자 작용을 더불어 생각해보는 일이지만 그러한 작업조차 모호하기만 하다.

이제 언어놀이의 체험장으로 가본다. 시적 화자가 '내 방'으로 회귀하는 일상이 물체가 받는 중력처럼 자연스레 이뤄진다. 시의 분량은 짧으나 행간의 개입은 빈번하고, 누군가 혼자 하는 말(혹은 생각)이 불쑥 끼어들기도 한다. "시의 거주지이자 피난처가 되는 공간을 '스탄차', '행간'"[2]이라고 부른 1,200년대 서양 시인들이 그곳을 '사랑의 기쁨'을 간직한 곳으로 여겼다는 전설 같은 시론을 떠올려볼 수 있을 테지만, 여기서는 그 행간이 긴 침묵으로 대체된다. 사랑의 기쁨과 달콤한 여운이 행간을 채우기에는 화자의 기분이 지나치게 저조하다. 기쁨도 없고 마음이 공허한 자는 지금 식욕이 젓가락처럼 바닥에 떨어져 있고, 눈 맞춰온 희망이었던 야광별이 추락하는 현상에 망연자실해 있다. 행간에 숨겨두고 다음 문장으로 건너가기 전 오래 곱씹어야 할 사랑의 기쁨, 즉 진정으로 그가 찾고 있는 "그것이 없다." 모든 물체들이 떨어져 나가기만 하는 반(反)중력 속에서 그는 누군가를 잃고서 우두커니가 된다. 나와 너 사이의 불가능한 관계는 언제나 "허공"일 뿐, 대상을 소유할 길이 없으므로 앎도 불가능하다. 따라서 앎은 응시로부터 온다는 눈(目)의 철학은 여기서 폐기된다. "서로 눈을 마주치지 않"는 의도적 거부를, 나와 너 사이를 더 이상 매개하지 못하는 말과 연계하여, 언어가 매개하지 않는다면 연결계기도 기대할 수 없다고 말하고 있다. "휴대폰 액정 화면을 가만히 내려다보"는 것을 더 편안하다 여기고, "어떤 말이라도 해야 하는데"라며 생각(또는 혼잣말)으로 그치는 것을 보면, 이들의 관계에는 지금 중력이 작용하지 않는다.

---

2 조르주 아감벤, 『행간』, 자음과모음, 2015, 12쪽.

치우는 일이
쓰다듬는 일과 비슷하다고

너의 이마가 사라져. 따뜻해라는 작은 규모. 죽을 것 같은

반짝거린다

커다란 시간 속에 나는 누워 있었다. 그리고 자꾸 가고 싶다는 말만 하겠지

어딜 그렇게 가고 싶은데. 아무도 없이

—「종언-잊」 부분

「종언」 연작에는 줄곧 떠나려고만 하는 상대에게 마음 쓰이는 인물이 등장하여, 이별을 거부하면서 동시에 그러한 마음을 숨기는 화법을 구사한다. 여기서 시인은 순수한 상태의 즉자성, 즉 "기호의 물질성에 포박"[3]되는 서정을 집요하게 깨뜨린다. 자아와 세계의 동질화를 거부하는 이 언어 실험에는 이유가 있다. 좀처럼 무력해지지 않는 줄기찬 슬픔과, 그것을 보여주고 싶지 않은 심리가 충돌한다. 내적 갈등 속에서 이 인물은 의미를 부숴버린 발화로 이별의 비통함을 가리면서 "혀 잘린 사람"[4]이 말을 하듯 심정을 곧이곧대로 발설하지는 않는다.

당신은 혼자 얼마나를 하는지 억지로와 내리는 폭설 속에서 차가워를 나눠 가지는 너와 나는 이제 동떨어지고 얼어붙은 한 손은 왜 쓸어담을 수 없는 것인

---

3 권혁웅, 『미래파』, 문학과지성사, 2010(초판3쇄), 42쪽.
4 2017. 6.13. 창비 블로그 : 한인준 시인 인터뷰 내용 중에서 가져옴.

지 아무렇지 않게 아프지 말라고 말할 수 있었을 때 아무렇지 않게 아프지 않을 수 있었을 때 당신에게 이 마음을 던진다는 날아간다를 바라볼 수밖에 없다로 멈춘다마다 앉아 있다고 서 있는 것을 기다린다로 똑같이 말할 수 없는 것은 아닌데 그렇다면 이렇다고 아예를 이해할 수 없는 것은 아닌데

—「종언-있」 뒷부분

말은 말의 욕망으로 상대방을 향해 자유를 구가하지만, 청취해줄 이의 마음은 싸늘하게 식어 있다. 그런데도 시인은 말이 침묵보다 낫다고 증명할 수 없는 세계를 계속하여 보여준다. 말은 발화 즉시 자결하는 사람처럼 스러져간다. 비유하자면 언어의 무덤이다. 시인은 이렇게 의도적으로 파편화한 기호들에 페이소스를 감추는 전략을 구사한다. 의미를 제거하면서 의미를 세우는 아이러니한 언어게임이다. 관계의 폐허를 언어의 폐허로 전환하여, 너의 부재를 언어의 부재로, 연결 계기가 사라진 나와 너를 언어의 죽음으로 환치한다. 너가 없으므로 말의 정체를 정의할 수 없으며, 너에게 건네는 말은 끊임없이 혼잣말로 파편화된다.

폐허의 표징들

알 수 없는, 따라서 충동적으로 보이는 인격의 파편을 문자의 파열로 나타내는 시들이 이 시집에는 상당수 있다. 성격이 모호한 기호들을 기형적으로 배치하고 있어서, 읽어 나갈수록 통사구조가 뒤집힌다. 두서없이 밀려 나오는 이 말들을 대체 무엇이라고 할 수 있을지 구조주의 언어철학을 빌어와 본다. 한인준의 시는 언어를 모래무덤 속으로 계속 파묻히는 모래로 알고 있는 자가 그것을 실험하는 것처럼 보인다. 통제 불능의 말 뒤로 생각이 따라가고, 발화자는 혀가 반쯤 없는 인물처럼 말을

한다. 절단 난 말들의 기형적 배열을 보면, 말은 그 자체 욕망으로 앞으로 나가려 하지만, 발화자가 애써 그것을 억압하는 듯하다.

내가 가족이다
나는 '그러므로'와 화목하다. 어디서든 자세하게 앉는다. 하지만

방파제로 운다
주문진과 바다 하지는 않았다. 아무도 몰래는 왜 자꾸와 함께 닫혀야 했나

당신의 열린 핸드백처럼

그것은 립스틱과 핸드백에 담긴 한꺼번이었을까. 이제는 더 이상 겨울과 걷
지 않을 것이다. 겨울과 걷지 않는다

—「증언-없」 전반부

이 시에서는 접속사가 인격의 지위를 갖는 기이한 일이 벌어진다. 얼토당토않은 품사들이 끼어들면서 구문을 기형적으로 비튼다. 기호들의 틈새를 엿보고 있으면, 이 세계의 개별자인 나가 너에게로 나아가는 관계망을 부인하면서 홀로 나앉은 모습이 잡혀 온다. 제발 그냥 혼자 내버려두라며 개별성을 원하는 자다. 여기서 시인은 개별자인 나와 가족이 화목하지 않고, 당신과의 관계도 원활하지 않지만, 그들과 뜨뜻미지근한 화목이 오히려 더 불편한 일이라고 말하는 것처럼 보인다. 가족을 포함한 타자와의 일화가 분열적으로 전개되는 여기서 우리는 '의사소통의 수단'(말리노프스키)이라고 학습 받은 언어의 정체에 대해 더욱 회의하게 된다. 시인은 매끄러운 고리로 인접어끼리 묶어놓으려 하지 않고, 낯설고 새로운 대상에게 눈길을 빼앗기는 호기심 많은 아이처럼 기호를 배

치한다. 연쇄 기호를 끊어내어 맥락이 사라진 말, 어울리지 않는 것끼리의 결합, 이어지는 이별, 기형적으로 꺾이면서 불가사의해지는 말 앞에 자꾸만 우리를 데려다 놓는다. 당신과 이별한 '나'가 찢어진 가슴을 몰래 오려 붙이는 것처럼, 그러나 그 심정을 들키지 않으려 할수록 더 자잘하게 마음이 부서져야 하는 순간처럼 기호들이 놓여 있다.

내가 산책이다
빨리를 당신과 함께 떠나보내야 난다. 아무도 몰래

나는 어떻게 알았나

항구가 모래사장 하지 않았다. 햇빛이
폭풍우와 아니었다. 무작정과 도무지를 당신과 함께 떠나보내야 한다

어떤 자작나무에서 아무도 몰래 쏟아지는 하얗다

당신아, 나는 어떻게 알았다. 그리고와 함께 다시 당신을 만나러 간다

우리가 모르는 온도가 사라질 거야

—「종언·없」 후반부

어색한 기호들이 인과관계 없이 배열된다. 너와 나 사이에 생긴 사건은 이별임이 분명해 보이지만 그때 일어날 법한 감정의 격돌은 여기에 없다. 목소리가 사방에서 울리는 듯한 다중성(多衆聲), 다다(Dada)시의 조합 같은 우연의 기호들만 툭툭 튀어나온다. 그때 우리에게 전달되는 누군가의 마음 상태는 "운다" "떠나보내야 한다" "만나러 간다"는 동사형

정도로 노출된다. 시인은 우울한 서정을 은폐하면서 '종언' 연작들에 이렇게 또 다른 패턴들을 추가해 나간다. 그런데 이 시에 배치한 마침표들은 한인준만의 방식은 아니다. 롤랑 바르트가 이미 그런 것처럼, 한인준도 구두점을 관습적인 방식으로 보고 그것을 폐기해 나간다. 그리고 또하나, 홀로 설 수 없는 '부사'는, 단정하고 분명하게 문장을 쓰는 자들의 초대 대상에서는 제외되어 온 품사다. 형용사를 꾸미며 그 품을 부풀려줄 때만 사용된다. 감정이 풍부하여 일쑤 흐트러지기 쉬운 자세를 취하기 때문이다. 한인준은 여기서 부사의 쓰임새가 지나치게 축소되었다고 생각하는 것 같다. 이때 말은 누군가와의 만남과 이별처럼, 이후에 도착한 것이 이전 것 위로 흩어진다. 유일한 대상을 향하지 않으므로 구체성이 없으며, 발생 그 자체의 맹목성이 무엇보다 중요하다.

외롭지만 도발적이고 화려한 부사가 나들이를 하는 장면을 보자. 말들은(또는 '너'는), 이별의 트랙 위에 "무작정"(계획 없이, 닥치는대로, 충동적으로, 될대로 되라는 식으로, 무턱대고) 올라타고서 "도무지"(내키지 않는데도, 거부하고 싶은데도, 이해되지 않지만) 떠난다. 혼자서는 그 무엇도 할 수 없는 부사어들이 '당신'과 동승한 트랙 위에 잠시나마 당당하게 서 있다. 어울리지 않는 이 품사들의 연쇄가 화자의 감정을 간곡하게 실어내기까지 한다. 그 무엇도 지시할 수 없는 문자가 감정의 지층만은 깊게 내보인다. 이렇게 감정이 과잉되어 있는 한인준의 시를 찾아보는 일은 어렵지 않다. 이것이 감정을 의도적으로 탈락시키는 현대시들에 저항하는 어법으로 보인다. 시인이 쓰는 언어가 극장의 붙박이 의자처럼 고정된 개념이어서는 곤란하지 않겠는가? 이 시인이 제기하는 의문이다.

너에게 마음을 전하고 싶은

한인준은 그 누구도 말해본 적이 없는 시 형식을 창안한다. 기호 표상으로 이별 감정을 가시화하는 방법이 그것이다. 서로 말 건네기를 중단한 채 여백을 두고, 주체와 객체의 위치를 섞어 누구의 말인지 알 수 없게 만들며, 그 무엇이라고도 명시할 수 없는 감정 상태를 조각조각 부숴놓는다. 화자에게 지금 이 순간은 어쩌면 연인보다 문자가 더 소중할 수가 있다. 항상성이 없는 연인을 향해 자신의 감정이 깨져가는 모습을 문자 기호에 실어내는 일이 더 중요한 것이다. 오래 아파 온 사랑을 차라리 발치하는 상상력이라고나 할까. 사랑이 떠난 자리에서 돋아나는 형용사들과, 이것을 꾸미는 부사들을 그대로 아픔의 표징으로 기호화한다. 깨진 말이나마 해야만 하는 화자에게 문자의 반복성은 떠난 사람에 대한 결여를 채우려는 욕구의 한 방식이다.

온전한 문법으로 쓴 다음 시도 '너'를 향한다. 말이 끊임없이 말을 하고, 분명하게 지시하지 못한 채 '어떤'으로 표류하지만 그 말을 중단할 수가 없다. 정작 하고 싶은 말을 물리고 침묵하거나, 말을 했더라도 자신이 무엇을 말했는지 모를 사태가 연속된다. 자신도 모르게 일어나는 이러한 말 사태가 인간관계마저 우발적이게 만든다. 시인의 표현대로 "어떤 말"만 지껄이는 관계, 그 '어떤'이 말과 인간관계의 방향타이겠지만 그 의미는 언제나 명징하지가 않다. 자신도 모를 '어떤'이 주도하는 한 타자와의 대화에서 방향성은 사라진다. 한인준은 이렇게, 무계획적이고 우발적으로 이뤄지는 타자와의 관계를 말의 본능으로 해명해 나간다. 이는 어쩌면 주체에 작용하는 말의 효과를 무의식으로 본 라캉의 성찰이 투영된 것인지도 모른다.

나도 모르게 나는 너에게 '어떤 말'을 하고 만다

'어떤' 말을 하고 나면 '어떤' 말만 하다가 집으로 돌아간다. 내가 하고 싶은
말은 아닌데

　우리는 입을 벌린다

　입을 다문다

　아무 말도 하지 않는다

　무엇이 말하는 걸까

　내 얼굴에는 언제나 '어떤' 입이 놓여 있다

　입속에는 '어떤' 집이 놓여 있다

　현관문을 돌린다

　이곳으로 아무도 도착하지 않는다

　식탁에 앉아 조용히 밥을 먹는다. 밥을 먹다가 또

　무엇을 말했던 걸까

　내 곁에 둘러앉은 '어떤' 침묵들

　'어떤' 말로 하고 싶은 말을 대신하는 사람들이 있다

　'어떤' 말로도 말하지 않는 우리가 대화를 한다

—「어떤 귀가」 전문

　결국 홀로 있음만 확인하게 되는 만남의 반복 속에서 우리는 이 시대
존재자들의 관계론을 읽는다. 너를 침묵 속에서 보낸 뒤 빈집에서 혼자
밥을 먹는 화자는 패밀리 개념의 끈끈한 정서를 모른다. "언어는 기원에
서부터 행위언어에 의해 자연과 연관"[5]되지만 위 시에서 '우리'는 침묵
중이다. 몸짓·표정 같은 행위언어마저 소거된 이들에게 애당초 진정한
관계란 없었다. 당연한 구별법이지만 시인이 '어떤'을 내용이 아닌 방법
을 묻는 어휘로 쓰는 점에 주목해야 한다. 이것은 무슨 '의미'가 아닌,
생각이나 행위를 어디로 몰아가야 하는지와 관련한 문제다. 화자는 그
러한 방위를 모른다. 인간의 말이 우리가 이 세계에 존재하기 전부터 있

어 온 선험적 현상이라는 사실에서부터 우리는 말의 의미를 따지려는 방향감각을 이미 잃었을지도 모른다. 너와의 관계도 이와 동일선상에서 살필 수 있다. 너와의 유대를 돈독하게 하려고 끝없이 말하지만 말은 끝내 '나'를 배반한다. 시인은 급기야 "어떤 침묵"의 카드를 꺼내 든다. 다음 시에서는 누군가의 제스처가 소리 없이 재연된다. 그러나 그것은 결과적으로 소통을 위한 행위언어가 아닌 것이 되고 만다.

> 한밤중에 깨어난 당신이 당신 옆에 놓인 물컵 쪽으로 손을 내저었을 때
>
> 목이 마르기 위하여를
> 문득 나는 먼저 생각했던 것입니다
>
> 비를 피하기 위하여 우산을 잃어버리는 사람과
> 배고프기 위하여 밥을 먹는 사람을
> 뒤바뀌는 것을
> 생각했던 것입니다
> (중략)
> 지진이 일어나기 위하여 책상 밑으로 들어가야 했다면
> 티브이를 끄기 위하여 티브이를 켰어야 했다면
> 뒤바뀌는 것을
> 거꾸로를
>
> ─「종언-아름다운 그런데」 부분

 누군가 감각하는 증상들이 먼저 불거진다. 말해야 할 자가 말해지고,

---

5 미셸 푸코, 이규현 역, 『말과 사물』, (주)민음사, 2016(8쇄), 169쪽.

행위해야 할 자가 행위당한다. 시장기를 느끼고, 비를 피하고, 지진을 감각하는 일들이 역류(逆流)하면서 기존의 질서를 뒤집는다. 시인의 표현대로 그것은 "뒤바뀌는 것"이자 "거꾸로" 증상이다. 증상으로 말해지는 세계의 이면이 역행하는 문법으로 증명된다. 또렷한 "지식의 언어"(아감벤, 293쪽)들이 제거된 자리를 무의식의 "어두운 언어"가 점유한다. 비동일자들이 건강한 변이종을 생산하려는 욕망은 여기서도 예외가 없다. 고유하고 고정적인 발화방식을 뒤집는 말들이 발설되는 장이다. 이러한 상황을 비트겐슈타인 식으로 생각해볼 때, "물컵 쪽으로 먼저 손을" 뻗은 사실을 제거하면 거기에 무엇이 남는가. 답은 빤하게도 아무것도 남지 않는다. 그러나 한인준은 우리가 팔을 뻗기 전, 즉 행위가 사건을 만들기 전 상태에 주목한다. 손을 뻗기 전부터 갈증으로 목이 탔다는 것, 그것이 화자를 행위하게 했다는 사실을 짚어준다.

그리고 「종언」들에 달린 부제들—없, 있, 않, 잊 등—은 어떤 말의 씨앗, 즉 하찮은 음소의 비의미의 의미까지 보여주려는 의도로 보인다. 시인이 조심스레 묻는다. 시 한 편에 써놓은 무수한 말들이 과연 이 단음절 음소보다 풍성한 관념을 생산할 수 있는지를. 이렇게 작은 음소 뒤에 따라붙어 살아남으려는 말의 무한한 기투성에 대해서도 마찬가지다. 다음 시편에는 조사와 목적어가 등장한다. 제자리를 떠나면서 무슨 말인가 얼버무리고, 어떤 사태 때문에 생긴 당혹감을 숨기려 하며, 그럼에도 끝내 그러한 상황을 감내하는 '나'가 거기에 있다. 뜻 없이 옆으로 번져나가는 기호들은 순서와 무관하게 껴드는 욕망의 찌꺼기이자 파편과도 같다. 문법을 거역하면서 제자리를 이탈한 어휘들이 서로 어색해하면서 결합한다. 시인은 이렇게 비의미 요소들이 흩어지며 이동할 때의 파생물을 '의미'로 본 구조주의 언어를 실험 중이다. 비의미에 의미를 부여하여 말의 지위를 반어적으로 확인하기, 언어의 자발성을 문법으로 억압하지 않기, 이것이 한인준식 언어의 반항이다.

나는을 어쩔 수 없이 그러면과 청바지를 동시마다 입는다고 아예를 이해할
수 없는 것은 아닌데 두 눈과 함께를 오늘도만큼 출근시키며 바다와 두 개 사이
에서 나는과 더 이상을 하지 않고 이런 건 누가 고민 같다고 말할 때까지 강물
에 서서 발목과 넘쳐흐르기만 하는 그러니까로 나는의 절반만 축축한 일이니까
그렇다고 아예를 이해할 수 없는 것은 아닌데 세상에는 아주만 한 조금이 있어
당신은 혼자 많은 생각으로 얼마나를 하고 언젠간이 자꾸 웅덩이가 되어 애틋
한 건 둥근 것 같아 헤어지는 따뜻해서 우리 죽을 때까지 뒹굴뒹굴과 네모나지
는 이대로였다면 강물에 번진 그리워 어쩌면이 저럴 수 있나 나는마다 그럴 수
있다가 눈앞에 있는 할 말이 없음과 등 뒤에 있는 어쩔 수 없음으로 자꾸 다시
왜를 잃어버려야 하는데 울지 않는다로 울어버리는 당신을

—「증언-있」 앞부분

여기서 말은 화자의 생각에 앞서는 즉물성 외에 그 무엇이라고도 하
기 어렵다. 어떤 진리의 목소리도 없고, 잡동사니 기표들로 범벅되어 있
다. 말에다 의미를 떠맡기지 않으면서 '나'는 상대의 기분을 먼저 살피
는 듯하고, 여하한 경우에도 분노하지 않으며, 되도록 온기 어린 말을 한
다. 이들의 만남은 위 시의 문자들처럼 관계성이 파기되고, 상대의 마음
을 "이해할 수 없는 것은 아닌데"도 끝내 온전히 이해하지는 못한다. 핵
심어를 삭제한 말들은 인간관계의 허위성처럼 그 중심을 잃고 미혹 속
으로 빠져든다. 이 시편에서 언어의 위계가 있다면 너를 "그리워"하는
"축축한" "애틋한" "따뜻해서" 같은 감정어들이 보편적 지위를 벗어나
저만의 지위를 갖는다는 점이다. 개념을 생산해 온 말들은 인접어의 도
움이 사라지자 그 기능을 다하지 못하는 반면, 이 말들은 단속적으로나
마 '나'의 기분을 전할 수 있다. 나와 당신의 어떠한 이별 사태에서 우리
가 건질 수 있는 의미는 "헤어지는" "등 뒤에 있는 어쩔 수 없음" "차가
워를 나눠 가지는 너와 나" 같은 말들 틈에서 언뜻 비치는 아픔의 표징

들이다. 이때 나의 "기다린다"는 일말의 기대가 보이지만, 의미는 끝까지 문자들의 곡예 속에 감춰진다. 오직 감정을 나타내려는 것이 이 발화의 목적이다.

이제 우리는 시집의 제목인 '아름다운'과 '그런데'의 어울리지 않는 결합이 왜 아름다움의 기미를 거둬가지 않는지에 대한 단서를 어렴풋이나마 얻게 되었다. 한인준 시의 우연한 문자 결합이 여전히 불편한 가운데서도 '아름다운' 뒤에 따라오는 반발 실린 부정어인 '그런데'가 그 아름다움이 대체 무엇인지를 추궁해댄다. 이러한 증상은, '그런데' 뒤로 이어지며 불멸을 욕망하는 언어의 무한한 육체성을 생각해보게 한다. 시인은 순응과 순접이 아닌 반발과 역접에서 말의 무한한 생산력을 찾아나가고 있는 게 아닐까. 반항하지 않는 말은 새로운 세계를 개시하기 어렵다고 보는 것이다. 역접으로 질서를 위반할 때에만 "음전압, 즉 부정적 긴장"[6]이 흐르고, 그때 새로운 말이 태어나 이 세계를 새롭게 증명한다. 그렇기에 '더 많은 말'은 '더 새로운 말'의 가능성이 되어줄 공산이 크다. 따라서, '그런데' 뒤로 어떤 말이 이어져도 좋다는 시인의 승인은 결국 인간의 말에 '종언'은 없다는 열린 역설이 아닌가 한다.

말의 싹인 음소 하나의 가벼움이, 장식적이며 오글거린다고 폐기되는 부사어가, 제 말만 늘어놓는 즉물적 발화가 한인준 시에서는 기꺼이 용인된다. 나의 언어가 너에게로 가면서 동시에 소멸하고 만다는 우울한 메시지가 한인준 시가 지닌 여러 갈래의 목소리 중 하나다. 과연 언어 없이 타자와 연대할 수 있는가?를 묻는 듯, 그러나 연대 주체인 수많은 자아들이 제 말만 늘어놓는다면 이 사회는 그저 단독자들의 독백과 우울증이 유령처럼 떠도는 곳이 아닌가를 시인이 묻는다.

이 시인만큼 철저히 내면으로만 이별의 지리를 그리고, 거기에다 사정

---

6 한병철, 이재영 역, 『타자의 추방』, 문학과지성사, 2017, 93쪽.

없이 깊은 균열까지 내는 시 작법은 흔치 않다. 흔적은 시간을 기억하고, 시간은 점점 흐려지는 기억을 어렴풋이나마 복기한다. 그 기억의 조각들에 담긴 한인준식 사랑과 이별의 감정은 서서히 희미해져 가고 있다. 한때는 틀림없이 진실이었을 그것이 선명성을 잃어가는 곳에서 그의 시는 발화한다. 사랑과 이별 사이에 놓인 것은 언제나 사랑을 명쾌하게 증명할 수 있느냐는 문제이며, 그 일에 무능한 상태를 우리는 이별이라고 부른다. 커뮤니케이션을 위한 어떤 끈을 놓쳐버린 상태. 그것을 언어 기호의 결렬로 표명한 한인준 시는 실어증자의 말처럼 흩어진다. 서성거리는 화자에게서 일말의 감정이 모호하게나마 언뜻언뜻 내비치는 것을 감지할 수 있을 뿐이다.

거둬들여진 사람들
─안희연, 차유오의 시

예측 불허, 가공할 파괴력, 사후 영향력이 사회문제로 비화할 때 재앙은 그 이름값을 한다. 사악한 그 이름이 2014년에 재등장했을 때 우리 사회는 도덕적 해이라는, 이 닳고 닳은 정치적 무의식의 민낯, 그것의 나태함이 시민에게 간악하게 작용하는 경우를 보았다. 재앙은 언제든 일어날 수 있으나 이때 우리가 물은 정의와 윤리는 사회와 국가, 그리고 정치 구조와 관련한다. 재앙을 부정의하다고 말했으나 이것이 자연의 횡포를 향하지는 않았다. 대자연이 일으키는 재해를 놓고 부정의를 물을 수는 없으므로 그렇다. 질문의 핵심이 그 재앙을 왜곡한 정치로 향했고, 보수성이 강한 어느 단체에서는 세월호 유가족에 색깔을 입혀 타도해야 할 적으로 몰기도 했다. 경기도 어느 도시의 고등학교 학생이라는 이름은, 어느 과학고 학생이라는 이름과 비교할 때 정치적 관심에서 원격화하기 알맞은 조건이다. 승선객들이 강남 거주자였다 해도 시스템이 그렇게 작동했을까라는 가정법은 그래서 혹독한 현실을 여실히 되비춰낸다. 별난 계층이 아닌 대부분의 한국인의 가슴에 여전히 침전되어 있는 슬픔은 이러한 정서적 토대를 무시하고선 설명하기 어렵다.

1970년에 남영호가 침몰했다. 제주 출신 승선객들이 다수 수장되었다. 여수 해역에서 일어난 해상 사고에 일본 측이 먼저 타전했다. 승선객은 한국인이 대부분이었으나 구출된 사람은 일본인이 한층 많았다. 2014년 사태를 떠올리면서 40여 년 전 침몰 사고를 불러오는 이유가 있다. 생존자와 사망자의 숫자로 기억되는 거기에 내 어머니의 지기들과 일본인 승선객들이 있다. 한쪽은 한국인이고, 다른 한쪽은 일본인이다. 재앙은 공평하게 닥쳤으나, 한쪽은 그 위력에 압도당했고, 다른 쪽은 위험 속으로 들어가 자국민을 발 빠르게 구해냈다. 승선객 수가 아닌 비율로 따지면 일본인의 생존율이 한층 높았다. 국가를 향했던 국민의 신뢰가 배반당하는 경우를 이렇게 일본과 비교하는 것은 난감하고도 불편한 일이다. 2014년 사태는 재난 대응 시스템이 부실하거나 아예 부재한 국가, 통솔과 통제에 무능한 지도자, 이 사건이 정쟁으로 번져 서로 공방하는 광경을 은근히 즐기며 비웃는 관망자들, 문제 해결 시간과 애도의 시간을 똑같이 끌고 가야만 했을 때에도 그 중심에는 지친 감정이나마 서로 공유하는 시민들이 있었다.

자연이 부정의하지 않고 정치의 욕망이 부정의하다는 것을 알아버렸으므로 연대감은 자연스러운 것이었다. 해상 사고를 불가항력의 재해로 돌려버리려는 정치의 부정의에 대항하는 유일한 방법이 이것이었다. 『재난 불평등』을 쓴 존.C.머터의 말을 들어보자. 그의 '파인만 경계'라는 용어에서 파인만은 핵물리학자의 이름이다. '신은 과연 있는가'라는 청중의 질문에 자주 직면했을 때 이 과학자는 어떤 대답을 했나. 물리적 입장에서일까. 아니면 신비주의자의 입장에서일까. 그는 신의 존재를 자연과학과 사회과학의 경계에서 이야기한다. 즉, 심각한 문제들은 대부분 자연과 사회 인식 간 경계에 놓여 있고 답도 그 접점에 있으며, 신이라는 심각한 존재도 물리적 세계와 사회적 세계를 같이 들어 설명할 수밖에 없다는 것이다.[1] 그러나 2014년 사태는 결코 이렇게 애매한 인식으로 풀어나갈 문제가 아니었다. 그것은, 재앙이라는 이름으로 정치가 국민을 어떻게 호도할 수 있는지를 증명한, 과학의 문제도 신의 문제도 아닌 정치적인 침몰 사건이었다. 이 재앙에서 진짜 비극은 정치의 구조와 부정의를 묻는 일의 어려움, 그것을 실천해 가는 과정에서 애도조차 할 수 없었던 일로 요약할 수 있다.

그렇게 304명이 거둬들여졌다. '거둬들이기'는 의학적인 표현이다. '추수하기' '수확하기' '갈마들기'처럼 들리지만, 종말론의 분위기를 깊숙이 감추고 있는 말이다. 때가 이르러 마땅히 거둬들인다는 뜻으로 들리지만, 본래는 자연사해야 할 사람을 끔찍한 힘이 막아서면서 그 생명을 강탈해간다는 뜻이다. '데려가기'처럼 불시에 들이닥친 위험의 징후와, 그렇기 때문에 모든 가능성을 빼앗긴 생명체의 무력감이 이 말에는 들어 있다. 그 누구도 원하지 않았으나 무력(武力)이 인간의 의지를 무력(無力)하게 질식시키고 만다. 그것은 어린아이를 강제로 데려가는 어른처럼 거역할 수 없는 힘이고, 어마어마한 억지력이며, 모든 가능성을 이 세계로부터 분리하여 가로채는 타자성이다. 2014년 사태는 자칫, 우리 사회에 빈번했던 재난의 불길함과 불운의 일면 같은 것으로 돌려버릴 수 있는 문제였다. 모든 것을 불운으로 돌려 빨리 잊도록 하는 것이야말로 현실정치의 의지였다. 운명적이고 자연적인 사고로 이 사태를 몰아가면서 재난의 불가항력을 강조하려 했던 것이다. 안희연은 그 무렵 우리 사회 깊숙이 침전된 슬픔과 그것이 지속되는 사정을 이 시집에 담아낸다. 애도를 억압하거나 서둘러 종결하려는 정치가 개입하면서 애도가 어떻게 우울증으로 깊어지는지 생각해보게 한다.

---

1 존.C.머터, 장상미 역, 『재난 불평등』, 동녘, 2016, 35쪽.

페이드아웃의 시간

『너의 슬픔이 끼어들 때』(2015)는 애도를 종결하지 못하는 이유를 생각하면서 읽어야 한다. 슬픔도 힘이 된다는 문학적인 발언도 물려야 한다. 슬픔의 지속은 무능력의 다른 이름임을 알게 한 사건 속에서 이 시집은 태어났다. 이미 죽어버린 아이들과, 그들을 기억하는 가족 또는 지인들 틈에서 들리는 상처와 슬픔의 목소리들로 채워진 시집이다. 불시에 엄습해 온 죽음 앞에서도 방황하지 않으려는 아이들, 상위 체계에 반발하지 않도록 길들여진 그들의 순종적인 삶이 그대로 침몰하는 곳으로 우리는 이끌린다. "가만히 잠들라"는 명령어를 받들지 않고 방황하거나 반발한다면 곧바로 열외자로 내몰릴 것이므로, 말 잘 듣는 덕목을 고안해 온 아이들은 침몰 중인 선실에서도 자신이 배운대로 그것을 복습한다. 배움이란, 잘못 가르치는 것을 그대로 수용한 일일 뿐이었다. 이때 교육 주체와 객체 사이에 놓인 것은 죽음뿐이다. 판단을 무력화하는 일의적 명령 체계 아래에서는 구조될 거라는 희망도 주입당하게 된다. 허락받지 않은 능동성은 언제나 불량한 것으로 판명된다.

여기 모자가 있다고 생각하자 이 모자를 쓰면
우리에게 놀라운 시간이 탄생할 거야
아이는 모자를 쓰는 시늉을 했다
모자를 쓰자 눈앞에 엄마가 있었어 너는 용감하고 자랑스러운 아이라고 했어
바통처럼, 아이가 모자를 건넸다

아침에 반찬 투정 해서 미안하다고 말하고 왔어
두 번째 모자는 더 높고 뾰족해 보였다
동생이 갖고 싶다던 신발이 있었는데 선물로 주고 왔어

세 번째 모자는 더 높고 뾰족해 보였다

왜 자꾸 미안한 일밖에 생각이 안 날까?

......

네 번째 다섯 번째 모자는 더 높고 뾰족해지고 있었다

턱 끝까지 물이 차올랐다

상상 밖의 모자를 쓰고서

우리는 일제히 눈을 감았다

황금빛 들판이 펼쳐진다 우리는 마지막 빛을 따라

깊고 느린 산책을 하고 있다

—「상상 밖의 모자들로 가득한」 부분

거둬들여지는 아이들이 "조금씩 기울어지는 시간" 속에서 '없는' 모자를 써본다. 세계의 기울어짐은 엄연한 현실이지만, 아이들의 상상은 바라는 것의 실상을 펼쳐놓으면서 이어진다. 그들은 보이지 않는 세계의 각도를 보이지 않는 물건으로부터 보아내려/보지 않으려 한다. 이렇게 가동하는 이중감정 때문에 아이들이 체감하는 위험은 실감나지 않는 이상한 현실이다. 이런 위험을 맞닥뜨린 적 없는 아이들에게서 상상의 지평을 기울어뜨려 현실의 공포를 망각하려는 태도가 나타난다. '태도'라고 썼지만 이것은 경직된 자세 이면의 내적 공포를 스케치한 표현이다. "모자가 있다고 생각하자"는 누군가의 발화를 시작으로 아이들이 반성적인 말을 쏟아내는 장면을 보면, 그들은 피해자이면서 가해자이고, 용기마저 가만히 있어야 하는 정황인데도 용기를 내야 하는 상황이다. 그러면 "놀라운 시간"이 당도할 거라는 상상과, "용감하고 자랑스러운 아이"로 변신할 거라는 기대는 결국 "마지막 빛" 속으로 서서히 사라지고 만다. "깰 수 없는 꿈"(「죽은 개를 기르는 사람」)으로 들어가는 시간이 속수무책 닥친 것이다.

아이들의 현실이 놀이처럼, 그것도 상상적으로 펼쳐지는 이러한 광경에는 너부러진 재앙의 위험천만함이 숨 막히게 극대화되어 있다. 삶의 조건이 애당초 기울어져 있었기에, 기울어짐은 흔들림의 후발 현상이기에, 아이들이 벌이는 상상의 놀이는 도무지 현실로 용인되지 않는 사건에 대한 반응이다. 자신이 차츰 어딘가로 사라지는 증상을 알아챘으면서, 그것을 망각하려 하면서, 기우뚱거리는 선체의 움직임에 재미나게 반응하는 장면은, 복수(複數)의 아이들을 통제해 온 교실의 뻐딱한 윤리 작동법을 그대로 공간 이동한 것이다. 교실의 윤리가 이렇게 기울어져 있어서, 곧은 지평의 기준이 대체 무엇인지 가늠하지 못하는 상황이라면, 지금 기울어져가는 아이들을 균형 잡아 줄 현실적 각도는 어디에도 없다. 본래 뻐딱한 것은 되레 올바른 각도를 뻐딱하게 인식하게 만들기 때문에 그렇다. 기울어진 각도에 맞춰 가는 일이 곧 아이들의 성장 과정이었으므로 뻐딱선의 각도는 거짓 진리의 축을 근간으로 그려진 것이다.

웃음소리와 정적이 뒤섞이는 거기에서 두 개의 방향으로 작용하는 아이들의 감정 상태가 보인다. 하나는, 기울어짐에 반응하는 쾌감, 즉 짜릿한 모험심리. 다른 하나는 이 시집에 빈번하게 출현하는 '물'에 대한 공포다. 물은 풍랑이, 인파가, 걱정이 그러한 것처럼 '밀려드는' 불가항력의 위력이다. 허리까지, 턱 끝까지, 급기야는 "까치발 하고 있어"야 할 만큼 기습하는 광포한 물질이다. 지평의 기울어짐에 대한 아이들의 장난기 어린 반응이 웃음이었다면, 물은 아이들이 "너무 무서워"하는, 실감 나게 생경한 죽음의 징후다. 점차 물이 틈입하면서 아이들의 심리가 시간차로 급변한다. 웃던 아이들의 입이 경직되면서 정적이 흐른다. 까치발을 하고서 "물속에는 왜 문이 없을까?" 자문하는 아이의 목소리에다 시인은 '문 없음'의 공간에서 숨 막히도록 고투하는 시간을 현상한다.

그리고 마침내 한 아이의 입술에 달린 기호 하나가 새겨진다. "여기사⋯⋯라⋯⋯ㅁ⋯⋯" 아이의 마지막 목소리는 'ㅁ'으로 종결되었다. 숨을 참아내겠다는 의지로 급박하게 입술을 앙다무는 순간이다. 곧 닫아야 할 입술 사이로 마지막 날숨에 섞인 '사람'이라는 표명, 그리고 '여기'라는 장소의 지정. 어딘지 모를 그곳에서 누군지 모를 아이가 생명이 닫히는 순간을 기호화한 장면이다. 서둘러 거둬들여지는 아이의 생명은 자연의 속성에 따라 소멸해가는 것도, 질병에 의한 것도 아닌 난파자의 그것이다. 이러한 사태가 인간의 몸을 단지 숫자로만 기억하는 현장으로 이어진다. 한낱 덩어리에 불과했던 몸을 "돌 하나에 사람 하나 돌 하나에 사람 하나"(「페와」)로 자조해야만 하는 장소다.

잊기로, 그러나 잊지 않기로

상실 대상을 잊는 일과 잊지 않기 중 어느 쪽이 더 어려운가. 그리고 어느 쪽이 진정한 애도인가. 이것은 그러니까 죽은 자를 인정하느냐, 인정하지 못하느냐는 문제에서 출발하는 질문이다. 프로이트식 전통화법으로는 앞이 정상적인 애도다. 그는 상대의 죽음을 자신의 내부로 받아들이는 일을 우울증 발병의 시점으로 보았다. 죽은 자를 나에게서 분리하고 추방하여, 산 자는 기어이 살아내야 하는 공리 안에서 건강한 애도를 구성했다. 죽은 자의 무덤을 자신 안에 만들어 묘지기를 자처하는 애도는 끝끝내 상대를 잊지 않으려는 동일시 감정이며, 병적인 애도라는 것이다. 죽은 사람을 떠나보내지 못하고 자신 안에 무덤을 만들어 그를 보호하는 이중의 숨김 장치를 하게 되므로 그렇다는 것. 상대를 영원히 보내지 않으려고 자신마저 병들어버린 자의 내면에는 우울증이 깃든다고도 본 것이다. 그런가 하면 데리다는, 애도도 애도의 실패도 아예 불가능하다고 본다. 잊었다 해도, 죽은 자를 기억해야 할 때는 기억을 하는 것이 애도라는 것. 완결도 종결도 불가능한 대상 잊기는 언제나 타자와의 관계 때문에 생긴다는 것이다. 다만 현상적으로 사라져버린 타자가 기억의 형식으로 불쑥 나를 찾아올 때 우리는 그를 유령이라고 부를 수 있을 뿐이다. 햄릿이 죽은 아버지를 유령 현상으로 만난 것처럼.

　안희연은 이 시집에서, 아이들 죽음 뒤의 애도 과정에 참여하면서 무의식과 몽환의 세계를 끌어와 죽은 자의 고통을 이해하려 한다. 산 자는 산 자대로 산 것들의 존재감을 빌어 다시금 죽은 아이를 기억하는 것이다. 예측 불허의 위험성과, 생존의 지형을 안전하게 그릴 수 없는 사회에서 인간이란 과연 무엇인지 물으면서 시인은 나무로 대표되는 생태의 숲을 차라리 불태워 버리기로 한다. 몰살의 화력을 '가만히' 있는 나무들에게 옮겨 붙이는 폭력으로 아이들 목숨의 가련한 가치를 되새겨본다. 아이들의 생명은 생명 바깥의 의도에 따라 스러져갔을 뿐, 이들을 기억하는 이들은 살려고 고투했을 선실의 그 시간을 떠올리면서 몸부림치고 있을 뿐, 되돌릴 수 없는 목숨의 가치는 한낱 불타 없어진 나무, 나무, 나무들일 뿐. 쓰러진 나무들이 마치 "어제 죽은 내가 전하는 안부"(「줄줄이 나무들이 쓰러집니다」) 같다는 구절에서도 보는 것처럼, 위험하고 공포스런 인간 생존의 지형은 과연 나무와 무엇이 다른 것일까. 삶 자체가 '자연'이라는 거대 구조에서 발생하는 재해와 같은 것이라면, 돌연 닥친 재난에 매몰된 인간은 기억의 회로조차 온통 끔찍한 재난의 돌기임을 알아야 한다.

　이러한 정황을 상상하는 일이 추상적이고 불완전한 지식 속에서, 요컨대 진실을 알 수 없는 상황 안에서 이어지고 있어서 산 자들은 끝내 아이들의 죽음을 받아들이지 못한다. "서로를 끌어안으려다/목을 조르며 죽어간 두 그루/나무를 떠올"(「선고」)리면서, 죽음은 삶에 교사당한 상태임을, 죽음에게 목덜미를 맡긴 것이 삶임을, 삶의 욕구란 타살을 불러들일 만큼 극단적인 몸부림임을 역설로 암시한다. 이러한 몸부림들이 산

자와 죽은 자에게서 똑같이 일어날 때, 안희연은 다음 시에서 연달아 3연에 걸쳐 첫 문장을 동일하게 쓰면서 '나'를 차라리 사체로 만들어 버린다.

저기 삽을 든 장정들이 나를 향해 걸어온다
그들은 나를 묶고 안대를 씌운다
흙을 퍼 나르는
분주한 발소리
나는 싱싱한 흙냄새에 휘감겨 깜빡 잠이 든다

(중략)

저기 삽을 든 장정들이 나를 향해 걸어온다
가만 보니 네 침대가 사라졌다
깜빡 잠이 든 사이
베개가 액자가 사라졌다
파고 파고 파고
누가 누구의 손을 끌고 가는지
잠 속에서 싱싱한 잠 속에서
나는 자꾸만 새하얘지고

창밖으로
너는 강이 되어 흘러간다

　　　　　　　　　　　　　　　　　　　　　　　　—「너를 보내는 숲」 부분

기억 안의 장소로 '방'이, 기억 바깥의 장소로 숲이 배치되어 있다. 시적 화자는 상실 대상을 애도 중이다. '너'의 머리카락과 옷가지들이 있는 빈방이 너의 기억을 환기해준다. 너의 몸을 이루었던 일부가 너의 모든 것이 되어 화자의 현재를 압도한다. 그 슬픔은 너의 몸의 일부가 너와 함께 소멸하지 않고 버젓이 거기에 있기 때문이다. 이렇게 눈 밝은 세계에서는 '너'가 도무지 망각되지 않는다. 시인은 여기서 좀처럼 사물화되지 않는 너의 잔존물들을 잠 속으로 이동시킨다. 장정들이 "나를 묶고 안대를 씌운다"는 문장은 어떤 범죄 현장을 방불케 하지만, 화자의 눈꺼풀이 감기면서 잠에 빠져드는 정황을 묘사한 것이다. 장정들이 화자의 몸을 묶었다는 표현은 막 잠 속으로 빠져들었음을 말한다. 그런데 그 잠이 "싱싱한 흙냄새에 휘감겨" 있고, 화자는 "자꾸만 새하얘"진다. "파고 파고 파고"는 장정들이 땅을 쉼 없이 판다는 것으로도, 파도의 높이가 만만찮다는 뜻으로도 읽히지만, 잠시 환상(꿈) 세계로 빠져나간 뒤에야 화자는 '너'가 쓰던 물품들이 방에서 사라지는 것을 경험한다. 사라지지 않던 슬픔을 치유해주는 곳은 다름 아닌 기억 바깥의 장소인 '환상'이다. 너를 잊기 위한 절차를 "빈방을 치우는 일부터 시작"한 화자가 "세상 모든 창문을 의미 없이 바라볼 수 있을 때"는, 화자의 눈앞에 너와 관련한 그 무엇도 보이지 않게 되는 때, 뜬눈으로도 너의 일부였던 물건을 보지 못하게 되는 때, 환상의 힘으로 살아내는 그때다.

이렇게 현실을 잊으려는 몽환 장치는, 좀처럼 떠나보낼 수 없는 너의 표지들을 매만지지 않으려는 결단, 그럼에도 다시금 매만지려는 열망으로 육화된다. 캄캄한 잠 속에 파묻히는 체험을 화자는 차라리 죽음이라고 생각하고 싶은 것이다. 꿈속까지 따라붙는 너의 기억, 즉 고통스러웠을 너의 최후에 대한 부채감 때문에 화자는 차라리 시체가 되려 했으나 애도는 다시금 실패로 귀결된다. 너가 겪었을 고통의 총량을 사체 체험으로 바꿔 너와 함께 하고 싶었으나, 너에 대한 기억은 "강이 되어 흘러" 가야만 소멸하는 것. 그러므로 끝내 불완전한 처방일 뿐이다.

방 안으로 새가 날아들었다
문이 열려 있지 않은데
여긴 어떻게 들어왔을까
창문을 열고 새를 날려 보낸다

(중략)

새 한 마리가 날아들고
날려 보내도 기어이 되돌아오고
더듬더듬 그 새를 살피고
이름이 필요해졌다는 이야기

이름이라니,
우리는 정말 멀리 와버린 것이다

닫힌 문 안으로 쉴 새 없이 비가 들이치고
목은 자꾸 휘어지려고만 하고
언젠가
이 새가 나를 포기하는 순간이 올까봐

가망이라는 말을 뒤돌아본다
비가 와도 울지 않는다

—「호우」 부분

기억이 들어오는 통로에는 창문이 없다. 문을 꽁꽁 닫아도 쇄도하는
어떤 힘이 화자 앞의 물질세계와 정신세계를 동등한 힘으로 가로지른

다. 그는 아마도 극한 상황을 넘어선 자일 것이며, 전송하는 말은 누군가의 '이름'을 수장하려는 이 세상을 향하고 있고, 그 이름을 기억하는 작업만이 어떤 가능성에 대한 기대와 연결되는 지점이라고 그 목소리가 전한다. 그러므로 화자에게서 '새'가 사라지는 일은 지상의 인간들을 계속 깨어 있게 할 '기억'이 철폐되는 것과 같은 일이다. 그 기억이 "나를 포기하는 순간"이 오지 않기를, 그것만이 진실을 밝힐 수 있는 유일한 가능성이라고 시인은 쓴다. 5월은 "깨진 거울을 조각조각 들여다"(「너의 명랑」)보는 것 같은 기억의 잔해와, "나와 상관없는 일"(「거짓말을 하고 있어」)을 놓고 자꾸 눈물을 흘리는 모든 이들의 깊은 슬픔과, '문'을 봉쇄한 자들의 정치욕망이 들붙은 계절로 이곳에 공존한다.

아토포스에서

안희연 시에서 타자의 죽음은, 몽상을 통해 아픔을 치유하려는 소극성으로도, 힘을 내어 일어나 이 세계를 변화시키려는 적극성으로도 추동된다. 그 어떤 방식으로든 세계와 대면하는 자만이 진실을 알아내기 위한 절차 안으로 들어갈 수 있다. 게다가 시인은 죽은 자들이 지상의 인간에게 보내는 위로의 말을 고안하여, 낮은 검고 밤은 희다고 말하는 것처럼 역설 화법을 구사한다. "죽어도 죽지 않은 사람, 죽어도 죽을 수 없는 사람"(「검은 낮을 지나 흰 밤에」)이라는 화법에서 보는 것처럼 그 '죽음'은 미결의 삶을 안은 사건이다. 이것은 지상에 남은 자가 강요당하는 진실 은폐와 관련되므로 "어제 죽은 내가 전하는 안부"(「줄줄이 나무들이 쓰러집니다」)에 지상의 인간은 귀를 기울여야만 한다. 죽은 자의 목소리가 들려오는 공간은 "너무 많거나 하나도 없는 것"(「토성의 영향 아래」) 같은 물의 세계이고, 충만 상태가 되레 텅 빈 것처럼 보이는 '밝음'이거나 '어둠'의 세계다. 착각과 실제가 교착하는 그곳에는 죽음과 삶의 경계가 없고, "생생하게 살아 있는 죽음들"의 중량이 "참 다정"(「월요일에 죽은 아이들」)하게 지각되기까지 한다. 지상의 삶을 피안과 구분해야만 정치욕망에 압착되어 버린 거짓 세계를 알게 될 우리는, 물의 세계가 거둬가버린 사랑하는 이를 가상 세계에서만 만날 수 있다.

손을 뻗으려다 말고 나에게 손이 없다는 것을 깨닫는다.

그 후론 손에 대해서만 생각했어. 밤을 잃어버리고 나서야 밤을 노래하는 사람들처럼. 손의 실종. 손의 실종. 무언가를 쥐어볼 수 없다는 것……

발도 얼굴도 흩어지고 내가 아주 작은 목소리가 되었을 때. 잠시 흰 돌고래의 몸을 빌려 수면 위로 솟구쳐 본다면 멋질 거야. 지상에 전하는 마지막 윙크처럼.

너무 오래 슬퍼하지는 않기를. 너무 오래 슬퍼하지는 않기를. 밤낮없이 바다만 들여다보는 사람들에게.

아주 오래된 옛날에. 나는 이곳에 와본 적이 있는 것 같아. 신이 떨군 커다란 눈물방울. 영원히 마르지 않는.

—「슬리핑백」 뒷부분

"폭죽은 잔해의 다른 이름"(「당분간 영원」)이라는 언명처럼, 생명 해체와 말하기를 동시 수행하는 위 시의 퍼소나는 우리에게 낯선 의례의 집행자처럼 다가온다. 죽음 사건보다 더 오래 지속될 지상의 삶과 슬픔을 위로하면서, "구원을 기다리는 일 따위" 불가능한 삶과, 목숨을 지켜내려 숨을 참았던 시간을 물리고 이제 그만 아늑해지려는 주검들의 마지막 염원을 이 시는 안타까이 담아내고 있다. 외로이 사라지지는 않으려는 생명체들이 덧없이 허우적거렸던 손과, 그 손이 찾고 있는 다른 손들마저 홀로 사라져야 하는 일들에 대해, 삶이 그러하듯 죽음도 자신의 안전과 안정을 바라면서 타자와 손을 잡으려 하고, 동시에 이별하는 행위라고 시인은 쓴다.

내가 대신 숨을 참을게

2020년 신춘문예 당선 시 중 물 이미지가 몇 편 보인다. '신'이 폭력을 행사하는 곳을 강가, 즉 물 옆으로 보여주는 시가 있다. 이 세계의 질서를 자신의 주관대로 재단해나가는 대상과 함께 강가를 걷는 여성은 무력해 보인다. 물리적 폭력을 행사하지 않으면서도 여성 약자를 제압하여 복종과 의지를 이끌어내는 남성 주체의 지능형 폭력을 그린 영화 〈가스라이트(Gas Light)〉를 떠올리게 하는 작품이다(차도하, 「침착하게 사랑하기」). 접촉경계혼란을 앓는 자는 관계형성과 거리 조절 사이에서 어려움을 겪는다. 시인은 숲과 호수의 경계면이 흐려진 이미지에 인물의 심리를 투영한다. 이곳은 물과 숲의 경계다(이원석, 「그림자 숲과 검은 호수」). 아래 시에서는 어떤 이가 매우 의도적으로 그다지 깊지 않은 물속에 잠겨 있다.

물속에 잠겨 있을 때는 숨만 생각한다
커다란 바위가 된 것처럼

아무것도 하지 않아도
손바닥으로 물이 들어온다

나는 서서히 빠져나가는 물의 모양을
떠올리고
볼 수 없는 사람의 손바닥을 잡게 된다

물결은 아이의 울음처럼 퍼져나간다
내가 가지 못한 곳까지 흘러가면서

하얀 파동은 나를 어디론가 데려가려 하고;

나는 떠오르는 기포가 되어
물 위로 올라간다

숨을 버리고 나면
가빠지는 호흡이 생겨난다

무거워진 공기는 온몸에 달라붙다가
흩어져버린다

물속은 울어도 들키지 않는 곳
슬프다는 말을 하지 않아도 모든 걸 지워준다

계속해서 투명해지는 기억들

이곳에는 내가 잠길 수 있을 만큼의 물이 있다

버린 숨이 입안으로 들어오려 한다

—차유오, 「침투」전문

기호를 더듬어 읽는 일만으로도 숨이 막히는 시다. 물 현상에 인간의 심리를 반사하는 작법으로 애도 감정을 담아낸다. 화자는 지금 "내가 잠길 수 있을 만큼의 물이 있"는, 즉 벌떡 일어나면 숨을 참지 않아도 되는 높이에 잠겨 있다. 물속에 4월의 선실을 조성해 놓고서 누군가를 기억하려 하고 있을지도 모른다. 그는 관 속에 누워 있는 것 같은 의사(疑似) 죽음을, 위험 속에서의 불가항력은 어떤 식으로 작동하는지를 알고 싶은 자일지도 모른다. 분명한 것은 그가 지금 마지막 숨에 대해서만 생각하는 사람이라는 것. 온몸이 숨 쉬는 기관이기라도 한 듯, 마지막 호흡으로 치닫는 아주 짧은 시간의 위험 상황을 자처하고 있다는 것이다. 들숨과 날숨을 교환할 수 없으므로, 마지막 숨이 몸에서 나가고, 그것이 수면 위로 떠오르면서 기포로 바뀌면 모든 상황은 종결된다. 뱉어낸 것은 '버린' 숨, 즉 죽(음 직전의)은 숨이다.

물속에 잠겨 수면 위로 나오지 못하는 인간의 시간은 어떻게 흘러가는가. 그 짧은 시간에 무슨 생각을 하며, 마지막 숨은 어떻게 사라지는가. "버린 숨이 입안으로 들어오려 한다"에서 화자는 최종적으로 받아들여야만 할 죽음의 호흡을 예감한다. 그것은 한 모금의 물일 것이며, 마지막 들숨이기도 할 것이다. 그런 뒤 수면 위로 기포가 올라갈 것이고, 세상에 나올 때 처음 들이마셨던 숨은 같은 경로로 몸에서 빠져나갈 것이다. 들숨이 날숨을 끌어내준 덕분에 세상에 온 그는 지금 날숨이 들숨을 끌어내는 경계선 상에 있다. 여기서 시간은 메시아적 구조나 구원의 구조를 갖고 있지 않다. 다만 직진할 뿐이며, 그는 그 안에 갇혀 있다. 마지막 숨을 예감하는 화자에게 시간은 필멸의 다른 이름일 뿐. 숨 참기 놀이를 하는 아이처럼, 그는 선실에 압착되었던 죽음의 중력을 체화하면서 숨을 참아보고 있다. 숨 참기가 선실의 마지막 시간을 기억하는 방식이기를. 구원 없는 세계에서의 공감의 방식이기를. 들숨과 날숨의 관계를 아는 자가 채택할 수 있는, 가장 나중까지 지닌 애도의 방식이기를 그는 바라고 있다.

죽음의 이유를 알려는 간절함으로 2010년대는 저물었다. 아이들 죽음의 표지는 선명한 노란색으로 남았다. 돌아올 수 없는 아이들을 되돌리는 유일한 방법은, 기억과 망각 사이에서 부단하게 고투하는 일. 안희연은 죽은 자가 산 자의 삶에 깊숙이 관여하는 뼈아픈 삶의 참상을 시화한다. 차유오 시의 화자가 잠겨 있는 물 속은 깊은 슬픔의 언어만큼 조용하다. 실재를 낱낱이 재현하는 작업은 오히려 공동(空洞)과 같은 것이 될지도 모른다. 두 시인이 참여한 애도는 그렇게 빈 곳을 채우려는 의지의 발로다. 순수 영혼들이 일거에 사라져버린 사건에 대해 완전한 지식을 가질 때까지 지속해야만 할 애도다.

제3부

파열하는 언어,
더 많이 보이는 변방

자기 실험과 감각의 분열

—조말선 시집 『재스민 향기는 어두운 두 개의 콧구멍을 지나서 탄생했다』

시-철학놀이

2010년대 시인들은 2000년대 시의 실험성을 수용하는 가운데 이전 세대의 서정적 주체를 여전히 문제삼는다. 매우 개별적으로 구성한 상징계의 언어체계를 논의거리로 만들면서 그들은 이것이 언어의 기원이 되기를 바랐다. 구조주의 이후의 이론은 문학 이론보다 철학 담론이 더 우세해진 사정에서도 이 시대 시인들의 지향은 드러난다. 마르크스주의, 정신 심리 분석, 페미니즘, 언어철학 이론들의 조언을 적극적으로 받아들여 똑똑한 시를 쓴 시인들이 그런 계열을 이룬다.

조말선은 『재스민 향기는 어두운 두 개의 콧구멍을 지나서 탄생했다』(2012)에서 언어철학의 세례를 받은 시들로 메타 수행을 하면서 자기확인과 감각 해체의 글쓰기를 이어간다. 시인이 쓴 "나는 최초의 나의 의심에 의심을 달고 있다."는 문장은 철학자의 자세이며, 그러한 태도가 '최초'라는 점을 당당하게 선언한다. 의심으로부터 사유를 시작한 데카르트처럼 조말선은 이전 방식의 서정을 의심하면서 돌파구를 만들고, 그러한 의심이 상징체계에 대한 고민이 유발한 것이라는 점을 숨기지 않는다. 이어지는 문장은 "환멸에 환멸을 더하고/눈물에 눈물을 더하고"(「나무」)이다. 감정이 섞인 문장들을 모방적으로 재생하면서 원본인 이전 것과 시뮬라크르된 이후의 것 사이에서 나무의 행렬 같은 사유를 이어간다. 시와 철학의 공통 자세인 '의심하기'와, 철학과 달리 감정선을 따라가는 시의 경우를 시어로 변환해 나간다. 시와 철학을 분리한 플라톤 이래 시는 존재하는 것 그 자체로 그러한 부당함을 증명하는 매체일지도 모르겠다. 감정을 추방하지 않고 사유하므로 시는 시이며, 감정을 되도록 추방하면서 사유하므로 철학은 철학일 수 있다.

현대 철학은 예술을 끌어와 논리를 보충하면서 사상의 계보를 세워나간다. 플라톤이 시를 국가 운영에 위해를 가하는 것으로 판단한 반면, 루카치 같은 예술론자는 철학으로 예술적 진리를 인식할 수 있다고 보았다. 아도르노는, 철학만으로는 진리 인식이 불가능하다면서 저항하는 예술의 손을 번쩍 들어주기도 했다. 예술이 철학의 사유 체계 안으로 들어와 인식론을 풍성하게 세울 수 있는 까닭은 아마도 시에서의 존재론과 인식론이 철학자의 사유 경로와 별반 다르지 않기 때문일 것이다. 시인이 철학의 사유 방식을 따라간다 해서 그것이 계몽이나 이성으로 고착되지 않는 경우를 조말선의 언어존재론에서 다시금 확인할 수 있다. 시를 쓰는 일이 결국에는 언어에 대한 고민이라는 점에서 이것은 시의 존재론과 언어에 대한 인식론이 만나야만 가능한 일이다. 따라서 언어를 고민하는 일이 철학이 아닌 시가 되는 조말선의 경우는 조금도 어색한 일이 아니다. 그는 관념에서 벗어나기 위해 관념의 그물을 짜고, 생각에서 벗어나기 위해 생각을 하면서 시 존재론을 펼친다. 그것은 때때로 어질어질하고 정체 모를 것이지만, 인식의 복잡성을 밝힐 명쾌한 문법은 사실상 어디에도 없다는 방증이기도 하다.

이 시집에 실린 시들은 크게 두 가지 점을 궁리한다. 하나는 시와 철학의 동질성과 이질성에 관한 담론을 유발하는 것. 다른 하나는 창작방법론을 고안하는 것이다. 먼저 시-철학의 측면에서 보면 이데아의 압제에서 해방된 감각들이 끝없이 귀환하고, 우리의 근대 체제가 줄곧 대상화하여 물질로 변환한, 몸이 지닌 감각들이 그것이다. 근대가 진리의 모상(模像)으로 몰아붙여 가짜로 지정했던 감각들에 대한, 얼굴에 몰린 감각 기관 바깥의 콧구멍·발끝·옆구리·귀·혀 같은 말단 기관들에 대한 모던한 감성의 산물이 이 시집이다. 이 구성체들은 시각에 몰두해 온 우리에게 시각 바깥의 감각을 복권시키면서 온다. 아래의 인용 시에서는 인물의 얼굴을 지우거나 제거하여 촉각의 페티시를 탐구한다. 얼굴의 지배력을 이목구비의 수려함과 연관 짓지 않고 그 기능을 무력화하면서 지체의 부분들을 감각의 주인으로 전환시킨다. 얼굴 없는 토르소가 몸통으로 이 세계를 감각하고, 어느 시에서는 얼굴을 알아볼 수 없는 "희미한 한 사람"이 발끝의 촉각을 믿고 밧줄 끝에 서 있기도 한다. 그것도 아주 "호의적"(「확보」)인 자세로.

　　이 토르소의 얼굴이 어디입니까,라고 묻는다면 매끈하게 절단된 이기 대표적입니다 아름다운 얼굴입니다

　　당신의 얼굴은 툭 튀어나온 가슴이라고 말하고 싶은 거죠 두근거리면서 포옹할 수 있는 얼굴은 아무나 할 수 있는 게 아니죠

　　(중략)

　　우리 모임의 얼굴은 자주 바뀝니다 어제는 만신창이였고 그제는 부풀어오른 풍선이었는데 오늘의 얼굴은 바닥입니다 바닥까지 떨어진 우리 모임의 명예를 슬리퍼로 만들 수는 없기 때문에 우리는 발을 들고 탁자 위에 얼굴을 올려놓았습니다

솔직하게 드러난 바닥의 표정을 볼 수 없는 것이 내 얼굴입니다

―「얼굴」 부분

시인은 시각·후각·청각·미각을 불완전하고 순간적인 감각으로 본다. 하여 이 기관들이 몰려 있는 통일체로서 얼굴을 해체한다. 그것을 지운 자리에 손·발을 위치시켜 몸의 말단까지 퍼져 있는 촉각들을 분발케 한다. 오감 중 촉각을 제외한 감각 기관이 얼굴에 몰려 있다고 시인이 환기해주자 그동안 방심했던 우리의 지각은 찔린다. 멀리 보면 릴케의 시 「고대 아폴론의 토르소」가, 가까운 곳에서는 바이러스 대유행 시대의 이마만 노출한 얼굴들이 떠오른다. 절단된 몸의 부분들은 감각의 총체마저 파기한다. 그런데 릴케는 자신의 시에서 고대 그리스 시대의 토르소가 "지금도 촛대처럼 불타고" 있고, "사물을 보는 눈이 틀어박혀" 있다면서 없는 감각의 실상에 환상을 입힌다. 얼굴도 사지도 다 잘려나가 한낱 돌일 뿐인 토르소의 몸통에서 살짝 옆으로 돌아가 있는 옆구리를 보고, 가슴 부위에서는 살아 있는 듯한 에너지를 감각한다. 불완전하다고조차 가치 판단할 수 없는 돌덩어리에서 온전한 사람을 본다. 릴케의 시에는 이러한 요청이 담겨 있다. 페티시의 감각논리로 인간의 몸을 이해해 보라는 것. 그러면 세계 이해의 방향도 언어도 바뀐다는 것. '얼굴' 중심으로 이뤄진 감각의 통합 기호를 삭제하고 몸통만 살릴 때 깨어나는 감각을 탈환하라는 것이다.

조말선은 시가 언어의 집합물이라는 현상 안에서 생각하는 시인이다. 감각의 본질과 그 깊이에 메타적으로 접근하면서, 몸통의 감각 중 가장 오래 유지되는 촉각의 기억과 언어를 발굴해 나간다. 그때 나타나는 반복 부정은, 이전 것에 대한 의심과 회의를 거쳐 진리를 찾으려는 세심한 자세에서 나온다. 이렇게 조말선 시에서 「깊이에의 강요」는 탐구적이고

세심하다. 그 깊이의 정체를 거듭 회의하는 것도 그 과정에 속한다. 하지만 시인은 형식 실험을 단지 메타수행에만 한정하지는 않는다. 우리가 이제껏 보고, 듣고, 맛보고, 냄새 맡았던 감각 경험들이 얼굴의 총체적 존재감 강화를 거들었다는 점을 일깨운다. 따라서 이 시집에는 진정 다양한 감각적 사건들이 실릴 수밖에 없다. 존재자들은 오직 감각적인 주체로 거듭난다.

비동질화와 거리감

후기산업사회에서 시를 쓴다는 것은 어떤 의미인가. 물신에게 압도당하거나 빼앗겨버린 인간의 정신은 이제 방황할 곳조차 찾지 못하는 듯하다. 넘치는 정보와 지식 공유로 문학의 자리는 좁아져 있고, 실시간으로 정보를 검색하는 인류는 조급증과 불안감에 시달린다. 그런 와중에도 시인에게는 언제나 처음이자 마지막인 정신의 언어가 있다. 자본력이 팽창하면서 세상의 모든 것은 쉽게 낡은 것으로 전락한다. 새것에 대한 요구가 거세어지면서 새로운 명칭들이 속속 등장한다. 그런 측면에서 조말선이 붙들고 있는 언어와 시적 수행을 보고 있자면 그 절박함과 불안이 생생하게 다가든다. 시인이 낡은 언어를 견지한다는 것은 언어를 잃어버리는 일보다 더 불안하고, 침묵 지키기보다 더 무서운 일이다. 시는 새로워야 하고, 새로운 시는 새로운 언어로 창안된다. 그래서이겠지만 조말선의 시적 수행은 서정적 동일화를 내파하는 데로 모아진다. 서정성의 미학으로는 최첨단 문명 시대의 다양한 정서를 담아낼 수 없어서이다. 이 소란스런 세계에서 비동일적·반(反)동일적 저항력으로 자아를 지키려는 것이 현대인의 정체성이라는 믿음 때문일 것이다. 누군가가 현실의 불모성을 수용하여 자기와 동일시하더라도 그는 이제 괴물이나 기계라고 비난당하지 않는다. 괴짜와 괴물로 남다르게 살아가는 이들은 그 누구와도 동질화되지 않으므로 오히려 자유롭다. 다음 시에서 화자는 자신의 모습을 고스란히 반영하는 거울부터 깨트린다.

나르시스와 나르시스가 마주보고 있다

얼굴과 얼굴 사이에 '과'라는 거울이 있다
살갗과 살갗 사이에 '과'라는 얼음이 있다
숨결과 숨결 사이에 '과'라는 접속사가 있다

뜨겁지도 미끈거리지도 젖지도 않는 사이

포옹으로 연인과 연인이 '과'를 녹이듯이
입맞춤으로 연인과 연인이 '과'를 먹어버리듯이

거울을 깨어라, 나르시스

나르시스와 나르시스들이 마주보고 잇다

얼굴과 얼굴들 사이에 '과'라는 거울들이 있다
살갗과 살갗들 사이에 '과'라는 얼음들이 있다
숨결과 숨결들 사이에 '과'라는 접속사들이 있다

깨어야 할 거울이 너무 많으므로
나르시스와 나르시스들은 죽지 않는다

—「나르시스와 나르시스들」 전문

신화를 패러디한 시편이다. 자신의 모습이 곧 거울상(像)이라는 것을 모르는 나르시스가 자기애에 빠져 물속으로 투신한 신화다. 게다가 이 시는 시인과 시적 자아의 동일성을 깨는 시도로도 볼 수 있어서 흥미롭다. 서정적 자아가 곧 시인 자신이라는 등식은 여전히 파기하기 어려운 통념이다. 말하자면 여기서 시인은 두 개의 동일성을 깨는 시도를 하고 있다. 하나는 실제의 자신과 거울 속의 자아, 다른 하나는 시적 자아와 시인 자신이다. 오롯한 주체에 대한 무지가 죽음을 불러온 나르시시즘의 신화는 여기서 깨진다.

거울 이미지대로 세계를 바라보는 우리가 이 시를 읽는 일은 무수한 곤경을 만나는 경험과 다르지 않다. 자기를 확인하려는 절실한 응시와 몰입 행위 때문에 타자를 보지 못할 수도 있으므로 그렇다. 얼굴과 얼굴이 일치하여 너와 나를 구분할 수 없을 만큼 통일된 세계에서는 이종(異種)이 설 자리가 사라진다. 통일체가 되어 하나의 초점을 가져야만 안전과 안정이 가능하다고 믿고 있다면 타자와의 사이에 있는 그 거울을 깨트리라고 시인이 이른다. 이것은 동일자를 지향하는 의식도, 일방향으로 흡수되거나 강압에 의한 동요도 부정하는 행위다. 때문에 타자와의 만남이 "코가 먼저 충돌하는 사건"(「코의 위치」)이 되면서 피차 엇갈리기만 하지만 그때 자타 간 존재감은 되레 분명해진다. 그러니까 코는 타자와 '나'가 비동일적인 주체로 어긋나도록 조절해주는 돌올한 하나의 "위치"다. 타자에게 흡수된 자기가 아닌, 독립된 개체로서 비동일자들은 이 코의 방해를 받는 순간 문득 자기를 절감하면서 깨어난다. 코의 지위는 다음과 같은 경우에 더욱 드높아진다.

장미는 나와 같이 피지 않았다
맨드라미는 혼자 흘러내리고 있었다
재스민 향기는 어두운 두 개의 콧구멍을 지나서 탄생했다

테두리를 그리자마자 지울 궁리를 했다

입구를 원하는 자가 생기자 출구를 원하는 자가 생겼다

남겨둔 부분에 대한 연구는 성과가 컸지만

남겨진 부분이 계속 나타났다

손가락이 사라지도록 장갑을 꼈다

얼굴이 지워지도록 모자를 썼다

(중략)

열정과 늪은 한통속이었다

차들이 지나갔다

햇빛이 지나갔다

히아신스 향기가 매우 빨리 지나갔다

나는 계속 지나가고 있었다

— 「재스민 향기는 어두운 두 개의 콧구멍을 지나서 탄생했다」 부분

외모 찬양자들은 이 꽃들 앞으로 오지 않는다. 외모에 서열을 정해 놓는 찬양자들의 눈이 삭제된 이곳에는 코의 기능만이 실재한다. 콧구멍 두 개로 구성되고, 발작적으로 냄새에 민감해지는 코다. 조말선은 인간의 몸에 퍼져 있는 기관들을 분해하여 그것의 유일한 기능을 전시한다. 모든 다양성과 가능성, 그리고 잠재성의 감각들이 시각의 지배력에 압도되었던 시대는 여기에 없다. 현상(現象) 지배적 시각을 야유하면서, 콧구멍 두 개가 괴물처럼 허공을 둥둥 떠다니는 상상을 펼친다. 시각의 이데올로기를 닫고 코를 열어 분열적으로 세계를 읽어 나가고 있어서 지금 재스민 향기는 홀로 강렬하다. 장미도, 맨드라미도, 히아신스도 다른 꽃이 모방할 수 없는 독자적인 향취를 가졌다. 시인이 쓴 것처럼 향기는 테두리를 무화시키면서 번지고, 지나가기만 한다. 재스민 향기 쪽에서 보면 코는 자신이 지나가는 어떤 물질의 통로에 불과하다. 그 물질이 감

동하거나 행복해하는 심정을 알 길이 없으며, 그저 그것은 "지나갔다." 정녕 그뿐이다. 누군가의 콧구멍 두 개를 통과하면서 향기는 제 갈 길을 갔을 뿐이다.

서정에 폭력의 징후가 농후하다는 시인의 생각은 다음 문장에 잘 나타난다. "나는 요즘 너와 어울리는 게 어울리니?"(「어울리니?」)라고 묻거나, "내게 어울리지 않는 이름으로는 서명할 수 없다고 서명운동"(「서명」)을 하면서 비동일화를 꾀한다. 유일한 주체에게 부여된 이름을 타자가 대리 서명하는 것은 개인의 윤리를 넘어 법의 윤리에 저촉된다. 그런데 그 이름이 자신에게 어울리지 않는다고 생각한 화자가 엉뚱하게도 서명을 극구 기피한다. 심지어 서명을 부인하는 서명까지 극악하게 해댄다. 왜 그런가. 단지, 인정과 허락·용인의 기호인 서명이 주체의 유일한 이름을 복제하는 행위여서 그런 것일까. 시인은 여기서 어울림/안 어울림, 즉 동질성과 비동질성에 대해 생각하고 있는 것으로 보인다. 자신의 이름을 혐오한다는 이유 때문에 그 이름으로 서명할 수 없다고 서명운동을 벌이고 있는 것이다. 그러던 화자가 결국 자신이 혐오하는 이름을 서명지에 적어내기에 이른다. 거부와 용인은 단지 경계 안팎의 문제라는 것을, 따라서 언제든 충돌할 수 있는 잠재성이라는 내심을 드러낸다.

서정시는 다면성을 거부하는 대신에 이 세계를 연인처럼 껴안으려 한다. 비동일자는 결렬된 관계성이므로, 이러한 연애 공식을 서정시에 적용해볼 때 일견 맞는 말이긴 하다. 심지어 사랑에 빠진 자는 생각 속에서조차 연인의 상을 앞에 두고 "내 생각은 네 생각을 마주"하고 라고 생각하면서 관념의 잉여를 무한 생산한다. 다음처럼 "중간에 딴생각"을 수시로 할지라도 너를 생각하는 일은 끝없이 이어진다.

내 생각의 내장은 꼬여 있지
내 생각의 결론은 입에서 항문으로 오락가락하지

그래서 내 생각은 꿈틀거리지

있다고 말하면 없다가 뒤따라오지

좋아라고 말하면 싫어가 뒤따라오지

내 생각은 비워지지 않지

쏟아지지 않지

꼬리에 머리를 물고 오지

가설 뒤의 가설처럼 밀려오지

내 생각은 항상 거울을 마련하지

내 생각은 네 생각을 마주하지

네 생각과 내 생각 사이가 너무 멀어서

나는 중간에 딴생각을 하지

나는 지긋지긋하게 생각하지

생각 속에 물고기가 알을 낳도록 생각하지

끝이라고 생각하면 시작되지

—「내 생각의 내장은」 부분

　당연한 말이겠지만 이 시의 주체는 생각하는 일로부터 생성된다. 데카르트는 언어의 의미를 오직 내적인 생각으로만 파악할 수 있다고 보았는데, 그런 것처럼 이 시에서도 기억이 "잉여물의 잉여물"로 나타나면서 '생각' 역시 같은 방식으로 끼어든다. "나, 이 잉여물의 총체성"(「기억」)이라는 고백은, 생각이 기억을 끌고 다닌다면 주체는 도무지 거기에서 헤어날 수가 없다는 것을 암시한다. 잉여처럼 떠도는 기억과 생각이 종결할 수 없는 구조로 맞물려 돌아간다. 딴생각마저 생각을 종결짓지 못하고 거듭 잉여스런 생각만을 생산한다. 따라서 시인에게 생각 부정하기는 자신이 생각 회의주의자라는 점을 드러내는 것이기보다, 종결할 수 없는 생각에 대한 관념이다. 이 세계와의 동질화를 거부하는 시인의 고투가 이렇게 관념 안에서 이뤄지고 있고, 이것은 언어의 무의식과 그 증상에 대한 토로다.

충돌, 매우 아름다운

이 시집에서는 서정을 깨트리려는 다양한 시도가 반복된다. 세계와 비동질화를 바라는 시인은 "나에게 겹쳐져 있는 당신을 의심"(「입장들」)하고 또 의심한다. "당신이 점점 가까우니 보이지 않"는다는 사실을 당신에게 포개져 보고서야 알게 된다. 오래전부터 관습화된 지점들에 반복적으로 도달하다 보니 어느 날엔가는 "당신이 점점 멀어지니 아름다워"지고 "끌립니다"(「집의 위치」)라며 당신과 거리를 두고 싶어지기도 한다. 거리 조절만으로도 당신은 아름다워질 것이나, 그것을 재는 심리의 잣대를 서로 볼 수 없는 것이 언제나 문제적이지 않던가. 이러한 고백은 화자가 '당신'이라는 소실점을 가뭇가뭇 응시하고 싶어 하는 심리를 드러낸다. 밀고 당기는 게임처럼 멀어졌다가 다시 가까워지고, 안 보이면 그리워하고, 보면 무덤덤해지는 관계론이 여기서 펼쳐진다. 아래 시에서는 소매가 있어서 거기에 오물이 튀고, 그것을 감추기 위해 "오물이 튀지 않는 지점"까지 당신의 소매를 걸어 올려주는 일이 벌어진다. 당신이 할 수 없는 당신 몸의 일을 하는 나는, 나인가 당신인가.

이 오물이 튀지 않게 소매 좀 걷어줘요
당신은 손을 쓰기 전 내게 부탁한다
이만큼이면 될까요
나는 소매 속에서 당신의 손목을 꺼내준다

(중략)

당신이 손을 쓰기 시작하자 오물이 튄다
앞이 보이지 않는지 당신은 소매로 눈가를 닦는다
소매가 당신의 눈에 가려 보이지 않는다
나는 당신의 소매를 접고 접고 접는다

(중략)

소매의 소실점으로 당신의 소매는 한없이 접혀 올라간다
당신의 소매는 무한대이다
당신의 소매는 접어도 접어도 접힌다
당신의 소매는 불완전수
당신의 민소매가 완전수라 해도 지금
손쓸 수 없는 당신의 소매 접기는 무한대
오물이 튀지 않는 지점은 조금씩 자리를 옮긴다
나는 당신의 소매를 한없이 풀고 있다

—「한없이 접혀 올라가는 소매들」 부분

　차라리 민소매라면 소매 위의 오물은 애당초 존재하지 않을 것이나, 있어서 문제가 되는 소매는 오물이 튈까 염려될 때면 접혀 올렸다가 다시 한없이 풀어내려야 한다. 당신도 어느 때인가는 나에게 "소실점"이 될 것이다. 이때 거리의 문제는 시인에게 "코와 입의 역할만큼 멀어질 수"(「쿵쿵쿵(컹컹컹)」) 있는 가능성이기도 하다. 물리적 거리가 아닌 각기 다른 역할과 기능만으로도 그 거리는 벌써 극단적으로 멀다. 아주 근접해 있는 기관인 코와 입이 비동일한 소리를 내는 것처럼 말이다. 코가 냄새에 반응하는 소리인 '쿵쿵쿵'은 입이 내는 소리인 '컹컹컹'과는 무한대의 거리에 위치한, 엄연한 비동일자다.

흔히 들어 왔듯, 미적 거리는 대상의 결점을 최소화하면서 감상자에게 심미적 만족감을 안겨주는 예술적인 거리다. 이러한 거리의 아름다움을 시인은 "타박상"과 "트러블"로 예시한다. 아름다운 노을은 "너와 내가 부딪칠 때" 이마에 생긴 타박상처럼 생기는 것이고, 이후 지속되는 트러블 같은 것이 노을의 아름다움 같은 것이지만, 안타깝게도 노을은 언제나 원심력으로만 작용하는 아름다움이라는 것이다. 그것은 곧 사라지고 말 현상으로써, 조말선 시에서 빈번한 '사라짐'의 징후들은 결국 "트러블을 만"(「노을」)드는 진행형 동사라는 점을 전한다. 이러한 미적 수행을 위해 화자는 "벗어놓은 외투가 고향처럼 떨어져"(「고향」) 버리도록 고정된 정체성으로부터 끝없이 도망친다. "다양한 결말"(「결말」)을 얻으려면 그 과정이 열려 있어야 하므로 성급한 일반화와 보편화를 거부하는 몸짓이다.

충돌과 균열의 아름다움에 대하여 시인은 이렇게 쓴다. 비동일화를 꿈꾸는 주체들은 그 고유성을 유지하려 하고 서정적 합일을 끝내 부정한다는 것. 그러므로 연인과의 이별은 두 사람 간 서정의 동질화에 균열을 내는 사건이다. 앞에서 타박상과 트러블로부터 발견한 아름다움은 다음 시에서 '고통'으로 기호화된다. 문득 찔린 느낌과 그에 따른 감정의 동요로부터 아름다움을 창조하는 작업이 시작된다고 본다. 따라서 모든 고통은 "현재형"이지만, 지금 이 순간 주체를 관통하는 그 아픔은 정작 자신의 것이 아니라며 생각을 비튼다. 이러한 비틀기 기법은, 어떤 진리의 본체를 더듬어 가면서 긍정/부정을 번복하는 과정에서 "진리는 미끄러지기도 하는 것"(「코의 위치」)임을 확인하는 순간을 표현한다.

이 대담한 수식어는 나에게 경험적인가
이 끔찍한 수식어는 나에게 선험적인가

이렇게 무모하게 사용할 만큼

나는 끔찍한 지경에 이르렀던가

찢어지는 고통은 왜 현재형인가

찢어지는 고통은 왜 과거완료형이 아닌가

찢어진 사람, 찢어진 책, 찢어진 셔츠는

말할 수 없는 입

가슴이 찢어진 사람은 말하지 않는 입

찢어지는 고통은 왜 현재형인가

찢어진 고통은 말할 수 없는 고통

찢어지는 고통은 내가 함부로 쓰는 내 것이 아닌 고통

—「찢어지는 고통」 부분

지나간 고통과 현재의 고통은 체질이 다르다. 앞은 "말할 수 없는" 것
이고, 뒤는 "내 것이 아닌 고통"이다. '말할 수 없는'이라는 표현이 중의
적으로 들리지 않는가. 이것은 형언할 수 없을 만큼 큰 고통이어서 무언
으로 답할 수밖에 없는 고통이며, 이렇게 사후에 되씹어보는 고통은 진
정한 고통이 아닐 수도 있다는 뜻이다. 그리고 마지막 문장으로 유추해
보면 현재적 고통이야말로 가장 진실한 것이지만, 그것은 자신의 것이
아니라고 시인은 쓴다. 그렇다면 이 고통은 누구의 것인가. 타자의 고통
을 말하는 것일지도 모른다. 자신의 고통일지라도 그 강도를 반추할 수
없는 한계가 있으므로, 고통을 재현할 수 없는 불가능성 위에서 그것은
관념적인 기호로 소환된다. 따라서 모든 고통은 언제나 타자의 고통이
며, 그것은 재현이 불가능하며, 하나의 세계를 찢고 나오는 바로 지금 자
신의 오감으로 감각하는 것만이 진정한 고통이다. 자신의 고통에 대해
사후에 말하는 것조차 타인의 고통을 대신 표현하는 것만큼이나 허무맹
랑한 현실 재현 방식이다. 그래서 고통은 언제나 남의 살의 아픔이며, 누

군가의 통점은 그 누구도 대신 짊어낼 수도, 매만져줄 수도 없다. 고통을 매만지는 일이 사후적일 때는 더더욱 그렇다. 어쩌면 이것은 언제나 찢어지기만 하는 세계의 고통을 잊거나 이겨내려는 인간의 고투가 스스로 낳은 선물, 즉 무감각증일지도 모르겠다.

고유성과 친화력 사이

조말선의 문장에서는 비유법과 '나'라는 주어가 왕성하게 활동한다. 주체 찾기에 열중하면서 메타 수행을 비유적으로 해 나간다는 의미다. 숱한 '닮음'의 기호들을 다 나열할 수 없을 때는 은유의 폭력성을 고스란히 노출하기도 한다. 마치 혈연과의 관계 같은 것으로 은유를 사용하지 않을 지라도, 그것의 습관적 활용이 빈번할수록 폭력적으로 보인다. 은유의 습관적 사용과 그 혈연적 용례의 특성을 시인은 이렇게 쓴다. "단 하나의 습관으로 형제를 느끼는 유사성은 동일성보다 혈연적이다"(「유사성」). 은유의 폭력에 "소름이 돋"기까지 한다는 시인에게 이것은 "거북한 거울"로써, 깨트려야만 할 대상이다. 관습적인 비유가 서정적 동일성보다 더 근친이므로 시인은 그 친연성과 형제적 동질성을 이렇게 파기하고 싶어 한다. "형제들과 마주보고 앉은 날 왜 나는 그 거북한 거울을 치우고 싶을까". 이어지는 또 다른 비유법들에 대해서도 예외는 없다.

비둘기는 날아서 너덜너덜
비둘기는 낡아서 너덜너덜
상징은 낡아서 너덜너덜
아침이면 창문마다 쓸모없는 헝겊들이 너덜거린다

—「너덜너덜」 앞부분

시인에게 '상징'은 폐기 불가능한 것이기에 기워내면서라도 써야 할 낡은 헝겊 같은 것이다. 예컨대 비둘기=평화라는 상징은 이제 너덜너덜해진 헝겊과도 같다. 이러한 등식은 지시 기호로는 신뢰할 수 있을지 몰라도, 시에서는 비둘기를 고양이나 물고기로 바꿔 놓는 편이 차라리 누더기 헝겊을 덧대지 않는 방법이라고 시인은 쓴다. 흔히 봐 와서 알 듯, 상징 기호인 평화는 낡아지지 않고 상징 주체인 비둘기만 누더기가 되어 간다. 결과적으로 비둘기는 '평화'라는 기호의 폭력성을 떠맡은 주체로 영원히 그 진부함을 보장받는다. 낡아도 버릴 수 없는 이 난망한 비유법들에 대한 해법으로 시인은 '환유'를 생각해보자고 제안한다. 도열한 가로수로는 인접성(「가로수들」)을, 수식어 없는 상큼한 책 읽기는 "톡 쏜다"(「생강차의 맛」)는 감각으로, 그리고 반복과 모방의 필연적 결합에서 권태를 느끼는 어떤 이를 등장시키기도 한다(「누군가」). 메아리처럼 반복하는 자기 모방, 원본을 재활용하는 창조 행위(「메아리」)들은 주체를 상실하는 일이라고 시인은 쓴다.

기호들의 관습적 용례는 언어를 점점 낡아빠지게 만든다. 이제 새로운 언어는 없다. 하지만 시는 언제나 새로워야 한다는 주문이 무시된 적도 없다. 그래서 조말선은 더더욱 새로운 시를 열망하면서, 다양한 세부 목록을 들어 가며 메타 수행을 하고 있다. 산문시들은 더더욱 실험적이고 메타적 성향이 강하다. 가령 시인이 "나를 위하여 사라질 나를 대신하는 병렬적인 나"(「등록」)라고 쓸 때, 우리는 이 문장에서 서정의 한계를 넘어서려는 시인의 산문정신을 읽는다. 뻔한 은유와 상징을 기입한 서정성이 시를 낡게 한다면, "병렬적" 환유는 산문 형식의 확장성에 힘입어 새로운 시의 가능성을 더 잘 열 수 있지 않겠느냐는 뜻으로 읽을 수 있다. 시 장형화의 원인 중 하나가 무수한 환유의 배치에 있다는 것을 부정하지는 못하지만, 뻔한 서정을 벗어나는 방법으로써 산문화라면 조말선의 산문시들이 써진 배경을 이해하는 것만으로도 충분히 의미 있고 설득력도 있어 보인다. 한 편의 시를 쓰면서도 시인들은 세계와의 친화력과 이질성 사이에서 방황을 거듭한다. 풍성한 기의를 위해서는 인접어에 의지해 자신의 존재감을 더 확연하게 해야 하는 기표의 성격에 대하여 시인은 이렇게 시적 정의를 내린다.

여보, 하고 부르지도 않았고
물 줘, 라고 명령하지도 않았고
자기야, 하고 사랑하지도 않았다
그녀는 넘어지지 않으려고 어쩔 그를 붙들었는데
그의 몸이 그녀를 획 감았다
그의 몸이 그녀를 끌어올렸다
그녀의 넝쿨이 간신히 그를 붙들었다
입을 잃은 말이 몸을 찢고 나왔다
날이 갈수록 그가 그를 감아올라가는지
그녀가 그를 감아올라가는지 알 수 없었다
그녀는 그로 인해 꼼짝할 수 없었고
그는 그녀로 인해 꼼짝할 수 없었다
그녀의 얼굴은 그 쪽으로 구부러지고
그녀의 손가락은 그 쪽으로 자라나고
그녀의 머리카락은 그가 휘어감아 자를 수도 없었다
그는 그녀를 벗어날 수 없었다
그녀는 그를 돌보기 위해 그를 친친 감아올랐다
그녀는 그를 벗어나기 위해 그를 친친 감아올랐다

—「친화력」 부분

위 상황은 이 세계에 존재하는 모든 관계론을 해명하는 모델이다. 인접한 다른 기표에 의지하여 기표들끼리 친연 관계를 이루면서 한 문장은 써진다. 기표 간 이질성도 기표의 친연성을 거쳐야만 비로소 성립한다. 마찬가지로 존재자의 독자성은, 인접한 타자에 의지해야만 자신이 누군지를 알 수 있다. 이러한 기호들 중 유일한 것으로 시인은 「조말선」을 든다. 그러나 이 복제 불가능한 원본에 대한 타자의 반응은 사뭇 냉소적이다. 이름을 '억압'한 결과 마치 무의식적 충동이 귀환하기라도 한 듯 시인이 된 것이 아니냐는 타자의 반응에 대해 시인은 "전체주의적"이며 "보편적 오류에 빠져 있다"고 대응한다. 그에게는 다음처럼 원본에 대한 자기 신뢰가 있다.

내가 네 앞에 반하는 동시에
뒤까지 반하는 건 일루전이다
지금 나는 오해하기 위하여 글을 쓰고 있다
착각하기 위하여 읽어주면 좋겠다
이해받기 위하여 동분서주하고 돌아와 보면
물심양면이 늘 궁색했다
(중략)
너는 앞과 뒤가 동일한 괴물은 아니지?
물론 나도
네 앞을 보고 있으면
모르는 네 뒤가 따라온다
즐겁다 때로는 괴롭다
그런 후에도 네 뒤에 반하거나 반하지 않을 것이다
나는 앞으로 착각으로 오해로
글을 쓸 수 있을 것이다

—「물심양면」 부분

이 시를, 난해시가 더 다양한 기의를 품는다는 뜻으로 읽어도 될까. 정보량이 많을수록 무엇이 더 중요한 것인지 알 수 없어져 지식의 바다에서 표류하는 정보화 시대의 인간들. 무지하므로 지푸라기 같은 정보라도 붙들어보려는 자들에게 서정시는 너무나 얄팍한 종잇장 같은 것일지도 모른다. 그래서 시인은 서정에 균열을 내면서 이전의 형식을 엎고 거기에 새로운 기호들을 기입해 나간다. "모르는 네 뒤가 따라"오는 것을 반겨야 하고, 알 수 없는 존재, 그것도 앞이 아닌 '뒤'에 대한 무지를 점검해야 한다고 말이다. 이것은 어쩌면 영원히 해결되지 않을 문제일지도 모르며, 그렇기 때문에 거기에 무작정 매혹당할 수도 없는 조건이다. 시인이 묻는다. "너는 앞과 뒤가 동일한 괴물은 아니지?" 자신의 등을 보지 못한 탓에 가슴과 등을 동일시하는 자는, 시인의 관념 안에서 추방해야 할 괴물이다. 익숙하게 봐온 앞가슴과 다른 배면을 갖지 못한 그것의 이름은 서정시다. 언제나 가슴이기만 한 그것, 마음을 강조하는 그것의 이름이다. 조말선의 시적 수행은 서정을 내파하는 열정의 표지다.

동시대(contemporary) 예술가의 생각놀이

—황성희의 시

황성희는 1970년대산 시인으로, 2005년에 시단에 나왔다. 금융위기를 겪으면서 글로벌 자본 권력이 가족공동체를 해체하는 것을 경험하기도 한 세대다. 사회문화 전반에 이전의 구조를 부수는 움직임과 변화가 빠르게 진행되던 때였다. 시인들은 활기차지만 모호한 어투로 목소리를 냈다. 이 무렵의 시에서 단독자들은 지금 여기가 아닌 다른 곳을 상상하는 일에 빠져 지내면서 매우 개별적으로 세계를 건설한다. 누구든 말할 수 있으나, 그 누구도 정곡을 찌르지는 못한다. 어느 하나는 다른 하나처럼 파편이며, 답변은 질문을 끝없이 처음 상태로 공회전시킨다. 답이 없는 세계에서 활개치며 떠다니는 군상들은 종결 지점을 모르는 질문들에 싸여 살아간다. 이렇게 개방적인 창작법은 결코 시인이 나태해서가 아니다. 시는 읽히고 해석되기 위해 존재하고, 우리는 발화의 이유를 추궁하면서 방황하는 일을 차라리 즐기기도 했다. 이 세계의 어떤 모상(模像)으로 짝퉁처럼 존재하지 않으려 자아를 분열적으로 탈출시키고, 세계와 자아 사이에 틈을 벌려 개별성을 보존하려 했다.

시인은 첫 시집 『앨리스네 집』(2008)에서부터 혼종의 세계를 그린다. 기원과 역사에 대한 담론을 비웃으면서 "어머니의 사타구니"(「세상에서 가장 오래된 돌림노래」) 같은 미시사를 구성한다. 개별 주체인 나·어머니·할머니를 초과하여 대표 명사인 여성들이 출산시 지르는 비명이 노래의 기원이라는 고찰은 그 자체로 미시적이다. 하나의 담론이 인간의 정신과 이데올로기의 강압을 유발해온 거대서사를 조롱하면서 매우 사소한 국면으로부터 이 세계를 펼쳐낸다. 두 번째 시집인 『4를 지키려는 노력』(2013)에서는 무수한 성좌들이 흩뿌려진 세계를 재현하고, 모더니즘 예술과 컨템퍼러리 예술의 미세한 간격을 체험할 수 있다. 작품은 오직 해석에 의해 의미가 만들어지고, 의미는 다시 다양하게 변환된다. 아서 단토가 고민했듯이 동시대예술은 모던예술 이후의 시간적인 용어가 아니다. 그것은 거대 내러티브의 시대가 저문 뒤 발생한 것으로 탈역사적이며, 예술제작의 양식이기보다는 이전의 양식들을 다시 사용하는 하나의 양식이다.[1] 소수의 신화적인 천재가 세계를 놀라게 했던 창발성의 시대는 가고 누구든 창작의 주체가 될 수 있는 때가 도래했다. 가난하더라도 명예를 누렸던 이전 시대의 예술가와 달리 작가는 소비하는 예술품의 제작자임을 선언하기도 했다.

시가 사람의 마음을 움직이지 못하는 것은 슬픈 일이다. 그러나 시 해석을 두뇌에 맡기면 시가 아니라는 관념은 이제 낡은 것이 되었다. 어떠한 이미지를 기억하게 하는 짧은 글이 시라는 이름으로 우리에게 올 때 두뇌가 먼저 깨어난다면 그것은 '생각하는 시', 마음이 먼저 반응하면 '느끼는 시'다. 2010년대 시인들은 생각 또는 느낌이라는 이분법을 흐리면서 시의 구조물을 지었다. 매우 개별적인 느낌마저 생각체제로 변

---

1 아서 C. 단토, 이성훈·김광우 역, 『예술의 종말 이후』, 미술문화, 2004, 54쪽. 이 저서에서 단토는 컨템퍼러리 예술을 미술 장르에 한정하여 말하고 있다. 이를 바탕으로 컨템퍼러리 예술의 개념을 이해하고, 그가 말한 예술의 철학적 본성을 적용하여 2000년대 우리 시단의 언어실험 기획 중 황성희의 시를 읽는 것을 목적으로 한다. 이론적 조건만 성립하면 무엇이든 예술작품이 된다고 한 단토의 글에 실린 힘은, 동시대의 실험시들을 미학적으로 접근토록 하는 데 있다. 그러면서 작품 해석자의 권한이 커지고, 과거의 분석 담론을 계승하지 않으면서 예술분석이 가능하게 된다.

환하면서 지적인 면모를 장착했다.

『4를 지키려는 노력』에서 시인은 거대 내러티브가 사라진 시대의 예술(가)과 인간의 정체, 사물의 존재마저 가변적·혼종적으로 변형한다. 황성희 시에서 언어는 별자리처럼 펼쳐지고, 그것은 알레고리의 향연과도 같다. 그러나 무수히 다채롭게 돋아나는 그 언어들은 누가 말한다 해도 우월하지 않으며 무능할 뿐이다. 그 누구도 논리를 갖춰 말하지 않으며 의미를 앞세우지도 않는다. 그 말의 의미를 결정적으로 무엇이라고 단정하지 못한다. 단지 말을 한다는 것, 남다르게 말하려는 열정이 중요할 뿐이다. 그러나 어떤 열등한 예술형식은 벤야민 같은 이 앞에 놓이면 별안간 특수한 자리로 등극하기도 한다. 열등한 양식으로 푸대접했던 알레고리를 철학적 인식으로 상승시킨 예가 독일 비애극이다. 언어를 성좌처럼 흩뿌려 서로 다름을 조장하고, 총체적인 역사에 충격을 주면서 그 파편 속에서 자신을 복원하지만 그들은 끝내 조각으로 존재한다. 이것이 알레고리의 내면이자 총체성의 파국과 함께 도래한 모더니티의 얼굴이기도 하다. 황성희 시는 여기서 더 나아가 컨템퍼러리 예술 감각을 내장하고 있다.

알레고리 실험가의 생각놀이

황성희 시에는 불쑥 등장하는 개념어들이 있으나 당황하지 말아야 한다. 시인은 우리가 그것을 겪어보게 하는 충실한 안내자다. 예컨대 이런 식이다. 『4를 지키려는 노력』은 『나를 지키려는 노력』으로 잘못 '보인다'. 4를 4로 읽게 되는 때는, 4 뒤의 구문까지 시선이 몇 차례 왕래한 뒤다. 고유한 숫자 4 읽기를 기만하는 방식으로 시인은 표제에서부터 매우 독특한 시각을 드러낸다. 이러한 예고 방식을 우리가 알지 못한다면

4는 끝내 4일뿐이고, 다른 시에서 보게 될 수많은 기호들도 일의적인 것에 머문다. 그러나 시인은 우리 눈의 착시를 거쳐 4와 '나'를 변별하게 만든다. 4에 대한 사유는 모든 것을 "원점으로 되돌리려는 몸짓"에서부터 시작하고 있으며, 이 숫자에 아직도 어떤 고정된 의미가 있어서 그것을 해체하려는 시도로 보인다.

모든 것을 원점으로 되돌리려는 몸짓
유리창에 비친 어떤 시간의 눈알
4를 지키려는 노력
한 손에는 지우개를 꼭 쥐고
애처로운 기교, 기만을 닮은 성실
한때 고래 지키는 사람을 꿈꾸었지만
바닷속을 염탐하지 않겠다는 약속
나무를 따라 흘러가는 바람을 두고
벽에 비친 내 그림자, 놀라는 게 이상할까
멀리 있는 별이 흐릿한 건 당연한 일
보이지 않는 것을 궁금해하지 마
심장은 언제나 가장 가까운 곳에 있다
할아버지의 얼굴을 닦고 또 닦아라
4를 지키려는 노력, 그것만이
태양 아래 산책을 즐기는 비법

—「4를 지키려는 노력」 전문

그 '원점'이란 것이 대체 무엇이기에 시간은 4를 지키려는 노력을 해왔던 것일까. 여기서 '시간'을 선조적인 역사로 해석해볼 수 있겠다. 황성희의 다른 시들도 그렇지만 이 시에서도 이 세계의 의미는 일면에 고정되지 않고 분열하면서 다면성을 드러낸다. 그리고 그것이 다시 무엇으로 분열할지도 시간이 결정한다. 숫자 4도 아직까지는 다른 무엇으로 변환할 수 없는 유일한 정체성을 유지하고 있으나, "한 손에는 지우개를 꼭 쥐고" 4를 지우려 드는 시간이 자꾸만 개입 중이다. 역사선 상에서 보면 4가 기원의 정체성을 유지하도록 하는 장본인은 '나'라는 인간의 '그림자', 즉 무의식이라고 시인은 쓴다. 나의 무의식이 4를 기원의 숫자로 고정하고 있다. 4는 대체 어떠한 기원의 정체성을 가졌던 것일까. 이 시는 그 '원점'으로 우리를 데려간다.

숫자 4와 관련한 시인의 상상은 종교적 기원으로 거슬러 올라간다. 이러한 발상은 우리의 무의식에 혐오의 숫자로 자리잡은 4의 쓰임을 연상하게 한다. 칼 융의 언명을 보자. 그는 환자의 꿈에 나타나는 '꺼지지 않는 불'의 표상인 4개의 촛불이 신성의 능력과 일치한다고 쓴다. 가톨릭의 예배 형식에서, 헤라클리토스의 '영원한 불'에서, 피타고라스의 '테트락티스(Tetraktys, '4의 수'라는 의미)'에서, 기독교 교리의 상징이나 신비주의 사상에서, 그리고 중세까지도 꺼지지 않았던 4의 신성에서 인간 무의식의 작용들을 두루 찾아낸다. 그러면서 예배하는 종교적 인간의 행위가 무의식 속에서 이뤄진다는 결론에 도달한다. 이렇게 영원성을 구가해오던 숫자 4의 신성이 해체된 때가 근대다.

이 시는 이렇게 서양의 종교 정신인 4와 우리에게 내면화된 4의 다름을 자연스레 대비하게 만든다. 세계와의 동질화를 거부하는 유일성으로서 숫자 4의 의미와 수천 년 간 신성을 유지해 온 정신의 역사는 곧 인간 무의식의 역사이기도 했다. 따라서 현대인이 누리는 정신의 역사는 이전 것을 전복하면서 갱신(renewal)된 것이다. 조상인 "할아버지의 얼굴을 닦고 또 닦"는 것처럼 반복적으로 기원을 회복하려 든다면 그러한 행위는 기원에 붙잡혀 사는 자의 불변하는 사상적 고투이거나 무의식의 작용일 수 있다. 시인이 숫자 4를 놓고 서로 다른 무의식의 지층을 들추는 내심을 다음같이 짐작하게 된다. 세속의 관습에서 선호도가 낮아 건물의 4층에서는 사용하지도 않는 죽음(死) 이미지로써 숫자 4를 생각해 보자는 것. 숫자 4의 신성을 깬 현대인의 무의식 저변에는 어떠한 정신이 흐르고 있느냐는 질문을 이 시가 품고 있다는 것.

종교적 신성이 깨진 4처럼, 우리의 무의식에 있는 혐오의 4도 시간 앞에서는 무력하기만 하다. 선호도가 낮아 흔히 호출되지 않는다는 이유 때문에 원본 유지 가능성이 높지만 언제 지우개로 지워질지 모를 운명도 똑같이 안고 있다. 4에 대한 혐오감의 역사는 길지만, 이것은 추하고 혐오스럽고 미운 것이 오히려 단일성을 유지한다는 아이러니를 유발한다. 미움받는 사람이 장수한다는 세속의 담론을 빼닮은 반어법이다. 이렇게 소외될수록 오래 살아남아 자기 유일성을 유지할 수 있다면 현대인은 누구나 외톨박이를 자처해야 할지도 모른다. 아래 시편에서 시인은 원관념을 해부하는 일을 이어간다.

> 뜨겁고 둥근 것에 대해 상상한다
> 요즘은 다들 이런 식으로 말한다
> 원관념을 밝히는 것은 촌스럽다 못해 뻔뻔스럽다
>
> 구미의 김이 샤워를 하다 말고
> 찬장의 식용유를 책상 위로 옮긴 까닭은
> 요즘은 그런 일도 화제가 된다
> 그런 일을 분석하는 유학파도 있다
> 어느 새 식용유를 책상 위로 옮겨 보는 대중들까지
>
> 원작자는 김이지만
> 대중들은 원작에 흥미가 없고

유학파들은 의미의 판권에만 집착하며

김은 물이 뚝뚝 떨어지는 몸으로

자신의 원작을 패러디하기에 바쁘다

―「뜨거운 것이 좋아」 앞부분

이 시에 나오는 몇 개의 어휘들은 알레고리의 무수한 파편들을 제조하는 근거가 된다. 예컨대 원관념·패러디·원작·의미·상상 같은 개념어들이다. '이것은 무엇이다'라는 확정적 발화 같은 것은 "촌스럽다 못해 뻔뻔스럽다"고 여겨진다. 그 '것'은 "뜨겁고 둥근 '것'"이라는 가능성 안에서 발화한다. 뜨거우면서 둥근 조건을 충족시키는 '것'들의 무한한 배열이 밤하늘의 별자리처럼 펼쳐진다. '것'들은 것들대로 구태의연을 벗으려고 자체 욕망에 따라 부단하게 개별화를 꾀한다. 시인은 또 이렇게도 쓴다. 요즘 "대중들은 원작에 흥미가 없고" 패러디를 더 즐기므로 관습적·평면적 기분이 일어나는 것 자체를 불쾌해한다는 것이다. 화자가 "찬장의 식용유를 책상 위"나 "머리맡으로 옮겨" 놓고 잠드는 광경이 심드렁하게 전개된다. 아이러니하게도 이러한 동작들이 화제가 되고, 외국 유학파들의 분석 대상이 된다. 학식 높은 자가 이렇게 누군가의 이해 못 할 행위에 주목하는 미시사가 펼쳐진다. 자기만의 방식으로 열정에 들떠 마음껏 그 본질을 상상하면서 떠들어댄다. 이렇게 이 시에서 '것'의 정체에 대한 유일한 답변은 없다. 무수한 '나'들은 '나' 자체에 답을 품고 있다. '것'이 무엇이라고 "우기도록 내버려 둬"도 아무 일도 일어나지 않는다. 우기는 일이 오히려 '것'의 정체를 아는 데 더 많이 기여한다. 개별 방식으로 그것을 이해하는 것이 '것'을 지켜내는 방법이다. 이를테면 이런 식.

소설가 1은 금일 시인총회의 안건이 '그것'임을 공표했다.

소설가 2는 '그것'의 원관념부터 밝히라고 한다.

소설가 3은 '그것'의 애매모호를 상징으로 호도하지 말라고 한다.

소설가 4는 '그것'에 관한 무관심만이 품위를 지키는 유일한 방법이라고 한다.

소설가 5는 '그것'을 공개하지 않는다면 사과로 불러 버리겠다고 한다.

소설가 6은 이제야말로 '사과'와 같은 개별적 리얼리즘에 집중할 때라고 한다.

소설가 7은 "공산주의자들" 고함을 지르며 소설가 6을 향해 달린다.

(중략)

소설가 11은 "겁쟁이!" 소설가 10에게 말한다.

소설가 12는 '그것'에 관한 습관적 고뇌의 시선이 아쉽다고 한다.

소설가 13은 소설가 12의 반성이야말로 고질적 병폐라고 한다.

(중략)

소설가 16은 이번 참에 '그것'의 정의를 다수결로 내려보자고 한다.

소설가 9는 모든 것이 자신이 잠든 사이 진행되었다며 다시 처음으로 되돌려 놓지 않는다면 이 자리의 모든 당신들을 자신의 꿈으로 간주해 버리겠다고 한다.

소설가 17은 중요한 것은 결과보다 과정이라며 눈물을 훔친다.

소설가 18은 시인 총회에서 왜 소설가만 발의를 하는지가 더 성급한 연구 과제라고 한다.

(중략)

소설가 20은 '그것'에 골몰하는 순간만큼은 '그것'을 잊을 수 있어 행복했다며 그러나 매번 이런 식으로 회의 시간이 늘어지는 것은 곤란하다고 한다.

소설가 21은 '그것'의 남발이야말로 오랜 총회 유지의 원동력이라며 서기를 통해 회식 자리가 마련되는지를 물어왔다.

—「알레고리 체험」 부분

위 상황은 아이러니하다. '그것은 ……이다'라는 지시체의 질문-답변 방식 같은 것이 애당초 이 세상에 존재하지 않음을 지시할 수 있기 때문이다. 그런데도 이 총회장은 존재하지 않을 수도 있는 '그것'을 존재하게 하려는 발언들 때문에 존속된다. 총회장은 다음 같은 이유로 어수선하다. 첫째, '그것'이 지시하는 안건이 명확하지가 않다. 그것은 관념 속에 존재할 뿐이므로, 발언자들은 그것의 가치와 의미를 이미지로 현상하는 노력을 해야 한다. 둘째, 시인총회장이지만 소설가들의 발언만 연쇄적으로 이어진다. 안건은 구체적이지도 현상적이지도 않고 '그것'이라는 추상으로 제시된다. 그러다 보니 총회장은 소설가들의 발언만 난립하는 "그것의 남발"장이 된다. '그것'이 "시인총회의 안건"으로 발의된 정황에 '그것'의 정체를 추측해 나가는 이 우스꽝스러운 광경은, 패러디극이 제작되는 현장을 모사한 듯하다. 남과 다르게 말해야 회원 자격이 유지된다는 생존 본능으로 말을 하지만 정작 그들은 자신의 자리가 아닌 곳에서 발언하는 자들이며, 발화의 의미는 매순간 지워진다. 하나마나 한 말들, 시시한 가정들, 답이 끝없이 지연되는 수수께끼식 발언이 이어질수록 발생할 것은 그때그때 다 발생하고 만다. 비동일자가 무한 증식하면서 답변의 유사성은 좀처럼 보이질 않는다. '그것이 그것'일 수 없는 알레고리의 세계에서 정의(正意)·개념·의미·진리 등의 일자(一者)는 여지없이 내파된다.

궁금증을 유발하는 시다. 토론장에서 말로 벌이는 난투극이 대체 어디까지 갈까, 궁금하게 만든다. '그것'을 지정하지 않고 답변을 유도하고 있어서, 그들은 각기 다른 세계인식을 자유롭게 표명한다. 뒷사람의 발언은 앞사람의 의견처럼 하나의 목록으로 배열될 뿐 안건에 대한 답이 되지는 않는다. 답이 제출될수록 질문자와 답변자 간 간격이 영구화될 조짐만 굳혀 간다. 말하자면 '그것'은 그 무엇이라고도 정의할 수 없는 영원한 대주제다. 이에 대해 답할수록 보편성을 이탈할 뿐 '그것'을 지정하지는 못한다. 유일회적 기호이지만 구체성을 가질 수 없는 그 무엇이어서 답변은 무궁무진 자유롭게 발언된다. '그것'의 정체를 충족시키려는 노력이 상상력의 번창으로 나타나지만, 회의장은 언어 난투극이 벌어지는 곳으로 바뀌어 있다. '그것'에 대한 답의 남발이 이 회의장을 무수한 언어의 성좌들이 흩뿌려진 공간으로 만든다.

더더욱 재미있는 것은 지시대명사 '그것'에 반응하는 소설가들의 언어게임이다. 그들은 남다르게 답하기 위해 남다른 직관을 발휘한다. 그러나 답은 가능성의 목록 중 하나일 뿐, 진리 내용은 제출되지 않는다. 답변할수록 그들의 지각은 개별적이고 독단적이며 우스꽝스럽기까지 하다. 이 회의장은 그러니까 우매한 인간들이 상상의 퍼레이드를 펼치면서 지성을 자랑하는 말잔치 마당처럼 보인다. 근대 계몽에 반발한 리오타르처럼 황성희는 거대서사를 반박하고 있다. 의사소통의 합리성을 구축하려고 한 하버마스 같은 이도 황성희에게는 반박의 대상이다. 합의가 가능한 토론도, 보편적 규칙을 적용할 수 있는 언어게임도 없다고 본 것이 후기 모더니즘이다. 그러니까 시인은 토론의 목표나 안건에 대한 발의조차도 불일치에 있다는 것을 말하고 싶은 것이다. 예술형식에서 의사소통의 합리성과 합의를 부인하고, 불일치를 반기고, 스스로 반사회적인 개별자가 되어 가는 인간들, 그들이 소설가들이다.

이 시에서 정작 기발한 발상은 따로 있다. 시인의 과업을 소설가들이 체험한다는 것. 시인은 총회 구성원에서 제외되었고 소설가들이 대신 자리를 채우고 있다. '그것'에 대한 합의가 불발하는 이곳은 "시인총회" 현장이 아니다. 이렇게 보면 이 시는, 시인에게는 알레고리 체험이 해당되지 않고, 소설가에게는 그것이 긴요하다는 사실을 암시하는 것은 아닐까. 이 말은 거꾸로, 시인은 이미 언어게임을 학습하거나 체험하지 않아도 알레고리를 구사하고 있다는 것. 시인은 '합의'에 도달하는 시 쓰기를 바라지 않는 반사회적인 인간형이라는 뜻이다. 하지만 소설가에게는 이제라도 합의·화해·동의를 깨고 나올 만한 어떤 장소가 요청된다는 것. 그러나 그곳은 소설의 자리가 아닌 시의 자리여야 하고, 형식 실험은 난상토론처럼 매우 개별적으로 이뤄져야 한다는 말로 들리기도 한다.

그 와중에 소설가3이 일갈하는 소리를 들어보자. "'그것'의 애매모호를 상징으로 호도하지 말라." 일갈인즉슨, '그것'이 가리키는 것을 '상징'으로 잘못 해석하지 말라는 것이다. 그렇다면 상징과 알레고리는 어떻게 변별되는가. 비둘기와 평화, 흰 눈과 순결, 빨간색과 열정…. 반복 사용하는 사이 어느새 법칙으로 굳어진 것이 상징이라면, 알레고리는 무수한 성단으로까지 뻗어가는 무한한 상상력과 같다. 그래서 알레고리는 '다르게 말하기'(벤야민)가 용인되는 것, 무수한 기호로 번잡한 세계를 펼쳐놓는 것, 무궁한 상상력으로만 가능하다. 애매모호하다고 해서 상징적인 것으로 일괄처리하지 말라는 소설가의 제의는 그러니까 예술 작품의 알레고리와 독자성을 용인한다는 의사 표명이다. "비유와 상징을 비웃기로"(「기의 결시」) 한 이들의 체험 내용을 이해하는 일이 여기서 비로소 가능해진다. 그들은 비유법을 반복 사용해서 강조하면 법칙이 되고, 이것이 곧 상징이 된다는 것을 알고 있다. 시인은 이렇게 '폭력' 같은 상투어를 동원하지 않고도 상징의 폭력성과 화석화를 자연스레 들춰낸다. 그렇다면 이제, 남과 달라야 한다는 강박에 사로잡힌 자들이 "부스럼"을 끊임없이 복제하는 장면을 보자. 이른바 '긁어 부스럼'. 그것은 어느 날 처음 생긴 원본 부스럼으로부터 연이어 파생한다.

①부스럼이 생겼다
　어제와는 다른 자리다
②피가 맺히는 일쯤이야 견뎌야지
　나는 꼭 하나뿐인 내가 되고 말 테니까
③일부러 부스럼을 만든 사람이 아직 없다면

그것만으로도 난 성공한 셈

④그런데 부스럼을 만드는 나만의 방법이 벌써

　　유출되기라도 한 걸까

⑤아저씨 설마 나와 같은 자리에 만들고 계신 건 아니죠?

(동그라미 번호는 각기 다른 연을 구분하기 위해 필자가 붙임)

—「부스럼 전문가」부분

　　이렇게 우매한 행동을 알레고리로 해명해보자. 복제되고 패러디되는 부스럼들, 반복적인 자기 표절, 그럼에도 누군가가 다시 복제할 거라는 불안 때문에 화자는 은밀한 공간으로 들어와 그만의 독특한 자세를 취한다. "변기에 쪼그리고 앉아 박박 긁는 나의 자세"를 "나만의 방법"으로 여기면서 말이다. 부스럼은 번지고, 이것을 만드는 주체가 전문가로 등극하는 일화는 "오리지널에 대한 동경"(「A양 일과」), "무엇이든 처음이 될 수 있"(「책상의 자기소개」)는 가능성을 충족시킨다. 이쯤에서 이렇게 말할 수 있다. 황성희는 무한 복제 시대에 복제 불가능한 것을 찾아보는 시인이다. 복제가 반복되면서 무한 증식하는 동일자들의 세계에서 오히려 혐오 대상인 것들은 유일성을 보호받고, 이때 시인은 숫자 4를 지목했다. 아름다운 것, 완벽한 것들은 무한 증식하면서 고유미를 상실하고, 추한 것들은 원본을 유지하면서 오히려 고유성을 인정받는 전복적 아름다움의 원전이다. 4는 그렇게 우리의 의식 속에서 유일하게 추하고 혐오스러운 숫자 기호로 존재한다.

상상의 세계에서 감각 살리기

　　황성희의 '나'는 그러니까 '원본'이다. 복제 불가능한 유일회적 존재자다. 시인은 그것이 사라져버린 현실을 보여주려고 상상과 환상을 빌어 쓴다. '나'의 시뮬라크르들을 '나'라고 부를 수 없어서 달리 이름을 부여해야 할 때 복제는 무한 생산 과정에 돌입한다. 익숙하게 봐 온 것들은 이제 더 이상 우리를 충격하지 못한다. 우리의 감각은 뭔가에 찔려야 깨어난다. 약한 충격은 간질임일 뿐, 찔려서 상처가 날 때에야 찢어진 부위로부터 감각 지층이 드러난다. 그 두께란 무뎌짐의 다른 이름이어서 약한 충격은 이제 우리에게 저절로 거부된다. 요는, 우리의 감각이 놀라서 반응할 만한 충격 사태는 이제 우리 주변에 없다는 뜻이기도 하다. 있다 해도 우리는 그것에 쉽게 반응하지 않는다. 우리가 관여하지 않아도 이 세계는 아무 일 없이 돌아가고, 그때마다 우리의 감각은 점차 죽어간다. 그러나 상상 속 모험의 세계는 다르다.

> 무슨 일을 해도 부끄럽지가 않고
> 부끄러워지는 재미가 없으니 영 죽을 맛이다
>
> ─「부끄러워야 사는 여자」 부분

부끄러워 못 견디는 여자가 있다. 온통 부끄러움뿐이어서 그것이 그대로 삶이 되었다. 시인은 여기서 살아 있음을 실감하려는 인간 개체들에 주목하여 이렇게 묻는다. 진실하고 진정성 있는 것이란 어떤 상태인가. 아프리카 기아 체험조차 진정성이 없다는 시인의 냉소는, 누군가에게는 극한의 기아 상황이 또 다른 누군가에게는 무딘 현실일 뿐이라는 것을 들춰내려는 시도다. 그들의 굶주림이 우리의 감각을 찌르지 못하는 것은 단지 거리가 "너무 멀고"의 차원이 아니다. 황성희 시에서 '나'가 지워지기 훨씬 이전에 이미 사라져버린 '우리'와 결부된 문제다. "당면의 문제가 타인의 고통에 눈을 돌리는 것이라면, 더 이상 '우리'라는 말을 당연시해서는 안 된다"(수전 손택, 『타인의 고통』, 23쪽)는 연대감은 이 시에서 여지없이 깨진다. 그 이유는 당연히 '나'의 철저한 개별화와 관련한다. 이쯤 되면 시인의 감각도 분발해야 한다. 그 누구에게도 없는 감각 하나가 밀려 올라오고 있다. '감각'의 구사일생, 죽을 뻔 하다가 살아난 그 감정은 다름 아닌 '부끄러움'이다.

아직 살아 있는 '부끄러움'만이 살아 있음을 실감케 하는 감정이라고 시인은 쓴다. "부끄러워지는 재미가 없으니 영 죽을 맛"일 만큼 중요한 그것을 시인은 그동안 잊고 살았다. 죽었던 감각이 우리의 얼굴을 달아오르게 한다면 시인의 이러한 직관은 틀림없는 것이다. '수치'가 외부의 자극으로 우리의 자존감을 바닥까지 떨어뜨리는 감정이라면, '부끄러움'은 우리 안에서 저절로 일어나는 자성(自省)의 심장쯤 된다. 바꿔 말하면, 심장이 뛰는 한 우리에게 부끄러운 감정도 살아 있다는 말이다. 제 안에서 조용히 살아나는 시인의 부끄러움 위로 아프리카의 절대 빈곤과 기아(飢餓) 상황이 '지나간다'. 그뿐, 시인의 부끄러움은 부끄러움일 뿐이다. 그것을 재미삼아서라도 살아남으려는 무심장(無心腸)들을 실컷 조롱해 주면서 시인도 부끄러워한다. 그 부끄러움이 시인을 간신히 살아 있게 한다.

다원성의 종말은 예술의 종말

예술의 종말론으로 달궈졌던 20세기 말에 아서 단토는, 예술 자체의 종말이 아닌 내러티브의 종말을 말한 바 있다(41쪽). "현재의 역사적 감수성을 특징짓고 있는 것은 현재가 어떤 위대한 내러티브에 더 이상 속해 있는 게 아니라 오히려 불안과 활력 사이의 어딘가에 놓여 있는 우리의 의식 위에 등재되어 있다"(43쪽)고 한 것이다. 엄정성과 위대성이 부여된 이전의 예술이 더 이상 새로운 내러티브를 생산하지 못한다면 그것은 죽은 거나 다름없다. 그런 측면에서 단토는 모더니즘 예술과 컨템퍼러리 예술 사이의 차이를 예리하게 구분했고, 동시대인으로서 지역의 특수한 정서와 감정을 담아내는 내러티브의 다양성을 컨템퍼러리 예술로 보았다. 이는 매우 의미 있는 구분법이다. '전통'을 놓고 생각해볼 때 모더니즘 예술은 그것을 폐기하고 배반하며 참고조차 하지 않는다. 그러나 컨템퍼러리 예술은 그것을 마음껏 인용하고 이용하고 참고할 수 있다는 점이 다르다. 그러면서 단토는 이러한 방식을 콜라주 기법과 접목하고, 이때 금지된 창작 방법은 없으며, 특정한 역사에 매여 박물관식으로 연대기를 배치하는 작업도 없다고 말한다. 이미 있는 것을 바탕으로 내러티브를 다양하게 확대 재생산하는 예술의 시대를 그는 이렇게 진단하였다. 개체들이 제각기 와글거리는 황성희의 시에도 다양한 존재자들의 불안과 활력이 팽창해 있다. 여기에는 획일적인 이데올로기도, 일자의 판단도 없다. 가족은 해체되고, 대신 다문화 혼종이 그 자리를 채운다. 이 가족들에게서 난투극 같은 활기가 넘친다.

이 세계에서 벌어지는 일들을 총체적으로 지각하는 전일적 존재자는 이 시집에 없다. 대신, 자신이 누구인지 표명하려는 개체들의 활기가 넘친다. 그러나 정작 그들이 누군지 우리는 알 길이 없다. 억압 없는 상상과 기억이 활기를 만들어가는 황성희의 시에는 선형적 시간도 번번이 사라진다. 거기에서는 "한 발자국 속 제각각 기울어진 그들의 사생활"(「콜롬부스 등단기」)이 펼쳐진다. 누가 지었는지 모를 시를 주석의 도움을 받아 읽어내는 익명적 개체들의 웅성거림도 거기에는 있다. 그들은 "모래알들의 같으면서도 다른 얼굴"을 가진 자들. 통제와 획일, 교훈과 교양을 강요당하지 않는 제 나름의 삶의 방식을 원하는, 언제든 흩어질 준비가 되어 있는, 곧 흩어질 뿐인 그들이다. 하지만 그 누구도 그들을 비난할 수는 없다. 그들 삶의 현장에서는 겉으로 보이는 활기와 보이지 않는 불안감이 함께 움직인다.

요즘누가이런결혼들어요. 아버지가 태극기를 찢는다. 누구핏줄인지는알고있어야지. 할머니는 비녀를 뽑아 성호를 그린다. 그 틈을 타 매부리코 숙모 새하얀 테이블보 식탁 위로 상륙시키고. 절반씩나누라고명청아. 삼촌이 과도를 치켜들자. 아메리카식은아니군요. 얼굴 붉힌 메부리코 숙모에게 소금좀다오 할머니가 손을 내민다. passmethesalt! 아버지는 물컵을 내던진다. 고모의 사타구니를 핥던 개들이 순간 흩어진다.

—「다문화 가정의 로맨스」 앞부분

이 시는 단토가 말한 컨템퍼러리 패러다임 중 '정신' 문제를 생각하게 한다. 이전의 예술에서 그 무엇을 빌어와 이용한다 해도 정신만은 예외라는 부분이다. 위 시에서 그린 혼종 가족이 아무리 민족과 국가를 부정하고, 자신의 기원에 무지하(려 애쓰)며, 흐트러진 태도로 엄숙을 깨면서 종교의례를 행하고, 한국말이 통하지 않는 혼혈 여동생에게 오빠가 물컵을 던진다 해도 정신만은 혼종일 수 없다는 것이다. 같이 사는 개가 "고모의 사타구니를 핥"는다 해도 인간종의 정신을 침범하지 못하는 것처럼 말이다. 어느 개체의 기원이 비정상적—동종끼리 교배가 '정상적'이라는 시각대로라면—교배로 시작되는 여기서도 시인은 저마다의 방식으로 타자에게 반응하는 인간 개체를 그린다. 활기가 넘치지만 그 에너지가 불안을 떨치려는 데서 발생한다는 것을 짚어주는 일도 잊지 않는다.

> 시는 조사 하나까지 주석이 달린 채로 발견되었다
> k는 수상 후보가 되고픈 c의 장난질이라 하고
> c는 손 떨림을 감추기 위한 k의 의도라 한다
> 우리는 저마다의 미궁 속에 커피를 주문하고
> 소음으로 뒤덮인 시의 본문을 바라본다

(중략)

커피를 마시며 우리는 이구동성

이것이 누구의 시이든 상관없지요

중요한 것은

주석을 읽으며 허비하게 될 무엇

사전을 뒤지며 허비하게 될 무엇

그 무엇을 은폐하기 위해 시작된

미궁의 역사 같은 것

—「미궁이 자라나는 티타임」 부분

해석은 시인에게도 독자에게도 똑같이 주어진 과업이다. 시인은 이 세계에 대하여 쓰면서 그 비밀을 은폐하고, 어떤 이는 그것을 그악스럽게 읽어낸다. 시인은 이 시에서 항구적 본질을 과연 시에 담아낼 수 있을지 물어보고 있다. 문자화된 시가 과연 '사실'이어야만 하는가에서 시작한 시인의 질문은 시의 은폐 기능을 말하는 데까지 이른다. 이것을, 주석을 달 필요도 없고, 의심하지 않아도 될 만큼 투명한 사실이 과연 세상에 있기나 한 것인지에 대한 답변으로 읽어도 좋을 것이다. "누구의 시이든" 주석 없이는 읽을 수 없다면 그 시에서 소란스럽게 울려 나오는 다중의 소리를 경중을 따지지 않고 느긋하게 청취하는 수밖에 없다. 그중 한 가닥 누군가의 목소리를 들었다 할지라도 우리는 여전히 상당 부분 은폐된 나머지 목소리를 그악스럽게 상상하는 독자다. 하여 시인이 꿰뚫어본 인류의 삶과 역사는 결코 투명하지도 명쾌하지도 않다. 인간은 처음부터 미궁에 빠진 자, 그 비밀을 알려고 들수록 제 손에 쥔 한 가닥의 줄에 생각이 감겨드는 존재자다. 난해시의 내면도 그런 곳에 접속해 있다.

하여 당대의 시를 읽는 우리가 정작 읽는 것은 인류 역사의 한 조각일 뿐이다. 시인 k와 c가 쓴 시를 읽으면서도 "저마다의 미궁 속에" 빠지게 된다. 해석 불가능의 시는, 해석할 수 없는 이 세계와 인간의 삶에 대한 알레고리로 채워져 있다. 사실을 말하려 할수록 그 사실이 무한 복제되면서 "거짓말·유사어·순수 주관·소문"의 옷을 입는다는 이러한 역설. 그렇기에 시인은 언제까지고 이렇게 유연한 상상력을 가지려 한다. "환상이 불편하면 사실로 만들면 되고/사실이 불편하면 환상으로 만들면 되고." 그렇게 전복하면서 끝없이 상상의 진실 또는 진실의 상상을 이어간다. 새로운 예술을 몽타주라고 명명한 이는 아도르노다. 이질적이고 우연적인 파편들을 병렬로 배열한다는 점에서 황성희의 어떤 시는 몽타주와 유사하다. 총체성에 저항하는 언어가 부서질 때마다 불협화음이 들린다. 분열과 표류의 언어는 총체성에 흡수되지 않으므로 저절로 저항의 형식이 된다. 의미를 추구하지 않는 무능한 언어를 오래 붙들고 있는 우리는 무엇 때문에 그렇게 하는가. 시 읽기의 불가능성이야말로 우리를 상상 속에서 살게 한다. 읽기 주체인 우리의 망상과 상상 속에서만 무수한 성좌들은 다시금 돋아난다. 이것이 이 시대 예술의 진실이다.

은폐된 것들의 지평
―김행숙의 시[1]

몸이 생각하고, 시간은 보인다

시란 무엇인가. 지각 체험의 경우로 한정해서 말하면 시는 바로 그 지각 체험을 기호화하는 장소다. 하지만 우리가 몸담고 있는 세계는 총체적 체험은 불가능하다. 이 세계는 지평으로만 나타낼 수 있다는 것이 현상학 이론가들의 명제다. 그렇다면 세계는 우리에게 어떤 경로로 보이게 되는가. 그들은 말한다. 누군가의 시각이 갖는 각도만큼의 가시성, 그리고 각도 외부의 비가시성으로 우리에게 보인다고. 이를 더 노골화하면, 보이는 면 때문에 보이지 않는 면이 생긴다는 뜻이다. 더 심각하게 말하면 보이는 것이야말로 다른 것이 보이지 않도록 은폐한다. 이러한 역설 위에서 시인의 지각은 활동을 한다. 육화가 가능한 가시권과 그것이 불가능한 비가시권에 대한 전망이 어우러져 한 편의 시가 된다. 김행숙은 무의식만으로 인간의 행위를 해명하려는 정신분석의 틀을 깨려고

---

1 『사춘기』(문학과지성사, 2017, 초판10쇄), 『이별의 능력』(문학과지성사, 2017, 초판11쇄), 『타인의 의미』(민음사, 2017, 1판7쇄), 『에코의 초상』(문학과지성사, 2015, 초판3쇄), 『1914년』((주)현대문학, 2018)을 참고한다. 시집 제목은 인용 시에서만 밝힌다.

작정한 시인이다. 이 시인은 지향하는 몸을 생각하고 분석한다. 지향하는 몸은 의식과 무의식이 동시에 유동한다는 것을 그는 알고 있다. 어느 쪽으로도 지배적일 수 없는 몸의 지향성을 그는 시로 써낸다. 몸은 생각한 후에 움직이는가. 생각하면서 움직이는가. 이렇게 질문을 품고 그의 시를 보면 이해의 각도가 조금은 생긴다. 김행숙 시에서는 주체의 몸이 세계-내로 들어가거나 나오는 광경을 흔히 접할 수 있다. 몸이 움직이면서 타자를 만나고 교차하고 다시 멀어지면서 관계의 의미가 생성된다. 따라서 걷고, 멈추고, 마주치는 인물의 행동에 아무 뜻도 이유도 없다고 말한다면 김행숙 시에 대한 큰 오해다.

이렇게 이 시인에게 타자는 '나'의 사유를 분발시키는 잠재적인 텍스트다. 그의 시에서는 몸이 생각하고, 시간은 보이는 기이한 일들이 벌어진다. 더구나 타자에게서 어떤 상처를 받았다면 그를 생각하는 일을 더더욱 멈추기 어렵다. 생각은 저절로 솟아나는 것이 아닌, 상대방으로부터의 자극에 대한 반응이다. 그렇다면 이별을 겪은 「이별의 능력」의 화자에게 이렇게 물을 수 있다. 이별할 때 누가 먼저 상대방을 잊을 수 있는가. 미움은 소모적인 감정이라고 생각하는 자인가, 아니면 나쁜 감정에 묻혀 있는 자인가. 타자와 이별한 인간이 홀로 겪는 고통에 대한 우리의 공감 층위는 이 정도 두께에 불과하다. 「이별의 능력」에는 이런 인물이 나온다. 그는 생각하지 않는다. 담배를 태워 없애다 보면 "당신이 혐오하는 비계가 부드럽게 타"면서 체중이 빠지는 것 같다. "하염없이 노래를 부르"거나 "하염없이 낮잠을 자"거나 빨래를 하고, 명상도 하고, 여전히 "2시간 이상씩 당신을 사랑"하기도 한다. 당신과의 추억을 태워 그것이 기체처럼 사라지면 "이별의 능력이 최대치"가 될 것이라고 생각하는 건 시적 인물이 아니라 그의 행동을 바라보는 독자다. 그가 "2분간 담배연기"를 연소시키는 자세는 상대방을 잊기 위한 노력이자 집중으로 우리에게 비친다. 이별할 때도 사랑할 때처럼 화력이 필요한 것으로 말이다. 표면으로만 보면 이 인물은 사랑에 빠졌으면서도 게으름 피우지 않고 열심히 일상을 살아내는 것처럼 우리에게 보인다. 이별을 겪은 자의 모습이 아닌 것이다. 이렇게 인간 행동의 표면과 이면의 경계를 우리의 시각으로는 알 수가 없다. 다음 시에서는 사유와 행동의 순서가 바뀌어 있다. 일반적인 관념으로는 그가 생각 없이 행동하는 것처럼 보인다.

> 나는 생각하지 않는다
> 나는 쓴다
>
> 나는 만지고
> 사랑하였다
>
> ─「손」, 2연과 4연에서 발췌(『이별의 능력』)

우리가 사는 이 세계가 모호하므로 그곳을 본떠서 쓰는 시도 모호하다는 것은 틀림없는 사실이다. 세계의 형상을 떼어내 그것이 무엇인지 돌올하게 분간하는 일은 불가능하다. 모호함 자체를 문자로 조립하는 사이에 이 세계는 더더욱 알 수 없는 곳으로 미끄러진다. 그런데도 김행숙 시의 모호한 문자 표상을 비미학이라고 말하지 못한다. 그의 시에서 기호는 의식에 선행하고, 그것은 행동파처럼 움직인다. 생각한 뒤 행동하고, 너를 만지려면 사랑하는 마음이 전제되어야 한다는 일반적인 관념들은 깨진다. 시인이 상식 같은 것을 떠오르는대로 버리면서 비상식적인 시를 제작하는 것처럼 보이기도 한다. 생각은 깊이 할수록 좋은 것이므로, 행동부터 앞세우는 것은 경솔하다고 여겨 온 인식을 이 시인은 부숴버린다. 어떤 시인들은 차라리 이 세계를 알기 쉽게 설명하겠노라며 산문시를 쓰기도 하지만, 김행숙은 길지 않은 시에다 몸과 그 지체의 움직임을 선명한 이미지로 그려낸다. 표면 현상을 배치하는 일에 몰두하고 행동주의자처럼 철학하지만 이때 의도는 결국 인간 심리의 동향을 말하려는 것이다. 이 세계는 무심히 펼쳐진 전개도와 같고, 우리의 망막 또한 그 평면을 투시하지 못하지만, 시인이 전하고자 하는 것은 정작 그 표면에 머물지 않는다. 단면들을 잘게 부수어 문자 기호로 옮기면서, 몸의 동사적 행태의 의미를 탐색한다. '누가 움직인다'가 주어+동사의 문법인 것처럼 그들의 행위도 분명하다. 그래서이겠지만 그의 시에는 입술·손·발·목 같은 부분 기호들이 유령처럼 불쑥 출현할 때가 많다.

김행숙이 첫 시집에서 끌어낸, 귀신처럼 강렬한 타자의 목소리에 독자는 열광했었다. 그 귀기 어린 자들은 안과 밖이 교합된 공간에 있었다. 이후 시집에서는 몸을 사변화하거나 반성하는 주체로 세우지 않는다. 그 몸을 그대로 세계-내에 참여시킨다. 생각이나 의식으로는 세계에 들어갈 수 없다고 보고 몸이 직접 그곳으로 간다. 이 세계가 닫혀 있다고 생각하는 것은 관념이 하는 일이며, 생각 속에서는 이 세계가 무한대로 모호하기만 하다. 우리의 생애 내내 주어지지만 그곳이 끝까지 모르는 세계라면 몸소 들어가보지 않았기 때문이다. 몸이 나아가는 세계는 어디든 열려 있으나, 경험은 제한적이라는 얘기다. 이 세계가 어떠하다고 말하려면 구체적으로 지각해야 하고, 그 일을 하는 것은 우리의 생각이 아니라 몸이다. 때문에 앞서 본 시에서 이별의 아픔을 감내하는 자의 사소한 몸짓 하나에도 분산하는 의미는 필연적으로 내재해 있다. 노래하고, 빨래하고, 낮잠을 자고, 명상하고, 담배를 피우고, 당신을 사랑하는 표면의 몸짓에 화자의 감정은 복합적으로 엉켜 있다. 이별은 슬프기만 한 것도 고통이기만 한 것도 아니며, 그보다 더 넓은 스펙트럼을 가진 감정이 분산하는 상태다. 그런 측면에서 보면 인간의 행위에 무의미는 없다. 김행숙은 그 몸의 움직임을 세심하게 살피고 있고, 몸 자체가 행위 동사의 주체라면 그 지체가 하는 일조차 언제나 제각기 의미의 파편일 수밖에 없음을 전한다.

지향하는 몸은 너에게로

이 시인은 자아를 넘어 다원적 타자를 사유한다. 나를 나되게 하는 것은 분열하는 자아가 있기 때문이기도 하지만, 나의 외부에 있는 타자도 같은 이유로 중요하다고 본다. 첫 시집에서는 귀신 등 타자의 목소리를 들려주었고, 두 번째 시집에서는 몸의 지체를 움직여 타자에게 나아간다. 세 번째 시집 『타인의 의미』에서는 타인을 바라봄/바라보임의 주체로 동등하게 세워놓는다. 이렇게 그의 시에서는 타자에게로의 지향이 두드러진다. 이러한 시도를 두 번째 시집에서도 한 적이 있으나, 이번 시집에서는 몸의 전체성을 부순 '부분'들의 시대를 연다. 타자에게 나아가는 내 몸, 그리고 내게로 다가오는 타자의 몸이 있을 때 이 세계는 문득 열린다. 얼핏 보면 상투적(행위만으로는 그 의미를 알 수 없으므로)이어서 의미를 매기기 어려운 그 움직임들을 시인은 세심하게 구별해내고 있다. 아마 이것은, 생각과 몸은 떼려야 뗄 수 없이 (피골)상접한 현상 같은 것이고, 그렇기에 즉자적임을 말하려는 의도일 것이다. 행동은 생각을 빼버린 껍데기가 아니라는 것. 그러니까 인간의 행동은 생각과 함께 일어나고, 생각이 충동적이라면 몸 또한 그럴 수밖에 없다는 말에 가깝다. 행위란 체화된 욕구이고, 따라서 우리가 몸과 생각을 분리하는 것은 어렵다는 뜻이다. 이것이 김행숙의 '나'와 타자의 관계 역학이다. 그는 몸을 근대적인 반성의 주체로 묶어놓지 않는다. 고상하고 사변적인 생각의 노예로 묶여 있는 몸을 해방시키면서 그 표면의 움직임을 생생하게 느껴보기를 바란다.

살갗이 따가워.
햇빛처럼
네 눈빛은 아주 먼 곳으로 출발한다

아주 가까운 곳에서

뒤돌아볼 수 없는
햇빛처럼
쉴 수 없는 여행에서 어느 저녁
타인의 살갗에서
모래 한 줌을 쥐고 한없이 너의 손가락이 길어질 때

모래 한 줌이 흩어지는 동안
나는 살갗이 따가워.

서 있는 얼굴이
앉을 때
누울 때
구김살 속에서 타인의 살갗이 일어나는 순간에

—「타인의 의미」 전문(『타인의 의미』)

이 시는 바라봄의 상식을 뒤집는다. '나'가 바라보지 않고, '너'가 나를 바라보고 있다. 나를 바라보는 너의 시선과 너를 보는 나의 시선이 얽힌다. 바라보는 자와 바라보이는 자가 동일한 지평에서 만난다. 시선의 순간적 초점화가 양방향에서 짧은 샷으로 서로를 훑고 간다. 내가 너를 바라봐 온, 이른바 바라보는 자가 주인이고 바라보이는 자는 객체였던 세계는 여기에 없다. 나를 뚫어져라 쳐다보는 "네 눈빛" 안에서 나는 타인이 된다. 나 또한 너를 바라보고 있기에 너는 나와 같은 지평에서 각각 태어난 주체들이다. 일방향의 바라봄은 멍한 눈빛 속에 무심하게 존재하지만, 서로 바라봄은 마음조차 동시에 움직이는 상태임을 뜻한다.

너도 나처럼 이 세계의 주인이라는 것을 발견하고, 너를 나의 지평으로 안아 들이는 세계가 여기에 있다. 이때 내가 중심이었던 세계를 잃어버렸다며 허탈해 한다면, 아틀란티스처럼 지구를 홀로 짊어지려는 자가 아닌가. 그러나 그러한 거인은 이 세계를 자기만의 것으로 좁다랗게 축소하고 만다. 홀로 존재하는 자의 전일적이고 막강한 영향력은 결코 인간의 모습일 수가 없다. 인간이었고 앞으로도 인간이어야 한다는 불변의 명제 위에서라면 '너'는 더없이 소중한 존재자다. 흰 종이 위에 볼록 렌즈를 대고 광선을 모으는 것처럼 서로의 초점이 되어주는 나와 너가 여기에 있다. 허공을 뒤지던 눈길이 서로에게 멈추는 때는 너도 나를 바라보고 있을 때다. 어쩌면 이는 동화 같은 상상을 할 수 있는 자만이 먼저 알게 되는 관계의 역학일지도 모르겠다. 별 하나 나 하나, 별 둘 나 둘…… 하고 셀 때처럼 별빛이 내게 왔으므로 나도 별을 볼 수 있게 되는 이치대로다.

이렇게 이 시가 타자의 발견으로 그 성과를 마무리하려 든다면 표제에 쓰인 "의미"는 쓸모없어진다. 이 세계의 모호함을 그대로 떼어다 놓은 것이 시라고 앞에서 말했지만 그 말은 '쓸모없음'의 변용을 위한 발언은 아니다. 시인은 타인의 의미를 찾아내려는 시도를 처음부터 적극적으로 수행해왔다. 이제 그의 시의 차원이 다면화로 나아가는 곳으로 따라가본다. 마지막 연에서처럼 서고, 앉고, 눕는 너의 행위를 따라 내 눈길이 부산하게 움직여야만 네가 나의 세계가 되는 그곳이다. 거기에서 "타인의 의미"가 재생성된다. 그런데 안타깝게도 네가 바라보는 나는 움켜쥘 수 없는 한 줌의 모래처럼 필연적으로 흩어지기만 한다. 그렇기에 촉각은 "너의 손가락이 길어"지는 것 같은 상상 속에서만 기형적으로 작동한다. 나에게 닿으려는 생각의 길이만큼 길어질 뿐, 너의 손가락은 끝내 나에게 닿지 않는다. 생각만으로는 너의 몸을 세계에 참여시키지 못했고, 나 또한 너의 눈빛에서 관념의 수동성만을 보았다. 지향적인 몸은 살아 움직이는 몸이고, 세계 속으로 들어오는 몸이며, 시·공간의 이동 또는 좌표가 되어주는 몸이라고 말한 이는 메를로퐁티다.

　이처럼 몸의 부분들은 나와 타자를 세계-내에서 만나게 한다. 같은 이치로 이 세계에서 그 몸을 빼내면 그곳은 고스란히 닫힌다. 김행숙의 사물 외재적이고 행동 심리적인 몸 탐구에서는 이렇게 '바라봄'과 '바라보임'의 역학에 따른 몸 탐구가 이뤄진다. 지금 눈앞에 무심코 펼쳐진 지평은 모호하지만, 거기에 몸이 출현할 때 이 세계는 부산하게 움직이기 시작한다. '나'는 "당신과 눈을 맞추지 않으려면 목은 어느 방향을 피하여 또 한 번 멈춰야 할"지 계산해야 하고, "다리를 움직여서 당신을 떠나듯이, 다리를 움직여서 당신을 또 한 번 찾았듯이" 몸의 부분들이 세계를 거부하거나 수용하는 일에 대해서도 재빠르게 계산해야 한다. 정리하면, 김행숙은 몸의 움직임을 어떤 것을 "이루고자 하는 바"(「목의 위치」) 목적적 행위로는 보지 않는다. 점점 속도를 내어 걷는 자에게 "목적이 있는가"(「가까운 위치」)라고 묻는 것은 이미 그 걸음걸이 자체에서 걷는 목적, 즉 지향하는 몸의 본성을 보았기 때문이다.

　그러니까 시인은 이렇게 말하고 싶은 것이다. 우리의 몸은 무심코 정지된 사물이 아니라는 것. 몸은 언제나 생각과 함께, 때로는 생각에 앞서 그 무엇을 지향한다는 것. 따라서 몸의 지향성만으로도 많은 말을 대신할 수 있다는 것이다. 누군가 손을 뻗거나 발을 움직여 나아가거나 하는 동작에는 수다한 행위언어가 담겨 있다. 너와 나의 관계학은 이렇게 상호간 윤리이자 상호 주체성을 확인하는 데 필요하다. 나의 고유성과 너의 고유성의 차이는 서로 만남으로써만 구별된다. 그러므로 우리는 한쪽 발만으로는 세상으로 나아갈 수가 없다. "언제나 두 번째 발부터 시작되는"(「하얀 발」) 보폭을 상정해야만 한다. 첫 번째 발 다음의 두 번째 발이 비로소 '한 걸음'을 만들 때 나의 몸은 너를 지향하는 동작을 보인다. 자코메티의 〈걷는 인간〉 같은 표상, 그리스 조각상의 콘트라포스트 자세에서 보는 능동적인 움직임처럼 말이다. 시인이 쓴 대로라면 타자와의 친밀감은 다음 같은 식으로 나타난다. "발을 밀어 넣으며/나는 좁혀"(「투명인간」)지는 현상, "무릎이 없어지고" "발이 녹"아 그 자리를 이탈하지 못하게 되어버린 것 같은 자세들로 말이다.

시인은 탐구자의 자세로 발의 움직임을 부지런히 좇아간다. 그랬더니 발의 움직임들은 위대하고 우주적인가 하면 흥미롭고 미시적이기도 하다. "위대한 허공"을 박차면서 걸음을 떼는가 하면(「발 2」), 발바닥 밑에 가려진 어둠의 넓이가 시인을 문득 깨우고, 가느다란 발목에서는 연민을 느끼기도 한다(「찢어지는 마음」). 오페라 가수의 긴 드레스 안에서 불안하게 떨고 있는 가느다란 발목이 눈에 띄는가 하면(「어두운 부분」), 목적성을 띤 발걸음에 속도가 붙으면서 타자와의 물리적 거리가 좁혀진다(「가까운 위치」). 타자에게 다가갈 때는 발부터 밀어 넣어야 장소의 의미가 성립하고(「투명인간」), 신발을 신는 순간 인간은 비로소 단호하게 세상으로 나아갈 수가 있다(「신발의 형식」). 발밑의 위험을 알면서도 발은 끝내 보행의 본성을 잊지 않으며(「귀」), 잠을 자면서야 발은 제 무게로부터 해방된다(「잠」). 게다가 발은 분노가 폭발할 때는 지축을 울리면서 심리적인 크기를 점점 증폭시키기도 한다(「너의 폭동」). 시인의 발 추적은 줄곧 이어진다. 법칙을 지키듯 일정하게 간격을 둔 가로수들은 그 부동의 자세 때문에 질서의 법에 갇혀 있지만, 움직이는 것들은 언제든 "치여 죽"거나 "죽어가는 것"일 수가 있다(「가로수의 길」).

만지는 시간에서 기억하는 시간으로

김행숙의 '지각론'은 '느낌'을 품은 몸에 대한 이야기다. 결과론으로 보면 그것은 분리 불가능한 몸-생각의 관계론이다. 지각이 생기고 그것이 더 깊어지려면 대상의 가시성과 상호 밀착이 전제되어야 한다. 그러나 아이러니하게도 지각이 더 진전되어 대상과 동일시되는 순간에는 되레 맹인처럼 되고 만다.

볼 수 없는 것이 될 때까지 가까이. 나는 검정입니까? 너는 검정에 매우 가깝습니다.

너를 볼 수 없을 때까지 가까이. 파도를 덮는 파도처럼 부서지는 곳에서. 가까운 곳에서 우리는 무슨 사이입니까?

영영 볼 수 없는 연인이 될 때까지

교차하였습니다. 그곳에서 침묵을 이루는 두 개의 입술처럼. 곧 벌어질 시간의 아가리처럼.

—「포옹」 전문(『타인의 의미』)

연인의 관계학에서 포옹은 일치와 동일성의 기제다. 서로 일정 거리 밖으로 방면할 수 없는 조건 안에서만 연인과의 관계성을 말할 수 있다. 자발적인 종속으로 서로 결속하기를 바라는 동일자 의식을 가지는 때가 그때다. 초근접성과 점착력을 욕망하므로 언제나 상대방에게 목이 마른 자들이 연인이다. 포옹한 연인을 "검정에 매우 가깝"다고 표현하는 것은 따라서 지극히 당연하고 아름다운 수사다. 이질적인 모든 색을 섞은 것이 검정색이다. 색깔로 따지면 연인은 모든 비동일성을 섞어 차라리 캄캄해져버린 세계를 공유한 동일자다. "우리의 포옹은/빛에 싸여/어둠을 끝까지 끌어당기"(「따뜻한 마음」, 『타인의 의미』)고, '너'라는 강렬한 빛의 방사가 오히려 두 사람의 눈을 멀게 한다. 이렇게 입사각 안으로 좁혀드는 빛의 역반사 때문에 '너'는 나에게 차라리 어둠이고 심연이다.

"교차하였습니다." 이 문장은 강렬하다. 이 과거시제에 담긴 연인의 행적 전에는 둘의 포옹 장면이 있었다. 포옹 뒤에는 서로 놓아 주기, 서로 교차하기, 서로 벌어지기가 이어진다. 피차 '외부'가 필연인 거기에는 "곧 벌어질 시간의 아가리"가 개입해 있다. 그 외부는 타자가 구성하는, 나와 관련 없는 그 무엇이 일어나는 공간이다. 시인은 '나'의 바깥에 있는 타자가 나와 교차하면서 사라져버린 사건을 '시간'이라고 부른다. 이러한 관념은 "곧 벌어질 시간"이라는 미래의 가능성으로 그것을 사유한다는 점에서 레비나스적이다. 너와의 관련성을 포옹이라고 보고, 그 목적적 행위가 결렬된 그 사이 구간을 시간으로 보는 현상학이다. 세심하게 관찰하는 시인이 이렇게 말해주지 않았다면 시간은 아무런 떨림도 없이, 어딘가에 있을 법한 전능한 신의 권능이거나 유령 현상 같은 것일 수밖에 없다.

김행숙에게 시간은 다음 같은 것이다. 내가 너를 안아 들이고, 서로 살갗을 맞대면서 타자를 각성하는 사이 너의 몸은 어느새 나의 몸의 온기로 육화된다. 이렇게 몸이 시간을 분비한다(메를로퐁티). 몸으로써의 시간은 지각할 수 있고, 너처럼 훌쩍 사라지기도 하지만, 다시 올 것임이 분명한 미래로서의 시간이기도 하다. 그렇기에 김행숙에게 연인은 앞으로도 변함없이 연인이어야만 하는 사람이다. 연인의 몸을 지각할 수 없다는 말은 시간도 역시 뒷걸음쳐 오지는 않을 것임을 뜻한다. 따라서 이별은 같은 지평에 "포함되어 있는 세계를 느낀" 자가 홀연 사라져버리는 일, "지평선이 재빨리 이동"(「가로수 관리인들」, 『이별의 능력』)하는 일이다. 그곳이 어딘지 확정할 수 없는 곳으로 두 사람이 순식간에 분리되는 것이다. 거기에는 100년을 압축한 듯한 이상한 시간도 있다.

나의 생년월일입니다.

나는 아직 죽지 않은 사람으로서

죽은 친구들을 많이 가진 사람입니다.

죽은 친구들이 나를 홀로 21세기에 남겨두고 떠난 게 아니라

죽은 친구들을 내가 멀리 떠나온 것같이 느껴집니다.

오늘은 이 세상 끝까지 떠밀려온 것같이

2014년 4월 16일입니다.

—「1914년 4월 16일」 전문(『1914년』)

　제목과 시 구절에는 100년의 간극이 있다. 4월 16일이라는 확정일이 이 시를 허구의 시간으로부터 훌쩍 이탈시킨다. 1914년이면 제1차세계대전이라는 이름으로 유럽에서 전쟁이 발발한 해다. 그때 죽임당한 자들의 시간이 100년 후인 2014년 쪽으로 밀려온다. 100년의 간극에도 불구하고 기억은 우리에게 밀착해 오는 누군가의 몸처럼 여기에 당도한다. 2014년 4월 16일의 봄바다에서 "죽은 친구들"과 100년 전의 세계대전에서 죽은 이들을 기억하는 일에는 시간의 간극이 존재하지 않는다. 애도에는 다만 기억하는 능력이 필요할 뿐이고, 그 능력은 시간의 질량을 넘어 지금 여기에서 흐른다. 운 좋게 홀로 살아남은 자가 죽은 자의 시간과 만나고 있는 것이다. 산 자는 단지 현재의 시간 작용으로만 그 죽음을 바라볼 수 있다. 때문에 100년의 간극보다 더 두꺼운 것이 현재라는 시간이다. 여기서 빛의 속도가 시간을 지운다는 과학적 가설을 빌어와 '시간' 대신 '기억'을 채워 넣으면 어떨까. 나의 기억 속에 사는 너, 망각되지 않는 너는 결코 증발하지 않는다. 기억은 나의 몸에 체화된 시간이고, 나는 그것을 방기하지 않는 주체이기 때문이다.

　시간 작용과 관련한 시인의 의심은 이제 신의 부재를 탐문하는 데로 나아간다. "세계를 한눈에 둘러보느라 시야가 너무 넓어지고 멀어진 나머지" 신은 처음부터 아주 멀리, 먼 과거에 속해 있다. 그를 본 자도, 만

진 자도 없으므로 이 시에서 신은 시간과 구별되지 않는 개념이다. 너는 나의 세계에서 윤리적 타자라면, 신은 자신의 "말에 순종"(「작은 집」)하는 족속을 좋아하고, 폭설로 작은 집을 덮어버리듯 분별없고 잔인한 주체 일지도 모른다. 지나치게 멀리 있는 자, 한 폭 그림 같은 정경을 보며 쾌락을 즐기는 그는 아주 먼 과거로 물러난 낡은 시간일 뿐이다. 그렇게 물러앉아 인간의 마을을 아름답다고 관망하는 그는 어쩌면 극단적인 낭만주의자일지도 모른다. 그는 이미 이 세계에 편재해 있지 않으며, 인간의 마을과도 인간과도 원격화되어 있다. 아니, 그 사이가 아주 텅 비어 있다.

비가시적인 시간을 현상하리라는 시인의 열정은 쉼이 없다. 그는 공중탕 수조에 때가 둥둥 떠다니면서 물은 "가만히 있어도 더러워"(「도시가스 공사의 메아리」)진다는 것을 알아낸다. 여기에서는 시간의 경과를 보고, 「공감각의 시간」에서는 온몸으로 느껴야 할 순간을 그대로 방류하는 "갯벌에 놀러 온 사람들"을 관찰한다. 이 시의 문장은 하나같이 "모른다"로 끝나는데, 인간의 무의식과 시간을 '알 수 없음'이라는 동류항으로 묶어놓는다. 인간에게 시간은 강박적으로 '모르는 것'이다. 순간의 중첩 또는 이행들을 인간의 눈은 식별하지 못한다. 시간은 지나간 후에야 사물이 변한 모습으로 현상된다. 그런 차원에서 시간은 현재가 아닌 과거이며, 그것은 언제나 낡은 것으로 나타난다. 우리에게 보이는 것들은 그것을 우리에게 보여줄 때만 가능한데, 시간은 현재 모습을 결코 온전히 보여줄 수가 없다. 하여 엄밀하게 말하면 인간과 시간의 서로 바라봄의 관계론은 성립하지 않는다. 그렇다면 시간은 우리에게 무섭고 낯선 파시즘이 아닌가. 어느 순간 돌연 세상을 바꿔버리는 괴력 같은 것, 슬그머니 물러나 숨어 있다가 어느 날 "해일처럼 내 전부를 끌어모아 당신에게로 귀환하는 무의식"(「요람의 시간」, 『1914년』) 같은 것 말이다.

지각의 생애

　몸이 먼저인가, 의식이 먼저인가? 이 질문은 의식적인 것은 거짓이라는 전제를 세우게 만든다. 화자가 말한다. 무의식이 노출되지 않도록 지켜야 한다고. 무의식이야말로 거짓이 없다는 점은, 거기에 우리가 가장 하고 싶은 원초적 욕구가 숨어 있을 때 성립한다. 숨겼던 것을 발설하는 순간이야말로 우리가 가장 알고 싶었던 진실인 것처럼, 무의식에는 타자가 보지 못하는 간절하고, 심지어 파괴적이기까지 한 욕망이 있다.

> 무의식은 무한하고 나는 유한한데
> 이제 내 신발 밑에서는 한 개의 그림자도 새어나오지 않아요.
> 무의식은 보이지 않고 나는 보이는데
> 보이는 것이 보이지 않는 것을 어떻게 지킵니까?
> 유한한 것이 무한한 것을 어떻게 지킵니까?
> 나는 꿈도 꾸지 못하고 헛소리도 하지 못해요.
> 꿈을 꾸지 못해서 잠을 자지도 못해요.
> 얼마나 높은 곳에 오르면 무의식이 보입니까?
> 그곳에 누가 있어서 무의식을 씻기고 먹이고 새어머니 노릇까지 합니까?
> 무의식에 손대는 그 손은 얼마나 거대합니까?
> 오늘날 신적인 것은 어떻게 스스로를 드러냅니까?
>
> ―「무의식을 지켜라」 앞부분(『1914년』)

　이 독백에서는 무의식을 부정하는 목소리가 들린다. 무의식은 숨겨진 욕망이고, 그 욕망은 인간이 가장 하고 싶은 것이며, 거기에 진심이 숨어 있다는 통념을 반문하고 있다. 그것을 들키지 말아야 하므로 화자는 누군가가 자신을 심문하고 있다고 여기고, 따라서 간절히 자기변호를 해야 한다. 자신의 신발 밑으로 "한 개의 그림자"조차 새어나온 적이 없으므로, 자기도 모르는 자기의 무의식을 지키는 일은 어불성설이라는 것이다. 융 식으로 풀어, 무의식이 그 어디로도 비어 나온 적이 없는데 그 정체를 어찌 알겠느냐고 항변하는 중이다. "꿈"이 무의식이라면 그것은 잠을 자야만 존재하는 것이고, 꿈 없이 잠을 자는 화자에게 무의식은 있을 수 없다는 반론이다. 그렇다면 무의식의 관리자는 신일 수밖에 없을 것이나, "신적인 것"이야말로 어떻게 현현하는지를 화자는 알 길이 없다.

김행숙은 이렇게 현상과 추상의 문제를 끈덕지게 탐구하는 시인이다. 그의 시에서 '나'는 사회적 관계 중 하나인 리좀으로 출현하여 주체 살리기, 그리고 타자와 함께하기를 동시 수행한다. '너'는 저 넓은 지평 위에서 내가 누군지를 말하기 위해 나의 시선이 초점화한 타자였다. 그래서 너는 내가 있는 지평에서 원근법 안에 존재하고, 네가 사라져 더 이상 존재감을 느낄 수 없을 때까지 연대하는 타자다.

> 당신과 당신은 u와 U
> 너희들은 커플링 같구나
> 나는 당신을 끼고
> 당신은 당신을 끼고
>
> ─「당신과 당신」 1연(『이별의 능력』)

재미있는 관계놀이다. 대문자 U를 보편적 타자 즉 '대문자당신'으로, 소문자 u를 개별적 타자 즉 '소문자당신'이라고 해두자. 대문자당신의 지평과 소문자당신의 지평에서 "u와 U"는 각각 개별자이면서 커플이기도 하다. 서로가 서로에게 '당신'이면서 "u와 U"인 두 사람은 차이와 동일화 사이를 숨 가쁘게 왕래하는 커플이다. "당신과 당신"은 이렇게 각각이면서 커플이기도 한데, 커플링을 끼느냐 마느냐에 따라 관계는 계속 재정립된다. 그런데 말이다, 커플링이라는 표식이 두 사람을 커플로 만든다면, 그것을 벗으면 커플이 아닌가? 어쩌면 이것은 가시적인 표지(標識)로서, 나와 타자를 동일화하는 파시즘일 수가 있으며, 영원히 만날 수 없는 타자를 동일한 표지로 구속하여 커플로 고정하려는 욕망일지도 모른다. 그래서이겠지만 시적 자아는 자신의 몸을 두 팔로 감싸 안은 채 자기를 위안하는 외로움놀이 같은 것은 하지 않는다. 그의 관심은 언제나 타자와의 관계를 시간 속에서 사유하는 것이다.

김행숙 시에서 '지금'은 우리를 현존케 하는 시간의 가장 큰 질량이다. '너'는 "거대한 화농이 터진 듯"(「그러나」, 『1914년』) 이 세상을 무섭도록 아름답게 만들 줄 아는, 유일하지만 흐릿한 타자다. 너는 나와 동일화할 수 없는 개별자, 즉 유일한 몸을 각기 가진 존재자들이다. 너와 나 사이에는 필연적으로 시간이라는 틈이 있지만, 너와 나는 걸어오고 걸어가면서 그 사이에 빛을 들인다. 시인은 "자꾸 흘러내리"(『1914년』)는 마음의 출처를 근원의 '흙'으로부터 사유하면서 떠나기만 하는 '당신'과 '시간'을 몸으로 감촉하고 싶어 한다. 당신이 오는 일을 시간과 함께 사유해야만 화자가 기다리는 것은 같이 온다. 당신은 언제나 보이지 않는 시간과 함께 오고, 떠날 때는 몸이 떠나지만, 정작 시간을 기다리게 만드는 타자다. 당신의 도래는 언제나 보이지 않는 시간으로 '나'에게 기억된다. 이렇게 김행숙은 만나고, 사랑하고, 이별하는 이들의 지각과 감각을 오직 그들의 유일한 몸을 잣대로 재어나간다. 그러나 이것은 계량을 위한 것이 아니다. 지각하고, 감각하며, 기다림이라는 아름다운 약속을 만들어가는 일에 시인은 너와 나의 몸을 참여시킨다.

너는 나의 조건 : 연기(緣起)의 세계

―길상호의 시

너에게 나아가기

온라인망으로 초연결된 사회에서는 누구든 소통 과잉의 불편을 겪게 된다. 동의를 거치지 않았는데 자신의 이름이 단체 대화창에 호출되고 나면, 다수가 응시하는 그 대화창을 흔적 없이 빠져나오기가 어려워진다. 수시로 뜨는 여담 같은 메시지들이 피로를 유발하지만 그것과의 단절을 결단하지 못한다. 연결은 인연으로, 단절은 절연으로 이어질 것이므로 연결의 계기를 유지해 두는 편이 사회적 생산성을 높인다고 판단하게 된다. 복잡사회 속의 인간관계는 이렇게 번잡하지만, 만유는 본래 자신 밖의 타자와 어떤 방식으로든 연결되어 있다고 길상호는 생각한다. 첫 시집 『오동나무 안에 잠들다』(2004년 초판, 2018년 복간)에서부터 시작한, 있어도 없는 허공 같은 존재자들과 교섭하려는 시도는 『우리의 죄는 야옹』(2016)에서도 이어지고 있다. 초기 시에서는 그러한 지향이 구도자의 자세로 나타나지만, 이후에는 일상의 편린들 속에서 만유의 움직임을 발견하는 시선에 응축되어 있다.

길상호 시의 관계학은, 생기소멸(生起消滅)하는 만물의 움직임을 따라가면서 존재와 존재자 간 연기(緣起)의 계기를 살펴나가는 데서 발화한다. 우연한 조건들이 자신에게 주어질 때 그것에 기대어 자신이 달라지는 관계론이 이것이다. 존재와 존재자를 구분하자면 '존재'는 가만히 있음(being), 즉 지극히 소극적인 자세다. '존재자'는 움직여 타자에게 나아가고, 그때 상처 주고받기는 필연이며, 다시 회복하는 무한 반복 과정이 삶의 내용을 이룬다. 이러한 연결 계기를 범박한 말로 바꾸면 '인연'이다. 만유는 접촉과 상호작용으로 존재의 의미를 매긴다고 길상호는 생각한다. 만물 가운데 하나의 물질이 대체 무엇인지를 말해주는 에너지가 '연기'이고, 이 시집은 바로 그러한 정신을 탐구하고 있다. 여기서 시인은 인간을 중심에 두고 세계의 대표 종으로 봐 온 사고를 벗어난다. 인간을 만물과 분리해 놓고 존재를 규정하는 일은 시인에게 매우 모호한 세계 읽기의 방식이다. 그러니까 인간이라는 종은, 인연의 계기를 따져보면 다른 종과 동격의 존재자이며, 어떤 현상 또는 물질의 반영으로 제 존재를 드러내는 또 다른 물질이기도 하다. 『우리의 죄는 야옹』에서 시인은 현재 진행형 삶을 응시하면서, 이 세계에 기투된 자들 간 연결고리를 찾아 나간다. 이때 관심은 마음으로부터 나오고, 마음은 대상을 찬찬히 응시하는 태도에서 온다. 외관상 혼자로 보일지라도 그는 이 세계와 어떤 방식으로든 연결되어 있고, 타자와의 연관을 통해 근원적으로 일체화된 존재자다.

　악수를 청했으나 당신은 팔목을 끊고 뒷걸음질했다. 대화를 시도하면 말을 끊고 나팔꽃잎처럼 입을 비틀어 닫았다. 구름이 토막 난 몸으로 붉게 흩어지자, 고무줄놀이처럼 명랑하던 바람도 뚝 끊겼다. 우리는 탁자를 두고 앉아 꼬리 잘린 별똥별이 뜨는 동안 말이 없었다. 침묵을 깨고 울리던 전화기도 수화기를 들면 소리를 감추고, 당신의 손은 한눈을 파는 사이 다시 돋아났지만, 사라진 우리의 대화는 어디서 혼자 허물을 벗고 있을까. 밀려들던 생각들도 째깍째깍 시

계 초침의 가위질소리에 닿자 급하게 탁자 밑으로 사라져버렸다, 오늘을 끊어
낸 자리 내일의 시간을 다시 붙여도, 우리는 늘 닿을 수 없는 거리에 있었다

—「도마뱀」 전문(『우리의 죄는 야옹』)

도마뱀의 꼬리 자르기 본능으로 소통과 거리의 문제를 상상하는 시편
이다. 몸의 일부를 절단하여 타자로부터 도망치는 관계의 역학. 죽지만
않는다면 반드시 재생하는 그 부분을 일단 잘라내어 거리부터 확보하려
는 계산법. 이러한 존재론은 사람과 사람 간 물리적 거리를 넘어 내적인
경험과 맞닿는다. 상대방의 존재감을 악수·전화 등으로 확인해보지만
거리감과 침묵이 대신 답해 온다. 악수를 청하면 뒷걸음치고, 말을 걸면
입을 닫고, 탁자를 사이에 두고 앉아 대화를 시도하면 침묵으로 일관한
다. 화자와 타자를 연결하는 기계 도구들만 소란스럽게 존재감을 드러
낸다. 악수도 대화도 '당신'을 만나야 이뤄지지만, 시계 초침 소리에도
생각이 간단히 끊기는 화자에게 타자와의 만남에서 지속성을 기대하는
일은 과도한 것이다. 그렇다면 과연 '당신'이라는 타자가 있기나 한 것
일까. 무엇을 시도해도 그와의 거리는 좁혀들지 않는다. 시인은 그 '거
리'에서 무슨 일이 일어나고 있는지 탐색해볼 작정이다.
　'나'는 상대방을 생각할 때 존재한다. 그렇기만 하다면 나는 지금 어
디에도 없는 사람일 수가 있다. 자기 존재감을 누군가에게 타전하지만
연결은 무산되고, 상호작용도 이뤄지지 않고 있다. 저편에는 인연이 일
어나기를 바라지 않는 당신이 있고, 그럼에도 화자는 그에게 다가간다.
관계성이 끊기지 않는 만상의 처소, 곧 연기의 세계에 화자는 있다. 홀로
있지 않으려는 자는 이렇게 누군가를 불러내는 자리로 나아간다. 바슐
라르식으로 쓰면, 하나의 물질과 또 다른 물질이 결합하여 "반죽한다는
긴 끈기 있는 일"[1]에 참여하는 것이다. 나와 타자는 어떻게 관련되는지,
어떠한 계기로 공존하게 되는지를 시인은 생각한다.

어두운 저수지에 가보면 안다

모든 물고기는 물과 대기의 중간에

꽃을 피워놓고 잠든다는 것을,

몸 덮고 있던 비늘 한 장씩 엮어

아가미 빨개지도록 생기 불어넣고

부레의 공기 한 줌씩 묶어

한 송이 꽃 물 위에 띄워 올릴 때

둥근 파장이 인다

둥글게 소리 없는 폭주처럼

수면을 채우는 꽃들,

어둠은 그 향기를 맡고 날아들어

동심원의 중심에 배꼽을 맞춘다

수천 년 동안 물고기가 보낸

꽃의 신호를 들은 사람 몇 없다

안테나 같은 낚싯대 드리우고

꽃을 따고 있는 저 사내들도

물고기의 주파수 낚지 못한다

부레 속에 녹여 채워둔

물의 노래와 그 빛깔을,

더 멀리 퍼뜨리고 싶어서

오늘도 물고기는 꽃을 피운다

—「물고기는 모두 꽃을 피운다」 전문(『모르는 척』, 2007)

에로틱한 분위기를 안고 있는 이 시는 화자가 사물과 만날 때의 자세를

---

1 바슐라르, 이가림 역, 『물과 꿈』, 문예출판사, 1996, 151쪽.

쓰고 있다. 그는 보이지 않는 것을 더 궁금해하는 사람이다. 〈시인의 말〉에 쓴 것처럼, 심해의 물고기가 수압을 견디기 위해 부레에 기름을 채운다는 기본 정보로부터 발화를 시작한다. 이면을 알지 못하면 모든 현상이 표피의 당연함으로 결정되고 만다고 시인은 추정한다. 따라서 이 시에서 꽃의 비유를 호색 장치로 받아들이면 절반만 본 것이다. "물고기의 주파수"도, 낚시꾼들의 "안테나 같은 낚싯대"도, 보이지 않는 그 무엇과 교섭하는 도구들이다. 말하자면 시인은 상대방의 마음 쪽으로 맞춰놓은 안테나에서 주파수를 찾는 낚싯줄 통신사다. 시인이 궁금해하는 일들은 이렇게 조용한 응시와 소리 없는 행위 뒤에 대답을 안긴다.

관능을 숨기고 있으므로 어떤 이들에게는 더더욱 그 관능의 진상을 알고 싶게 만드는 시다. 시인은 물고기가 수면에 떠서 잠들어 있는 모양을 '꽃'의 반영(反影)으로 지각한다. 물고기들은 부레에 지방을 잔뜩 채워야만 수면 위로 떠오른다. 물고기의 비밀스러운 부상법은 이 부레에 있다. 거기에 "물의 노래와 그 빛깔"이 담겨 있으나 낚시꾼들의 시선은 표피 현상에 머문다. 물 위로 "수천 년 동안 물고기가 보낸/꽃의 신호를 들은 사람 몇 없다"는 것이다. 가혹하면서도 정확한 판단이다. 밤의 안식을 위해 수면 위로 떠오르고, 낮에는 치열한 생존 행위에 기울어지는 일을 몸의 기관인 부레가 수면 아래에서 전적으로 담당한다.

현상에 현혹되어 그것을 선취하려는 욕구는 어느 인간에게나 있다. 보이는 것만 보는 자는 낚아 올린 물고기의 수량이나 크기를 비교하면서 그날의 조황(釣況)을 기뻐한다. 이렇게 단순한 기쁨과, 물고기가 밤이면 수면 위로 떠오르는 이유를 생각하며 기뻐하는 시인 사이에는 큰 차이가 있다. 물고기로 비유한 여성을 어둠 속에서 한순간 피어나는 꽃으로만 알고 있다면 주파수 제대로 못 맞춘 사람이다. 수면 위로 떠오르려고 부레에 채워둔 지방 때문에 물은 노래의 파동과 빛깔의 파장을 갖는다는 것을 아는 자만이 여성을 꽃이라고 부를 자격이 있다. 물밑에서 일어나는 알 수 없는 소란들이 어떻게 그 부레에 담겨 물결의 노래가 되는지를 말이다. 이러한 발견의 능력으로 글을 짓는 시인은 그래서 천상 시인일 수밖에 없다.

무아

이런 견해가 있다. 길상호의 시를 두고, 응시하다가 거리를 두고 물러남, 다 벗겨낼 수 없음에 순순히 물러남, 비밀을 그대로 존중하고 슬며시 물러남, 대상의 타자성은 오롯이 보존되는 것이라고 보면서, 주관화 감각으로 그의 시를 파악한 경우다. 그런데 그 물러남의 이유가 자타 간 본래적 거리감 때문이라면, 그의 시에서 존재자들의 행위가 타자에게 어떠한 파장을 미치는지 말하기는 어려울 것이다. 자타 간 소통이 원천적으로 불가능하다면 인간의 행위가 모두 허무감으로 귀결되고 말 것이기에 그렇다. 대상화된 타자가 또 다른 타자에게 해독 불가능한 주파수를 발신한다고밖에 볼 수 없는 상황들이 연쇄적으로 일어날 테니 말이다.

길상호의 시를 조금 더 적극적으로 읽어보자. 그는 폐로회로 속에서 자기복제를 일삼는 자나 소극적인 응시자에게는 설 자리를 내주지 않는다. 그의 시에서 자타 간 거리는, 연기를 촉발하는 지대, 또는 무엇으로든 채워도 좋을 텅 빈 매재(媒材)로 보는 편이 시적 진실에 더 가깝다. 언제 어떤 연결고리가 생길지 모르는 우주적 무아의 지경들이 그의 시에는 포진해 있다. 다음 같은 화자의 행위만 보더라도 단적으로 그렇다. "이야기의 맥락은 짚어낼 수 없"다 할지라도 자신의 "그림자를 뜯어/수면 아래 가만 내려놓고서"(「연못의 독서」) 연못을 떠나는 자세. 몸이 본체라면 그림자는 그 반영이기에, 실제 몸으로는 다가갈 수 없는 세계에 그것을 놓아둔다. 자신의 반영이 이 세계의 궁극적 의미를 더 잘 직관하리라 기대하면서 그는 그렇게 한다. 물고기가 꽃(나아가 여성)의 반영인 것처럼, 그림자도 자기의 반영일 것이므로.

　그렇기에 그림자를 놓아둔 거기에는 사회적 자아는 없다. 물가에 놓아둔 그림자, 물가를 빠져나온 화자의 몸은 주관에 사로잡히지 않는다. 이러한 분리 현상에는, 자아를 벗고 무아로 이 세계와 연합하려는 시인의 갈망이 담겨 있다. 시를 읽다 보면 화자가 처한 상황으로부터 자꾸만 밀려나는 느낌을 받게 되는데 그런 이유 때문일 것이다. 먼 곳에서만 세계의 진실을 찾으려는 자들이 떠나버린 자리로 화자는 다가간다. 멀리, 또는 가까이에 있는 진실들은 어떤 의도도 없이 그저 놓여 있다. 응시하고 관여할수록 집착하게 되므로, 무아로 사물을 만나고, 서로 조용히 존재감을 용인하면서, 의지를 개입시켜 타자의 본모습을 흐려놓지 않도록 꾀한다. 자아를 벗고 무아로 돌아오는 실험, 자아를 자아이게 하는 환경들로부터 자유, 집착으로부터 해방, 만물이 서로 무심하게 관련하는 시 · 공간을 이렇게 열어두고 있다. 자아도 그림자도 종국에는 분리가 불가능한 것이다. 그것은 텅 빈 세계에서 상호 보충의 관계로 존재한다.

　　연꽃의 조리개가 닫히고 나면
　　사진관은 곧 사라질 거라 했다

　　못도 물그림자를 걷어내며
　　암실 같은 어둠을 준비하고 있었다

　　마지막 손님을 위해 사진사는
　　잎 끄트머리 빗방울 렌즈를 갈아 끼우고

　　꽃받침도 없이

겨우 꽃잎을 붙잡고 있는 인연,

바람만 조금 불어도
초점거리에서 벗어나버리는 얼굴

그가 빗방울에 맺힌 그림자를 꺼내
연잎 위에서 굴리는 동안

현상되지 않던 표정들은
잎맥 사이 천천히 모습을 드러냈다

떨어뜨린 연, 꽃잎을 받아들고
어두워진 수면이 한참을 울먹였다

—「빗방울 사진」 전문(『우리의 죄는 야옹』)

빗방울을 현상하는 몇 폭의 그림이 겹친 듯한 장면이다. 연잎에 빗방
울이 맺혀 있으며, 사진사는 물방울의 그림자를 꺼내어 굴린다. 상상도
불가능한 일을 그가 하고 있으나, '연'이 떨어진 후의 감정을 표상하고
있어서 그 '연'이라는 것이 대체 무엇인지 궁금하게 만든다. '떨어짐'이
라는 결과론으로 보면 蓮이든 緣이든 어느 쪽이어도 상관이 없긴 하다.
蓮이 떨어진 거라면 생명체의 죽음이, 緣이 떨어진 거라면 인연의 고리
가 끊겼다는 뜻일 것이다. 물방울의 현상 쪽으로 눈길을 돌려보자. 거기
에 과연 빗방울이 '있는(being)'가? 그것이 있다면 길상호는 자아로 시 세
계를 구축하려는 욕망을 품은 시인이다. 그러나 이 시에 그러한 자아는
없다. 아집과 주관에 집착하는 자아는 사라지고〔無我〕, 사물들의 움직임
만 남아 있다. 수면이 울먹이는 표정과, 연꽃·연못·물그림자·빗방울

들의 움직임이 불연속적으로 나타난다. 떨어지기 직전의 꽃잎, 그 위에 맺힌 빗방울의 그림자는 한순간 바람이 스쳐가기 전에도 육안으로는 식별할 수 없는 현상이었다. 눈앞에 소리없이 펼쳐지는 정경은 우리가 눈을 깜빡이는 찰나의 순간에 다른 모습으로 바뀐다.

이렇게 시인은 대상을 잘 바라보려는 탐욕으로부터 자아를 해방시킨다. 바라보는 자의 욕망이 대상을 무엇이라고 규정하지 않으면 자아도 거기에 묶이지 않는다. 만물은 저희들끼리 작용하고 순환한다. 시작도 끝도 없이 대우주가 환원하듯, 소우주에도 시작도 결론도 없다. 시인의 욕망이 대상을 구성하지 않으므로 빗방울과 그림자를 확정하는 경계가 없다. 따라서 보이는 것과 보이지 않는 현상도 불연속적이다. 이것이라고도 저것이라고도 할 수 없는 현상들이 순간순간 경계를 지우며 명멸한다. 너의 조건에 내가 기대고, 나의 그것에 너 또한 기댄다. 네가 없다면 나를 그 무엇이라고 규정하기가 어렵다.

이 시에는 무게를 거세해야 보이는 진실 하나가 있다. 그것을 경험해봤는지 묻는 목소리가 이렇게 개입하는 듯하다. 당신은 빗방울의 그림자를 본 적이 있는가? 빗방울에 그림자가 없어도 사진 현상이 가능한가? 이것은 사진 기술에 대한 질문이 아니다. 음영 없이 투명하기만 한 것의 존재감을 우리의 눈앞에 드러내는 방법에 대해 생각해봐야 한다. 사진사의 마음작용으로 연기의 순간을 대면해보면 거기에서는 이런 일들이 일어난다. 빗방울이 흔들리지 않으려면 꽃잎이, 꽃잎이 흔들리지 않으려면 바람이, 바람이 흔들리지 않으려면 대기가 안정되어야 한다. 거기에 무엇보다 물방울의 그림자가 있어야 한다. 콘트라스트도, 그림자(음영)도 없는 물체를 현상하는 일은 불가능하다. 실물은 그림자의 농도를 어떻게 분산하느냐에 따라 그 존재감이 결정된다. 물체 하나가 주변의 조건들과 연기하면서 점점 소멸해 간다. 시인은 이렇게 연꽃에 맺힌 빗방울이 사라지는 순간을 차례차례 열어 보인다.

앞의 시에서처럼 연꽃이 피어 있는 시간 동안만 문을 여는 사진관은 없을 것이다. 가상 속의 사진관은 시적 진실을 말하기 위해 시인이 세운 공간이다. 길상호의 관심은 단지 자연현상에만 머물러 있는 게 아니다. 연기의 핵심을 오늘날의 사회에 비추어 어떻게 인간과 관계 지을 것인가를 고민한다. 생기소멸하는 자연의 질서 안에는 곧 영업을 종료할 사진관이 있다. 사진사는 연꽃이 핀 단 열흘 간 필생의 작업을 했을 것이며, 찰나의 순간을 체험했을 것이다. 그가 체험하는 공간에서 그 순간을 만나게 되므로 시·공간도 동시에 연기한다. 짧은 기간에 사진사가 발견한 세계의 진실은 연꽃이 피었다 지는 일, 빗방울이 연잎 위에 맺혔다 사라지는 일, 자신이 그러한 현상들을 만나는 일이 서로 연기하고 있다는 것이다. 어떤 현상 하나도 타자라는 조건이 없이는 일어날 수가 없다. 따라서 그 모두는 피차 타자의 주변부가 되어주는 존재자들이라는 사실이 중요하다.

그러나 우리의 정념이 온통 거기에 집중되어 있다 해도 이 순차적인 향연을 다 누릴 수는 없다. "눈을 속이듯 비가 지나가면" 그제야 "다시 깨어나는 시간"(「데스밸리」)을 맞고, 기후가 변했음을 알고, 그것이 구름과 기압의 영향임을 알게 되는 이 뒤늦은 발견의 시간 속에 만유가 있고 '나'가 있다. 이렇게 타자의 조건과 연기하면서 변하는 것을 생명현상으로 그려낸 길상호의 시들은, 개인주의에 매몰된 현대인의 자화상을 돌아보게 한다. 아울러 사물 현현의 순간은 인간의 지각이 깨어나는 때이기도 하므로, 그 무엇도 볼 수 없는 텅 빈 눈이란 과연 어떤 것인지 그 본질을 생각해보게 한다. 아마도 그것은 인간의 의식과 의지와 관련한 문제일 것이며, 사물을 보려는 인간의 마음을 조용히 실어내는 작업이기도 할 것이다. 그렇다고 해서 길상호가, 보는 일의 맹목을 좇아가는 시인이라고 할 수는 없다. "망막에 낀 얼룩이 사라지자/너는 모르는 사람이 되어 있었다"(「물티슈」)에서처럼, 응시만으로는 진리를 알 수 없다는 것을, 응시는 대상에게 다가가는 하나의 방법으로서 일시적인 창(窓)일 뿐이라고 시인은 말하고 있다.

아프고 정결하지 못한 것들

길상호 시의 알맹이는 옹골지다. 껍질을 벗고 알맹이만 남기려다 보니 그동안 많이 아팠을 것이다. 초기 시 「물의 집을 허물 때」(『모르는 척』)에서부터 고통과 무관한 생명체는 없다고 그는 쓴다. 걷는 자의 발바닥에 생긴 물집이 이 시에 나오는데, 시인은 바늘로 물집을 찔러 또 다른 아픔을 보태면서 통증과 치유의 역학을 동시에 보여준다. 아픈 순간의 눈물처럼 간절한 것이 과연 달리 있을 것인지, 아픔은 그보다 더 큰 아픔으로만 치유된다는 뜻으로 풀이할 수 있다. 인간은 본래 괴로운 조건을 타고났고(苦苦), 행복한 시간에 그것을 파괴하는 고통을 절절이 겪으며(壞苦), 지금 눈앞에 있는 모든 것이 무상하게 흘러가버리는 고통(行苦)에 대한 사유[2]다.

여기서 확장하여 눈여겨볼 것은, 다양한 이미지 중 '물'에 시인의 세계 인식이 집약되어 있는 점이다. 책을 땅에 묻으면 "빗방울과 눈송이가 번갈아/지워진 나이테를 복원"(「썩은 책」)하는 장면이라든지, 초겨울 낙엽이 "진흙바닥에 가라앉"(「연못의 독서」)아 흙으로 돌아가는 장면에서는 생명체가 죽어 4대물(四大物, 흙·물·불·바람)로 순환하는 과정을 보게 된다. 많은 시인들이 사유를 거쳤기에 어느새 범상해져 버린 상상력이지만, 물이 정화(淨化)·소생 등과 두루 관련하면서 다른 형태로 이행하는 광경

---

2 이중표, 『아함의 중도 체계』, 불광출판부, 2009(초판6쇄). 인간이 겪는 고통에 대해서는 이 책을 참조.

도 심심찮게 볼 수 있다. 정화의 순간은 「물티슈」「비는 허리가 아프다」「배꼽 욕조」「우리의 죄는 야옹」에서, 소생의 순간은 「빗물 사발」「썩은 책」「얼음소녀」「점. 점. 점. 씨앗」에서, 또 다른 물질의 형태로 이행하는 순간은 「녹아버리는 그림」「얼음이라는 과목」 등에 실려 있다.

아침 창유리가 흐려지고
빗방울의 방이 하나둘 지어졌네
나는 세 마리 고양이를 데리고
오늘의 울음을 연습하다가
가장 착해 보이는 빗방울 속으로 들어가 앉았네
남몰래 길러온 발톱을 꺼내놓고서
부드럽게 닳을 때까지
물벽에 각자의 기도문을 새겼네
들키고야 말 일을 미리 들킨 것처럼
페이지가 줄지 않는 고백을 했네
죄의 목록이 늘어갈수록
물의 방은 조금씩 무거워져
흘러내리기 전에 또 다른 빗방울을 열어야 했네
서로를 할퀴며 꼬리를 부풀리던 날들,
아직 덜 아문 상처가 아린데
물의 혓바닥이 한 번씩 핥고 가면
구름 낀 눈빛은 조금씩 맑아졌네
마지막 빗방울까지 흘려보내고 나서야
우리는 비로소 우리가 되어
일상으로 폴짝 내려설 수 있었네

—「우리의 죄는 야옹」 전문(『우리의 죄는 야옹』)

죄의 목록, 빗방울, 고양이……. 관련 없는 이미지들을 배치하여 그것이 충돌하는 지점에 진정성을 심어놓았다. 아침부터 하는 기도와 고백의 언사에 구체성은 실려 있지 않으나, "남몰래 길러온 발톱" 때문에 "착해 보이"지 않으며, '그것'이 지금은 "물벽"에 쓴 것처럼 흘러내리고 있다는 것이 이 시의 문제적 지점이다. 뒤의 '그것'은 죄일 것이며, 제목으로 쓴 "우리의 죄는 야옹"에 그 의미는 내재해 있다. 죄짓기와 용서의 과정을 구성한 이 시에서 주목할 곳은 끝부분의 '우리'다. 이렇게 보면 저 '야옹' 소리는 어느 가정에서 불협화음처럼 번식하는 불화의 소음이거나, "서로를 할퀴"느라 온전한 '우리'가 될 수 없는 그 가정의 분열과 소란을 실어내는 음역이 아닌가 한다. 이런 곳에 상처투성이 인간이 없을 리가 없다. 하지만 대체 무슨 죄를 지었기에 그깟 빗방울로 죄를 씻을 수 있나? '물'이 스쳐가면 시야가 맑아진다는 화자의 고백은, 이 시에서 강박적으로 화자를 괴롭히는 죄가 대체 무엇인지에 대한 답을 어렴풋이나마 짐작케 한다. 지은 죄를 엄벌로 다스리지 않고 물로 씻어야 한다면, 이것은 정작 법조항으로 단죄해야 할 죄악과는 관련이 없는 것이다. 기호로 포괄하는 '죄'의 무거움은 실감나지 않지만, 그것을 반드시 씻어내리라는 의지가 빗방울에 실려 있어서, 이것이 물의 정화력을 상징한다는 것쯤은 알 수 있다.

그러니까 그것은 죄와 벌의 법칙을 적용할 수 없는 것, 벌칙을 가하지 않아도 씻어낼 수 있는 그 무엇이다. 시적 진실은 여기에 있다. 일상에서 일어나는 온갖 과실, '우리'가 타자의 목소리를 불쾌하게 듣는 것까지도 정화해야 할 죄의 목록이라는 것이 시인의 생각이다. "세 마리 고양이"는 화자 가족의 비유일 것이며, 이들이 서로 발톱을 세워 가학하는 일상이 반복되기도 했을 것이다. 시인은 고양이에 빗대어 인간을 말하면서 모든 듣기 싫은 소리, 앙칼진 할큄들도 죄일 수 있다고 쓴다. 자, 이제 나는 더 이상 화자가 지었다고 말하는 죄를 액면 그대로 '죄'라고 쓸 수 없게 되었다. 그것은 죄이기보다 관계성에 대한 성찰·배려·이해 같은 것을 동반해야 할 가족 윤리에 더 가까워 보인다. 세운 발톱을 감추고, 듣기 싫은 소리를 내지 않으며, 착하고 부드럽게 '우리' 함께 살아가는 일, 그것이 일상의 패턴이 되도록 하는 일들과 접맥된다. 여기에는 서로 구원자인 '우리', 즉 가족 구성원만이 이전의 분열을 공동체주의로 바꿔 나갈 수 있다는 기대가 실려 있다. 죄에 대한 해법의 공통항인 '우리'의 응집력만이 죄의 중력을 무력화할 수 있다는 것이다. 시인이 그린 빗방울 현상을 일별해 보면, 그것은 그림처럼 선명하다. 빗방울 위에 빗방울이 겹치면서 무게가 가중되다가 홀연 흘러내린다. 유리창에 매달린 물방울들은 죄 씻김 현상을, 그 전에 흐렸던 유리창은 "구름 낀 눈빛"을 상징한다. 그렇게 화자의 눈은 흐려 있었다. 그의 죄목은 그러니까 흐린 눈 탓이었다. 이것도 죄가 되다니!

업보(業報) 때문이다. 봄으로써 탐욕이 생기고, 그것을 채우기 위해 행위(業)할 때 인간은 그 결과(報)를 돌려받게 된다. 가족공동체의 분열을 넘어 자신의 탐욕을 정화하려는 마음을 시인은 이 시에 담았다. 의도를 실어 대상을 응시하는 것이 탐욕이고, 그것이 소모적인 쾌락으로 이어지면 죄가 된다는 생각, 탐욕스런 마음으로 너무 많이 보아버린 자들이 자신의 눈을 깨끗하다고 말할 수 있는가라는 물음, 그리고 '우리'의 연합으로 가능해질 용서·사랑·이해·관용 같은 덕목들에 대하여, "가장 착해 보이는 빗방울 속으로 들어가 앉"아 마음의 정갈함을 유지하려는 경건성까지, 시인은 줄곧 탐욕으로 흐려져선 안 될 자기를 응시하고 있다.

가벼운 건조증

길상호 시에서 '물'은 생명의 기원으로부터 발원하지는 않는다. 그 밖의 다양한 의미로 물의 세계를 열어놓는다. 시인은 심지어 비둘기의 "깨진 부리" 사이에 맺힌 선홍빛 물기까지 보게 된다. 이 새에게 죽음의 시간이 당도하고 그것이 예사롭지 않다. 생명체의 탄생이 양수의 급작스런 파수(破水)로부터 온다면, 길상호 시에서 죽음은 물기가 스미어 나와 맺히고, 남아 있던 물기마저 사라져버리는 일이다. 죽음의 사건이 아무 일도 아니라는 듯 무념 무상하게 일어난다.

깨진 부리엔
핏방울이 따뜻하게 맺혔다
아스팔트가 파닥파닥
비둘기의 날갯짓을 받아먹는 동안
유언처럼 남은 밥알들은
햇빛에 딱딱하게 굳어갔다
구, 구, 구, 구, 구, 구
끼니를 구걸하던 창자가
그 질긴 속을 드러냈다
죽음은 마지막 욕망으로부터
손을 놓는 것,
그러나 바람이 불어오자
깃털 하나
본능을 다 버리지는 못했는지
사뿐히 날아올랐다

—「날다」 전문(『우리의 죄는 야옹』)

시인은 죽음을 다음과 같이 정의한다. "마지막 욕망으로부터/손을 놓는 것." 욕망과의 연결 없이 오롯한 자기로 귀환하는 일, 욕망의 대상인 타자와 접촉이 불가능하도록 극도로 가벼워져버리는 일, 욕망이 욕망을 알아보지 못하게 해체하고 자유로워지는 것이 죽음이다. 그렇게 사멸의 순간을 그리면서 시인은 '그러나'에 강세를 둔다. 앞선 정황을 힘주어 부인하는 어법으로 비둘기의 "깃털 하나"에도 서려 있는 본능을 세심하게 복기한다. 비둘기가 죽어 그것으로 그만 비둘기의 세계가 종결되고 만다면 우리는 만물의 마지막 시간을 시체 이미지와 함께 기억하게 될 것이다. 죽음의 시간을 저토록 경쾌하게 그려내는 시를 주목해보자. 비둘기의 주검에서 깃털 하나가 경쾌하게 날아오른다. 비상하는 "본능을 다 버리지는 못했는지" 저 새가 비행하면서 죽음의 형식을 현상한다. 때마침 불어오는 바람이 추동하는 비상(飛翔)의 시간에 새가 자신의 본능을 펼친다. 바람에 얹혀 날아오르는 본능을 깃털 하나가 구가하므로 깃털은 곧 새이다. 새는 날기 위해 살아왔고, 날아오르려는 본능으로 죽음의 형식을 완성한다.

시인은 이렇게 생명체는 물기가 다 사라진 뒤에도 바람에 실려 또 다른 세계로 비상하는 존재라고 쓴다. 죽음이란 이 세계가 온통 바람이 들어 가벼워지고, 일말의 불안도 공포도 가볍게 건조시키는 현상이다. 따라서 건조증인 죽음은 결코 무거운 경험이 아니다. 이렇게 시인의 시선은 사물 간 연결 계기들이 끊긴 곳, 또는 만나는 순간에 생기는 에너지 쪽으로 향한다. 액체와 고체 사이의 물질인 "성에를 닦아주"다가 창유리 안과 밖에 "쩍, 달라붙고"만 '그'와 화자의 입술, 나아가 옴쭉달싹 못하는 영정사진(「겨울, 거울」)이 되어버린 상대방을 서로 바라보는 태도 등에는 시인이 깊이 고민하는 '경계'들이 놓여 있다. 길상호 시의 관계학이 이 경계를 의식하면서 시작되었음을 부인할 수 없다. 그것을 넘어 교감하기 위해 시적 화자는 타자에게 말을 걸고, 악수를 청했었다.

길상호의 시에는 흔히 현재적 사건에서 발생하는 문제들을 둥글게 다듬는 화자가 등장한다. 마음이 내켜야 상대방을 바라보고, 더 깊어진 마음으로는 더 오래 그윽하게 바라보는 이치대로 그는 타자와 사물에 관여한다. 그의 마음이 일어나고 물러나는 경위를 따라 타자도 그와 관련된다. 그런데 여기서 의문이 생긴다. 시에서 모든 죽음은 결과적으로 인간의 죽음을 말하려는 시도라고 할 때, 가뿐히 날아오르는 새의 깃털로 과연 인간의 욕망이 완전히 절멸되는 순간을 그렸을까, 하는 궁금증이 그것이다. 아마도 이것은 일상의 정결을 꿈꾸는 시인이기에 실제 바깥에까지 욕망과 탐욕을 기입하지 않으려는 의도일지도 모르겠다. 길상호의 시 작업이 초월적이지 않은 이유를 이런 데서 찾아보게 된다. 꿈·몽상에 반사하지 않고 지금 이곳을 말하는 그의 화법에서는 함부로 꿈꾸지 않고 섣불리 그것과 접속하지 않으려는 내면이 읽힌다. 자기 앞의 삶을 살아내는 보통사람들에게 맞춰진 시인의 시선에는 구도자의 마음이 담겨 있어서 흐트러짐이 없다. 물질문명의 기획으로 그간 파괴되어 온 것들도 이때 소리없이 재생된다. 길상호 시의 관계학은 발등에 떨어지는 일상의 문제로 좁아들지 않는다. 시선이 닿는 데까지는 현실안을 가동하지만, 대부분의 경우 그는 성찰의 시간을 지나면서 시어를 갈무리한다. 생각에 앞서 행위부터 하는 사람들은 결코 순서를 거꾸로 돌리기 어려운 일들을 길상호는 조금은 느리게 실행하고 있다.

경계선상에서 타자 찾기

—권성훈의 시

참고하면서 강화하기

권성훈은 경계인의 감수성을 지닌 시인이다. 타자를 더 잘 보기 위해, 그 타자가 나의 삶의 조건과 생각·행위를 결정하기도 한다는 것을 말하기 위해 '경계'를 부각한다. 너와 나의 관계를 매개하거나 분리하는 정체가 대체 무엇인지를 물질적 상상력으로 이미지화한다. 그 일의 수행 주체는, 타자 또는 경계의 의미를 안 뒤에야 비로소 자신을 알 수 있게 되는 '나'다. 그러한 노력에도 불구하고 타자는 여전히 예측할 수 없는 존재자이지만, 너와 나의 경계를 짚어내는 권성훈의 언어는 동시대 시인들과는 다른 감도를 지닌다. 오롯한 주체를 흐려놓는 혼종성과 자기분열은 2010년대 우리 시의 한 흐름이었다. 자신 안에 무수한 타자가 있다는 것을 알게 된 '나'들은, 분열하는 타자들과 욕망이 교차하는 가운데 존재의 선분을 그려나갔다.

권성훈의 첫 시집은 『아스팔트를 깨우는 비』(2000)로 알려져 있다. 두 번째 시집 『푸른 바다가재의 전화를 받다』(2005)에는 몸을 구속하거나 삶을 조건 짓는 것으로부터 탈출을 시도하는 존재자들이 있다. 갇힌 자들의 몸짓은 몸짓대로, 불러내는 목소리는 목소리대로 제각각이지만 이들은 똑같이 '세상'에 갇혀 있다. 『유씨 목공소』(2012)는 표제시에서부터 심상찮은 실험을 펼치면서 기호 그대로 유씨의 목공소를 상상하도록 놔두지만은 않는다. 유씨 성을 가진 연쇄살인범이 쓴 시 제목 "헐렁해진 마지막"을 가져다 쓰면서 시 형식을 살해하는 실험을 한다. 열네 개로 토막난 자음들, 모음만으로 발성하는 비명들, "관절 빠진 몸시(肉詩)"를 읽는 순간에 한자어 '肉詩'가 자아올리는 '육시를 할'이라는 끔찍한 이미지 같은 것들을 우리의 상상 속으로 툭 던진다. 2010년대 우리 시의 뇌관을 건드릴 만한 요소들을 은밀히 감추고 있는 이 시집은 해체시를 넘어 살해시를 실험한다는 점에서 잔인한 독창성을 발휘한다. 이는 이전의 언어를 해체하는 차원에 덧댄, 그것을 살해한다는 의미다. 이러한 실험이 한 편의 시가 되어가는 과정이므로 이 언어 실험장에는 거칠고 끔찍하기 짝이 없는 기표들이 난립해야 맞다. 그런데 시인은 의외로 천연덕스럽게 미끄러지는 기호들 이면에 두터운 시니피에를 마련해 두었다.

『밤은 밤을 열면서』(2019)도 전작에 이은 실험성이 돋보이는 시집으로, 후기구조주의 언어학을 근간으로 언어놀이를 벌이는 장소다. 시를 읽어나가다 보면 몇 차례 뜨악해지는 순간이 있다. 이전 시집에 실렸던 시를 재수록한 경우다. 이것은 매우 의도적인 발상이며, 자기복제로 차이와 반복을 생성하는 형식 실험처럼 보인다. 어떤 시는 제목만 바꿔서, 또 다른 시는 온전히 복제함으로써 이전 감각과 지금 감각의 경계를 지운다. 이는 개별 시의 범주 안에서 이뤄진 형식 파괴가 아닌, 한 편의 시를 재배열하고 재배치하면서 얻어낸 것이다. 이렇게 한 권의 텍스트로서 시집의 형식을 파괴하는 기법은 기원의 언어를 부인하면서 원전의 유일성을 해체하는 작업이다. "볼펜심에 나를 넣고 써 본"(「당신은 시뮬라크르」) 경험은 '같으나 다른' 언어를 반복적으로 생산하는 과정을 기록한 것이며, 빈번한 아이러니들과 이항 개념들은 우리로 하여금 편향된 관점으로는 볼 수 없는 이치를 양쪽에서 바라보게 만든다. 이때의 대립항들은 쉬이 해소되지 않는 모순을 반영하면서 한쪽이 다른 쪽을 사유할 수 있는 근거가 되어주므로 필수불가결한 관계항이다.

『유씨 목공소』와 『밤은 밤을 열면서』를 나란히 두고 읽어본다. 2010년대 우리 시단의 움직임을 예민하게 감지한 언어실험의 장이다. 상대를 참고하면서 자기를 강화하는 상호텍스트로서도 두 시집은 유용하다. 게다가 시인은 현실 감각을 노골화하지 않으면서 은근히 그것을 드러낸다. 이는 권성훈 시의 특징이 열린사회를 지향하는 열린 사유에 있음을 뒷받침한다. 어조가 유연하고 유장하다 해서 시인의 비판 감각이 흐려진 것이 아니다. 이 시인은 바벨의 언어 이후 오염 일로를 가고 있는 언어를 수집하여 수리하는 관리자다. 그 와중에도 최초의 언어가 지녔던 신성을 회복하려는 사제로서, 죽었거나 죽어가는 언어를 수습하여 그 본질을 해부하는 실험가로서의 정신을 견지한다. 이때 실험에 적용하는 시료인 아이러니나 풍자·활유법·대비 등을 능란하게 구사하여 시를 '문자'라는 영혼을 가진 생명체로 바꿔낸다. 게다가 그가 조성하는 열린 담론이 후기산업사회의 자본 문제를 떠나지 않는다는 점에서 이 실험정신은 의미가 있다. 그러니까 권성훈은 정신만으로 공허한 담론을 유발하지는 않으며, 세계 해석의 다원성을 한껏 열어놓는 시인이다. 단 일회성이어서 폐기할 수 없는 삶을 대신할 질료들을 선별하고, 그것을 시어로 바꾸는 과정을 보여주는 데 능숙하다.

시는 시인의 질문에 독자가 충실하게 답하는 것으로 종결되는 장르가 아니다. 그것은 욕구와 요구, 욕망의 핍절함을 끊임없이 내면화하는 이들이 절절하게 끌어안는 언어다. 결핍감이 없는 시는 죽은 시와 다름없다. 그러나 시인은 스핑크스의 질문처럼 죽느냐 사느냐는 문제를 걸고 독자를 시험하지는 않는다. 일자로 군림하는 자가 던진 절대언어는 심미적 승화로 나아가지 못한다. 질문자가 답을 갖고 있는 수수께끼는 답변자에게 마냥 유희로 주어질 수가 없다. 그러나 시인은 유희할 수 있다. 자기 언어로 유희를 벌이고, 읽는 이는 그것에 대해 여러 방위에서 답변할 수 있다. 권성훈 시의 매혹은, 독창적인 타자 탐구, 그리고 우리가 오랫동안 만나지 못한 웃는 얼굴의 시를 쓴다는 데 있다. 장난기 어린 감수성으로 세계를 대면하면서 복화술자 같은 표정으로, 그러나 정작 그 표정과는 다른 어감에 의미를 담아 목소리를 낸다. 자신은 웃지 않으려고 얼굴 근육을 굳혀 놓은 채 진정 어린 목소리를 내는 일이란, 표면의 근육으로 내면의 진실을 감싸기 위해 고도의 절제력을 발휘하는 것과도 같다. 『밤은 밤을 열면서』에서 시인은 상상 가능한 웃음 만들기에 안주하지 않는다. 시를 읽은 후 잠시 뜸을 들인 후 독자의 입술을 실룩이게 하는, 조금은 느린 속도로 웃음이 터져 나오게 하면서 지금 이곳을 직시하게 하는 유연함이 이 시인의 특기다. 으시딱딱하게 표정을 굳혀 놓고 할 말은 하는 얼굴에서 권성훈 시의 에피그램은 피어난다.

수상한 타자들

이질적인 것끼리 섞어 경계를 지우는 혼종의 상상력에서 어떤 이들은 다양하게 변화하는 주체들을 목도했다. 타자는 도무지 알 수 없기에 주체를 불안하게 하는 존재, 그래서 폭력적으로 자기와 동일시하면서 그에 대한 지식을 자기화하려 하고, 안팎 구분이 지워져 모호해진 경계를 넘어보고 싶어 한다. 그들에게 '경계'는 없어야 하는 차단물이다. 대상을 지향하는 행동주의자들에게 경계는 현실적인 장애물이다. 그런데 대상을 바라보기만 하는 자에게는 눈빛과 대상 사이에 경계가 없다. 직선의 시각이 미치는 곳까지만 시력이 작용한다. 이러한 바라봄의 결핍을 권성훈은 다가감의 충만으로 바꿔 놓는다.

화자는 그 '경계'를 지각하려 하고, 쉼 없이 타자에게 나아간다. 타자에게 가는 일과 '경계'를 직감하는 일이 동시에 진행되므로 그 경계는 곧 타자에게로 가는 길이기도 하다. 그 이유가 그리움의 감정 때문이라는 화자의 고백은 범상하지만, 그리움은 자기감정으로써만 말할 수 있기에 우리는 그 마음을 진정으로 받아들일 수 있다. 그에게 타자는 대상 a이거나 대상 A인 '당신'이고, 나의 바깥에 있기에 내가 다가가게 하는 존재자다.

당신 끝에 태엽처럼 시작을 감추고 있어요
임자가 있는 당신이 문을 열고 밖으로 나올 수 있도록
앞면으로 나와 정원처럼 기다려요
이를테면 체언의 방으로 연결되어 있지만
진입할 수 없는 접미사의 슬픈 내통 같은 것
낮의 의미와 밤의 의미를 첨가해 주는
홀로 설 수 없는 장소
당신 없는 시간 땡볕에서 졸다가
밤이 되면 별을 꾹꾹 삼켜요
폭풍우 부는 날 별들을 사진처럼 콜록콜록 꺼내
울다가 소용돌이치며 빨려들고 싶지만
당신은 얼마나 힘이 센지
내가 들어가지 못하게
단단히 걸어 잠그네요
그러나 당신이 벼랑에서
당겨 손을 놓지 않으려고
모서리 불안을 붙잡고 있는 오늘도
아, 찔한 비명으로 흔들리고 있네요

—「수상한 테라스」전문(『밤은 밤을 열면서』)

화자는 '당신'을 훔쳐보지 않는다. 관음증은 기다림의 형태가 아니며, 지속할 수도 없는 증상이다. 때문에 기다림은 도발적이지 않은 욕망으로 지속된다. 이 시의 화자는 주인격인 체언 없이는 존재감을 표명할 수 없는 접미사 같은 존재로 자신을 생각한다. 그러나 분명한 것은 화자가 당신의 정원 쪽으로 이물질처럼 돌출되어 있는, 당신 집의 일부 구성물이라는 사실이다. 그러니까 집의 내부는 '체언'의 '힘이 센' 당신이고, 외부는 '정원'의 '접미사'의 "의미를 첨가해 주"면서 정립되었으므로 서로 결코 뒤바뀔 수 없는 관계다. 외부의 화자는 미결정의 관계에 변화가 생기기를 기대하면서 "당신에게 창을 내고 스미는" 중이고, 그때 "당신은 들어차고 나는 사라져"(「뒤쪽이 앞쪽에게」) 간다. 당신에게로의 지향이 무엇을 위한 것인지 다시 이곳을 보자. 테라스가 슬픈 공간이라는 언명은 그곳이 바깥쪽도 안쪽도 아니라는 무정체성에서 비롯하고 있으나 시인은 그곳을 텅 빈 기호로 표명하지는 않는다. 테라스를 "홀로 설 수 없는 장소"로, 아울러 "정원처럼" 존재하는 곳으로 위치 지정한 것을 보면 화자는 이쪽과 저쪽이 공유하는 경계, 즉 양쪽의 아픔을 동시에 껴안는 자리에 있다. 화자는 이 시에서 미확정적 존재자인 당신과의 교감을 위해 테라스라는 사물처럼 존재한다. "네가 열리지 않는"(「단추」) 낭패감과 격절감을 표현하기 위해 시인이 물질 상상력을 펼치면서 이렇게 자기식 언어를 발굴하고 있다.

바슐라르가 그런 것처럼 권성훈도 사물과 장소에 인간의 심리를 이식해 놓는다. 이 시인이 나와 타자 간 발생하는 딜레마를 얼마큼 직감하고 있는지 더 깊이 들여다보려면 대립항들을 간과하지 말아야 한다. 예컨대 올라가는 계단/내려가는 계단, 앞/뒤, 이승/저승, 뒤쪽/앞쪽, 나/너, 안/밖, 입구/출구, 낮/밤, 왼쪽/오른쪽, 바닷물/민물, 가벼움/무거움, 이생/저생, 출생/사망, 들숨/날숨 같은 것들. 이 짝패들은 한쪽이 다른 쪽을 거들면서 구축된다. 이들은 경쟁적 대립 관계이기보다 다른 쪽으로 스미면서 서로의 존재감을 보완하고, 그 의미를 더욱 선명하게 한다. 두 개 항 중 한쪽이 지배적 지위를 갖지도 않는다.

권성훈은 이렇게 '표면'인 자신과, 이면인 타자와의 관계로 이 세계를 이해하려 한다. 따라서 시인의 내면에는 타자와 자신을 같은 무게로 보는 저울이 있다. 매일 쓰는 수건과 나의 관계를 물질 상상력으로 보여주는 「붉은 습관」을 보면 화자의 몸과 수건이 '물기'라는 매개로 연루된다. 물기의 흔적은 "물오른 봄날"이라는 구절에서 간신히 보일 뿐이고, 벌거벗은 인간의 몸과 붉은 수건은 무엇이 사람이고 무엇이 물질인지 모를 만큼 경계가 지워져 있다. 보이지 않게 해놓고 그것을 생각하게 하면서 권성훈은 '경계'의 의미를 심리적으로 그려나간다.

이렇게 간절한 타자 탐구가 시인의 언어욕망을 자극하고 있어서 그의 시는 단추 구멍처럼 '무표정'하지는 않는다. 가령 어느 날 길바닥에 떨어진 팬티스타킹에서 누군가의 "구멍 난 시간"(「팬티스타킹」)을 보는 것은 예사롭지 않은 발견이다. 늘어나고, 해어지고, 구멍 나고, 뒤집히고, 뼈대로부터 이탈한 스타킹이 어제 그녀에게 발생한 일들을 가늠케 해준다. 어떤 가능성의 공간인 구멍에서 그녀의 지난밤을 추정해보면 거기에는 "그 바닥에서 경계를 풀어버린 신축성" 있는 스타킹이 버려져 있고, 그녀는 지난밤 어떤 삶의 경계선을 신축성 있게 운용했으며, 지금은 그 일이 있기 전으로 돌아오기라도 한 듯 설풋 잠이 들어 있다. 어떤 분할선을 침범했으나 그것이 무엇인지 모를 상황으로부터 우리는 시인의 화술과 사회 조건 간의 상관성을 생각해보게 된다. 화술 주체가 그녀가 아니어서 그 육성이 감춰진 것이 안타깝지만, 세계의 어둠 속에 숨은 진실들을 비약 없이 직관하는 시인의 진정성은 만날 수 있다. 境界일 수도 警戒일 수도 있는 이중 의미를 거느린 채 그곳으로 밀착해 가려는 시인의 언어욕망과 진실 탐구 욕망까지도 말이다.

"중심이 흔들린 어느 날"(「단추」)

소제목의 인용구는 방황하는 인간 심리를 꿰뚫으면서 변방으로 밀려 나기만 하는 삶의 조건을 압축한다. 저 흔들림은 본능적으로 위험을 느끼게 하고, 인물들은 욕망이 요동치는 현실 공간을 벗어나 삶의 궤도를 변경할 것임을 예고한다. 현실에 밀착하기보다 그들은 변방에서 자기 목소리를 내고, 타자를 불러내며, 타자에게 스민다. 그러나 변방이 얼마나 넓은지 알지 못하는 '중심'의 인물들은 변방을 협소하고 쓸모없는 곳으로 격하할 수가 있다. 권성훈은 변방인의 자의식으로 중심을 흔든다. 이쪽과 저쪽의 경계를 동시에 껴안고 고통스러워하거나, 한쪽을 부정하면서 다른 한쪽에 힘을 실어주지도 않는다. 시인에게 '중심'은 흔들려야 할 감옥이며, '경계'는 양쪽에서 스미고 무너져야 할 분할선이다. 그 경계가 그의 시에는 빈번하게 등장하지만 우리는 그곳을 본 적이 없다. 시인은 그 경계를 가시화하기 위해 이항 요소들을 기호화하면서 두 항의 분할선인 '경계'를 찾아나간다. 이 시집에서 시인이 집요하게 관여하는 곳은 저러한 중심과 분할선들이다. 이것은 독자 심리의 문제이면서 시인이 던지는 질문이 성공적으로 독자를 파고들었다는 방증일 것이다.

더 문제적인 것은 권성훈 시에서 밖에 선 자는 안을 볼 수 없다는 사실이다. 그들은 서로의 외부자일 뿐, 서로의 위치가 뒤바뀐 적이 없다. "안으로 들어가기 위해 밖을 열"어야 하는 절차에 '밖'이 기여할 수밖에 없는 변증법으로 시인은 세계에 편재한 이항의 갈등들을 사유한다. 물론 이것은 우리가 현대라는 이름으로 근대성에 반발한 자세이기도 하지만, 권성훈 시가 강조하는 안팎의 문제는 거기에서 더 나아간다. 인간 존재의 문제로 확장하는 시는 때때로 의도성 짙은 에피그램을 구사할 때가 있지만 시인은 이때에도 난해한 묘사는 되도록 작파한다. 시가 시인의 서정을 그대로 복사한다는 관점으로 본다면 권성훈에게 시란, 복잡한 관념들을 쉬운 말로 빤히 뒤집어 읽는 명민한 아이의 언어놀이 같은 것이다.

권성훈이 구사하는 언어는 장식 없는 경쾌함, 불행에 침잠하기보다는 "다른 계절로 환승"(「바퀴의 환승」)하는 변화의 감각, 종결되지 않는 고통을 끌어안기보다 언제나 바깥인 현재의 외부 쪽으로 다가가는 유연한 자세여서 의미가 있다. '경계'의 절취선 안팎에 절대 외부와 절대 내부가 있는 한 존재자들은 서로를 향해 나아가면서 그곳을 돌파해야 한다. '나'를 중심에 둘 때 모든 타자는 '외부'로 고정되고, 타자들 또한 제각각 중심을 구축하면서 외부를 갖게 되므로 그렇다. 이렇게 결정되는 나와 타자의 관계성 때문에 강고한 중심은 무너져야 하고, 변방은 더 넓어져야 한다고 시인은 생각한다. 그리고 인간 모두가 제각기 변방이라는 가정 하에서라면 그 중심이 무너진다는 예상은 더욱 반길 일이 된다. 우리가 권성훈 시를 중심의 지배로부터 이탈하는 언어로 읽는 이유다. 비극은 진중하고 불행하고 고결한 인물들을 출현시키지만, 비극이 아닌 것은 운명적으로 인간을 패턴화하지 않는다. 권성훈 시의 화자들에게서 엄숙한 말을 들을 수 없는 것은 이 때문이다. 그의 시는 희극이 아니면서 장난스럽고, 비극이 아니면서 진정성을 우려낸다. 신·인간 같은 거창한 개념들을 일상에서 친숙한 미물의 표상으로 끌어내려 그 지배력을 격하하면서 효력을 무효화하기도 한다. 모든 강고한 것들의 실상은 초라하기 짝이 없고, 보잘것없는 미물의 가치가 그만큼의 사소함으로만 가치가 매겨지는 것도 아니다.

인간이 먹어치우는 기름진 육류들이 설설 더운 김을 피워 올리는 장면이 권성훈 시에는 여러 편 나온다. 그중 한 편. 도시의 골목마다 즐비한 식당에서 돼지가 죽어나가지만 음식은 엉뚱하게도 「감자탕」이라는 이름으로 식탁에 놓인다. 자신이 발라먹은 살과 그 뒤에 남은 뼈를 보면서 화자는 '숭숭 뚫린' 생각 속으로 돼지 등뼈의 문제를 전이시킨다. 감

자탕 한 그릇을 뚝딱 먹어치우고선 죽은 돼지처럼 구멍 난 '중심'인 '등
뼈'를 보이며 골목을 빠져나가는 화자의 웅숭그린 등에 깔린 두꺼운 페
이소스를 보라. 몇 겹의 감정으로 그 기분을 읽어내야 할지 한동안 망연
해진다.

비 오는 날 명동성당 골목집에서 감자탕을 먹는다

등뼈는 등을 보이고 나는 늑골을 감추고
오그라진 양은냄비는 온종일 고해 중인 비를 끓인다

뼈와 뼈 사이 죄가 발라먹은 저녁
구멍 난 자리마다 등을 보인 흔적들이다

비가 그치면 등뼈는 가슴을 내놓고
골목길을 빠져나오는 동안
나는 숭숭 뚫린 등뼈를 보일 것이다

—「감자탕」 전문(『밤은 밤을 열면서』)

권성훈은 아이러니 구사를 썩 즐긴다. 상대를 비난하지 않으면서 조롱
하는 고도의 수사법이다. 예컨대 튀김옷을 입혀 육식을 탐하는 욕망의
정체를 숨기는 인간 때문에 닭은 "눈부신 뜨거움"으로 거듭난다(「유쾌한
치킨」), 도륙당한 돼지의 오장육부를 게걸스럽게 먹어치우는 인간들이 출
입하는 순댓집은 한눈팔지 않고 '한길'을 걸어온 식당인 모양이다(「한길
순대」). 인간의 육식 욕망을 돼지의 내장에 욱여넣은 이 시에서 화자는
이승과 저승의 중간지대인 도솔천에서 인간의 게걸스런 육식성과, 꿋꿋
이 저질러 온 살생의 현장을 내려다보고 있다. 누가 인간이고 누가 동물

인지 묻지 않으면서도 우리가 자주 이탈하는 인간의 진면목을 빤히 들
추어 백일하에 공개한다. 봄날에는 철창 안에서 사육당하다 복날 인간
의 입에서 나는 '쩝쩝' 소리와 함께 사라지는 개(「꽃피는 복날」)의 최후는
비참하기 짝이 없다. 시인은 여기서 인간이 내는 쩝쩝 소리로 동물의 소
리를 연상시키는 기법으로 동물스런 인간을 야유한다. 그런가 하면 몸
통 없이 화자 앞에 놓인 오그라진 닭발요리는 발 없는 족속에게 출애굽
의 자유를 권유하는 신을 조롱하는 상관물이다(「발로만 출애굽」). 인간이
먹어치운 동물들이 거꾸로 인간이 무엇인지를 증명하면서 신의 정체를
겹쳐놓지만, 어쩌면 신은 인간이 동물을 대하듯 인간을 대하는 존재자
일 수 있다는 가정은 인간을 오그라진 닭발 같은 존재로 만들어버린다.

또 하나 봐둘 것은, 기존의 금지어들을 해방하는 21세기형 '새로운 아
이러니'(「21세기형 십계명」)를 선포하는 시다. 이 시는 금지당해 온 것들이
~하라는 명령으로 해방되지만, 금지와 해방의 차이를 알 수 없게 만드
는 효과가 있다. 율법의 금지 조항에는 술에 관한 것이 없기에 지금 금
주를 풀어준다는 말은 성립하지 않는다. 하지만 자명하게도 술은 인류
역사상 죄의 지층을 두껍게 했고, 신이 즐겼던 암브로시아로 신화에 새
겨져 있다. 시인은 독자가 주(主)를 주(酒)로 잘못 읽어 의미를 전복하도
록 방임하면서, 酒가 "하나님을 먹은 뱀"으로 담갔으므로 술을 主의 권
능을 앞지르는 '21세기형 십계명'의 주체로 선언한다. 酒의 권능이 득
세하면서 主의 지위는 조롱당하고, 酒가 지시하는 금지어의 영향권역으
로 主가 들어오면서 반어적 상황들이 발생한다. 主보다 높아지고 뱀보
다 교활해진 酒가 평정하는 21세기의 십계명이 금지어가 아닌 긍정어로
만 채워진 것. 主(=하지 마라)의 계율은 금지어로만 발효되지만 지켜지기
가 어렵고, 酒(=하라)의 명령은 긍정어로만 발효되면서 主의 계율을 무단
침범한다는 사실. 이렇게 권성훈은 최소한의 언어 기호로 능란하게 아
이러니를 구사하면서 읽는 이에게 웃음을 안긴다.

'당신'이라는 경계

이 시인은 특유의 장난기로 시어를 무겁지 않게 운용하면서 일방향으로 쏠린 인식들에 야유를 보낸다. 재현의 현실과는 다소 거리를 둔 것 같으나 정작 현실에서 발을 뺀 적이 없는 그는 뒤로 물려놓을 수 없는 사태들에 심정적으로 곧잘 참여한다. 그럴 때 그는 현실 뒤편으로 물러나지 않고 자타의 현실을 읽어내는 자리에 서 있다. 이런 시가 있다. 외박이 잦은 새엄마와 가족의 옷가지가 한데 엉켜 돌아가는 세탁조에서는 몸도, 거리도, 시간도 섞인다. "뭉뚱그리는 서로의 역사"(「스티로폼」)가 진행 중인 여기에 '호스'라는 불이문(不二門)(「드럼 세탁기」)이 있고, 이것이 모든 불성실함과 불결함을 배출하는 출구로 기능한다. 받아들이면서 배출하는 기능으로 세탁기는 존재 이유를 표명하고, 때 묻은 옷들은 한데 엉켜 돌아가야만 땟국을 뺄 수 있다. 가족 핵핵화의 현실을 안타까워하면서 가족의 옷을 한 통 속에 몰아넣어 돌리고, 불이문을 호스로 은유하면서 제각각 핵으로 존재하는 가족구성원들이 구정물로 하나 되어 세탁기 밖으로 배출되는 광경을 보여준다. 나아가 시인은 품사를 어떤 현실을 숨긴 상상적 물질로 그려내면서 언제나 결핍 상태인 부사 '더'가 '다'를 욕망하는 심리를 꿰뚫는다.

더 가지려고 하는 이 방은 다 채우지 못하는

달콤함으로 달궈진 꿈속 반죽같이

찰랑이면서 수위를 조절하지 못하는 영광같이

모두가 다 다르게 더 가지려고만 하지

모자란 만큼 못 자란 구석구석

번식하는 더는 다를 다 가지기 위해

번번이 다는 더를 더 지키기 위해

더 있는 다는 없고 다 있는 더는 없으므로

우리의 더 앞에서 영영 다 만나지 못하는

병들지 않는 더와 늙지 않는 다와 같이 가까워지는 법을 알고

더의 입술은 다의 부, 더러움에 닿고 있어

—「더와 다」 전문(『밤은 밤을 열면서』)

두 개의 부사 '더'와 '다'에 결코 채울 수 없는 욕망이 엉겨 붙어 있
다. '더'의 번식 욕망은 '다'를 성취하려는 것이지만 그것이 "더러움"에
닿는다면서 입술을 부~~ 떨어대는 결구의 장악력에서 풍자 감각은 정
점을 찍는다. 의미가 고정된 채 관습적으로 쓰이는 두 개의 부사는 한
치도 양보할 수 없는 자기 체질과 자기지각으로 존재감을 드러낸다. 또
다른 시에서 시인은 "일정한 습관으로 채워진 더와 덜이 공존하는 경
계"(『조금, 만이라는』)라고 쓰면서 어떤 면 지도적 발언을 한다. 습관의 반
복으로 문자의 의미가 고정되는 것만큼 분명한 의미 사전은 없을 것이
다. 더와 덜이 가진 확연한 경계는 사실상 '아주 조금'이 좌우한다. 그런
데 인간의 욕망은 폭식하는 괴물과 같아서, '더'와 '다'의 입을 틀어막

는 일이 불가능하다. "모두가 다 다르게" 매우 개별적으로 그려나가는 욕망의 지도이기에 그 내면은 오직 자신만이 알 수가 있다. 그러니 우리는 여기서 웃음이 새나가지 않게 남몰래 자조해야 한다.

시인의 욕망을 언어의 욕망이라 달리 부를 수 있는 것은 시인들의 바로 그러함, 언어 관리자로서의 욕망 때문이다. 권성훈은 단지 입담의 재능만으로 독자의 쾌를 자아내는 언어를 구사하는 시인이 아니다. 그의 수사법은 세심하게 기획된 것이지만 "철수가 손을 쓸 때 입을 여는 세미"(「철수세미」)라는 언표처럼 말장난으로 들릴 때가 있다. 그러나 이러한 장난기는 철수세미를 "사물을 읽는 몸"으로 해석하는 데 이르면 시가 아니고선 정의할 수 없는 심미안으로 도약한다. 시인이 시를 쓰는 삶이란, 어려서부터 공을 가지고 논 곰처럼 언어의 재간을 자연스럽게 체화하는 일과 결부될 것이다. 권성훈은 시로써 사유하면서 언어의 화석화를 지연시키는 화술의 능력자다. 개념 언어는 의미를 가두어 놓지만, 시는 그것을 풀어놓는다. 예컨대 이런 식.

빛이 탈모를 시작했어
하늘하늘 가늘어진 모발을 털며
원형에서 타원형으로 이마를 넓히는 하늘
마른버짐 같은 구름도 없지
지느러미를 파닥이며 뭍으로 걸어 나온 물고기들
인간힘을 쓰는 부릅뜬 눈망울이 축축해
습진으로 갈라진 주름의 날개를 봐
몽당연필같이 줄어든 강물이 쓰다가 만
가문 일기를 속속들이 드러내고
오늘은 또 얼마만큼 줄었을까
허공을 저울에 매달아 본다

조금씩 헐렁해져 가는 난독의 입가에서

나사 풀린 물소리가 난다

나는 왜 수분 빠진 저 풍경을 떠날 수 없을까

충치 먹은 옥수수처럼 이빨을 보이며

파리한 생각이 편집증처럼 걸려 있어

—「폭염주의보」 전문(『밤은 밤을 열면서』)

원형 탈모에서 타원형 탈모로 확산하는 정수리의 무모 지대는, 고민이 많거나 삶의 하향길에 접어든 자의 영역이다. 이렇게 드러나버린 어떤 이의 치부를 폭염주의보 내려진 상황으로 전유하는 상상력이다. 연민하면서 읽어야 할 시구를 놓고 슬며시 웃다가 문득 멈춘다. 권성훈 시의 '밝음'이 '의미'의 지점으로 이동하는 순간 우리가 빠져드는 복잡한 감정에 비하면 시구는 능청스럽고 태연하다. 발화자는 웃지 않으면서 청중을 웃게 하는 극의 대사처럼 이 시의 표정은 웃음과 언어를 동시에 절제한다. 듣고 돌아서면서 문득 그 의미를 알아챘다면 이미 몇 박자 굼뜨게 혼자 웃어야 하는 상황이 위 시에는 조여 넣어져 있다. 권성훈 시의 폭발력이 저 절제된 전선의 피복 속에서 흐른다. 그러므로 시 읽기를 여기서 그쳐선 곤란하다. 사내의 정수리에서 탈모가 진행하는 좁은 범주를 넘어 극심한 가뭄과 폭염의 현장으로 관점을 이동해야 한다. 미소한 것으로부터 의미의 지점으로 향해 가는 화법을 시인은 여기서도 유감없이 발휘한다. 과도한 빛의 에너지와, 점점 가늘어지는 강물 줄기를 대비하는 장면에서 우리의 시선을 사로잡는 것은 "뭍으로 걸어 나온 물고기들"이다. 권성훈 시의 비유법이 단지 인간 탐구에 머물지 않는다는 것을 확인시키는 장면이다.

권성훈은 의식을 구축하는 것만으로는 어떤 경계도 무너뜨릴 수 없다고 본다. 화자가 장소를 바꿔 가면서 그 분할선을 접촉하려는 시도는 생각과 관념을 행위로 돌려 자기 세계를 탐구하려는 것이다. 그렇게 움직여야만 탈현실하지 않고 자신이 있던 곳을 새로운 시각으로 다시 바라볼 수 있다. 동시대인으로 살아가는 '당신'과 나는 서로 타자인 자들. 그 사이에 있는 심리적 경계를 찾아내어 그 어쩔 수 없는 거리를 깨나가고 싶지만, 정작 서로 간 경계는 어디에 있는 것일까. 서로 타자인 존재자들이야말로 서로의 경계는 아니었을까. 영원히 '경계'의 단면인 그 어디쯤에서 패닉룸에 피신해 있는 자가 타자는 아닐까, 하는 물음들에 대한 우리의 답은 여전히 미진하기만 하다. 타자는 영원히 모호한 자들이므로 그들이 금지한 공간 가까이로 다가가 여러 방위에서 그곳을 바라볼 수밖에 없다. 그러니 우리가 할 일은, 시인의 부드럽고 장난기 어린 표정 이면에 박힌 풍자의 말을 곱씹으며 즐기는 것. 그리고 그가 만나고 온 '당신'의 의미를 되새겨보는 일이다. 당신은 오늘도 "당겨 잡은 손을 놓지 않으려고/모서리의 불안을 붙잡고 있는" 사람. "얼마나 힘이 센지/내가 들어가지 못하게"(「수상한 테라스」)도 하는 사람이다. 그래서 당신은 언제나 내가 넘어설 수 없는 진정한 경계다.

사건을 호출하는 감각

—고광식 시집 『외계행성 사과밭』

흔히 서정은 세계를 자기화하는 주관성으로 인식된다. 현대시가 이러한 특성을 파기한다는 관점은 서정을 자칫 낡은 것으로 몰아간다. 오래전 어느 이론가는 서정적 자아가 얼마큼 시인의 자아인가에 대해, 장르이론이 서정시를 '과거'로 설정한 것에 대해 재론하면서 서정의 엄청난 다양성을 일반화시켜 버린 그와 같은 시도들을 포기해야 한다고 썼다.[1] 최근 우리 평단에서도 서정시를 자아의 문제로 환원하는 것을 서구의 근대 서정론, 즉 모더니즘의 유아론이라고 우려를 표하고, 우리의 전통 서정은 오히려 자아를 지우거나 자연과 역사로 나아갔다고 환기한 바 있다(구모룡, 『제유』, 92쪽). 그렇다면 서정은 세련됨 또는 비동일성의 대립항이기만 한 것이 아니라, 서구식과 우리식이 혼동되면서 그 의미를 성급하게 매긴 개념이라는 말이 된다. 서정시와 관련한 입론이 이 글의 목적은 아니지만, 이러한 서정을 염두에 두고 현대시의 내면을 살피는 작업은 고광식 시를 이해하는 중요한 요건이다. 그가 행하는 현대시의 메

---

1 르네 웰렉, 조광희 역, 「장르 이론 · 서정시 · 〈체험〉」, 김현 편, 『장르의 이론』, 문학과지성사, 1994, 22~52쪽.

타수행 방식은 남다르게 개별적이다.

이렇게 고광식 시에서는 서정의 틀을 깨는 전위 감각이 엿보이고, 이 것이 매우 자각적으로 이뤄진다. 무시간성 또는 영원한 현재성, 자아의 현존 같은 서정시의 요건을 부단히 깨나간다. 요컨대 현대시의 자장 안 에서, 세계를 하나의 흐름으로 장악하는 거대한 도식이 아닌, 방향이 일 정치 않은 갈래들과 단독자들을 등장시켜 이 세계를 동일한 틀에 가두 려는 나르시시즘을 부수어 나간다. 이때 나타나는 숱한 작은 구석들과 소소한 사건들은 어떤 진리의 일면이기보다는 하나의 진상이라 할 수 있다. 연결고리를 애써 결합하지 않으면서 그는 시어들에 현대적 의미 의 자유를 실어낸다. 서정은 더이상 실험될 수 없다고 자각한 시인이 서 정의 상투성을 깨트리면서 시의 변모를 꾀하고 있는 것이다.

나아가 시인은 잠재의식의 공격과 정돈되지 않은 이 세계의 불안·공 포를 심미적으로 긍정하면서 일방향의 교감을 부정한다. 이때 어디로 건너뛰느냐는 문제가 시의 내재적 의미를 보충한다. 시간을 '깊이'로 공 간을 '높이'로 보면, 화자가 환각세계로 들어가는 것, 물구나무서서 세 계를 조망하는 동작은 하나의 진상이 점화되는 순간을 더 면밀하게 포 착하려는 의도다. 그는 일방향의 관점으로 구획 지어진 것을 유일한 진 실로 알거나, 단선적인 감정만을 명확하다고 하거나, 범주화된 시간·공 간 개념에 익숙해진 세계에 붙들리지 않는다. 이렇게 고광식 시에서는 철학 냄새 나는 기호를 노골화하지 않으면서 사유의 저변을 돌아 나온 깊이가 엿보인다. 2014년에 일어난 대형사고의 여파로 정신의 공황과 외상, 우울증이 만연한 사회에서 이처럼 미소한 현상에 언어를 접목한 다는 것은 어떤 의미가 있을까. 증언문학이 대형사건의 편에서 큰 호흡 을 가다듬으며 사회의 모순지점에 강세를 넣을 때에도, 작은 사건 편에 선 고광식 시는 인간 개체를 굳이 사회 구조 안으로 밀어넣지는 않는다.

고광식 시에서 이 세계는 뒤틀리고, 어긋나고, 앞뒤가 바뀔 때 한층 제대로 보인다. 순간의 감각과 심리의 광맥을 따라가는 탐사자의 자의식으로 그는 시를 쓴다. 사유 과정을 하나의 상(象)으로 잡아 올릴 때는 거미가 줄을 치듯 정교하게 배치해 놓은 심리의 선분들이 긴장된 내부의힘에 의해 지탱된다. 홀로 집을 짓고, 유일하게 거기에 발이 걸리지 않는거미처럼 고광식 시의 단독자는 그 줄 위에서 외로움을 까부른다. 긴장감과 생기 어린 율동을 적절히 배합하면서 자신에게 주어진 조건을 극렬하게 감당한다. 순응주의와 동일화의 나르시시즘을 조장하는 긍정성으로는 진정한 자기 확인이 어렵기에 고광식 시의 반항아는 이 세계의어느 틈새에서든 '나다움'을 밀어 올릴 자세를 취하고 있다.

불량하고 독한 열정

『외계행성 사과밭』(2020)의 화자는 고독하고 불량하고(기존의 질서주의를 부순다는 점에서) 열정적이다. 이를테면 존재감에 대한 자각을 예리하게 현재화하는 자들이다. 그들은 "사건에서 시작된 하나의 예술적 절차"[2] 안으로 들어온 감각적 이미지의 주체들이다. 아무 일도 일어나지 않고, 어떤 사건도 없다면 그 무엇도 창안하지 못한다는 바디우의 사유 속에서고광식은 간결하지만 확산력이 있는 시어를 운용한다. 시인이 어떤 사건을 만나지 못한다면 그의 창안물은 천재성으로써만 해명이 가능할 것이다. 이 질문, 천재만이 시를 쓸 수 있다면?이 몰아오는 통점이 고광식의 자의식을 요동치게 한다. 썩 빈번하게 시에 불려나오는 모델인 고흐를 이렇게 다시 불러낸다.

---

2 알랭 바디우, 장태순 역, 『비미학』, 이학사, 2016(1판 3쇄), 29쪽.

잘린 귀는 무덤을 만들어 영구 보존해야 한다

나는 낡은 노트북을 열며 비밀을 중얼거린다 화면 속에서 구름이 소용돌이치면, 우울은 더욱 커진다 손은 모여 공손하지만, 나의 눈빛은 더욱 불량해지는데, 고흐의 의자는 독성이 강한 압생트에 취해 있다

(중략)

누군가는 포스트 강에서 반짝이는 별을 건질 것 같아, 나는 초조해져 다 자라지도 않은 귀를 자른다 눈은 고통으로 붉어지고
자판은 불안하게 뒤틀린다
벌어진 자판 틈에서 기어 나온 상처 난 손가락이 나비의 날갯짓으로 날아오른다 싸구려 술로 몸이 피었다 지기를 거듭할 때, 자판은 사나운 폭풍으로 물결처럼 출렁인다

고흐가 또 다른 자화상으로 해바라기를 그리는 동안, 나는 오래된 노트북을 열며 나에게 권총을 권하는
덜 자란 귀를 자른다

—「빈센트 반 고흐류의 작업 시간」 부분

위 시는 낭만주의의 오만한 천재성과 허구성, 예술가의 재능이 신격의 창조력으로 인정되는 방식들에 저항한다. 겉지와 속지가 포개졌을 때처럼 의미의 면적을 달리 체험할 수 있다. 겉지부터 보면, 글쓰기 고민을 담아낸 여기서 화자의 창조 작업은 실패와 좌절로 이어지면서 나=천재의 등식이 깨진다. 천재적 영감으로 작품을 창안한다고 믿었던 시대는 가고, 지금은 작가 스스로 예술적 사건을 만들어 자기 작품의 재료로 가

공한다. 천재는 우울증을 앓으면서 '이글거리는' 열정으로 벌써 몇 개째 해바라기를 그려낸다. 화자는 창안물에 대한 강박으로 천재가 자행한 귀 자르기를 흉내 낼 뿐이다. 격돌하는 감정에 겨워 자기출혈을 감행하면서 영감의 도래를 기다리지만 그토록 뜨겁고도 외로운 열정은 어릿광대처럼 번번이 실패로 종결된다. 자신의 천재성을 증명할 매개가 어디에도 없으며, 지독하게 외롭고 글이 써지지 않는다는 절망이 화자를 압박한다. 그렇다면 스스로 사건을 만들 수밖에. 사건은 그렇게 호출된다.

현대시의 내면을 가진 이 시는, 이전과 현재, 현재와 앞날의 인과를 결렬시키는 매재로 뒤틀린 자판을 등장시킨다. 화가 '달리'가 습관적이고 일직선적인 기억을 비틀어버린 것처럼, 현대시에서 시간도 그렇게 작동한다. 천재는 세속의 관습을 깨고 "이글거리는 해바라기와 함께" 황홀한 성공 신화를 일궜으나, 화자가 자판을 두드리는 시간은 여전히 꽉 막힌 상처의 현실에 틈입해 있다. "벌어진 자판 틈으로 기어 나온 상처 난 손가락"으로는 자판의 키를 제대로 두드리지 못할 뿐만 아니라 "귀를 자른 곳에서 귀가" 반복 재생되면서 자해행위는 악순환한다. 절단 행위가 천재에게는 일회성 거사였던 데 비해, 천재성을 강박하는 현실에 공포를 느끼는 화자는 절박성의 노예가 되어 귀를 반복 절단한다. 천재성을 이렇게 표면의 기행으로 모방하지만 불안·초조만 선병질적으로 증폭된다. 귀를 잘라 천재성을 훔쳐야 한다는 강박적 공포가 생체를 절단하는 공포를 억압하면서 귀를 자르는 일이 관념인지 행위인지 구분 못 할 지경이 된다. 그런데 이와 같은 언술은 이 시의 겉장만 읽은 것일 수가 있다. 속지에는 자신의 귀를 잘라내야 하는 현실의 요구가 게재해 있다. 귀를 잘라 천재성을 앞당겨 세례받으려는 욕망과, 그 귀를 무덤에 영구 보존하려는 심리가 팽팽하다. 예술가로서 화자의 감정이 천재성과 연관된다면, 귀를 묻는 행위는 현실의 요구와 관련한다. 들었으나 발설할 수 없는 어떤 말은 '영구 보존'이라는 장례 형식으로써만 그 비밀을 지킬 수 있다. 화자의 현실을 지켜주는 절대 언어이기에 영구히 억압해야만 한다.

고광식은 감각을 낭비하지 않는 세련된 이미지스트다. 긴장감 넘치는 시어를 튕겨내면서 잠재의식의 활동을 그림처럼 내걸고, 세계의 어떠함을 만져내기 위해 보편성을 폐기하면서 그 진상을 윤곽잡아 간다. 천재 앞에서는 결핍으로써만 자신을 증명할 수 있는 화자이기에, '감각적인 것 그 자체를 예술 곁에다 갖다 놓아야 한다'(들뢰즈)는 언명이 유일한 구원일 수도 있다. 그래서인지 고광식 시에서는 아카데미를 거부한 랭보 같은 시인이 누비는 격화된 파토스가 언뜻언뜻 내비친다. 물론 랭보는 천재였으나 고광식의 관심은 절망적인 열정, 희망적인 실패, 좌절된 천재성이 서로 섞이면서 역설되는 그 순간의 기이한 감각을 포착하는 데 있다. 이것들은 결코 만날 수 없는 별다른 성격들의 작용으로, 격화된 감각으로 이 세계의 좁고 어두운 구석을 쪼개고 섞으면서 이제껏 노출되지 않았던 진상들을 발견하려는 현대시의 일면이기도 하다.

개방과 은폐의 모순율을 적절히 배합하면서 고광식은 관념에 활기를 불어넣는다. 새로운 언어 생산에 대한 화자의 강박은 어느 순간 폭풍처럼 몰려올 시의 말이 가느다랗고 존재감 약한 어떤 '선'(「인디언 상형문자」)에서 비롯할 때도 있다. 어떤 날은 귀찮은 벌레처럼 반갑지 않은 언어만 떠오르고, 어느 날은 곤충의 더듬이 같은 감각의 세례를 기다리면서 그 곤충이 좋아하는 짙고 달콤한 버찌술을 오래도록 입안에 머금고 굴려도 본다. 화자는 영감을 채집하는 자(「사슴벌레 녘」). 그러나 뮤즈는 문자로 새길 수 없는 어떤 번쩍임, 흐름, 충격 같은 것. 달콤한 술을 입속에서 굴리며 뮤즈의 강림을 문자화하려는 순간 그 형상이 온데간데없어지는가 하면, 부주의 때문에 되레 예상 밖의 문장을 얻을 때 화자는 지긋지긋한 치통조차 잊게 된다. 이렇게 불시에 실수처럼 닥치는 것이 영감이라면, 이는 매우 사소하고 부주의한 것이며, 경이감을 가질 수 없는 소소한 사건에 불과한 것이다. 영감은 절대성의 영역이 아니란 얘기다.

거꾸로 선 세계

고광식 시의 새로움은 예기치 못한 사태를 시인이 환영하면서 얻은 것이다. 그의 시에서 상상의 가능성은 좀처럼 소진되지 않는다. 꿈·환각·환상 이미지들을 반길 때는 초현실주의 그림처럼 관점이 흔들리는데 이것은 온전히 시인이 의도한 발상이다. 꿈언어는 곧 마음의 '자동' 현상이어서 꿈에는 현실 반 꿈 반의 이미지가 섞인다. 연결고리 없이 풀리는 꿈속 서사는 탁월한 기억력만으로는 언어로 옮기기가 어렵다. 이때 시인은 이미지뿐인 꿈 장면을 잠재의식의 자력선을 따라가며 편집한다.

달의 백골화, 바라볼수록 눈꺼풀 짙은 어둠이다 나는 온종일 뜬구름 한 조각 깎아먹고 산다 거꾸로 매달려 뚫어지게 하늘을 본다

낮달이 휴대전화기의 숫자에 꽂힌다 오래된 심장을 들여다보며 잠 속에서 살인을 꿈꾼다 목을 느리게 돌린다

자꾸만 별똥별이 쏟아진다 천천히 심장을 두드리는 소리 들린다 낮달이 마찰음 없이 질주한다 고양이들이 쥐들을 물어뜯는다

태양은 없어도 돼, 구겨진 휴대전화기가 속삭인다 나는 별똥별을 길게 찬다 거꾸로 매달려 동시에 떴다가 지는 태양과 달

— 「분화구 사이로 환(幻)」 전문

몽타주처럼 한 장 한 장 놓인 그림들 간 연결계기는 없다. 사물들은 그저 운동하고 멈추는 자동사적 변화를 보일 뿐이다. 상식과 보편성은 폐기되고, 언어의 의미가 저절로 흐려지면서 백일몽이 곧 시의 내용이 된다. 우리가 아는 세계를 비상식화하는 어떤 현상들이 첩첩 놓여 있지만 우리는 그것이 무엇인지 구분하려는 현실안을 가동하지 못한다. 꿈 장면은 오롯이 화자의 것이어서 타자에게 새나갈 수가 없다. 타자의 접근을 불허하는 꿈 영역에서 화자 홀로 유일한 세계상을 경험한다. 그는 홀로 꿈꾸는 자, 꿈의 언어를 받아쓰는 자, 꿈을 전하는 남다른 언어를 가진 자. 타자가 관여할 수 없는 꿈의 범주를 자기화하면서 다족류의 감각을 거느린다. 꿈은 시인의 현실이고, 타자의 그것과 절대 다른 심미 체험이 그곳에서 이뤄진다. 어떤 목적도 지향도 의지도 가세하지 않는 순수세계에는 조금치의 억압도 폭력성도 없다. 꿈 장면을 성공적으로 전달하는 일은 온전히 발화자인 시인의 편집능력과 묘사력에 달렸다.

서두에서 본 시들이 단독자가 겪는 열병의 기록이라면, 위 시는 그러한 병증을 다독이는 치료제와도 같다. 꿈과 몽상에서는 오직 그 상태만이 절대적 현실이고, 우리가 현실이라고 믿고 있는 것은 되레 '꿈'을 허황하다면서 이질성을 불편해할 때가 많다. 그러므로 지금 꿈을 꾸는 화자에게 현실은 멀수록 좋고, 강요된 도덕성에 화를 내던 현실언어는 의미 모를 언어로 변장할수록 좋다. 우리가 현실만 믿는 한 허위일 뿐인 몽상과 꿈이 저 현실을 거꾸로 세워놓자 이제껏 화자와 관련되었던 법칙들의 고리는 끊긴다. 현실과 결렬된 환상이 화자를 세속의 익숙함에서 해방시키고, 자유롭게 모험을 즐기게 하며, 정답을 강요하지 않으며, 인간의 위치를 바른 자세로 정위시키려 하지 않는다. 한바탕 백일몽이 차라리 달콤하다고 하면서 시인은 거꾸로 세워진 현실을 즐거이 까부른다. 정상의 혈류를 거꾸로 돌리는 그곳에서 새로이 태어나는 이상한 열정의 세계. 시인은 그곳의 언어를 받아쓰고 있다.

금지를 모르는 감각

귀로 들은 소리가 색깔로 현상되는 경우를 쉬 상상할 수 있는가. 자신에게서 타자를 발견한 랭보처럼 고광식이 '나'에게서 타자를 찾으려는 의지를 보이는 건 기이하게도 '음'과 '색'의 이질적인 감각과 관련한다. 음은 어떻게 색이 되는가. 시인의 「색청(色聽)」 상상력은, 전혀 다른 감각을 표명해야 할 기관이 마치 동일한 감각 기관인 듯 사물을 지각하는 현상을 빚어낸다. 음과 색이 시공간을 초월하여 '보이면서 들리는' 이중 감각은 랭보가 발견한 타자가 결국 자기 반영이었다는 점과 만난다. 나와 대상이 어긋나기 전부터 나는 이미 '나'라는 타자를 떠나 있는 자. 내게는 음으로 들려야 할 세계가 색깔로 인식되면서 음이 나를 떠나는 그 순간과 같은 타자다. 음과 색의 이질성을 자신 안에 모두 갖고 있는 '나'라는 타자. 화자는 착란과 숱한 가변 사태에 열광하는 발랄-광기의 악동이면서, 소리로 태어나 색깔을 부풀려주고는 다시금 "목관악기의 나팔관 속으로 숨어"드는 소리의 씨앗, 곧 변신의 귀재다.

이성은 자신을 지키기 위해 그 어떤 해명도 설명도 변명도 제대로 하지 못한다. 반면 감정은 이성이 감당하지 못하는 일들에 반응하면서 자신을 더 잘 지켜낸다. 감정은 그렇게 타자로부터 자기 지키기를 즉각 수행하지만 자기 폭발을 유보하거나 가라앉히기 어렵다는 것이 언제나 문제다. 그래서 나 아닌 타자에게 감정을 파는 감정노동자의 하루는 아래 시에서처럼 그 감정을 이식해야만 하는 사건들에 포위된다.

오늘은 녹아내린 얼굴에 새털구름을 이식하는 날

이식편을 양쪽 뺨에 그물처럼 늘려놓으면
구름 보조개가 혓바닥을 끊임없이 빨아들일 거야

흙탕물은 피부를 자극하며 어디로든 흘러갈 거야

구름 입자 하나씩 이식하는
손가락마다 묻어나는 물방울들

실내 온도와 조명 각도 때문에
사람들의 욕설도 녹아내릴 거로 생각해

표정은
봉합술로 하얗게 빛나고
가슴은
그늘져 어둡고

막장 드라마 화면으로 들어가던 순간
뺨은 모두 녹아내린 거야
각종 구름이 날아다니는 저녁
맨홀처럼 둥글게 열상 입은 붉은 노을을 벗겨내야지

이제 혓바닥이 수직으로 발달하여
성층권을 넘는다 해도 두렵지 않아

구름은 진피조직을 자극하며 차오르고
구름 보조개가
거리의 혓바닥을 재배열할 테니까

—「구름 이식 수술—감정노동자 J에게」 전문

마음과 표정을 분리해야만 하루치의 노동을 무사히 감당할 수 있는 감정노동자를 시인이 만난다. 이 사람은 감정을 객체로 알아야 하고, 얼굴 표정에는 이성의 긍지를 담아내야 하는 감정노동자다. 그의 "가슴은/ 그늘져 어둡"지만 자본을 가짜 미소로 획득해야 하기에 표정을 가슴에서 떼어낸다. 구름처럼 부드러운 감정을 이식하여 "구름보조개"로 표 나게 웃으면서 "혓바닥이 수직으로 발달"한 고고한 손님을 상대해야 한다. 그들의 욕설에 맞서지 않으면서 속이 노란 자본주의 미소로 무장해야 한다. 마음과 표정을 분리해야만 살아남는 자본 세계에서 진짜 보조개와 구름 보조개를 구별하는 일은 무용하다. 마음에도 없는 미소를 성형하여 얼굴에 장착하는 것만으로도 자본의 혁명은 도래할지 모른다. 미소 짓는 자의 이중성을 불결하다고 말하지 못하는 건 자본이 이미 그러하기 때문이고, 소비자는 상품과 함께 점원의 미소를 구매하게 되므로 노동자의 미소는 상품 거래 가격에 그대로 포함된다.

　　현대인에게 감정은, 서비스 상품에 얹혀 팔리는 물리적 가치로 격상되었다. 근대의 눈으로 보면 비이성 편에서 정직을 조작하여 가짜를 파는 상품 전략일 수 있으나, 그러한 연출이 불가능한 노동자는 "막장드라마 화면" 같은 어떤 사태(욕설과 음식이 날아다니는 매장을 떠올려볼 수 있겠다)를 돌파하지 못한다. 감정노동자의 헌신적인 미소가 자본에 생기를 돌게 하므로, 그가 최종 지녀야 할 자존감을 파괴한 곳에다 미소를 성형하여 이식하게 하는 자본은 과연 뼛속까지 이성적이다. 감정을 조작하여 '보조개'로 피워 올리는 미소는, 이성적인 자본이 개입한 흔적이다. 개인의 감정이 사회성과 충돌할 때 그 감정을 어떻게 관리하느냐에 따라 현실은 그에게 파탄이거나 성공이다.

　　하여 시인은 현대의 지식과 정보의 총량이 점점 증가한다는 사실도 간과할 수 없다. 그것을 모두 경험할 수 없기에 지식은 아주 제한적으로 우리에게 주어지고, 우리는 그것을 바탕으로 다시 이 세계에 관여한다.

그렇다면 우리는 최소한의 지식에 호의적인 감성을 부풀려 넣어 타자를 만나면 될 것인가. 「캣맘」(Cat Mom)은 '맘'의 의미를 '마음'과 '엄마'(mom)로 나누면서 미학적 풍요로움을 견인하는 말재간을 부린다. 하나의 기호를 쪼개놓고 세계를 이해하는 방식은, 세계를 쪼갤수록 지식이 생산되고, 지식이 많을수록 세계를 더 잘게 부수어 바라보게 한다. 그렇다면 시인이 쪼개놓은 두 개의 '맘'은 어떻게 고양이를 아는 일에 작용하는가.

> 쓰레기가 되면 안 된단다 아가야
> 계단을 오르는 앞발
> 엘리베이터를 사용하지 않는 뒷발로
> 햇살을 타고 걸어야 한단다
>
> 오늘을 육감적으로 건드리던 발톱
> 너는 반달 같은 눈을 뜨고 참치 통조림을 먹으며
> 시퍼런 폭력을 지운다
> 쫓기는 걸음마다 비에 젖은 어제가 물컹물컹 밟힌다
>
> 주위를 살피며 첫 고백처럼 길게 기지개를 켠다
> 햇살 덩어리를 궁굴릴 줄 아는 너는
> 허리를 둥글게 말아 허공에 별자리를 만든다
>
> * 캣맘(Cat Mom): 주인이 없는 고양이에게 사료를 정기적으로 챙겨 주는 사람을 일컫는 말
>
> ―「캣맘」 부분

이 시는 화자가 "참치통조림을 움켜쥐자"마자 고양이와 동질화되는 장면으로 시작한다. 그런 뒤 인간의 양식인 "참치 통조림 따는 법을 가르친다." 아울러 사회화 과정에서 "쓰레기"로 전락하지 않게 하려는 자세와 보법까지. 그러나 인간과 고양이의 고유한 실존과 본질이 흐려지는 것으로 이 시의 뜻을 매길 수는 없다. 인간의 음식과 습관을 고양이에게 주입하는 캣맘의 엄마-마음이 한 덩어리로 고양이를 향하지만, 고양이는 고유한 본질과 독자성을 지키는 순수성의 동물이다. 고양이는 인간의 음식을 받아먹고서 "갈색 줄무늬 털을 툭툭" 털어낸다. 야생의 정체성을 보란 듯이 뽐내면서 자기다움을 결코 인간에게 이월하지 않는다.

지식과, 그보다 더 풍부한 감정을 고양이에게 심어주려 했으나 고양이의 본질은 변하지 않는다. 고양이의 인간화를 기대한 인간과 달리 고양이는 제 본질을 추구하는 그 고양이일 뿐이다. 고양이에게 인간의 습성을 심어 동일화하려는 인간의 나르시시즘과, 비동일성이 본질인 고양이 중 어느 쪽이 개체의 자기다움을 확정하는지 그 답을 굳이 말할 필요는 없다. 자아의 드러남이 타자와의 결렬로 분명해지는 분할선이 두 존재자들 사이에서 보이는 듯하다.

시간의 감각

고광식이 썼듯, 시어는 선분 하나로 일어난다. 나아가 무수한 선분들로 '나'와 타자의 감각을 엮으면서 이미지의 구조물을 짓는다. 현실과 언어에 결핍된 그 무엇을 서로 환기할 때 충돌하는 무수한 사건들에서 시인은 이 시대의 얼굴을 본다. 때문에 시인은 기억이나 기대 같은, 현재적 사건이 아닌 것들은 되도록 소재로 채택하지 않는다. 이미 소비해버린 시간은 그에게 낡은 것이다. 이것은 우리가 현대성이라는 이름으로

부숴버린 통일성에 대한 반감과도 같은 것이지만, 지금 이곳에 던져진 자들이 시간의 작용을 피하지 못하는 광경에 시인이 집요하게 관여하는 이유가 있다.

이제 피차 적수인 인물들이 "치킨게임을 하듯" 달리는 장면을 볼 차례다. 자기파멸이냐 게임 포기냐라는 극단에 선 자들. 승자와 패자를 예측할 수 없는 상황. 달리면서 판단하라는 시간의 엄혹한 지시. 화자가 "그녀와 대결을 하기 위해 창을 잡는"(「마시란 해변」) 거기에는 자살, 또는 타살, 또는 동시 파멸이라는 무거운 현재적 시간이 있을 뿐이다. 자기 사멸의 위험을 안고 상대방에게 직진하는 온라인 게임의 비현실은 그러나 환상만은 아니다. 그것은 현실에서 체감할 수 없는 시간의 움직임을 프로그램화한다. 이 온라인 게임은 보이지 않는 시간의 최후를 생명체의 죽음으로 현상한다. 인간의 시간이 최종 다다르는 지점을 누군가의 죽음 체험으로 증명하려 한다. 말하자면 하이데거식으로 체험하는 시간이다. 죽음을 향해 미리 달려가본 자만이 도래할 미래를 시간이라는 개념으로 인지하게 된다는 것. 이러한 게임은 그러니까 서로 적수인 시적 인물들이 자신의 존재 가능성을 알기 위한 체험이다. 패배의 방식으로 맞아야 할 죽음의 목전에서 그것을 철회하는 치킨 게임자의 결단은, 죽음을 각오해야만 살 수 있다는 현존재의 가능성을 열어놓는다. 다음 시 「믹소포비아의 시간」(부분 인용)에서 시간은 이 세계를 분리하고 결합하는 강력한 계기다.

생선 토막에서 흘러나온 노을이 미끄럽다
일몰이면서 일출인 좌판 위로
햇볕에 말라비틀어진 파도 조각이 얹힌다
도마는 칼자국이 선명하여 오히려 편안하다
시퍼런 칼날에 맺힌 파도가

우럭, 광어, 도미의 지느러미를 잡는다

갯골은 산도를 열어 칼날 위에 선다

섞이지 않기 위하여 이름을 부른다

여자는 자꾸만 펄떡이는 파도를 하나씩 토막 낸다

너희는 서로 낯을 익히며

칼,

다르더라도 죽음을 함께 맞이하며

칼, 칼,

벌어지고 있는 바다의 가랑이를 외면하며

칼, 칼, 칼,

* 믹소포비아(Mixophobia): 낯선 것과의 뒤섞임에 대한 공포증

"소래 5호 여자"가 칼질 한 차례, 자세 한 번을 바꿀 때마다 이 세계는 재편된다. 그녀의 "칼, 칼, 칼"질이 이어질 때 이 세계가 컷! 컷! 컷! 되는 이 단호한 분리법에서는 동질화를 거부하는 생명체의 본성이 읽힌다. 분할과 분리로부터 결합이, 결합으로부터 다시 분리가 진행되면서 이 세계는 단속적인 움직임들의 연속체가 구성하는 어떤 덩어리로 우리의 눈앞에 놓인다. 의미를 따질 수 없는 사소한 사건들이 시간의 절차를 따라 상을 밀어 올린다. "섞이지 않기 위하여 이름을 부"르고, 이름 붙여진 존재자가 "칼자국이 선명한" 도마처럼 '편안'할 수 있다는 언명에는 2010년대 우리 시의 혼종성에서 빠져나온 독자적인 목소리, 그래서 "서로 다른 주머니"에서 제 몫의 실존을 감당하는 자의 외로운 고투가 엿보인다. 고광식 시는, 시를 철학의 영역으로 넘겨줄 수 없는 곳에서 발화한다. 그의 언어가 결합보다 분리의 단면을 더 선명하게 보여주는 것은, 이

질성을 바탕으로 동질성의 억압을 뚜렷하게 현상하려는 의도다. 하나로 지속되도록 무자각을 획책하는 통합된 세계의 본성을 사정없이 자르고 도막내면서 그는 그렇게 한다.

한 생명체에게 주어진 시간을 붕괴시키는 사건으로 죽음을 본다면 이것은 돌아갈 길도, 전진할 길도 없는 캄캄한 막장일 수밖에 없다. 화자가 답사하러 온 공동묘지가 그에게 내면화된 사멸의 장소인지 현실의 공간인지를 「무덤의 기억」이 말해준다. 죽은 자들의 공간을 답사하는 화자의 발걸음은 "삶 자체를 적극적으로 구성해가는 죽음"[3]의 외형을 봐두겠다는 그의 욕구가 이끈다. 인용시 「사자에게 던져 줘」는 비가시적인 시간을 가시적인 '나'의 몸으로 바꿔 나간다.

내가 죽으면, 사자에게 던져 줘 나는 사자 뱃속으로 들어갈 거야 종족의 우상 같은 건 필요 없어 하루 세 끼 식사 때마다 송곳니에 찢기고 어금니에 저작 당하던 생명처럼 그렇게 내 장례를 사자의 입속에서 치르고 싶어 네가 나무 한 그루를 선택해 그 뿌리에 몸 대는 수목장을 권해도 나는 허기진 사자의 밥이 될 거야 구름 위에서 빙빙 돌던 독수리 떼 날아와 내 장례식에 머리를 조아리게 해야지 나는 결심한 거야 장례를 선택할 권리를 인정해 줘 너와 함께 뒷골목 식당에서 개고기 수육을 먹던 것처럼, 무지의 냅킨을 머리에 뒤집어쓰고 오르톨랑을 먹던 것처럼, 내 희망을 들어 줘 장례식을 사자 무리로 채우게 해 줘 정말 동물장으로 장례를 치렀으면 해 욕심껏 살찌운 몸뚱이, 사자들이 거칠게 뜯어먹다가 남으면 문상 온 독수리들이 허기를 달래겠지 내 장례식 날 함박눈 장엄하게 내렸으면 좋겠어 허공을 붉게 물들이는 선혈을 보고 싶어 나는 죽어서 아주 천천히 세상을 향해 으르렁거릴 거야

---

3 한병철, 김태환 역, 『시간의 향기』, 문학과지성사, 2013, 21쪽.

'사자'는 死者일 수도, 獅子일 수도 있다. '사자'의 의미가 갈라지는 이 기호는 "던져 줘"라는 요구 언어 속으로 통합된다. 어느 날 이 세계에 이유 없이 던져진 것처럼 불시에 죽음의 세계로 던져지는 데에도 별다른 뜻이 없다. 삶과 죽음은 현재적이면서 수평적 사건이다. 삶에 이유가 있다면 이전에 기투된 자로서 이후 다시 기투될 때까지 직선의 시간을 곧장 밟아가는 것. 시인은 여기서 맹수의 왕성한 식용으로 제 몸을 던져 넣는다. 허기진 생명욕구로 상위 포식자의 위치를 점유해 온 화자가 동물의 먹이로 삶을 마감하겠다는 이 미래 기투 욕망은 생명체의 종결 법칙을 격화하려는 의도이기보다, 시간의 육식성을 말하려는 비유법이다. 이미 죽은 자가 그 죽음을 재확인하는 행위는, '과거'란 현재가 먹어치워 사멸한 것이고, 미래란 현재를 기투할 수 있는 가능성일 것이나 '~거릴 거야'라고 의지를 드러내면서 그 미래를 간접적으로 살 수밖에 없음을 전한다. 고광식은 이렇게 단일한 시·공간에 묶이지 않으면서, 사소할지라도 지금 진행하는 어떤 사건들이 이 세계의 진상일 수 있는 곳에서, 또한 철학 곁에서, 그러나 논리의 강압을 오감의 총화로 바꿔 꽃피워 내면서, 가늘지만 긴장된 선분들을 시의 언어로 바꿔 나간다. 관념은 형체 없는 사유를 좋아하지만, 감각 측에서 보면 그것은 무력하기 짝이 없는 것. 고광식 시의 감각기관은 전통이 강압하는 무딘 의장을 벗어내고 가벼워지는 세계 속에 살아 있다.

제4부

소리와 소음 속에서

동력기들의 거리(road)와 소리의 틈

―이근화의 시

이근화는 첫 시집 『칸트의 동물원』(2006)에서부터 소리와 소음에 실린 도시민의 일상을 꿰뚫는다. 시인의 동력기 상상력은 우리 사회의 급격한 산업화와 압축 성장을 배경으로 한다. 외면의 풍부함을 보강해주면서 화석연료가 이면에서 고갈되고 있다는 사실을 망각한 채 자본경제는 성장했다. 하지만 최근 들어 자동차가 모빌리티(mobility)를 넘어 무인화(無人化)한 로보타이제이션(Robotization)까지 도달한다는 전망이 현실화하고 있다. 문명의 진보에 첨병 역할을 해 온 동력기의 모터, 전기·수소 배터리, 인지·판단 능력을 갖춘 인공지능(AI), 로봇 기능 등과 융·복합하면서 혁신 기술을 자동차에 빠르게 장착 중이다. 소음 발생기이기도 한 자동차의 소음을 줄이고, 인공지능을 탑재하여 무인 자율 주행하는 로봇 같은 자동차가 사고 발생 지수를 대폭 줄일 것이라는 상상이 현실로 바뀔 날도 머잖았다. 이렇게 변화하는 도시 공간의 모빌리티에 주목하여 시를 써온 시인이 이근화다.

그의 시가 중요하다면, 동력기 시대의 내연기관과 엔진이 달린 기계, 무인 자동화 기기를 성찰한다는 점에 있다. 점점 강화하고 있는 환경 규제 때문에라도 그의 시는 한 번 더 봐둬야 할 저장소로 여기에 있다. 엔진을 장착하고 화석연료로 움직이던 내연기관 자동차의 시대가 점차 저물고, 소음을 줄인 친환경 자동차가 도로를 달리는 시점에서 보면 더더욱 소중한 자산이다. 시인의 일상 감각이 바퀴 달린 기계들과 엔진의 소음에 실려 있는 만큼, 대중적인 동력기를 들면서 현대성을 언급한 앙리 르페브르의 성찰을 참고할 수 있다. 그는 대중의 일상성을 현대성의 중요한 특성으로 꼽았다. 자동차는 '거주'의 한 부분이며 또한 자동차의 강제에 의해 도시 공간의 개념이 생긴다는 것.[1] 자동차가 어째서 성스러운 암소 취급을 받는가? 이 냉소 섞인 질문은 앙드레 고르가 한 것이다. 그는 자동차로 이동하는 인간을 이렇게 규정한다. 상업주의에 종속된 자, 1분 단위의 상징적인 살인자, 자신 외의 타자들을 속도를 내는 데 방해물이자 장애물로 보는 자.[2] 그런데 앞에서 들먹거린 '암소'는 부르주아 자본주의의 성물(聖物)이지만, 그 암소가 넘쳐나는 현대사회의 도로 사정은 다르다. 부르주아의 암소들이 특혜로 여겼던 속력은 이제 스스로 체증에 갇히면서 어쩔 수 없는 구속이 되어버렸다. 계층 구분이 무너져 공평해진 '암소'들이 너도나도 마차나 자전거만큼의 속도로 도로 위를 지나간다.

시인이 「우리들의 진화」로 시단에 등장한 것도 기계 상상력과 함께이다. 고도의 산업화 과정에서 위험천만한 프레스기가 노동자의 일상에 재난을 불러들이는 방식을 썼다. 그후에도 줄곧 동력기의 소음에 귀 기울여 왔고, 최근에 발표하는 시에서는 악기의 소리로까지 진폭을 확장한다. 두 번째 시집 『우리들의 진화』(2009)의 첫머리에 실린 시도 「엔진」이며, 다른 상당수 시편에서도 기계와 관련한 상상을 펼친다. 세 번째 시집 『차가운 잠』(2012)에서 의미화한 것은 현대인의 일상성이다. 네 번째

---

1 앙리 르페브르, 박정자 역, 『현대세계의 일상성』, 主流·一念, 1995(3쇄), 150쪽.
2 앙드레 고르, 임희근·정혜용 옮김, 『에콜로지카』, 생각의나무, 2008, 77쪽.

시집 『내가 무엇을 쓴다 해도』(2016)에 실린 57편 중에는 절반을 넘는 시편에 기계·엔진·바퀴·자동차 등이 등장한다. 이렇게 반복 사용하는 어휘로부터 대중적인 동력기 시대의 일상성을 말하려는 시인의 발화 의도를 읽을 수 있다. 이 시인은 특히 현대인이 자동차를 타고 이동하는 과정에 주목한다. 기계와 엔진 소리, 바퀴 소리, 동력기를 타고 어딘가를 향해 가는 인물들이 있는 도로가 그 '과정'의 장소다. 거주지를 나서서 목적지로 가는 '~동안'을 잊고 살아간다는 사실에 착안한 것이다. 우리는 도로에서 쓴 시간이 목적지에서 일을 보는 시간보다 훨씬 길다는 사실을 알아채지 못한다. 도로는 지나가기만 하는 곳이었고, 따져보면 많은 시간을 빨아들이는 흡시귀(吸時鬼)였다. 그 장소가 거리든 집이든 근무처든, 동력기와 관련한 인물에게 일어나는 사소한 일들과 그 틈에서 흘러나오는 소리를 시인은 줄곧 듣고 있다.

동력기들이 질주하는 거리에는 나태의 기미라곤 없다. 자동차 산책자들이 교차하는 시끄러운 거리에서 도시인은 일상을 이어간다. 자동차들이 달리는 속도에 비례해 자본도 증감하고, 그 동력기들이 차주의 품위까지 결정한다. 도시인은 자동차에 탑승하면서 일상을 시작하는 날이 많지만, 이때 특별한 양식에 따라 움직이지는 않는다. 냉장 맥주를 문득 마시고 싶은 누군가는 배달해주지 않는 그것을 사려고 집 앞 마트로 자가용을 몰아간다. 지나치게 개별적이고 사소한 일로 자동차를 사용하는 이를 두고 낭비형 인간이라거나 시시한 자라고 나무랄 수는 없다. 자동차를 모는 일은 어떤 수행성의 모습이며, 저 맥주 소비자와 생각이 다른 이가 있다면 어디까지나 취향이 다를 뿐이다. 그들은 일상을 몇 줄로 요약하거나 장황하게 늘어놓기도 하고, 그때그때 감각이나 감정을 소중하다 여기며, 남들이 지리멸렬하다 여기는 일에 대해서도 부끄러워하지 않는다. 취향이 소비를 결정하고, 이러한 선택이 자존감을 높여주므로, 자신의 취향은 누구나 공감하는 보편적 상식 같은 것은 될 수가 없다.

이렇게 현대인은 몹시 개별적인 방식으로 동력기와 함께 일상을 특화하면서 살아간다.

서투른 동력기의 형식

이근화는, 20세기 초반 서구의 미래주의자들이 실제의 기계들을 무시해버리고 리듬과 속도감을 창조[3]한 것과는 다르게 기계와 기계음에 밀착한다. 현대성의 형식 중 하나인 기계의 소음과 관련한 상상력이 그것이다. 지금 저 바깥에서 자동차에 탑승하여 도로를 누비는 도시인의 일상은 기계와 더불어 진화해 온 문명의 형태이지만 그것은 우리에게 심드렁하게 비친다. 평온해야 할 휴일의 도시가 점점 소란스러워지고 있으나 우리는 그보다 더 크게 음악 볼륨을 높여 소음을 덮을 수 있다. 게다가 우리는 권태를 벗어나려고 느리게 산책을 즐겼던 근대형 인간과는 다른 자동차 산책자로 도로를 누빈다. 일상은 그 누구에게도 열등하거나 비루하게 주어지지 않는다. 그렇다고 해서 일상이 논쟁적이거나 고차원적이지도 않다. 오히려 비철학적이어서 더더욱 사소해져 가는 일상을 이근화는 감각화한다.

시의 변혁과 역동성을 내걸고 2000년대 우리 시단에 출현한 일군의 시인들에게 씌워진 미래파라는 명칭을 이근화에게도 부여하고 있으나, 이 시인의 경우는 이러한 프레임에 맞지 않는다. 미래파라는 상상적인 미래의 기획에도, 통칭으로서 미래파에도, 기법과 경향에서도 통일된 일군으로 묶기가 어렵다. 서구의 미래주의가 기계를 무시한 점을 파고들었으므로 오히려 반(反)미래주의에 부합한다. 말하자면 이근화는 우리

---

3 에릭 홉스봄, 양승희 역, 『아방가르드의 쇠퇴와 몰락』, 조형교육, 2001, 12쪽.

시단의 미래파에 통합되지 않는 독자적인 시세계를 견인했으므로 당대 젊은 시의 흐름을 놓고 미래파의 분산이나 불연속성, 차이를 말할 때는 적절한 예가 될 수도 있다. 시인이 첫 시집에서 초대한 칸트는, 이 철학자가 인간성을 강조했기 때문이거나, 니체가 '철학적 노동자'로 명명했기에 그를 대중 곁으로 오게 하여 일상성의 철학으로 다가가려는 시도로 보인다. 어쨌거나 인간성과 일상성의 조합은 이근화 시에서 썩 어울리는 키워드다. 우리가 설령 날마다 마지못해서 맞는 일상사라 할지라도 그것이야말로 삶을 이어가는 근거라는 사실은 이근화의 기계 상상력에 충분히 구현되어 있다. 시인은 이렇게 서구의 미래주의가 감당하기를 그만둔 기계와 소리들에 밀착하여 현대성의 한 양태를 미적 실천으로 감당해 나간다. 해체적 개성 또는 난해성을 표방하거나, 독해가 어렵거든 배워라! 식의 지적 우월감을 보이거나 하지 않고 지금 우리가 귀 기울여야 할 현장을 찾아내어 안내한다.

동서 냉전시대가 해체되고, 세계자본으로 지구가 통합된 후 IMF 자본이 우리 사회를 휩쓸었다. 2000년대 이후 우리의 일상은 낯설고 놀랍게 재편되었다. 가장의 실직 여파가 가족에게 미치면서 소녀·소년·주부들이 시간 노동자로 도심으로 몰려들었다. 분자화한 가족 구성원의 비정규 일자리는, 부쩍 늘어난 배달원·대리운전 기사들, 판매직과 영업직에 나선 주부들로 채워졌다. 동력기 탑승이 곧 노동행위이기도 한 시대가 급격하게 닥친 것이다. 가사에 전념하는 여성들마저 식료품 구매를 위해 자기 소유의 자동차를 대형마트로 몰아갔다. 이근화는 첫 시집에서부터 이 무렵 사회 변화의 기류를 동력기의 움직임으로 읽어내는 감식안을 발휘한다. 여기서 우리는 일상이 무심하게 흐른다고 말하기를 멈추고, 느닷없이 난입하는 동력기를 마주하게 된다.

시인은 '무심함' '무심코' 같은 심드렁함이 일상의 증거가 되는 일에 대해 '감정'을 실어낸다. 이러한 정동은 흔히 즉물적일 때가 많으나, 이근화는 사물화되어 가는 일상에 대한 반감으로, 유동하는 감정을 이미 지화한다. 기호로써 감정의 노출은 두 번째 시집에서 더욱 분명해지지만, 첫 번째 시집에서는 "나무를 가꾸는 방식으로 구름을 가질 수 있다면"(「그해 여름」), "세상의 모든 날들 위에 걸쳐 있는 구름 혹은 오늘의 날씨"(「세계의 날씨」), "안에게로 안에게로 흐르는 회색 구름"(「기차를 타고 유럽의 안에게」), "집밖으로 나간 구름들"(「철의 장막」)에서처럼 도시 문명인의 감정이 흐른다. 시인은 이러한 일들을 결코 자연스럽지 않은 기계적인 현상으로 감식한다. 휘발유가 연소하면서 기체로 바뀐 모양새가 허공에 피어오르는 구름 형상과 구분이 안 될 때가 있다. 하지만 그것을 구름으로 알고 기뻐하는 이들에게 감정이 황폐해졌다고 나무랄 수는 없는 일이다. 모든 구름 형상들에 우리의 감정을 낭만적으로 투사할 수 없게 된 현실이 더 문제적이다. 이산화탄소 배출량이 늘어나면서 산업이 흥성해 온 증표가 바로 그것이다.

스킨헤드族이었고 샤넬의 새로운 모델이었던 그녀가 로마 가톨릭에 귀의하여 사제의 발걸음을 배울 때, 일요일의 종소리는 열두 시와 여섯 시에 한 번

나는 이 형식을 벗어나서 휴식을 취할 수 없다

독일식 화이바를 쓴 남자는 일 초 전이나 일 초 후의 내 자리를 지나고 휘파람을 씨익 불지만 저기 멀리 달아나는 오토바이의 시간

오토바이는 오토바이의 형식으로 달리고
모래는 모래의 날들 위에 반짝인다

누군가 목격하였다고 해도 나는 같은 형식으로 잠들고 멀지 않은 곳에서 사

제는 사제의 발걸음을 옮긴다 종소리는 열두 시와 여섯 시에 한 번

—「피의 일요일」 전문(『칸트의 동물원』)

    내용과 형식 중 어느 쪽으로 기우느냐를 놓고 정신주의자나 행동주의자로 나눌 수 있을까. 그렇다면 사제는 정신주의자일 것이며, 오토바이를 모는 남자는 후자일 것이다. 앞의 인물은 내용의 세계에 속하고, 뒤는 형식에 속한다. 범상치 않은 두 인물, 즉 이전에 패션모델이자 스킨헤드족이기도 했던 여성, 그리고 화이바를 쓰고 오토바이를 모는 남성을 경험한 화자는, 그들이 갇혀 있는 것이 형식이지만도 내용이지만도 않다는 것을 역설한다. "일요일의 종소리"가 하루 두 차례 프레임을 만드는 것과, 모델이 사제의 걸음걸이를 따라 배우면서 종교로 귀의하는 장면은 내용보다는 형식, 즉 종교의 정신적 면모보다 관습적 의례에 무게가 쏠린다. 따라서 이 세계가 작동하는 것을 형식에서 읽는 화자는, 그들 의식의 내용에 무지할지라도 이 세계의 움직임에는 아무런 장애가 되지 않는다고 본다. 형식 파괴만이 진정한 '휴식'이자 자유라는 것을 깨우치는 종소리가 화자에게는 해방의 잠재성으로 기능하지 않는다. 일요일의 형식을 성당의 종소리가 결정하는 이 사태로부터 이근화는, 소리의 압제와 구속에서 놓여나지 못하는 현대 인류를 사유한다. 정신을 경건하게 조성하는 것이 종교의 '내용'이라면, 종소리는 그 내용을 유지하게 하는 '형식'이다. 달리는 오토바이의 형식이 무궤도성인 것처럼, 사제의 걸음걸이에도 획일화된 프레임은 없다.

    또 다른 한 사람, "독일식 화이바를 쓴 남자"가 모는 오토바이도 특유의 형식으로 질주한다. 일요일이 '피'와 연루되는 이 사태는 불길함을 동반하지만, 여기에는 무겁고 꽉 찬 내용보다 거침없이 질주하는 가볍고 텅 빈 형식이 있다. 화자가 간발의 차이로 "1초 전이나 1초 후"에 지나갔을 법한 장소를 이 남자가 오토바이를 타고 질주하다가 사고를 낼

지라도 그 흔적은 반짝이면서 휘날리는 모래의 형식으로 남는다. 즉, 종소리라는 형식이 경건을 촉발한다면, 오토바이의 엔진 소리는 순식간에 과거가 되면서 일상의 형식이 된다. 기계가 달리면서 모래도 동시에 들썩이는 경쾌한 장면, 즉 "오토바이의 형식"이 "모래의 날들 위"를 날아갈 듯 스치는 것이 휴일의 풍경이다. 그러나 이렇게 경쾌한 장면이 피의 사건과 엮여 있고, 소리는 '끼어드는' 형식을 가졌으며, "사람들은 언제라도 중간부터/시작"(「칸트의 동물원」)한다.

이근화 식으로 말하면 "서툰 것들은" "내내 피를 흘리"(「칸트의 동물원」)게 만드는 주체다. 계획 없는 의도의 무모함과 그것의 비선형적인 돌출을 시인은 모험과 서투름으로 판단한다. 일상은 해결되지 않는 요구들 속에서 반복되고, 하루하루가 결코 녹록지 않은 혈전일 수 있음을 피의 비유로 환기한다. "바퀴들이 날마다 피 흘리는 것"은 동력기에게는 심상한 일이지만 "얼마나 많은 사람들을 울"(「두 얼굴의 구름」)린 사건인지에 대해 "감정이 고개를 들"(「한 마리는 죽고 한 마리는 살고」)어 보도록 권유한다. 이근화가 보여주는 죽음 이미지가 돌연 난입하는 오토바이에 실려 있을 때 우리는 평온한 일상을 깨는, 누군가가 낭만적인 감정으로 눌러대는 클랙슨 소리, 스키드 자국 속으로 파 들어가는 바퀴의 단말마, 비명으로 마감되는 어떤 이의 삶을 떠올릴 수 있다.

클랙슨 소리가 연이어 났다 오토바이에 탄 남자 오토바이에 탄 여자 순서로 죽었다 죽을힘을 다해 부딪쳐 봤어?

(중략)

가라앉은 작은 돌멩이, 살아 있는 작은 돌멩이, 바닥을 치고 올라온다 몇 개의 돌멩이가 내게 날아온다 아무것도 반성하지 않는 돌멩이

나는 그 순서를 모르겠지만 오토바이에 탄 남자 오토바이에 탄 여자 순서로
죽었을 것이다 클랙슨 소리는 그저 신경질적이지만

―「아이스크림」 부분(『칸트의 동물원』)

현대인에게 휴일은 자동차를 이용한 하루분의 엑소더스로 주어진다.
누군가 일상을 탈출하면서 내는 낭만적인 소음에 어떤 이는 귀를 틀어
막아야 하는 것이 일상의 역설이다. 누군가는 소음을 방출하면서 행복
해하지만, 어떤 이는 그 소음이 유발하는 신경과민을 앓는다. 우리의 일
상이 동력기의 소음으로 결정되는 것처럼 보이지만 이것이 전부가 아니
다. 음식 "배달통과 (주문하는) 전화벨 소리" 사이에 낀 자질구레하고
파편화된 어떤 소리처럼, 출처를 알 수 없는 온갖 음향과 소음에 불쾌감
을 갖는 것이 일상이라는 점을 시인은 짚어내고 있다. 무형식의 형식인
온갖 소리들 안에 갇혀 살면서 "살과 가죽 사이에 아무것도 없는 날"(「오
늘은」)처럼 내용 없는 그 소리들을 들어야 하는 것이다.

자본 기계

이근화는 현대인의 일상과 함께 하는 동력기들의 소란을 인간의 감정
으로 바꿔서 읽는다. 사고 현장에서 내는 "클랙슨 소리는 그저 신경질
적"이라고 하면서, "아무것도 반성하지 않는 돌멩이"(「아이스크림」)들처럼
인간 감정이 사물화하는 지점을 직시한다. 모르는 이의 느닷없는 죽음
을 목격할 때도 슬픔을 느끼고, 이것이 우리의 반성적 정조일 수 있는데
도 그것을 애써 외면하고 있다고 쓴다. 이렇게 그의 시에는 삶과 죽음이
종잇장처럼 맞붙어 있다. 이 세계의 어디선가 무심코 발생하는 동력기

의 폭력에 대해 써 나가는 시인의 눈이 지상과 지하, 공중과 꿈, 수면의 위아래를 넘나든다. 동력기의 영향권역에 관한 이 광폭의 상상력은 그러나 아직 일상의 공간일 수 없는 우주까지는 미치지 않는다. 동력기와 동행할 수 있는 곳, 기계음이 인간 개체의 삶과 관련하는 거기까지가 시의 영토다. 이때 출동하는 기계들을 보면, 엔진이 없는 근대의 상징들(자전거·바퀴·오리배·수레), 거기에다 모터를 장착하면서 한층 진화한 현대성의 상징들(버스·고속버스·배·택시·기중기·프레스기·기차·비행기·지하철·트럭·승용차·잔디깎이·면도기), 미래의 기계들일 "생각하는 기계" "이야기 머신"을 망라한다. 이렇게 보면, 앙리 르페브르가 말한 것처럼 "자동차는 스스로 총체적 물체가 되기를 원한다. (……) 사실상 자동차가 정복하고 구조화하는 것은 사회가 아니라 일상"(151쪽)이다. 총체성이 깨진 시대에 오히려 그것의 전방위성을 꾀하는 동력기의 무력이 현대인의 일상 지도를 거미줄처럼 그려 놓고 있다는 사실은 이미 놀랍지 않다.

살아남기 위해
우리는 피를 흘리고
귀여워지려고 해
최대한 귀엽고
무능력해지려고 해

인도와 차도를 구분하지 않고
달려보려고 해
연통처럼 굴뚝처럼
늘어나는 감정을 위해

살아남기 위해

최대한 울어보려고 해

우리는 젖은 얼굴을

찰싹 때리며

강해지려고 해

—「엔진」 전문(『우리들의 진화』)

무(無)동력기가 인간의 감정을 낭만적이게 해주던 때가 있었다. 이근화는 지난 시절의 목가 풍경을 슬며시 되살려낸다. 수레에 "조화를 가득 실은" 채 지금 "도선 사거리"(「수레의 영혼」)를 지나거나, "발을 열심히 굴리는 연인들을 싣고" "기우뚱거리며 교각 쪽으로 흐"(「뚝섬 유원지」)르는 오리배에 탔거나, "긴 겨울밤을 자전거로 달"(「우리가 가난한 연인이었을 때」)려 봤던 자는 그 무엔진의 탈것들을 목가적 낭만과 함께 누리기도 했었다. 무동력기는 운행자의 손과 발로 제어할 수 있는 '느린' 기계이지만 현대의 엔진은 다르다. "인도와 차도를 구분하지 않"는 맹목성과 제어 불능이 현대 기계의 존재 방식이다. 엔진의 본성은 '작동'에 있으므로 멈춤은 곧 엔진의 죽음을 뜻한다. 공장의 프레스기가 쉼 없이 작동하면서 자본 생산성을 제고하는 것처럼, 엔진의 생명성은 중단 없는 작동으로만 증명된다.

사람들의 팔과 다리를 잡아먹는

프레스기(機)의 진화에 대해 생각한 적이 있다

우리는 세상에서 가장 단단한 동그라미가 되어 간다

긴 손가락으로 긴 손가락을 잡으면

더 큰 동그라미들이 태어날까

더 많이 태어났다 오래 죽어갈 수 있을까

천장 위에 쌓이는 먼지들의 고고한 자세로

우리는 숨을 고르고 다시 손을 모은다

내 몸을 엉망으로 기억하는 이불에 대해

아무런 감정을 갖지 않기로 한다

—「우리들의 진화」 부분(『우리들의 진화』)

　이것은 어느 공장에서나 언제든 터질 수 있는 사고다. 기계는 기계의 본성대로 작동하고, 인간은 돌아가는 기계에 몸이 훼손당한다. 불요불급의 존재인 기계가 중단 없는 에너지를 방출하는 현장에서 사고는 터진다. 지체의 남은 부분으로 작업을 수행해야 하는 자들은, 프레스기에 잘려나간 손가락이 다시 자라지 않는다는 슬픔, 그 기계가 안전하게 진화하리라는 가능성에 대해서는 꿈조차 꿀 수 없는 절망을 내면화해야 한다. 손가락의 절단면이 "세상에서 가장 단단한 동그라미" 모양으로 고착될망정, '절단하라'는 명령을 충직하게 수행하는 프레스기에게 인간의 안전을 위한 진화의 역사가 과연 올 것인지는 미지수다. 그러한 정황에 현대사회는 기계에 잘려나간 손가락을 놓고 진보니 진화니 하는 망상을 현실화해 나간다. "말이 없고 불만이 없는 자들이 사라질 미래를 향해 걸었다"라고 말할 수 있는 이 불안전한 세계는, 꿈속에서만 "열 개의 손가락을 오래 사랑"하도록 허용된 곳인지도 모른다. 잘린 손가락을 놓고 불행을 탓하기보다, 남은 부분으로 더 단단하게 삶을 지탱해야 한다고 꿈을 주입해야 하는 세상인 것이다. 잘려나가고 남은 손가락으로 연대의 감정을 나누는 동료 노동자들과, 망가진 몸을 포근하게 받아주는 이 불만큼은 틀림없이 있는 곳이다.

　바나나가 육·해·공을 거쳐 인간의 식생활에 들어오는 경로를 보면, 인간이 사용하는 동력기와 과일을 실어 나르는 동력기가 구별되지 않는다. 어느 인간이 그런 것처럼 오래되었고, 흔하고, 미끄럽고, 허무맹랑하고, 물러터진 바나나가 원산지에서는 "단단하고 푸른" 것이었다는 전언은 바나나 전선의 이상무(異常無)를 반영하는 것이 아니다. 그것은 "오늘도 하염없이 죽어"(「바나나 전선」, 『내가 무엇을 쓴다 해도』)야 하는 강제성에 대한 것이며, 실용성을 잃은 물건은 즉시 폐기되는 속도의 시대를 말하려는 것이다. 동력기와 관련한 이근화의 감정은, "클랙슨을 울리고/정말 나인 것처럼/상스럽게 중얼"(「지붕 위의 식사」)거리는 어느 도로 위의 인간처럼 히스테릭할 때가 있다. 택시기사와 승객 간 "호흡이 서로 달라져서 칼이라도 들이"(「택시는 의외로 빠르지 않다」)댈 것 같은 험악한 분위기에서는 안전을 보장하지 못하는 동력기의 이중적인 내면이 노출된다.

머신에 거는 당혹스러운 기대

인간의 관리권역에서 조작당하는 기계는 하드웨어로써 성능을 제한적으로 담당한다. 첨단 기능을 탑재한 기계라 할지라도 자의적인 작동은 어렵다. 그러나 스스로 생각하고 결정하는 인공지능이 출현한다면 기계는 인간의 생각 기능까지 담당하게 될 것이다. 이근화의 '이야기하는 머신'은 이렇게 출현한다.

이야기가 계속되려면 동전을 좀 더 넣어야 하지
나는 이야기 머신 앞에 앉아 조금씩 입이 벌어지네

이야기가 계속되려면 초콜릿 장수는 초콧릿을 좀 더 팔고
극장의 불은 꺼져야 하지 배우들의 몸은 평면적이지

나는 이야기 머신의 가슴 속으로 얼굴을 파묻지
한번 빠져든다면 그다음은 모르지

이야기가 계속되려면 이마를 짚는 손이 필요하네
아무도 모르는 이야기가 시작되지만

배우들의 몸은 계속 평면적이지 커튼의 주름 속에는
이 빠진 귀신들이 웅성거리고

나는 동전을 짤랑거리며 망설이지
다음 이야기는 모르네 정말 모르네

창문에서 골목에서 담장 위에서
구름은 아이스크림처럼 계속 녹아들고

나의 이야기를 사시오
커다란 두 눈을 부릅뜨겠지만

나는 미래의 이야기에 손끝을 베었네
그 다음은 모르네 정말 모르네

—「미래의 이야기」 부분(『칸트의 동물원』)

대화 상대가 필요한 외로운 인간을 앞에 두고 기계가 주절주절 말을 뱉어내는 위 광경은 그 어떤 묵시록보다 기이하다. 인간 개체의 외로움 속으로 파고드는 기계의 영향력이 클수록 인간성과 생명성의 본질은 파괴될 것이다. 동전을 먹어야 말을 뱉어내는 머신에게서 이야기를 듣는 저 인물은 외로움의 수치를 동전으로 계량해야 한다. 이 금속이 고독의 수위를 표시해 주므로, 이야기 구매가 좌절된다면 미래의 시간은 더더욱 기형적인 모습으로 닥쳐올 것이다. 그래서이겠지만, "미래의 이야기에 손끝을 베"이는 가해적인 기계에다 동전을 주입하던 인물은 손을 털며 그 자리에서 일어나 버스 정류장으로 걸어가야 한다. 어느 시점까지는 자신과 함께 "끝까지 살아남은 주인공"이고 싶었을 너-사람을 생각하면서 말이다.

> 어둠을 뚫고 가는 버스 덕분에
> 우리의 발걸음이 더 아름다워진 걸까
> 다음 버스를 정말 탈 수 있을까
> 신호등이 깜박거린다
> 지나가거나 멈추거나
> 그것은 분명하게 삼원색
> 세 개의 눈으로는 부족한 우리
> (중략)
> 오늘 네 얼굴에 떠도는 것을
> 어렵게 미소라 불러도 될지
> 너는 남자도 여자도 아니고
> 다만 오래되었을 뿐
> 끝까지 살아남은 주인공들이
> 이야기 속에서 빛난다
>
> ─「다시 사랑」 부분(『내가 무엇을 쓴다 해도』)

이근화의 동력기 상상력은 아직 우주까지 미치지 않는다고 앞에서 썼다. 동화나 에니메이션에 거는 기대라면 모르겠지만 일상성 안에서 상상 가능한 우주 동력기는 아무래도 가상에 치우친다. 음악소리가 소음으로 고착되는 것에 대한 피로감의 이유를 알고 싶었을까. 시인은 이제 소리로서의 음악에도 귀를 기울인다. 클랙슨 소리에도 리듬은 실려 있으나 악기 음의 파장과는 구별된다. 옥타브와 음역을 다채롭게 이동할 수 있는 악기 음과 달리 소리의 규범은 한정적이다. 이 푸 투안은 『공간과 장소』에서 음악학자인 게르하르트가 말한 음악적 공간과 형식의 상관성에 대하여 쓴 적이 있다. 음악 소리에서 우리가 감각하는 공간적 환상과 음악의 형식은 그것의 정향감(sence of orientation) 때문에 생긴다는 것이다. 말하자면 음악의 형식이란 것은 그것이 매순간 어디에 있는지를 정확히 아는 것을 의미한다는 것. 소리의 지향성, 즉 그것이 확산하는 거리감으로 형식을 의식하게 되므로 그렇다는 것이다. 누구에게나 예외 없이 소리를 만날 때 거리(距離)를 수용하는 기관은 눈이 아닌 귀다. 아래 시에서 '랑랑'과 '키신'은 고유명으로 등장하는 음악 연주자들이다. 랑랑은 "곧 사라지고" 말지만, 키신은 "사라지지 못한다." 왜 그런가. 질러서 말하면 시인은 랑랑을 시각의 화신, 키신을 청각의 화신으로 보고 있다. 랑랑은 보는 눈을 요구하고, 키신은 듣는 귀를 요청하는 연주자다. 대상 a로 치면 랑랑은 '너' '아픈 엄마' 같은 실상이며, 키신은 우주적 교감을 이끄는 매혹적인 소리의 근원 그 자체다. 다음 두 편을 대비하면서 읽어보면, 시인은 이제까지 이어 온 소리 탐구를 우주로 확장하여 옥타브의 깊이로 감각의 층위를 표명한다.

랑랑은 힘이 넘친다. 종종 피아노가 웃을까 겁이 난다, 랑랑은 부드럽고 깊고 랑랑은 지칠 줄 모른다. 랑랑은 건반 위를 뛰어다니듯, 천장을 날아다니듯. 랑랑은 거의 하늘에, 날개를 달고 힘차게. 그런데 랑랑을 모르겠다. 랑랑도 나를 모르는 얼굴로, 피아노만 아는 얼굴로. 피아노와 나 사이 랑랑은 백조. 발가락이 바쁘다. 랑랑은 새하얀 편지. 뜯어볼 수가 없다. 랑랑은 먼 무지개. 곧 사라지고 만다.

—「랑랑의 강물」 부분(『시현실』 2019년 겨울호)

이제 당신이 날 도울 차례예요.

가죽바지를 입은 그가 말했다.

그의 부풀린 머리카락 속에 들어가 누웠다.

그곳에서 뜨는 별과 지는 별 사이에서 잠이 들었다.

(중략)

우주는 다시 폭발할 거래.

그때는 머리카락처럼 세계가 고요해지겠지.

미친 손가락이 사람들을 빨아들이고,

먼지 속을 떠다니는 울음들.

시끄러운 우주 한가운데 키신, 너는 사라지지 못한다.

너는 다시 부풀고, 흐르고, 번쩍인다.

키신 네가 늙어가는 동안 나는 죽지 못해.

—「키신의 우주」 부분(『시현실』 2019년 겨울호)

랑랑은 물결의 파동 같은 랑랑(浪浪)일 것이며, 불사·불로의 올랜도이기도 한다. 에너지의 총량이 얼마큼인지 가늠하지 못할 만큼 그는 활달하고 열정적이다. 사물인 피아노를 웃길 만큼 감정을 전이시키는 능력이 탁월해 보이지만, 연주 음악을 듣는 화자와 랑랑은 서로에 대해 무지하다. 시인은 여기서 연주자와 청자를 매개하는 '서로 알기'라는 상호작용을 생각해보게 한다. 어떤 글자도 없는 '새하얀 편지'를 볼 때처럼 연주자에 대해 무지할지라도 어째서 "사랑해. 내게 힘을 줘. 나를 죽여 줘"라고 거짓 없이 애원할 수 있는지도 묻는다. 애호 감정의 극치와 '죽여 줘'라는 간청은 음악 소리가 매개하는 깊은 유대감이 없다면 일어나지 않을 일이다.

자신이 연주하는 피아노를 웃길 만큼 연출력이 뛰어난 랑랑과, 골목길을 웃기는 엄마를 접속하여 대상을 향한 애호 감정을 일치시킨다. 음악 소리가 쾌락 감정을 유발하는 여기에는 아픈 엄마의 감정을 전치시켜 행복감을 노출하려는 화자의 밝은 심성이 있다. 화자는 그간에 끊임없이 일상을 공격해 온 소란스런 소리들에서 벗어나 음악 소리에 잠겨 있다. "우리는 연결되어 있어, 있어."라고 말할 수 있는 대상, 즉 키신의 "부풀린 머리카락 속에 들어가" 누워 그 장소를 '별' 사이라고 생각할 만큼, 음악이라는 청각언어가 우주적 교감을 매개한다. 키신의 연주 소리가 우주라는 음악 공간에서 울려나오고 있다. 이는 우주의 주파수를 공유하는 사건이며, 키신의 연주가 꿈속까지 따라오는 우주 음향을 실어낸다는 지각의 일단이다. 풍선처럼 부풀면서 떠오르고, 바람처럼 흐르고, 번개 같은 섬광으로 반복 폭발하는 것. 이것이 인류의 감각을 유인해 온 우주의 소리, 즉 '음악'이라는 소리의 정체라고 시인은 쓴다. 디지털 시대의 보는 음악과, 귀로 듣는 음악의 우주적 파장을 비교하면서 들어보고 있다.

이렇게 우리는 이근화 시의 소리(소음) 상상력에 잠겨보았다. 도시의 온갖 소음과 기계음이 그런 것처럼 이 세계에서 울리는 소리들도 형식에 갇혀 있지만, 시인은 키신의 음악은 다르다고 본다. 교감 가능한 소리의 파장은, 음악 연주자의 제스처가 유발하는 것이 아니며 음악의 형식을 변주할 때에 생긴다. 소리는 형식에 갇혀 있고, 우주적 파장을 가진 음악이라 할지라도 우주의 구조 안에 있지만, 교감을 유발하는 음악만이 우리의 귀를 거기에 순응케 한다는 것. 이것은 열려 있는 귀 쪽으로 어떤 파장이 미칠 때 그것을 소음으로 듣느냐 소리로 듣느냐는 문제와 관련한다. 이 시대의 문명인은 기계음이 난입하는 도시에서 그 소음을 덮으려고 음악소리를 난폭하게 높여야 한다. 그럴 때 음악과 나와의 거리가 좁아지면서 정향감은 극대화하고, 음악은 불쾌한 소리와 구별되지 않는다. 따라서 교감하는 음악으로는 기계음들로 구성된 문명의 형식을 깰 수가 없다. 지금은 음악 형식을 폭파하는 테크놀로지 음악이 번성하면서, 교감하는 음악마저 기계음으로 둔갑하는 시대다.

현대의 동력기는 인간의 소비 패턴과 맞물려 움직이는 자본의 톱니바퀴 같은 것. 소비사회의 적(敵)은 소비 의욕의 저하가 생산력 저하로 이어지는 것. 따라서 동력기의 생애는 현대인의 소비 욕망을 쉼 없이 부추기는 것으로 구축되어야 하고, 작동한다는 목적성 하나로 살아 있어야 한다. 이렇게 작동하는 엔진 소리를 덮을 우주적 음역은 없는지를 이근화는 우주적 상상력으로 탐색한다. 우주의 음역을 키신의 연주로 치환하여 자신을 죽여도 좋을 소리로 지극히 사랑하면서, 소란스럽게 내달리는 동력기들의 거리로부터 청각을 격려해 보고 있다.

록(Rock)과 스타일 룩(Look)

—김태형 시집 『로큰롤 헤븐』

헤비메탈 '짓거리'들

이 시집은 1995년에 첫 출간했고, 2016년에 같은 제목으로 재출간하였다. 시집 뒷부분에 실린 시인의 산문에 다음 문장이 있다. "세계의 비밀을 이해하기보다 이제껏 존재하지 않았던 세계를 창조하고 싶다." 이미 있는 것, 즉 우리의 전통 안에서 생산했던 예술을 닫고 나와 새것을 지어내리라는 부정 정신이 번득이는 글귀다. 전통적인 것과의 불연속성을 표방하는 것이자, 전통에 종말을 고하고 낯선 세계로 진입하겠다는 포부를 밝힌 셈이다. 이전의 예술에 대한 지속적인 이해와 수용만으로는 내적으로 고갈될 수밖에 없는 청년 세대의 감수성이 이 문장에 담겨 있다. 시집의 표제에서부터 저항의 기호가 꿈틀대고, 젊은 세대의 팽창하는 자의식과 감각 작용을 담아내는 실험 시들이 주종을 이룬다. 이 산문을 참고하자면 로큰롤의 경험은, 교내 방송부원의 돌발적인 행동 때문에 어느 날 하게 되었다. 그 학생은 아마도 고전음악'만'으로 정서를 순화해 온 교육에 반감을 가졌다기보다, 쉬는 시간마저 교내 음악 방송을 제도적으로 통제하는 것에 대해 파격적인 행동을 했을 공산이 크다.

언제 들어도 잔잔하고 졸린 음악 대신 또래와 공유할 만한 음악을 틀어 놓으려 한 것이다. 이렇게 급진적인 행동 덕분에 헤비메탈 음악은 그때 시인에게도 강렬한 경험이었다. 청소년의 정서를 획일화하는 제도교육의 엄숙함에 파격을 가한 '짓거리'였다. 이 시집에서 읽게 되는 저러한 저항은 "신음처럼 끊어질 듯 끊어지지 않고 내지르는 소리"가 "스피커를 찢어놓을 듯" 점심시간의 교실 풍경을 바꿔놓는 것으로 표명된다. 헤비메탈이 점점 볼륨을 높이는 곳에는 방송부원도, 그러한 행위를 통제하고 지배하는 교사도 있을 것이다. 이 시집에 실린 몇 편의 시들에서는 로큰롤의 역능으로 기존의 엄숙함을 깨트리는 청춘들의 반항 에너지가 넘친다.

더욱 문제적인 것은 어느 날 돌연 고막이라도 찢을 듯 교실을 울리던 헤비메탈 경험에 한정되지 않는다. 그때 시를 습작하고 있던 고교생이 지금의 김태형 시인이고, 세계의 비밀 중 하나를 어느 날 알아버린 그는 로큰롤과 그 멤버들의 파격적인 행동을 불량하다고만 몰아갈 수 없다는 것도 자각했으리라. 그러한 각성이 곧 시의 영토가 되는 일을 문학적 사건이라고 이름 붙일 만하다. 김태형이 썼듯 "민중과 외세에 관한 말"을 적재적소에 할 줄 알았던 고교생은, 그가 쓴 연대기를 참고하면 1980년대 후반에 고등학생이었다. 그 시대를 요약하자면, 학생이 주축이 되었던 항쟁의 시대를 지나, 그들이 회사원이 되어 넥타이를 매고 시민항쟁의 대열에 섰던 시대다. 군부 통치 시대가 막바지에 이르렀다는 표징이면서 이후 등장하는 문민정부가 얼마큼의 저항과 희생 위에서 세워졌는지 증명하는 사태 안에 1980년대의 시민항쟁은 놓여 있다. 따라서 김태형이 고교 시절 읽은 시들이 주로 민중시였다는 고백은 매우 자연스러울 뿐만 아니라, 『로큰롤 헤븐』에 내재화한 음악 감정도 상위 체계가 통제한 교내 방송과 관련한다는 점에서 의미가 있다. 고전음악은 고급 음악이며 고상한 정신을 향유케 한다는 문법으로 대중음악과 분리하는 작업이 점심시간에도 행해진 것이다. 그러나 헤비메탈의 볼륨을 점차 올리는 방송부원은 이전의 관습을 악습인 양 깨면서 새로운 음역으로 동료 학생들을 초대하는가 하면, 보이지 않는 곳에서는 이들의 불량기를 감시하는 상위체계가 있기에 이 사건은 결코 만만치가 않다.

교육 현장에서 고전음악을 틀어놓아야 한다는 법칙은 의심할 여지가 없는 것이었다. 그것이 아니면 음악을 끄라고 명령할 수 있는 시대였다. 양자택일이 불가능하다는 점에서 이것은 그 시대의 교육 메뉴얼이었다. 교내 음악 방송도 교과서처럼 학생의 정서를 평정하고 통일하는 기능을 맡았다. 덕분에 일부 학생은 고전음악 감상이라는 고급 취향을 내면화하거나 고상한 전문가로서의 자질을 키워나가는 계기도 되었을 것이다. 반면 헤비메탈 취향과 불량기를 동일화하는 측으로부터 낙인찍힌 아이들은 숨어서 음악을 들을 수밖에 없는 상황으로 몰린다. 고급이 아니면 저급인 예술의 시대에 저급을 택한 이들은 더러 모종의 위험을 수반해야만 했다. "제대로 깽판을 한 번 쳐보겠다고 작심"하고 턴테이블에 엘피판을 올려놓는 일을 불량한 행위가 아니라고 부인할 근거를 대기가 어려운 시대였다. 반항하는 언사도 행위도 똑같이 불량하므로, 선택의 여지를 허용하지 않는 고전음악으로 교실을 통제하려 한 것이다. 그 음악의 의미를 분명히 말할 수 있는 자는 없었으나 조용하고 아름답다는 생각만으로도 여타의 의미들을 하나로 집합시키기에 충분했다. 헤비메탈은 그와 달리 시끄럽고 추하고 직정적이었다. 생각 없이 내지르는 듯한 소리가 학생들의 지성을 키워줄 리 없었고, 그런 소리를 들으면서 심오한 성찰을 일궈내는 학생은 없다고 여겼을 뿐만 아니라, 학생들 모두가 심오한 성찰자일 수는 없다는 것조차 생각하지 못했다. 다만 조용히 숨죽이게 하는 규율의 기제로써 고전음악의 능력을 숭앙했을 뿐이다.

이것은 청소년의 다양한 감각을 거세하는 작업이자, 좋은 것과 나쁜 것을 구분하여 일망 통제의 수월성을 꾀하려는 시도이기도 했다. 교련 시간에 군사훈련으로 학생을 규율하고, 시민의 최고 덕목이 명령에 따른 복종과 '가만히 있음'이었을 때 김태형은 민중과 외세에 관해 발표를 한 학생이었다고 고백한다. 용감함과 무모함을 구분하지 못했을 수도, 아예 용감하거나 무모한 탓이라고 할 수도, 순수 그 자체가 가장 큰 열정이었다고 볼 수도 있는 행동인 것만은 분명하다. 교련 선생에게 작대기로 뺨을 몇 대 얻어맞는 분풀이를 당한 후 그는 교련 수업 시간에 교련 교과서 대신 시집이나 '한국민중사'를 마음껏 읽도록 묵인받기에 이른다. 그러니까 시인은 헤비메탈 레코드판에 카트리지를 올려놓았다가 규율의 그물망에 영원히 포위된 방송부원과 달리 나름의 저항에 성공한 셈이다. 그래서일까. 그의 시편들에서 꿈틀거리는 근대체제에 대한 저항의 이미지들이 예사롭지 않다. 이를 1990년대 우리 사회의 문화 현상으로 접근하면 이해의 지점이 한결 선명해진다. 제복이 상징하는 규율과 민중의 시대를 지나 문화 대중이 출현하기 시작하고, 그들이 누리는 것이 곧 대중문화라는 관념 안에서 시대의 풍조가 전변했던 시대. 김태형은 그때를 록(Rock)과 룩(Look)의 프리즘을 통해 비춰내고 있다.

너는 록(Rock), 나는 시

그러한 전적이 있는 시인이므로 랭보의 발자취를 더듬는 일은 매우 당연하다. 김태형은 저 서양의 시인을 "영원히 젊음을 간직한 순결성"의 화신으로 지목한다. 열아홉 살에 자신이 쓰고 싶은 시는 이미 다 썼노라 선언하고, 30대 후반에 삶을 마감했기에 영원히 청년인 랭보와 그의 시편들이 김태형에게 특수한 경험을 안겼다. 더구나 랭보의 '일뤼미네이션'을 현기증이 날 정도로 난해한 산문시집으로 보는 독자들의 내심을 파고드는 듯한 『로큰롤 헤븐』의 시들은 랭보의 저 시들이 그러한 것처럼 산문정신이 흐른다. 근대시의 지평을 연 랭보의 산문시가 그런 것처럼, 이 시집에 실린 김태형의 시들은 난해와 이해 사이의 지점에서 현기증이 나도록 불확정적인 그 무엇과 대면하고 있다. 딱히 무엇이라고 할 수 없는 상황이 연쇄적으로 발생하고, 시인은 그것을 서술해 나감으로써 유보되기만 하는 진실로 접근해간다. 그중 록(Rock)의 시대를 열었거나 꽃피운 서양 대중가수들의 인생 유전에 잇댄 상상력은 우리 시단에서 일찍이 특수한 자리에서 발화했다.

> 알코올 중독과 약물 과용으로 최후를 맞이했던 기타리스트
> 스티브 클락을 들을까 교통사고로 한쪽 팔을 잘라낸
> 외팔이 드러머 릭 알렌의 스틱 소리를 들을까
> 사람들 모두 다 잠들어 아무도 없는 깊은 밤 그는
> 낡은 턴테이블의 플레이 버튼을 누른다
> 삐걱삐걱 카트리지가 움직이는 동안 이 짧은 숨막힘은
> 견디기 힘들다 로히프놀 헤로인 하시시 필로폰
> 서서히 느리지 않게 잦아드는 신음과
> 온몸을 고통스럽게 웅크린 채 죽어갈 수만 있다면
> 그는 천천히 자신의 두 귀를 심장 속에 묻는다
> 여기서는 단 한 줄의 시조차 쓸 수 없다.
>
> ─「커트 코베인 듣는 밤」 부분

이 시에는 자신의 감각이란 감각을 모두 고문하는 듯한 뮤지션이 등장한다. 몸의 감각을 다 열어놓은 이와 같은 부류를 순수시대를 구가하다 떠난 뮤지션이라고 쓰면 진부한 표현일지도 모른다. 어쨌거나 그들은 소리 지르고 싶고 방방 뛰고 싶은 몸의 순연한 욕망을 극단까지 몰아간다. 위 시의 커트 코베인처럼 몸부림치는 뮤지션이 있는가 하면, 그의

노래를 듣는 '그'도 여기에 있다. 청취자인 그의 내면에 격돌하는 감정이 록 보컬의 그것인지 그의 것인지 분간하기 어려울 만큼, 잔혹극처럼 처절하고 기이한 분위기가 교류한다. 숨 막히게 절규하고, 신음이 잦아들며, 몸을 부르르 떨거나 바닥을 쿵쿵 울리기도 하지만 지독한 정적에 휩싸이기도 하며, 울컥 핏덩어리를 토해내기까지 하는 자는 커트 코베인이라는 이름의 뮤지션이다. 3인칭 '그'로 불리는 이 기타리스트 겸 보컬리스트는 27세에 세상을 떠났다는 기록이 있다. 상업성에 매몰되지 않는 록의 순수를 꿈꾸었으나 불행하게도 그는 원치 않은 성공을 했고, 순수 열정과 상업적인 성공이 괴리 없이 화해하는 방법에는 무지했다.

시인이 쓴 대로라면 커트 코베인은 "탯줄에 엉긴 듯 몸부림"치는 뮤지션이다. 아직 태중에 있는 생명체가 세상 밖으로 나올 수 없는 조건에 속박된 듯 그 몸짓이 곤혹스럽기만 한 〈스멜스 라이크 틴 스피리트(Smells Like Teen Spirit)〉 공연은 잠시만 들어도 온갖 "악다구니 소리"와 "씩씩 신발짝 끌고"가는 소리, "현관문 두드려대는 소리"가 동시에 울리는, 불쾌하고 기이한 소리들의 집합장이다. 내지르는 소리에서 틴에이저의 영혼 냄새를 맡을 수 있다면, 이것이 바로 순수의 표징일 수 있다. 테크닉보다 영감을 중요시하고, 다듬어진 기교보다는 천연스런 폭발력, 두려움을 모르는 감수성이 이들의 괴성을 순수한 소리로 변환시킨다. 때문에 이들의 노래에 몰입할 때 '그'는 시를 단 한 줄도 쓰지 못한다. 적어도 그들은 '순수'하고, 그 순수의 힘은 막강하다. 어쩌면 그들은 세상과 여타의 상황들에 무지하거나 무모할지도 모른다. 인과 관계나 논리·질서를 거부하고, 지식체계만을 진리의 양식으로는 보지 않으며, 모든 관습의 포위와 상업적이고 인위적인 항목들을 거부한다. 그러나 '그'는 어느 순간 그것들과 타협해버렸다며 자책하고 있을지도 모른다. 타협을 계획하지는 않았으나 처한 상황이 줄곧 그렇게 만들어 온, 장난 같은 삶의 변수들에 그는 언제나 농락당해 왔을 것이다. 따라서 상황의 변수에

타협하지 않는 것이 순수의 힘이고, 그때 순수는 무모해지는 모양새를 한다. 그러므로 그는 세상의 비밀을 많이 알아버린 자로서 어떤 기호로도 저 뮤지션의 가공되지 않은 순수성을 따라갈 수가 없다. 다음 시는 주목할 만하다. 록 음악제인 우드스탁(Woodstock) 현장을 연상할 수 있는 독자라면 지금 혈압계의 압력이 상승할지도 모른다.

백색 조명과 카메라 앞 하나하나 찢겨진 자신을 떠올린다 웨이팅 포 더 선
라이트 마이 파이어 물 속으로 점점 짓눌려 질식사하는 그녀
그녀는 짐 모리슨의 시를 중얼거린다 음악이 끝났을 때
등물을 모두 끄는 거야 그녀는 간신히 일어나
주위를 둘러본다 휘청거리듯 다시 주저앉는다 디 엔드

— 「짐 모리슨 듣는 밤」 뒷부분

베트남전쟁은 젊은이들의 시대 감각을 깨우는 계기가 되었다. 지배 문화와 하위문화라는 이분법, 전쟁과 반전이라는 대립 개념이 그중 대표적이다. 이 시에서 울리는 목소리는 민중의 목소리와 같은 결을 지닌다. 록을 듣는 이유가 선택과 취향의 문제를 넘어선다. 그것이 시대의 목소리와 맞닿고 있어서, 이것을 간과한다면 저 시끌벅적한 페스티벌은 시대적 상식 바깥의 광란으로 그친다. 베트남전에서 숱하게 죽어 나간 청년들의 비망록을 록 음악의 기괴한 소리에 담아내면서 광기 어린 전쟁의 참상을 비춰낸다. 온갖 고통스런 육성이 교차하는 록 페스티벌의 무대에서는 온전한 정신으로는 저지르지 못할 전쟁 수행자의 모션도 엿보인다. 짐 모리슨의 노래를 듣는 이는 '그녀' 외에도 동석자가 여럿이다. 커트 코베인보다 한 해를 더 살다 28세에 죽은 짐 모리슨의 죽음을 이 여자는 안타까워한다. "그렇게 죽어버리다니" 탄식하면서 "담배 필터를 탁탁 치"는가 하면, 우드스탁 페스티벌에도 참여하고 싶은 여자다. "추

억도 사랑도 광란의 밤"도 저 페스티벌에서는 가능하다. 하지만 여자는 "우드스탁에 들어가지 못한 사람"이고, 추억도 사랑도 광란의 밤에서조 차도 제외되었다. 어쩔 수 없이 같은 처지의 "사람들 여럿이/뒤늦게 자 리를 잡"고 앉은 대체 장소 '도어즈'에서 믹 재거나 롤링 스톤즈의 노래 를 듣는다. 알려져 있듯, 우드스탁 페스티벌은 1969년 8월 15일부터 3 일간 미국의 뉴욕 주에서 열렸던 록 페스티벌이다. 베트남 내전에 미국 이 참여한 때가 1960년대 초반이고, 이후 수많은 젊은이들이 전장에서 산화할 무렵 우드스탁 페스티벌은 열렸다. 참전은 곧 죽음이라는 공식 을 깨는 방법은 없었으므로 젊은이들이 가졌을 법한 불안과 공포가 현 실을 망각하려는 페스티벌로 실행되었던 셈이다.

김태형의 시적 수행이 남다른 것은, 이 땅의 젊은이들에게도 공명했던 록의 정체를 시대적 감각으로 버무려낸 점이다. 20세기의 가장 큰 문화 적 사건으로, 반전 운동의 상징이 된 우드스탁 페스티벌과 록의 감정이 우리나라에 수(유)입되면서 또 다른 의미를 배태한다. 미국의 하위문화 가 이 땅에 들어오자 그 신분이 상위문화로 격상한다. 히피와 부랑아들 도 참여했던 우드스탁 페스티벌의 형식도 고급문화로 바뀌고, 이를 자 본주의 기호로 바꾸면 '비싼 문화'로 탈바꿈한다. 하위 계층은 범접할 수 없는 록의 권위, 도도한 영어 발음들, 환각성 물질들이 젊은세대의 감 각을 끌고다닌다. "짐 모리슨의 시를 중얼거"리는 그녀도 미국 편향의 문화를 고급문화로 주입당한 세대다. 예술산업의 전지구화를 위해 대중 문화로 국경을 지워나간 미국의 수출 전략은 성공적이었다. 전세계의 청년문화를 동질적으로 만들면서 그것을 확인해 나갔다. 지구 땅 어디 서든 록 음악의 다원화를 달성하게 되면서 로컬 음악에는 쇠퇴 또는 종 말의 기미가 닥쳐들었다. 그녀에게도 "도쿄행 항공 티켓 한 장"이 있다. 이것은 락 메니아인 그녀가 어느 락커의 "도쿄 돔 공연"(「락 메니아 케이스 바」)을 보기 위해 곧 국경을 넘을 예정이라는 설계도이기도 하다. 해변의 모래밭에 가설무대를 세워 "그아아앙 징징 일렉트릭 기타를 두르고/한 번 가볍게 긁어내리는" 모던 락 밴드와 헤비메탈 그룹의 "실성한 듯" 한 모션은 미국문화가 아직 이 땅에 이식되기 전에는 상상조차 불허하는 것이었다. 머리를 박박 밀어버린 여성 보컬도, 교성 같은 흐느낌도, 노랑 머리 기타리스트도, 마이크를 걷어차거나 무릎을 꿇은 자세로(『락 페스티 발 퍽 유』) 발성 기관을 폭파할 듯 "게릴라식 폭음"(『모터사이클 온리』)을 발 사하는 보컬은 지금 엑스터시에 몰입되어 있다. 더욱 기이한 것은, 엄숙 한 자세로 가수의 공연을 관람해 온 그간의 청중이 돌변해 있다는 사실. 그들은 실성한 듯 손목을 치켜들어 출렁거리거나, 연주가 끝나도 흐느 적거림을 멈추지 않는다. 이러한 엑스터시 상태는 록커로부터 청중에게 전이된 도파민의 작용으로 생기는 즉흥적인 리액션이다.

스타일 룩(Look)

전통을 배반하는 패션과 헤어스타일들의 반격을 그린 시가 있다. 이때 새로이 나타나는 양식들은 의복의 기능을 완수한다기보다 과장된 패션 의 표현성이 두드러진다. 보여주지 말아야 할 것을 일부러 노출한 듯한 패션은 폭력과 자기 보호 사이의 아슬아슬한 지점에서 야릇한 기능을 노출한다. 시인은 이 상황을 "폭력을 유발시키는 어떤 유혹"이라고 쓰고 있는데, 이는 인간에게 내재된 가학성을 패션의 산업화가 이용한다는 점을 내보이는 부분이다. 더러는 감추려는 의도로, 더러는 보여주려는 욕구로 감춤과 노출 사이의 긴장을 즐기는 듯한 패션의 시대는 다음처 럼 열린다.

팬티를 노출시키는 거 말야 캘빈 클라인에서

참 기발하지 않니 바람에 슬쩍 드러나는 것 따위와는 달라

허리춤을 살짝 틀어서 팬티를 노출시킨다는 거야

—「그런지 보이」 부분

이웃 나라 일본에서 유행 중인 노출 패션에는 팬티 노출 상태보다 더 의미심장한 것이 있다. "허리춤을 살짝 틀어" 팬티를 보이게 만들어 상대방의 도발성을 자극하는 것이다. 타인이 이미 저질러놓은 폭력의 흔적 위에 폭력을 얹어놓는 일처럼 손쉬운 일이 눈앞에 환히 보일 때 누군가는 "그런 걸 가만 놔두고 싶"지 않고, "마구 찢어발기고" 싶을 만큼 가학성을 띨 수 있다는 것. "미친 듯이 찢어"발기는 시적 화자의 가학성과 그의 "등을 할퀴어대"는 '너'의 가학성 이면에서는 피차 피학 감정이 흐른다. 1980년대 후반 서울의 중심가에는 이전에 보지 못한 변이종들이 거리를 누볐다. 컬러텔레비전이 보급된 것은 1982년부터였으나, 88서울 올림픽을 기점으로는 폭발적으로 미디어 대중에게 보급되면서 외래문화의 황홀한 세례를 견인했다. 1990년대 초반에 문치시대가 열리면서 흑과 백의 이분법 이미지는 종결된 듯 보였으며, 스펙트럼 넓은 갖가지 색채의 향연 속에서 우리의 의식은 총천연색으로 갈마들었다. 쇄도하는 외국 문화와 상품, 그리고 영어의 위상이 더욱 막강해지면서 우리 것이 갈아엎어졌다. 음원도 상업시설의 간판도 외래어로 도배되고 있었고, 우리 문화는 외래문화 일색으로 갈아엎어지는 듯 보였다.

시인은 서양 문화를 자기 식으로 재수용한 왜색 패션의 주체가 록 그룹이나 헤비메탈 그룹을 거쳐 미디어 대중에게 빠르게 이동하는 세태를 포착한다. "다리가 날씬"한 '너'가 "헐렁한 티만 걸치고 다니는" 것에 불만인 화자와 달리 '너'는 헤비메탈을 욕하는 듯한 문자가 새겨진 헐렁한 티셔츠를 입었다. 이렇게 상충하는 두 인물의 성향에서 읽을 수 있는 것은, 한쪽의 수용과 반대편의 반발이다. 상대방에게 "타이트하게 착

달라붙는" 옷을 입으라는 쪽과 "퍽 메탈이라고 새겨진/헐렁한 티만 고집"하는 쪽의 선택은 확연히 다르다. 퍽(fuck)! '너'가 이렇게 도발하고 응징할 수 있는 근거는, 패션을 폭력의 징후로 증폭시키는 일에 상대방이 끈질기게 관심을 두고 있기 때문이다. 따라서 강요된 젠더를 허물어 거기에 도발하는 것이 그가 분노를 표현하는 방식이다.

이런 기다림은 어떤가. "결국 시인일 수밖에 없"는 '그'를 기다리는 여자가 있다. "슈미즈 스타일의 탑을 걸칠까/베이비 돌 드레스를 입을까"(「모터사이클 온리」) 별의별 옷 궁리를 다 하던 여자가 음악은 무엇을 틀어놓을까 고민하기 시작한다. 어쿠스틱 사운드, 갱스터 랩... 결정의 시간이 길어진다는 건 선택의 여지가 많다는 뜻이고, 쉬이 선택할 수 없을 만치 여자가 음원을 무수히 소유하고 있다는 말과 같다. 시인이 짚어내는 록과 룩의 세계는 이렇게 무궁무진 생산되는 상품들과 접속해 있다. 앞에서 본 커트 코베인이 그토록 경멸했던 고스트 없는 상품들은 어디에서나 둥둥 떠다닌다. 저 물신들의 이름은 하나같이 외래명을 가졌으나 처음부터 우리 것인 양 이제 심상해져 버렸다.

그것뿐이라구 다시 집에 들어가길 잘했지
차라리 집은 말이야 더 자유가 있었다구
아무 때나 뛰쳐나올 수도 있어 그래 이젠 나에게
그 누구도 더 이상 아무 소리 안 해 또 나가버리면
그래 히히 나 좀 취했나 봐 다 귀찮아 사는 게
약을 줄여봐도 소용없어 다음엔 더 많아져
몸이 자꾸 떨려 나 좀 안아줘 아니
잠시 동안 그냥 안아 달란 말이야 제발 더듬지 좀 마
싫단 말이야 그냥 가만히 안아줘 그냥
그냥 안아만 달라구 좋아 너 하고 싶은 대로 해

마음껏 만지라구 개새끼 넌 고작 개새끼야

싫어 이것 봐 왜 그래 아이 싫단 말이야

지금은 안 돼 이따가 우리 이따가 다른 데 가서 해

난 지금 그냥 안겨 있고 싶을 뿐이야

—「펑키 걸」 부분

여자는 열일곱 살에 가출하여 남자와 몇 달 간 살다 귀가했다. 집이야 말로 자유롭다고 말할 수 있는 근거는, 다시 가출하더라도 첫 가출 때보다 더 이상 나빠질 게 없다고 판단했기 때문이 아닐까. 다시 가출해도 아무도 만류하지 않으므로 그녀의 행동은 이미 가출이 아니다. 그러나 이것은 이전보다 강도가 더 세진 가출의 방식이며, 집에 돌아왔으므로 집에서 나갔다가 귀가하는 것은 가출이 아니라는 공식에 가족들이 안심하고 있을 공산이 큰 때문이 아닌가. 그렇기에 여자에게 안전한 처소는 어디에도 없으며, 가출은 이성애와 '약' 기운에서 느끼는 도파민의 작용을 분간해내야만 하는, 엄청나게 고통스런 현실일 수밖에 없다. 자신의 몸을 더듬으려드는 상대에게 "좀 안아줘" "가만히 안아줘 그냥" "안아만 달라구" "그냥 안겨 있고 싶을 뿐이야"라고 간청하지만, 이것은 펑키들이 사랑 표현을 위해 "여기선 안 돼"라고 지정할 만한 장소를 갖기 어렵다는 점을 역으로 증명한다.

이렇게 예시한 몇 편의 시에는 급변하는 시대 속 문화 대중의 삶이 담겨 있다. 강인한 민중이었던 주체들은 이제 성인이 되었으므로 쇄도하는 외래문화에 나름대로 방어력을 가졌을 것이나, 새로운 것이 도래하는 현상을 유연하게 받아들인 청년 세대들은 기성 문화와는 다른 문화 대중으로 이동하는 편이 오히려 자연스러웠다. 바로 이곳이 김태형의 시가 발화하는 지점이다. 1990년대 전후의 문화에 초점을 맞춘 이 시편들은, 급변하는 시대의 대중 심리와 취향을 놓치지 않았다는 점에서 남다른 성취를 보인다. 속도감 있는 상황 설정과 역설 화법, 다양한 지층을 숨겨두고 그 의미를 탐사하는 재미를 부쩍 키워주면서 대중문화에 반응하는 청년 세대를 조명한다. 자본의 포식 행위가 문화라는 명명법으로 대체되면서 우리는 일상 자체도 문화 현상으로 이해하기에 이르렀다. 그 후 우리는 더 나은 삶을 위한 설계 작업이 어쩔 수 없이 자본 취득에 맞춰지는 삶을 이어 오기도 했다. 자본의 힘으로 융성하는 대중문화의 보폭은 언제나 청년 세대에 맞춰져 있게 마련이다. 그런데 그들이 선호하는 음악(=가수)과 영화(=감독, 배우)의 파문 안에 있으면서도 작중 시인은 단 한 줄의 시도 쓸 수가 없다(「커트 코베인 듣는 밤」). 헤비메탈이나 마약만큼 강렬하지 못한 시는 설 무대가 어디에도 없다는 쏠쏠하고 쓸쓸한 고백. 이것이 1990년대에 출발한 김태형의 음악 감정이자 시적 예언이다.

애증 병존의 파토스

—서영처의 시

밥 딜런이 노벨문학상 수상자(2016)로 호명되었을 때, 그동안 정통성을 지켜온 문학상과 대중노래의 지위에 대해 논란이 일었다. 이 사태가 몇 개의 상징을 유발했으나 그것은 결코 낯선 것이 아니었으며, 용인과 거부 사이에 있는 문제적 현상이었다. 많은 이들의 내심은 호명된 가수가 수상을 단호히 거부해주기를 바라면서 이른바 정통문학의 자리를 부동의 위치에 고정하려는 데 있었다. 이는 넓은 범주에서 전통과 반(反)전통에 대한 질문으로 요약할 수 있는 것이었다. 문자 중심 텍스트냐 소리 중심 텍스트냐의 문제가 정통 문학장의 쟁점은 아니었으므로, 당사자의 수상 거부로 논쟁 지점을 지우려는 심리가 정통 문학장에서 더 크게 작동했다. 그러나 노래가 문학이 될 수 있느냐는 질문에 밥 딜런은 명쾌하게 답을 한다. 노벨문학상 수상 수락이었다. 밥 딜런은 자신이 사는 시대의 요구를 노래 가사에 수평적으로 담아냈다. 시대와 예술의 상보성을 단지 감각으로만 살려내지 않고, 바람과 총성 등 몇 개의 상징으로 의미의 지층을 만들었다.

음악이 '활'이었던 시대가 있었다. 제의와 제전에서 군중이 입을 모아 천상으로 띄워 올리는 합창이 신의 마음을 울린다고 믿었던 때다. 음악이 '리라'였던 때도 있었다. 유랑하는 음유 시인이 시에 낭만을 실어 리라를 연주하면서 노래 불렀던 유목의 시대다. 활이 내는 소리의 수직성, 그리고 리라에서 울리는 수평적 소리 안에서 옥타비오 파스처럼 시의 기원과 현대성을 두루 사유한 이론가도 있다. 밥 딜런은 리라의 수평적 확산성을 자신의 노래에 실어 대중성을 확보한 가수다. 통기타를 어깨에 메고 튕기며 부른 〈Blowin' in the wind〉는 미국의 베트남 침략 전쟁에 저항한 노래였다. 이 노래로 세계시민들은 타국의 전장에서 산화하는 젊은이들에게 눈을 돌리는 계기가 되었다. 노래와 시를 분리했던 문자 중심의 문학은, 밥 딜런에 이르러 기원의 노래이면서, 문자 매체로서 시이기도 한 당대적 감각을 동시에 깨웠다. 그의 노래-시는 전통과 현대성으로 분리되었던 소리와 문자를 통합하고, 고전 방식이거나 현대성으로 구획된 시의 지위를 다시금 조정해보게 했다. 전장에서 산화한 젊은이들을 '존재 없음'으로 방치하지 않고 그들의 흔적을 포연과 바람의 흐름으로 노래한 밥 딜런에게, 그리고 전사한 젊은이보다 더 많은 수의 지구인들에게 그의 노래는, 더 정확하게 말하면 반전시(反戰詩)는 문자가 아닌 음성으로 지구의 지평으로 확산하였다.

어디까지가 노래이고, 어디서부터 시인지 구분하려 들기 때문이겠지만, 시는 오래도록 노래와 결별해 있었다. 자본이 관여하기 전에는 음악도 자연의 모습으로 인간에게 작용하고 삶에 관여했다. 예컨대 다음과 같은 도구들이 제각각 소리를 만들면서 갖가지 방식으로 인간의 생존을 도왔다. 짐승의 뿔, 뿔 고둥, 심지어 짐승의 갈비뼈까지도 인간이 처한 어떤 위험을 벗어나게 하고, 인간 집단의 안전을 위한 도구가 되어주었다. 호기심 많은 아이들이 캄캄한 동굴에 들어갔다가 어둠에 갇힌 것을 알아채고는 공포에 질려 또래를 부르는 소리, 산속에서 친구의 손을 놓친 아이가 외치는 소리들이 멀리 공명(共鳴)하는 메커니즘 안에서 소리의 조합, 즉 음악이 발생했을 거라고 음악 연구자들은 추정한다. 이러한 가설 아래에서는, 현대인이 추구하는 일상음악의 편안함·평화로움·그리움·사랑의 감정 같은 부드러움은 매우 추상적으로 다가온다. 유약하다고나 할 이러한 감수성은, 거칠고 날카로운 어떤 소리들의 모서리를 깎아내고 상품화한 자본의 힘 때문인 것처럼 보인다. 음악의 태생은 자연처럼 거칠고 불안정하며, 인간이 공포를 극복하기 위해 내지른 소리들의 움직임이었다. 서영처는 바로 이러한 예술의 기원을 남달리 해석하여 시로 변주한다. 전통 방식에 안주한다면 더 이상 밀고나갈 지평은 없다는 자각으로 2000년대 전후의 예술이 이전 것에 대한 죽음과 종말을 담아낸 것과는 방향이 다르다. 그의 시는 음악의 본원을 먼저 찾아 들어간 후, 그것이 동시대인의 감수성에 어떻게 작용하고 있는지, 동시대인의 현실에서 상징화되고 있는 음악 기호들에 담긴 정서적·자본적 파장들을 세심하게 살펴 나간다.

음악하는 자의 통점

첫 시집 『피아노 악어』(2006)에도, 두 번째 시집 『말뚝에 묶인 피아노』(2015)에도 음악 감정이 에코처럼 울린다. 제목 상징만 놓고 봐도 서영처는 직업인으로서 현실 토대와, 시를 쓰는 자의 감각 영토를 겹쳐 음악 감정을 기호화하고 있다. 화해가 불가능해 보이는 생존의 터전과 예술-현실이 서로 통점을 교환한다는 점에서 그의 시는 개성적이다. 현실이 긍정적·우호적 경험으로만 구성되지는 않는 것처럼, 음악에 감응하는 인간의 정서도 여기서 크게 벗어나지 않는다. 음악 행위를 단지 생존문제와 결부시키면 그것은 하나의 수단에 그치지만, 여기서 시인은 생존 바깥의 문제를 음악 행위로 고안하고, 그 음악에서 다시 삶을 모색한다. 자신의 음악 행위를 조건 짓는 것들 안에서 시인의 삶은 이어진다.

소리는 일상적이고 기계적으로 흐르는 단순한 파장이다. 음악은 소리보다 복잡하고 다성적으로 인간의 중층 감정을 복사한다. 서영처는 가공된 상품으로써 음악의 기원을 알기 위해 원초적 소리들 쪽으로 청각을 연다. 소리를 다루는 직업인(연주자)인 시인이 소리를 만든 직업인(작곡가)의 작품을 연주하면서 직면했을 이 감각적인 언어 기록물은, 전문적이면서도 원초적인 음악 본능에서 비롯한다. 제2시집의 제목인 '말뚝에 묶인 피아노'는 "바람말뚝에 묶인 피아노"(「여름 음악 캠프」)를 변용한 것이다. 이러한 감정은 부자유에 대한 반발, 그리고 수용과 자유의지를 동시에 품은 양가감정 때문에 생긴다. 자신이 좋아하는 것에 되레 발목잡혀 부자유의 자유를 구가하는 방식이 그에게는 음악이다. 시인은 음악이 활이었고 악기였던 시대를 돌아 나와, 음악은 차라리 고통의 제전이라고 쓴다. 그에게 음악은 낭만이나 낙원 감정을 유발하는 매체이기만 한 것은 아니다. 음악과 결속해야만 생존할 수 있는 세계에서는 음악마저 통증을 동반하는 삶의 또 다른 무게라는 것을 보여주려 한다. 낭만을 전하려면 그것을 닫아야만 낭만적 음악을 제조할 수 있고, 듣기만 하는 자리에서는 알 수 없는 음악 세계의 진상을 연주자가 '살아가기' 마련이라고 시인은 쓴다.

> 구름 벤치에 앉아 지난겨울 예약한 한여름을 듣는다
>
> 미루나무 언덕엔 바람말뚝에 묶인 피아노
>
> 마른하늘이 번쩍거린다 대가리를 떼어낸 비린 콩나물 다발이 쏟아진다
> ─「여름음악 캠프」 뒷부분(『말뚝에 묶인 피아노』)

이 시는, 음악의 본성을 모방설을 근간으로 접근하고 있다. 음악의 기

원은 자연이 내는 '소리'에 있다는 것. 나의 몸 어딘가에서 나는 소리가 몸이 살아 있다는 신호인 것처럼, 자연도 언제나 소리를 낸다. 우리가 청중으로 참여한 음악회에서 울려 퍼지는 소리는, 캄캄한 원시의 동굴과 숲속, 그리고 바다에서의 재난으로부터 생명을 지켜내려 한 인류 조상이 부르짖는 목소리와 과연 얼마나 많이 다른가. 원초적 소리와의 관련성이 전혀 없고, 고상하기만 한 것이 음악이라는 오랜 관습이 우리에게는 있다.

기원의 공포, 기원의 소리

비우호적인 시각으로 보면, 음악이라는 형식으로 우리의 정서에 침투하는 '소리'들은 다분히 폭력적이다. 청각은 인간의 감각 중 선택 가능성을 가장 무력하게 만드는 몸의 기관이다. 예컨대 쓴 음식은 뱉으면 되고, 보기 싫은 것은 눈을 감으면 되며, 만지기 싫은 것은 손을 떼면 되고, 악취는 코를 틀어막으면 그만이다. 그러나 듣기 싫은 음악을 제어할 장치가 인간의 귀에는 장착되어 있지 않다. 귀에는 귀 뚜껑이 없다. 난입하는 특성 때문에 음악은 느닷없는 공포와 혐오의 매체일 수가 있다. 그런데 음악이라는 것이 거친 자연을 다스려 문명을 일군 인간의 역사와 더불어 변모했고, 다른 문화 현상과 마찬가지로 진보의 형태로 인류와 함께해 온 것이라고 시인은 말하고 싶어 한다.

첫 시집 첫 시(「나의 천국」)에서 시인은 에덴과 아폴론적 이미지를 배합하고, 태양을 스피커 같은 확장체로 비유한다. 스피커는 일단 현대적 의미의 어떤 선동성, 거부할 수 없는 일방향의 폭력성·침투성 같은 의미로 읽힌다. 거기에서 흘러나오는 소리에 끈끈한 파장이 있다는 언술은, 그 소리가 누군가의 정서에 느닷없이 개입하여 선택과 결정에 개입하는, 접착력 강한 매체라는 점을 강조하는 차원이다.

> 혼자 지키는 집,
> 늪으로 변해버린다
> 땀이 거머리처럼 머리 밑을 기어다니고
> 눅눅한 공기가 배밀이를 하며 들어온다
> 수초가 슬금슬금 살을 뚫고 자라난다
>
> 피아노 뚜껑을 연다
> 쩌억, 아가리를 벌리며 악어가 수면 위로 솟구친다
> 여든여덟 개의 면도날 이빨이 덥석 양팔을 문다
> 숨이 멎는다
> 입에서 토막 난 소리들의 악취
> 손가락은 악어새처럼 건반 위를 뛰어다녔는데
> 놈은 나를 이리저리 끌고 다니다 내동댕이친다
> 물 깊이 물고 내려가 소용돌이 일으킨다
> 수압에 못 이긴 삶은 흐물거린다
>
> ─「피아노 악어」앞부분(『피아노 악어』)

집에서 홀로 피아노를 연주하면서 그 소리에 공포를 느끼는 아이가 있다. 피아노 뚜껑이 악어의 아가리라는 제유로 시인은 음악의 본성을 찾아 물밑까지 상상력을 몰아간다. "토막 난 소리들의 악취"를 맡으면서, 악어에 물려 "핏물 흥건한 이곳"에서 피어나는 수련은, 화자의 일상이 어떤 외압에 의해 눅눅한 늪에 처해 있다는 것을 말한다. 곧 꺼져버릴 '물거품' 같은 허상이 지금 자신의 정체성은 아닌가 하는 의심, 게다가 피아노 뚜껑을 열어 건반을 두드리는 일이 자발적인 행위에서가 아닌 강요당한 성취를 위한 것이라는 점까지이다. 여기서 의무감에 의한 과제는 '수압'으로 작용하고, 화자는 그 외압으로부터 벗어나려 "죽어라 헤엄"을 쳐야 한다. 그러니까 화자에게 음악은, 벗어나려 할수록 불가능성을 더 군혀주는 말뚝 같은 것이다. 이것은 향유자로서보다 생산자로서의 자의식이며, 음악이라는 절대 감각에 정서를 몰입하지 못하는 한계성에 대한 고백이다. 이때 음악은 화자에게 '소리'이며, 심지어 말뚝이기까지 하므로 결코 벗어날 수 없는 삶의 중심이 되어버렸다는 것. 그의 삶이 말뚝의 반경에 있어서, 틀림없이 그곳으로 돌아가야만 한다는 것. 악어의 "여든여덟 개의 면도날 이빨"에 물린 화자가 필사적으로 헤엄쳐 동물의 아가리에서 도망치는 광경과, "핏물 흥건한 이곳으로" 들려오는 누군가의 '웅성거림'에 귀 기울여 보면, 화자와 피아노의 동거가 타의에 의해 조성된 것임을 알 수 있다. 피아노 건반을 두들기는 화자의 음 조성(調聲) 행위는, 늘 바깥에 있는 자들이 기획한 어떠한 강압이며, "혼자 지키는 집"에서조차 감당해야만 할 어떤 중량감이다.

시의 기호 중 호랑이·사자·하이에나 같은 맹금류는 악어와 다른 의미가 있다. 먼저, 할거하는 맹수들은 우리가 표제음악을 감상할 때 눈앞에 그려보는 잔인한 이미지들이다. 반면, 악어-피아노의 관계항은, "레일 아래 누운 침목들의 계단에선//부리로 낱 알갱이를 콕콕 쪼다가//종종종 달음질치는 새의 다리"(「바이엘 연습」), 즉 건반악기 하부의 해머가 늑골 같은 판을 두드려 소리를 내는 장면을 연상시킨다. 그리고 맹금류들의 움직임은, 이 동물들이 줄(絃)과 시위(弦)라는 이중 의미에 포획당하고 만 정황을 떠올리게 한다. 맹수와 현의 관계는, 자연을 제압하고 포획하여 그 숨소리를 끊어놓을 때 음이 태어난다는 매우 잔인한 원초적 상상력에 기반한다.

　　쇠창살을 뚫고 빗속을 달려오던 얼룩무늬 보았다

심장이 찰칵거리며 기억해놓은

맹수의 모습은 왜

내 바이올린의 등에 얼룩덜룩 새겨져 있을까

—「폭풍우의 밤」 뒷부분(『피아노 악어』)

얼룩무늬 맹수가 질주하는 들판과, 그 역동성을 압축한 듯한 바이올린 음이 몇 개의 줄로 완성된다는 이 예술미학의 중심에는 근원의 숲이 있다. "바이올린의 등에 얼룩덜룩 새겨"진 맹수의 이미지는 인간이 쳐놓은 덫에 걸려 그 용맹성을 거세당한 맹수와, 기원의 숲을 황폐하게 만든 문화 예술의 폭력성에 대한 메타포로 읽힌다. 그러니까 '줄'은 맹수에게 보이지 않는 덫이며, 그것은 필연적으로 인간의 기획일 수밖에 없다는 것. 인간은 혈투를 벌일 필요도 없이 자연을 제압하는 지배자라는 사실을 상기시킨다. 인간이 바이올린 줄을 튕기는 것과, 맹수에게 덫을 놓는 일이 모두 현대문명에 포획된 인류에 대한 비유법일 수 있다. 나아가 시인은 보이지 않는 음악은 자연의 속성이며, 우주적 확장성 같은 원형적 성격은 아닐지라도, 소리를 품은 근원의 자연은 어디에나 있다고 쓴다. "손바닥을 마주치면 울리는 동굴"(「박수치다」), "기타와 우물은 서로를 흉내 낸 악기"(「다시 오래된 우물」), "비탈에 서서 송영을 쏟아내는 소나무 성가대"(「경건한 숲」), "자갈은 물결의 현을 자갈자갈 뜯"(「끝없이 음조를 바꾸는」)는 소리들이 그것이다.

샵(#)만큼의 위치

아폴론의 밝은 이미지로 출발한 서영처의 시에는 이제 디오니소스의 점액질 정서가 개입한다. 반듯한 일방향의 진리는 예술의 자리에 이를

애증 병존의 파토스 393

수 없다는 사실과(「붉은 밤」), 태양 상징과 통일체로서 아폴론이, 마법적인데다 분열적이고 광기 어린 디오니소스의 선율에 찔리는 장면들은, 음악 감정의 분열성이라고나 할 이미지들이다. 고통과 눈물의 연원을 분명하게는 알 수 없기에 "까무러치다 깨어나기를 반복 번복하는" 화자는 지금, 자신이 한 일을 저도 모르는 디오니소스처럼 환각에 빠져 있다. 아폴론적인 절도에 틈을 내거나 감동에 겨워 황홀경의 눈물을 흘리지는 않지만, 자다가 느닷없이 깨어나 "모천에서 죽어가는 연어"처럼 더 이상 생명력을 잃은 바이올린 소리를 애도하고, 어설픈 선잠과 깨기를 반복한 탓에 자신의 미적 감각이 더는 예리하지 않다는 것을 자조하기에 이른다. 이렇게 느닷없는 감각의 찔림과 광포한 이미지들은 "꿈과 꿈 사이 지우고 지워도 허기져 쫓아오는 하이에나 떼"(「거울 속 거울」), "내 눈꺼풀 속으로 뛰어드네요 맹수들"(「오, 나의 태양」), "선인장의 가시는/왜 바이올린의 고음을 따라가는"(시 제목의 일부, 『피아노 악어』)지, 그에 대한 답들이 "눈물 속으로만 보이는 칼날들"(「성탄전야」)에 실려 있다.

디오니소스적 열광은 두 번째 시집에서 한층 강렬하고 점층적으로 나타난다. 첫 시집에서는, 통일된 아폴론의 세계에서 자신의 위치를 찾으려 했고, 그 위치가 지정해주는 것으로부터 자신의 정체성을 확인하려 했었다. 줄 맞춰 선 전봇대의 통일적 표상을 좇아가는 시적 화자의 종교적이기까지 한 자세는, '현'에서 "어두운 곡조"를 걷어내려는 의지이면서 "우는 아이를 떼놓고"서라도 자신의 음악 세계를 건설하려는 예술가의 결단에서 나온다. 자의적이지도 자발적이지도 않았던 음악과의 동행에 용서를 구하고, 이후에는 차라리 디오니소스적 행로를 애착하리라는 다짐이 여기에 더해진다.

우는 아이를 떼놓고 돌아오는 길
무엇인가, 내 죄가 사무친다

나목들의 울음소리 빈 들판을 건너네

제단은 어디인가

엎드리고 싶은데

어두워가는 하늘을 이고

나는 왜 여기 서 있는가

―「전봇대를 따라갔네」 부분(『피아노 악어』)

연주회 관람권이 문화 이벤트로 판매되는 세계에서는 음악의 생존문
제도 자본이 결정한다. 아래 시에서 시인은 자연상태로 존재하면서 만
인이 공평하게 누려야 할 행복조차 자본에 예속되어 있다고 쓴다. 높은
음자리표(#)의 위치를 지정할 때 반사적으로 낮은음자리표가 생기는 일
에 대해, 그리고 이것이 영구히 고정되는 자본적 지위이기도 하다는 것
을 이 시는 암시한다.

THE #은 반음 높은 지대에 자리 잡는다 THE #은 불 켜진 음표와 불 꺼진 쉼
표로 이루어진 불규칙한 악보, THE #은 높은음자리표를 달고 차별화된 소리로
노래한다 주민들이 바뀌고 아이들이 바뀌고 쿵쾅거리는 위층의 강약과 단말마
의 외침이 들려오지만 THE #의 주제는 명랑과 사랑, THE #은 자동차들이 꿀벌
처럼 붕붕거리며 돌아오는 밤을 노래한다 반음 낮은 지대엔 어두컴컴하고 우울
한 아파트들, 전원을 올리면 THE #, 벌집처럼 노란 꿀물이 흘러내린다 꿀물은
행복의 음악적 형태, 전 단지에 집중 조명을 하고 전단지를 돌려 THE #은 올림
표가 잔뜩 붙은 프리미엄 아파트임을 선언한다.

―「THE #」 전문(『말뚝에 묶인 피아노』)

이와 같은 현실감각으로 서영처는 시민의 생활공간에 배치된 음악 기호를 발견한다. "전 단지에 집중 조명을 하고 전단지를 돌려", 즉 가격 담합을 바탕으로 값비싼 아파트로 탈바꿈한 THE #이라는 기호에는, THE b에 저항하는 자본 사회의 탐욕이 실려 있다. "반음 높은 지대"를 장조의 명랑성, "반음 낮은 지대"를 단조의 침울함으로 읽으면, 인위적으로 조성하는 숫자놀음과 현대인의 행복 결정론이 보인다. #이라는 가상에 실린 자본 욕망은 단지 이 공동주택 소유주의 그것이라고만 할 수는 없다. 이 고층 아파트가 세워지기까지 인간의 소유 욕망은 무수히 교차하고 횡단했으며, #이라는 기호까지도 광고업계의 아이디어라는 데에 서영처의 문제의식이 자리한다. 이것은 # 기호를 잔뜩 그려 넣어, 검은 건반의 올림음만 연주하라는 악보처럼 난해하고 현기증 나는 현실이자, 상승 욕망이 '꿀물'처럼 흐르는 특별 거주 지역에 대한 은유다.

처음이자 최후의 악보

서영처의 음악 상상력에는 나른한 사랑의 감정, 절절한 그리움의 정서 같은 것은 없다. 인류에게 음악이 있어 온 이유와, 문화가 진보하는 동안 인류가 음악을 향유하고 사용해 온 방식에 대하여 말하고 싶어 한다. 음악이 인간에게 과연 무엇이어야 하는가 같은 질문이, 인간과 물질의 관계를 묻는 것보다 언제나 덜 중요한 이유는, 서영처가 그린 것처럼 음악은 화합·온기·보살핌 등의 '낮은' 지위를 갖는 반면, 자본이나 물질 가치는 THE # 아파트처럼 높이를 욕망한다는 사실 때문이다. 따라서 서영처에게 음악은 어쩌면 공공재로 기능할 때 그 존재 가치가 드러나는 매체일지도 모르겠다. 그러나 이러한 인식에 도달하기까지 시인이 거쳤을 사소한 일상사들도 결코 가볍게 다룰 수는 없다. 서영처 시에서 연주자는 가상과 현실의 불일치 속에서 고투하지만, 그는 끝내 음악과 함께 살아낸 자였다. 앞서 우리가 본, 홀로 있는 시적 화자가 악기 연습을 할 때 작용했던 외압은 이제, 여름 음악 캠프에서 화자가 '얘들아'를 호명하는 양상으로 그 공통 감각을 드러낸다. 만인 앞에 서기 위해 홀로 오래 고투해본 자만이 자신 있게 불러 모을 수 있는 '얘들아'는, 만인에게 공평하게 쏟아지는 "햇살이 최초의 악보"라는, 평화로운 선언문과 같은 맥락에 있다.

얘들아, 햇살이 최초의 악보인 거 알지? 높은음자리표를 달고 오선지처럼 쏟아져 내리는 빛을 보았니?

—「여름 음악 캠프」 부분(『말뚝에 묶인 피아노』)

음악은 세계의 불화를 다독이는 감성 작용을 훌륭하게 해낸다. 서양에서는, 후원자의 물질 지원으로 음악가가 제의에 바치는 음악을 만들었던 고전주의 시대를 지나자 전업 음악가가 등장했고, 낭만주의 시대에는 음악도 상품이 되었다. 전자기기와 결합한 테크노 음악은 이제 우리에게 일상의 배음(背音)을 채워주는 공기와도 같다. 이것이 없는 인터넷 게임도, 영화도, TV드라마도 상상할 수가 없다. 자연의 소리도 이렇게 인류와 함께 있어 왔으나, 자연을 갈아엎으면서 진보한 인류 문화는 이제 전자적 음향과 음악을 유포하는 매체 개발에 몰두한다. 이러한 정황에도 서영처의 음악 감정은 자연스러움의 미학 쪽으로 흐른다. 현대 문화의 상위 체계로 군림하는 자본 세계에서는 가능하지 않은 음악 감정을 타자와 나누고 싶어 한다. 그가 악보에 받아쓰는 태양의 밝기는 인류의 화합과 누구나 공평하게 누려야 할 가치들에 대한 비유법이다. 그것이 설령 "대가리를 떼어낸 비린 콩나물 다발"(「여름 음악 캠프」) 같은, 미적 완성도를 갖추지 못한 것이라 할지라도 충분히 아름답다고 시인은 생각한다. 음악이 사회적 결속을 다지는 매개체일 수 있는 것은, 인간이란 존재자는 그것이 유발하는 상황의 미메시스, 즉 동조 감정에 따라 몸이 움직이면서 서로 소통하는 감정의 주인들이므로 그렇다.

　그런데 서영처가 "태양이 최후의 악보라고 당신, 또 내 귓전에 중얼거리고"(「멀고 먼 추억의 스와니」)라고 쓸 때, 앞서 우리가 누렸던 햇살의 따사로움은 느닷없이 쇠락의 징표로 다가든다. 시인은 태양을 젊음과 늙음, 부흥과 쇠락, 질서와 혼돈, 절제와 광기가 분기하는 지점, 그러니까 아폴론적이거나 디오니소스적인 감정을 용인하거나 부인하는 곳에 위치한 것으로 그린다. 유일한 그 빛이 있기에 인간의 삶은 이에 반응하는 일상으로 구성된다는 것이다. 이러한 굴광성 물체가 발산하는 에너지를 음악 상상력으로 해석하면서, 동시에 서영처의 음악 감정은 기원으로의 회귀와 지금 이곳 문화현상으로의 복귀를 반복적으로 실행한다. 이때 두렵고 무서운 강압이 있고, 그것은 삶의 전선인 연주회장에서 퇴장하여 온전한 애호가의 자리로 돌아와야만 해소되는 문제다. 음악의 기원과 발생설을 시적 상상력으로 전회하는 음악 수행자의 자의식을 들여다보면서야 우리는 괴로운 음악을 껴안고, 연출된 열락의 포즈로 연주하는 어느 익명의 연주자를 떠올리게 된다. 우리는 그동안 단지 원작곡가를 찬양해 왔을 뿐, 고투 어린 연주자의 삶과 감정에까지 참여하지는 못했다.

시-철학이 빚어내는 감성

—진은영 시집 『훔쳐가는 노래』

방법적 회의로부터

당연성을 회의하는 철학적 방법을 진은영만큼 고민하는 시인도 드물다. 그가 쓴 어떤 시에서도 생각하는 사람의 자세를 연상할 수 있고, 시들은 질문하는 형식으로 열려 있다. 누군가의 시 특성을 '이성과 감성의 상호 반응'이라고 요약할 수 있다면 진은영이 여기에 가장 부합한다. 생각하는 자유 안에서 기호를 생산하는 것이 '시'이고, 진은영의 생각 회로는 시와 철학이 서로 반응하는 방식을 따라간다. 그리고 또 하나. 시집의 표제에 '노래'를 기호화한 것에서 보는 것처럼 이 시인은 시의 감성 영역을 노래의 자질 안에서 사유한다. 서로 대립하는 것처럼 보이는 이러한 형식들을 한 곳에 모아들여 시의 내재적 의미를 깊게 한다.

시의 근원을 노래에 두는 사정은 동·서양이 다르지 않지만, 활자 시대가 열리면서 음악과 시가 분리된 역사는 꽤 길다. 음유시인들은 시를 문자 기호에 고착하여 노랫말의 뜻을 따지려드는 것을 오랫동안 용납하지 않았다. 반면에 이전과 달리 언어로 문예감각을 발휘하는 시인들은 운율을 숭앙하면서 유랑방랑하는 시를 수용하기 어려웠다. 그런데 운율을 배제하고, 저작권을 보호하면서 음원을 매매하는 산업화 시대에 진은영의 사유는 이른바 '주인 없는 노래들'로 향하고 있다. 시를 읽기 전부터 어떤 해방감이 밀려오지 않는가. 노래를 배제하여 인간의 자의식을 무한 팽창시켰던 초현실주의 시들은 종이책과 시의 상품화 시대를 반영했었다. 진은영의 이 시집은 전자악기로 음을 조작하여 노래를 생산하는 시대에 펼치는 철학시의 한 모델이다.

최근에 이런 시를 읽었다. 작곡가이자 지휘자인 '카잘스'를 제목으로 쓰고, 진은영이 그간 곧잘 불러냈던 절대자를 호명한다. 환유로서의 신은 여기서도 인격화에 실패한 당사자다. 영혼을 울리는 음악을 제조한다지만 그 진실이 가스라이팅에 있다면, 신의 등장부터가 애초에 불구의 영혼 상태를 숨기는 행위로밖에는 보이지 않는다. 소리를 통제하여 청중의 영혼을 사로잡으면서 통치하는 부드러운 힘이 지휘자의 능력이라지만, 그것은 "나무로 만든 심장"에서 피를 펌프질하는 것처럼 자본의 하수인으로 전락했다는 의미 이상은 아니다.

> 음악은─밤의 망가진 다리
> 하느님이 다리를 절며
> 걸어 나오신다
>
> 음악은─영혼의 가느다란
> 빛나는 갈비뼈
> 물질의 얇은 살갗을 뚫고 나온
>
> 음악은─호박(琥珀)에 갇힌 푸른 깃털
> 한 사람이 나무로 만든 심장 속에서
> 시간의 보석을 부수고 있다

음악은—무의미

우주 끝까지 닿아 있는 부드러운 달의 날개 아래서

길들은 펼쳐졌다 잠이 들었지

—진은영, 「카잘스」 전문(『창작과 비평』 2021년 여름호)

 음악 청취자에게 배급하는 감동스런 음원은 언제든 제작될 수 있다. 음악과 영혼을 일치시켜 판단력이 개입하지 못하게 하면서 한 방향으로 감정을 끌고 가면 되는 일이다. 감화의 압제로부터 해방되는 일에 대해 생각하는 위 시는, 길 없는 길로 나선 절름발이처럼 기이하고 압제적인 음악의 권위를 흔들어 놓는다. 영혼과 음악을 동일시하는 상황이라면 청취자는 그것을 좀처럼 회의할 여지가 없어진다. 언제나 아름답고 감동스러워야 할 기획인 '서구'의 클래식 음악 공연장은 결코 나쁜 영혼을 부추기는 음원이어서는 안 된다는 게 또 하나의 진리다. 그러나 시인은 진리를 의심하는 자다. 진은영 시는 언제나, 모든 당연한 것을 회의하면서 시작한다.

 『훔쳐가는 노래』(2012)에서 시인은 "방법적 회의"를 거치면서 시와 철학의 점이지대를 구축한다. 세계에 대한 불신은 캄캄한 것이라고 하면서도 "동상이몽은 아름답다"(「방법적 회의」)는 상반된 결론에 도달하기도 한다. 남과 다른 꿈을 꾸는 자만이 이 세계를 새롭게 해석할 수 있다는 것이다. 그러나 세상사는 온통 불가지(不可知)여서 "이 시를 몰라요 너를 몰라요 좋아요"(「인식론」) 식의 인식도 존중한다. 무지하므로 자신의 무지를 모른 채 무모하게 시와 너에게 빠져들 수가 있다. 그의 시에서 유목과 낭만의 무늬가 어른거리는 음악 모티프에는 한 곳에 머물지 않는 자들만이 아는 비밀이 있다.

 예컨대 돈 후안이 여인을 유혹할 때 동원한 목록에는 은밀한 노래가 있다. 돈 후안이 노래를 종이에 적어 여인에게 들려주었다고 시인은 쓴다. 노래는 '시'의 옷을 입고 낭만적으로 변용된 형식이고, "그녀의 심장에 한데 꽂아 주었"던 노래가 그 심장에 화염을 일으켰겠으나, 돈 후안은 "금세 꺼지는 성냥개비 세 개"만큼 짧은 사랑을 그녀에게 바쳤을 뿐인 호색가라는 것. 그가 "성별·나이·계급·취향이 여럿인 연인을 꿈" 꾼 일화는 그대로 그의 여성 편력과 연관된다. 그런 그가 전파한 노래의 가지 수와 200명이나 되는 여성과의 상관성 안에서 문학적 사건은 터진다. 타자의 마음을 요동치게 한 시-노래의 사건이 그것이다. 이렇게 진은영은 시의 발생이 사랑 고백과 연루되어 있다고 보고, 듣는 노래에서 기록하는 시로의 전이를 시화한다. 이는 황조가를 불렀던 유리왕이 사랑싸움에서 파생한 외로움 때문에 그 노래를 지어 불렀다고 보는 지극히 사적인 우리식 사건과 크게 달라 보이지 않는다.

> 지금 주머니에 있는 걸 다 줘 그러면
> 사랑해주지, 가난한 아가씨야
>
> 심장의 모래 속으로
> 푹푹 빠지는 너의 발을 꺼내주지
> 맙소사, 이토록 작은 두 발
> 고요한 물의 투명한 구두 위에 가만히 올려주지
>
> 네 주머니에 있는 걸, 그 자줏빛 녹색주머니를 다 줘
> 널 사랑해주지 그러면
>
> —「훔쳐가는 노래」 부분

표제 시를 보면 처녀의 "자줏빛 녹색주머니"에 사내에게 필요한 그 무

엇이 들어 있다. 혹부리영감의 혹처럼 노래가 들어 있을지도 모르는 주머니를 집요하게 요구하는 사내가 있다. 그가 제시하는 교환 조건은 사랑이다. 사내는 알록달록한 색깔에 숨겨둔 처녀의 감정이 못내 궁금하지만, 처녀는 가난한 유랑객일망정 그 주머니를 헤프게 열어줄 생각이 조금도 없다. 노래는 타인이 가져갈 수 없는 향기 같은 것이어서 이 처녀는 노래가 숨어 있는 곳을 찾아 끝없이 유랑을 이어간다. 그것이 있다고 믿으면서, 그것이 없다고 낙담도 하면서, 있어도 좋고 없어도 좋다고 믿으면서 오직 유목과 유랑의 자유, 그리고 무정부적 자아의 건립을 내내 꿈꾼다.

「몽유의 방문객」은 기어이 "낭만적인 유사 별밤에서 노래도 몇 소절 훔쳐"오고야 만다. 노래를 훔치는 일의 불가능성을 알고 있는 그가 왜 그렇게 했는가? 이렇게 노래를 가로채는 일의 불가능의 가능성을 보여주는 사건이 발생했으니, 노래는 '훔치는' 것이었음을 알아버린 일이다. 노래의 주인으로 지정할 수 있는 자는 그 노래를 사용하는 자밖에 없다는 것. 그래서 노래는 거래가 불가능한 매체다. 그 누구도 거래하지 않는 그것을 훔치고 가로채어 사용하는 자들에게는 마땅히 죄의식이라는 것도 없다. 그들은 "세상의 절반은 노래/나머지는 안 들리는 노래"(「세상의 절반」)라면서 세상은 온통 노래 천지일 수밖에 없다며 너스레를 떤다. 이 얼마나 무정부적인 노래의 본성인가. 이 노래는 일찍이 해방되어 지금도 채록되지 않은 채 어디선가 유랑하고 있을 것이다. 이제는 노래를 훔쳐서 듣기 어려운 시대이기에 아직도 "안 들리는 노래"를 훔치려는 과업으로 시인은 시를 짓고 있을지도 모른다.

혁명과 시와 철학

시인은 "혁명이, 철학이 좋았다/멀리 있으니까"(「그 머나먼」)라고 쓰면
서, 이것이 근접 거리에 없으므로 좋은 것일 수 있다는 내심을 드러낸다.
시인에게 사물은 가까이에 있고, 진리는 언제나 멀다. 그 사물이 무엇이
라고 말하려면 멀리서 이데아를 초대해야 한다. 관념과 개념을 생경하
게 펼치는 것이 철학이고, 거기에 몸의 언어를 입혀 신경을 연결하는 것
이 시다. 따라서 시는 관념으로 쓴 것을 나의 감각이 어떻게 받아들여야
할지를 일깨우는 장르다. 시는 흔히 혁명으로 비유되고, 혁명은 새로운
시어의 탄생 순간처럼 낡은 것을 부순다. 시인은 "모든 것이 거짓말인
것 같다"(「이 모든 것」)면서도 그 가짜를 위해 고민한다.「아름답게 시작되
는 시」가 어떤 것인지 생각하는 일은 언제나 쓸모가 없다. 스무 살 청춘
이 자신을 쓸모없다고 생각하는 것처럼, '나'보다 시를 잘 쓰면서 쓸데
없이 나의 시를 칭찬하는 누군가처럼 시는 무익한 것이다. 복숭아 깡통
넥타르처럼 "진실한 가짜 맛"에 빠져 있는 것은 아닌지, 사람의 말은 왜
거짓에 차 있고, 텅텅 비었고, 쓸모없는 것에 빠지는지, 그런데도 왜 모
두들 사제처럼 자신의 언어를 지켜내려 하고, 그것이 유일하고 신성하
다고 믿으려는 것인지를 시인은 묻는다. 철학자다운 시인은 이렇게 언
제나 달콤 쌉쌀한 고민에 빠져서 지낸다.

시를 생각하다 보니 시인은 자연스레 언어의 효용론에까지 이르게 되
었다.「그냥 판도라 상자」에서는, 무기력한 사람에게 희망의 메시지가
되어주는 말을 꺼내 본다. 말은 누군가에게 길을 열어주고, 슬픔을 담장
밖으로 쫓아내 주기도 한다. 인간의 말은 고기의 살을 저며내는 것처럼
날카로울 때도 있지만, 나-너 관계의 모호함처럼 그 의미가 흐릴 때가
더 많다. 그래서 화자는 차라리 판도라 상자 속의 "무섭고 익살스런 녹
색 표정의 마지막 유령"이 되고자 한다. "아무 곳에도 숨길 수 없는" 이

유령의 무의도성 돌출 행위가 차라리 희망적이기 때문이다. 의미를 숨기면서 독자를 따돌려야 하기에 시인은 "모든 것이 거짓말인 것 같다"고 회의하면서도 그 거짓말이 비눗방울처럼 "투명한 기쁨"(「이 모든 것」)이 되기를 바란다. 스스로 지정한 시인의 자리는, 흔들리고 괴롭더라도 타자가 이르지 못하는 곳이기에 시인만의 것이다. 어둠이 마치 "거대한 초콜릿바처럼"(「단식하는 광대」) 솟아오를 때 그 위에 서서 흔들리며 허기를 반기고, 딛고 선 초콜릿바를 먹지는 못하지만 그것이 쑥쑥 더 솟아오르기를 바라면서 시인은 저렇게 달콤 포만한 자세를 취할 수 있다. 위태로울수록 시의 자리는 더 잘 보일 것이기에 저 초콜릿바는 양식이기보다 시인의 영토라고 해야 맞다. 삶이 흔들리면서 알게 되는 공포와 불안이 거꾸로 시인에게 시를 지키게 해주는 힘이 될 테니 말이다.

자아의 '폼'

진은영 시의 목소리는, '현실'이란 한때 켜져 있던 불빛처럼 일시적인 현상이라고 말한다. 이 세계가 한순간의 발광(發光)으로 드러날수록 그것이 사라진 뒤의 어둠과 침묵은 더욱 깊어진다. 그의 시에는 '숭고'의 어휘들이 제법 등장한다. 시인은 어쩌면 숭고는 빛이기보다 어둠에 가깝다고 말하고 싶은 것인지도 모른다. 똑바로 서서 볼 수 없으므로 무릎을 꿇고, 눈을 감기까지 하는 세계. 눈을 떴다 해도 맹인처럼 아득하고 깊은 심연, 비가시적이지만 장렬한 지각과 감각에 압도당하는 세계. 이 모든 세계가 거기에 있다. 영원한 거리감과 불일치 감정, 끝내 이질적이기만 한 분리 감정, 쾌-불쾌의 충돌과 갈등, 어느 쪽으로도 판명하거나 공약할 수 없는 상상력과 이성의 작용들이 있는 곳이 숭고의 세계다.

하지만 진은영 시의 숭고성에 대한 사유를 명쾌하게 단언하기에는 이르므로 이 어휘를 일단 괄호 안에 넣어 두고 싶다. 진은영은 지금 시를 생각하는 일이 무익(「아름답게 시작되는 시」)하다고 쓰고 있으나, 사실은 '달콤한 과일 속에 박힌 뼈나 흰 별처럼 빛나는 곳'에서 그의 시가 맴돌고 있다. 이 시집에서 시인은 하느님·천사·거룩·악·죄·신 같은 거대 기표들을 빈번하게 꺼내면서, 속과 비속의 극지에 살아 있는 이 개념들의 정체를 감당해 나간다. 이 단어들은 스스로 완고해져서 신이 아니면 죄, 천사가 아니면 악마라는 개념을 그간 우리에게 주입해 왔었다. 그때는 그가, 다른 어휘로는 바꿀 수 없는 개념에 대해 말하고 싶은 때다. 거기에는 감각과 인식이 한데 섞여 있어서 시와 철학이 한자리에서 살아가는 것처럼 보인다.

멸치가 싫다
그것은 작고 비리고 시시하게 반짝인다

시를 쓰면서
멸치가 더 싫어졌다
안 먹겠다
절대 안 먹겠다

고집을 꺾으려고
어머니는 도시락 가득 고추장멸치볶음을 싸주셨다
그것은 밥과 몇 개의 유순한 계란말이 사이에 칸으로 막혀 있었지만
뚜껑을 열어보면 항상 흩어져 있다

시인의 순결한 양식
그 흰 쌀밥에서 나는 숭고한 몸짓으로 붉은 멸치를 하나하나 골라내곤 했다

시민의 순결한 양식

그 붉은 쌀밥에서 나는 결연한 젓가락질로 하얘진 멸치를 골라내곤 했다

(중략)

"멸치도 안 먹는 년이 무슨 노동해방이냐"

그 말이 듣기 싫어 나는 멸치를 먹었다

멸치가 싫다, 기분상으로, 구조적으로

그것은 작고 비리고 문득, 반짝이지만 결코 폼 잡을 수 없는 것

왜 멸치는 숭고한 맛이 아닌가

왜 멸치볶음은 죽어서도 살아 있는가

이론상으로는, 가닿을 수 없다는 반찬 칸을 뛰어넘어 언제나 내 밥알을 물들이는가

왜 흔들리면서 뒤섞이는가

— 「멸치의 아이러니」 부분

이 시에는 구조·이론·숭고 같은 거대한 추상들이 날것으로 나타난다. 거대하지도 않고, 사후에도 숭고하다고 추앙받지 않는 멸치의 비숭고를 생각해봐야 한다. 여기에서 자아의 폼(form)은 "숭고한 몸짓"을 유지하고 싶은 마음에서 나온다. 그런데 안타고니스트는 언제 어디서든 출몰한다. 이 시에서 숭고의 안타고니스트는 멸치볶음 반찬이다. 이렇게 큰 추상과 보잘것없는 사물을 대비하는 것을 보면 '숭고'는 폼을 잡는 것과 관련한다. 그것은 "고독한 천사" 같은 이로부터 오는 것이고, 반면에 멸치는 제 폼을 망가뜨리는 "작고 비리고", "죽어서도 살아 있는" 것, "밥알을 물들이는" 것, "흔들리면서 뒤섞이는" 것이다. 이 총체적 비숭

고가 멸치볶음의 정체를 지정한다. 이에 그치지 않고 화자는 이 보잘것 없는 멸치에게 "왜 이토록 숭고한 생선"이냐고 반어적으로 물으면서 자신이 차라리 "영원토록 굶을 수" 있었으면 하는 심리를 드러낸다.

작고 비린 멸치가 도시락이라는 전체 구조를 장악해버린 상황을 받아들일 수 없는 화자는 그 내용물이 아예 쏟아져버려 손조차 댈 수 없는 지경이 되어버렸으면 한다. 그러나 시인의 자의식이 이렇게 멸치 반찬에 대한 부정에서 시작하여 반어적 숭고에 이르기까지 "신비의 알리바이"는 성립하지 않는다. 알리바이가, 거짓과 참을 교묘하게 뒤섞어 자아의 생존부터 챙기는 방법 중 하나일진대, 시인에게 멸치는 지금 쓸모가 없는 것이다. 압도적인 힘과 전율이 숭고의 느낌이라면, 밥과 멸치가 뒤섞인 채 지금 그 앞에 놓인 도시락통은 비루하고 초라한 화자의 자아를 그대로 노출하는 사물일 수밖에 없다. 그래서 화자는 차라리 영원히 굶고자 한다. 숭고한 '폼'을 지키려면 그 폼은 등 굽은 멸치와는 달라야 하고, 작지도 비리지도 않아야 한다.

이렇게 이 시의 화자는 미감(美感)의 문제를 미감(味感)으로 바꿔 생각하면서 비숭고를 체험한다. 이것은 상상적인 앞의 미감을 말하기 위해 실제적인 뒤의 미감을 먼저 현시하는 방법론이 아닌가 한다. 숭고는 거대한 것에 대한 감각 체험이어서 문자 표상이 어려우므로 가까이에서 체험한 비숭고를 바탕으로 숭고가 대체 무엇인지 반어적으로 묻는 방식이다. 이러한 시적 전략은 매우 아이러니하다. 보여줄 수 없는 것은, 보여줄 수 있는 것을 통해서만 가능하다는 사실을 표명한다는 점에서 그렇다. 칸트의 숭고 체험이 적절한 예가 될 것이다. 그에게 숭고는 절대적으로 큰 것에 대한 것이고, 아름답다고 지각하는 것과 관련한다. 그러나 숭고 체험에서 불쾌감을 느낀다면 그때는 상상력이 좌절될 때다. 즉, 무한 상상할 수 있는 범주의 바깥에 대상이 있어서 그것의 구조를 다 알 수 없을 때가 그때다. 우리가 아름답다고 여기는 대상은 어쩌면 진은영 시의 도시락처럼 멸치볶음이 밥 쪽으로 섞여들지 않고 제자리를 지키고 있으면서 우리의 미감(味感)을 북돋는 때다. 그런 것처럼 대상에 대한 미감(美感)도 상상의 범주 안에서 경탄을 자아내는 매우 긍정적인 감정이다. 그러나 체험 대상으로부터 불쾌감이 전해 오는 경우라면 그때는 우리의 상상력으로는 그 대상을 총괄하지 못할 때, 즉 이성을 빌어 그것을 이해하고자 할 때가 아닐까. 지금 도시락 속에서 흔들려 섞여버린 밥과 반찬의 위치가 화자의 이성을 불러들이는 것처럼 말이다.

"이론상으로는, 가 닿을 수 없다는 반찬 칸을 뛰어넘어" 버린 멸치. 숭고와 비숭고의 구조를 깨면서 이쪽과 저쪽의 경계를 흐려놓은 멸치. 우아하게 젓가락질을 하고 싶은 화자를 좌절시킨 이 사건은 '폼 생(生)'을 포기할 수 없는 화자에게는 불쾌하기 짝이 없는 것이다. 시인은 이렇게 작고 비루하고 죽은 멸치로부터, 크고 아름답고 생생한 숭고 체험을 반어적으로 환기한다. 여기까지 읽었다면 화자의 폼 생의 이유는 어느 정도 납득된 셈이다. 그럼에도 불구하고 그가 정작 멸치를 먹으면서 숭고를 체험하게 된 경위는 위 시의 (중략) 부분에 담겨 있다. 그 내용을 옮긴다.

> 대학에 입학하자 나는 거룩하고 순수한 음식에 대해
> 밥상머리에서 몇 달간 떠들기 시작했다
> 문학과 정치, 영혼과 노동, 해방에 대하여, 뛰어넘을 수 없는 반찬 칸과 같은 생물들에 대하여
> 잠자코 듣고만 계시던 어머니 결국 한 말씀 하셨습니다.
>
> ―「멸치의 아이러니」 5연

여기에 두 개의 충돌 지점이 있다. 하나는 모녀의 요구 또는 대응 문제. 다른 하나는 숭고 체험에서 상상력 또는 이성 작용의 문제다. 어머니

의 '한 말씀'이 딸에게 멸치를 먹게 하고, 이 일로 화자는 거대 개념들에 대한 상상을 멸치 반찬으로 돌려서 해볼 수 있게 된다. 거룩·순수성 같은 추상들, 문학·정치·영혼·노동·해방 같은 거시적이고 총체적인 개념들과 멸치 반찬의 위상은 여기서 결코 등치할 수 없는 것이다. 우아하게 젓가락질을 하고 싶은 화자는 멸치 반찬을 거부했고, 어머니는 화자가 상상에 빠져 있는 거대 개념들과 멸치 반찬을 충돌시키면서 화자가 떠들어대는 '노동해방'에 대해 현실 감각을 일깨운다. "뛰어넘을 수 없는 반찬 칸과 같은 생물들"이라고 말하는 대학 초년생에게 "뛰어넘을 수 없는" 한계란 대체 무엇이며, 그것이 사물이나 물건이 아닌 '생물'이라는 데에 이 시의 문제의식이 자리한다. 추상적이고 거대한 것에 갖게 되는 무력감에 저항하면서, 작고 보잘것없는 것의 실제와 그런 것들로 구성된 현실의 비루함을 생각해보고 있다.

이 시에서 시인은 숭고 개념의 전통이라 할 수 있는 칸트의 그것을 수정하고 보완한 리오타르의 견해를 사유하는 것이 아닐까 한다. '노동해방'이라는 대(對)자본주의 저항력이 어머니의 일갈로 표출되면서, 곧이어 이것이 정통적인 숭고 개념을 해체하는 데로 나아간다. 즉, 딸은 비가시적인 이성의 영역에 빠져 있으나, 어머니는 오감으로 현시물을 지각하도록 일깨우고 있는 것. 따라서 두 사람의 체험 내용은 충돌할 수밖에 없고, 이것이 근대 방식의 총체적 숭고를 깨뜨리는 탈근대 방식이라는 것을 보여준다. 모-녀에게 상상력과 이성의 간극이 존재하는 것처럼 탈근대적 숭고 개념도 상상력과 이성의 불일치로 설명할 수 있다.

거대한 것의 비천함

진은영의 시에는 큰 것의 위대성과 막강함을 조용하게 비웃어 주는 힘이 있다. 이미 있는 것을 밀고 나가면서 지금 것을 충돌시키면 거기에서 당혹스럽고 생경한 언어가 태어난다. 가령 '사과'가 죄의 은유라는 사실은 이미 새롭지 않다. 시인이 사과 대신 우리에게 던져주는 호박에는 사과가 갖고 있지 않은 어떤 형질이 있다. 그것은 신의 말씀으로 선포되어 "탐스런 노란 보석"으로 격상된, 조금도 탐스럽지 않은 물질이다. 시인이 '호박의 탐스러움', '보석 같은 호박'이라고 말할 때 그 마음에는 사과를 향한 능멸이 반어적으로 숨어 있다. 이브가 탐스럽게 여긴 작은 사과는 아담에게만 나눠줄 수 있는 크기라는 게 그것이다. 신이 배포 크게 사과가 아닌 호박을 지정해줬다면 원죄를 더 많은 이들에게 나눠서 물을 수 있지 않았겠느냐는 의미다.

> 아담의 하나임이 말씀하신다:
> 누구도 이 탐스런 노란 보석을 탐하지 말라
>
> 사과가 호박이라면
> 이브가 먹은 것이 커다란 호박이라면
>
> 그녀는 작은 사과 한 알을 먹고서야 알았다
> 자아(自我)—
> 혼자서 온전히 다 먹을 수 있는 것의 비밀을
> 육체 속에 홀로 남아 있는 것의 비밀을
>
> (물론 알 수 없는 두려움으로 몸을 떨며
> 반쪽은 아담에게 건네기는 했지만)
>
> 사과가 커다란 호박이라면

이브가 먹은 것이 아주 커다란 호박이라면

너무 많아, 뱀아 너도 한입……
아담에 사는 것 모두가 공범자, 맛의 죄인들

(중략)

결백한 하느님
거친 호박덩굴을 헤치며
혼자 아담을 떠나다 독백하신다:
나도 맛이나 볼걸…

사과가 호박이라면
네가 먹는 것이 한여름밤의 달처럼 커다란 호박이라면

혼자서 다 가질 수 없는
이 달콤한 죄

―「아주 커다란 호박에 바치는 송가」 부분

　이 시는 거역과 유혹과 죄성을 최초의 인간에게 심어놓고 입맛을 다시는 척하는 신에게 보내는 야유다. 이미 결정된 죄에 꺼들려 일찍이 자아(주체)를 알게 된 이브와, 신이 구성한 시나리오의 허점을 짚어 나가고 있다. 다음 문장, "탐스런 노란 보석을 탐하지" 말라는 가정적 금지어를 보자. 신은 '사과'를 명시하지 않았다. '노란 보석'을 금지했을 뿐이다. 바로 이 부분을 시인이 심문한다. 이것은 이브의 죄로 돌릴 사안이 아니며, 신이 저지른 누설죄에 해당한다는 것. 왜 그런가. 주의 깊게 보면 '탐스런 노란 보석'이라는 말 한마디로 인류에게 죄를 유포한 주범이 신이라는 것이다. 신은 오직 말로써 죄를 감염시켜 놓고 홀로 결백한 척, "나도 맛이나 볼걸"이라며 입맛을 다시는 척하면서 인류에게서 등을 돌려버렸다. 사과를 반으로 쪼개어 나눠 먹은 달콤한 죄의 삶을 인간에게 돌리고, 신 "혼자 아담을 떠나"버린 것. 그의 이름은, 죄를 나눠주고 등을 돌린 '신'이다. 시인은 이렇게 "널리 만연된 경건함을 반박하는"(수전 손택, 『타인의 고통』, 207쪽) 문학의 임무를 시-철학으로 수행 중이다.

예언과 범죄의 방식

진은영의 시적 전략은 크고 엄격하고 진지하고 중량이 나가는 개념을 노출하여 그것을 깨트리는 데 있다. 예컨대 이런 식이다. 자본경제를 주관하고 주도하는 시대의 신은 과연 누구인지 물으면서 투자의 고수를 등장시킨다. 그의 예언으로 귀가 쏠리는 투자자들은 투자의 고수가 그런 것처럼 선과 악을 구분하는 일에 관여하지 않는다. "주식폭락과 은행 합병의 섬세한 절차" 같은 해석에 몰두하는 투자 고수의 예언 덕분에 일부는 이익 달성을, 일부는 실패를 맛보기도 한다. "좁은 문에 주목"하여 살아남는 일만이 자본 갱생의 방법이므로 삶의 현장은 투자의 격전지로 변했고, 그곳에서는 '아슬'하게 '피와 타액'이 튀긴다. '하라'는 그의 말을 신봉하는 투자자들이건, 금지 언어를 선포하여 자본 생산성을 막는 그의 예언에 분노하는 기업주들이건 사정이 다르지 않다. 익명의 존재인 '그'가 주식 시장을 쥐락펴락하고, 내로라하는 경제전문가를 농락하는 사태에서 우리는 무엇을 보게 되는가.

오늘날 그는 악과 죄의 인상착의에 대해 말하지 않는다

물론 유리처럼 투명한 신의 진리
천사 등에 달린 흰 날개의 형상에 대해서도

다만 그는 주식폭락과 은행합병의 섬세한 절차에
관심이 있을 뿐
그것은 나비 날갯짓에 라벤더의 보랏빛 꽃술이 떨어질 때처럼
아슬하고
격정적인 연인의 애무처럼 피와 타액이, 조금 벌어진 황금의 입술 속에서
불투명하고 비관적으로 섞이는 것

(중략)

어느 쪽이든 똑같다
우리는 그의 예언을 들을 수 없다

옛날의 방식과 다르다
그 핵심에 있어서는
빨간 올빼미처럼 그가 지껄인다

우리의 두 귀가 얌전하게 체포되셨다

그의 예언을 들을 수 없다
어느 쪽이든 똑같은가?

—「예언자」부분

급기야 체포된 그의 이름은 "빨간 올빼미"다. 시인은 지혜의 여신인

미네르바의 부엉이를 떠올리면서, 황혼 뒤에 날개를 펴는 그 부엉이를 대낮의 주식 전광판을 주무르는 '빨간 올빼미'에 대비한 것이 아닌가 한다(헤겔의 개념인 '미네르바의 부엉이'는, 문장으로 기호화하는 논리적 사유는 2차적인 사유라는 뜻이다. 생각이 먼저이고, 논리적 사유는 그 생각을 메타 수행하는 일이다.). 인용 시를 보면, 대낮의 주식 전광판을 주도하는 빨간 올빼미의 경제 논리와 예언을 숭앙한 이들은 주식 투자자만이 아니며, 그는 최고의 경제전문가들에게도 두려움의 대상이다. 정체를 숨긴 채 주식 시장을 농락하고 기만하는 일의 범죄 성향과 '예언'의 형식에다 시인은 '신' '물신' 등의 절대성을 기입한다. 신이 죽은 시대에 재림한 물신과, 그 물신을 조롱하는 비전문가의 예언의 권위와 그 출처를 따져본다. 온라인 공간에 떠도는 지식을 편집한 메타 지식으로 주식 시장을 교란한 '빨간 올빼미'가 '미네르바의 부엉이'를 빼닮았다는 사실이 그것이다. 어떤 점에서 그러한가. 논리를 갖춘 글을 만들어가는 과정에서의 편집능력에서 그것이 드러난다. 그가 주식 시장에 일언(一言)을 띄울 수 없게 되고, 다른 한편으로는 전문가를 조롱할 수도 없게 된 지금도 "어느 쪽이든 똑같"은 상황이다. 예언 전이나 후나 자본 시장은 여전히 회전하고 있고, 달라진 것이라면 그가 감옥에 갇혔다는 사실뿐이다. 또 다른 예언자가 물신을 언제든 태어나게 할 수 있고, 그것을 제조할 수도 있다. 빌딩은 여전히 자본의 높이와 '비관'의 저조함이 '불투명'하게 섞여 있는 격전장으로 존재한다. 청년들이 허리를 숙이는 것은 물신을 경배하는 행위다. 자본을 선취해야 하는 이들의 자세가 신을 향한 경배 순간처럼 한없이 낮아진다. 풀잎처럼 또는 백발노인처럼 풀이 꺾인 청년들은 이 자본의 현장에서 다시금 멸치처럼 허리가 휜다. "평면의 초록빛"처럼 평등하고 젊고 변함없는 것이 무엇인지 그들이 생각해볼 여유란 없다.

진은영은 이렇게 시 한 편에 담론 하나를 담아내려는 열정으로 시를 쓴다. 거대 개념들에 주눅 든 우리의 관념이 깨어나는 것은, 그의 시편들

에 박힌 생각거리들 덕분이다. 게다가 '생각'만으로는 풀 수 없는 기하
학이 그의 시에는 있는데, 그것은 추상과 이미지를 배합한 입체적인 모
습이다. 편평하지 않은 입방체의 언어에 담긴 내용은 시인이 '방법적 회
의'를 거치면서 얻은 것이며, 우리는 그것을 읽는다. 생각의 절차가 곧
회의하는 과정이라는 것을 시 형식으로 실험하는 방법론이다. 이것이
이 시집에서 진은영이 도달한 시와 철학의 상보성이다.

감정에서부터 초개별적인 정동까지

―김두안 시집 『물론의 세계』

떨림시

    문학작품은 감정을 실어내고 이것은 흔히 타자를 지향한다. 그래서이 겠지만 감정(정념·정동·정서를 포함하여)은 이미 오래 전부터 누군가에게 큰 고민거리였다. 고대 그리스시대의 플라톤과 아리스토텔레스도 문학 작품에 반응하는 이들의 감정을 탐구했다. 앞은 이성적이고 정치적인 인간의 편에서, 뒤는 연민과 공포감의 편에서 직관했다. 소피스트들은 감성 중심의 윤리를 강조했고, 흄도 도덕적 판단과 관련하여 감정의 능 력을 제시했다. 아담 스미스는 감정의 적정성 속에서 이성의 균형을 사 유했다. 이 도덕 감정론자는, 적절한 이성은 균형 잡힌 감정과의 상동성 에 기초한다고 보았다. 내면에 등록된 인격이 아니면서 성품을 대변하 는 이것에 대해 스피노자는 개별자끼리의 관계성 안에서 그 정체를 살 폈다. 그는 첫 만남에서 생기는 떨림(정동, affect)과 감정을 같은 의미로 썼 다. 스피노자의 논의에서 들뢰즈가 추출해낸 정동은 마음작용과 그 변 화를 뜻하는 것이어서 감정의 정체가 내·외부적으로 다르게 나타난다 는 입장을 전한다. 그러니까 정동은 관계성에서 일어나며, 그 형태가 갖가지 감정으로 표현된다는 인식을 갖고 있다. 이렇게 감정에서 정동까지의 사유 과정을 보면 감정에 대한 추론은 맹목·불합리·비사유·비과학·불안정·비사회성 등의 비이성적(비과학적) 특성과 결탁한다. 이러한 기획이 정치와 종교의 지원 아래 지속되었으나 20세기 말부터 부상한 인지과학 이론이 그간의 가치들에 의문을 제기했다.

눈치챘겠지만, 위의 내용에서 고대의 철학자들과 들뢰즈 사이에 누락된 것이 있다. 감정과 관련한 중세의 인식이다. 감정이 종교와 정치력의 결합으로 소거된 시기가 바로 이때다. 여기서 감정의 풀이법은 사실 오해의 여지가 있다. 그것을 계량하거나 분석할 수 있느냐는 문제부터 우선 그렇고, 이성적인 것이 아니면 감정적인 것으로 양분하는 태도 또한 그렇다. 이성의 작용만을 고상하다 여기면서 근대 이전에는 추하고 변덕스럽고 여성스러운 특질에 감정을 묶어 이해했다. 따라서 여성은 저절로 비정치적·반종교적 존재로 다뤄지면서 비이성적이라고 매도당했다. 그러니까 감정은 어느 시대건 순결하고 투명한 것으로 용인되기 어려운 것이었다. 논리적 이성과 진리의 편에 세울 수 없을 만치 불완전할 뿐만 아니라 증명이 불가능할 정도로 불가해한 것이 감정이다. 그러나 근대에 이르러 감정의 항거가 시작된 것은 개인이 대두하고, 인지과학 이론에서 감정을 다루면서 이성과의 접점을 무시하지 않게 되면서부터이다.

감정의 지향을 '정동'으로 설명하는 데에는 사회적인 측면이 개입한다. 『물론의 세계』가 2019년 발간본임을 감안하면 이러한 지향이 당대 사회의 깊은 슬픔과 무관치 않아 보인다. 시는 인간의 감정을 그 어떤 장르보다 탁월하게 실어내는 매체다. 그런데 자기감정에 갇힌 자폐적인 시는 관계성을 폐하고 오직 추상으로만 구성할 수가 있다. 그때 시의 현실이 과연 무엇인지 의문을 가져본다면 시적 재현을 타자와의 관계성으로 이해하는 계기가 될 것이다. 자기감정에 매몰된 목소리를 지양하고 타자를 지향하는 목소리를 실어넘으로써 폐쇄적인 감정에서 지향적인 감정의 자리로 시적 자아를 옮겨놓게 된다. 이러한 감정을 '정동'으로 다시 세분하면, 이 개념은 affect(영향을 주다)에 어원을 두고 있고, 이 말에는 상호 관계성이 함축되어 있으며, 타자도 '나'처럼 '있음'을 암시한다. 감정은 매우 개별적인 것이지만 타자를 지향할 때는 '정동'의 개념으로 증폭한다. 타자를 지향하거나 직접 만남에서 발생하여 초개별적인 관계로 확장하고, 자폐적 감정이나 정서를 사회화로 이끌어내는 마음의 움직임이 곧 정동이다.

김두안이 첫 시집 출간 후 10년 만에 낸 『물론의 세계』는 감정의 저장고다. 2014년 이후 우리 사회에 침전된 슬픔을 경험한 이라면 시인의 언어가 우울의 맥락에서 읽힌다는 이유로 남다른 지향을 기대하지 않을 수도 있다. 슬픔과 우울감이 단지 감정의 문제이기만 하다면 그 무렵 우리 사회에 확산한 깊은 슬픔은 개인의 체험으로 좁아들어야 한다. 하지만 슬픔의 외연은 사회화의 모습으로 나타나고, 나아가 공론의 장을 만들면서 담론을 이끌어내는 것을 우리는 경험했다. 이것이 '정동의 네트워크'(켄 힐리스)다.[1] 정동은 타자와의 관계에서 비롯하는 관성에서 생긴다. 따라서 이 시집에 흐르는 슬픔이 사적인 경험을 넘어 사회적으로 가동하는 것이라면 이는 시대적 슬픔이며, 윤리적 실천까지 요구하는 것이다.

무엇보다 김두안 시에 등장하는 나쁜 감정의 정체는 눈여겨볼 만하다. 데리다 식의 현전과 부재의 표현 방식에 적용하면 이렇게 쓸 수 있다. 자기의 것이면서도 이질적인 것, 즉 자기 동일화를 거역하는 정체 모를 것이 감정이다. 폐쇄된 텍스트가 생산하는 변화 없음, 충만 상태를 거역하면서 의식에서 일어나는 유령 같은 것, 내 것인 것 같으나 어쩐지 변

---

1 김예란, 『마음의 말』, 컬처룩, 2020. 이 개념은 이 책을 참고하였다.

형되어 나오는 것, 의식 속에 있으나 출처가 모호한 기이한 움직임이다. 감정의 기원에 대하여 시인은 이렇게 상상을 펼친다. "나에 대해 알 것 같은/나쁜 감정들"을 탄생의 고통 속에서 감각한 태아는 자신이 "태어나는 이상한 비밀" 때문에 "우울한 느낌"을 갖는다. 엄마와 신체 관계가 끊기면서 태아 먼저 육감으로 엄마를 외부의 타자로 느끼는 이곳이 감정의 기원이다. "발소린지/목소린지"를 캄캄한 모태에서 들을 때 태아에게서 "사람의 감정"이 일어난다. 모태에서 분리되는 고통과 불안의 시간에 감정이 최초로 생성된다. 온몸을 밀고 나오는 그때 태아의 감정도 태어난다는 것(「내가 태어나는 이상한 비밀」)이다.

태아를 인간 감정 발생론의 증명자로 초대한 여기서 나쁜 감정은 생애를 시작한다. 감정은 움직이면서 동시에 변하므로 그 모습을 문자로 옮기기가 어렵다. 제 정체를 개방하는 일을 지체하지 않는 감정은 문자의 권위를 교란하면서 재빠르게 움직인다. 우울이 인간의 탄생과 동시적 사건이라고 쓴 이 시에서 즐겁지 못함, 생기 없음, 침체감, 난폭성 같은 우울 감정은 탄생 순간부터 '나'의 통각을 지배한다. 이렇게 시인은 쾌 추구에서 잔여물이 되어버린 나쁜 감정에 대해, 그러한 불쾌를 제거하려는 인간의 감정에 대해 남다른 상상을 펼친다. 이 글에서는 모든 밝음의 기운은 좋은 감정으로, 모든 어두운 기운은 나쁜 감정으로 구분해 본다.

아픔

나쁜 감정은 고독하다. 그것은 생애 내내 평가 절하된다. 기쁨 옹호자들이 배척하고, 행복 추구자들은 불쾌해한다. 그 누구도 그것에 오래 동화되지 않으려 한다. 그런데 김두안 시에는 죽음·외로움·고독·아품·슬픔·고통·두려움·질투 등 나쁜 감정들이 흐른다. 하지만 인간은 좋은 감정이 지속되기를 바라는 존재자이지 않은가. 더구나 그것이 타자와 연관되어 상호 호혜를 원한다면 동일화를 꾀하기 마련이다. 김두안은 동일성의 좋음을 부수는 나쁜 감정존재론을 독특한 화법으로 펼쳐 나간다. 흔히 느끼는 것이지만, 타자와의 만남에서 나쁜 감정에 동감하는 경우는 관계의 선순환이 보장되지 않는다. 반면, 서로 좋은 감정으로 상대에게 감탄하고 동감할 때는 무의식 속에서 관계의 지속성이 승인된다. 인간은 이러한 쾌감을 언제까지고 누리고 싶어 한다.

시인은 우리가 나쁘다고 소외시켜 버린 감정을 파고들면서, 고통에 구속된 자가 감정에 대해 더 잘 말할 수 있다고 본다. 때문에 김두안 시에서 '아픔'은 감정을 어떻게 이미지화하느냐는 문제와 자연스레 연결된다. 그의 시를 눈여겨보면, 장소와 사물들은 인간 감정을 이입해 놓은 메타 세계다. 그런데 그것은 모방된 현실도, 수정할 수 있는 현실도 아니다. 대체 감정을 어떻게 흉내낼 수 있다는 말인가. 2000년대 시들이 보여준 섬뜩한 개성을 시 수용자들이 '감각 공동체'라는 이름으로 묶어 놓았다면, 김두안의 개성은 인간 의식에 가라앉아 있는 감정을 휘휘 저어 그것이 타자와 연루되는 지점을 알리는 독자성에 있다. 그는 감정을 동물적이고 무반성적이고 천박한 것으로 여겨온 관념에 저항하고, 의식의 통제를 거쳐야만 하는 감정을 부정하며, 지식의 지배력에서 벗어나면서 그것이 배분되는 양태를 그려나간다. 지혜의 우위를 판결하는 권위적 행태를 교란하면서 감정의 침전물들은 소리 없이 흩어진다. 그의 시가 소란 없는 떨림을 유지하는 이유다. 그렇다면 궁금하다. 시인은 왜 이 시집에서 죽음 체험에까지 감정을 기입해 놓았을까?

　나를 쏘아 올렸지
　지상에 서 있는 나를 내려다보았어

우린 둘이랄까
분열된 감정은 숫자에 불과했어

(중략)

의사가 사과를 자르며 말했다
이봐요!
당신은 아직 거울의 뒷면을 선택할 자유가 없어요

나는 어둠 속으로 스며들기 시작했어
우린 하나랄까
분열된 선택은 숫자에 불과했어

죽음의 문이 열리면 시간은 빛이 되지 나는 이제 어둠이니까
우주여 안녕?
나는 다시 연둣빛 감정을 느끼기 시작했어

—「죽음에 대한 리허설」 부분

이 시는 지난 세기 말부터 부상한 인지과학 또는 인지주의 감정론과 무관치 않아 보인다. 여기에서 감정은 인식의 부차물이 아니다. 인간 본성의 다면성을 감정 체계에서 찾으면서, 인지 체제와 접속한다. 인식 체계의 근원을 인지 측면으로만 파악하지는 않는다는 얘기다. 감정·영혼 같은 감정적 기반과 숫자의 차가운 가치 안에서 죽음의 의미를 미적으로 실험해보고 있다. 시를 보면, 화자는 몸주체가 갈 수 없는 죽음 후의 세계를 빛 현상으로 바꿔 놓는다. 그 빛을 우주 공간까지 다다를 수 있는 감정의 채도로, 나아가 시간의 개념을 여는 것으로 본다. '나'에게서

분열하여 우주로 솟구친 '나'가 지상의 나를 내려다보는 거기에 또 다른 나인 '감정'이 있다. "당신은 어떻게 태양을 통과할 수 있었죠?"라고 묻는 질문자는 인간의 뇌가 이성과 감성 영역에서 작동하는 방식을 연구하는 의사로 봐도 무리가 없다. '나'의 몸은 여전히 상징 질서에 속해 있으나 영혼은 우주에 도달해 있다. 존재가 둘로 나뉘어 그중 하나인 감정이 우주를 유영하는 이곳에서 시간은 그 감정처럼 투명하게 감각된다. "생각이 남아 있는 속도는 너무 느"리므로, 그 생각보다 빠른 감정이 시간을 입고 우주여행 중이다.

　경우를 망라하고 죽음에 관한 직·간접 체험과 그때의 "슬픔은 언제나 무능력에 속"[2]하기 쉽다. 감정에 기반하는 것만이 죽음을 경험하는 무한한 가치를 가진 것이라고 여길 때 특히 그렇다. 그런데 위 시는 사람의 행위 능력이 증가하도록 부추기는 것은 기쁨의 감정이고, 행위 능력의 감소는 슬픈 감정 때문이라는 관념을 부순다. 우리는 어둠과 빛은 서로 봉합되지 않는 조건 아래에서만 제각각 그것들답다고 생각한다. 그러나 화자는 바닥도 천장도 없는 심연에서 "연둣빛 감정"을 본다. 그곳은 감정도 이성도 함량과 질감을 따지지 못하며, 그 위계가 무너진 세계다. 감각세계인 가시계를 벗어난 투명한 감정은 이 시에서 영혼이라는 이름으로 불린다. "어떤 영혼도 통과할 수 없는 거대한 어둠의 벽"은 아마도 화자가 블랙홀이라고 생각하는 곳일 테다. 상징계에 몸을 둔 채 감정은 우주에 도착했으나 문제는, 감각세포가 없는 관념은 제아무리 초월한다 해도 감정을 분사하지 못한다는 사실이다. 그 대신 관념은 자신이 잘못 들어온 길을 반성하고 수정해 나갈 수 있지만, 화자는 관념 체계에 구속되지 않는 사람이고, 감정은 제 본능을 마음껏 구가하며 캄캄한 우주에서도 잘 살아낸다. 화자의 감정 여행을 과학적으로 판단하

2　질 들뢰즈, 박기순 역, 『스피노자의 철학』, 민음사, 2006, 46쪽.

려는 의사는 환자의 의식 동향을 차갑게 관찰하고 상징 질서를 강조하면서 "숫자에 불과"한 인지체계를 신뢰한다. 이와 달리 화자는 육체와 영혼으로 분리하는 죽음 현상을 의심하면서 감정에 내재된 가치를 인식하고 있다.

물론과 당연

김두안 시의 존재론만 봐서는 언어 작동 방식을 알기 어렵다. 그는 삶을 반영하는 문학의 습관적 장소인 현실 바탕을 이탈하고 변경하고 확장한다. 감정의 장소를 옹색한 인간의 마음으로 좁히지 않고 우주적 순환 구조 안에서 살핀다. 시를 쓰는 작업으로 과연 그 일을 할 수 있을지 물으면서 그동안 고착해 온 당연한 감정과 의식의 관계들을 해체해 나간다. 이러한 작업은 인간의 의식과 감정에 위계를 정해 놓았던 그간의 사정 위에서 이루어진다. 의식 안에 가지런히 정렬된 반듯한 사유가 없는 것처럼, 감정도 역시 그렇다. 기억 속에서 재생되는 피아노 연주 음악을 들으면서 "고독이란 책을 읽"(「물론의 세계」)을 때처럼 의식과 감정은 분할선 없이 교합한다.

시인은 여러 편의 시에서 감정의 활성화를 음악 현상으로 바꿔 나간다. 현전 불가능한 음악의 '얼굴'을 무럭무럭 자라나는 머리카락으로 비유하면서, 모든 것이 당연하고, 더 말할 나위가 없으며, 틀림없는 귀결이 예정되어 있는 "물론의 세계"를 뒤흔든다. 물론, 당연히, 음악도 아름답고 감동적이어야 하지만, '당연'의 습관화, '물론'의 당위성이 무감동과 습관화로 고착되어 가는 것에 시인은 관심을 둔다. 고정된 것은 그 자체로 '당연'의 원인이 되고 말지만, 감정은 스스로 감각을 개방하는 자감 훈련으로 제 존재를 증폭시킬 수 있다.

나는 기록한다 외로움이 죽어서 음악을 찾아왔다 그러나 음악 속에 가득 유
폐된 눈물들, 음악의 투명한 머리카락이 자라나 나는 눈을 감는다

음악이 내 슬픔을 본다, 멈추어 다오
내가 살아가는 이유는, 다만 안 된다고

피아노 속에서 비가 내린다
고양이가 나를 듣는다
누군가 피아노 속에 지독한 사랑을 숨겨 놓았군

그래요 "난 사랑을 들켜 버렸어요"
음악의 목소리가 쉼표처럼 떨린다

난 피아노 속에서 흘러나온 고독이란 책을 읽는데 왜 기억들은 자꾸 빗물에
젖는지 몰라

다시 음악이 자신의 악보를 접고 피아노 속에 공손히 내려앉아 잠이 든다

빗속을 홀연히 떠도는
저 비음은
울음일까 노래일까

그러니까 "난 괜찮아요"
우리는 물론의 세계니까

나는 음악을 깨워 밥을 먹고

방 안에 촛불을 켠다

내 음악은 죽은 지 너무 오래됐다

―「물론의 세계」 부분

　이 시에는 크게 세 개의 개체군으로 분류할 수 있는 기호들이 등장한다. 피아노·음악·노래 같은 부류, 눈물·슬픔·사랑 같은 감정들, 기억·촛불·죽음·유령 같은 애도의 기호들이다. '나'의 타자는 32세, 흰 블라우스와 꽃무늬 치마를 입었고, 향수를 뿌렸으며, 비음 섞인 목소리를 가졌다. "피아노 속에 지독한 사랑을 숨겨" 놓은 것으로 봐서 그 타자는 기억 속의 인물일 가능성이 크다. 피아노를 연주하는 주체인 그녀는 화자가 촛불을 켜놓고 어떤 영적인 교감으로 만나야 하는 애도의 대상일지도 모른다. 애도 행위에서는 기억보다 망각의 지원이 더 커야 할 것 같지만 화자는 "밥을 먹"듯 그녀를 되살린다. 그러니 여기서 애도는 그녀를 지속적으로 기억하는 일과도 같다. 그녀는 화자의 기억을 방문하는 사람이고, 그 세계는 물질계를 재현한 곳이 아니라 감정을 재현한 가상의 현실이다.

　음악도 사랑의 흔적도 쉽게 사라져버려 현전이 불가능하지만 시인은 감정의 저장소를 사람의 마음속으로만 좁혀 놓지는 않는다. 감정은, 복제할 원본이 없기에 언제든 출몰하는 무의식과 같은 것이고, 감정을 담은 "음악은 죽은 지 너무 오래됐다"는 것이 문제다. '우리'의 관계항에서 '나'는 여기에 현존하지만 흰 블라우스의 여인은 피아노를 연주하던 예전의 기억으로 '나'에게 온다. 때문에 화자가 "난 괜찮다"면서 둘의 관계성을 환기하지만 어쩐지 이것은 괜찮지 않음의 반어법으로 들린다. 그러한 반어적 대항이 비극성을 강화하고, 기계적으로 그녀를 기억하는 날이 온다면 사랑도 애도도 소멸할 수밖에 없을 것이다. 이것이 시인이 그리는 감정의 내면이며, 영영 종결할 수 없는 애도의 지속성을 감정 유령으로 은유하는 이유이기도 하다. 또 하나 봐둘 것은 김두안 시에 자주 등장하는 얼굴이다. 이 기호는 재현 불가능한 감정·음악·사랑들과의 상동성 안에서 사유할 수 있다. 미세한 감정선의 지형인 얼굴에 대해 영화 이미지학의 대가인 자크 오몽이 말했다. 얼굴은 진실을 감추면 가면이 되고, 타자를 응시할 때는 목적의 장소로 바뀐다고. 얼굴에는 감정선들이 무수히 지나가고, 숨길 수 없는 인간의 내면은 미세하게 떨리면서 그 '장소'에 떠오른다. 관념과 언어 간 거리가 멀 때 시인이 찾아내는 것은 이렇게 어떤 물질성이다. 관념과 대결하지 않고 시 한 편을 쉽게 써내는 시인은 없다는 가정하에서라면 관념의 대리 보충물은 그 존재 자체만으로 이미 시의 육체다.

피아노의 음들은
심장에서
피가 마를 때
흘러나오는 고독이다

그런데 왜
당신이
내 방에서 사는 거죠?

잠이 들 때마다
유령이 등 뒤에 차갑게 눕는다

내 사랑을 읽지 말아요
검은 건반의 눈물을
흰건반이 받아 먹는다

—「피아노 유령」 부분

여기서 피아노 건반은 감정유령을 제조하는 사물인지도 모른다. 검은 건반의 반음 존재감과, 흰 건반의 온음 존재감 사이에 분포하는 수많은 음들은 조화로움에 기여하지 않는다. 감정은 음가의 층을 이루 다 분별할 수 없을 만큼 포개져 있고, 산소공급이 차단된 것처럼 "피가 마를" 지경인 화자는 상대방으로부터 사랑을 읽어내려는 고단한 기대 때문에 결핍감만 더 커진다. 이러한 감정이, 부재하는 당신과 깊이 연관된다. 날마다 형상과 부피가 바뀌는 달이 어느 날엔가는 '어둠'으로, 뒤이어 형상 없음으로 전변(「결(結)」)하는 것처럼, 시인에게 음악은 긍정의 매개체로 다가오지 않는다. 그것은 고단하다. 서로 '빈 화분'이 된 관계에서 "명분도 없이 피어"나는 꽃처럼 무의미할 때도 있다(「빈 화분」).

이럴 때 시인의 음악 상상력은 네거티브 감정을 펼치는 것에 머물러 있는 것처럼 보인다. 꽃이나 음악처럼 함부로 손댈 수 없는 것들은 "불행한 풍경을 입고" 있고, 오랜만에 마주 앉은 너에게서 "불행이 확인될 때까지" 일상을 캐물어야 직성이 풀리는 화자에게 음악과 '너'는 동일시된다(「포크와 나이프」). 나를 떠난 '너'의 행복을 질투하면서 동시에 너를 그리워하는 이중감정으로 시적 화자는 음악을 가까이에 두고 있다. 죽어가는 자의 혀처럼 굳어진 감정(「인터뷰」)에, 그리고 음악연주가 천형 같아서 "혓바닥을 깨물고" 절명하고픈 연주자(「이 세상을 떠난 음악들」)의 감정에 밀착한다. 때문에 조화로운 화성을 얻기 위해, 고통스런 눈물을 열광자의 기쁨으로 위장하여 즉흥 연기하는 연주자나, 무수한 음을 살해해야만 12현의 음 하나를 온전한 위치에 자리 잡아 줄 수 있는 악공(「악몽」)은 물론의 세계에 묶여 있으면서도 분방한 감정을 제조하는 귀기 어린 자들이다. 물론의 세계에서는 이렇게 애처롭게 음들이 죽어나가지만 그렇기 때문에 음악은 당위성의 예술로 고착되지 않는다. 따라서 관용만 있는 세계에서는 음의 탄생을 기대하기가 어렵다. 당연과 물론의 세계에 머물지 않고, 폐색 짙은 감정을 찔러 거기에서 나오는 비명을 하나의

음으로 붙드는 일. 이것이야말로 모험적인 예술혼이 아닐까. 아래 시에
는 음악 수행의 괴로움과 '괜찮지 않음'을 체화해야 하는 어느 가족이
있다.

저는 언제까지 음악을 연주해야 해요
애야 울고 싶을 때 울어라
내 연주는 다 끝나 간단다

슬픔에는 하늘이 있고
음악에는 증오가 없구나

음악은 아버지의 집인가요
엄마에 대한 질문인가요

애야 내가 죽거든 뼈를 태워
아버지 음악 위에 뿌려다오

저는 아버지를 용서할 수가 없어요
애야 엄마의 머리카락을 잘라
베개를 만들어 보렴

먼지들의 고요 속에서
이 세상을 떠난 음악들의 비밀을 볼 수 있단다

―「이 세상을 떠난 음악들」 부분

부모가 조성한 음악 환경을 수용해야 하는 아이가 있다. 이 가족 구성

원은 이른바 나쁜 음악의 고리로 연결되어 있다. 이 영향권역의 정점에 가부장이 있다. 음악 수행에 비자발적으로 참여하게 된 가족의 불행 인자가 음악인 것은 낯설지 않은 풍경이다. 음악이 어느새 가족 구성원의 불행을 조건 짓는 매체가 되었고, 음악 수행을 일상적으로 해야 하는 만큼 불행도 일상적이다. 음악이 나쁜 것이 되어버린 과정에서는 가족 구성원 간 지속해 온 정서의 착취, 휴식할 수 없는 환경, 생활 도구가 되어버린 예술 등 부정적 요소들이 끊임없이 생산되었을 것이다. 엄마가 이를 두고 "이 세상을 떠난 음악들의 비밀"이 거기에 있다고 말하는 이유다. 그렇지만 여전히 "음악에는 증오가 없"다고 생각하는 것이야말로 엄마의 진정성이자 음악을 대면할 때의 감정이다. 음악의 본성은 나쁘지 않으나 "아버지를 용서할 수가 없"을 만큼 음악 행위가 강박적인데다 강력한 삶의 도구가 되어버린 것이 더 큰 문제다. 그런 이유로 음악은 아버지에게 가장 안락하고 최상위의 가치인 '집'으로 비유된다. 이는 모녀의 음악 행위가 음악 자체보다는 외부 요인의 영향으로 눈물이자 증오의 매체로 바뀌어버린 현실을 반영한다. 때문에 아버지는 모녀가 용서할 수 없는 대상이며, 아이에게 음악 작업은 혓바닥을 깨물고 싶도록 진저리쳐지는 일이다. 없어야 할 증오가 모녀의 음악 행위에 끼어들고, 즐겨야 할 음악은 교환가치의 화신이 되어버렸다. 예술 행위에 물적 요인들이 작용하면서 생기지 말아야 할 나쁜 감정이 개입하고, 음악은 억지로 감당해야만 할 물적 대상이 된다. 음악을 매개로 꿈을 이루려던 이에게 그것은 이제 부정성의 매체일 뿐이다. 음악은 연주자의 꿈과 무관하게 생산되고, 아버지가 감정을 억제하도록 강압하고 기술 훈련을 강제할수록 음악 작업과 동시에 음악은 모녀에게서 떠난다.

지향하는 정동, 연극에 무지한 감정

아래 시에서, 언제나 시작만 반복하는 자에게 방황의 경험은 필연이다. '너'는 언제나 붙잡지 못할 방황의 증표다. 미래처럼, 파편화된 진리처럼 쉼 없이 자리를 옮겨 앉는다. 너에게 가는 길이 없어서 "어디로"도 가지 못하는 '말'은 실상 어디로도 갈 수 있는 기호다. 김두안 시의 위치는, 마음 메커니즘이 인간의 말과 행위를 승인하는 곳이다. 변덕스럽고, 유약하고, 부도덕하다고 여겨졌던 것들이 거기에 다 모여 있다.

어디로 가지? 라는
말이

너의 마음속에 도착했으면 좋겠어

ㅡ「행성들」 전문

시집 첫머리에 실린 이 짤막한 시는, 기호 안에 무엇인가 팽창해 있다. 그것은 곧 터질 듯한 의미의 갈래들이다. 구문을 해체해 본다. 장소성의 '어디로', 행위성의 '가지?', 주체격인 '말이', 타자성과 관련한 '너의 마음속', 기대와 목적이 혼합된 '도착했으면 좋겠어'. 김두안은 나의 말이 이르러야 할 장소를 '너'라고 쓰고 있으나 피차 행성인 이들에게 말은 도착 가능성이 옅은 매체다. '너'와의 소통을 기대할수록 마찰력이 커지고 서로 어긋나기만 할 거라는 잠재성이 거기에 있다. 마음의 행로가 곧 말의 '길'이기를 바라지만, 말보다 마음이 더 속도를 내면서 말의 의미는 언제나 지체된다. 예측 불가능한 궤도에 외따로 떨어져 있는 행성들은 앞으로도 다시없는 유일한 상황에 처할 것이다. 홀로 제 궤도를 돌면서 이제껏 한 번도 지나가지 않은 길을 택할 것이다. 나아가, 다른 행성과 부딪혀선 안 된다는 강령을 자신의 체질에 깊이 새겨 나갈 것이다.

　김두안 시의 열정은 이렇게 떠도는 말과 함께 움직인다. 그 언어는 언제나 출발하지만, '너'를 애착하고 갈망할수록 말은 더더욱 모호해진다. 도무지 해독되지 않는 너의 감정을 나의 감정이 만날 때에만 언어가 유보했던 여백이 채워질 것이다. 언제나 나타나지만 장소성과 정확히 일치하지는 않으므로 곧 변하고 마는 감정은 유령과도 같은 것. 제 감정이 어디에 있는지도 모른 채 방황하는 너와 나는 행성처럼 정착 가능성 제로, 결정 가능성도 제로인 존재자들이다. 릴리 테일러가 쓴다. "어떻게 하면 감정을 연기할 수 있는 무언가로 바꿀 수 있을까?"[3] 이렇게 곤란하고 곤혹스런 발화는 처음부터 감정의 문제였고, 끝까지 감정의 문제일 것이다. 의식적으로 연기하는 일이 불가능한 감정은 "물론의 세계"의 무의식이다. 그것은 뒤돌아볼 줄 모르는 성향으로 제 생애를 살고, 대상을 지향하는 본성을 갖는다. 불안정할 때면 한층 두드러지는 감정은 시의 무의식을 닮았다. 거기에서 좋은 감정은 자타 간 동일화를 욕망하면서 일원화를 꾀하지만, 나쁜 감정은 닮은꼴 생산을 획책하지 않는다. 동일화로 불변의 관계를 고착하려는 곳은 좋은 감정의 세계, 자타 간 관계의 호전에 저항하면서 불안정을 조건으로 하는 곳은 나쁜 감정의 세계다. 질기게 살아내는 것들이 그곳에서 태어나고, 우리는 때때로 거기에 잠겨든다. 붙잡을 수 없고, 방황과 외로움이 필연인 것들, 타자와의 관계에서는 저조하고 느리게 작동해줘야 좋은데 되레 성마르게 격발하는 것들, 그러면서 기어코 살아내는 것이 나쁜 감정이다. 그런 가운데에도 내게 있는 좋은 감정은 누군지 모를 너에게로 언제나 유동하고 파동친다. 시인이 쓴 것처럼 "너의 마음속에 도착"하고자 하는 마음이 곧 정동이다.

---

3 프레드 사사키 · 돈 세어 엮음, 신해경 역, 『누가 시를 읽는가』, 봄날의책, 2019, 115쪽.

원문 출처

제1부 지구 부착자에게 : 생명 · 생태 시의 지리학

호모 필로포엠이 들려주는 천체 이야기 :「호모 필로포엠이 들려주는 별 이야기」, 『MUNPA』, 2020년 겨울호

탈(脫)인간중심주의 정전(canon) :「도래하고 생성하는 지금 여기의 시」, 『문학과 창작』, 2020년 봄호

인류세에 살아가기 :「다른 언어가 온다」, 『송파문학』, 2021년 제26호

녹색착취자의 야만 또는 생명정치 :「이승하 시집 『나무 앞에서의 기도』 읽기」, 『열린시학』, 2018년 가을호

물기 어린 대지, 숨소리 나는 밥 :「물기 어린 대지와 숨소리 나는 밥」, 『문학 사학 철학』, 2021년 봄호

제2부 소란스런 시대의 문학 처방

문학 판관이 유보해 온 말들 :「문학의 판관들이 유보해 온 말들」, 『MUNPA』, 2019년 여름호

호모 세퍼러투스의 관계론 :「한계온도에 저항하는 언어」, 『문학의 오늘』, 2017년 겨울호

제3부 파열하는 언어, 더 많이 보이는 변방

경계선상에서 타자 찾기 :「경계 찾기와 '당신' 발견하기」, 『열린시학』, 2019년 겨울호

사건을 호출하는 감각 : 『예술가』, 2019년 가을호

제4부 소리와 소음 속에서

나쁜 감정에서 초개별적인 정동으로 :「언제나, 제 삶을 살아온, 나쁜 감정」, 『시현실』, 2019년 겨울호

찾아보기

서명